LE CADAVRE DANS LA ROLLS

DU MÊME AUTEUR

Aux mêmes éditions
et dans la même collection

Les Égouts de Los Angeles
Prix Calibre 38, 1993
Seuil, 1993 ; nouvelle édition, 2000
et « Points », n° P19

La Glace noire
Seuil, 1994
et « Points », n° P269

La Blonde en béton
Prix Calibre 38, 1996
Seuil, 1996
et « Points », n° P390

Le Poète
Prix Mystère, 1998
Seuil, 1997
et « Points », n° P534

Créance de sang
Grand Prix de littérature policière, 1999
Seuil, 1999

Le Dernier Coyote
Seuil, 1999
et « Points », n° P781

La Lune était noire
Seuil, 2000

L'Envol des anges
Seuil, 2000

Michael Connelly

LE CADAVRE DANS LA ROLLS

roman

TRADUIT DE L'AMÉRICAIN
PAR JEAN ESCH

ÉDITIONS DU SEUIL
27, rue Jacob, Paris VIe

COLLECTION DIRIGÉE
PAR ROBERT PÉPIN

Titre original : *Trunk Music*
Éditeur original : Little, Brown and Company
ISBN original : 0-316-15244-7

ISBN 2-02-031180-1

Ce livre est dédié à mon directeur de collection

1

Bosch commença à entendre la musique alors qu'il roulait dans Mulholland Drive, en direction de Cahuenga Pass. Elle lui parvenait sous forme de passages de cordes et de cuivres erratiques qui, en résonnant au milieu des collines brunes asséchées par l'été, se fondaient au bruit blanc de la circulation sur le Hollywood Freeway. Il ne parvenait pas à l'identifier, mais savait qu'il se dirigeait vers sa source.

Il ralentit en découvrant les véhicules rangés sur le bas-côté d'une route de gravier transversale. Deux voitures d'inspecteur et un véhicule de patrouille. Il gara sa Caprice juste derrière et descendit. Un agent en uniforme, seul, était appuyé contre l'aile de la voiture de patrouille. Un ruban en plastique jaune servant à délimiter les lieux du crime – on en consommait des kilomètres à Los Angeles – était tendu en travers de la route, entre le rétroviseur extérieur de la voiture de patrouille et le panneau planté de l'autre côté de la voie. On pouvait y lire, en lettres noires sur fond blanc et à peine visibles sous les graffiti :

VOIE D'ACCÈS POMPIERS
ENTRÉE INTERDITE. NE PAS FUMER

Un agent en uniforme, un costaud avec la peau rougie par le soleil et des cheveux blonds en brosse, se redressa en voyant approcher Bosch. Outre sa taille, la première chose que remarqua celui-ci fut sa matraque. Glissée dans un anneau, elle pendait à sa ceinture et l'extrémité qui servait à cogner était abîmée, la peinture acrylique noire éraflée laissant apercevoir l'aluminium en dessous. Les combattants des rues affichaient fièrement les blessures de guerre de leurs matraques, comme un symbole, une mise en garde pas très subtile.

On avait affaire à un casseur de têtes. Sans aucun doute. La plaque au-dessus de sa poche de poitrine indiquait qu'il s'appelait Powers. Il toisa Bosch à travers les Ray Ban qu'il portait bien que la nuit fût presque tombée, et le ciel rempli de nuages ocre se refléta dans ses verres miroir. C'était le genre même de coucher de soleil qui rappelait à Bosch le rougeoiement des incendies allumés pendant les émeutes quelques années plus tôt.

– Harry Bosch ! s'exclama le dénommé Powers avec un rien d'étonnement. Ça fait longtemps que vous avez repris le collier ?

Bosch l'observa un instant avant de répondre. Il ne connaissait pas Powers, mais ça ne voulait rien dire. Tous les flics du commissariat de Hollywood connaissaient certainement son histoire.

– Je reprends juste, lui répondit-il.

Il n'esquissa aucun geste pour échanger une poignée de main avec le policier. Ça ne se faisait pas sur les lieux d'un crime.

– C'est votre première affaire depuis votre retour, alors ?

Bosch prit une cigarette et l'alluma. Ce geste constituait une violation du règlement de la police, mais c'était bien le dernier de ses soucis.

– Oui, on peut dire ça.

Il changea rapidement de sujet.

– Qui ont-ils envoyé ?

– Edgar et la nouvelle qui vient de Pacific, sa *soul sister*.

– Rider.

– Oui, si vous voulez.

Bosch ne releva pas. Il savait ce qui se cachait derrière le ton méprisant qu'avait pris le flic. Il savait aussi que Kizmin Rider avait le don et qu'il n'y avait pas mieux qu'elle comme enquêteur. Mais, pour Powers, ça ne voulait rien dire et il était inutile de se donner la peine de lui expliquer. Il ne voyait sans doute qu'une seule raison au fait qu'il porte encore un uniforme au lieu d'arborer l'insigne doré des inspecteurs : il était blanc dans un secteur où on favorisait les femmes et les minorités pour l'embauche et les promotions. La plaie était purulente et il valait mieux ne pas y toucher.

Powers sembla prendre l'absence de réaction de Bosch pour une marque de désapprobation et enchaîna :

– Ils m'ont dit de laisser passer les bagnoles d'Emmy et de Sid quand ils arriveraient. J'en conclus qu'ils ont fini leurs recherches. Vous devez donc pouvoir descendre en voiture vous aussi.

Bosch mit une seconde à comprendre que Powers lui parlait du légiste et du type du SID, le Service scientifique de la police. Il avait prononcé ces noms comme s'il s'agissait d'un couple convié à un pique-nique.

Bosch marcha jusqu'à la route, jeta sa cigarette à moitié consumée et prit soin de l'éteindre sous sa semelle. Il aurait été mal vu de déclencher un feu de broussailles le premier jour de son retour à la Criminelle.

– Non, je vais y aller à pied, dit-il. Le lieutenant Billets est arrivée ?

– Non, pas encore.

Bosch regagna sa voiture et se pencha par la vitre ouverte pour prendre sa mallette. Puis il revint vers Powers.

– C'est vous qui avez découvert la voiture ?

– Ouais, c'est moi.

Powers était fier de lui.

– Comment vous l'avez ouverte ?

– J'ai toujours un pied-de-biche dans ma bagnole. J'ai commencé par ouvrir la portière et j'ai fait sauter le coffre.

– Pourquoi ?

– A cause de l'odeur. C'était évident.

– Vous aviez mis des gants ?

– Non. J'en avais pas.

– Qu'avez-vous touché ?

Powers fut obligé de réfléchir.

– La poignée de la portière, et celle du coffre. Ce doit être tout.

– Edgar ou Rider ont-ils pris votre déposition ? Vous avez rédigé un rapport ?

– Pas encore.

Bosch secoua la tête.

– Écoutez-moi, Powers. Je sais que vous êtes content de vous, mais la prochaine fois, n'ouvrez pas la voiture, OK ? On veut tous devenir inspecteur, mais tout le monde ne l'est pas. C'est comme ça qu'on bousille les indices. Et je suis sûr que vous le savez.

Bosch vit le visage du flic virer au cramoisi et sa peau se tendre autour de sa mâchoire.

– Je vais vous dire un truc, Bosch. Ce que je sais surtout, c'est que si je m'étais contenté de signaler un véhicule suspect dégageant une drôle d'odeur, comme s'il y avait un macchabée dans le coffre, vous auriez dit : « Qu'est-ce qu'il en sait, ce con de Powers ? », et vous auriez laissé pourrir la bagnole en plein soleil jusqu'à ce qu'ils aient tous disparu, vos putains d'indices !

– Vous avez peut-être raison, mais ç'aurait été à nous d'assumer nos conneries. Au lieu de ça, vous avez foutu la merde avant même qu'on se mette au boulot.

Powers était furieux, mais garda le silence. Bosch attendit quelques secondes, prêt à poursuivre le débat, puis il laissa tomber.

– Bon. Vous pouvez soulever le ruban, s'il vous plaît ?

Powers recula jusqu'au ruban. Il avait dans les trente-cinq ans, estima Bosch, et déjà la démarche arrogante du vétéran qui a une longue pratique. A Los Angeles, ce déhanchement venait vite, comme au Vietnam dans le temps. Powers souleva le ruban jaune et Bosch passa dessous. Au même moment, le flic lui glissa :

– Vous perdez pas, surtout.

– Elle est très bonne, Powers. Vous m'avez bien eu.

La route d'accès d'urgence était un chemin à une voie envahi sur les côtés par des fourrés qui lui montaient jusqu'à la taille. Des ordures et des débris de verre jonchaient le sol recouvert de gravillons, réponses des contrevenants au panneau planté à l'entrée. Bosch savait que cette route devait beaucoup plaire aux adolescents venus d'en bas.

La musique s'amplifiait à mesure qu'il avançait, mais il ne parvenait toujours pas à l'identifier. Au bout de quatre cents mètres environ, il atteignit une sorte de clairière au sol recouvert de gravier ; sans doute, songea-t-il, un point de rassemblement pour tous les engins de lutte contre le feu lorsqu'un incendie de broussailles se déclenchait dans les collines environnantes. Aujourd'hui, elle faisait office de lieu du crime. Il avisa une Rolls Royce Silver Cloud à l'autre bout de la clairière. Juste à côté se trouvaient ses deux collègues, Rider et Edgar. Rider était occupée à dessiner la scène en s'appuyant sur une planchette à pince, tandis qu'Edgar s'activait avec un mètre-ruban et entamait une série de mesures. Apercevant Bosch, il le salua de sa main gantée de latex et laissa le mètre-ruban se rétracter bruyamment.

– Eh, où t'étais passé, Harry ?

– Je faisais de la peinture, lui répondit Bosch en continuant d'avancer. Il a fallu que je me lave et que je me change, que je range tout.

Lorsqu'il approcha de l'extrémité de la clairière, la vue s'ouvrit soudain à ses pieds. En réalité, ils se trouvaient sur un promontoire qui dominait l'arrière du Hollywood Bowl. Toute ronde et à ciel ouvert, la salle de concert était située en contrebas sur la gauche, à moins de cinq cents mètres. C'est de là que venait la musique. Un concert du Philharmonique de Los Angeles. C'était la fin des représentations du week-end du *Labor Day*[1]. Bosch avait ainsi sous les yeux mille six cents personnes assises sur des rangées de sièges qui s'étendaient sur le versant opposé du canyon.

– Bordel ! dit-il tout haut en envisageant déjà le problème.

Edgar et Rider le rejoignirent.

– Alors, de quoi il s'agit ? leur demanda Bosch.

Ce fut Rider qui répondit.

– Un cadavre dans le coffre de la bagnole. Un Blanc. Tué par balles. On n'a pas cherché plus loin pour l'instant. On n'a pas voulu laisser le capot ouvert. Mais tout le monde a été prévenu.

Bosch se dirigea vers la Rolls en contournant les restes carbonisés d'un feu de camp qu'on avait allumé au centre de la clairière. Ses deux collègues lui emboîtèrent le pas.

– Je peux ? demanda Bosch en continuant vers la voiture.

– Ouais, on a tout inspecté, dit Edgar. Pas grand-chose. On a repéré une fuite sous la bagnole. C'est à peu près tout. Il y a longtemps que j'ai pas vu un meurtre aussi propre.

Jerry Edgar, appelé lui aussi en urgence à son domicile, comme tous les membres de l'équipe, portait un blue-jean et un T-shirt blanc, sur le côté gauche duquel était dessiné un insigne de policier avec la mention « Police criminelle de Los Angeles ». Quand il passa devant Bosch, celui-ci découvrit ce qui était écrit dans le dos : « Notre journée commence quand la vôtre s'achève. » Le T-shirt moulant contrastait violemment avec la peau noire d'Edgar et mettait en valeur sa puissante musculature tandis qu'il se dirigeait avec une grâce athlétique vers la Rolls. Bosch avait travaillé six ans avec lui de manière intermittente, mais ils n'avaient jamais été proches en dehors du boulot. C'était d'ailleurs la première fois qu'il s'apercevait qu'Edgar était taillé en athlète. Sans doute s'entraînait-il régulièrement.

Contrairement à son habitude, Edgar ne portait pas un de ses costumes chics et coûteux, mais Bosch croyait savoir pourquoi. Sa tenue décontractée le dispenserait presque à coup sûr du sale boulot : prévenir la famille de la victime.

En arrivant devant la voiture, ils ralentirent le pas, comme si ce qu'elle renfermait risquait d'être contagieux. La Rolls était garée

1. Fête du Travail américaine. Elle se déroule le premier jeudi de septembre *(NdT)*.

coffre face au sud, juste en face des spectateurs assis aux derniers rangs du Hollywood Bowl, tout en haut. Bosch réfléchit de nouveau au problème.

– Vous avez l'intention de sortir le type du coffre sous le nez de tous ces gens avec leurs bouteilles de vin et leurs paniers-repas ? demanda-t-il. Qu'est-ce que ça va donner à la télé ce soir, à votre avis ?

– Euh, en fait, répondit Edgar, on voulait te laisser le soin de prendre la décision, Harry. Vu que c'est toi notre supérieur...

Edgar sourit et y alla d'un clin d'œil.

– Ben voyons, dit Bosch, sarcastique. C'est moi le supérieur.

Il avait encore du mal à se faire à l'idée qu'il était le soi-disant chef d'équipe. Cela faisait presque dix-huit mois qu'il n'avait pas enquêté officiellement sur un homicide, et encore moins dirigé une équipe de trois inspecteurs. De retour de son congé forcé pour dépression au mois de janvier, il avait été muté au Bureau des cambriolages de la police de Hollywood. Le chef de la brigade, le lieutenant Grace Billets, lui avait alors expliqué que cette affectation était un moyen de le replonger en douceur dans le métier d'inspecteur. Bosch savait que cette explication était un mensonge – on avait dit à Billets où il fallait le mettre –, mais il avait accepté cette rétrogradation sans se plaindre. Il savait que, tôt ou tard, ils reviendraient le chercher.

Finalement, après huit mois passés à remplir des papiers – parfois en arrêtant un cambrioleur –, il avait été convoqué dans le bureau du lieutenant et là, Billets lui avait expliqué qu'elle allait procéder à des changements. Les statistiques des homicides résolus avaient atteint leur seuil le plus bas : moins de la moitié des meurtres avaient été élucidés. Billets avait pris la direction de la brigade un an plus tôt environ et la plus forte chute, lui avait-elle avoué à contrecœur, s'était produite sous son administration. Bosch aurait pu lui expliquer que cette baisse était due, en partie, au fait qu'elle ne truquait pas les statistiques de la même manière que son prédécesseur, Harvey Pounds, qui, lui, trouvait toujours des moyens de gonfler le nombre des affaires résolues, mais il avait gardé cette remarque pour lui. Il était resté assis sans rien dire pendant que Billets lui exposait son projet.

La première partie dudit projet consistait à réintégrer Bosch au sein de la Criminelle, et ce dès le mois de septembre. Un inspecteur nommé Shelby, une sorte de tire-au-flanc, quitterait ce service pour remplacer Bosch aux cambriolages. Billets réquisitionnait également une jeune et brillante recrue avec laquelle elle avait déjà travaillé à la brigade de Pacific : Kizmin Rider. Deuxième partie du projet, la plus radicale, elle avait décidé de modifier le traditionnel duo d'inspecteurs. Désormais, les neuf inspecteurs de la Criminelle de Hollywood travailleraient par équipes de trois, chacune des trois équipes étant dirigée par un chef de rang trois. Bosch avait le rang trois, il fut donc nommé chef de l'équipe un.

Le raisonnement qui sous-tendait ce changement était solide, sur le papier du moins. La plupart des homicides sont résolus dans les quarante-huit heures qui suivent la découverte du crime, ou bien ils ne le sont jamais. Billets voulait élucider plus d'affaires, conclusion, elle mettait plus d'inspecteurs sur chacune d'elles. Mais il y avait un aspect beaucoup moins séduisant, surtout pour les neuf inspecteurs concernés : avant, il y avait quatre tandems d'enquêteurs plus un inspecteur « flottant ». Avec ces changements, chaque détective s'occuperait désormais d'une affaire sur trois, et non plus d'une sur quatre. Ça voulait dire plus d'enquêtes, plus de boulot, plus de temps perdu au tribunal, plus d'heures supplémentaires et plus de stress. Seules les heures supplémentaires apparaissaient comme un point positif. Mais Billets n'était pas une tendre et se fichait des protestations des inspecteurs. Son projet lui valut rapidement un surnom évident.

– Quelqu'un a-t-il prévenu Bullets[1] ? demanda Bosch.

– J'ai appelé, dit Rider. Elle s'est barrée à Santa Barbara pour le week-end. Elle a laissé un numéro au poste pour la joindre. Elle va rentrer plus tôt, mais elle ne sera pas ici avant une heure et demie. Elle a dit qu'elle devait d'abord déposer son petit mari et qu'ensuite elle irait directement à la brigade.

Bosch acquiesça et s'approcha de l'arrière de la Rolls. Il perçut immédiatement l'odeur. Diffuse, mais présente, caractéristique. Semblable à aucune autre. Il eut un petit mouvement de tête qui n'était adressé à personne. Il posa sa mallette par terre, l'ouvrit et sortit une paire de gants en latex d'une boîte en carton. Il referma la mallette et la déposa à quelques pas derrière lui, à l'écart.

– Bon, voyons voir ça, dit-il en enfilant les gants.

Il détestait ce contact.

– Mettez-vous près de moi. Évitons d'offrir un supplément gratuit au public du Bowl.

– C'est pas très joli à voir, renchérit Edgar en s'avançant.

1. Soit balles, projectiles *(NdT)*.

Ils s'alignèrent tous les trois derrière la Rolls, afin de dissimuler le coffre aux yeux des mélomanes. Mais Bosch savait qu'il suffisait d'avoir une bonne paire de jumelles pour voir ce qui se passait. C'était ça, Los Angeles.

Avant d'ouvrir le coffre, il remarqua la plaque d'immatriculation personnalisée : TNA. Il n'avait pas eu le temps de poser sa question qu'Edgar y répondait déjà :

– TNA Productions. Melrose Avenue.

– Où ça, exactement ?

Edgar sortit de sa poche un calepin qu'il feuilleta. Bosch avait déjà entendu parler de l'adresse qu'il lui indiqua, mais ne put la situer précisément. C'était dans le bas de l'avenue, près des immenses studios Paramount qui occupaient tout le côté nord, à la hauteur des numéros 5500. Le grand studio était entouré de maisons de production plus petites et de mini-studios, sortes de poissons-ventouses nageant autour de la gueule du grand requin dans l'espoir de gober les miettes qu'il n'avait pas englouties.

– OK. Au boulot.

Bosch reporta son attention sur le coffre. Il constata que celui-ci avait été rabattu en douceur pour éviter qu'il ne se referme totalement. D'un doigt ganté de caoutchouc, il le souleva.

Du coffre s'échappa alors le souffle fétide et écœurant de la mort. Bosch regretta aussitôt de ne pas avoir une cigarette, mais cette époque était révolue. Il savait ce qu'un avocat de la défense pouvait tirer d'une seule cendre de clope laissée par un flic sur les lieux du crime. On obtenait des acquittements pour moins que ça.

Il se pencha à l'intérieur pour voir de plus près, en prenant soin de ne pas frotter son pantalon contre le pare-chocs. Le cadavre était là. D'une pâleur grisâtre et habillé de manière luxueuse : pantalon en lin impeccablement repassé, avec un revers, chemise bleu ciel à fleurs et veste en cuir. Il était pieds nus.

Le mort gisait sur le flanc droit en position fœtale, à l'exception de ses mains qui étaient dans son dos au lieu d'être collées contre sa poitrine. Bosch songea qu'on les lui avait sans doute attachées dans le dos, et qu'on lui avait ôté ses liens après, une fois qu'il était mort. En regardant de plus près, il remarqua une légère trace d'abrasion au niveau du poignet gauche, due certainement aux efforts que la victime avait faits pour se libérer. Les yeux étaient fermés hermétiquement, une espèce de substance sèche et blanchâtre, presque transparente, se décelant au coin de leurs orbites.

– Kiz, prends des notes sur l'aspect du corps.

– Entendu.

Bosch se pencha encore. Il constata alors qu'une écume de sang avait séché à l'intérieur de la bouche et du nez du cadavre. Les cheveux du mort étaient durcis par le sang qui avait coulé sur ses épaules. Jusqu'au tapis de sol qui était recouvert d'une pellicule de sang coagulé. Il découvrit le trou dans le plancher, celui par lequel le sang avait goutté sur les gravillons sous la voiture. Situé à une trentaine de centimètres de la tête de la victime, il semblait former une découpe irrégulière dans le revêtement métallique. Ce n'était pas un marque de projectile. Sans doute une évacuation ou un trou laissé par une vis qui avait fini par tomber sous l'effet des vibrations.

Dans la bouillie à laquelle se réduisait l'arrière de la tête du mort, Bosch aperçut distinctement deux orifices à la base du crâne. La protubérance occipitale. Le nom scientifique lui était venu facilement à l'esprit. Trop d'autopsies, se dit-il. Les cheveux situés près des deux blessures avaient été brûlés par les gaz qui s'échappent du canon d'une arme. Le cuir chevelu était grêlé de traces de poudre. Deux tirs à bout portant. Pas de point de sortie, à première vue. Sans doute du .22, pensa-t-il. Les balles rebondissent à l'intérieur comme des billes qu'on jette dans un bocal vide.

Il leva la tête et remarqua une petite éclaboussure de sang à l'intérieur du hayon. Il étudia longuement les taches, puis recula pour se redresser. Tout en gardant une vue d'ensemble du coffre, il passa mentalement en revue une liste imaginaire. Étant donné qu'aucune trace de sang n'avait été retrouvée sur le chemin conduisant à la clairière, il avait la conviction que l'homme avait été assassiné ici même, dans le coffre de la voiture. Mais il y avait d'autres facteurs inconnus. Pourquoi ici tout d'abord ? Pourquoi la victime n'avait-elle ni chaussures ni chaussettes ? Pourquoi lui avait-on détaché les poignets ? Il mit toutes ces questions de côté pour l'instant.

– Vous avez fouillé le portefeuille ? demanda-t-il sans se retourner vers les deux autres.

– Non, pas encore, lui répondit Edgar. Tu l'as reconnu ?

Pour la première fois, Bosch regarda ce visage comme un vrai visage. La peur était encore gravée sur ses traits. L'homme avait fermé les yeux. Il savait ce qui l'attendait. Bosch se demanda si la substance blanchâtre qu'il avait aux coins des yeux était des larmes séchées.

– Non. Et toi ?

– Non plus. Il est trop amoché.

Délicatement, Bosch souleva le dos de la veste en cuir et vit qu'il n'y avait pas de portefeuille dans les poches arrière du pantalon du mort. Il écarta alors la veste et avisa le portefeuille glissé dans la poche intérieure ; sur celle-ci était cousue l'étiquette du magasin de vêtements pour hommes Fred Haber. Dans la même poche il vit aussi une enveloppe cartonnée renfermant un billet d'avion. Avec son autre main, il s'empara des deux objets.

– Retiens le hayon, dit-il en reculant.

Edgar le laissa retomber aussi délicatement qu'un croque-mort qui referme un cercueil. Pendant ce temps, Bosch se dirigea vers sa mallette, s'accroupit et posa les deux objets dessus.

Il ouvrit d'abord le portefeuille. Il contenait un jeu complet de cartes de crédit glissées dans des fentes à gauche et, à droite, un permis de conduire sous une fenêtre plastifiée. Le permis était au nom d'Anthony N. Aliso.

– Anthony N. Aliso, dit Edgar. Tony en abrégé. TNA. TNA Productions.

L'adresse se trouvait à Hidden Hills, minuscule enclave située à proximité de Mulholland, sur les hauteurs de Hollywood. Le genre d'endroit où tout est entouré de murs, avec guérite où se relaient des gardes vingt-quatre heures sur vingt-quatre, généralement des retraités de la police de Los Angeles ou des flics faisant des heures sup'. L'adresse cadrait parfaitement avec la Rolls Royce.

Bosch ouvrit ensuite la partie porte-billets et découvrit une liasse de dollars. Sans sortir l'argent, il compta deux billets de cent et neuf billets de vingt. Il annonça le total à voix haute pour que Rider puisse en prendre note. Puis il reporta son attention sur l'enveloppe de la compagnie aérienne. A l'intérieur se trouvait le reçu d'un billet simple sur un vol American Airlines reliant Las Vegas et Los Angeles, départ vendredi soir à vingt-deux heures cinq. Le nom figurant sur le billet correspondait à celui du permis de conduire. Bosch jeta un coup d'œil derrière la pochette du billet ; aucun autocollant ni agrafe indiquant qu'un bagage avait été enregistré par le porteur du billet. Intrigué, Bosch laissa le portefeuille et le billet d'avion sur la mallette pour examiner l'intérieur de la voiture, à travers les vitres.

– Pas de bagage ?

– Non, rien, lui répondit Rider.

Bosch revint vers le coffre et l'ouvrit de nouveau. Penché au-dessus du corps, il glissa un doigt dans la manche gauche de la veste et la remonta. Rolex en or autour du poignet. Modèle avec cadran bordé de diamants minuscules.

– Merde.

Bosch se retourna. C'était Edgar.

– Quoi ?
– Tu veux que j'appelle l'OCID [1] ?
– Pour quoi faire ?
– Un type avec un nom rital, pas de trace de vol, deux balles derrière la tête, c'est une exécution, Harry. On ferait mieux d'appeler l'OCID.
– Non, pas tout de suite.
– C'est ce que va faire Bullets, je suis prêt à le parier.
– On verra.

Bosch observa encore une fois le cadavre, en s'attardant sur son visage ensanglanté, déformé. Puis il referma le coffre.

Il tourna le dos à la voiture et gagna l'extrémité de la clairière. L'endroit offrait une vue magnifique sur la ville. En regardant vers l'est, au-delà de la vaste étendue de Hollywood, il distingua sans peine les plus hauts toits du centre-ville dans la brume légère. Il vit que les lumières du Dodger Stadium étaient allumées pour le match en nocturne. Les Dodgers étaient à égalité parfaite avec Colorado, et il restait un mois à jouer. Bosch avait un billet dans sa poche intérieure de veste. Mais il savait bien qu'en l'emportant il se faisait des illusions. Pas question de mettre un pied au stade ce soir. Il savait également qu'Edgar avait raison. Ce meurtre avait toutes les apparences d'un contrat de la Mafia. L'OCID, le Bureau des enquêtes sur le crime organisé, devrait être prévenu, sinon pour prendre en main toute l'enquête, du moins pour donner un avis. Mais Bosch retardait cet appel. Ça faisait longtemps qu'il n'avait pas mené d'enquête. Il ne voulait pas renoncer aussi vite.

Il reporta son attention sur le Hollywood Bowl. Apparemment, il n'y avait plus une place de libre. Les rangées de spectateurs formaient une sorte d'ellipse accrochée au flanc de la colline d'en face. Les places assises les plus éloignées de la scène en forme de coquille, celles situées le plus haut sur la colline, se trouvaient presque au niveau de la clairière où se trouvait la Rolls. Bosch se demanda combien de personnes l'observaient à cet instant. Une fois encore, il réfléchit au problème. L'enquête devait suivre son cours. Mais s'il sortait le cadavre du coffre devant tous ces gens, il faudrait, et il le savait, payer les pots cassés, car cela donnerait une mauvaise image de la police et de la municipalité.

De nouveau, Edgar sembla lire dans ses pensées.

1. Organized Crime Intelligence Division, organisme spécialisé dans la lutte contre la Mafia *(NdT).*

– Ils s'en foutent, Harry. Au Festival de jazz, il y a quelques années, au même endroit, un couple s'est envoyé en l'air pendant une demi-heure. A la fin, ils ont eu droit à une ovation. Le type s'est levé, le cul à l'air, et il a salué.

Bosch le regarda pour voir s'il plaisantait.

– Je t'assure, je l'ai lu dans le *Times*. Dans la rubrique « Ça n'arrive qu'à L.A. »

– Ce soir, Jerry, c'est le Philharmonique qui joue. Ce n'est pas le même public, si tu vois ce que je veux dire. Et je ne tiens pas à ce que cette affaire finisse dans « Ça n'arrive qu'à L.A. », d'accord ?

– D'accord, Harry.

Bosch se tourna vers Rider. Elle n'avait presque pas ouvert la bouche jusqu'à présent.

– Qu'en penses-tu, Kiz ?

– J'en sais rien. C'est toi le chef.

Rider était une petite femme, un mètre cinquante-cinq et pas plus de cinquante kilos, en comptant son arme. Jamais elle n'aurait pu entrer dans la police avant qu'on décide de revoir à la baisse les critères physiques de recrutement, afin justement d'attirer davantage de femmes. Elle avait la peau marron clair et les cheveux courts et défrisés. Ce jour-là, elle portait un jean et une chemise en oxford rose sous un veston noir. Sur son corps frêle, la veste ne parvenait pas à masquer le Glock 9 mm qu'elle avait à la ceinture, dans un étui.

Billets avait expliqué à Bosch qu'elle avait travaillé avec Rider à Pacific. Rider était alors affectée aux affaires de cambriolages et d'escroqueries, mais on faisait parfois appel à elle pour enquêter sur des homicides ayant des aspects financiers. D'après Billets, Rider était capable d'analyser le contexte d'un crime en profondeur, et aussi bien que la plupart des vieux briscards. Billets avait dû jouer de son influence pour faire approuver le transfert de Rider, et pourtant, elle s'était déjà résignée à l'idée que la jeune femme ne resterait pas longtemps dans son département. Rider était destinée à voyager. Son statut de double minorité, ajouté au fait qu'elle connaissait son métier et possédait un ange gardien à Parker Center (Billets ne savait pas de qui il s'agissait) signifiait à coup sûr que son séjour à Hollywood serait bref. C'était la petite touche finale avant qu'elle prenne le chemin du centre-ville et arrive à la Maison de verre.

– Le garage est prévenu ? demanda Bosch.

– Non, on a attendu, lui répondit Rider. On s'est dit qu'on serait coincés ici un bon moment avant de pouvoir embarquer la voiture.

Bosch acquiesça. Il s'attendait à cette réponse. Le garage de la police figurait généralement en dernière place sur la liste des services à contacter. Mais il cherchait à gagner du temps et tentait de prendre une décision en posant des questions dont il connaissait déjà les réponses.

Enfin il prit sa décision.

– C'est bon, appelle-les, dit-il. Demande-leur de rappliquer immédiatement. Et qu'ils viennent avec un camion à plateau, OK ? Même s'ils ont une remorqueuse dans les parages, qu'ils fassent demi-tour. Dis-leur qu'on exige un camion à plateau. Il y a un téléphone dans ma mallette.

– Pigé, dit Rider.

– Pourquoi un camion à plateau ? demanda Edgar.

Bosch ne répondit pas.

– On embarque tout, ajouta Rider.

– Quoi ?

Elle se dirigea vers la mallette sans répondre. Bosch réprima un sourire. Elle avait compris ce qu'il avait l'intention de faire et commençait à discerner le potentiel dont lui avait parlé Billets. Il alluma une cigarette, glissa l'allumette calcinée dans l'emballage en Cellophane qui entourait le paquet et mit le tout dans sa poche de veste.

Tout en fumant, il constata qu'à l'extrémité de la clairière, à l'endroit qui surplombait directement le Bowl, le son était bien meilleur. Au bout d'un instant, il parvint même à identifier l'œuvre qui était exécutée.

– *Shéhérazade*, dit-il.

– Qu'est-ce que tu dis ? demanda Edgar.

– La musique. Ça s'appelle *Shéhérazade*. Tu ne l'as jamais entendue ?

– Je ne suis même pas sûr de l'entendre. Ça résonne de partout.

Bosch fit claquer ses doigts. Une pensée venait brusquement de lui traverser l'esprit. Dans sa tête, il voyait le portail cintré du studio de cinéma, réplique miniature de l'Arc de triomphe à Paris.

– Cette adresse dans Melrose, dit-il, c'est tout près de la Paramount. Un des petits studios qui se collent au gros. Archway, je crois.

– Ah ? Oui, tu as sans doute raison.

Rider les rejoignit.

– Un camion à plateau est parti, annonça-t-elle. Il devrait être ici dans un quart d'heure. Je me suis renseignée pour le légiste et le labo. Ils arrivent eux aussi. Le labo a quelqu'un qui vient juste de terminer une effraction à Nichols Canyon. Il ne devrait pas tarder.

– Parfait, dit Bosch. L'un de vous deux a-t-il interrogé l'agent de patrouille ?

– Non, sauf en arrivant, rapidement, dit Edgar. C'est pas trop notre genre. On a préféré laisser ça au chef.

Le sous-entendu était qu'Edgar avait senti l'animosité raciste de Powers envers lui et Rider.

– OK, je m'en charge, dit Bosch. Finissez de prendre des notes, et inspectez encore une fois les abords immédiats. En échangeant les endroits cette fois.

Il s'aperçut qu'il venait de leur dire des choses qu'il n'avait pas besoin de leur dire.

– Désolé. Vous savez ce que vous avez à faire. Je voulais juste dire... faisons ça dans les règles. J'ai l'impression que cette histoire va nous valoir une jolie pub.

– Et l'OCID ? demanda Edgar.

– Pas maintenant, je te l'ai déjà dit.

– Une jolie pub ? répéta Rider, l'air perplexe.

– C'est une histoire juteuse, dit Edgar. Avec une vedette. Un studio de cinéma. Si c'est un gros ponte de la profession qui est dans ce coffre, un type de chez Archway, ça va attirer les médias. Et pas qu'un peu. Un cadavre dans le coffre d'une Rolls, c'est chaud. Le cadavre d'un type du cinéma dans le coffre d'une Rolls, c'est encore plus chaud.

– Archway, tu dis ?

Bosch les abandonna, tandis qu'Edgar expliquait à sa collègue les choses de la vie dès qu'il était question de meurtre, de médias et d'industrie du cinéma à Hollywood.

Bosch s'humecta les doigts pour éteindre sa cigarette et la glissa dans l'emballage en Cellophane, avec l'allumette calcinée. A pas lents, il entreprit de parcourir les cinq cents mètres qui le séparaient de Mulholland, en inspectant de nouveau le chemin de gravier, en zigzaguant. Malheureusement, il y avait tellement de déchets sur le chemin et dans les buissons environnants qu'il était impossible de déterminer si telle ou telle chose – mégot de cigarette, bouteille de bière, préservatif usagé – avait un rapport avec la Rolls ou pas. Mais ce qu'il cherchait à repérer avant tout, c'était le sang. S'il y en avait des traces sur la route, et si ce sang correspondait à celui de la victime, cela pouvait signifier qu'on l'avait assassinée ailleurs avant de l'abandonner dans la clairière. En revanche, l'absence de sang permettait de penser que le meurtre avait eu lieu ici même.

Alors qu'il effectuait ses recherches infructueuses, il s'aperçut qu'il se sentait bien, presque heureux. Il était de retour sur le terrain, il avait repris sa mission. Puis il se dit qu'il avait fallu que l'homme enfermé dans le coffre meure pour qu'il éprouve cette sensation et s'empressa de chasser ce sentiment de culpabilité. Le type aurait fini dans le coffre quoi qu'il arrive, que Bosch ait réintégré ou pas le bureau des détectives.

En arrivant à Mulholland, il aperçut les camions de pompiers. Il y en avait deux, entourés par un bataillon de combattants du feu qui semblaient attendre quelque chose. Il alluma une autre cigarette et s'approcha de Powers.

– Vous allez avoir un problème, on dirait, déclara l'agent en uniforme.

– Lequel ?

Avant que Powers ait eu le temps de répondre, un des pompiers s'avança. Il portait le casque blanc de chef de bataillon.

– C'est vous le responsable ? demanda-t-il.

– Oui, c'est moi.

– Capitaine Jon Friedman. On a un problème.

– Il paraît.

– Le concert du Bowl doit s'achever dans quatre-vingt-dix minutes. Et après, il y a le feu d'artifice. Mais ce gars-là nous dit que vous avez un macchabée un peu plus loin et qu'il faut toucher à rien. C'est ça, mon problème. Si on ne peut pas accéder à ce coin-là pour se mettre en position de sécurité avant le feu d'artifice, il n'y aura pas de feu d'artifice. On ne pourra pas l'autoriser. Si on n'est pas en position, vous risquez de voir toutes ces collines partir en fumée à cause d'une seule fusée perdue. Vous imaginez le tableau ?

Bosch remarqua le rictus amusé de l'agent Powers. Il l'ignora et reporta son attention sur Friedman.

– Combien de temps vous faut-il pour vous mettre en place, capitaine ?

– Dix minutes, au maximum. Il suffit qu'on soit en position avant qu'ils balancent la première fusée.

– On a donc quatre-vingt-dix minutes ?

– Quatre-vingt-cinq maintenant. Il y aura beaucoup de gens furieux si le feu d'artifice n'est pas tiré.

Bosch s'aperçut alors qu'il ne prenait pas réellement de décisions et qu'on les prenait à sa place.

– Attendez ici, capitaine, dit-il. On aura vidé les lieux dans une heure et quart. Inutile d'annuler le spectacle.

– Vous en êtes certain ?

– Comptez sur moi.

– Inspecteur ?

– Oui, capitaine ?

– Vous enfreignez la loi avec cette cigarette.

D'un mouvement de tête il indiqua le panneau recouvert de graffiti.

– Désolé, capitaine.

Bosch gagna la route goudronnée pour écraser sa cigarette, tandis que Friedman rejoignait ses hommes pour annoncer par radio que le spectacle était maintenu. Prenant conscience du danger, Bosch le rattrapa.

– Capitaine, vous pouvez confirmer que le spectacle aura lieu, mais surtout pas un mot au sujet du cadavre. On n'a pas envie de voir rappliquer la presse et les hélicos nous tourner au-dessus de la tête.

– Pigé.

Bosch le remercia et retourna s'occuper de Powers.

– Vous pourrez pas déblayer les lieux en une heure et quart, lui lança ce dernier. Le légiste est même pas encore arrivé.

– C'est mon affaire, Powers. Alors, vous avez rédigé votre rapport ?

– Pas encore. Il a fallu que je m'occupe de ces gars. Franchement, ce serait plus simple si vos collègues et vous aviez une radio là-bas.

– Bon, et si vous me racontiez toute l'histoire depuis le commencement ?

– Et les deux autres ? insista Powers en montrant la clairière d'un mouvement de la tête. Pourquoi c'est pas eux qui m'interrogent ? Edgar et Rider.

– Ils sont occupés. Alors, vous me faites un topo, oui ou non ?

– Je vous ai déjà tout raconté.

– A partir du début, Powers. Vous m'avez raconté ce que vous avez fait après avoir inspecté la voiture. Mais qu'est-ce qui vous a poussé à le faire ?

– Y a pas grand-chose à raconter. Habituellement, je passe toujours par ici quand je fais ma ronde, pour chasser la racaille.

Il tendit le doigt vers le sommet de la colline, au-delà de Mulholland. Une rangée de maisons, à pilotis pour la plupart, s'accrochaient à la crête. On aurait dit des mobile homes suspendus dans le vide.

– Les gens qui crèchent là-haut passent leur temps à appeler les flics, pour dire qu'ils ont vu des feux de camp en bas de chez eux, des beuveries, des cérémonies sataniques et Dieu sait quoi encore. Ça leur gâche la vue, je suppose. Et ils ne veulent pas qu'on leur gâche leur vue à un million de dollars. Alors, je rapplique et je vire toute la racaille. Des pauvres zonards de la Vallée, généralement. Les pompiers avaient foutu un cadenas sur la grille à l'entrée, mais un type l'a défoncé avec sa bagnole. Ça s'est passé il y a six mois. Mais faut au moins un an pour que la municipalité répare un truc, par ici. Putain, ça fait trois semaines que je réclame des piles pour ma Maglite, et j'attends toujours. Si je les avais pas achetées moi-même, je me taperais toute ma patrouille de nuit sans lumière. La mairie s'en fout. Cette ville…

– La Rolls, Powers. Ne nous éloignons pas du sujet.

– En fait, d'habitude, je passe par ici après la tombée de la nuit, mais à cause du concert au Bowl je me suis pointé plus tôt aujourd'hui. C'est là que j'ai vu la Rolls.

– Vous êtes venu ici spontanément ? Pas de plainte venue du haut de la colline ?

– Non. Aujourd'hui, j'avais décidé de venir plus tôt. A cause du concert. Je me disais qu'il y aurait peut-être des indésirables.

– Il y en avait ?

– Oui, quelques-uns, des gens qui voulaient écouter le concert. Rien à voir avec la faune habituelle. C'est de la musique plus raffinée. Je les ai quand même virés, et après leur départ il ne restait plus que la Rolls. Mais il n'y avait personne à l'intérieur.

– Vous avez donc décidé de l'ouvrir.

– Exact. Je sais reconnaître l'odeur. J'ai forcé le coffre avec mon pied-de-biche et il était là, à l'intérieur. Le cadavre. Alors, j'ai plus touché à rien et j'ai appelé les pros.

Il y avait un soupçon de sarcasme dans la manière dont il avait prononcé ce dernier mot. Bosch l'ignora.

– Avez-vous relevé les noms des personnes que vous aviez chassées d'ici ?

– Non. Je vous l'ai dit, c'est seulement après les avoir virées que j'ai remarqué que personne n'était remonté dans la Rolls. Mais il était trop tard.

– Et hier soir ?

– Quoi hier soir ?

– Êtes-vous aussi passé par ici ?

– Non. Le dimanche, je suis de repos.

– Et le samedi ?

– Je bosse. Je suis de repos dimanche et lundi. Aujourd'hui, je bosse à cause des heures sup' du jour férié.

– Donc, vous êtes passé par ici samedi soir ?

L'agent Powers secoua la tête.

– La patrouille de nuit du samedi est toujours très animée ; ça n'arrête pas. J'ai pas eu le temps de patrouiller et, à ma connaissance, on n'a pas reçu de plainte… Alors, je ne suis pas venu.

– Vous avez fonctionné uniquement avec la radio ?

– J'ai été bombardé d'appels toute la nuit. J'ai même pas eu le temps de bouffer un morceau.

– Quel dévouement, Powers !

– Qu'est-ce que ça veut dire ?

Bosch comprit qu'il avait commis une erreur. Powers était rongé par la frustration professionnelle et il l'avait poussé à bout. L'agent de police était redevenu cramoisi ; il ôta lentement ses Ray Ban.

– Je vais vous dire une bonne chose, monsieur le crack. Vous êtes arrivé dans ce métier au bon moment. Nous autres, on n'est que de la merde. Je saurais même plus vous dire depuis quand j'essaye de décrocher mon insigne doré, et j'ai à peu près autant de chances de l'avoir un jour que le pauvre type enfermé dans le coffre de sa Rolls. Et pourtant, je continue. Je suis toujours là, cinq nuits par semaine, à répondre aux appels radio. Sur la portière de ma bagnole, il y a écrit « Protéger et servir », et c'est que je fais, mon vieux. Alors, venez pas m'emmerder en parlant de dévouement.

Bosch attendit d'être certain que Powers avait terminé.

– Écoutez, Powers, je ne voulais pas vous chercher des poux dans la tête. OK ? Vous voulez une cigarette ?

– Je fume pas.

– Bon, recommençons.

Il attendit encore un peu, le temps que Powers remette ses lunettes et semble se calmer.

– Vendredi soir… vous êtes venu ici ?

– J'y suis passé, mais de bonne heure. Vers vingt heures. Il n'y avait pas de Rolls.

Bosch hocha la tête.

– Vous patrouillez toujours seul ?

– Voiture Z.

Bosch acquiesça de nouveau. Unité Zèbre. Officier de police polyvalent, c'est-à-dire qu'il recevait un tas d'appels différents, principalement des trucs minables, alors que les équipes composées de deux agents se chargeaient des appels plus chauds, les gros trucs pouvant se révéler dangereux. Les Zèbres patrouillaient seuls, et souvent régnaient en toute liberté sur la totalité de leur district. Au niveau des responsabilités, ils se situaient entre les sergents et les simples tâcherons chargés de patrouiller dans certaines tranches géographiques du district, appelées zones de voitures de base.

– Ça vous arrive souvent de chasser des gens d'ici ?

– Une ou deux fois par mois. Je peux pas vous dire comment ça se passe avec les autres équipes ou les voitures de base. Mais généralement, tous ces appels à la con sont pour la voiture Z.

– Vous avez rédigé des fiches ?

Bosch faisait allusion aux fiches de petit format qu'on appelait autrefois « Interrogatoire sur le terrain ». Les flics les remplissaient quand ils appréhendaient un suspect, mais ne possédaient pas suffisamment de preuves pour procéder à son arrestation, ou bien, dans le cas d'une intrusion illégale comme ici, lorsque l'arrestation serait une perte de temps.

– J'en ai quelques-unes, au poste.

– Parfait. On aimerait y jeter un coup d'œil si vous pouviez nous les sortir. Par ailleurs, vous pourriez demander à vos collègues des voitures de base s'ils ont repéré la Rolls à cet endroit ces derniers jours ?

– C'est le moment où je dois vous remercier de me laisser participer à une grosse enquête et vous demander de glisser un mot de recommandation au lieutenant ?

Bosch le dévisagea avant de répondre.

– Non, c'est le moment où je vous demande de nous préparer vos fiches pour demain matin à neuf heures ; sinon, j'en touche un mot au chef de patrouille. Et laissez tomber pour vos collègues. Nous irons les interroger nous-mêmes. Je ne voudrais pas vous priver de pause repas deux fois de suite, Powers.

Il repartit vers le lieu du crime, marchant à pas lents comme précédemment, mais, cette fois, en inspectant l'autre côté du chemin de gravier. A deux reprises, il dut sauter dans les buissons sur le bord – afin de laisser passer le camion du garage de la police d'abord, puis la camionnette du Service d'enquête scientifique, le SID.

Lorsqu'il déboucha dans la clairière, il n'avait toujours relevé aucun indice et était désormais convaincu que la victime avait été assassinée dans le coffre, alors que la Rolls était arrêtée dans la clairière. Il vit Art Donovan, le technicien du SID, et Roland Quatro, le photographe qui l'accompagnait, se mettre au travail. Il se dirigea vers Rider.

– Alors, du nouveau ? lui demanda-t-elle.

– Non. Et de ton côté ?

– Rien. Je pense que la Rolls est venue jusqu'ici avec le type dans le coffre. Le meurtrier descend de bagnole, ouvre le coffre et tire deux balles sur le type. Il referme le coffre et repart à pied. Et quelqu'un passe le reprendre dans Mulholland. Tout est clean ici.

Il acquiesça.

– Pourquoi pas une femme ?

– Pour l'instant, je me fie aux statistiques.

Bosch se dirigea alors vers Donovan, qui était en train d'envelopper le portefeuille et le billet d'avion dans un sachet en plastique transparent.

– Art, on a un problème.

– A qui le dis-tu ! Je pensais justement que je pourrais tendre des grosses toiles sur des pieds de projecteurs, mais ça m'étonnerait qu'on puisse empêcher tous les spectateurs de voir ce qui se passe. Certains d'entre eux vont avoir droit à un joli spectacle. Bah, ça les consolera de l'annulation du feu d'artifice. A moins, bien sûr, que tu aies l'intention d'attendre la fin du concert.

– Non. Si on attend, n'importe quel avocat de la défense nous clouera au pilori devant le tribunal pour avoir retardé les choses. Tous les avocats ont pris des cours avec O. J. Tu le sais aussi bien que moi.

– Alors, qu'est-ce qu'on fait ?

– Fais vite ce que tu dois faire sur place et ensuite, on embarque tout dans le hangar. Tu sais s'il y a quelqu'un là-bas ?

– Ça devrait être libre, lui répondit Donovan. Mais... tu veux tout emmener ? Le corps aussi ?

Bosch acquiesça.

– Tu feras du meilleur boulot au hangar, non ?

– C'est sûr. Mais le légiste ? Ils doivent te signer une autorisation dans un cas pareil, Harry.

– Je m'en occupe. Mais avant qu'on embarque tout sur le camion, vérifiez bien que vous avez tout photographié et filmé, au cas où des trucs bougeraient durant le transport. Relève également les empreintes du type et file-les-moi.

– Entendu.

Pendant que Donovan rejoignait Quatro pour lui expliquer le but de la manœuvre, Bosch s'entretint avec Edgar et Rider.

– Bon. Pour l'instant, on va la jouer comme ça, dit-il. Si vous aviez des projets pour le restant de la soirée, vous pouvez téléphoner pour annuler. La nuit va être longue. Voici comment on va procéder.

Il pointa le doigt en direction des maisons alignées sur la crête.

– Pour commencer, Kiz, je veux que tu ailles frapper à toutes les portes des baraques là-haut. Tu connais la routine. Tu demandes si quelqu'un se rappelle avoir vu la Rolls et s'il sait depuis quand elle est ici. Peut-être a-t-on entendu les coups de feu. Il se peut qu'ils aient résonné contre le flanc de la colline. Ce qu'on veut, c'est essayer de déterminer l'heure à laquelle ça s'est passé. Ensuite, je... tu as un téléphone ?

– Non. J'ai une radio dans la voiture.

– Laisse tomber. Je ne veux pas qu'on évoque cette affaire sur les ondes.

– Je pourrai téléphoner de chez quelqu'un.

– OK. Appelle-moi quand tu auras terminé, ou bien c'est moi qui te biperai quand j'aurai fini. Ensuite, selon la tournure des événements, nous irons prévenir la famille tous les deux, ou nous irons à son bureau.

Rider acquiesça. Bosch se tourna vers Edgar.

– Jerry, toi, tu retournes au poste. Tu te charges des rapports.

– Hé, c'est elle, la nouvelle recrue !

– La prochaine fois, tu ne viendras pas en T-shirt. Tu ne peux pas aller sonner chez les gens dans cette tenue.

– J'ai une chemise dans ma bagnole. Je vais me changer.

– Une autre fois. Pour l'instant, tu t'occupes des rapports. Mais avant de t'y mettre, j'aimerais que tu interroges le fichier sur Aliso, histoire de voir ce qu'on a sur lui. Il s'est fait établir un permis de conduire l'année dernière, ils auront donc l'empreinte de son pouce par le biais des cartes grises. Essaye de voir si tu peux demander à quelqu'un de l'identification de la comparer avec celles que va te filer Art. Je veux avoir confirmation de l'identité de la victime le plus vite possible.

– Il y aura personne à l'identification ce soir. Art est de garde, il n'a qu'à s'en charger.

– Art a d'autres choses à faire. Essaye de débaucher quelqu'un chez lui. Il nous faut la confirmation de l'identité.

– J'essaierai, mais je ne te pro...

– Parfait. Ensuite, je veux que tu contactes tous les agents qui patrouillent dans ce secteur pour savoir si quelqu'un a aperçu la Rolls. Powers, le type à l'entrée du chemin, va nous sortir les fiches des gamins qui traînent dans le coin. Je veux que tu les passes en revue, elles aussi. Après, tu pourras t'attaquer aux rapports.

– Putain, avec tout ça, j'aurai de la chance si je m'installe devant mon ordinateur avant la semaine prochaine.

Ignorant ses lamentations, Bosch jaugea ses deux collègues.

– Je reste avec le corps. Kiz, si jamais je suis coincé, tu iras faire un tour à l'adresse du bureau, et je m'occuperai de prévenir la famille. Bon, tout le monde sait ce qu'il a à faire ?

Rider et Edgar acquiescèrent. Mais Bosch sentait que quelque chose continuait à tracasser Edgar.

– Tu peux y aller, Kiz, dit-il.

Elle s'éloigna et Bosch attendit qu'elle soit hors de portée de voix pour demander :

– Eh bien, Jerry, quel est ton problème ?

– Je voudrais juste savoir si cette équipe va toujours fonctionner comme ça. Je me tape tout le boulot à la con pendant que la princesse se la coule douce.

– Non, Jerry, ça ne sera pas toujours comme ça, et je pense que tu me connais suffisamment bien pour ne pas poser la question. Quel est le *vrai* problème ?

– Je ne suis pas d'accord avec ta décision, Harry. On devrait déjà avoir téléphoné aux mecs de l'OCID. Cette affaire pue la Mafia à plein nez. Je pense que tu devrais les appeler, mais je pense aussi que tu viens juste de reprendre le boulot et que ça fait si longtemps que tu attends une enquête que tu ne les appelleras pas. Le voilà, mon problème.

Edgar haussa les épaules, comme pour montrer combien tout cela était évident.

– Tu sais, reprit-il, tu n'as rien à prouver, Harry. Et il n'y aura pas de pénurie de cadavres. On est à Hollywood, souviens-toi. M'est avis qu'on devrait refiler cette affaire et attendre la prochaine.

Bosch acquiesça.

– Oui, tu as peut-être raison, dit-il. Tu as sans doute raison. Sur toute la ligne. Mais c'est moi le chef. Alors, on fait ce que je dis pour l'instant. Je vais appeler Bullets pour lui faire un topo, ensuite j'appellerai l'OCID. Mais même s'ils débarquent, on gardera une partie de l'enquête. Tu le sais bien. Alors, autant faire du bon boulot, OK ?

Edgar hocha la tête, à contrecœur.

– Écoute, ajouta Bosch, ton objection sera consignée dans le rapport, ça te va ?

– D'accord, Harry.

Bosch vit la camionnette bleue du médecin légiste pénétrer dans la clairière. Le type assis derrière le volant était Richard Matthews. Un coup de pot. Matthews n'était pas aussi à cheval sur le règlement que d'autres et Bosch pensa qu'il pourrait le convaincre de suivre son plan, savoir emporter la totalité du colis jusqu'au hangar. Matthews comprendrait qu'il n'y avait pas d'autre solution.

– On garde le contact ! cria Bosch, tandis qu'Edgar s'éloignait.

Ce dernier lui répondit par un vague geste de la main, sans se retourner.

Pendant quelques secondes, Bosch demeura seul au milieu de l'effervescence qui régnait sur le lieu du crime. Il s'aperçut alors à quel point il se délectait de son rôle. Les premiers moments d'une enquête avaient, semblait-il, le pouvoir de l'exciter, et il sentait combien cette sensation lui avait manqué pendant un an et demi.

Finalement, il chassa ses pensées et se dirigea vers la camionnette du légiste pour s'entretenir avec Matthews. Du Hollywood Bowl monta un tonnerre d'applaudissements lorsque s'acheva *Shéhérazade*.

Le hangar-labo était une cabane Quonset[1] installée dans la cour des Services municipaux, derrière le quartier général de la police, à Parker Center. Elle était dépourvue de fenêtres et dotée d'une porte de garage à double battant. L'intérieur avait été peint en noir et tous les interstices ou fissures susceptibles de laisser entrer la lumière obstrués avec du ruban adhésif. Il était aussi équipé d'épais rideaux noirs qu'on pouvait tirer après avoir refermé la double porte. L'intérieur du hangar était alors aussi noir que le cœur d'un usurier. Les gars du labo qui y travaillaient l'avaient même surnommé « La grotte ».

Pendant qu'on faisait descendre la Rolls du camion de la police,

1. *Quonset hut* : abri préfabriqué de métal ondulé, utilisé par l'armée américaine pendant la guerre *(NdT)*.

Bosch alla déposer sa mallette sur un plan de travail à l'intérieur du hangar et sortit son téléphone mobile. L'OCID constituait une société secrète à l'intérieur de la vaste société, elle aussi secrète, qu'était la police. Bosch savait peu de choses sur l'OCID et fréquentait peu d'inspecteurs affectés à cette unité. L'OCID représentait une entité mystérieuse, même pour les membres de la police. Rares étaient ceux qui connaissaient exactement ses activités. Ce qui, bien évidemment, alimentait les soupçons et les jalousies.

La plupart des inspecteurs de l'OCID avaient la réputation, parmi leurs collègues des autres services, de débouler pour piquer des enquêtes à d'autres inspecteurs comme Bosch. Mais ça ne voulait pas dire qu'ils élucidaient beaucoup d'affaires en échange. Bosch en avait vu de nombreuses disparaître sous leur porte sans qu'il en résulte beaucoup d'inculpations de mafiosi. Ils étaient les seuls à disposer d'un budget occulte, approuvé à huis clos par le chef de la police et une commission de gradés qui suivait généralement son avis. A partir de là, l'argent s'évanouissait dans l'obscurité, pour payer des informateurs, des recherches et du matériel de haute technologie. Hélas, la plupart de leurs enquêtes se perdaient dans le même néant.

Bosch demanda à l'opératrice de transférer son appel vers le responsable de l'OCID de garde ce week-end. Pendant qu'il patientait, il repensa au cadavre dans le coffre de la Rolls. Anthony Aliso – s'il s'agissait bien de lui –, avait compris ce qui l'attendait et fermé les yeux. Bosch espérait ne jamais connaître le même sort. Il ne voulait pas savoir.

– J'écoute, dit une voix.

– Harry Bosch à l'appareil. Je suis inspecteur chef, j'enquête sur un homicide à Hollywood. A qui ai-je l'honneur ?

– Dom Carbone. C'est moi qui assure la permanence ce week-end. Vous appelez pour me le gâcher ?

– Possible.

Bosch essayait de se concentrer. Ce nom lui disait vaguement quelque chose, mais impossible de le situer. Il était certain qu'ils n'avaient jamais travaillé ensemble.

– C'est pour ça que je vous appelle. Je me dis que ça pourrait peut-être vous intéresser.

– Allez-y, je vous écoute.

– OK. Un Blanc découvert dans le coffre de sa Silver Cloud avec deux balles dans la tête. Sans doute du .22.

– Quoi d'autre ?

– La voiture était sur une voie d'accès pompiers près de Mulholland. Apparemment, il ne s'agit pas d'un braquage. Du moins, on ne lui a pas piqué ses affaires. On a retrouvé des cartes de crédit et du liquide dans son portefeuille, et une grosse Rolex à son poignet, modèle Présidentiel. Avec des diamants pour chaque heure.

– Vous ne m'avez pas dit qui était le macchabée. Comment s'appelle-t-il ?

– Nous n'avons pas encore confirmation, mais…

– Donnez-moi son nom.

Bosch était gêné de ne pas pouvoir mettre un visage sur cette voix au bout du fil.

– Apparemment, la victime serait un certain Anthony N. Aliso, quarante-huit ans. Il vit sur les hauteurs de Hollywood. Il semblerait qu'il possède une société de production installée dans un des studios de Melrose Avenue, près de la Paramount. TNA Productions, c'est le nom de sa boîte. Je pense que c'est dans les studios Archway. On en saura plus dans très peu de temps.

Il n'obtint qu'un silence en retour.

– Alors, ça vous dit quelque chose ?

– Anthony Aliso.

– Ouais.

– Anthony Aliso.

Carbone répéta lentement ce nom, comme s'il goûtait un bon vin avant de décider s'il acceptait la bouteille ou s'il recrachait tout. Après quoi, il resta muet un long moment.

– A priori, ça ne fait pas tilt, répondit-il enfin. Mais je vais quand même passer quelques coups de fil. Où peut-on vous joindre ?

– Au hangar. Le type est avec nous ; je suis là pour un bon moment.

– Vous voulez dire que vous avez transporté le cadavre jusqu'au hangar ?

– C'est une longue histoire. Quand pensez-vous me rappeler ?

– Dès que j'aurai passé ces coups de fil. Vous êtes allé faire un tour à son bureau ?

– Pas encore. On pense y passer un peu plus tard.

Après lui avoir donné le numéro de son téléphone mobile, Bosch referma l'appareil pour le glisser dans sa poche de veste. Pendant un court instant, il pensa à la réaction qu'avait eue Carbone en apprenant le nom de la victime. Finalement, il se dit qu'il ne pouvait en tirer aucune conclusion.

Une fois qu'on eut amené la Rolls à l'intérieur du hangar et fermé la porte, Donovan tira les rideaux. Une rampe de néons était fixée au plafond ; il la laissa allumée le temps de préparer son matériel. Matthews, le type du coroner, et ses deux assistants – les déménageurs de cadavres –, étaient regroupés autour d'un établi, occupés à sortir d'une valise les outils dont ils auraient besoin.

– Harry, je vais prendre mon temps, OK ? D'abord, je vais passer le coffre au laser, avec le type à l'intérieur. Ensuite, on le sortira. On referme tout et on remet un coup de laser. Après, on s'occupera du reste.

– C'est toi le patron, mon vieux. Prends le temps qu'il te faut.

– J'aurai besoin de ton aide pour tenir la baguette magique pendant que je prends les photos. Roland a été obligé de se rendre sur une autre affaire.

Bosch acquiesça et regarda le technicien du SID qui vissait un filtre orange sur l'objectif de son Nikon. Il se passa la lanière de l'appareil autour du cou et brancha le laser. C'était un boîtier de la taille d'un magnétoscope, d'où sortait un câble rattaché à une baguette d'une trentaine de centimètres et munie d'une poignée. De l'extrémité de la baguette jaillissait un puissant faisceau orange.

Donovan ouvrit un placard, en sortit plusieurs paires de lunettes de protection aux verres orangés et les tendit à Bosch et aux autres. Il chaussa la dernière paire et donna aussi des gants en latex à Bosch.

– Je vais d'abord passer rapidement tout autour du coffre à l'extérieur et ensuite, je l'ouvrirai, expliqua Donovan.

Juste au moment où celui-ci se dirigeait vers l'interrupteur pour éteindre la rampe de néons, le téléphone glissé dans la poche de Bosch bourdonna. Donovan attendit que Bosch réponde. C'était Carbone.

– On passe la main, Bosch.

Harry resta muet un moment, et Carbone aussi. Donovan abaissa l'interrupteur et la pièce se retrouva plongée dans l'obscurité la plus complète.

– Ça veut dire que vous n'avez rien sur ce type ? demanda enfin Bosch dans le noir.

– Je me suis renseigné, j'ai passé des coups de fil. Apparemment, personne n'en a entendu parler. Personne n'enquête sur lui… A notre connaissance, il est clean… Vous dites qu'on l'a retrouvé dans son coffre de bagnole, avec deux balles dans la tête, hein ?… Vous êtes toujours là, Bosch ?

– Oui, je suis là. Dans le coffre avec deux balles dans la nuque, c'est bien ça.

– La petite musique du coffre.

– Pardon ?

– C'est une expression des affranchis de Chicago. Quand ils butent un gars, ils disent : « Tony ? T'en fais plus pour lui. Il joue de la musique dans le coffre. Tu ne le verras plus. » Mais il y a un truc qui colle pas dans votre histoire, Bosch. On ne connaît pas ce type. Les gens à qui j'ai parlé pensent qu'il y a peut-être quelqu'un qui veut vous faire croire que c'est un meurtre lié à la Mafia, vous voyez le genre ?

Bosch regarda le faisceau du laser transpercer l'obscurité et bombarder l'arrière du coffre de sa lumière fulgurante. A travers les lunettes teintées, la couleur orange disparaissait, remplacée par un blanc intense, éclatant. Bosch se trouvait à environ trois mètres de la Rolls, et pourtant, il voyait rougeoyer des motifs sur le coffre et le pare-chocs. Cela lui rappela les émissions de télé du *National Geographic*, dans lesquelles une caméra submersible explore les profondeurs obscures des océans, projecteur braqué sur des épaves de bateaux ou d'avions engloutis. Il y avait là quelque chose d'irréel.

– Dites-moi, Carbone. Vous n'avez même pas envie de venir jeter un coup d'œil ?

– Non, pas pour l'instant. Mais si jamais vous découvrez un truc intéressant, appelez-moi, évidemment. Un truc qui aille à l'encontre de ce que je vous ai dit. Je vais continuer à me renseigner demain. De toute façon, j'ai votre numéro.

Bosch se réjouissait secrètement de savoir que l'OCID ne viendrait pas lui voler son enquête, mais ce manque d'intérêt le surprenait. La rapidité avec laquelle Carbone avait rejeté cette affaire était inhabituelle.

– Vous avez d'autres détails à me donner, Bosch ?

– On commence juste. Mais j'ai une question à vous poser : Avez-vous déjà entendu parler d'un tueur qui emporte les chaussures de ses victimes ? Et qui détache le corps après ?

– Il emporte les chaussures… et il détache le corps ? Euh, a priori, je ne vois pas. Mais je vous le répète, je vais continuer à me renseigner demain matin, et je vous laisserai un message sur votre messagerie. Vous n'avez rien d'autre ?

Bosch n'aimait pas la tournure que prenaient les choses. Carbone semblait trop intéressé par cette affaire, tout en affirmant le contraire. Il prétendait que Tony Aliso n'avait aucun lien avec la Mafia, et pourtant, il voulait connaître tous les détails. Essayait-il simplement de se montrer serviable, ou bien avait-il une autre raison ?

– Non, c'est à peu près tout ce qu'on a pour le moment, répondit-il en décidant de n'offrir aucun renseignement sans contrepartie. Comme je vous le disais, l'enquête commence à peine.

– OK. Laissez-moi jusqu'à demain, et je me renseigne. Si j'apprends quelque chose, je vous rappelle. Ça marche ?

– Entendu.

– On se tient au courant. Mais vous voulez mon avis, Bosch ? Je pense que votre gars faisait joujou avec la femme d'un autre. Il arrive souvent que des crimes ressemblent à des meurtres de pros sans en être, vous voyez ce que je veux dire ?

– Oui, je vois. A plus tard.

Bosch s'approcha de l'arrière de la Rolls. De près, il constata que les motifs tourbillonnants qu'il avait aperçus dans la lumière du laser étaient en fait des traces laissées par un torchon. On aurait dit que toute la voiture avait été essuyée.

Mais quand Donovan promena le faisceau au-dessus du pare-chocs, le laser fit apparaître une empreinte partielle de chaussure sur le chrome.

– Est-ce que quelqu'un a…

– Non, dit Bosch. Personne n'a posé son pied à cet endroit.

– OK, parfait. Garde la baguette braquée sur l'empreinte.

Bosch s'exécuta, tandis que Donovan se penchait pour prendre plusieurs clichés, en variant l'ouverture du diaphragme pour être certain d'avoir au moins une photo nette. Il s'agissait de la partie avant d'un pied, avec, au centre, un cercle d'où partaient des traits semblables aux rayons du soleil. Il y avait une sorte de quadrillage au niveau de la voûte plantaire, après quoi l'empreinte était tronquée par le bord du pare-chocs.

– Une chaussure de tennis, fit remarquer Donovan. Ou peut-être une chaussure de chantier.

Après l'avoir photographiée, il promena sa baguette tout autour du coffre, où n'apparaissaient plus que des traces de torchon.

– OK, dit-il. Tu peux ouvrir.

Se servant d'un stylo-lampe pour guider ses pas, Bosch gagna la portière du conducteur et se pencha à l'intérieur du véhicule pour commander l'ouverture du coffre. Presque immédiatement, l'odeur de la mort envahit les lieux.

Apparemment, le corps n'avait pas bougé pendant le transport. Mais, sous le regard impitoyable du laser, la victime prenait l'apparence d'un spectre, son visage étant celui d'un squelette, comme les monstres fluorescents des trains fantômes. Le sang paraissait plus sombre et les éclats d'os à l'intérieur de la plaie déchiquetée d'autant plus brillants.

Sur ses vêtements, des petits cheveux et des fils minuscules luisaient. Bosch s'approcha avec une paire de pinces et un tube en plastique, comme ceux qui contiennent une pile de pièces de cinquante cents en argent. Soigneusement, il récupéra ces indices potentiels sur les vêtements et les déposa à l'intérieur du tube. C'était un travail laborieux et sans grand intérêt. Il savait qu'on pouvait trouver ce genre d'indices sur n'importe qui et n'importe quand. C'était courant.

Quand il en eut terminé, il se retourna vers Donovan.

– Le pan de la veste. C'est moi qui l'ai soulevé pour chercher le portefeuille.

– OK. Rabaisse-le.

Bosch s'exécuta et là, sur la hanche d'Aliso, il y avait une autre empreinte de pas. Elle correspondait à celle du pare-chocs, mais était plus complète. Au niveau du talon, on distinguait un autre motif rond d'où partaient des lignes droites. En bas du cercle, une inscription qui ressemblait à une marque, mais restait illisible.

Peu importait qu'ils parviennent à identifier la chaussure, Bosch savait que c'était une découverte précieuse. Elle signifiait que le tueur était prudent, mais avait commis une erreur. Au moins une. Et, à défaut d'autre chose, cela permettait d'espérer qu'il y ait d'autres erreurs qui, tôt ou tard, le conduiraient peut-être jusqu'au meurtrier.

– Reprends la baguette.

Bosch fit ce qu'on lui demandait, et Donovan prit une nouvelle série de clichés.

– C'est juste pour le dossier, dit-il. On enlèvera la veste avant qu'ils emportent le corps.

Donovan promena ensuite le laser à l'intérieur du coffre, sous le hayon. A cet endroit, le faisceau fit apparaître de nombreuses empreintes digitales, de pouce principalement, là où on pose naturellement la main pour maintenir le coffre ouvert pendant qu'on charge ou décharge des objets. La plupart des empreintes se chevauchaient, signe qu'elles étaient déjà anciennes, et Bosch comprit aussitôt qu'elles appartenaient certainement à la victime elle-même.

– Je vais les photographier, mais ne compte pas trop dessus, lui dit Donovan.

– Je sais.

Son travail terminé, il déposa la baguette et l'appareil photo sur le boîtier du laser.

– Bon, dit-il, et si on sortait ce type de là-dedans, histoire de l'allonger et de l'examiner vite fait avant qu'on l'embarque ?

Sans attendre de réponse, il ralluma les néons et tous, aveuglés par la lumière violente, se plaquèrent les mains sur les yeux. Quelques secondes plus tard, les déménageurs de cadavres, accompagnés de Matthews, s'approchèrent du coffre et entreprirent de déposer le corps dans un sac mortuaire en plastique noir qu'ils avaient ouvert sur une civière.

– Ce type est tout flasque, dit Matthews au moment où ils reposaient le corps.

– Ouais. Qu'en penses-tu ? demanda Bosch.

– Je dirais quarante-huit heures au minimum. Laisse-moi regarder ça de plus près, on va bien voir.

Mais Donovan commença par éteindre de nouveau les lumières et promener le laser au-dessus du corps, de la tête aux pieds. Les larmes accumulées dans les orbites brillaient d'une lueur blanche dans la lumière ; il y avait sur le visage du mort quelques cheveux et quelques fibres, que Bosch récolta soigneusement. Il y avait également une légère éraflure sur le haut de la pommette droite, qui était cachée lorsque le corps était allongé sur le côté droit dans le coffre.

– On l'a peut-être frappé, ou bien c'est en le balançant à l'intérieur du coffre, dit Donovan.

Alors que le faisceau du laser balayait le torse du mort, Donovan s'excita tout à coup.

– Hé, visez un peu ça !

Dans la lumière du laser luisait ce qui ressemblait à une empreinte de main complète sur l'épaule droite de la veste en cuir, et deux empreintes de pouce à demi effacées, une sur chaque revers. Donovan s'approcha le plus près possible pour les examiner.

– C'est du cuir traité, ça n'absorbe pas les acides des empreintes, expliqua-t-il. On a décroché le jackpot, Harry. Si ce type avait porté un autre vêtement, on était foutus. La main est parfaite… les pouces n'ont pas pris, mais je pense qu'on peut les faire ressortir avec de la colle. Harry, soulève un des revers.

Bosch se pencha vers le revers gauche et le retourna délicatement.

Là, à l'intérieur du pli, se trouvaient quatre autres empreintes. Il récidiva avec le revers droit : mêmes empreintes. Apparemment, quelqu'un avait saisi Tony Aliso par le col de sa veste.

Donovan laissa échapper un sifflement.

– On dirait qu'il y a deux personnes différentes. Regarde la taille des pouces sur le revers et la main sur l'épaule. Je dirais que la main est plus petite. Peut-être une femme. Faut voir. En tout cas, ce sont de grosses mains qui ont agrippé le type par le col.

Donovan sortit une paire de ciseaux d'une boîte à outils posée à proximité et entreprit de découper avec soin la veste en cuir pour pouvoir l'ôter. Bosch la tint ensuite, tandis que Donovan la balayait avec le faisceau du laser. Aucun nouvel indice n'apparut, hormis l'empreinte de pied et les empreintes digitales déjà relevées. Après avoir accroché la veste au dossier d'une chaise, Bosch revint vers le corps. Donovan promenait son laser au-dessus des membres inférieurs.

– Alors, à part ça ? demanda Donovan, comme s'il s'adressait au cadavre. Allez, raconte-nous une petite histoire.

Il y avait d'autres fibres et quelques vieilles taches sur le pantalon. Mais rien de bien révélateur, jusqu'à ce qu'ils arrivent aux revers. Bosch écarta celui de la jambe droite : à l'intérieur du pli s'était accumulée une importante quantité de poussière et de fibres. Mais surtout, cinq minuscules parcelles d'or rutilaient dans le faisceau du laser. Délicatement, à l'aide de sa pince, Bosch les déposa dans un des petits tubes. A l'intérieur du revers gauche, il découvrit deux autres lamelles du même genre.

– C'est quoi ? demanda-t-il.

– Aucune idée. On dirait des paillettes, un truc comme ça.

Donovan promena la baguette au-dessus des pieds nus. Une faible pellicule de terre orangée, comme de l'argile, adhérait sous les orteils et sous l'ongle du gros orteil gauche. Bosch en gratta une petite quantité qu'il récolta dans un autre tube.

– OK, terminé, dit Donovan.

On ralluma les lumières et Matthews s'attaqua au cadavre, actionnant les articulations, déboutonnant la chemise pour estimer le niveau de lividité du sang, ouvrant les yeux, faisant bouger la tête dans tous les sens. Donovan, lui, arpentait la salle, attendant que le légiste ait achevé son travail pour pouvoir reprendre le laser-show. Il s'approcha de Bosch.

– Tu veux écouter mes divagations de scientifique, Harry ?

– Vas-y, lui renvoya Bosch avec un sourire amusé. Fais-moi part de tes divagations.

– A mon avis, quelqu'un met le grappin sur le type. Il l'attache, le balance dans le coffre et l'emmène à la voie d'accès d'urgence. Le type est toujours vivant, OK ? Ensuite, le meurtrier descend de la bagnole, ouvre le coffre en posant le pied sur le pare-chocs, prêt à faire son boulot, mais il ne peut pas se pencher suffisamment pour coller son flingue contre le crâne, tu comprends ? C'était important pour lui de bien faire le boulot. Alors, il pose son gros panard sur la hanche de ce pauvre gars, il se penche au maximum et, bing, extinction des feux. Qu'est-ce que t'en penses ?

Bosch acquiesça.

– Je pense que tu es sur la bonne voie.

Il avait déjà fait le même raisonnement, mais avait aussi franchi le stade des déductions pour en arriver au problème.

– Et comment est-il reparti après ? demanda-t-il.

– Reparti où ça ?

– Si la victime était dans le coffre depuis le début, c'est le meurtrier qui conduisait. S'il est allé jusque là-bas avec la Rolls, comment a-t-il fait ensuite pour retourner à l'endroit où il a intercepté Tony ?

– Tu oublies la deuxième personne, répondit Donovan. On a deux séries d'empreintes différentes sur la veste. Peut-être que quelqu'un roulait derrière la Rolls. La femme. Celle qui a posé sa main sur l'épaule de la victime.

Bosch acquiesça de nouveau. Il avait déjà envisagé cette possibilité, mais quelque chose le chagrinait dans le scénario élaboré par Donovan. Sans qu'il puisse dire quoi.

Matthews les interrompit :

– Dis, Bosch, tu veux le topo maintenant ou tu préfères attendre le rapport ?

– Maintenant.

– OK, alors, écoute. La lividité était fixée. Autrement dit, le corps n'a pas été déplacé après que le cœur a cessé de battre. (Il consulta des feuilles sur une planchette à pince.) A part ça… on a une résolution complète de la raideur cadavérique, une totale altération de la cornée avec les yeux fermés et un relâchement de la peau. Compte tenu de tous ces éléments, ça nous fait entre quarante-huit et soixante-douze heures, plus près des soixante-douze. Mais si jamais vous découvrez d'autres balises, tenez-nous au courant, on pourra être plus précis.

– Entendu.

Bosch savait à quoi faisait allusion Matthews en parlant de balises. S'ils parvenaient à reconstituer la dernière journée de la victime et à découvrir ce que cet homme avait mangé avant de mourir, et quand, le légiste pourrait établir plus précisément l'heure du décès en étudiant le degré de digestion des aliments dans l'estomac.

– Il est à toi, déclara Bosch. Sais-tu quand aura lieu l'autopsie ?

– Tu tombes à la fin d'un week-end prolongé. C'est pas de chance. Aux dernières nouvelles, on en est à vingt-sept homicides dans le comté, pour l'instant. Je pense qu'on ne découpera pas ton bonhomme avant jeudi, avec du bol. Inutile de nous appeler, on te contactera.

– J'ai déjà entendu ça.

Mais, pour une fois, Bosch n'était pas pressé. Dans ce genre d'affaires, l'autopsie réservait généralement peu de surprises. On savait comment était morte la victime. Le mystère se trouvait ailleurs : pourquoi et qui.

Matthews et ses assistants emportèrent le corps sur la civière, laissant Bosch et Donovan seuls avec la Rolls. Donovan contemplait la voiture en silence, tel le torero qui observe le taureau qu'il va affronter.

– On lui fera cracher ses secrets, Harry.

Le téléphone de Bosch bourdonna. D'une main nerveuse, il l'extirpa de sa poche et l'ouvrit. C'était Edgar.

– On l'a identifié, Harry. C'est bien Aliso.

– Grâce aux empreintes.

– Oui. Mossler a un fax chez lui. Je lui ai tout envoyé et il a jeté un œil.

Mossler était un des techniciens du SID.

– Tu parles de l'empreinte du pouce sur le permis de conduire ?

– Exact. Mais j'ai aussi retrouvé un jeu complet des empreintes de Tony datant d'une vieille arrestation avec une prostituée. J'ai demandé à Mossler de les examiner, c'est bien Aliso.

– Bon boulot. Quoi d'autre ?

– Comme je te le disais, j'ai interrogé le fichier. Notre type est clean. Uniquement cette histoire de prostituée en soixante-quinze. Et quelques autres petites bricoles. Son nom apparaît en tant que victime lors d'un cambriolage commis à son domicile au mois de mars. Dans les registres civils, j'ai quelques procès intentés contre lui. Des ruptures de contrats, apparemment. Une longue liste de promesses non tenues et d'individus furieux. Autant de bons mobiles.

– Quel genre d'affaires ?

– Je n'en sais pas plus pour l'instant, je n'ai que les extraits du registre civil. Va falloir que j'aille consulter les comptes rendus au tribunal demain matin à la première heure.

– OK. Tu as contacté le bureau des personnes disparues ?

– Oui. Personne ne l'a signalé. Et toi, tu as du nouveau ?

– Possible. Il se pourrait que la chance soit avec nous. Apparemment, on a relevé des empreintes sur le corps. Deux séries.

– Sur le corps ? Génial.

– Sur la veste en cuir, précisément.

Bosch sentait l'excitation d'Edgar. Les deux inspecteurs savaient que si les empreintes n'étaient pas celles de la victime, elles étaient encore suffisamment récentes pour appartenir à une personne l'ayant vue peu de temps avant sa mort.

– Tu as appelé l'OCID ?

Bosch s'attendait à cette question.

– Oui. Ils passent la main.

– Quoi ?

– C'est ce qu'ils m'ont dit. Pour l'instant du moins. En attendant qu'on découvre un truc qui puisse les intéresser.

Bosch se demanda si Edgar le soupçonnait de ne pas avoir téléphoné.

– Je trouve ça bizarre, Harry.

– En tout cas, il ne nous reste qu'à faire notre boulot. Des nouvelles de Kiz ?

– Pas encore. A qui as-tu parlé à l'OCID ?

– Un certain Carbone. Il était de permanence.

– Jamais entendu parler de ce type.

– Moi non plus. Bon, faut que je te laisse, Jerry. Tiens-moi au courant.

A peine Bosch eut-il mis fin à la communication que la porte du hangar s'ouvrit pour laisser entrer le lieutenant Grace Billets. Elle balaya les lieux d'un rapide coup d'œil et aperçut Donovan qui inspectait la voiture. Elle demanda à Bosch de la rejoindre à l'extérieur, et il comprit alors qu'elle était de mauvais poil.

Elle referma la porte dès qu'il fut dehors. Agée d'une quarantaine d'années, elle avait autant d'ancienneté dans la police que Bosch, à un ou deux ans près, et pourtant, ils n'avaient jamais eu l'occasion de travailler ensemble avant qu'elle ne devienne son supérieur. De taille et de corpulence moyennes, elle avait des cheveux châtain-roux coupés court. Jamais de maquillage. Elle était entièrement vêtue de noir : jean, T-shirt et blazer. Avec des bottes de cow-boy, noires elles aussi. Sa seule concession à la féminité : une paire de fines créoles en or. Le lieutenant Billets n'était pas du genre à faire des concessions.

– Qu'est-ce que ça signifie, Harry ? Vous avez déplacé le corps dans la voiture ?

– Je n'avais pas le choix. C'était ça ou bien le sortir du coffre devant environ dix mille personnes qui avaient les yeux braqués sur nous au lieu d'admirer le feu d'artifice.

Bosch lui expliqua la situation en détail, Billets l'écoutant attentivement. Quand il eut terminé, elle hocha la tête.

– Je suis désolée, dit-elle. Je n'étais pas au courant des détails. Apparemment, vous n'aviez pas d'autre solution.

C'était ce que Bosch aimait chez Billets. Elle n'avait pas toujours raison, et elle était prête à le reconnaître.

– Merci, lieutenant.

– Alors, quel est le topo ?

Quand Bosch et Billets revinrent dans le hangar, Donovan était penché au-dessus d'un des plans de travail et s'attaquait à la veste en cuir. Il l'avait accrochée à un fil de fer à l'intérieur d'une sorte de grand aquarium vide, dans lequel il avait jeté un sachet d'Indice Plus. Une fois éventré, le produit dégageait des vapeurs de cyanocrylate qui se fixaient sur les acides aminés et les huiles des empreintes digitales et se cristallisaient, faisant ressortir les marques en creux et en relief qui devenaient plus visibles, prêtes à être photographiées.

– Alors, ça donne quoi ? demanda Bosch.

– C'est parfait. On va pouvoir en tirer quelque chose. Salut, lieutenant.

– Bonsoir, répondit simplement Billets.

Bosch aurait parié qu'elle avait oublié le nom de Donovan.

– Écoute-moi, Art, dit-il. Dès que tu auras fini, envoie tout ça au labo et appelle-nous, Edgar ou moi, pour nous prévenir. On enverra quelqu'un là-bas pour s'en occuper, en code trois.

Code trois était un terme utilisé par les voitures de patrouille et signifiait : gyrophare et sirène autorisés. Bosch voulait que les empreintes soient analysées le plus vite possible. Pour l'instant, elles constituaient leur meilleur indice.

– Entendu, Harry.

– Et la Rolls ? Je peux monter dedans ?

– Je n'ai pas encore tout à fait terminé. Mais tu peux y aller. Fais attention, c'est tout.

Bosch entreprit de fouiller l'intérieur de la voiture, en commençant par les vide-poches des portières et des sièges. Il ne trouva rien. Il examina ensuite le cendrier, vide lui aussi, pas même une cendre. Apparemment, la victime ne fumait pas.

Debout près de la voiture, Billets le regardait faire, sans chercher à l'aider. Elle s'était hissée au poste de chef de brigade essentiellement grâce à ses talents de gestionnaire, pas d'enquêteur. Elle savait quand elle devait rester dans son coin pour ne pas gêner le travail des autres.

Bosch regarda sous les sièges, sans rien découvrir d'intéressant. Pour finir, il ouvrit la boîte à gants, d'où tomba un petit papier carré. C'était le ticket d'un service de voiturier à l'aéroport. Le tenant par le coin, entre le pouce et l'index, il alla le déposer sur l'établi et demanda à Donovan de relever les empreintes dès qu'il en aurait le temps.

De retour à la voiture, il poursuivit l'examen de la boîte à gants qui contenait le contrat de location et la carte grise de la voiture, et un petit kit de réparation avec une lampe électrique. Il y trouva aussi un tube à moitié plein de Préparation H. Drôle d'endroit pour le ranger, se dit-il, mais peut-être Aliso voulait-il garder le tube à portée de main pour les longs trajets en voiture.

Il déposa tous les objets de la boîte à gants dans un sachet, et c'est alors qu'il remarqua la pile de rechange dans le kit de réparation. Il trouva cela étrange, la lampe électrique fonctionnant visiblement avec deux piles. Une seule pile de rechange ne servait pas à grand-chose.

Il appuya sur le bouton marche/arrêt de la lampe. Rien. Il dévissa l'extrémité, une pile s'échappa du tube métallique. Il regarda à l'intérieur, découvrit un sachet en plastique et, à l'aide d'un stylo, parvint à l'extraire. Le sachet contenait environ deux douzaines de comprimés bruns.

Billets se rapprocha.

– Des poppers, lui expliqua Bosch. Nitrite d'amyle. C'est censé faire bander, et longtemps. Pour augmenter l'orgasme.

Il ressentit soudain le besoin d'expliquer que ces connaissances ne provenaient pas de son expérience personnelle.

– J'en ai déjà trouvé dans d'autres enquêtes.

Billets acquiesça. Donovan les rejoignit, avec le ticket du voiturier dans une enveloppe en plastique transparente.

– Les empreintes sont trop floues. On ne peut rien en tirer.

Bosch lui reprit le ticket, puis transporta les différents sachets d'indices qu'il avait récoltés jusqu'au plan de travail.

– Art, je garde le ticket, les poppers et les papiers de la voiture, OK ?

– Pas de problème.

– Je te laisse le billet d'avion et le portefeuille. Je voudrais aussi que tu fasses fissa pour les empreintes de la veste et... quoi d'autre encore ? Ah oui, les paillettes. Pour quand, à ton avis ?

– Demain, avec de la chance. Pour ce qui est des autres fibres, je vais y jeter un œil, mais ça servira sûrement pour les confirmations.

En d'autres termes, la plupart des indices qu'ils avaient collectés seraient stockés dans un coin, après avoir été rapidement examinés par Donovan, et n'entreraient en jeu que si un suspect était identifié. Ils serviraient alors à confirmer, ou à démentir, la présence du suspect sur les lieux du crime.

Bosch prit une grande enveloppe sur une étagère au-dessus du plan de travail, y déposa tous les indices qu'il emportait, rangea l'enveloppe dans sa mallette et la referma d'un geste sec. Après quoi, il se dirigea vers le rideau en compagnie de Billets.

– Contente de vous revoir, Art, dit-elle.

– Moi de même, lieutenant.

– Tu veux que je demande au garage de venir chercher la voiture ? lui demanda Bosch.

– Non, je suis encore ici pour un moment, répondit Donovan. Faut que je passe l'aspirateur, et peut-être qu'une autre idée me viendra. Je m'en occuperai, Harry.

– OK. A plus tard, vieux.

Bosch et Billets franchirent l'épais rideau, puis ouvrirent la porte. Une fois dehors, il leva les yeux vers le ciel sombre et sans étoiles et alluma une cigarette. Billets alluma une des siennes.

– Où allez-vous maintenant ? lui demanda-t-elle.

– Prévenir la famille. Vous voulez venir ? C'est toujours très amusant.

– Non merci, sans façon. Mais avant de partir, j'aimerais connaître votre sentiment sur cette affaire. Le fait que l'OCID passe la main sans même jeter un coup d'œil, j'avoue que ça me tracasse.

– Oui, moi aussi. (Il aspira une longue bouffée de sa cigarette, puis recracha la fumée.) Mon sentiment, c'est que ça ne sera pas du gâteau. A moins que ces empreintes nous réservent une agréable surprise. Pour l'instant, c'est notre seule piste.

– Dites à vos collègues que je veux voir tout le monde demain matin à huit heures pour faire le point.

– Disons plutôt neuf heures, lieutenant. Je pense que d'ici là Donovan nous aura communiqué des informations sur les empreintes.

– OK, neuf heures. A demain matin, Harry. Mais à partir de maintenant, quand nous discutons comme ça tous les deux, sans cérémonie, vous m'appelez Grace.

– Volontiers, Grace. Bonne nuit.

Elle recracha sa fumée de cigarette en faisant un petit bruit de gorge qui ressemblait à une ébauche de rire.

– Ce qu'il en reste, vous voulez dire.

En montant vers Mulholland et Hidden Hills, Bosch appela Rider sur son biper. Celle-ci le rappela d'une des maisons qu'elle visitait. La dernière qui dominait la clairière où la Rolls avait été abandonnée, lui précisa-t-elle. Le fruit de ses recherches se limitait à un résident qui se rappelait avoir vu la Rolls Royce blanche de sa terrasse, le samedi matin vers dix heures. Ce même résident pensait pouvoir affirmer que la voiture n'était pas là le vendredi soir quand il était sorti sur sa terrasse pour admirer le coucher de soleil.

– Ça correspond à la fourchette horaire donnée par le légiste et au billet d'avion, dit Bosch. Je pense qu'on peut parier pour vendredi soir, après son retour de Las Vegas. Sans doute sur le chemin qui le ramenait de l'aéroport. Personne n'a entendu des coups de feu ?

– Pas parmi les gens que j'ai interrogés. Mais je me suis cassé le nez deux fois, il n'y avait personne. Je pensais y retourner maintenant pour tenter ma chance encore une fois.

– Ils seront peut-être là demain. Je vais à Hidden Hills. Je pense que tu devrais m'accompagner.

Ils convinrent de se retrouver à l'entrée de la résidence où avait vécu Aliso, après quoi Bosch referma son téléphone. Il voulait que Kiz soit présente lorsqu'il annoncerait la mort d'Aliso à la personne qui vivait avec lui : il fallait que sa collègue apprenne la sinistre routine et l'individu auquel on annonçait la mauvaise nouvelle étant, d'après les statistiques, souvent un suspect en puissance, il était toujours bon d'avoir un témoin quand on le rencontrait. Qui sait s'il n'allait pas devenir la proie qu'on traquait ?

Bosch consulta sa montre. Presque vingt-deux heures. Le temps de prévenir la famille, ils n'arriveraient pas au bureau de la victime avant minuit. Il appela le centre de communications, donna à l'opératrice l'adresse de Melrose et lui demanda de chercher dans l'annuaire à quoi elle correspondait. C'était bien l'Archway Pictures, comme il l'avait deviné. Il se dit que la chance leur souriait. Archway était un studio de cinéma de moyenne envergure qui louait essentiellement des locaux et du matériel de production à des cinéastes indépendants. A sa connaissance, ils n'avaient pas produit eux-mêmes de films depuis les années soixante. La chance, c'était que Bosch y connaissait quelqu'un, Chuckie Meachum, un ancien flic de la brigade des vols et homicides qui avait pris sa retraite quelques années plus tôt et trouvé un boulot de directeur adjoint de la sécurité aux studios Archway. Il leur serait utile pour s'introduire dans la place. Bosch envisagea de téléphoner pour que Chuckie Meachum les accueille au studio, mais décida finalement de s'abstenir. Il préférait que personne ne soit au courant de sa visite avant qu'il débarque.

Un quart d'heure plus tard, il atteignait Hidden Hills. La voiture de Rider était garée dans Mulholland sur le bas-côté. Bosch s'arrêta à sa hauteur, Rider s'installant à la place du passager. Il s'engagea alors dans l'allée où se dressait la loge du gardien. C'était une petite construction en brique abritant une seule personne. Hidden Hills était peut-être un endroit plus chic, mais guère différent de toutes les petites enclaves fortunées et inquiètes nichées dans les collines et les vallées qui entouraient Los Angeles. Murs et portails, postes de surveillance et forces de sécurité privées étaient les ingrédients secrets du soi-disant melting pot de la Californie du Sud.

Un type en uniforme bleu étant sorti de la loge avec une planchette à pince, Bosch prépara son porte-cartes pour montrer son insigne. Le garde était un grand maigre avec un visage marqué et le teint gris. Bosch ne l'avait jamais vu, bien qu'il ait entendu dire au poste que de nombreux agents de la brigade de Hollywood travaillaient ici comme gardiens, en dehors de leur service. Dans le temps, il se rappelait avoir vu des offres d'emploi à mi-temps sur le tableau d'affichage à l'entrée de la salle de rassemblement.

Le garde observa rapidement Bosch sans rien dire et en évitant volontairement de regarder son insigne.

– Je peux vous aider ? demanda-t-il enfin.

– Je dois me rendre chez Anthony Aliso.

Il lui donna l'adresse d'Hillcrest qui figurait sur le permis de conduire de la victime.

– C'est quoi, vos noms ?

– Inspecteur Harry Bosch, LAPD. C'est écrit là. Et l'inspecteur Kizmin Rider.

Il brandit son insigne, que le garde continua d'ignorer en s'occupant d'écrire sur sa planchette. Bosch nota le nom inscrit sur son badge : Nash. Sur l'insigne en ferraille figurait le mot CAPITAINE.

– Vous êtes attendus chez Aliso ?

– Non, je ne crois pas. Il s'agit d'une enquête de police.

– OK, mais faut d'abord que je les prévienne. C'est le règlement.

– Je ne préfère pas, capitaine Nash.

Bosch espérait se mettre le type dans la poche en l'appelant par son grade d'agent de la sécurité. Nash sembla réfléchir.

– Bon, OK, dit-il. Vous y allez, et moi je trouverai une raison pour ne pas les appeler tout de suite. S'il y a des plaintes, je dirai que je suis tout seul ce soir et que j'étais débordé.

Il recula, glissa la main par la porte ouverte de la loge et appuya sur un bouton. La barrière se leva.

– Merci, capitaine. Vous travaillez à la brigade de Hollywood ?

Bosch savait bien que non. Il aurait parié que Nash n'était même pas flic. Il n'en avait pas le regard froid. Mais Bosch voulait le flatter, au cas où il deviendrait ultérieurement une source d'informations utile.

– Non, lui répondit Nash, je bosse ici à plein temps. C'est pour ça qu'ils m'ont nommé capitaine. Tous les autres sont des flics de Hollywood ou West Hollywood qui travaillent ici en dehors du service. C'est moi qui gère le planning.

– Comment se fait-il que vous vous tapiez la nuit de Labor Day ?

– Tout le monde a besoin de faire des heures sup' de temps en temps.

Bosch acquiesça.

– C'est juste. Hillcrest, c'est par où ?

– Oh, j'oubliais. Vous prenez la deuxième à gauche. Et vous arrivez à Hillcrest. La baraque d'Aliso, c'est la cinquième ou sixième sur la droite. De la piscine, vous avez une super vue sur toute la ville.

– Vous le connaissiez ? demanda Rider en se penchant pour voir Nash par la vitre de Bosch.

– Aliso ? dit le garde en se penchant lui aussi pour regarder à l'intérieur de la voiture. (Il sembla réfléchir un instant.) Non, pas vraiment. Comme je connais les autres quand ils passent par ici. Pour eux, je suis pareil que le gars qui entretient la piscine. Mais je remarque que vous avez parlé au passé. Ça veut dire que j'aurai jamais le plaisir de connaître ce monsieur ?

– Vous êtes perspicace, monsieur Nash, dit Rider.

Elle se redressa, mettant fin à la conversation. Bosch remercia le garde d'un signe de tête et franchit le portail pour monter vers Hillcrest. Tandis qu'ils passaient devant les immenses pelouses, toutes impeccables, qui entouraient des maisons de la taille d'un immeuble, il dit à Rider tout ce qu'il avait appris dans le hangar-labo et continua d'admirer les propriétés autour d'eux. La plupart étaient entourées de murs ou de hautes haies qui semblaient taillées en pointes acérées tous les matins. Des murs à l'intérieur des murs, songea-t-il et il se demanda ce que ces gens faisaient de tout cet espace, à part le protéger peureusement.

Il leur fallut cinq minutes pour dénicher la maison d'Aliso, au fond d'un cul-de-sac au sommet de la colline. La voiture ayant franchi un portail, une demeure de style Tudor apparut derrière une allée circulaire faite de pavés gris. Bosch descendit avec sa mallette et leva les yeux vers la façade. Les dimensions étaient impressionnantes, mais le style beaucoup moins. Il se dit qu'il ne voudrait pas y vivre, même s'il en avait eu les moyens.

Arrivé devant la porte, il appuya sur la sonnette et se tourna vers Rider.

– Tu as déjà fait ça ?

– Non. Mais j'ai grandi à L.A. sud et il y a souvent des balles perdues dans ce coin. J'étais présente quand la famille apprenait la nouvelle.

Il hocha la tête.

– Je ne veux surtout pas minimiser cette expérience, mais ici, c'est différent. Ce qui compte, ce n'est pas ce que tu entends, mais ce que tu observes.

Il appuya une seconde fois sur la sonnette et entendit le carillon résonner à l'intérieur de la maison. En regardant Rider, il vit qu'elle s'apprêtait à lui poser une question, mais une femme leur ouvrait déjà.

– Madame Aliso ? dit Bosch.

– Oui.

– Je suis l'inspecteur Harry Bosch de la police de Los Angeles. Et voici ma collègue, l'inspecteur Kizmin Rider. Nous voudrions vous parler, au sujet de votre mari.

Il lui tendit son insigne, elle le lui prit des mains. C'était inhabituel. En général, on reculait instinctivement et regardait l'insigne comme s'il s'agissait d'un objet étrange et fascinant auquel il ne fallait pas toucher.

– Je ne comp...

Elle fut interrompue par la sonnerie d'un téléphone quelque part dans la grande maison.

– Excusez-moi un instant. Je dois...

– C'est certainement Nash, le garde à l'entrée. Il nous a dit qu'il devait vous prévenir, mais il y avait une file de voitures derrière nous. Nous avons été plus rapides que lui. Nous préférerions entrer pour vous parler, madame.

Elle recula d'un pas et ouvrit la porte en grand pour les laisser passer. A première vue, elle avait à peine cinq ans de moins que son mari. La quarantaine sans doute, séduisante, avec de longs cheveux bruns et une silhouette svelte. Elle portait un épais maquillage sur un visage qui avait dû connaître plusieurs fois le scalpel du chirurgien, se dit Bosch. Malgré tout, même sous son maquillage, elle paraissait fatiguée, usée. Elle avait le teint légèrement empourpré, comme si elle avait bu. Elle portait une robe bleu ciel qui dévoilait ses jambes. Bronzées, les muscles encore fermes. Bosch comprit qu'elle avait été considérée comme très belle autrefois, mais maintenant elle glissait vers l'état où une femme se dit que sa beauté s'enfuit, même si ce n'est pas le cas. C'était peut-être l'explication de tout ce maquillage. Ou peut-être attendait-elle encore le retour de son mari.

Bosch ayant refermé la porte derrière eux, ils suivirent la maîtresse de maison dans un vaste living-room où les tableaux modernes accrochés aux murs se mélangeaient de manière incongrue aux meubles anciens disposés sur l'épaisse moquette blanche. Le téléphone continuant de sonner, elle pria Bosch et Rider de s'asseoir, puis traversa le living-room, jusqu'à un autre vestibule qui semblait s'ouvrir sur un bureau. Bosch l'entendit répondre au téléphone, dire à Nash de ne pas s'en faire pour ce contretemps, puis elle raccrocha.

De retour dans le living-room, elle s'assit dans un canapé recouvert d'un tissu pastel à fleurs. Bosch et Rider prirent place dans des fauteuils assortis. Jetant un rapide coup d'œil autour de lui, Bosch nota l'absence de photos encadrées. Il n'y avait que des œuvres d'art. C'était toujours une des choses qu'il cherchait en premier lorsqu'il devait juger rapidement la nature d'une relation.

– Pardonnez-moi, dit-il, mais je n'ai pas retenu votre nom.

– Veronica Aliso. Que vouliez-vous me dire au sujet de mon mari ? Il lui est arrivé quelque chose ?

Bosch se pencha en avant dans son fauteuil. Qu'importe le nombre de fois où il avait fait cette démarche, il n'arrivait toujours pas à s'y habituer et n'était jamais certain de s'y prendre correctement.

– Madame Aliso... Je suis sincèrement désolé, mais votre mari est mort. Il a été victime d'un meurtre. Je regrette de devoir vous l'annoncer.

Il l'observa attentivement : elle ne dit rien tout d'abord. Instinctivement, elle croisa les bras sur la poitrine et baissa la tête, avec une grimace de douleur. Pas de larmes. Pas encore. D'expérience, Bosch savait qu'elles venaient tout de suite, à l'instant même où on lui ouvrait la porte ; on le voyait et on comprenait. Ou bien beaucoup plus tard, lorsqu'on s'apercevait que le cauchemar était réalité.

– Je ne... Comment est-ce arrivé ? demanda-t-elle, les yeux fixés sur la moquette.

– On l'a retrouvé dans sa voiture. Tué par balles.

– A Las Vegas ?

– Non. Ici. Pas très loin. Apparemment, il revenait de l'aéroport quand... quelqu'un l'a forcé à s'arrêter. Nous ne savons pas encore. Sa voiture a été retrouvée près de Mulholland Drive. Près du Hollywood Bowl.

Il continua de l'observer. Elle n'avait toujours pas levé la tête. Il se sentit submergé par un sentiment de culpabilité. Culpabilité car il ne regardait pas cette femme avec compassion. Il s'était retrouvé trop souvent dans cette situation. Il observait en guettant les attitudes qui sonnaient faux. Dans ces moments-là, ses soupçons prenaient le pas sur sa compassion. Il le fallait.

– Voulez-vous boire quelque chose, madame Aliso ? demanda Rider. Un verre d'eau ? Vous avez du café ? Quelque chose de plus fort ?

– Non, ça ira. Merci. C'est un tel choc.

– Y a-t-il des enfants dans la maison ? demanda Rider.

– Non, nous... il n'y a pas d'enfants. Savez-vous ce qui s'est passé ? On l'a tué pour le voler ?

– C'est ce que nous essayons de découvrir, lui répondit Bosch.

– Oui, bien sûr... Mais dites-moi... A-t-il beaucoup souffert ?

– Non, il n'a pas souffert, dit Bosch.

Il repensa aux larmes séchées dans les yeux de Tony Aliso et décida de ne pas en parler.

– Ce ne doit pas être facile comme métier, dit-elle. Annoncer ce genre de nouvelles aux gens...

Bosch hocha la tête et détourna le regard. Il lui vint à l'esprit la vieille blague sur la meilleure façon d'annoncer un décès. Au moment où Mme Brown vient vous ouvrir la porte, vous dites : « Je suis bien chez la veuve Brown ? »

Il se retourna vers la veuve Aliso.

– Pourquoi avez-vous demandé si ça s'était passé à Las Vegas ?

– Parce qu'il y était parti.

– Combien de temps devait-il y rester ?

– Je l'ignore. Il ne prévoyait jamais la date de retour. Il achetait toujours des billets open, pour pouvoir rentrer quand il le désirait. Il disait qu'il rentrerait quand la roue de la chance aurait tourné. Dans le mauvais sens.

– Nous avons des raisons de penser qu'il est rentré à Los Angeles vendredi soir. Mais nous n'avons retrouvé sa voiture que ce soir. Ça fait trois jours, madame Aliso. Avez-vous essayé de le joindre à Las Vegas entre-temps ?

– Non. En général, on ne se téléphonait pas quand il était là-bas.

– Et ça lui arrivait souvent de partir ?

– Une ou deux fois par mois.

– Combien de temps à chaque fois ?

– Entre deux jours et une semaine, au maximum. Je vous l'ai dit, ça dépendait de la manière dont ça se passait.

– Et vous ne l'avez jamais appelé là-bas ? demanda Rider.

– Rarement. Pas cette fois en tout cas.

– Il se rendait à Las Vegas pour les affaires ou pour le plaisir ? insista Bosch.

– Les deux, disait-il. Il affirmait qu'il devait rencontrer des investisseurs. En fait, c'était une drogue. Voilà ce que je pense. Il adorait jouer, et il pouvait se le permettre. Alors, il y allait.

Bosch acquiesça, sans savoir pourquoi.

– Quand est-il parti cette fois-ci ?

– Jeudi. En sortant du studio.

– Quand l'avez-vous vu pour la dernière fois ?

– Jeudi matin. Avant qu'il parte au studio. Il est allé directement à l'aéroport ensuite. C'est plus près.

– Et vous ne saviez absolument pas quand il devait rentrer.

Il avait dit cela sur le ton de l'affirmation. Libre à elle de protester si elle le souhaitait.

– Pour être franche, je commençais à me poser des questions. D'habitude, il ne leur faut pas aussi longtemps pour délester quelqu'un de son argent. Je trouvais que c'était un peu long, en effet. Mais je n'ai pas essayé de le joindre. Puis vous êtes arrivés.

– A quoi jouait-il ?

– A tout. Mais principalement au poker. C'est le seul jeu où on ne joue pas contre le casino. L'établissement prélève sa commission, mais on joue contre les autres joueurs. C'est ce qu'il m'a expliqué un jour. Mais il a qualifié ses partenaires de gros nuls de l'Iowa.

– Partait-il toujours seul, madame Aliso ?

Bosch baissa les yeux sur son carnet, en faisant semblant d'y noter quelque chose d'important pour lui montrer que la réponse à cette question ne l'était pas. C'était de la lâcheté, il le savait.

– Je l'ignore.

– Vous ne l'avez jamais accompagné ?

– Je n'aime pas le jeu. Et je n'aime pas cette ville. C'est un lieu épouvantable. Ils peuvent bien la décorer comme ils veulent, ça reste la ville du vice et des putains. Et pas uniquement pour le sexe.

Bosch observa la rage froide dans ses yeux sombres.

– Vous n'avez pas répondu à la question, madame Aliso, dit Rider.

– Quelle question ?

– Avez-vous jamais accompagné votre mari à Las Vegas ?

– Au début, oui. Mais je trouvais ça ennuyeux. Je n'y suis pas retournée depuis des années.

– Votre mari avait-il contracté de grosses dettes de jeu ? demanda Bosch.

– Je n'en sais rien. Si tel était le cas, il ne m'en a rien dit. Vous pouvez m'appeler Veronica.

– Vous ne lui avez jamais demandé s'il avait des ennuis ? voulut savoir Rider.

– Je pensais qu'il me le dirait.

Cette fois, elle braqua son regard sombre et dur sur Rider, et Bosch sentit qu'on le libérait d'un poids écrasant. Veronica Aliso les mettait au défi de dire le contraire.

– Je sais bien que cela fait de moi une espèce de suspect, mais je m'en fiche, ajouta-t-elle. Vous devez faire votre travail. Vous avez certainement deviné que mon mari et moi... disons simplement que nous cohabitions. Quant à vos questions sur Las Vegas, je ne saurais vous dire s'il était créditeur ou débiteur d'un million. Qui sait ! Il avait peut-être décroché le gros lot. Mais je crois qu'il s'en serait vanté.

Bosch repensa au cadavre dans le coffre. Ce n'était pas celui d'un homme qui a décroché le gros lot.

– Où logeait-il quand il était à Las Vegas ?

– Il descendait toujours au Mirage. Ça, je le sais. Les casinos n'ont pas tous des tables de poker. Le Mirage accueille les joueurs huppés. Il me disait toujours d'appeler là-bas si je devais le joindre. Et de demander la salle de poker si ça ne répondait pas dans sa chambre.

Bosch prit le temps de tout noter dans son carnet. Il s'était aperçu que, souvent, le silence était le meilleur moyen d'inciter les gens à parler et à se dévoiler. Il espérait que Rider avait compris qu'il installait volontairement des plages de silence dans la discussion.

– Vous m'avez demandé s'il partait seul.

– Oui ?

– Au cours de votre enquête, vous découvrirez certainement que mon mari était un coureur de jupons. Je ne vous demande qu'une chose : faites le maximum, s'il vous plaît, pour m'épargner la vérité. Je ne veux pas savoir.

Bosch acquiesça sans rien dire, le temps d'ordonner ses pensées. Quelle femme ne voudrait pas savoir ? se demanda-t-il. Peut-être celle qui sait déjà. Il releva la tête et leurs regards se croisèrent de nouveau.

– A part le jeu, votre mari pouvait-il avoir d'autres ennuis, à votre connaissance ? demanda-t-il. Des ennuis liés au travail, à l'argent ?

– Non, pas que je sache. Mais c'est lui qui s'occupait des comptes. Je ne pourrais pas vous dire notre situation financière actuelle. En tout cas, quand j'avais besoin d'argent, je lui en demandais et il me disait : « Va en retirer à la banque, et dis-moi combien. » J'ai un compte séparé pour les dépenses de la maison.

Sans lever les yeux de son carnet cette fois, Bosch lui dit :

– Encore quelques questions et nous vous ficherons la paix pour ce soir. Votre mari avait-il des ennemis, à votre connaissance ? Quelqu'un qui lui aurait voulu du mal ?

– Il travaillait à Hollywood. Là-bas, le coup de couteau dans le dos est une forme d'art. Anthony était aussi doué dans ce domaine que quiconque évoluant dans cette industrie depuis vingt-cinq ans. Forcément, il y avait des gens qui avaient une dent contre lui. Mais je ne sais pas qui a pu faire ça.

– La voiture… La Rolls est louée à une société de production installée aux studios Archway. Depuis quand votre mari travaillait-il pour eux ?

– Son bureau se trouvait là-bas, mais il ne travaillait pas véritablement pour Archway. Il possède… il possédait sa propre société : TNA Productions. Aux studios Archway, il louait uniquement un bureau et un emplacement de parking. En vérité, il n'avait pas plus à voir avec eux que vous et moi.

– Parlez-nous un peu de sa société de production, dit Rider. Il faisait des films ?

– Oui, si l'on veut. On peut dire qu'il a commencé fort et a mal fini. Il y a une vingtaine d'années, il a produit son premier film : *L'Art de la muleta.* Si vous l'avez vu, vous faites partie d'une très petite minorité. Les films de corrida ne sont pas très populaires. Mais le film eut de bonnes critiques, il fut projeté dans les festivals, puis dans les salles d'art et d'essai ; c'était un bon début.

« Après, il parvint à réaliser deux ou trois autres films, reprit-elle. Mais au bout d'un moment, sa boîte de production et sa moralité ont décliné ensemble, jusqu'à ce qu'il ne produise plus que des navets racoleurs.

« La seule chose qui caractérise ces films, si on peut les appeler ainsi, c'est le nombre de filles nues qu'on y voit, ajouta-t-elle encore. Ils finissent directement sur les rayons des vidéoclubs. Par ailleurs, Tony était très doué pour l'arbitrage littéraire.

– De quoi s'agit-il ?

– C'était un spéculateur, si vous préférez. Il spéculait sur les scénarios, mais aussi les manuscrits, les romans parfois.

– De quelle manière ?

– Il les achetait. Il bloquait les droits. Et après, quand ils prenaient de la valeur, ou quand l'auteur débarquait sur le devant de la scène, il les proposait sur le marché. Vous connaissez Michael Saint John ?

Bosch avait déjà entendu ce nom, sans savoir toutefois à qui il fallait le rattacher. Il secoua la tête. Rider fit de même.

– C'est un des scénaristes les plus en vue du moment. Dans un an ou deux, il réalisera ses propres films pour les studios. Disons que c'est la coqueluche du mois.

– Bon.

– Il y a huit ans, il était encore étudiant à l'école de cinéma de USC et crevait de faim, essayant de dénicher un agent et d'attirer l'attention des studios. Mon mari faisait partie des vautours qui tournoyaient au-dessus de sa tête. Car, voyez-vous, Tony était si fauché qu'il faisait écrire et réaliser ses films par des étudiants. Il connaissait les écoles de cinéma et savait flairer le talent. Michael Saint John faisait partie de ceux qu'il avait repérés. Pris à la gorge, Saint John a vendu un jour à Anthony les droits de trois de ses scénarios d'étudiant pour deux mille dollars. Aujourd'hui, tout ce qui porte le nom de Saint John se vend pour une somme à six chiffres.

– Et les scénaristes, comment réagissent-ils ?

– Pas très bien. Saint John a essayé de racheter les scénarios.

– Vous pensez qu'il aurait pu s'en prendre à votre mari ?

– Non. Vous m'avez demandé ce que faisait Anthony, je vous ai répondu. Si vous me demandez qui l'a tué, je n'en sais rien.

Bosch prit quelques notes dans son carnet.

– Vous dites qu'il prétendait rencontrer des investisseurs quand il allait à Las Vegas, reprit Rider.

– Exact.

– Savez-vous qui étaient ces gens ?

– Des nullards de l'Iowa, je suppose. Des gens qu'il rencontrait et persuadait d'investir dans le cinéma. Vous seriez surpris par le nombre de personnes qui sautent sur la moindre occasion de participer à un film à Hollywood. Et Tony était un excellent vendeur. Il pouvait faire passer un navet de deux millions de dollars pour la suite d'*Autant en emporte le vent*. D'ailleurs, il m'a convaincue moi aussi.

– C'est-à-dire ?

– Il m'a persuadée de jouer dans un de ses films, il y a longtemps. C'est comme ça que je l'ai connu. A l'entendre, j'allais devenir la nouvelle Jane Fonda. Sexy, mais intelligente… vous voyez le genre. C'était un film de studio. Malheureusement, le metteur en scène était accro à la cocaïne, le scénariste ne connaissait rien au métier, et le film était si mauvais qu'il n'est jamais sorti. Voilà à quoi se résume ma carrière, et Tony n'a plus jamais produit de film pour un studio. Il a passé le restant de sa vie à faire des nullités pour la vidéo.

Balayant du regard le vaste salon, les peintures et les meubles anciens, Bosch dit :

– J'ai pourtant l'impression qu'il s'est bien débrouillé.

– Il n'y est pour rien, lui répondit-elle. Il faut sans doute en remercier ces messieurs de l'Iowa.

Son amertume était étouffante. Bosch baissa les yeux sur son carnet, uniquement pour ne plus la regarder.

– A force de parler, je boirais bien un verre d'eau, dit-elle. L'un de vous veut-il quelque chose ?

– Oui, un peu d'eau, ce sera parfait, dit Bosch. Nous n'en avons plus pour longtemps.

– Et vous, inspecteur Rider ?

– Rien, merci.

– Je reviens tout de suite.

Pendant son absence, Bosch se leva et inspecta le living-room en faisant semblant de ne pas s'y intéresser. Il ne dit pas un mot à Rider. Arrêté près d'une table, il contemplait une statuette en verre représentant une femme nue lorsque Veronica Aliso revint avec deux verres d'eau glacée.

– J'aimerais juste vous poser encore quelques questions concernant la semaine écoulée, dit Bosch.

– Allez-y.

Il but une gorgée et resta debout.

– Avec quels bagages votre mari est-il parti à Las Vegas ?

– Uniquement son sac de voyage.

– Comment est-il ?

– C'est un sac à bandoulière, vous voyez, le genre qui se replie. Vert avec des sangles en cuir. Dessus, il y a une étiquette avec son nom.

– Avait-il aussi emporté une mallette ou un porte-documents ?

– Oui, il avait sa mallette. Vous savez, les valises tout en aluminium. Très légères, mais impossibles à forcer, ce genre-là. Ses bagages ont disparu ?

– Nous l'ignorons. Savez-vous où il conservait la clé de sa mallette ?

– Sur son porte-clés. Avec celles de la voiture.

Il n'y avait pas de clés de voiture dans la Rolls, ni sur le corps d'Aliso. Si on les avait prises, songea Bosch, c'était peut-être pour ouvrir la mallette. Il posa le verre d'eau à côté de la statuette, qu'il observa de nouveau. Puis il entreprit de noter la description du sac de voyage et de la mallette dans son carnet.

– Votre mari portait-il une alliance ?

– Non. En revanche, il avait une montre de grande valeur. Une Rolex. C'est moi qui la lui avais offerte.

– On ne lui a pas volé sa montre.

– Oh.

Bosch leva les yeux de dessus son carnet.

– Vous souvenez-vous de quelle manière était habillé votre mari jeudi matin ? Quand vous l'avez vu pour la dernière fois ?

– Euh… normalement, un pantalon blanc, une chemise bleue et sa veste sport.

– Sa veste en cuir noir ?

– Oui.

– Madame Aliso, pourriez-vous nous dire si vous l'avez embrassé ou serré dans vos bras en lui disant au revoir ?

Cette question paraissant l'ébranler, Bosch regretta immédiatement la manière dont il l'avait formulée.

– Pardonnez-moi, dit-il. Si je vous demande cela, c'est qu'on a retrouvé des empreintes digitales sur sa veste. Sur l'épaule. Et si vous aviez posé vos mains à cet endroit le jour de son départ, cela expliquerait la présence des empreintes.

Elle ne répondit pas tout de suite et Bosch crut qu'elle allait finalement se mettre à pleurer. Mais non.

– C'est possible, dit-elle, mais je ne m'en souviens pas... Je ne crois pas.

Bosch ouvrit sa mallette pour y chercher un enregistreur d'empreintes. Il en trouva un dans une de ses poches. Ça ressemblait à une diapositive, mais au centre se trouvait une double pellicule transparente renfermant de l'encre. On appuyait le pouce du côté A et l'empreinte s'imprimait sur une carte glissée du côté B.

– J'aimerais prendre l'empreinte de votre pouce pour la comparer à celle relevée sur la veste de votre mari. Si vous n'avez pas posé la main à cet endroit, ça pourrait être une piste intéressante.

Elle avança et Bosch lui appuya le pouce sur la fenêtre plastifiée. Quand ce fut terminé, elle regarda son pouce.

– Il n'y a pas d'encre.

– Non, c'est mieux. Plus propre. On utilise ce système depuis quelques années.

– L'empreinte sur la veste... elle appartient à une femme ?

Il la regarda et soutint son regard un instant.

– Difficile à dire tant que nous ne l'avons pas identifiée.

En rangeant la plaque et la carte dans sa mallette, il aperçut le sachet en plastique renfermant les poppers. Il le sortit pour le lui montrer.

– Savez-vous de quoi il s'agit ?

Elle plissa les yeux, puis secoua la tête.

– C'est du nitrite d'amyle, des poppers. Certaines personnes s'en servent pour accroître leurs performances et leur plaisir sexuels. Savez-vous si votre mari en consommait ?

– Vous les avez retrouvés sur lui ?

– Madame Aliso, je préfère que vous vous contentiez de répondre à mes questions. Je sais que c'est difficile, mais il y a certaines choses que je ne peux vous révéler pour l'instant. Je le ferai dès que possible. Je vous le promets.

– Non, il ne se servait pas de ça... pas avec moi.

– Pardonnez-moi d'être aussi indiscret, mais nous voulons retrouver la personne qui a commis cet acte. Vous le voulez aussi. Voyons… Votre mari avait dix ou douze ans de plus que vous environ. (Il était charitable.) Avait-il des problèmes sur le plan sexuel ? Est-il possible qu'il ait utilisé ces poppers à votre insu ?

Elle lui tourna le dos pour regagner le canapé. Une fois assise, elle lui répondit :

– Je n'en sais rien.

Bosch plissa le front. Qu'essayait-elle de dire ? Il s'était tu et son silence fut efficace. Elle enchaîna avant qu'il ait besoin de poser la question, mais elle le fit en regardant Rider, comme pour signifier qu'une femme était plus apte à compatir.

– Inspecteur, je n'ai pas eu de… je crois qu'on utilise le terme de « rapports » dans ces cas-là… non, pas de rapports avec mon mari… depuis presque deux ans.

Bosch plongea le nez dans son carnet. La page était blanche, mais il ne pouvait se résoudre à noter ce dernier renseignement pendant qu'elle les observait. Finalement, il referma son carnet et le rangea.

– Vous voudriez me demander pourquoi, n'est-ce pas ?

Il se contenta de la regarder, elle lui répondit avec une bonne dose de provocation dans la voix et dans les yeux.

– Je ne l'intéressais plus.

– Vous en êtes sûre ?

– Il me l'a dit en face.

Bosch hocha la tête.

– Madame Aliso, je déplore le décès de votre mari. Je déplore également cette intrusion et ces questions indiscrètes. Mais je crains qu'il y en ait d'autres, à mesure que l'enquête progressera.

– Je comprends.

– J'aimerais encore vérifier une chose.

– Quoi ?

– Votre mari avait-il un bureau ici ?

– Oui.

– Pourrions-nous y jeter un coup d'œil rapidement ?

Elle se leva, ils la suivirent dans le deuxième vestibule, jusqu'au bureau. Ils entrèrent tous les trois, Bosch regardant tout autour de lui. C'était une pièce exiguë avec un bureau et deux classeurs. Un téléviseur était posé sur un meuble roulant devant un mur d'étagères. La moitié d'entre elles étaient remplies de livres, tandis que sur les autres s'entassaient des scénarios, dont les titres étaient inscrits au surligneur sur la tranche. Un sac de golf était appuyé contre le mur dans un coin.

Bosch s'approcha du bureau. Celui-ci était d'une propreté impeccable. Il le contourna et remarqua la présence de deux tiroirs en dessous. Il les ouvrit l'un après l'autre ; le premier était vide, le second contenait plusieurs dossiers suspendus. Il passa rapidement en revue les onglets ; apparemment, les dossiers renfermaient des relevés bancaires et autres paperasses. Il referma les tiroirs, en se disant que la fouille du bureau pouvait attendre.

– Il est tard, dit-il. Le moment est mal choisi. Mais j'aimerais que vous compreniez une chose : les enquêtes de ce genre partent souvent dans plusieurs directions. Nous sommes obligés de suivre toutes les pistes. Il faudra qu'on revienne demain pour fouiller dans les affaires de votre mari. Nous en emporterons certaines. Rassurez-vous, nous aurons un mandat, tout sera parfaitement légal.

– Oui, bien sûr. Et si je vous donnais tout simplement la permission d'emporter ce que vous voulez ?

– Ce serait possible, mais c'est mieux ainsi. Il s'agit de carnets de chèques, de relevés de compte, de factures de carte bancaire, de polices d'assurances, etc. Il nous faudra aussi, certainement, les relevés du compte domestique.

– Bien sûr. A quelle heure viendrez-vous ?

– Je ne sais pas encore. Je vous appellerai avant. Moi ou quelqu'un d'autre. Savez-vous si votre mari a laissé un testament ?

– Oui. Nous en avons rédigé un chacun. Ils sont chez notre avocat.

– Vous l'avez fait il y a longtemps ?

– Le testament ? Oh oui, très longtemps. Des années.

– J'aimerais que vous appeliez votre avocat demain matin pour lui dire qu'il nous en faudrait un double. Vous vous en sentez capable ?

– Bien sûr.

– Question assurances ?

– Nous avons chacun souscrit une police. C'est également notre avocat, Neil Denton, à Century City, qui les a.

– Bien, on verra ça demain. Pour l'instant, il faut que je scelle cette pièce.

Ils ressortirent dans le vestibule et Bosch referma la porte. De sa mallette, il sortit un autocollant sur lequel était écrit :

Enquête en cours
Interdiction d'entrer
Contacter la police de L.A. au 213 485-4321

Il fixa l'autocollant sur le montant de la porte. Désormais, si quelqu'un voulait entrer, il lui faudrait couper l'autocollant ou l'arracher. Et Bosch s'en apercevrait.

– Inspecteur ? lui demanda Veronica Aliso dans son dos, d'une petite voix.

Bosch se retourna.

– C'est moi le suspect, n'est-ce pas ?

Bosch glissa dans sa poche les deux bouts de papier qu'il avait ôtés au dos de l'autocollant.

– A ce stade, tout le monde est suspect et personne ne l'est. Nous nous intéressons à toutes les pistes. Mais c'est exact, madame Aliso, nous allons enquêter sur vous.

– Je n'aurais pas dû être aussi franche tout à l'heure, alors.

Rider intervint :

– Si vous n'avez rien à cacher, vous n'avez pas à redouter la vérité.

Grâce à sa longue expérience, Bosch savait qu'il ne fallait jamais prononcer ces mots. Il savait qu'ils étaient mensongers avant même qu'ils sortent de la bouche de Rider. A en juger par le petit sourire en coin de Veronica Aliso, elle le savait elle aussi.

– Vous débutez dans le métier, inspecteur Rider ? demanda-t-elle en regardant Bosch avec son petit sourire.

– Non, madame. Je suis inspecteur depuis six ans.

– Oh. Pas besoin de poser la question à l'inspecteur Bosch, j'imagine.

– Madame Aliso ? dit ce dernier.

– Veronica.

– Il y a une dernière chose que j'aimerais éclaircir ce soir. Nous ne savons pas précisément à quel moment votre mari a été tué. Mais nous pourrions concentrer nos efforts sur d'autres domaines s'il était possible d'éliminer rapidement les questions de routine...

– Vous voulez savoir si j'ai un alibi, c'est ça ?

– Nous voulons juste savoir où vous étiez durant ces derniers jours et ces dernières nuits. C'est une question de routine, rien d'autre.

– Je m'en veux de vous ennuyer avec les détails de ma vie, car je crains qu'ils soient très ennuyeux, justement. Mais à part une visite au centre commercial et au supermarché samedi après-midi, je ne suis pas sortie de la maison depuis que j'ai dîné ici avec mon mari mercredi soir.

– Vous êtes restée seule ici ?

– Oui... Vous pourrez sans doute vérifier auprès du capitaine Nash à l'entrée de la résidence. Les gardes notent toutes les personnes qui entrent et sortent de Hidden Hills. Y compris les résidents. Vendredi, le type qui s'occupe de la piscine est passé dans l'après-midi. Je lui ai remis son chèque. Je vous donnerai son nom et son numéro de téléphone.

– Ce ne sera pas nécessaire pour l'instant. Merci. Encore une fois, toutes mes condoléances. Peut-on faire quelque chose pour vous dans l'immédiat ?

Elle sembla se replier sur elle-même. Bosch n'était pas certain qu'elle ait entendu la question.

– Non, ça ira, dit-elle enfin.

Il récupéra sa mallette et retraversa le vestibule avec Rider. Le long couloir contournait le living-room et les conduisit directement à la porte d'entrée. D'un bout à l'autre, il n'y avait pas une seule photo sur les murs. Bosch trouvait cela anormal, mais plus rien n'était normal dans cette maison depuis quelque temps déjà, se dit-il. Il étudiait les lieux où avaient vécu les victimes comme les experts étudiaient les tableaux dans les musées. A la recherche de sens cachés, des secrets des vies et des morts.

Rider sortit la première. Bosch franchit la porte à son tour et se retourna vers le couloir. La silhouette de Veronica Aliso s'encadrait dans la lumière à l'autre bout. Il eut un court instant d'hésitation. Il esquissa un signe de tête et s'éloigna.

Ils roulèrent en silence, digérant la conversation, jusqu'à ce qu'ils atteignent la barrière. Nash sortit de la loge.

– Alors, comment ça s'est passé ?

– Bien.

– Il est mort, hein ? Monsieur Aliso ?

– Oui.

Nash émit un petit sifflement.

– Capitaine Nash, vous notez le numéro de toutes les voitures qui entrent et sortent, exact ? demanda Rider.

– Oui. Mais il s'agit d'une propriété privée. Il vous faut...

– Un mandat de perquisition, on sait, dit Bosch. Mais avant qu'on se donne tout ce mal, dites-moi juste une chose. Supposons que je revienne avec un mandat, vos registres me diront-ils exactement à quels moments Mme Aliso est entrée et sortie au cours des derniers jours ?

– Non. Ils vous diront seulement quand sa voiture est entrée et sortie.

– Pigé.

Bosch déposa Rider à sa voiture et tous les deux redescendirent séparément des collines pour regagner le commissariat de Hollywood situé dans Wilcox. En chemin, Bosch repensa à Veronica Aliso et à la fureur que semblait contenir son regard. Il ne savait pas ce qu'il fallait en penser, ni même s'il fallait y attacher de l'importance. Mais il savait qu'ils s'intéresseraient de nouveau à elle.

Rider et Bosch firent une brève halte au poste pour mettre Edgar au courant et prendre des gobelets de café. Bosch appela ensuite les studios Archway et fit en sorte que l'agent de sécurité appelle Chuckie Meachum à son domicile. Bosch ne précisa pas à l'agent qui reçut l'appel la raison de sa visite, ni quel bureau à l'intérieur des studios ils avaient l'intention de visiter. Il lui demanda seulement de faire venir Meachum.

A minuit, ils ressortirent par la porte de derrière du commissariat et passèrent devant les fenêtres grillagées de la cellule des poivrots pour rejoindre la voiture de Bosch.

– Alors, que penses-tu d'elle ? demanda-t-il enfin, tandis qu'ils quittaient le parking.

– La veuve amère ? Je pense que leur mariage avait du plomb dans l'aile. A la fin, du moins. Quant à savoir si ça fait d'elle une meurtrière, je l'ignore.

– Aucune photo.

– Sur les murs ? Oui, j'ai remarqué.

Bosch alluma une cigarette et Rider ne protesta pas, bien que le règlement de la police interdise de fumer dans les voitures de fonction.

– Et toi, qu'en penses-tu ? lui demanda-t-elle.

– Je ne suis pas encore fixé. Il y a ce que tu as dit. Cette amertume qu'on pourrait presque mettre dans un verre si on était à court de glaçons. Et deux ou trois autres choses auxquelles je réfléchis.

– Par exemple ?

– La manière dont elle était maquillée, et la façon dont elle m'a pris mon insigne des mains. Personne ne m'avait encore jamais fait ça. C'est comme si... je ne sais pas, comme si, peut-être, elle nous attendait.

Quand ils arrivèrent devant l'entrée d'Archway Pictures, Meachum les attendait sous la réplique miniature de l'Arc de triomphe en fumant une cigarette. Il portait un veston par-dessus un polo de golf, et un sourire déconcerté apparut sur son visage lorsqu'il vit approcher Bosch. Ce dernier avait travaillé un certain temps avec Meachum à la brigade des vols et homicides dix ans auparavant. Ils n'avaient jamais fait équipe, mais avaient parfois participé aux mêmes enquêtes. Meachum avait pris sa retraite au meilleur moment. Il avait rendu son insigne un mois après que la vidéo de Rodney King avait débarqué sur les écrans. Il savait. Il expliqua à tout le monde que c'était le début de la fin. Archway l'avait engagé comme directeur adjoint de la sécurité. Un bon boulot, une jolie paye, à laquelle il ajoutait sa demi-retraite après vingt ans de service. C'était toujours lui qu'on citait quand on évoquait les petits futés. Aujourd'hui, avec toutes les valises que trimbalait le LAPD, la bastonnade de Rodney King, les émeutes, la Commission Christopher, les affaires O. J. Simpson et Mark Fuhrman, un inspecteur à la retraite pourrait s'estimer heureux si une boîte comme Archway l'engageait pour monter la garde à l'entrée.

– Hé, Harry Bosch, dit Meachum en se penchant vers la vitre pour regarder à l'intérieur de la voiture. Qu'est-ce qui t'amène ?

La première chose qu'avait remarquée Bosch, c'était les couronnes dentaires que s'était fait poser Meachum depuis la dernière fois.

– Salut, Chuckie. Ça fait un bail. Je te présente mon équipière, Kiz Rider.

Rider hocha la tête et Meachum fit de même, en l'observant quelques instants. Les inspecteurs de sexe féminin et de race noire étaient une chose rare de son temps, bien qu'il ait seulement pris sa retraite cinq ans plus tôt.

– Alors, qu'est-ce qui se passe, inspecteurs ? Pourquoi est-ce que vous m'avez sorti du plumard ?

Il sourit, en montrant bien ses dents. Il savait qu'on les avait remarquées, pensa Bosch.

– On est sur une affaire. On voudrait jeter un œil dans le bureau de la victime.

– Ici ? C'est qui, le macchabée ?

– Anthony N. Aliso. TNA Productions.

Meachum plissa les yeux. Il avait le teint bronzé d'un golfeur qui ne loupe jamais un départ le samedi matin, et qui s'échappe une ou deux fois dans la semaine pour aller se faire au moins un petit parcours de neuf trous.

– Ça me dit rien, ce nom. T'es sûr que…

– Vérifie, Chuck. Il bosse ici. Enfin, il bossait.

– OK. Vous n'avez qu'à vous garer sur le parking principal ; on ira dans mon bureau pour se boire un petit café et on vérifiera.

Il lui désigna un parking situé droit devant, Bosch obéit aux instructions. Le parking, quasiment désert, jouxtait un gigantesque studio dont le mur extérieur était peint en bleu ciel, avec quelques nuages blancs cotonneux. C'était là qu'on tournait les extérieurs quand le véritable ciel était trop assombri par le smog.

Ils suivirent Meachum à pied jusqu'au PC de la sécurité. En entrant, ils longèrent un bureau vitré à l'intérieur duquel un homme portant l'uniforme marron d'Archway Security était assis au milieu de plusieurs rangées d'écrans de contrôle. Il lisait la page des sports du *Times*, qu'il s'empressa de jeter dans une corbeille à papier posée près de la console en voyant Meachum.

Bosch nota que Meachum semblait n'avoir rien remarqué car il leur tenait la porte. Il se retourna, salua l'homme en uniforme d'un geste vague et entraîna Bosch et Rider vers son bureau.

Il se glissa derrière sa table et se tourna vers son ordinateur. Sur l'écran, une bataille intergalactique faisait rage entre différents types de vaisseaux spatiaux. Meachum appuya sur une touche et l'économiseur d'écran s'effaça. Il demanda à Bosch de lui épeler le nom de la victime pour l'introduire dans la machine. Il inclina ensuite le moniteur, de manière à ce que Bosch et Rider ne puissent pas voir l'écran. Bosch n'appréciait pas, mais ne fit aucune remarque. Au bout d'un moment, Meachum déclara :

– T'as raison. Il était bien ici. Bâtiment Tyrone Power. Il occupait un des petits cagibis qu'ils louent à des gens de l'extérieur. Trois bureaux en enfilade. Pour trois losers. Ils se partagent une secrétaire comprise dans le prix du loyer.

– Depuis combien de temps était-il ici ? C'est marqué ?

– Oui. Presque sept ans.

– Qu'est-ce que ça dit d'autre ?

Meachum regarda l'écran.

– Pas grand-chose. Aucun problème particulier. Il s'est plaint une fois qu'on avait enfoncé sa voiture sur le parking. Il conduisait une Rolls Royce. Je parie que c'était le seul type de Hollywood à ne pas l'avoir troquée contre une Range Rover. C'est vulgaire, Bosch.

– Allons jeter un œil.

– Écoute, Harry, pourquoi est-ce que Riley et toi n'iriez pas vous chercher un jus pendant que je passe un coup de fil. Je sais pas trop quelle est la procédure à suivre.

– Premièrement, Chuck, elle s'appelle Rider, pas Riley. Et deuxièmement il s'agit d'une enquête criminelle. Quelles que soient les procédures, tu es censé nous faciliter la tâche.

– C'est une propriété privée ici, mon vieux. Faut pas l'oublier.

– Je ne l'oublierai pas. Et toi, dit-il, quand tu passeras ton coup de fil, n'oublie pas non plus que les médias ne sont pas au courant de cette affaire pour l'instant. A mon avis, ça ne serait pas une bonne idée de mêler les studios Archway à ce genre d'histoire, surtout qu'on ne sait pas trop de quoi il s'agit. Tu peux dire à la personne que tu appelles que je m'efforcerai que ça continue ainsi.

Meachum grimaça et secoua la tête.

– Tu n'as pas changé, Bosch. « Tu m'écoutes, ou tu vas te faire foutre. »

– Oui, en quelque sorte.

En attendant, Bosch eut le temps d'avaler un gobelet de café tiède provenant d'une cafetière qui était restée posée sur une plaque chauffante à la porte du bureau depuis le début de la soirée. Le café était amer, mais il savait que celui qu'il avait bu au poste ne lui permettrait pas de tenir toute la nuit. Rider, elle, préféra boire l'eau de la fontaine installée dans le couloir.

Au bout d'une dizaine de minutes, Meachum ressortit de son bureau.

– C'est arrangé, dit-il. Mais faut que je vous prévienne : moi ou un de mes hommes devra rester avec vous tout le temps, en tant que témoin. Ça te pose un problème, Bosch ?

– Aucun.

– Bien. Allons-y. On va prendre une petite voiture.

En passant, il ouvrit la porte du bureau vitré et glissa la tête par l'entrebâillement.

– Peters, qui fait la ronde ?

– Euh… Serrurier et Fogel.

– OK. Appelle Serrurier et dis-lui de nous rejoindre au Tyrone Power. Il a les clés, hein ?

– Exact.

– Bon, préviens-le. (Il commença à refermer la porte, puis se ravisa.) Au fait, Peters, laisse la page des sports dans la corbeille.

Ils prirent une voiturette électrique pour se rendre au bâtiment Tyrone Power, car celui-ci était situé à l'autre bout des studios, à l'opposé du PC de la sécurité. En chemin, Meachum leur montra un homme entièrement vêtu de noir qui sortait d'un des bâtiments devant lesquels ils passaient.

– Il y a un tournage dans la « Rue de New York » ce soir, sinon je vous y aurais conduits. On se croirait vraiment à Brooklyn.

– Je n'y suis jamais allé, dit Bosch.

– Moi non plus, ajouta Rider.

– Peu importe dans ce cas, à moins que vous vouliez assister au tournage.

– On se contentera du bâtiment Tyrone Power.

– Entendu.

Lorsqu'ils arrivèrent sur place, un autre type en uniforme les attendait. Serrurier. Sur l'ordre de Meachum, il déverrouilla une porte donnant sur un hall d'accueil qui desservait les trois bureaux séparés, puis il ouvrit avec sa clé la porte du bureau que louait Aliso. Meachum lui ordonna de reprendre sa ronde.

En parlant de cagibi, Meachum n'était pas loin de la vérité. Le bureau d'Aliso était à peine assez grand pour recevoir Bosch, Rider et Meachum sans qu'ils se soufflent leur haleine au visage. Il contenait une table avec un fauteuil derrière et deux autres collés devant. Contre le mur, derrière le bureau, se trouvait un secrétaire avec quatre tiroirs. Sur le mur de gauche étaient accrochées des petites affiches de deux grands classiques du cinéma : *Chinatown* et *Le Parrain*, tous les deux réalisés par la Paramount, au coin de la rue. Aliso avait répliqué sur le mur de droite avec des affiches encadrées de ses propres œuvres : *L'Art de la muleta* et *Victime du désir*. D'autres photos encadrées, plus petites, montraient Aliso en compagnie de diverses vedettes. La plupart des clichés avaient été pris dans cette pièce ; Aliso et la célébrité du moment posaient derrière le bureau, avec un grand sourire.

Bosch examina les deux affiches. Chacune portait tout en haut l'imprimatur : *Anthony Aliso présente*, mais ce fut surtout la deuxième, celle de *Victime du désir*, qui retint son attention. Sous le titre, un homme en costume blanc tenait une arme le long du corps, l'air déterminé. Au premier plan, une femme dont les longs cheveux bruns encadraient le dessin le couvait d'un regard sensuel. Cette affiche était un plagiat de la scène représentée sur l'affiche de *Chinatown* sur le mur opposé. Elle n'en avait pas moins quelque chose de fascinant. La femme, bien évidemment, était Veronica Aliso, et Bosch comprit que la fascination venait de là.

– Jolie femme, dit Meachum dans son dos.

– Son épouse.

– Je m'en doute. Vu la grosseur de son nom sur l'affiche. Mais j'ai jamais entendu parler d'elle.

Bosch lui montra l'affiche d'un mouvement de tête.

– Je crois que c'est son seul film.

– En tout cas, comme je le disais, joli brin de fille. Ça m'étonnerait qu'elle ressemble encore à ça.

Bosch observa de nouveau les yeux, en repensant à la femme qu'il avait vue il y avait à peine une heure. Ils étaient toujours aussi sombres et étincelants, avec une petite étoile lumineuse au centre.

Il détacha son regard pour examiner les photos encadrées. Sur l'une d'elles, il remarqua immédiatement la présence de Dan Lacey, l'acteur qui avait incarné son propre personnage huit ans plus tôt dans une mini-série télévisée racontant la traque d'un *serial killer*. Le studio qui l'avait produite avait versé à Bosch et à son équipier de l'époque une jolie somme d'argent pour pouvoir utiliser leurs noms et leurs conseils techniques. Son équipier avait empoché son fric et pris sa retraite au Mexique. Bosch, lui, s'était acheté une maison dans les collines. Il était incapable de foutre le camp. Il savait que son métier était toute sa vie. Il se retourna pour balayer du regard le reste du petit bureau. Sur le mur près de la porte, des étagères supportaient des piles de scénarios et de cassettes vidéo, mais pas de livres, à l'exception de quelques annuaires des acteurs et des metteurs en scène.

– Bon, dit-il. Chuckie, tu restes à la porte et tu fais le témoin, comme tu disais. Kiz, tu t'attaques au bureau pendant que je m'occupe du classeur.

Les tiroirs étant fermés à clé, il lui fallut dix minutes pour forcer les serrures à l'aide des pinces qu'il avait sorties de sa mallette. Les tiroirs regorgeaient de notes et de documents chiffrés concernant l'élaboration de plusieurs films dont Bosch n'avait jamais entendu parler. Mais cela ne l'étonna pas après ce que lui avait expliqué Veronica Aliso, et, de toute façon, il ne connaissait pas grand-chose au monde du cinéma. Malgré tout, à en juger par ce qui transparaissait de la lecture rapide de ces dossiers, d'importantes sommes d'argent avaient été versées à diverses sociétés liées au cinéma au cours de la production de ces films. Ce qui le frappait le plus était l'agréable style de vie qu'Aliso semblait s'être offert grâce aux activités de ce petit bureau.

Ayant fini d'examiner le quatrième et dernier tiroir du classeur, celui du bas, Bosch se releva en s'étirant ; ses vertèbres craquèrent comme des dominos qu'on entrechoque. Il se tourna vers Rider qui continuait à inspecter les tiroirs du bureau.

– Tu as trouvé quelque chose ?

– Deux ou trois trucs, mais pas l'arme du crime, si c'est ce que tu veux dire. Aliso avait reçu un avis du Trésor public. Sa société devait subir un contrôle fiscal le mois prochain. A part ça, j'ai un échange de lettres entre Tony Aliso et Saint John, le chouchou du mois dont nous a parlé Mme Aliso. Les propos sont vifs, mais pas de véritable menace. Il me reste encore un tiroir à fouiller.

– Il y a pas mal de choses dans ces dossiers. Des machins financiers. Il va falloir tout éplucher. J'aimerais que tu t'en occupes. Tu te sens d'attaque ?

– Pas de problème. Pour l'instant, tout ce que je vois n'a pas beaucoup d'intérêt, c'est même ennuyeux. C'est l'aspect business du cinéma.

– Je sors fumer une cigarette. Quand tu auras terminé, on échange. Tu prends les dossiers, et je m'occupe du bureau.

– C'est un bon plan.

Avant de sortir, Bosch promena son regard sur les étagères, lut les titres inscrits sur les cassettes vidéo et s'arrêta sur celle qu'il cherchait : *Victime du désir*. Il s'en saisit. Le boîtier reprenait l'illustration de l'affiche.

Il recula pour poser la cassette sur le bureau, de façon à l'emporter ultérieurement, avec le reste. Rider lui demanda de quoi il s'agissait.

– C'est le film de sa femme. J'ai envie de le voir.

– Oh, moi aussi.

Bosch sortit dans la petite cour et s'arrêta à côté d'une statue en bronze représentant un homme qu'il devina être Tyrone Power. Il alluma une cigarette. La nuit était fraîche et la fumée lui réchauffa l'intérieur de la poitrine. Tout était calme dans les studios maintenant.

Il s'approcha d'une poubelle posée à côté d'un banc dans la cour et se servit du rebord pour faire tomber sa cendre. Il aperçut alors une tasse à café brisée au fond de la poubelle. Il y avait également plusieurs crayons et stylos éparpillés. Il reconnut l'emblème des studios Archway, l'Arc de triomphe et le soleil levant sous l'arche, sur un des morceaux de la tasse. Alors qu'il allait plonger la main dans la poubelle pour ramasser ce qui ressemblait à un stylo Cross en or, il entendit la voix de Meachum. Il se retourna.

– Elle fera du chemin, hein ? Ça se voit.

Il avait allumé une cigarette.

– Oui, il paraît. C'est notre première affaire ensemble. Je ne la connais pas bien et, d'après ce que j'ai compris, c'est mieux comme ça. A la première occasion, elle va filer à la Maison de verre.

Meachum acquiesça, en faisant tomber sa cendre sur le bitume. Bosch le vit jeter un coup d'œil en direction du toit, au-dessus du premier étage, et esquisser son petit salut nonchalant. Il leva la tête à son tour et découvrit la caméra fixée sous l'avancée.

– T'en fais pas pour ça, dit-il. Il ne te voit pas. Il lit le compte rendu du match des Dodgers d'hier soir.

– Ouais, t'as sans doute raison. On ne trouve plus du bon personnel de nos jours, Harry. Je tombe sur des gars qui s'amusent à rouler en petite voiture toute la journée, en espérant que quelqu'un les remarquera, genre Clint Eastwood ou je sais pas qui. J'en ai même un qu'est rentré dans le mur l'autre jour, tellement il était occupé à bavarder avec deux directeurs artistiques qui passaient par là. Tiens, en voilà un bel oxymoron. Directeur artistique.

Bosch garda le silence. Il se fichait de tout ce que Meachum venait de lui raconter.

– Tu devrais venir travailler ici, Harry. Je parie que t'as fait tes vingt ans. Tu devrais tirer ta révérence et venir bosser pour moi. Crois-moi, ton niveau de vie s'améliorerait sacrément.

– Non merci, Chucks. Curieusement, je me vois mal me balader toute la journée dans une petite voiture de golf.

– Mon offre reste valable. Quand tu veux, mon vieux, quand tu veux.

Bosch éteignit sa cigarette contre le bord de la poubelle, jeta le mégot dedans et décida de ne pas la fouiller en présence de Meachum, auquel il annonça qu'il retournait au bureau.

– Bosch, faut que je te dise un truc.

Bosch se retourna, Meachum leva les mains en l'air.

– On risque d'avoir un problème si tu veux sortir des trucs de ce bureau sans mandat. J'ai entendu ce que tu disais sur la cassette, et ta collègue est en train d'entasser des paperasses pour les emporter. Je peux pas vous laisser faire ça.

– Dans ce cas, tu vas passer ta nuit ici, Chuck. Il y a un tas de dossiers dans ce bureau et on a du pain sur la planche. Ce serait beaucoup plus simple si on embarquait tout au poste immédiatement.

– Oui, je sais. J'ai connu ça. Mais j'ai reçu des instructions. On a besoin d'un mandat.

Bosch se servit du téléphone qui se trouvait sur le bureau de la secrétaire à l'entrée pour appeler Edgar. Celui-ci était encore au commissariat, où il s'attaquait à la montagne de rapports que générerait cette enquête. Bosch lui demanda de laisser tomber pour l'instant et de commencer à établir des mandats de perquisition pour tous les documents qui se trouvaient au domicile et au bureau d'Aliso, et ceux qui étaient en possession de son avocat.

– Tu veux que j'appelle le juge ce soir ? lui demanda Edgar. Il est presque deux heures du mat' !

– Oui, dit Bosch. Et quand tu auras les mandats signés, apporte-les ici, aux studios Archway. Avec des grands cartons.

Edgar poussa un grognement. Il se tapait tout le sale boulot. Personne n'aimait réveiller un juge en pleine nuit.

– Je sais, je sais, Jerry, mais il faut le faire. Du nouveau à part ça ?

– Non. J'ai appelé le Mirage et j'ai parlé à un type de la sécurité. La chambre occupée par Aliso a été relouée pendant le week-end. Elle est libre maintenant, et il nous la garde au chaud, mais tout a été effacé, évidemment.

– Sans doute... OK, Jerry. La prochaine fois, c'est toi qui auras le beau rôle. Occupe-toi des mandats.

Dans le bureau d'Aliso, Rider s'était déjà mise à consulter les dossiers. Bosch lui expliqua qu'Edgar se chargeait d'obtenir un mandat et qu'il fallait dresser un inventaire pour Meachum. Il lui proposa également de faire une pause si elle le souhaitait, ce qu'elle refusa.

Bosch s'assit derrière le bureau, sur lequel se trouvait le fouillis habituel. Un téléphone relié à un amplificateur, un Rolodex, un sous-main, un bloc magnétique retenant des trombones et une plaque en bois sur laquelle était gravé, en script : TNA Productions. Il y avait aussi un casier de rangement encombré de feuilles.

Le regard de Bosch se posa sur le téléphone, et il remarqua la touche « Bis ». Il décrocha le combiné et enfonça la touche. Étant donné la rapide succession de tonalités qu'il obtint, le dernier appel avait été passé en interurbain. Au bout de deux sonneries, une voix féminine répondit, une musique forte en fond sonore.

– Allô ?

– Oui, allô, qui est à l'appareil ?

La femme gloussa.

– C'est qui ?

– Je me suis peut-être trompé de numéro. Je suis bien chez Tony ?

– Non, ici, c'est chez Dolly.

– Ah, Dolly. Et... euh... où vous êtes ?

Nouveau gloussement.

– Dans Madison, évidemment. D'où vient le nom, à votre avis ?

– Où est-ce ?

– Au nord de Las Vegas. Et vous, où êtes-vous ?

– Au Mirage.

– OK. Vous suivez le boulevard vers le nord. Vous traversez le centre et vous passez dans des quartiers crado, jusqu'à Las Vegas nord. Madison est au troisième feu après le toboggan. Vous tournez à gauche et on est dans la rue d'après, sur la gauche. C'est quoi votre nom déjà ?

– Harry.

– Salut, Harry. Moi, c'est Rhonda. Comme dans…

Bosch ne dit rien.

– Allons, Harry, vous êtes censé me dire : « Help me, Rhonda, help, help me, Rhonda. »

C'était une vieille chanson des Beach Boys.

– En fait, Rhonda, vous pouvez peut-être m'aider, en effet. Je cherche un copain à moi. Tony Aliso. Vous l'avez vu récemment ?

– Pas cette semaine. A vrai dire, je l'ai pas vu depuis jeudi ou vendredi dernier. Je me demandais comment vous aviez eu le numéro des loges.

– Par Tony.

– Comme Layla n'est pas là ce soir, ça m'étonnerait que Tony se pointe. Mais ça ne vous empêche pas de venir nous voir. Vous pouvez quand même passer un bon moment, même s'il n'est pas là.

– Entendu, Rhonda, j'essaierai de faire un saut.

Il raccrocha, sortit son carnet de sa poche et y nota le nom du commerce qu'il venait d'appeler, les indications pour s'y rendre et les deux noms de femmes, Rhonda et Layla. Il souligna le deuxième nom.

– C'était quoi ? lui demanda Rider.

– Une piste à Vegas.

Il lui rapporta sa conversation et l'allusion faite à la personne prénommée Layla. Rider convint que c'était une piste à suivre, puis se replongea dans les dossiers. Bosch, lui, reporta son attention sur le bureau. Il étudia les objets posés dessus avant de s'intéresser à ce qui se trouvait à l'intérieur.

– Hé, Chuckie ?

Meachum, adossé contre la porte, les bras croisés sur la poitrine, leva les sourcils en guise de réponse.

– Aliso n'a pas de répondeur. Comment ça se passait quand la secrétaire n'était pas là ? Les appels sont transférés vers le standard ou une messagerie ?

– Non, tout le monde est branché sur une boîte vocale maintenant.

– Aliso avait une boîte vocale ? Comment on fait pour l'interroger ?

– Faut avoir son code. Un numéro à trois chiffres. Tu appelles l'ordinateur de la boîte vocale, tu entres ton code et tu peux écouter tes messages.

– Et pour avoir le code, je fais comment ?

– Impossible. Il l'a programmé lui-même.

– Il n'y a pas moyen d'entrer avec un code général ?

– Non. C'est pas aussi sophistiqué, Bosch. Hé, c'est juste pour écouter des messages téléphoniques.

Bosch ressortit son carnet et consulta ses notes pour trouver la date de naissance d'Aliso.

– Quel est le numéro de la boîte vocale ?

Meachum le lui donna et Bosch appela l'ordinateur. Après un bip, il pianota le chiffre 721, mais celui-ci fut rejeté. Il réfléchit en tambourinant sur le bureau. Il essaya le 862, les chiffres correspondant à TNA et une voix informatisée lui annonça qu'il avait quatre nouveaux messages.

– Kiz, écoute ça !

Il brancha l'amplificateur et raccrocha. Tandis que la bande défilait, Bosch prit quelques notes, mais les trois premiers messages concernaient des problèmes techniques liés à un projet de tournage, à la location du matériel et aux coûts de production. Chaque appel était suivi de la voix électronique qui précisait l'heure à laquelle le message avait été enregistré, à savoir le vendredi.

En entendant le quatrième message, Bosch se pencha en avant et tendit l'oreille. La voix était celle d'une jeune femme et on aurait dit qu'elle pleurait au bout du fil.

« Salut, Tone, c'est moi. Appelle-moi dès que t'entendras ce message. J'ai presque envie d'appeler chez toi. J'ai besoin de toi. Ce salopard de Lucky dit que je suis virée. Sans raison ! Tout ce qu'il veut, c'est fourrer sa queue dans Modesty. Je suis complètement... Je ne veux pas être obligée de travailler au Palomino ou ailleurs. Le Jardin, pas question. Je veux venir à L.A. Pour être avec toi. Appelle-moi. »

La voix électronique indiqua que l'appel avait eu lieu à quatre heures le dimanche matin, longtemps après la mort de Tony Aliso. La fille n'avait pas dit son nom. De toute évidence, c'était quelqu'un que connaissait Aliso. Bosch se demanda s'il s'agissait de la fille dont lui avait parlé Rhonda, Layla. Il se tourna vers Rider ; celle-ci se contenta de hausser les épaules. Ils n'en savaient pas assez pour juger l'importance de cet appel.

Assis sur la chaise du bureau, Bosch observa les objets qui l'entouraient. Il ouvrit un des tiroirs, sans inspecter son contenu. Son regard dériva vers le mur de droite et balaya les photos d'un Tony Aliso souriant qui posait avec des vedettes. Certaines avaient griffonné quelques mots sur les photos, mais on avait du mal à les déchiffrer. Bosch contempla l'image de son alter ego télévisuel, Dan Lacey, sans parvenir à lire la petite phrase écrite en bas de la photo. Puis il regarda au-delà des gribouillis et découvrit ce qu'il cherchait. Sur la photo montrant le bureau d'Aliso, on distinguait une tasse Archway remplie de stylos et de crayons.

Bosch arracha la photo du mur et appela Meachum. Celui-ci le rejoignit.

– Quelqu'un est venu ici, déclara Bosch.

– Qu'est-ce que tu racontes ?

– Quand a-t-on vidé la poubelle qui est dehors ?

– Comment veux-tu que je le sache ? Qu'est-ce que...

– La caméra de surveillance qui est sur le toit... combien de temps vous conservez les bandes ?

Meachum sembla hésiter une seconde, puis répondit à la question.

– On les fait tourner toutes les semaines. On doit avoir les sept derniers jours. C'est du plan fixe, dix images/seconde.

– Allons jeter un œil.

Bosch ne rentra pas chez lui avant quatre heures du matin. Cela lui laissait juste trois heures de sommeil avant de retrouver Edgar et Rider à sept heures et demie pour le petit déjeuner, comme convenu, mais il était beaucoup trop énervé par le café et l'adrénaline pour seulement espérer fermer les yeux.

Dans la maison flottait l'odeur âcre de la peinture fraîche, il ouvrit les portes-fenêtres coulissantes pour laisser entrer l'air mordant de la nuit. Il observa le canyon de Cahuenga tout en bas, regardant filer les voitures sur le Hollywood Freeway. Il était toujours stupéfait de voir en permanence des voitures sur cette voie rapide, quelle que soit l'heure. A L.A., la circulation ne s'arrêtait jamais.

Il envisagea de mettre un CD, une musique avec du saxo, mais finalement, il se laissa tomber sur le canapé dans le noir, alluma une cigarette et réfléchit aux différents courants qui traversaient cette affaire. A première vue, la victime, Anthony Aliso, était un homme d'affaires prospère. Ce genre de réussite sociale s'accompagnait habituellement d'un épais blindage qui protégeait de la violence et du meurtre. Les riches se faisaient rarement assassiner. Mais quelque chose avait mal tourné pour Tony Aliso.

Repensant soudain à la cassette, il alla chercher sa mallette qu'il avait laissée sur la table de la salle à manger. A l'intérieur, il y avait deux cassettes vidéo : la bande de surveillance des studios Archway et la copie de *Victime du désir*. Il alluma la télé, introduisit le film dans le magnétoscope et resta dans le noir pour regarder.

Après avoir visionné la cassette, il se dit que le film méritait le destin qu'il avait connu. L'ensemble était mal éclairé, et dans certains plans on voyait pendre le micro au-dessus des acteurs. C'était particulièrement exaspérant dans les scènes censées se dérouler en plein désert où on n'aurait dû voir que du ciel bleu. C'était du très mauvais cinéma. A l'aspect amateur venaient s'ajouter les piètres performances des comédiens. L'acteur principal, un type que Bosch n'avait jamais vu dans aucun film, était bien incapable d'incarner un personnage prêt à tout pour retenir sa jeune épouse qui utilisait la frustration sexuelle et les sarcasmes pour inciter son pauvre mari à commettre des crimes, y compris des meurtres, dans le but de satisfaire ses penchants morbides. Veronica Aliso jouait le rôle de la femme, mais n'était guère plus convaincante que son partenaire masculin.

Quand par hasard on l'éclairait bien, sa beauté était époustouflante. Dans quatre scènes elle apparaissait à demi nue, et Bosch les regarda avec une fascination de voyeur. Mais, dans l'ensemble, ce n'était pas un rôle valorisant et il comprit pourquoi sa carrière, comme celle de son mari, n'avait jamais démarré. Elle aurait pu en rejeter la faute sur lui et nourrir du ressentiment à son égard, mais la vérité était bien qu'elle ressemblait aux milliers de jeunes et jolies femmes qui débarquaient à Hollywood chaque année. Sa beauté avait de quoi séduire, mais elle ne possédait aucun talent d'actrice.

Dans la scène finale, quand le mari était enfin arrêté et que sa femme l'abandonnait entre les mains de la police, elle récitait son texte avec la conviction et le poids d'une page blanche dans une machine à écrire.

« Oui, c'était lui. Il est fou. Quand j'ai voulu l'empêcher d'agir, il était trop tard. Ensuite, je ne pouvais en parler à personne, car… car on aurait pu croire que c'était moi qui voulais tous les tuer. »

Bosch patienta jusqu'à la fin du générique et rembobina la bande à l'aide de la télécommande. Sans se lever du canapé. Puis il éteignit la télé et allongea ses jambes sur le canapé. En regardant par la porte-fenêtre ouverte, il vit les premières lueurs de l'aube découper les crêtes des collines de l'autre côté du canyon. Il n'était toujours pas fatigué. Il ne cessait de penser aux choix que font les gens dans la vie et se demandait ce qui se serait passé si le jeu des acteurs avait été passable et si le film avait trouvé un distributeur. Cela aurait-il changé des choses et empêché Tony Aliso de se retrouver dans son coffre de voiture ?

Finalement, la réunion avec Billets ne débuta qu'à neuf heures trente. Chacun ayant fait rouler son fauteuil dans le bureau du lieutenant, celle-ci commença en déclarant que la presse locale semblait déjà s'intéresser d'un peu trop près à l'affaire. Par ailleurs, ajouta-t-elle, les gros pontes de la police, tout là-haut, se demandaient s'il ne faudrait pas confier l'enquête à la section d'élite du RHD, la brigade des vols et homicides, ce qui exaspéra Bosch, évidemment. Au début de sa carrière, il y avait travaillé, mais après avoir fait usage de son arme pendant le service, dans des circonstances discutables, il avait été muté à Hollywood. Voilà pourquoi l'idée de transmettre cette affaire aux caïds du RHD lui hérissait le poil. Si l'OCID avait décidé de s'y intéresser, la décision aurait été plus facile à accepter. Bosch dit à Billets qu'il ne pouvait tolérer que l'enquête soit confiée au RHD, alors que son équipe avait quasiment passé une nuit blanche pour dénicher quelques pistes dignes d'intérêt. Rider s'empressa de lui apporter son soutien. Edgar, qui continuait à bouder parce qu'il avait écopé de toute la paperasse, resta muet.

– Je comprends votre point de vue, dit Billets. Mais une fois cette réunion terminée, je devrai me rendre dans le bureau du capitaine LeValley et la persuader que nous avons la situation bien en main. Alors, faisons le point. Si vous réussissez à me convaincre, je la convaincrai. Elle transmettra nos doléances aux personnes concernées.

Bosch passa la demi-heure suivante à s'exprimer au nom de l'équipe et lui décrivit fidèlement les recherches de la nuit. Le seul combiné télévision-magnétoscope que possédait la brigade se trouvait dans le bureau du lieutenant, car le laisser sans surveillance aurait été trop risqué, même dans un commissariat. Il inséra dans l'appareil la cassette que lui avait copiée Meachum à partir de la bande de surveillance des studios Archway, et la fit défiler jusqu'au moment où apparaissait l'intrus.

– La caméra de surveillance qui a filmé cette scène enregistre une image toutes les six secondes. Donc, c'est rapide et ça saute, mais on aperçoit quand même notre homme.

Il appuya sur le bouton « Lecture », l'écran se remplissant des images floues en noir et blanc de la cour et de l'entrée du bâtiment Tyrone Power. L'éclairage donnait l'impression qu'on était à la tombée de la nuit. Le compteur en bas de l'écran indiquait que la scène avait été filmée la veille, à dix-huit heures treize.

Bosch enclencha le ralenti. Malgré cela, la séquence qu'il voulait montrer à Billets défila trop rapidement. En six images saccadées on voyait un homme s'approcher de la porte du bâtiment, se pencher sur la poignée, puis disparaître à l'intérieur.

– En réalité, il est resté trente à trente-cinq secondes devant la porte, précisa Rider. D'après l'enregistrement, on pourrait croire qu'il possédait la clé, mais ça fait trop long pour ouvrir une porte avec une clé. La serrure a été crochetée. Par un spécialiste.

– Le voilà qui ressort, dit Bosch.

Alors que le compteur indiquait dix-huit heures dix-sept, l'homme était filmé en train de franchir la porte. La bande sauta, l'homme se trouvait maintenant dans la cour et se dirigeait vers la poubelle. Nouveau saut d'image, l'homme s'éloignait de la poubelle. Puis il disparut. Bosch rembobina la bande et l'arrêta sur la dernière image de l'homme, au moment où celui-ci tournait le dos à la poubelle. C'était la meilleure image. Certes, elle était sombre et le visage de l'homme était flou, mais reconnaissable malgré tout si l'on devait jamais effectuer une comparaison avec un suspect. C'était un Blanc à cheveux bruns. Trapu et large d'épaules, il portait une chemisette de golf, le bracelet chromé de la montre attachée à son poignet droit – il était visible juste au-dessus des gants noirs qu'il avait enfilés –, projetant des reflets dans la lumière de la cour. Sur son avant-bras, on distinguait la tache sombre d'un tatouage. Bosch montra ces différents détails à Billets, ajoutant qu'il emporterait la bande au labo pour savoir si cette dernière image, celle où on apercevait le mieux l'intrus, ne pouvait être améliorée d'une manière ou d'une autre grâce à l'ordinateur.

– Parfait, dit-elle. Mais, à votre avis, que venait-il faire dans ce bureau ?

– Il voulait récupérer quelque chose. Entre le moment où il entre et celui où il ressort, on a moins de quatre minutes. Ce n'est pas long. Surtout qu'il a été obligé de forcer la porte du bureau d'Aliso. En tout cas, il renverse une tasse porte-crayons qui était sur le bureau, et celle-ci se brise en tombant. Notre homme fait ce qu'il est venu faire, puis il ramasse les morceaux de la tasse et les stylos et balance tout dans la poubelle en repartant. Nous avons retrouvé les morceaux et les stylos dans la poubelle cette nuit.

– Des empreintes ?

– Quand on s'est aperçu qu'il y avait eu effraction, nous sommes retournés sur place et avons demandé à Donovan de nous rejoindre quand il aurait fini avec la Rolls. Il a relevé des empreintes, mais rien d'utilisable. Il a trouvé celles d'Aliso, les miennes et celles de Kiz. Comme on peut le voir sur la bande, le type portait des gants.

– OK.

Bosch ne put retenir un bâillement. Edgar et Rider l'imitèrent. Il but une gorgée du café amer qu'il avait apporté. Cela faisait déjà un moment que la caféine lui donnait des tremblements, mais s'il arrêtait brusquement d'alimenter la machine il était sûr de s'écraser.

– Vous avez une idée de ce que venait récupérer ce cambrioleur ? demanda Billets.

– La tasse brisée indique qu'il cherchait dans le bureau plutôt que dans le classeur, dit Rider. Mais tout semblait en ordre dans les tiroirs. Aucun dossier vide, ni rien de ce genre. En fait, on pense qu'il s'agissait d'un micro. Quelqu'un a placé un mouchard dans le bureau d'Aliso et ne pouvait se permettre qu'on le découvre. D'après les photos accrochées au mur, le téléphone était situé juste à côté de la tasse sur le bureau. Notre cambrioleur l'a renversée par mégarde. Le plus drôle, c'est qu'on n'a même pas regardé s'il y avait un micro dans le téléphone. Si ce type était reparti sans faire de casse, l'idée ne nous en serait sans doute jamais venue.

– Je suis allée aux studios Archway, dit Billets. Il y a un mur tout autour. Et ils ont leur propre service de sécurité. Comment ce type a-t-il réussi à entrer ? Ou suggérez-vous qu'il puisse s'agir de quelqu'un de la maison ?

– Deux choses, répondit Bosch. Tout d'abord, on tournait un film aux studios, dans le décor de la Rue de New York. Ça signifie un tas d'allées et venues à l'entrée. Le type s'est peut-être faufilé avec l'équipe de tournage. Sur l'enregistrement, on le voit partir vers le nord, là où se trouve le décor de New York. La porte, elle, est au sud. Second point, l'extrémité nord des studios jouxte le cimetière de Hollywood. Vous avez raison, il y a un mur. Mais le soir, quand le cimetière est fermé, c'est un endroit sombre et isolé. Notre homme a très bien pu escalader le mur à cet endroit. Quoi qu'il en soit, il avait de l'entraînement.

– Que voulez-vous dire ?

– S'il est venu rechercher un micro dans le téléphone de Tony Aliso, c'est qu'il l'y avait planqué auparavant.

Billets acquiesça.

– Qui est-ce, à votre avis ? demanda-t-elle.

Il se tourna vers Rider pour voir si elle souhaitait répondre. Comme elle gardait le silence, il s'en chargea.

– Difficile à dire. Tout est une question de timing. Aliso est certainement mort depuis vendredi soir, mais on n'a retrouvé son corps que hier après-midi, vers dix-huit heures. Et l'effraction a eu lieu à dix-huit heures treize. Le cadavre d'Aliso avait déjà été découvert et ça commençait à se savoir.

– Mais à dix-huit heures treize vous n'aviez pas encore rendu visite à sa femme ?

– Exact. C'est là que ça coince. J'étais prêt à dire on met le paquet sur l'épouse et on verra ce que ça donne. Maintenant, j'ai des doutes. Car si elle est dans le coup, cette effraction ne rime à rien.

– Expliquez-vous.

– Tout d'abord, il faut se demander pourquoi on espionnait Aliso. Quelle est la réponse la plus vraisemblable ? L'épouse a engagé un détective privé ou quelqu'un pour surveiller Tony et savoir s'il la trompait. D'accord ?

– D'accord.

– Bon, supposons que ce soit le cas. Si le mari a fini dans le coffre de sa voiture à cause de sa femme, pourquoi est-ce que cette femme, son détective ou je ne sais qui, attendrait hier soir, c'est-à-dire après la découverte du corps, pour aller récupérer le micro ? Ça n'a aucun sens. En réalité, ça n'a de sens que si les deux éléments n'ont pas de rapport entre eux, si le meurtre et le micro sont deux choses séparées. Vous comprenez ?

– Je crois.

– C'est pourquoi je ne suis pas disposé à tout balancer pour me concentrer uniquement sur l'épouse. Personnellement, je pense qu'elle pourrait avoir fait le coup, mais il y a encore trop de choses que nous ignorons pour l'instant. Je ne le sens pas. Il y a un autre aspect caché dans cette histoire, mais nous ne savons pas lequel.

Billets hocha la tête en regardant chaque inspecteur l'un après l'autre.

– Parfait. Je sais qu'il y a encore beaucoup d'éléments incertains, mais vous avez fait du bon travail. Autre chose ? Du côté des empreintes relevées par Donovan sur la veste de la victime ?

– Pour l'instant, ça ne donne rien. Il a interrogé les fichiers, AFIS, NCIC, et tout le tintouin. Chou blanc.

– Merde.

– Elles sont quand même précieuses. Si nous dénichons un suspect, elles pourront faire pencher la balance.

– Du nouveau pour la voiture ?

– Non, dit-il.

– Si, dit Rider.

Billets haussa les sourcils en entendant cette contradiction.

– Une des empreintes que Donovan a relevées à l'intérieur du hayon du coffre, dit Rider. Il se trouve qu'elle appartient à Powers, l'agent en uniforme qui a découvert le corps. En ouvrant le coffre, il a outrepassé ses pouvoirs. De toute évidence, il a laissé son empreinte à ce moment-là. On s'en est aperçu, donc il n'y a pas de casse, mais c'est une négligence grave ; il n'aurait jamais dû ouvrir le coffre. Il devait nous appeler.

Billets jeta un regard à Bosch, et celui-ci comprit qu'elle se demandait pourquoi il ne lui avait pas signalé ce détail. Il baissa les yeux vers le bureau.

– Très bien, je m'en charge, déclara Billets. Je connais Powers. Ce n'est pas un bleu, il ne peut pas ignorer la procédure.

Bosch aurait pu défendre Powers en répétant l'explication que l'agent de police lui avait fournie la veille au soir, mais il laissa couler. Powers n'en valait pas la peine. Billets reprit la parole.

– Et maintenant ?

– Nous avons un immense terrain à quadriller, dit Bosch. Un jour, j'ai entendu l'histoire d'un sculpteur à qui on demandait comment il faisait pour transformer un bloc de granit en une magnifique statue de femme. Le sculpteur a répondu qu'il ôtait tous les petits morceaux qui n'étaient pas la femme. Nous devons faire la même chose. Nous devons éliminer tout les éléments sans importance, ceux qui n'ont pas leur place.

Billets sourit, et Bosch se sentit tout à coup gêné par cette analogie, même s'il la jugeait pertinente.

– Et Las Vegas ? demanda-t-elle. Est-ce que ça fait partie de la statue ou des morceaux qu'il faut enlever ?

Rider et Edgar souriaient eux aussi.

– Il faudra aller enquêter sur place, c'est certain, répondit Bosch, en espérant qu'il n'avait pas trop l'air sur la défensive. Tout ce que nous savons, c'est que Tony Aliso s'est rendu là-bas et qu'il est mort peu après son retour. Nous ignorons ce qu'il a fait à Vegas, s'il a gagné, s'il a perdu, si quelqu'un l'a suivi de là-bas jusqu'ici. Si ça se trouve, il a décroché le jackpot ; on lui a filé le train et on l'a détroussé. Un tas d'interrogations tournent autour de Las Vegas.

– Sans oublier la femme, ajouta Rider.

– Quelle femme ? demanda Billets.

– C'est juste, dit Bosch. Le dernier coup de téléphone émanant du bureau de Tony Aliso était destiné à un club situé dans le nord de Vegas. J'ai appelé et j'ai obtenu le nom d'une femme qu'il voyait certainement là-bas. Une certaine Layla. Il y avait…

– Layla ? Comme la chanson ?

– Je suppose. Il y avait aussi le message d'une femme qui n'a pas dit son nom. Je pense qu'il pourrait s'agir de cette même Layla. Il faudra l'interroger.

Billets acquiesça, et, après s'être assurée que Bosch avait terminé, elle exposa son plan de bataille.

– Très bien. Avant toute chose, toutes les questions des journalistes doivent passer par moi. La meilleure façon de contrôler l'information, c'est de parler d'une seule voix. Pour le moment, nous dirons à la presse que l'enquête se poursuit et que nous nous dirigeons vraisemblablement vers une affaire de détournement de véhicule ou de vol. Ça n'engage à rien et ça les calmera un peu. Tout le monde est d'accord ?

Les trois inspecteurs opinèrent.

– Bien. Je vais essayer de convaincre le capitaine de nous laisser l'affaire. Il me semble que nous avons trois ou quatre pistes à suivre énergiquement. Des morceaux de granit à enlever, comme dirait Harry.

– En tout cas, ajouta-t-elle, ça me facilitera la tâche auprès du capitaine si on a déjà commencé à s'y attaquer. Harry, je veux que vous sautiez dans le premier avion pour Vegas. C'est vous que je veux envoyer là-bas. Mais s'il n'y a rien, ne vous éternisez pas. On aura besoin de vous ici. OK ?

Bosch acquiesça. Il aurait fait le même choix s'il avait eu le pouvoir de décider ; malgré tout, il éprouvait un soupçon de malaise dû au fait que c'était elle qui décidait.

– Kiz, vous continuez à fouiller la piste financière. Je veux tout savoir sur cet Anthony Aliso pour demain matin. Vous retournerez également à son domicile avec le mandat de perquisition, et pendant que vous êtes là-bas, profitez-en pour faire une nouvelle tentative avec l'épouse. Voyez ce que vous pouvez apprendre d'autre sur leur mariage quand vous irez chercher les papiers. Si c'est possible, asseyez-vous un moment avec elle, essayez de lui soutirer des confidences.

– Je doute que ça marche, dit Rider. Je crois qu'on a dépassé le stade des confidences. C'est une femme intelligente, suffisamment intelligente pour savoir qu'on la soupçonne. Je pense également qu'il serait bon, pour ne prendre aucun risque, de lui lire ses droits la prochaine fois que l'un de nous l'interroge. On a eu chaud hier soir.

– A vous de décider, dit Billets. Mais si vous lui lisez ses droits, elle va certainement appeler son avocat.

– Je verrai ce que je peux faire.

– Quant à vous, Jerry…

– Je sais, je sais, je m'occupe des paperasses.

C'était la première fois qu'il ouvrait la bouche depuis un quart d'heure. Bosch se dit qu'il en faisait trop.

– Oui, vous vous occupez des paperasses. Mais je veux aussi que vous vous occupiez des actions en justice et de ce scénariste qui avait un contentieux avec Aliso. J'ai l'impression que ça ne mènera nulle part, mais on ne peut rien négliger. Une fois qu'on aura éliminé ce point, on y verra déjà plus clair.

Edgar mima un salut militaire.

– Par ailleurs, reprit Billets, pendant que Harry s'occupe de la piste de Las Vegas, je veux que vous alliez enquêter à l'aéroport de L.A. On a son ticket de parking. C'est un bon point de départ. Quand je ferai le communiqué à la presse, je leur fournirai une description détaillée de la voiture, les Silver Cloud ne courent pas les rues, en disant que nous recherchons toute personne ayant aperçu cette voiture dans la soirée de vendredi. Je dirai que nous essayons de reconstituer le trajet de la victime depuis l'aéroport. Avec un peu de chance, nous recevrons l'aide de l'homme de la rue.

– Possible, dit Edgar.

– OK. Tout le monde au boulot.

Les trois inspecteurs se levèrent, tandis que Billets restait assise. Bosch prit son temps pour récupérer la cassette dans le magnétoscope, afin de laisser sortir ses deux collègues et de se retrouver seul avec Billets.

– J'ai entendu dire que vous n'aviez jamais vraiment participé à une enquête sur un homicide au cours de votre ascension, dit-il.

– C'est exact. Mon vrai boulot d'inspecteur s'est limité aux délits sexuels quand j'étais à la brigade de la Vallée.

– Peut-être que vous vous en fichez, mais sachez que j'aurais pris les mêmes dispositions que vous.

– Malgré tout, ça vous énerve que je les aie prises à votre place, hein ?

Bosch réfléchit un instant avant de répondre.

– Je m'en remettrai.

– Merci.

– Pas de problème. Au sujet de l'empreinte laissée par Powers, j'aurais sans doute dû vous en parler, mais j'ai pensé que ce n'était pas le bon moment. Je lui ai déjà remonté les bretelles hier soir pour avoir ouvert le coffre de la voiture. Il m'a répondu que s'il ne l'avait pas fait et s'il avait attendu qu'on arrive, la voiture serait sans doute encore là-bas. C'est un sale con, mais, en l'occurrence, il a raison.

– Je comprends.

– Vous m'en voulez de ne pas vous en avoir parlé ?

Billets réfléchit.

– Je m'en remettrai.

2

Il s'endormit quelques minutes après avoir bouclé la ceinture de son siège près du hublot, à bord de la navette qui reliait Burbank à Las Vegas. Ce fut un sommeil sans rêve, et il se réveilla seulement lorsque le train d'atterrissage entra en contact avec la piste et le fit sursauter. Tandis que l'avion roulait vers la porte de débarquement, il émergea du brouillard, régénéré par ce repos d'une heure.

Il était midi pile et il faisait une température de 40 °C lorsqu'il sortit du terminal. Alors qu'il se dirigeait vers le parking où l'attendait sa voiture de location, il sentit la chaleur saper peu à peu ses nouvelles réserves d'énergie. Ayant trouvé sa voiture à la place indiquée, il brancha la climatisation au maximum et prit la direction du Mirage.

Bosch n'avait jamais aimé Las Vegas, bien qu'il s'y rendît fréquemment pour des enquêtes. Cette ville avait un lien de parenté avec Los Angeles : c'étaient des endroits où se précipitaient les gens désespérés. Très souvent, quand ils quittaient L.A., c'était pour venir ici. Il ne leur restait que cet endroit. Sous le vernis clinquant de l'argent, du dynamisme et du sexe battait un cœur sombre. Ils avaient beau essayer de la parer de néons et de distractions familiales, cette ville restait une pute.

Mais si un lieu pouvait lui faire oublier cette opinion, c'était le Mirage. Le symbole du nouveau Las Vegas : propre, opulent, légal. Les fenêtres de ses tours scintillaient comme de l'or dans le soleil. Et à l'intérieur, on n'avait pas regardé à la dépense pour la somptueuse décoration du casino. En pénétrant dans le hall, Bosch fut tout d'abord subjugué par la vision des tigres blancs enfermés dans un immense espace vitré qui aurait fait saliver d'envie n'importe quel directeur de zoo. Ensuite, alors qu'il faisait la queue à la réception, il découvrit le gigantesque aquarium derrière le guichet. Des requins tournoyaient paresseusement derrière les parois de verre. Exactement comme les tigres blancs.

Lorsque vint le tour de Bosch, l'employé de la réception vit sur l'écran de l'ordinateur le fanion qui accompagnait sa réservation et appela aussitôt la sécurité. Un responsable de jour, un dénommé Hank Meyer, vint se présenter. Il annonça à Bosch qu'il pouvait compter sur l'entière collaboration de l'hôtel et du casino.

– Tony Aliso était un bon client, très apprécié, dit-il. Nous tenons à faire tout notre possible pour vous aider. Mais il semble peu probable que sa mort ait un quelconque rapport avec son séjour chez nous. Nous dirigeons l'établissement le plus respectable de tout le désert.

– Je sais, Hank. Et je connais cette réputation que vous ne voulez pas ternir. En vérité, je ne m'attends pas à trouver quoi que ce soit ici, mais je suis obligé de suivre la procédure. Comme vous, n'est-ce pas ?

– Exact.

– Vous le connaissiez ?

– Non. Depuis trois ans que je suis ici, j'ai toujours été de l'équipe de jour. Et je crois savoir que M. Aliso jouait essentiellement la nuit.

Agé d'une trentaine d'années, Meyer offrait la même image de propreté que le Mirage et Las Vegas dans son ensemble souhaitaient présenter. La chambre qu'avait occupée Aliso, expliqua-t-il, était interdite d'accès et à la disposition de Bosch s'il souhaitait l'examiner. Il lui donna la clé, une carte magnétique, en le priant de la lui rendre dès qu'il aurait terminé. Il précisa également que les croupiers des tables de poker et les preneurs de paris qui travaillaient le soir pourraient répondre à toutes ses questions. Tous connaissaient Aliso du fait de ses fréquentes visites.

– Vous avez une caméra de surveillance au-dessus des tables de poker ?

– Euh… oui.

– Avez-vous conservé l'enregistrement de la nuit de jeudi à vendredi ? J'aimerais le visionner.

– Aucun problème.

Bosch convint de retrouver Meyer dans le bureau de la sécurité situé au premier étage, à seize heures. C'était le moment où les équipes du casino changeaient et où prenaient leur service les croupiers qui avaient connu Aliso. Il en profiterait pour visionner la bande enregistrée par la caméra de surveillance placée au-dessus des tables de poker.

Quelques minutes plus tard, seul dans sa chambre, assis au bord du lit, Bosch regarda autour de lui. La chambre était moins grande qu'il l'avait imaginée, mais très agréable malgré tout. De loin la plus confortable de toutes celles qu'il avait connues à Las Vegas. Il prit le téléphone qui se trouvait sur la table de chevet et le posa sur ses genoux pour appeler la brigade de Hollywood. Ce fut Edgar qui décrocha.

– C'est Bosch.

– Tiens, le Michel Ange du meurtre, le Rodin de l'homicide.

– Très drôle. Quoi de neuf, là-bas ?

– Première chose, Bullets a remporté la bataille. Personne de la RHD n'est venu nous piquer l'affaire.

– Bonne nouvelle. Et toi ? Tu avances ?

– J'ai presque mis le dossier à jour. Mais je suis obligé de le laisser de côté pour l'instant. Le scénariste et son avocat débarquent à treize heures trente pour une petite réunion.

– OK, je te laisse bosser. Dis au lieutenant que j'ai appelé.

– D'ac'. Justement, elle veut organiser une autre causette à dix-huit heures pour faire le point. Tu nous appelles, on te branchera sur le haut-parleur.

– Entendu.

Bosch resta assis un moment sur le lit, regrettant de ne pouvoir s'y allonger pour dormir. C'était hélas impossible. L'enquête devait progresser.

Il se leva et entreprit de déballer ses affaires, accrochant deux chemises et un pantalon dans la penderie. Il déposa ses sous-vêtements et ses chaussettes de rechange sur l'étagère, après quoi il quitta la chambre et prit l'ascenseur pour monter jusqu'au dernier étage de l'hôtel. La chambre qu'avait occupée Aliso était située au bout du couloir. La carte magnétique que lui avait remise Meyer fonctionnant sans problème, il pénétra dans une chambre environ deux fois plus grande que la sienne. En fait, il s'agissait d'une suite, avec un jacuzzi installé près des fenêtres qui donnaient sur l'immense étendue de désert et la chaîne montagneuse couleur cacao au nord-ouest de la ville. Juste en dessous, on apercevait la piscine et le bassin des marsouins, la grande attraction de l'hôtel. En se penchant, Bosch vit un des cétacés gris se déplacer sous la surface scintillante de l'eau. L'animal paraissait aussi déplacé que Bosch avait l'impression de l'être dans cette suite.

– Des dauphins dans le désert ! dit-il à haute voix.

C'était une chambre luxueuse, indiscutablement, pour n'importe quelle ville destinée à accueillir les flambeurs. Bosch resta planté quelques instants au pied du lit et regarda autour de lui. Tout semblait parfaitement à sa place, et sur l'épaisse moquette on distinguait encore les vagues régulières laissées récemment par un aspirateur. Si cette chambre avait renfermé des indices intéressants, songea-t-il, ils avaient disparu. Malgré tout, il se mit au travail. Il regarda sous le lit et dans les tiroirs. Derrière le bureau, il trouva une pochette d'allumettes provenant d'un restaurant mexicain local baptisé Las Fuentes, mais il n'y avait aucun moyen de savoir depuis combien de temps elle était coincée là.

La salle de bains était recouverte de marbre rose, du sol au plafond, et les accessoires en cuivre poli. Bosch promena son regard dans chaque recoin, sans rien remarquer d'intéressant. Il ouvrit la porte vitrée de la douche pour regarder à l'intérieur, sans rien découvrir. Mais, au moment où il refermait la porte, il aperçut quelque chose près du trou d'évacuation. Il rouvrit la porte et se pencha, appuyant son doigt sur le minuscule éclat doré prisonnier du joint caoutchouté autour de l'évacuation. Il décolla son doigt et vit la petite paillette qui s'était collée à sa peau. Certainement identique, se dit-il, à celles retrouvées dans les revers du pantalon de Tony Aliso. Il ne lui restait plus qu'à comprendre de quoi il s'agissait, et d'où elles venaient.

Le siège de la police urbaine était situé dans Frontier Street, au centre-ville. A l'accueil, il expliqua qu'il était inspecteur à Los Angeles, venu ici pour une enquête, et qu'il souhaitait prendre contact avec le bureau de la Criminelle. On l'envoya au deuxième étage, où un autre réceptionniste le conduisit au bureau du capitaine. John Felton de son nom, celui-ci était un homme d'une cinquantaine d'années avec un cou de taureau et un visage très bronzé. Bosch songea qu'il avait certainement débité son speech de bienvenue à une centaine des flics des quatre coins du pays au cours de ce dernier mois. C'était ça, Las Vegas. Felton pria Bosch de s'asseoir et lui récita le laïus habituel.

– Bienvenue à Las Vegas, inspecteur Bosch. J'espère que votre séjour sera agréable et productif. Si jamais nous pouvons vous aider, n'hésitez pas à nous appeler. Je ne peux rien vous promettre, mais si je peux vous fournir ce que vous demandez, je le ferai avec le plus grand plaisir. Bon, cela étant dit, si vous m'expliquiez ce qui vous amène ?

Bosch lui résuma rapidement l'affaire. Felton nota le nom de Tony Aliso, la date de son séjour à Las Vegas et le nom de l'hôtel.

– J'essaye simplement de reconstituer son emploi du temps durant les jours qu'il a passés dans cette ville.

– Vous pensez qu'on l'a suivi d'ici, et qu'on l'a buté à L.A. ?

– Pour l'instant, je ne pense rien. Nous n'avons aucune preuve en ce sens.

– Et j'espère que vous n'en trouverez pas. Ce n'est pas le genre de publicité que nous voulons nous faire à L.A. Quoi d'autre ?

Bosch prit sa mallette sur ses genoux et l'ouvrit.

– J'ai deux séries d'empreintes prélevées sur le corps. Nous...

– Sur le corps ?

– Il portait une veste en cuir traité. Nous avons relevé les empreintes grâce au laser. Mais nous avons interrogé les fichiers de l'AFIS, du NCIC et du ministère de la Justice de Californie, le grand jeu quoi, sans le moindre résultat. Je pensais que vous pourriez peut-être les rentrer dans votre ordinateur, pour voir ce que ça donne.

Si le Système d'identification automatisée des empreintes, l'AFIS, utilisé par la police de Los Angeles était un réseau informatique constitué de dizaines de banques de données à travers le pays, toutes les banques n'y étaient pas connectées. La plupart des polices des grandes villes possédaient leurs propres banques de données. A Las Vegas, par exemple, elles renfermaient les empreintes digitales de toute personne sollicitant un emploi municipal ou dans un casino. On relevait également, mais en douce, les empreintes de certaines personnes, la police conservant ces fiches de manière totalement illégale, car leurs propriétaires, même suspects, n'avaient pas été arrêtés. C'était dans ce dernier fichier que Bosch espérait que le capitaine Felton irait fouiller pour y reconnaître les empreintes de l'affaire Aliso.

– Faites voir ce que vous avez, lui dit Felton. Je ne peux rien vous promettre. On a sûrement des empreintes qui ne figurent pas dans les fichiers nationaux, mais ça ne veut rien dire.

Bosch lui tendit les cartes d'empreintes que lui avait préparées Art Donovan.

– Vous commencez par le Mirage ? demanda le capitaine après avoir déposé les cartes sur un coin de son bureau.

– Oui. Je vais faire circuler la photo d'Aliso, la routine quoi, et on verra bien ce qu'il en ressort.

– Vous ne me cachez rien, hein ?

– Non, mentit Bosch.

– OK. (Felton ouvrit un tiroir d'où il sortit une carte de visite qu'il tendit à Bosch.) Mon numéro de bureau et de biper. Appelez-moi s'il y a du nouveau. J'ai toujours mon biper sur moi. De mon côté, je vous contacterai au sujet des empreintes dès demain matin, quel que soit le résultat.

Bosch le remercia et prit congé. Dans le hall du poste de police, il appela le bureau du SID du LAPD et demanda à Donovan s'il avait eu le temps d'examiner les minuscules paillettes retrouvées dans les revers du pantalon de Tony Aliso.

– Oui, mais ça ne va pas te plaire, lui répondit Donovan. Ce ne sont que des paillettes. De l'aluminium teinté. Comme celles qu'on utilise pour les déguisements ou dans les fêtes. Ton type est certainement allé dans une soirée ou un truc comme ça ; les gens ont balancé ces machins-là et il en a reçu sur lui. Il a réussi à enlever tout ce qu'il voyait, mais il n'a pas remarqué celles qui étaient tombées dans les revers de son pantalon. Elles y sont restées.

– OK. Rien d'autre ?

– Euh… non. Pas au niveau des indices en tout cas.

– C'est-à-dire ?

– Tu sais, Harry, le type de l'OCID avec qui tu as parlé au téléphone cette nuit, pendant qu'on était dans le hangar ?

– Carbone ?

– Oui, c'est ça, Dominick Carbone. Eh bien, il a débarqué au labo aujourd'hui. Il m'a posé des questions sur ce qu'on a découvert hier soir.

La vision de Bosch s'assombrit. Comme il restait muet, Donovan enchaîna.

– Il venait pour tout autre chose, c'était de la simple curiosité, m'a-t-il dit. Je ne sais pas trop quoi penser, Harry. Pour moi, c'était pas juste de la curiosité, si tu vois ce que je veux dire.

– Oui, je vois. Que lui as-tu répondu ?

– En fait, avant de piger et de commencer à me poser des questions, j'ai laissé échapper qu'on avait retrouvé des empreintes sur la veste. Désolé, Harry, mais j'étais fier. C'est rare qu'on trouve des bonnes empreintes sur la veste de la victime et je crois que je me suis un peu vanté.

– Ce n'est pas grave. Tu lui as dit que les empreintes n'avaient rien donné ?

– Oui, je lui ai dit qu'il n'y avait rien dans les fichiers. Mais… il m'a demandé un double des empreintes en disant qu'il pourrait peut-être en tirer quelque chose, sans plus de précision.

– Qu'as-tu fait ?
– A ton avis ? Je lui en ai filé un jeu.
– Quoi ?!
– Je plaisante, Harry. Je lui ai dit de t'appeler s'il voulait les empreintes.
– Parfait. Que lui as-tu dit d'autre ?
– C'est tout.
– Bien joué, Art. Je te rappellerai.
– A plus tard, Harry. Au fait, où es-tu ?
– A Vegas.
– Ah oui ? Sois sympa, mise cinq dollars pour moi à la roulette, sur le sept. Une seule fois. Je te rembourserai quand tu rentreras. Si je gagne, c'est toi qui me devras du fric.

Bosch regagna sa chambre trois quarts d'heure avant son rendez-vous avec Hank Meyer. Il en profita pour prendre une douche, se raser et enfiler une chemise propre. Il se sentait revigoré, prêt à replonger dans la chaleur du désert.

Meyer s'était arrangé pour que les preneurs de paris et les croupiers qui avaient travaillé aux tables de poker les jeudi et vendredi précédents, dans l'équipe du soir, soient interrogés l'un après l'autre dans son bureau. Il y avait six hommes et trois femmes. Huit croupiers plus une employée à qui Aliso confiait toujours ses paris. Au cours d'une soirée, les croupiers officiaient à tour de rôle à chacune des six tables de poker et changeaient toutes les vingt minutes. Cela signifiait que tous les huit avaient distribué des cartes à Aliso lors de sa dernière visite à Las Vegas, et comme celui-ci était un client régulier du casino, ils n'eurent aucun mal à le reconnaître ; ils le connaissaient tous.

En présence de Meyer qui s'était assis dans un coin, Bosch enchaîna rapidement les interrogatoires des croupiers et boucla l'affaire en une heure. Il put ainsi établir qu'Aliso jouait habituellement à la table « cinq à dix », c'est-à-dire où les mises ne pouvaient être inférieures à cinq dollars et supérieures à dix. Trois relances étaient autorisées par donne. Puisque la partie se jouait avec sept cartes, il y avait cinq donnes par partie. Bosch fit rapidement le calcul : si une table accueillait huit joueurs, chaque main pouvait aisément se traduire par un pot de plusieurs centaines de dollars. Aliso jouait dans une catégorie bien supérieure aux petites parties du vendredi soir auxquelles Bosch avait participé avec des collègues inspecteurs.

A en croire les croupiers, Aliso avait joué environ trois heures le jeudi soir, et pour finir était plus ou moins rentré dans ses sous. Le vendredi, il avait encore joué deux heures, en début de soirée et, d'après leurs estimations, avait quitté la table délesté de deux mille dollars. Aucun des croupiers ne se rappelait avoir vu Aliso gagner ou perdre une très grosse somme lors de ses visites antérieures. Il repartait toujours avec quelques milliers de dollars en plus ou en moins dans les poches. Apparemment, il savait à quel moment s'arrêter.

Les croupiers avaient également remarqué qu'Aliso n'était pas avare de pourboires. Il donnait généralement dix dollars en jetons à chaque partie gagnée, et un jeton de vingt-cinq dollars quand le pot était particulièrement important. Plus que tout le reste, c'était cette habitude qui le rendait si cher à leur mémoire. Il jouait toujours seul, buvait du gin tonic et bavardait avec les autres joueurs. Ces derniers mois, précisèrent-ils encore, il était accompagné d'une jeune femme blonde, vingt ans à peine. Elle ne jouait pas avec lui ; elle s'amusait avec les machines à sous installées à proximité et revenait voir Tony quand elle n'avait plus d'argent. Il ne l'avait présentée à personne, et aucun des croupiers n'avait entendu prononcer son nom. Dans son carnet, Bosch écrivit : « Layla ? »

Après les croupiers, ce fut le tour de la preneuse de paris préférée d'Aliso, Irma Chantry, une fausse blonde à l'air effacé. A peine assise, elle alluma une cigarette et se mit à parler d'une voix indiquant qu'elle ne restait jamais longtemps sans fumer. Les deux derniers soirs qu'il avait passés en ville, lui dit-elle, Aliso avait parié sur les Dodgers.

– Il avait un système, ajouta-t-elle. Il doublait la mise jusqu'à ce qu'il gagne.

– C'est-à-dire ?

– Eh bien, le premier soir, il a misé mille dollars sur les Dodgers. Ils ont perdu. Le lendemain, il est revenu et a parié deux mille dollars, sur les mêmes. Ils ont gagné. Une fois ôtée la commission du casino, il lui restait presque mille dollars de bénef. A part qu'il n'est pas venu les chercher.

– Il n'a pas empoché ses gains ?

– Non. Mais ça n'a rien d'exceptionnel. Son ticket restait valable aussi longtemps qu'il le conservait. Il pouvait débarquer à tout moment, on mettait le ticket dans l'ordinateur. C'était déjà arrivé. Il gagnait, mais il empochait ses gains au cours du voyage suivant.

– Comment savez-vous qu'il ne s'est pas fait payer par un de vos collègues ?

– Ce n'était pas son genre. Il se faisait toujours payer par moi, pour pouvoir me filer un pourboire. Il disait que je lui portais bonheur.

Bosch réfléchit un instant. Il savait que les Dodgers avaient joué chez eux le vendredi soir, et que l'avion d'Aliso décollait de Las Vegas à vingt-deux heures. On pouvait donc parier qu'Aliso était déjà à l'aéroport McCarran, ou même dans l'avion qui le ramenait à L.A., avant la fin du match. Mais on n'avait retrouvé aucun ticket de pari dans son portefeuille ou sur lui. Il repensa à la mallette qui avait disparu. Le ticket se trouvait-il à l'intérieur ? Un ticket d'une valeur de quatre mille dollars, moins la commission du casino, était-il un motif suffisant pour tuer ? C'était peu probable, mais il ne fallait pas négliger cette piste. Il regarda Irma, qui tirait si fort sur sa cigarette qu'il apercevait le tracé de sa dentition derrière ses joues.

– Supposons que quelqu'un d'autre se soit fait payer à sa place. Auprès d'un autre employé. Y a-t-il un moyen de le savoir ?

Comme Irma hésitait, Meyer intervint.

– C'est fort probable. Chaque ticket possède un code qui correspond au nom de l'employé et à l'heure à laquelle le pari a été effectué.

Il se tourna vers Irma.

– Vous rappelez-vous avoir pris beaucoup de paris de deux mille dollars sur les Dodgers vendredi ?

– Aucun, pas un seul, à part celui de Tony.

– On va se renseigner, dit Meyer. Pour commencer, on va éplucher tous les tickets encaissés, en remontant jusqu'à vendredi soir. Si celui de M. Aliso a été encaissé, nous saurons à quel moment et nous aurons l'enregistrement de la personne qui s'est fait payer.

Bosch se tourna de nouveau vers Irma. De tous les employés du casino qu'il avait interrogés, elle était la seule qui avait appelé Aliso par son prénom. Il aurait voulu lui demander s'il y avait entre eux autre chose qu'une simple relation d'affaires. Mais la direction du casino interdisant certainement à son personnel de fréquenter et de sympathiser avec les clients, il ne pouvait lui poser la question en présence de Meyer et espérer obtenir une réponse franche. Il se promit de la recontacter ultérieurement et lui annonça qu'elle pouvait disposer.

Il consulta sa montre et vit qu'il lui restait quarante minutes avant l'appel de conférence avec Billets et ses collègues. Il demanda à Meyer s'il lui serait possible d'obtenir les enregistrements de jeudi et vendredi effectués par les caméras installées au-dessus des tables de poker.

– Je veux juste voir Aliso en train de jouer, dit-il. J'aimerais savoir comment il se comportait de son vivant.

– Je comprends. Les bandes sont prêtes à être visionnées. Je vous ai dit que nous souhaitions coopérer pleinement.

Quittant le bureau, ils empruntèrent un couloir qui conduisait à une salle équipée de matériel de surveillance. Celle-ci était faiblement éclairée et totalement silencieuse, à l'exception du bourdonnement de la climatisation. Six consoles étaient installées sur deux rangées, devant lesquelles avaient pris place des hommes en costume gris, tous occupés à scruter des alignements de moniteurs vidéo, six par console. Sur les écrans, Bosch découvrit plusieurs vues des tables de jeu, en plongée. Chaque console était munie d'un tableau de commandes qui permettait à ces hommes de changer l'orientation ou la focale de l'image.

– S'ils voulaient, murmura Meyer, ils pourraient vous dire quelles cartes tient en main n'importe quel joueur, à n'importe quelle table de black jack de l'établissement. C'est ahurissant.

Meyer le conduisit ensuite dans le bureau d'un responsable, juste à côté de la salle de surveillance. Là aussi, il y avait du matériel vidéo, ainsi qu'une série d'étagères destinées à entreposer les cassettes. Derrière un petit bureau, un autre homme en costume gris était assis. Meyer le lui présenta : Cal Smoltz.

– Tout est prêt, Cal ?

– Oui, sur cet écran, lui répondit Smoltz en désignant un des moniteurs quinze pouces. On va commencer par jeudi. J'ai demandé à un des croupiers de venir identifier votre homme. Il est arrivé à vingt heures vingt jeudi et a joué jusqu'à vingt-trois heures.

Il fit avancer la bande. L'image était en noir et blanc, avec un grain épais, semblable aux bandes de surveillance des studios Archway, mais filmée en temps réel. Pas de mouvements saccadés. L'homme que Bosch reconnut comme étant Tony Aliso était tout d'abord conduit jusqu'à une chaise libre à une des tables de poker, par un chef de salle. Ce dernier transportait une boîte de jetons qu'il posa sur la table, devant la place d'Aliso. Celui-ci échangea un signe de tête et un sourire avec le croupier, une femme que Bosch avait interrogée un peu plus tôt, et se mit à jouer.

– Combien y a-t-il dans la boîte de jetons ? demanda Bosch.

– Cinq cents, répondit Smoltz. J'ai déjà visionné la bande en accéléré. Il n'achète jamais d'autres boîtes et, à la fin, quand il les échange, on dirait toujours qu'il lui manque une boîte pleine. Vous voulez regarder la bande en temps réel ou à vitesse rapide ?

– Passez-la en accéléré.

Bosch regarda attentivement la bande défiler d'heure en heure. Il vit Aliso boire quatre gin tonic, se coucher très vite dans la plupart des parties, remporter cinq pots importants et en perdre six autres. Rien de captivant. Smoltz ralentit la bande lorsque le compteur approcha de vingt-trois heures. Bosch regarda Aliso appeler le chef de salle, échanger ses jetons et sortir du champ.

– Voilà, dit Smoltz. Pour le vendredi, on a deux bandes différentes.

– Comment ça se fait ?

– Il a joué à deux tables. Quand il est arrivé, il n'y avait pas de place à la « cinq à dix ». Nous n'en avons qu'une, car il n'y a pas beaucoup de clients qui veulent jouer aussi gros. Il a donc joué à une table de un à cinq en attendant qu'une place se libère. Cet enregistrement est celui de la première table, celle des petites mises.

Une autre bande démarra et Bosch regarda Aliso accomplir les mêmes gestes que sur la bande précédente. Cette fois, constata-t-il, il portait sa veste en cuir. Mais après qu'il eut échangé le hochement de tête et le sourire habituels avec le croupier, Bosch crut le voir adresser le même salut à un joueur assis en face de lui. Une femme, qui lui rendit son signe de tête. Mais, à cause du mauvais angle de la caméra, il ne put voir son visage. Il demanda à Smoltz de faire défiler la bande à vitesse réelle et la regarda pendant plusieurs minutes, guettant un autre signe de reconnaissance entre les deux joueurs.

Aucun autre échange n'eut lieu entre Aliso et la femme. Mais, cinq minutes plus tard, il y eut un changement de croupier et lorsque la remplaçante prit sa place – une autre femme que Bosch avait interrogée une heure plus tôt –, elle adressa un petit salut à Aliso et à la joueuse qui était assise en face de lui.

– Pouvez-vous vous arrêter sur l'image ?

Sans un mot, Smoltz figea l'image sur l'écran.

– Qui est cette croupière ?

– Amy Rohrback. Vous l'avez interrogée.

– Je sais. Pouvez-vous lui demander de venir, Hank ?

– Euh, oui. Je peux savoir pourquoi ?

– La joueuse, là, dit Bosch en pointant le doigt sur la femme assise en face d'Aliso. Elle a salué Aliso quand il s'est assis. Et Amy Rohrback lui a fait un petit signe en arrivant. C'est sûrement une habituée.

Elle connaît Aliso et Rohrback. Il se pourrait que j'aie envie de l'interroger et votre croupière sait peut-être son nom.

– D'accord, je vais vous la chercher, mais si elle est en pleine rotation, il faudra attendre.

– Pas de problème.

Pendant que Meyer descendait dans la salle du casino, Bosch et Smoltz continuèrent de visionner les bandes en accéléré. Aliso avait joué vingt-cinq minutes à la table de un à cinq avant que le chef de salle vienne le trouver ; alors, il avait récupéré ses jetons et était allé s'installer à la table des plus grosses mises. Smoltz mit la deuxième bande dans l'appareil, où l'on voyait Aliso jouant et perdant lamentablement pendant encore deux heures. Trois fois il avait acheté pour cinq cents dollars de jetons, et trois fois il les avait perdus rapidement. Pour finir, il avait déposé sur le tapis les quelques jetons qu'il lui restait en guise de pourboire pour la croupière, s'était levé et avait quitté la table.

La bande était terminée, et Meyer n'était pas encore revenu avec Rohrback. Smoltz proposa de rembobiner la bande où l'on voyait la femme mystérieuse, pour que tout soit prêt. Lorsque la bande fut calée, Bosch lui demanda d'avancer rapidement pour voir si, à un moment ou un autre, on apercevait son visage. Smoltz s'exécuta, et au bout de cinq minutes passées à plisser les yeux pour suivre les mouvements rapides des personnes figurant sur la bande, Bosch vit l'inconnue lever les yeux vers la caméra.

– Là, stop ! Revenez un peu en arrière, au ralenti.

Smoltz fit ce qu'on lui demandait, Bosch voyant la femme prendre une cigarette, l'allumer et renverser la tête en arrière pour souffler la fumée, le visage tourné vers la caméra fixée au plafond. La fumée qui sortait de sa bouche brouillait son image, mais Bosch avait cru la reconnaître. Il demeura pétrifié et muet. Smoltz fit reculer la bande jusqu'à l'endroit où le visage de la femme était le plus visible et bloqua l'image. Bosch la contemplait sans dire un mot.

Smoltz expliquait qu'on ne pouvait pas obtenir mieux lorsque la porte s'ouvrit pour laisser entrer Meyer. Il était seul.

– Amy vient juste de commencer une donne, il y en a pour une dizaine de minutes. Je lui ai transmis le message pour qu'elle nous rejoigne aussitôt après.

– Vous pouvez lui faire savoir que ce n'est pas la peine, lui répondit Bosch sans quitter l'écran des yeux.

– Ah bon ? Et pourquoi ?

– Je sais qui est cette femme.

– Qui est-ce ?

Bosch ne répondit pas immédiatement. Il ne savait pas si c'était le fait de l'avoir vue allumer une cigarette ou bien un violent pincement d'angoisse, mais il avait très envie de fumer.

– Quelqu'un que j'ai connu il y a longtemps, dit-il.

Bosch était assis sur le lit, le téléphone posé sur les genoux, attendant l'appel de conférence. Mais ses pensées étaient lointaines. Il songeait à une femme qu'il croyait sortie de sa vie depuis longtemps. Ça faisait combien de temps maintenant ? Quatre ans ? Cinq ? Une telle confusion de pensées et d'émotions régnait dans son esprit que sa mémoire le trahissait. Longtemps en tout cas. Il n'aurait pas dû être surpris de découvrir qu'elle était sortie de prison.

– Eleanor Wish... dit-il à voix haute.

Il repensa à l'odeur du jasmin devant sa maison de Santa Monica. Il se revit faisant l'amour avec elle, il revit la petite cicatrice en forme de croissant sur sa mâchoire, presque invisible. Il se souvint de la question qu'elle lui avait posée, il y a longtemps, alors qu'ils faisaient l'amour. Crois-tu qu'on puisse être seul sans se sentir seul ?

Le téléphone sonna. Brutalement arraché à sa rêverie, il décrocha. C'était Billets.

– OK, Harry, on est tous là. Vous m'entendez ?

– Pas très bien, mais on ne pourra pas faire mieux.

– Exact, c'est le matériel de la police. Pour commencer, chacun va faire une sorte de rapport sur les événements du jour. Harry, vous voulez ouvrir le feu ?

– D'accord. Mais il n'y a pas grand-chose à dire pour l'instant.

Il raconta dans le détail ce qu'il avait fait depuis son arrivée, insistant sur le ticket de pari manquant comme une piste à creuser. Il expliqua qu'il avait visionné les bandes de surveillance, sans toutefois préciser qu'il avait reconnu Eleanor Wish. Il avait décidé qu'il n'existait aucune preuve d'un lien entre elle et Aliso et, pour le moment, il préférait garder cette information pour lui. En guise de conclusion, il fit part de son désir de se rendre chez Dolly, le dernier endroit qu'Aliso avait appelé depuis son bureau aux studios Archway, et d'interroger la dénommée Layla à laquelle il avait été fait allusion lorsque lui-même avait téléphoné là-bas.

Ce fut ensuite au tour d'Edgar. Il annonça tout d'abord que le scénariste en vogue avait été mis hors de cause grâce à son alibi ; en outre, Edgar avait la conviction que ce jeune type, même s'il avait de bonnes raisons de haïr Aliso, n'était pas du genre à exprimer sa haine avec un calibre .22.

Edgar avait également interrogé les employés du garage où Aliso avait fait nettoyer et lustrer sa voiture pendant qu'il était à Las Vegas. L'accompagnement à l'aéroport faisait partie des services, et le gars qui était allé chercher Aliso à son retour avait affirmé que Tony était seul, détendu, et pas du tout pressé.

– Service de routine, précisa Edgar. Aliso a récupéré sa voiture et il a pris le chemin de la maison. Il a filé vingt dollars de pourboire au gars. Conclusion, celui qui l'a buté l'a intercepté sur le chemin menant chez lui. Selon moi, ça s'est passé quelque part du côté de Mulholland, en haut. Il y a plein de virages isolés. On peut arrêter une voiture, à condition d'agir vite. D'ailleurs, ils étaient sûrement deux.

– Le type du garage t'a parlé des bagages ? demanda Bosch.

– Oui. Pour autant qu'il s'en souvienne, m'a-t-il dit, Tony avait les deux bagages que nous a décrits sa femme : une mallette argentée et un sac de voyage en bandoulière. Il ne les avait pas enregistrés pour prendre l'avion.

Bosch hocha la tête bien qu'il fût seul.

– Et du côté des médias ? demanda-t-il. On a décidé de balancer quelque chose ?

– On s'en occupe, lui répondit Billets. Le bureau de presse va publier un communiqué demain matin à la première heure. Avec une photo de la Rolls. Ils vont aussi aller filmer le véhicule au garage. C'est moi qui vais me taper le commentaire. J'espère que les chaînes vont passer l'info. Autre chose, Jerry ?

Edgar conclut en disant que le dossier était à jour et qu'il avait déjà examiné la moitié des documents concernant les divers procès intentés à Aliso. Il avait prévu d'interroger, dès le lendemain, d'autres personnes qui s'étaient estimées flouées par Aliso. Enfin, il avait appelé le bureau du coroner, mais l'autopsie du corps d'Aliso n'avait pas encore été programmée.

– OK, dit Billets. Et vous, Kiz, du nouveau ?

Rider divisa son rapport en deux parties. La première concernait sa discussion avec Veronica Aliso, qu'elle résuma brièvement, car la veuve s'était montrée extrêmement peu bavarde lorsqu'elle était allée la voir ce matin, contrairement à la veille quand Bosch et Rider lui avaient annoncé le décès de son mari. La discussion du matin s'était résumée à des réponses par oui ou par non, agrémentées de très rares détails. Ils étaient mariés depuis dix-sept ans. Ils n'avaient pas d'enfants. Veronica Aliso avait joué dans deux des films de son mari, après quoi elle n'avait plus jamais travaillé.

– Tu crois qu'elle a demandé à un avocat si elle devait nous parler ou pas ? demanda Bosch.

– Elle ne m'a rien dit, mais c'est ce que je pense. J'ai dû batailler ferme pour obtenir ces quelques renseignements.

– Quoi d'autre à part ça ? demanda Billets pour essayer de dynamiser la discussion.

Rider aborda alors la seconde partie de son rapport, qui concernait l'enquête sur les dossiers financiers d'Anthony Aliso. En l'écoutant parler, malgré la mauvaise qualité de la communication, Bosch sentit que Kiz était excitée par ce qu'elle avait découvert.

– En gros, disons que le portefeuille de ce type indique un niveau de vie extrêmement élevé. Il possède de grosses sommes sur ses comptes bancaires personnels, une flopée de cartes de crédit, plus la maison estimée à environ un million de dollars. La Rolls est louée, la Lincoln de sa femme est louée, et le bureau que nous avons visité aussi.

Elle marqua une pause avant de continuer :

– A ce sujet, si tu as le temps, Harry, tu pourrais peut-être vérifier un truc là-bas. Les deux voitures sont louées à sa société, TNA Productions, par l'intermédiaire d'un concessionnaire de Las Vegas, Ridealong Incorporated. L'adresse est 2002 Industrial Drive, bureau 33.

La veste où Bosch avait mis son carnet était posée sur une chaise à l'autre bout de la chambre. Il nota le nom et l'adresse sur un petit bloc qui se trouvait sur la table de chevet.

– Cela étant, reprit Rider, venons-en à ses affaires, c'est là que ça devient très intéressant. Je n'ai épluché que la moitié des dossiers que nous avons récupérés dans son bureau, mais apparemment notre type trempait dans une magouille de première classe. Je ne parle pas de piquer les scénarios d'un étudiant en cinéma. Ce n'était qu'un hobby secondaire, à mon avis. Non, je parle d'une véritable blanchisserie. Selon moi, il servait de paravent.

Elle attendit un instant avant de poursuivre. Bosch glissa vers l'extrémité du lit, en sentant les picotements de l'excitation dans sa nuque.

– On a des déclarations de revenus, des commandes de production, de la location de matériel, des factures et des traites concernant la réalisation de plusieurs films, plus d'une douzaine. Tous destinés directement au marché de la vidéo. Comme l'a expliqué Veronica, on n'est pas loin du porno. J'ai visionné quelques-unes des cassettes qui étaient dans son bureau ; c'est épouvantable. Absence totale de scénario, si ce n'est le suspense en attendant que l'actrice principale se déshabille enfin.

« Le seul problème, ajouta-t-elle, c'est que les livres de comptes ne collent pas avec ce qu'il y a sur la pellicule, et la plupart des gros chèques établis par TNA Productions ont été adressés à des boîtes postales et à des sociétés qui, je l'ai découvert ensuite, n'existent que sur le papier.

– Que voulez-vous dire ? demanda Billets.

– Je veux dire que, d'après sa comptabilité, entre un million et un million et demi de dollars ont été investis dans chacun de ces soi-disant films, mais que quand on regarde les cassettes, croyez-moi, ça n'a pas dû coûter plus de cent ou deux cent mille dollars. Mon frère travaille dans le cinéma lui aussi, en tant que monteur, et je m'y connais assez pour savoir que l'argent qui apparaît dans les livres de comptes d'Aliso n'a pas été dépensé pour réaliser ces films. Je pense qu'en réalité Aliso se servait de ces navets pour blanchir de l'argent, de grosses sommes d'argent.

– Expliquez-vous, Kiz, insista Billets. Comment s'y prenait-il, selon vous ?

– Commençons par sa source d'approvisionnement. Nous l'appellerons M. X pour l'instant. M. X possède un million de dollars qu'il ne devrait pas avoir. Que l'argent provienne de la drogue ou d'ailleurs, il doit le blanchir, le rendre légal, pour pouvoir ensuite le déposer à la banque et le dépenser sans attirer l'attention. Il le donne à Tony Aliso ; plus exactement, il investit dans la société de production de Tony Aliso. Celui-ci s'en sert pour produire un film bon marché, mais il en dépense moins d'un dixième.

« Mais au niveau des livres de comptabilité, il fait croire qu'il a tout dépensé en coûts de production. Chaque semaine, ou presque, il envoie des chèques à différentes sociétés de production, de location de matériel pour le cinéma, etc. Les montants des chèques sont toujours compris entre huit et neuf mille dollars, juste en dessous de la limite de la déclaration fiscale obligatoire.

Bosch ne perdait pas une miette de ce qu'elle disait. Il avait fermé les yeux pour mieux se concentrer. Il admirait le talent de Rider qui avait su faire apparaître tout ça en consultant uniquement les dossiers.

– Une fois la production achevée, poursuivit-elle, il fait tirer quelques milliers de copies du film, il les vend ou essaye de les vendre à des boutiques de vidéo ou à des distributeurs indépendants, car les chaînes refusent de toucher à ce genre de saloperies, et voilà, le tour est joué. En réalité, il a remboursé à M. X, l'investisseur initial, environ quatre-vingts cents pour un dollar, sous forme de paiements adressés à ces sociétés bidon. C'est un jeu de dupes. Celui qui se cache derrière ces sociétés est payé avec son propre argent, pour des prestations qu'il n'a pas effectuées. En attendant, Tony Aliso prélève une jolie commission sur ses coûts de production et passe au film suivant. Apparemment, il en produisait deux ou trois comme ça par an et empochait un demi-million de commission.

Tout le monde resta muet, le temps que Rider enchaîne :

– Il n'y a qu'un seul problème.

– Il avait le fisc sur le dos, dit Bosch.

– Exact ! s'exclama-t-elle, et il imagina son sourire. C'était une belle arnaque, mais tout était sur le point de tomber à l'eau. Le Trésor public avait décidé de fourrer son nez dans les comptes de Tony ce mois-ci, et si j'ai découvert le pot aux roses en une journée, on peut parier qu'il aurait suffi d'une heure aux agents fédéraux.

– Tony devenait donc un danger pour M. X, dit Edgar.

– Oui, surtout s'il décidait de coopérer au contrôle fiscal, renchérit Rider.

Quelqu'un émit un sifflement à l'autre bout de la ligne, sans que Bosch sache de qui il s'agissait. Sans doute Edgar.

– Et maintenant, on cherche ce M. X ? demanda Bosch.

– Pour commencer, répondit Rider, je suis en train de rédiger une liste que je vais faxer dès demain matin à la Chambre de commerce. Avec les noms de toutes les compagnies bidon. Peut-être notre homme a-t-il été suffisamment idiot pour inscrire un vrai nom ou une vraie adresse sur les formulaires d'enregistrement. Je prépare également un autre mandat de perquisition. J'ai les talons des chèques émis par la société de Tony. Je veux consulter les relevés des comptes sur lesquels ils ont été déposés, et j'espère découvrir où est allé l'argent une fois blanchi par Tony.

– Et le fisc ? demanda Bosch. Y a-t-il un agent chargé du dossier ? Tu les as interrogés ?

– Oui, il y a un agent qui s'en occupe. Le dossier est déjà classé dans les infractions, ce qui m'incite à penser qu'il ne s'agit pas d'un contrôle au hasard. On les a rencardés. Mais je n'ai pas parlé à l'agent en question. J'ai laissé un message. On ne m'a pas rappelée. Je réessaierai demain matin à la première heure.

– Si vous voulez mon avis, dit Edgar, cette histoire de l'OCID qui décide de faire l'impasse, ça commence à sentir mauvais. J'ignore si Tony était maqué avec les ritals ou pas, en tout cas cette magouille ressemble fort à une combine de la Mafia. Et je vous parie ma chemise qu'ils étaient au courant, par le fisc ou quelqu'un d'autre, des magouilles de ce type.

– Je pense que vous avez raison, dit Billets.

Bosch intervint :

– J'ai oublié de mentionner une chose. J'ai parlé à Art Donovan aujourd'hui. Il m'a dit que le type de l'OCID que j'avais eu au téléphone hier soir, le dénommé Carbone, a débarqué comme par hasard aujourd'hui au labo et a posé des questions à Art sur cette affaire. D'après Art, le type se comportait comme celui qui ne veut pas avoir l'air intéressé, si vous voyez ce que je veux dire.

Personne n'osa rompre le silence pendant un long moment.

– Alors, qu'est-ce qu'on fait ? demanda enfin Edgar.

Bosch ferma les yeux de nouveau ; il attendait. La réponse de Billets déciderait du tour que prendrait l'enquête, tout comme elle affecterait l'opinion qu'il avait d'elle. Bosch savait ce qu'aurait décidé son prédécesseur. Il aurait fait en sorte que l'enquête échoue entre les mains de l'OCID.

– On ne fait rien, répondit Billets. C'est notre affaire, on continue. Mais on fait gaffe. Si l'OCID vient renifler dans les parages après avoir fait l'impasse, c'est qu'il se passe des choses qu'on ignore pour l'instant.

Il y eut un nouveau silence, et Bosch rouvrit les yeux. Décidément, il appréciait de plus en plus Billets.

– Bien, dit cette dernière. Je pense qu'il faut s'intéresser en priorité à la société de Tony Aliso. On va se concentrer là-dessus à partir de maintenant. Harry, pouvez-vous en finir rapidement avec Vegas et rentrer ici ?

– A moins d'une découverte imprévue, je devrais pouvoir repartir avant demain midi. Mais il ne faut pas oublier une chose : hier soir, Mme Aliso nous a dit que son mari se rendait à Vegas pour rencontrer des investisseurs. Notre M. X est peut-être ici.

– Possible, dit Billets. Une fois de plus, vous avez tous fait du bon boulot. Continuez comme ça.

Ils échangèrent des au revoir et, après avoir raccroché, Bosch reposa le téléphone sur la table de chevet. Il se sentait revigoré par les progrès de l'enquête. Il resta assis sur le lit un moment pour se délecter de la sensation de l'adrénaline qui affolait son organisme.

Elle avait été longue à venir. Il serra les poings et les frappa l'un contre l'autre.

Bosch sortit de l'ascenseur et déambula à travers le casino. Celui-ci était plus calme que la plupart de ceux où il était entré ; personne ne poussait des hurlements ou des cris de joie aux tables de craps, personne ne suppliait les dés de se montrer généreux. Les gens qui jouaient ici étaient différents, se dit-il. Ils venaient avec de l'argent, ils repartiraient avec de l'argent, quelle que soit la somme qu'ils perdaient. Aucun parfum de désespoir ne flottait ici. C'était un casino pour les gens aux portefeuilles bien remplis.

En passant devant une table de roulette envahie de monde, il repensa à la demande de Donovan. Se frayant un passage entre deux femmes asiatiques qui fumaient, il tendit un billet de cinq dollars et réclama un jeton, mais on lui répondit que c'était une table à vingt-cinq dollars minimum. Une des deux Asiatiques lui indiqua, avec sa cigarette, une autre table de roulette au fond du casino.

– Là-bas, ils prendront vos cinq dollars, dit-elle avec mépris.

Bosch la remercia et se dirigea vers la table des petits paris. Il déposa un jeton de cinq dollars sur le sept et regarda tourner la roue, la bille en métal rebondir sur les numéros. Sans rien éprouver de particulier. Les vrais joueurs disaient que le plaisir, ce n'était pas de gagner ou perdre, mais d'attendre. Qu'il s'agisse de la prochaine carte, de la course des dés ou du numéro sur lequel s'immobilisait enfin la bille, c'étaient ces quelques secondes d'attente, d'espoir, de désir qui les excitaient, qui les rendaient accros. Bosch, lui, n'éprouva rien de tout cela.

La bille s'arrêta sur le cinq ; Donovan lui devait cinq dollars. Abandonnant la roulette, il se mit en quête des tables de poker. Il avisa une pancarte et suivit la direction indiquée. Il était encore tôt, même pas vingt heures, et plusieurs chaises étaient libres aux différentes tables. Il passa tous les visages en revue, sans apercevoir Eleanor Wish, mais il ne s'attendait pas vraiment à la voir. En revanche, il reconnut un grand nombre des croupiers qu'il avait interrogés précédemment, parmi lesquels Amy Rohrback. Il fut tenté de s'asseoir à une des places vides à sa table pour lui demander si elle connaissait bien Eleanor Wish, mais il se dit qu'il aurait été malvenu de la questionner pendant son travail.

Alors qu'il se demandait que faire, le chef de salle s'avança vers lui et lui demanda s'il souhaitait jouer. Bosch reconnut l'homme qu'il avait vu conduire Tony Aliso aux tables de poker, sur la bande vidéo.

– Non, je regarde simplement. Vous avez une minute, pendant que c'est calme ?

– Une minute pour quoi faire ?

– Je suis l'inspecteur qui a interrogé vos employés.

– Ah oui. Little Hank m'a parlé de cette histoire.

Il dit s'appeler Frank King et ils échangèrent une poignée de main.

– Désolé de ne pas avoir pu monter. Mais je ne travaille pas par roulement. Il fallait que je reste ici. C'est au sujet de Tony Aliso, hein ?

– Oui. Vous le connaissiez, non ?

– Évidemment, on le connaissait tous. Un chic type. C'est moche, ce qui lui est arrivé.

– Comment savez-vous ce qui lui est arrivé ?

Bosch avait délibérément omis de parler du décès d'Aliso en interrogeant les croupiers.

– Par Little Hank, lui répondit King. Il m'a dit qu'Aliso s'était fait descendre ou un truc comme ça, là-bas à L.A. Que voulez-vous, quand on décide de vivre dans cette ville, on prend des risques.

– Oui, sans doute. Vous le connaissiez depuis longtemps ?

– Oh, Tony et moi, ça ne date pas d'hier. Je travaillais au Flamingo avant l'ouverture du Mirage. Tony y descendait dans le temps. Ça faisait pas mal d'années qu'il venait à Las Vegas.

– Vous arrivait-il de faire des trucs ensemble ? En dehors du casino ?

– Une ou deux fois. Mais c'était par hasard, généralement. J'étais quelque part, et Tony débarquait à ce moment-là, ce genre de trucs. On buvait un verre, on bavardait, mais rien de plus. C'était un client de l'hôtel, ne l'oublions pas, et moi, je suis un employé. On ne peut pas dire qu'on était potes.

– Je comprends. Dans quels endroits le rencontriez-vous ?

– Oh ! J'en sais rien, moi. Vous me parlez de… Attendez une seconde.

King échangea les jetons d'un joueur qui quittait la table d'Amy Rohrback. Bosch ignorait de quelle somme il disposait au départ, mais l'homme repartait avec quarante dollars et la mine renfrognée. King le congédia en lui souhaitant bonne chance pour la prochaine fois, puis il reporta son attention sur Bosch.

– Comme je vous le disais, je l'ai vu dans quelques bars. Mais ça remonte à loin. Je me souviens du bar rond du Stardust. Un de mes potes était barman là-bas et j'allais souvent y faire un saut après le boulot. J'y ai vu Tony un soir et il m'a offert un verre. C'était il y a trois ans au moins. Je ne pense pas que ça vous soit utile.

– Il était seul ?

– Non, il était avec une fille. Une jeune nana. Je ne l'avais jamais vue.

– Bon, et l'autre fois, c'était quand ?

– L'année dernière, je dirais. On enterrait la vie de garçon de Marty, le gars qui tient la table de craps, et on a tous fini chez Dolly. C'est une boîte de strip-tease, au nord. Et Tony était là lui aussi ce soir-là. Il était seul ; il est venu me voir et on a bu un verre. En fait, il a même payé un coup à toute la tablée. On devait être huit. C'était un chouette type. Et voilà.

Ainsi, songea Bosch, Aliso était un client régulier de chez Dolly depuis au moins un an. Il avait l'intention de s'y rendre pour obtenir des renseignements sur la dénommée Layla. Sans doute une danseuse, et il était fort probable que Layla ne soit pas son vrai nom.

– Vous l'avez vu avec quelqu'un récemment ?

– Une nana, vous voulez dire ?

– Oui, plusieurs croupiers m'ont parlé d'une blonde.

– C'est juste, je crois bien l'avoir vu deux ou trois fois avec une blonde. Il lui donnait du fric pour les machines à sous pendant qu'il jouait aux cartes. Mais je ne sais pas qui c'était.

Bosch hocha la tête.

– C'est tout ? demanda King.

– Une dernière chose. Eleanor Wish, vous connaissez ? Elle jouait à la table des petites mises vendredi soir. Tony a joué quelques instants à la même table. On aurait dit qu'ils se connaissaient.

– Oui, je connais une joueuse qui s'appelle Eleanor. Mais je ne connais pas son nom de famille. C'est une nana d'ici, autant que je sache. Les joueurs d'ici suivent un circuit. Les casinos n'ont pas tous des tables de poker, voyez-vous. Ça ne rapporte pas assez à la maison. Nous ici, nous en avons quelques-unes pour faire plaisir à notre clientèle, mais on espère qu'ils joueront un peu au poker et beaucoup au black jack. Bref, les gens d'ici changent régulièrement d'endroit pour ne pas jouer toujours avec les mêmes têtes. Un soir, ils jouent ici, par exemple, le lendemain ils vont chez Harrah, et le soir d'après au Flamingo, peut-être qu'ils vont dans les casinos du centre-ville après, pendant quelques jours. C'est comme ça que ça fonctionne.

– Vous voulez dire que c'est une professionnelle ?

– Non, je vous dis simplement qu'elle vit ici et qu'elle joue beaucoup. Mais j'ignore si elle a un boulot dans la journée, ou si elle ne vit que du poker. Je ne me souviens pas de lui avoir changé plus de deux billets de cent. C'est pas lourd. L'autre truc que j'ai entendu dire, c'est qu'elle filait des gros pourboires. Les pros ne font jamais ça.

Bosch lui demanda de lui dresser la liste de tous les casinos qui, à sa connaissance, avaient des tables de poker, puis il le remercia et le libéra.

– Ça m'étonnerait que vous découvriez grand-chose sur elle, à part que Tony la connaissait de vue et lui disait bonjour, rien de plus.

– Pourquoi donc ?

– Trop vieille. C'est une belle fille, d'accord, mais elle était trop âgée pour Tony. Il les aimait jeunes.

Sur ce, King prit congé pour de bon. Bosch erra alors dans le casino, confronté à un dilemme. Il ne savait pas quoi faire pour Eleanor Wish. Il était curieux de savoir ce qu'elle faisait ici ; et si elle fréquentait régulièrement ce casino, comme le lui avait expliqué King, il n'était pas anormal qu'elle ait salué Aliso. Pourtant, même si selon toute vraisemblance elle n'avait rien à voir avec cette affaire, Bosch éprouvait le besoin de lui parler. De lui dire qu'il regrettait la manière dont les choses avaient tourné, la manière dont il les avait fait tourner.

Repérant une rangée de téléphones dans le hall, il appela les renseignements. Il demanda le numéro d'Eleanor Wish et un message enregistré lui répondit que ce numéro était sur liste rouge et ne pouvait être communiqué. Bosch réfléchit un instant, puis fouilla dans ses poches. Il retrouva la carte que lui avait donnée Felton, le capitaine de la police urbaine, et l'appela sur son biper. Puis il attendit, la main posée sur le téléphone pour que personne ne s'en serve, pendant quatre minutes, jusqu'à ce que ça sonne enfin.

– Felton ?

– Ouais, qui est-ce ?

– Bosch. On s'est vus tout à l'heure.

– Ah oui. Le flic de Los Angeles. J'ai pas encore reçu les empreintes. Je pense avoir des nouvelles demain matin à la première heure.

– Je ne vous appelle pas pour ça. Je voulais savoir si vous ou l'un de vos hommes aurait suffisamment d'influence auprès de la compagnie du téléphone pour m'obtenir un numéro et une adresse.

– Sur liste rouge ?

Bosch eut envie de lui répondre qu'il ne l'aurait pas appelé si le numéro avait été dans l'annuaire, mais s'abstint de le faire.

– Oui, sur liste rouge.

– Qui est-ce ?

– Une personne d'ici. Une femme qui a joué au poker avec Tony Aliso vendredi dernier.

– Et alors ?

– Alors, capitaine, ils se connaissaient et je veux lui parler. Si vous ne pouvez pas m'aider, tant pis. Je la retrouverai d'une autre manière. Je vous ai appelé, car vous m'avez dit de le faire si jamais j'avais besoin de quoi que ce soit. J'ai besoin de ce numéro et de cette adresse. C'est possible ou pas ?

Il y eut un moment de silence au bout du fil avant que Felton ne réponde.

– OK, filez-moi le nom. Je vais voir ce que je peux faire. Où je peux vous joindre ?

– Je bouge. Puis-je vous rappeler ?

Felton lui donna son numéro personnel et lui dit de rappeler dans une demi-heure.

Bosch en profita pour traverser le Strip et se rendre chez Harrah afin d'inspecter les tables de poker. Eleanor Wish n'y était pas. Il ressortit sur le Strip et descendit vers le Flamingo. Il ôta sa veste, car il faisait encore chaud dehors. Bientôt, la nuit allait tomber et il espérait qu'il ferait plus frais.

En entrant au Flamingo, il la vit. Elle jouait à une des quatre tables de poker, avec cinq hommes. Le siège à sa gauche était libre, mais Bosch ne s'y assit pas. Il préféra rester à l'écart, avec la foule massée autour d'une table de roulette, pour l'observer.

Le visage d'Eleanor Wish indiquait une totale concentration sur les cartes qu'elle tenait dans les mains. Bosch observa les hommes avec qui elle jouait et qui lui jetaient des regards à la dérobée, et eut un curieux frisson en pensant qu'ils la désiraient secrètement. Durant les dix minutes où il l'espionna, elle remporta une donne – il était trop loin pour voir combien elle avait gagné –, et se coucha prématurément à cinq reprises. Apparemment, elle se débrouillait bien. Elle avait une boîte pleine de jetons devant elle et six autres piles de jetons sur le tapis bleu.

Il la vit remporter une autre donne, – un pot très important cette fois –, et le croupier pousser vers elle les piles de jetons, et se mit en quête d'un téléphone. Il appela Felton à son domicile et obtint le numéro et l'adresse d'Eleanor. Le capitaine lui précisa que cette adresse, dans Sands Avenue, n'était pas très éloignée du Strip, dans un quartier d'immeubles habités en majorité par des employés des casinos. Bosch ne lui dit pas qu'il avait déjà retrouvé celle qu'il cherchait. Au lieu de cela, il le remercia et raccrocha.

Quand il revint dans la salle de poker, elle avait disparu. Les cinq hommes étaient encore là, mais le croupier avait changé… et plus d'Eleanor Wish. Ses jetons avaient disparu eux aussi. Elle les avait changés à la caisse et il l'avait perdue. Il se traita de tous les noms.

– Tu cherches quelqu'un ?

Bosch se retourna. C'était elle. Il n'y avait aucun sourire sur son visage, uniquement un petit air agacé, ou méfiant. Le regard de Bosch s'arrêta sur la petite cicatrice blanche sur sa mâchoire.

– Je… euh.. bonjour, Eleanor. Oui, je te cherchais.

– Tu n'as jamais été discret. Je t'ai repéré dès que tu es entré. J'aurais voulu quitter la table à ce moment-là, mais j'étais aux prises avec un type du Kansas. Il était persuadé de savoir quand je bluffais. En vérité, il savait que dalle ! Comme toi.

Bosch était incapable de parler. Ce n'était pas ainsi qu'il avait imaginé leur rencontre et il ne savait quelle attitude adopter.

– Écoute, Eleanor… Je voulais juste savoir comment tu allais. En fait, je ne…

– C'est ça. Et tu es venu jusqu'à Vegas pour prendre de mes nouvelles ? Que se passe-t-il, Bosch ?

Il regarda autour de lui. Ils étaient dans un endroit très fréquenté du casino. Les joueurs qui passaient de chaque côté, le vacarme des machines à sous, les exclamations de joie et de dépit, tout cela créait une nébuleuse de sons et de lumières qui l'enveloppait.

– Tu as envie d'aller boire un verre, ou bien de manger quelque chose ?

– Allons boire un verre.

– Tu connais un endroit calme ?

– Pas ici. Suis-moi.

Ils franchirent les portes du casino pour replonger dans la chaleur sèche de la nuit. Le soleil s'était couché ; c'étaient maintenant les néons qui illuminaient le ciel.

– Je connais un bar tranquille au Caesar. Il n'y a pas de machines à sous.

Elle le conduisit de l'autre côté de la rue, sur le trottoir roulant qui les déposa à l'entrée du Caesar's Palace. Ils traversèrent le hall et pénétrèrent dans un bar rond où il n'y avait que trois clients. Eleanor avait raison. Cet endroit était une oasis, sans tables de poker ni machines à sous. Juste un bar. Il commanda une bière et elle un scotch à l'eau. Elle alluma une cigarette.

– Tiens, tu ne fumais pas dans le temps, dit-il. Je me souviens même que…

– C'était il y a longtemps. Que viens-tu faire ici ?

– Je suis sur une affaire.

Pendant le trajet, il avait eu le temps de se ressaisir et de remettre de l'ordre dans ses pensées.

– Quelle affaire ? Et quel rapport avec moi ?

– Ça n'a aucun rapport avec toi, mais tu connaissais le type. Tu as joué au poker avec lui vendredi dernier, au Mirage.

La curiosité et la perplexité lui firent plisser le front. Bosch se souvint qu'elle avait l'habitude de faire ça, et combien il trouvait cela irrésistible. Il avait envie de la toucher, mais n'osait pas. Il ne devait pas oublier que ce n'était plus la même femme.

– Anthony Aliso, dit-il.

Il vit la surprise se peindre sur son visage, et immédiatement, il comprit que celle-ci n'était pas feinte. Il n'était pas comme ce joueur de poker du Kansas incapable de savoir quand quelqu'un bluffait. Il avait bien connu cette femme et, en voyant son visage, il fut convaincu qu'elle ignorait qu'Aliso était mort avant qu'il le lui annonce.

– Tony A…, dit-elle et sa phrase demeura en suspens.

– Tu le connaissais bien ou était-ce simplement un partenaire de poker ?

Ses yeux noirs semblaient perdus dans le vague.

– Je ne le voyais que là-bas. Au Mirage. Je vais y jouer tous les vendredis. Il y a beaucoup d'argent et des visages nouveaux. Je le voyais deux ou trois fois par mois. Au début, j'ai cru qu'il habitait ici, lui aussi.

– Comment as-tu su qu'il n'habitait pas à Vegas ?

– Il me l'a dit. On a bu un verre ensemble, il y a environ un mois. Toutes les tables de poker étaient pleines. On a donné nos noms et j'ai demandé à Frank, c'est le responsable du soir, de venir nous chercher au bar dès qu'une place se libérerait. On est allés boire un verre, et c'est là qu'il m'a expliqué qu'il venait de L.A. Et qu'il travaillait dans le cinéma.

– Rien d'autre ?

– Si, il m'a raconté plein de choses. On a bavardé, quoi. Mais rien de sensationnel. On tuait le temps en attendant qu'on nous appelle.

– Tu ne l'as pas revu en dehors des parties de poker ?

– Non. Et pourquoi tu me demandes ça ? Je suis suspecte parce que j'ai bu un verre avec ce type ?

– Non, non, je ne dis pas ça, Eleanor. Absolument pas.

Il alluma une de ses cigarettes. La serveuse, vêtue d'une toge blanche et or, leur apporta leurs verres et ils plongèrent dans un long silence. Bosch avait perdu ses repères. Comme avant, il ne savait pas quoi dire.

– J'ai l'impression que tu t'es bien débrouillée ce soir, hasarda-t-il.

– Oui, mieux que certains soirs. J'ai atteint mon quota et j'ai plié bagage.

– Ton quota ?

– Dès que je gagne deux cents dollars, je m'arrête. Je ne suis pas gourmande et je sais que la chance ne dure pas longtemps dans une soirée. Je ne perds jamais plus de cent dollars, et si j'ai la chance d'en gagner deux cents, je m'en tiens là. Je suis arrivée tôt ce soir.

– Où as-tu…

Il s'interrompit. Il connaissait la réponse.

– Où ai-je appris à jouer assez bien au poker pour en vivre ? Quand tu passes trois ans et demi derrière les barreaux, tu apprends à fumer, à jouer au poker et un tas d'autres choses.

En disant cela, elle le regarda droit dans les yeux, comme pour le mettre au défi de faire un commentaire. Après un long moment, elle détourna enfin la tête pour prendre une autre cigarette. Bosch la lui alluma.

– Autrement dit, tu n'as pas de boulot dans la journée ? Uniquement le poker ?

– Exact. Je vis comme ça depuis presque un an. C'est pas facile de trouver du boulot, Bosch. Tu leur dis que tu es un ancien agent du FBI, leur visage s'illumine. Tu ajoutes que tu sors de prison, leur visage se ferme.

– Je suis désolé, Eleanor.

– Il n'y a pas de quoi. Je ne me plains pas. Je gagne plus d'argent qu'il ne m'en faut pour vivre, de temps à autre je rencontre des gens intéressants comme ton Tony A., et ici, tous les gains sont nets d'impôts. De quoi me plaindrais-je, si ce n'est qu'il fait plus de quarante degrés à l'ombre trois mois de trop par an ?

L'amertume contenue dans ses paroles n'échappa pas à Bosch.

– Je voulais dire que j'étais désolé pour tout ce qui s'est passé. Je sais bien que ça te fait une belle jambe maintenant, mais je regrette de ne pas pouvoir revenir en arrière. J'ai appris pas mal de choses depuis et j'aurais agi différemment. Voilà, c'est ce que je voulais te dire. Je t'ai vue sur la vidéo de surveillance en train de jouer au poker avec Tony Aliso et j'avais envie de te retrouver pour te le dire. C'est tout.

Elle écrasa sa cigarette à demi fumée dans le cendrier en verre et but une grande gorgée de scotch.

– Je n'ai plus qu'à m'en aller, dans ce cas.

Elle se leva.

– Veux-tu que je te dépose quelque part ?

– Non, j'ai une voiture. Merci.

Elle quitta le bar et se dirigea vers la sortie du casino, mais après quelques pas elle s'arrêta et revint vers leur table.

– Tu as raison, tu sais.

– A quel sujet ?

– Quand tu dis que ça me fait une belle jambe.

Et elle s'en alla. Bosch la regarda pousser la porte à tambour et disparaître dans la nuit.

En suivant les indications qu'il avait notées après avoir parlé avec Rhonda au téléphone, dans le bureau de Tony Aliso, Bosch trouva le Dolly dans Madison, au nord de Las Vegas. C'était un club très chic : vingt dollars l'entrée, deux boissons minimum et on était conduit à sa table par un grand costaud en smoking avec un col amidonné qui lui cisaillait le cou comme un garrot. Les danseuses étaient très distinguées elles aussi. Jeunes et belles, il leur manquait sans doute juste un peu de coordination et de talent pour travailler dans les grandes salles de spectacle du Strip.

Le type en smoking conduisit Bosch à une table de la taille d'une assiette, située à moins de trois mètres de la scène, vide pour le moment.

– Une nouvelle danseuse va arriver dans quelques minutes, lui dit-il. Bon spectacle.

Bosch ne savait pas s'il était censé lui donner un pourboire parce qu'il l'avait installé si près, et parce qu'il endurait son smoking, mais il s'abstint et le type ne resta pas planté devant lui, la main tendue. Bosch eut à peine le temps de sortir ses cigarettes de sa poche qu'une serveuse en déshabillé de soie rouge, avec talons aiguilles et bas résille noirs, venait vers lui en se dandinant pour lui rappeler les deux consommations minimum. Bosch commanda une bière.

Après le départ de la serveuse, il regarda autour de lui. Il n'y avait pas foule ce soir, car on était mardi et il était encore relativement tôt. Il y avait peut-être une vingtaine d'hommes. Seuls pour la plupart et n'osant pas se regarder, attendant qu'une nouvelle femme nue vienne leur apporter un peu de distraction.

De grands miroirs étaient fixés de chaque côté de la salle et sur les murs du fond. Un bar occupait tout le côté gauche, et au fond, une entrée voûtée était découpée dans le mur, surmontée d'une enseigne au néon qui rougeoyait dans l'obscurité et annonçait : DANSEUSES PRIVÉES. Le devant de la salle était occupé presque entièrement par un rideau scintillant et la scène. Un podium s'avançait au milieu des tables. Il était éclairé par plusieurs projecteurs violents fixés à une grille au plafond. Sous cette lumière vive, le podium semblait presque s'embraser, par contraste avec l'atmosphère sombre et enfumée qui baignait le reste de la salle.

Un disc-jockey installé dans une cabine vitrée sur le côté gauche de la scène annonça que la prochaine danseuse serait Randy. Une vieille chanson d'Eddie Money, *Two Tickets to Paradise*, explosa soudain dans les haut-parleurs, tandis qu'une grande fille brune, vêtue d'un jean fendu qui découvrait la partie inférieure de ses fesses et un haut de bikini rose fluo, jaillissait de derrière le rideau et commençait à remuer au rythme de la musique.

Bosch fut immédiatement hypnotisé. Cette fille était vraiment belle, et la première pensée qui lui vint fut : pourquoi fait-elle ça ? Il avait toujours cru que la beauté permettait aux femmes d'échapper à la plupart des inconvénients de la vie. Cette femme, cette fille, était belle et pourtant, elle était là sur cette scène. C'était peut-être ce qui attirait ces hommes justement, pensa-t-il. Non pas le fait d'entrapercevoir une femme nue. Mais l'idée de soumission, le plaisir de savoir qu'une de plus avait été domptée. Bosch commença à penser qu'il s'était peut-être trompé au sujet des belles femmes.

La serveuse déposa deux bières sur la petite table ronde et lui annonça qu'il devait quinze dollars. Il faillit lui demander de répéter, mais sans doute le prix était-il en rapport avec l'endroit. Il lui tendit un billet de vingt et, en la voyant fouiller parmi les billets entassés sur son plateau, il lui fit signe de garder la monnaie.

Elle lui pinça l'épaule et se pencha vers son oreille, en s'arrangeant pour lui offrir une vue plongeante dans son décolleté généreux.

– Merci, chéri. C'est sympa. Si vous avez besoin d'autre chose, faites-moi signe.

– Oui, un renseignement. Layla est là ce soir ?

– Non, elle n'est pas là.

Bosch hocha la tête. La serveuse se redressa.

– Et Rhonda ? demanda-t-il.

– La fille, là, c'est Randy.

Elle lui montra la scène ; Bosch secoua la tête et lui fit signe d'approcher.

– Non. Rhonda, comme dans « *Help me, help me, Rhonda* ». Elle travaille ce soir ? Elle était là hier soir.

– Ah, Rhonda ! Oui, oui, elle est là. Mais vous avez loupé son passage. Elle doit être en train de se changer en coulisse.

Bosch fouilla dans sa poche et déposa un billet de cinq dollars sur le plateau de la serveuse.

– Vous voulez bien aller lui dire que l'ami de Tony, à qui elle a parlé au téléphone hier soir, aimerait lui offrir un verre ?

– J'y vais.

Elle lui pinça l'épaule encore une fois et s'éloigna. L'attention de Bosch dériva vers la scène, où la première chanson de Randy venait de s'achever. La suivante était *Lawyers, Guns and Money*, chantée par Warren Zevon. Voilà bien longtemps qu'il ne l'avait pas entendue, mais il se souvenait que c'était un véritable hymne chez les policiers en tenue du temps où il patrouillait dans les rues.

La dénommée Randy se débarrassa rapidement de sa tenue et se retrouva nue, à l'exception d'une jarretière qui lui serrait la cuisse gauche. Plusieurs hommes se levèrent et s'avancèrent vers elle, tandis qu'elle avançait lentement sur le podium en dansant. Ils lui glissèrent des billets de un dollar sous la jarretière. Quand l'un d'eux lui glissa un billet de cinq sous l'élastique, Randy se pencha vers lui en s'appuyant sur son épaule pour ne pas tomber, et l'embrassa sur l'oreille en se trémoussant.

En voyant cela, Bosch crut deviner de quelle manière Tony Aliso s'était retrouvé avec des empreintes de doigts sur l'épaule. C'est alors qu'une petite femme blonde vint se glisser sur le siège vacant à côté de lui.

– Salut, c'est moi Rhonda. Vous avez loupé mon spectacle !

– Il paraît. Je le regrette.

– Je recommence dans une demi-heure. J'espère que vous resterez pour me voir. Yvonne m'a dit que vous vouliez m'offrir un verre ?

Comme un fait exprès, Bosch vit la serveuse se diriger vers eux au même moment. Il se pencha vers Rhonda.

– Écoutez, Rhonda, je préfère vous faire plaisir que de filer tout mon fric au bar. Alors, soyez gentille, pas de folies.

– Pas de folies ?

Elle plissa le front, perplexe.

– Ne commandez pas du champagne.

– Oh, pigé !

Elle commanda un martini et Yvonne repartit dans les ténèbres en se dandinant.

– Je n'ai pas bien saisi votre nom.

– Harry.

– Et vous êtes un ami de Tony de L.A. ? Vous faites des films, vous aussi ?

– Non, pas exactement.

– Comment vous avez connu Tony ?

– Ça ne fait pas longtemps que je l'ai rencontré. Écoutez, je cherche à retrouver Layla pour lui transmettre un message. Yvonne m'a dit qu'elle ne travaillait pas ce soir. Savez-vous où je peux la trouver ?

Bosch la vit se raidir. Elle avait compris qu'il se passait quelque chose.

– Premièrement, dit-elle, Layla ne travaille plus ici. Je le savais pas quand je vous ai eu au téléphone hier soir, mais elle est partie et elle reviendra pas. Deuxièmement, si vous êtes vraiment un ami de Tony, comment ça se fait que vous me demandiez où elle est ?

Elle n'était pas aussi idiote qu'il l'avait cru. Il décida de jouer franc-jeu.

– Je ne peux pas poser la question à Tony parce qu'il est mort. Je veux retrouver Layla pour lui annoncer la nouvelle et peut-être la mettre en garde.

– Quoi ?

Sa voix transperça la musique assourdissante comme une balle traverse une tranche de pain. Tout le monde dans la salle, y compris la fille nue sur le podium, se tourna vers leur table. On devait se dire qu'il venait de lui faire des propositions malhonnêtes, et pour un prix qui l'était tout autant.

– Chut, pas si fort, Randy.

– Je m'appelle Rhonda.

– Oui, Rhonda.

– Qu'est-ce qui lui est arrivé ? Il était là l'autre jour.

– Quelqu'un l'a assassiné, à Los Angeles, quand il est rentré. Alors, savez-vous où est Layla, oui ou non ? Dites-le-moi et je m'occuperai de vous.

– Vous êtes qui d'abord ? Vous êtes vraiment son ami ou pas ?

– D'une certaine façon, je suis son seul ami maintenant. Je suis flic. Je m'appelle Harry Bosch, et j'essaye simplement de savoir qui a fait le coup.

Elle prit un air encore plus horrifié qu'en apprenant que son cher Aliso était mort. Parfois, les gens avaient cette réaction en apprenant que quelqu'un était flic.

– Gardez votre fric, dit-elle. J'ai rien à vous dire.

Elle se leva et se dirigea à grands pas vers la porte située près de la scène. Bosch cria son nom pour la retenir, mais sa voix fut couverte par la musique. Jetant un regard discret autour de lui, il constata que le type au smoking l'observait dans l'obscurité. Il décida de ne pas rester pour le second spectacle de Rhonda. Il but une dernière gorgée de bière – il n'avait même pas touché à son deuxième verre –, et se leva.

Alors qu'il approchait de la sortie, le type au smoking frappa doucement contre un des miroirs derrière lui. Bosch découvrit alors l'existence d'une porte découpée dans le mur. Celle-ci s'ouvrit et le type au smoking fit un pas sur le côté pour lui bloquer le passage.

– Veuillez entrer dans ce bureau, monsieur, je vous prie.

– Pour quoi faire ?

– Entrez. Le directeur aimerait vous dire un mot.

Bosch hésita, mais par la porte ouverte, il aperçut une pièce éclairée et un homme en costume assis derrière un bureau. Il entra. Le type au smoking lui emboîta le pas et referma la porte derrière eux.

Bosch observa l'homme assis à son bureau. Blond et costaud. Si jamais une bagarre éclatait entre le videur en smoking et le soi-disant directeur, Bosch ne saurait sur qui miser. C'étaient deux brutes épaisses.

– Randy vient de m'appeler des loges. Il paraît que vous l'avez interrogée sur Tony Aliso.

– Rhonda, pas Randy.

– Ouais, on s'en fout. A l'entendre, vous lui auriez dit qu'il était mort.

Il parlait avec un accent du Middle West, le sud de Chicago plus précisément, devina Bosch.

– Oui, bel et bien mort.

Le blond ayant adressé un signe de tête au type au smoking, celui-ci leva le bras en une fraction de seconde et frappa Bosch du revers de la main, sur la bouche. Bosch fut projeté contre le mur, où il se cogna l'arrière du crâne. Avant qu'il ait repris ses esprits, le type au smoking le retourna et le plaqua contre le mur en l'écrasant de tout son poids. Bosch sentit des mains qui le fouillaient.

– Fini de jouer au malin, dit le blond. Pourquoi vous interrogez les filles au sujet de Tony ?

– Il a un flingue, dit le type au smoking.

Bosch sentit qu'on arrachait violemment son arme de son holster. Il sentit aussi le goût du sang dans sa bouche et la rage qui lui montait dans la gorge. Les grosses mains s'emparèrent de son portefeuille et de ses menottes. Le type au smoking les lança sur le bureau, devant le blond, tout en maintenant la tête de Bosch contre le mur, d'une seule main. En se dévissant le cou, celui-ci vit le blond ouvrir son portefeuille.

– Lâche-le, c'est un flic.

La main relâcha sa pression et Bosch repoussa le type en smoking d'un geste énervé.

– Un flic de L.A., reprit le blond. Hieronymus Bosch. Comme le peintre, hein ? Il peignait des trucs vachement bizarres.

Bosch le regarda sans rien dire ; le blond lui rendit son arme, ses menottes et son portefeuille.

– Pourquoi lui avez-vous demandé de me frapper ?

– C'était une erreur. Vous voyez, la plupart des flics, quand ils viennent ici, ils se présentent, ils nous expliquent ce qu'ils veulent, et quand on peut, on les aide. Mais vous, Hieronymus Anonymous, vous êtes du genre fureteur. On a un business à protéger.

Il ouvrit un tiroir d'où il sortit une boîte de mouchoirs en papier qu'il tendit à Bosch.

– Vous saignez de la lèvre.

Bosch prit toute la boîte.

– Alors, c'est vrai ce qu'elle dit ? Tony est mort ?

– C'est ce que j'ai dit. Vous le connaissiez bien ?

– Astucieux. Vous supposez que je le connaissais et vous incluez cette supposition dans votre question. Bien joué.

– Alors, répondez.

– C'était un habitué. Il essayait toujours de nous piquer des filles. Il leur disait qu'il les ferait jouer dans des films. Toujours la même histoire. Mais ça marche à tous les coups. Ces deux dernières années, il m'a coûté trois de mes meilleures. Elles ont foutu le camp à L.A. Mais une fois qu'il a obtenu d'elles ce qu'il veut, il les plaque. Elles ne retiennent pas la leçon.

– Pourquoi l'acceptiez-vous ici s'il vous volait vos filles ?

– Il claquait pas mal de fric. Et de plus, c'est pas les gonzesses qui manquent à Vegas. Y a pas pénurie.

Bosch décida de prendre une autre direction.

– Parlez-moi de vendredi dernier. Tony est venu ici ?

– Non, je ne... Si, si, il est venu. Il est passé rapidement. Je l'ai vu là-dedans.

Il lui désigna un panneau d'écrans de contrôle montrant chaque coin du club, ainsi que la porte d'entrée. C'était aussi impressionnant que l'installation que Hank Meyer lui avait fait visiter au Mirage.

– Dis, Gussie[1], tu te souviens de l'avoir vu ? demanda le blond au type au smoking.

– Ouais, il est venu.

– Voilà. Il est venu.

– Rien à signaler ? Il est venu et il est reparti ?

– Non, rien à signaler.

– Dans ce cas, pourquoi avez-vous renvoyé Layla ?

Le blond pinça les lèvres.

– Ah, je vois, dit-il. Vous faites partie de ces types qui aiment bien tisser une toile avec des mots, et prendre quelqu'un au piège à l'intérieur.

– Possible.

– Pas de chance pour vous. Layla était la dernière conquête de Tony, c'est vrai, mais elle travaille plus ici. Et elle reviendra pas.

– Que s'est-il passé ?

– Comme on vous l'a dit, je l'ai virée. Samedi soir.

– Pourquoi ?

– A cause d'un certain nombre d'infractions au règlement. Mais c'est sans importance, car ça ne vous concerne pas, pas vrai ?

– C'est quoi votre nom, déjà ?

– Je vous l'ai pas dit.

– Si je vous appelle sale con, ça ira ?

– Les gens par ici m'appellent Lucky. Ça vous ennuie pas de faire pareil, s'il vous plaît ?

– Aucun problème. Dites-moi simplement ce qui s'est passé avec Layla.

– Bon, d'accord. Mais je croyais que vous étiez ici pour parler de Tony. Du moins, c'est ce qu'a dit Randy.

– Rhonda.

– Oui, Rhonda.

---

1. *Gussy* : terme d'argot signifiant « habillé avec recherche » *(NdT).*

Bosch perdait patience, mais parvint à se concentrer sur son interlocuteur en attendant qu'il parle.

– Bon, Layla. Samedi soir, elle s'est crêpé le chignon avec une autre fille. Ça commençait à chauffer sérieusement, et il a fallu que je fasse un choix. Modesty est une de mes meilleures filles ; elle cartonne. Elle m'a lancé un ultimatum. Layla se barre ou c'est moi qui pars, qu'elle m'a dit. J'ai été obligé de renvoyer Layla. Faut dire que Modesty, elle vend dix à douze bouteilles de champ' à ces crétins dans la salle. Fallait bien que je prenne son parti. Layla, c'est une chouette fille et elle est canon, c'est vrai, mais ça vaut pas Modesty. Modesty, c'est notre numéro un.

Bosch acquiesça. Pour l'instant, sa version des faits collait avec le message que Layla avait laissé à Aliso. En interrogeant le blond, Bosch savait à quel point il pouvait lui faire confiance.

– Quelle était la cause de la dispute entre Layla et l'autre fille ? demanda-t-il.

– J'en sais rien, et je m'en fous. Les embrouilles habituelles. Elles n'ont jamais pu se sentir, depuis le premier jour. Chaque club a sa vedette, Bosch. Ici, c'est Modesty. Layla essayait de la détrôner, et bien évidemment Modesty ne voulait pas laisser sa place. Mais je dois dire que Layla a toujours fait des histoires. Les autres filles aimaient pas son numéro. Elle leur piquait leurs chansons, et elle s'obstinait à foutre du brille-minou, malgré mon interdiction. Que des ennuis, je vous dis. Je suis bien content qu'elle ait foutu le camp. J'ai une entreprise à diriger, moi. Je peux pas jouer les gardes-chiourmes avec une bande de petites chieuses.

– C'est quoi, du brille-minou ?

– Elle se foutait un truc qui brille sur la chatte, pour que ça scintille dans la lumière. Le problème, c'est que ces machins-là, ça s'envole et ça retombe sur les autres connards dans la salle. Suffit qu'elle se trémousse sur vos genoux, et c'est vous qu'avez l'entrejambe qui brille après. Et quand vous rentrez à la maison, votre femme s'en aperçoit et elle fait un scandale. J'ai paumé des clients comme ça. Je peux pas tolérer ces conneries-là, Bosch. Si ça n'avait pas été Modesty, ç'aurait été autre chose. Je me suis débarrassé de Layla à la première occasion.

Bosch réfléchit à toute cette histoire.

– Bon, dit-il. Donnez-moi simplement son adresse et je m'en vais.

– Ce serait avec plaisir, mais je peux pas.

– Ne jouez pas à ça. Je croyais qu'on discutait en toute franchise. Montrez-moi vos fiches de paye. Il y a bien une adresse.

Celui qu'on appelait Lucky sourit et secoua la tête.

– Des fiches de paye ? On ne file pas un sou à ces connasses. C'est plutôt elles qui devraient nous payer ! En bossant ici, elles sont sûres de se faire du fric.

– Vous avez forcément un numéro de téléphone ou une adresse. Vous voulez que votre cher Gussie se retrouve chez les flics pour avoir frappé un inspecteur ?

– On ne connaît pas son adresse, Bosch, ni son numéro de téléphone. Que voulez-vous que je vous dise ?

Il écarta les bras et haussa les épaules.

– J'ai l'adresse d'aucune fille. J'établis l'emploi du temps, elles viennent et elles dansent. Si elles viennent pas, elles ne refoutent plus les pieds ici. C'est clair, c'est simple ; ça marche très bien comme ça. C'est notre façon de faire. En ce qui concerne l'agression commise par Gussie, si vous voulez jouer à ce petit jeu, d'accord. Mais n'oubliez pas une chose : c'est vous qui avez débarqué ici, incognito, sans dire ce que vous cherchiez. Vous avez bu quatre bières en moins d'une heure et vous avez insulté une de nos danseuses avant qu'on vous demande de partir. On peut recueillir des témoignages en moins d'une heure.

Il leva les bras de nouveau, comme pour lui signifier que tout cela le laissait indifférent et que la balle était dans le camp de Bosch. Ce dernier ne doutait pas un instant qu'Yvonne et Rhonda raconteraient ce qu'on leur demanderait de raconter. Mieux valait sauver les meubles. Il sourit d'un air désinvolte.

– Bonne nuit, dit-il en se tournant vers la porte.

– Vous aussi, inspecteur, répondit Lucky dans son dos. Revenez nous voir quand vous aurez plus le temps, pour profiter du spectacle.

La porte s'ouvrit toute seule, grâce à une installation électronique visiblement contrôlée du bureau. Gussie laissa Bosch sortir en premier. Puis il lui emboîta le pas, tandis que Bosch franchissait la porte du club pour se diriger vers la guérite du voiturier. Il tendit son ticket de parking à un Mexicain dont le visage ridé ressemblait à un sac en papier kraft froissé. Bosch et Gussie attendirent en silence qu'on aille chercher la voiture.

– Sans rancune, hein ? dit enfin Gussie, alors que la voiture approchait. Je savais pas que vous étiez flic.

– Non, vous pensiez que j'étais juste un client.

– Exact. Et je suis obligé d'obéir aux ordres du patron.

Il lui tendit la main. Du coin de l'œil, Bosch guettait sa voiture. Il prit la main de Gussie et d'un geste brusque, il attira le colosse vers lui, et dans le même mouvement, il lui décocha un coup de genou dans le bas-ventre. Gussie laissa échapper un « oumpf » et se plia en deux. Bosch lui lâcha la main pour rabattre brutalement les pans de sa veste sur sa tête, lui coinçant les bras en même temps. Pour finir, il releva son genou sous la veste et le sentit percuter le visage de Gussie. Le colosse tomba à la renverse sur le capot d'une Corvette noire garée près de la porte du club, au moment où le voiturier jaillissait de la voiture de location de Bosch et se précipitait pour défendre son patron. Le Mexicain était plus âgé et plus petit que Bosch. Le combat serait trop inégal, et Bosch ne voulait pas s'en prendre à un témoin innocent. Il leva le doigt pour lui faire signe de rester sage.

– Non, dit-il.

Le Mexicain analysa la situation, pendant que Gussie poussait des grognements sous sa veste de smoking. Finalement, le voiturier leva les mains en l'air et recula, permettant à Bosch d'accéder à sa voiture.

– Il y a au moins quelqu'un qui sait faire le bon choix ici, dit-il en se glissant derrière le volant.

A travers le pare-brise, il vit le corps de Gussie glisser lentement sur le capot de la Corvette et tomber sur le trottoir. Le voiturier courut vers lui.

Au moment de déboucher dans Madison, il jeta un coup d'œil dans son rétroviseur. Le voiturier tirait Gussie par sa veste de smoking. Bosch aperçut le sang sur la chemise blanche du videur.

Il était bien trop énervé pour rentrer se coucher à l'hôtel. De plus, un sale mélange d'émotions pesait sur ses épaules. La vision de cette femme nue dansant devant lui l'obsédait. Il ne la connaissait pas, et pourtant, il avait l'impression d'avoir violé l'intimité de son univers. Il était également furieux contre lui-même d'avoir frappé cette brute de Gussie. Mais surtout, ce qui le dérangeait le plus était le sentiment d'avoir agi comme un imbécile. Il s'était rendu dans cette boîte de strip-tease pour avoir des renseignements sur Layla, et il n'avait rien obtenu. Au mieux, il pensait savoir maintenant ce qu'étaient et d'où provenaient les paillettes dorées retrouvées dans les revers du pantalon de Tony Aliso et dans la douche. Ce n'était pas suffisant. Il devait rentrer à L.A. le lendemain matin, et il avait les mains vides.

Arrêté à un feu rouge à l'entrée du Strip, il alluma une cigarette, puis sortit son carnet et l'ouvrit à la page sur laquelle il avait noté l'adresse fournie par Felton un peu plus tôt dans la soirée.

Dans Sands Boulevard, il bifurqua vers l'est et, au bout d'un kilomètre environ, atteignit la résidence où vivait Eleanor Wish. C'était un vaste ensemble d'immeubles portant des numéros. Il lui fallut un certain temps pour trouver celui qu'il cherchait et deviner ensuite quel était l'appartement d'Eleanor. Il demeura assis dans sa voiture quelques instants, en fumant et en observant ses fenêtres éclairées. Il n'était pas sûr de ce qu'il faisait, ni de ce qu'il désirait.

Cinq ans plus tôt, Eleanor Wish lui avait fait connaître le meilleur et le pire. Elle l'avait trahi, lui avait fait courir un grave danger et lui avait sauvé la vie. Elle avait fait l'amour avec lui. Et puis, les choses avaient mal tourné. Malgré tout, il avait souvent pensé à elle ; le vieux coup de blues du « et si jamais… ». Malgré le temps, elle continuait à l'obséder. Certes, elle s'était montrée très froide avec lui ce soir, mais il était persuadé que son obsession était réciproque. Eleanor était son double, il l'avait toujours pensé.

Il descendit de voiture, jeta sa cigarette consumée et alla frapper à sa porte. Elle vint ouvrir rapidement, presque comme si elle l'attendait. Lui ou quelqu'un d'autre.

– Comment m'as-tu trouvée ? Tu m'as suivie ?

– Non. J'ai juste passé un coup de téléphone.

– Qu'est-ce que tu as à la lèvre ?

– Ce n'est rien. Tu ne m'invites pas à entrer ?

Elle recula pour le laisser passer. C'était un petit appartement, avec peu de meubles. On avait l'impression qu'elle y ajoutait des éléments au fur et à mesure, en fonction de ses moyens. La première chose qu'il remarqua fut la reproduction des *Oiseaux de nuit* de Hopper accrochée au mur au-dessus du canapé. Cette peinture faisait toujours vibrer en lui une corde sensible. Il possédait la même reproduction. Eleanor la lui avait offerte cinq ans plus tôt. Un cadeau de rupture.

Il reporta son regard sur elle. Leurs yeux se croisèrent, et il comprit que tout ce qu'elle lui avait raconté précédemment n'était qu'une façade. Il s'approcha, posa sa main dans son cou et promena son pouce sur sa joue. Il la dévisagea de près. Son visage était résolu, déterminé.

– Cette fois, ça fait longtemps pour moi, murmura-t-elle.

Il se souvint alors qu'il lui avait dit la même chose le soir où ils avaient fait l'amour ensemble pour la première fois. Il y avait une éternité, se dit Bosch. Que suis-je en train de faire ? Peut-on recommencer après tant de temps passé, tant de changements ?

Il l'attira contre lui, ils s'étreignirent et s'embrassèrent longuement, puis, sans dire un mot, elle l'entraîna vers la chambre où elle déboutonna son chemisier et fit rapidement glisser son jean. Elle se plaqua de nouveau contre lui et ils s'embrassèrent pendant qu'elle faisait remonter ses mains sur sa chemise, l'ouvrait et collait sa peau nue contre la sienne. Ses cheveux sentaient la fumée des tables de jeu, mais en arrière-plan, il y avait le parfum qui lui rappelait le jacaranda et, une fois de plus, il repensa aux arbres devant la fenêtre d'Eleanor, cinq ans auparavant. Il se souvint qu'ils répandaient une neige violette sur le sol.

Ils firent l'amour avec une fougue que Bosch pensait ne plus posséder. Ce fut un acte physique douloureux, violent, dénué d'amour, provoqué et alimenté uniquement, lui sembla-t-il, par le désir, et peut-être aussi le souvenir. Une fois qu'il eut joui, elle l'attira vers elle, en elle, à coups de reins saccadés, jusqu'à ce qu'elle aussi atteigne le plaisir et se relâche totalement. C'est ensuite seulement, dans le moment de lucidité qui survient toujours après, qu'ils eurent honte de leur nudité, de cet accouplement d'une férocité bestiale ; ils se regardaient maintenant comme des êtres humains.

– J'ai oublié de te poser la question, dit-elle. Tu n'es pas marié, j'espère ?

Elle ricana. Il se pencha pour récupérer sa veste par terre et sortir ses cigarettes.

– Non. Je vis seul.

– J'aurais dû m'en douter. Harry Bosch, le solitaire. Oui, j'aurais dû m'en douter.

Elle lui souriait dans le noir. Il s'en aperçut quand l'allumette s'enflamma. Il alluma une cigarette et la lui proposa. Eleanor secoua la tête.

– Combien y a-t-il eu de femmes depuis ? Dis-le-moi.

– Je ne sais pas, pas beaucoup. Il y en a eu une avec qui je suis resté un an. C'était l'histoire la plus sérieuse.

– Que s'est-il passé ?

– Elle est allée vivre en Italie.

– Pour de bon ?

– Comment savoir ?

– Si tu ne sais pas, c'est qu'elle ne reviendra pas. Pas pour toi en tout cas.

– Oui, je sais. C'est fini depuis longtemps déjà.

Comme il restait muet, elle lui demanda quelles avaient été les autres femmes.

– Une artiste peintre que j'ai rencontrée en Floride, au cours d'une enquête. Ça n'a pas duré longtemps. Et après, toi de nouveau.

– Pourquoi ça n'a pas marché ?

Bosch secoua la tête, comme pour chasser cette question. Reprendre la liste de ses amours malheureuses ne lui procurait aucun plaisir.

– L'éloignement, je suppose, dit-il. Ça ne pouvait pas durer. Je ne pouvais pas quitter L.A., elle ne pouvait quitter l'endroit où elle vivait.

Eleanor se pencha pour l'embrasser sur le menton. Il savait qu'il était mal rasé.

– Et toi ? demanda-t-il. Tu vis seule ?

– Oui… Le dernier homme avec qui j'ai fait l'amour était un flic. Il était doux, mais très fort. Je ne parle pas sur le plan physique. Dans la vie. C'était il y a longtemps. A cette époque, nous avions tous les deux des plaies à panser. Nous nous sommes soignés mutuellement…

Ils se regardèrent longuement dans l'obscurité, puis elle se rapprocha de lui. Juste avant que leurs bouches se rejoignent, elle murmura :

– Beaucoup de temps a passé.

Il repensa à ces mots pendant qu'elle l'embrassait et l'obligeait à se recoucher sur les oreillers. Elle le chevaucha et se mit à onduler du bassin, en douceur. Ses cheveux vinrent encadrer le visage de Harry, et il se retrouva dans une totale obscurité. Il fit courir ses mains sur sa peau chaude, de ses hanches à ses épaules, puis en dessous, pour caresser ses seins. Il sentait l'humidité du désir d'Eleanor sur son ventre, mais c'était prématuré pour lui.

– Qu'y a-t-il, Harry ? lui demanda-t-elle dans un murmure. Tu veux te reposer ?

– Je ne sais pas.

Il ne cessait de penser à ces paroles. Beaucoup de temps a passé. Trop peut-être. Elle continuait à onduler sur lui.

– Je ne sais pas ce que je veux, dit-il. Et toi, Eleanor, que veux-tu ?

– Juste le plaisir. On a bousillé tout le reste, il ne nous reste que ça.

Au bout d'un moment, Harry retrouva ses moyens, et ils firent de nouveau l'amour. Eleanor était extrêmement silencieuse, ses mouvements réguliers et doux. Elle resta assise sur lui, penchée au-dessus de son visage, respirant par petites bouffées saccadées. Vers la fin, alors qu'il essayait de se retenir, pour l'attendre, il sentit une larme tomber sur sa joue. Alors, il étala les larmes sur le visage d'Eleanor avec son pouce.

– Ce n'est rien, Eleanor, ce n'est rien.

A son tour, elle posa une main sur son visage, le caressant dans le noir telle une aveugle. Rapidement, ils se rejoignirent dans cet instant que rien au monde ne peut ébranler. Ni les mots ni les souvenirs. Il n'étaient que tous les deux. Avec leur plaisir.

Il dormit par intermittence presque jusqu'à l'aube. Eleanor dormait à poings fermés, la tête appuyée sur son épaule, mais quand il avait la chance de sombrer dans le sommeil, ça ne durait jamais longtemps. Il passa presque toute la nuit à contempler l'obscurité grise, en respirant l'odeur de leur transpiration et du sexe, en se demandant dans quelle voie il venait de s'embarquer.

A six heures, il s'extirpa de l'étreinte inconsciente d'Eleanor et s'habilla. Une fois prêt à s'en aller, il la réveilla avec des baisers et lui annonça qu'il devait partir.

– Je dois rentrer à L.A. aujourd'hui, mais j'ai envie de revenir te voir dès que possible.

Elle acquiesça, à moitié endormie.

– OK, Bosch, j'attendrai.

Dehors, enfin, il faisait frais. Il alluma sa première cigarette du jour en regagnant sa voiture. En débouchant dans Sands Boulevard pour remonter vers le Strip, il découvrit la lumière dorée que le soleil projetait sur les montagnes à l'ouest de la ville.

Le Strip était encore illuminé par un million de néons, bien que la foule sur les trottoirs se soit considérablement réduite à cette heure. Malgré tout, Bosch fut subjugué et intimidé par ce spectacle de lumières. De toutes les couleurs et de toutes les formes imaginables, c'était un gigantesque entonnoir d'incitation à la cupidité qui brûlait vingt-quatre heures sur vingt-quatre. Las Vegas ressemblait à une pute de Sunset Boulevard à Hollywood. Même les hommes heureux en mariage lui jetaient un regard, ne serait-ce qu'une seconde en passant, pour se faire une idée du monde qui les entourait, ou se donner des idées. Las Vegas, c'était pareil. Il y avait là une attirance viscérale. Une promesse effrontée d'argent et de sexe. Mais dans le premier cas, il s'agissait d'une promesse non tenue, un mirage, quant au second, il était rempli de danger, de dépenses, de risques physiques et mentaux. C'était là que se trouvait le véritable jeu dans cette ville.

En entrant dans sa chambre, Bosch constata que le voyant de la messagerie clignotait. Il appela le standard de l'hôtel où on lui apprit qu'un certain capitaine Felton avait appelé à une heure, puis une nouvelle fois à deux heures, et qu'une dénommée Layla lui avait téléphoné à quatre heures. Aucune de ces deux personnes n'avait laissé de message. Bosch raccrocha en fronçant les sourcils. Il était trop tôt pour appeler Felton. Mais c'était surtout l'appel de Layla qui l'intriguait. Si c'était la véritable Layla qui avait appelé, comment savait-elle où le joindre ?

Sans doute par l'intermédiaire de Rhonda, se dit-il. L'autre soir, quand il avait appelé du bureau de Tony Aliso à Hollywood, il avait demandé à Rhonda de lui indiquer le chemin en partant du Mirage. Peut-être en avait-elle parlé à Layla. Mais pour quelle raison celle-ci l'avait-elle appelé ? Peut-être ignorait-elle que Tony était mort avant que Rhonda lui apprenne la nouvelle.

Quoi qu'il en soit, il décida de garder Layla sous le coude pour l'instant. Grâce à l'investigation financière entreprise par Kizmin Rider à L.A., le centre de l'affaire semblait s'être déplacé. Certes, il était important d'interroger Layla, mais, en priorité, il devait rentrer à L.A. Reprenant le téléphone, il appela la compagnie Southwest et réserva une place sur le vol de dix heures trente à destination de L.A. Cela lui laisserait le temps de contacter Felton, puis d'aller interroger le concessionnaire où, d'après Rider, Tony Aliso louait ses voitures, tout en étant de retour au commissariat de Hollywood pour l'heure du déjeuner.

Il se déshabilla et prit une longue douche brûlante pour se débarrasser de toute la sueur de la nuit. Il se noua ensuite une serviette autour de la taille et en utilisa une autre pour essuyer la buée sur la glace et pouvoir se raser. Il constata alors que sa lèvre inférieure avait enflé d'un côté, et que sa moustache ne parvenait pas à y masquer une grosseur de la taille d'une bille. Il avait les yeux cernés et rougis. En sortant de sa trousse de toilette le flacon de Visine, il se demanda ce qu'Eleanor avait pu lui trouver de séduisant.

En retournant dans la chambre pour s'habiller, il fut accueilli par un homme qu'il n'avait jamais vu et qui était assis dans le fauteuil près de la fenêtre. Il tenait à la main un journal, qu'il posa en voyant Bosch entrer dans la pièce, seulement vêtu d'une serviette.

– Bosch, c'est bien ça ?

Bosch tourna la tête vers la commode et vit que son arme était toujours posée dessus. Elle était plus proche du type assis dans le fauteuil, mais Bosch pensait pouvoir l'atteindre en premier.

– Du calme, dit l'homme. On est dans le même camp. Je suis flic. Police urbaine de Las Vegas. C'est Felton qui m'envoie.

– Qu'est-ce que vous foutez dans ma chambre ?

– J'ai frappé, pas de réponse. J'ai entendu le bruit de la douche. J'ai demandé à un ami en bas de me faire entrer. J'avais pas envie d'attendre dans le couloir. Habillez-vous. Je vous mettrai au courant ensuite.

– Faites voir votre insigne.

L'homme se leva et avança vers Bosch, en sortant de sa poche intérieure de veste un porte-cartes, avec un air blasé. Il ouvrit son porte-cartes pour lui montrer rapidement son insigne et sa carte d'identité.

– Iverson. Police urbaine. C'est le capitaine Felton qui m'envoie.

– Qu'est-ce qui justifie que Felton ordonne qu'on s'introduise dans ma chambre par effraction ?

– Je ne suis pas entré par effraction, c'est clair ? On vous a appelé toute la nuit, sans résultat. Pour commencer, on voulait s'assurer que tout allait bien. Deuxièmement, le capitaine veut vous faire participer à l'arrestation, et il m'a envoyé à votre recherche. Faut se grouiller, mon vieux. Habillez-vous.

– Quelle arrestation ?

– C'est ce que j'essaye de vous expliquer, si vous voulez bien vous habiller pour qu'on puisse y aller. Vous avez décroché le jackpot avec les empreintes que vous nous avez apportées.

Bosch le dévisagea un instant, puis il alla chercher un pantalon et des sous-vêtements dans la penderie. Il retourna dans la salle de bains pour s'habiller. En revenant dans la chambre, il ne dit qu'un mot à Iverson :

– Parlez.

Il finit lentement de s'habiller pendant qu'Iverson commençait son explication.

– Joey Marks, vous connaissez ?

Bosch réfléchit ; ce nom lui disait vaguement quelque chose, répondit-il, mais sans plus.

– Joseph Marconi. On le surnomme Joey Marks. Dans le temps, du moins, avant qu'il essaye de se donner un air respectable. Maintenant, c'est Joseph Marconi. On l'a appelé Joey Marks à cause de sa spécialité : il laisse des marques sur tous ceux qui le contrarient, ou qui se dressent sur son chemin.

– Qui est-ce ?

– C'est l'homme de l'Organisation, ici à Vegas. Vous savez ce qu'on appelle l'Organisation, je suppose ?

– Oui, c'est la mafia de Chicago. Ils contrôlent, ou du moins ont leur mot à dire sur tout ce qui se passe à l'ouest du Mississippi. Y compris Las Vegas et Los Angeles.

– Vous avez suivi des cours de géographie, hein ? Tant mieux, ça m'évitera de vous faire un topo complet sur la situation. Vous avez déjà la liste des joueurs.

– Dois-je comprendre que les empreintes relevées sur la veste de la victime sont celles de Joey Marks ?

– Faut pas rêver, mon vieux. Mais ce sont celles d'un de ses acolytes et ça, c'est un vrai cadeau du ciel. On embarque ce type aujourd'hui même, dès huit heures, au sortir du plumard. On va le retourner, on va se le mettre dans la poche, et grâce à lui, on atteindra enfin Joey Marks. Ça fait presque dix ans que ce type nous pourrit la vie.

– Vous n'oubliez pas quelque chose ?

– Non, je ne crois pas... Ah si, bien sûr, nous vous adressons tous nos remerciements, à vous et au LAPD.

– Non. Vous oubliez que c'est mon enquête. Pas la vôtre. Qu'est-ce qui vous fait croire que vous pouvez embarquer ce type sans me prévenir ?

– On a essayé de vous joindre, je vous l'ai dit.

Iverson semblait vexé.

– Et alors ? Vous n'arrivez pas à me joindre, donc vous continuez sur votre lancée ?

Iverson ne répondit pas. Bosch acheva de lacer ses chaussures et se redressa, prêt à partir.

– Allons-y. Conduisez-moi auprès de Felton. Vous êtes vraiment incroyables, les gars.

Dans l'ascenseur, Iverson déclara que les objections de Bosch concernant ce plan étaient enregistrées, mais qu'il était trop tard pour tout arrêter. Ils se rendaient à un poste de commandement dans le désert, et de là, ils gagneraient le domicile du suspect, situé près des montagnes.

– Où est Felton ?

– Il est déjà sur place, au poste de commandement.

– Parfait.

Iverson garda le silence pendant presque tout le trajet, ce qui permit à Bosch de réfléchir aux derniers développements de cette affaire. Tout à coup, il comprenait que Tony Aliso blanchissait peut-être de l'argent pour le compte de Joey Marks. Dans ce cas, Marks était le fameux M. X dont avait parlé Rider. Mais la situation avait tourné au vinaigre. Le futur contrôle fiscal mettait en danger la combine, et par conséquent, Joey Marks lui-même. Ce dernier avait réagi en éliminant le blanchisseur.

Le scénario plaisait à Bosch, mais certains détails ne collaient pas. Comme par exemple le cambriolage du bureau d'Aliso deux jours après sa mort. Pourquoi avoir attendu tout ce temps, et pourquoi le cambrioleur n'avait-il pas emporté tous les dossiers ? S'ils permettaient d'établir des liens entre ces sociétés bidon et Joey Marks, ces dossiers pouvaient se révéler aussi dangereux pour lui qu'Aliso. Bosch en vint à se demander si le meurtrier et le cambrioleur n'étaient pas une seule et même personne. Apparemment pas.

– Comment s'appelle ce type, celui dont les empreintes correspondent ?

– Luke Goshen. On a ses empreintes dans notre fichier parce qu'il a été obligé de les donner pour obtenir l'autorisation de tenir une des boîtes de strip-tease de Joey. La licence est au nom de Goshen. De cette façon, Joey reste en dehors du coup et ne se salit pas les mains. Mais plus maintenant. Ces empreintes accusent Goshen de meurtre, et ça signifie que Joey n'est pas loin derrière.

– Attendez une minute, comment s'appelle ce club ?

– Le Dolly. C'est...

– A Las Vegas nord. Nom de Dieu !

– Quoi ? J'ai dit quelque chose ?

– Ce Goshen, on le surnommerait pas Lucky ?

– Désormais, ça m'étonnerait. Sa chance l'a abandonné, on dirait. Vous le connaissez ?

– J'ai fait la connaissance de ce connard hier soir.

– Vous vous foutez de moi.

– Le dernier coup de téléphone passé du bureau d'Aliso à L.A. était destiné au Dolly. J'ai découvert qu'Aliso fréquentait cet endroit et qu'il sortait avec une des danseuses de la boîte. Je suis allé jeter un œil hier soir, et ça s'est mal fini. Goshen a chargé un de ses sbires de s'occuper de moi.

Bosch lui montra sa lèvre enflée.

– Je me demandais justement ce qui vous était arrivé. Qui vous a arrangé comme ça ?

– Gussie.

– Cette ordure de Big John Flanagan ? On va lui embarquer son gros cul à lui aussi.

– John Flanagan ? Gussie, ça vient d'où alors ?

– C'est le videur le plus élégant de toute la région. A cause du smoking. Il est toujours tiré à quatre épingles pour aller bosser. D'où son surnom. J'espère que vous lui avez rendu la monnaie de sa pièce pour ce qu'il vous a fait à la lèvre.

– Nous avons eu une petite discussion sur le parking avant que je parte.

Iverson éclata de rire.

– Vous me plaisez, Bosch. Vous êtes un coriace.

– Moi, je ne suis pas sûr de vous apprécier, Iverson. Je n'apprécie pas que vous essayiez de me piquer mon affaire, vos collègues et vous.

– Tout le monde y trouvera son compte. Vous allez boucler votre enquête, et nous, on va envoyer à l'ombre deux enfoirés de première. Les autorités de cette ville seront aux anges.

– On verra.

– Ce n'est pas tout, ajouta Iverson. On enquêtait déjà sur un tuyau concernant Lucky avant que vous débarquiez.

– Quel tuyau ?

– On a reçu un appel anonyme. Il est arrivé dimanche au poste. Le type n'a pas voulu donner son nom, mais il a raconté qu'il était dans une boîte de strip-tease la nuit précédente et qu'il avait entendu deux gars parler d'un assassinat. L'un des deux a appelé l'autre Lucky.

– Rien d'autre ?

– Juste un truc comme quoi le type serait enfermé dans le coffre de sa bagnole avant de se faire buter.

– Felton était au courant de ça quand je suis allé le voir hier ?

– Non, c'était pas encore remonté jusqu'à lui. Il l'a su hier soir, après avoir appris que les empreintes que vous aviez apportées correspondaient à celles de Goshen. Un gars de la brigade avait reçu l'appel ; il s'apprêtait à enquêter. Il allait balancer un avis. Cela aurait fini par atterrir chez vous à L.A., et vous auriez rappliqué. Disons que vous êtes arrivé en avance.

Ils avaient quitté l'immense agglomération urbaine de Las Vegas et la chaîne de montagnes couleur chocolat se dressait maintenant devant eux. Ici et là, on apercevait quelques groupes de maisons formant des taches éparses. Des habitations construites à l'écart et qui attendaient d'être rejointes par la ville. Bosch était déjà venu jusque-là autrefois, au cours d'une enquête, pour se rendre chez un flic à la retraite. Il avait eu l'impression de traverser un no man's land ; ça n'avait pas changé.

– Parlez-moi de Joey Marks, dit-il. Vous dites qu'il essaye de devenir respectable ?

– Non, il essaye de paraître respectable. Ce n'est pas la même chose. Un type comme lui ne rentrera jamais dans la légalité. Il aura beau changer de nom et faire le ménage autour de lui, ce sera toujours une brebis galeuse.

– Quel est son domaine ? A en croire les médias, la pègre a été chassée de Vegas pour laisser place à la bonne famille américaine.

– Oui, j'ai entendu la chanson. C'est la vérité. Vegas a beaucoup changé en dix ans. A l'époque où je suis entré à la brigade, vous pouviez quasiment choisir n'importe quel casino et vous mettre au boulot. Ils avaient tous des liens avec la Mafia. Quand ce n'était pas la direction, c'étaient les fournisseurs, ou les syndicats, n'importe quoi. Tout est propre maintenant. La « Ville du péché » est devenue un vrai Disneyland. Il y a plus de toboggans que de bordels désormais. Je crois que je préférais comme c'était avant. Il y avait plus de piquant, si vous voyez ce que je veux dire.

– Oui, je vois.

– Enfin bref, le plus important, c'est qu'on a chassé la mafia des casinos à quatre-vingt-dix-neuf pour cent. C'est déjà une bonne chose. Malgré tout, il reste encore ce qu'on appelle les « activités annexes ». Et c'est là que Joey entre en scène. Il dirige une chaîne de clubs de strip-tease huppés, principalement à Las Vegas nord, car la nudité et l'alcool sont tolérées là-bas, et le fric se trouve dans l'alcool. Pas facile de contrôler ce commerce. On le soupçonne de détourner plusieurs millions de dollars par an, uniquement sur la recette des boîtes. On a demandé au fisc de fourrer le nez dans ses livres de comptes, mais il est trop malin.

« On pense qu'il possède également des parts dans plusieurs bordels situés dans le nord. Sans oublier, bien évidemment, les habituelles activités d'usurier et de receleur. Il dirige aussi un bureau de paris et perçoit une taxe sur presque tout ce qui bouge en ville. Les services de call-girls, les peep-shows et ainsi de suite. C'est le roi. Il est interdit d'accès dans tous les casinos, car il figure sur la liste rouge de la commission, mais peu importe. Il est le roi malgré tout.

– Comment peut-il diriger un bureau de paris dans une ville où il suffit d'entrer dans n'importe quel casino pour parier sur n'importe quel sport, n'importe quelle course, n'importe où ?

– Faut de l'argent pour ça. Avec Joey, pas besoin. Il prend quand même vos paris. Mais si par malheur vous perdez, vous avez intérêt à trouver du fric rapidement, sinon vous êtes mal barré. N'oubliez pas d'où lui vient son surnom. Il suffit de préciser que ses employés maintiennent la tradition. C'est comme ça qu'il exerce son emprise sur les gens. Il s'arrange pour en faire ses débiteurs, et ensuite, ils sont obligés de lui refiler une partie de ce qu'ils possèdent, qu'il s'agisse d'une usine de peinture à Dayton ou n'importe quoi d'autre.

– Par exemple, une société qui produit des films minables à L.A.

– Oui, par exemple. C'est comme ça que ça fonctionne. Ils le laissent prendre une part de la société ou bien ils se retrouvent avec deux jambes cassées, ou pire. Il y a encore des gens qui disparaissent à Vegas, Bosch. De l'extérieur, on ne voit que des volcans, des pyramides ou des bateaux de pirates, mais à l'intérieur, il fait toujours assez sombre pour que des gens disparaissent.

Bosch se pencha pour monter un peu la climatisation. Le soleil était déjà haut dans le ciel et le désert commençait à ressembler à une fournaise.

– C'est rien, dit Iverson. Attendez un peu qu'il soit midi. Dehors, je vous en parle pas. On va dépasser les quarante, facile.

– Revenons-en à l'air de respectabilité de Joey.

– Comme je vous le disais, il a des participations dans tout le pays. Des parcelles d'entreprises légales qu'il obtient grâce à ses différentes escroqueries. Et il réinvestit. Il blanchit tout le fric que lui rapportent ses entreprises et l'injecte dans des trucs parfaitement légaux, et même dans des œuvres de charité. Il possède des commerces de voitures, un country-club sur la côte est, et même toute une aile d'un hôpital qui porte le nom d'un de ses gamins, mort noyé dans une piscine. Dans le journal, on le voit couper des rubans lors de cérémonies d'inauguration. Croyez-moi, Bosch, soit on fait tomber ce type, soit on lui file les clés de la ville, et franchement je ne sais pas ce qui est préférable.

Iverson secoua la tête.

Après quelques minutes de silence, ils arrivèrent à destination. Iverson pénétra à l'intérieur d'une caserne de pompiers et roula jusque derrière, là où plusieurs autres voitures de la police attendaient, entourées d'hommes tenant à la main des gobelets en carton contenant du café. Parmi eux se trouvait le capitaine Felton.

Bosch avait oublié d'emporter un gilet pare-balles et dut en emprunter un à Iverson. On lui donna également un blouson en

Nylon sur lequel on pouvait lire LVPD [1], en énormes lettres jaunes sur la poitrine.

Réunis autour de la Ford Taurus de Felton, les hommes répétaient le plan en attendant le renfort des policiers en tenue. Le mandat serait appliqué conformément à la législation de Las Vegas, expliqua le capitaine. Autrement dit, une équipe d'agents en uniforme devait être présente au moment où ils enfonceraient la porte.

Entre-temps, Bosch avait eu une discussion « amicale » avec Felton. Les deux hommes étaient entrés à l'intérieur de la caserne pour chercher du café pour Bosch, et celui-ci avait passé un savon au capitaine pour la manière dont celui-ci avait réagi en apprenant que les empreintes fournies par Bosch étaient celles de Lucky Luke Goshen. Felton singea la contrition et déclara qu'à partir de maintenant Bosch participerait à toutes les décisions. Dès lors, Bosch ne pouvait que céder. Il avait obtenu ce qu'il souhaitait, en théorie du moins. Il ne lui restait plus qu'à s'assurer que Felton respecterait sa promesse.

Outre Bosch et Felton, quatre autres policiers étaient réunis autour de la voiture. Tous appartenaient au MCU, la brigade de lutte contre le crime organisé de la police urbaine. Il y avait là Iverson et son équipier, un certain Cicarelli, et une autre équipe composée de Baxter et Parmelee. La MCU était placée sous le commandement de Felton, mais, en réalité, c'était Baxter qui dirigeait les opérations. C'était un Noir au crâne dégarni, avec quelques touffes de cheveux gris sur les tempes. Doté d'une puissante musculature, il arborait une expression qui semblait dire : je ne veux pas d'emmerdes. Il faisait à Bosch l'impression d'un homme habitué à la violence.

Ils connaissaient déjà la maison de Luke Goshen. En les écoutant plaisanter, Bosch devina que ce n'était pas la première fois qu'ils surveillaient cet endroit. La maison était située à un peu plus d'un kilomètre de la caserne de pompiers, et Baxter était déjà allé y faire un saut, un peu plus tôt, pour s'assurer que la Corvette noire de Goshen était bien garée sous l'auvent.

– Vous avez un mandat ? demanda Bosch.

Il voyait déjà le juge annuler toute la procédure pour cause d'intrusion illégale au domicile du suspect.

– Les empreintes étaient plus que suffisantes pour obtenir un mandat de perquisition et d'arrêt, lui répondit Felton. On est allés le chercher chez le juge ce matin à la première heure. De plus, on avait notre tuyau, dont Iverson vous a certainement parlé.

1. LVPD : Las Vegas Police Department *(NdT).*

– Écoutez. Ses empreintes étaient sur la victime, mais ça ne veut pas dire qu'il a fait le coup. Il n'y a pas de quoi bâtir une accusation. On agit trop précipitamment. Mon type s'est fait descendre à L.A. Je n'ai rien qui prouve que Luke Goshen était là-bas. Votre tuyau ? C'est de la rigolade. Vous avez reçu un coup de téléphone anonyme, et alors ? Ça ne veut rien dire.

Tous les regards se braquèrent sur Bosch, comme s'il avait roté en plein bal des débutantes.

– Allons boire un autre café, Harry, dit Felton.

– Non merci.

– Allons-y quand même.

Il posa sa main sur l'épaule de Bosch et l'entraîna vers le bâtiment. A l'intérieur, devant le comptoir de la cuisine où se trouvait une grosse cafetière, Felton se servit un autre gobelet avant de dire ce qu'il avait à dire :

– Écoutez, Harry, il faut jouer le jeu. C'est une occasion en or, pour nous et pour vous.

– Je sais. Mais justement : je ne veux pas tout faire foirer. Pourquoi ne pas attendre qu'on soit sûrs de notre coup ? C'est mon enquête, capitaine, et vous continuez à tenir les rênes.

– Je croyais que nous avions réglé ce problème.

– Je le croyais aussi, mais autant pisser dans un violon.

– Écoutez-moi bien, inspecteur. On va débouler chez ce type, on va l'embarquer, fouiller sa baraque et l'enfermer dans une petite pièce. Je vous garantis que si c'est pas notre homme, il vous donnera le nom du coupable. Et il nous refilera Joey Marks par la même occasion. Allons, Harry, ne faites pas votre mauvaise tête.

Il décocha un coup de poing dans l'épaule de Bosch et ressortit sur le parking. Bosch lui emboîta le pas quelques secondes plus tard. Il savait qu'il se lamentait sans raison. On trouvait les empreintes d'un individu sur un cadavre, on embarquait cette personne. C'était comme ça. On s'occupait des détails ensuite. Mais Bosch n'aimait pas jouer les spectateurs. Voilà ce qui le chagrinait, il en était conscient. Il avait envie de diriger les opérations. Mais ici, dans le désert, il était comme un poisson hors de l'eau, qui s'agite vainement sur le sable. Il savait qu'il aurait dû contacter Billets, mais il était trop tard pour qu'elle intervienne et il n'aimait pas l'idée de la réveiller pour lui annoncer qu'il avait laissé échapper l'enquête.

La voiture de patrouille, avec deux policiers en uniforme à l'intérieur, était arrivée lorsque Bosch ressortit du bâtiment pour replonger dans la fournaise.

– OK, dit Felton. On est tous là. En selle ! On va chercher ce salopard.

Ils arrivèrent à destination en cinq minutes. Goshen habitait une maison qui se dressait au milieu du paysage aride, dans Desert View Avenue. La bâtisse était grande, mais n'avait rien de particulièrement ostentatoire. Le seul élément insolite, c'était le porche en béton et le mur qui entourait la propriété. La maison était située au milieu de nulle part, et malgré tout son propriétaire éprouvait le besoin de dresser un mur de protection tout autour.

Ils s'arrêtèrent sur le bas-côté et descendirent de voiture. Baxter était venu avec du matériel. Du coffre de sa Caprice, il sortit deux échelles télescopiques qui leur serviraient à franchir le mur près du porche. Iverson fut le premier à l'escalader. Arrivé au faîte, il installa la deuxième échelle de l'autre côté du mur, mais hésita avant de descendre dans le jardin.

– Quelqu'un a aperçu des chiens ?

– Non, aucun, répondit Baxter. J'ai vérifié ce matin.

Iverson descendit et les autres le rejoignirent de l'autre côté du mur. En attendant son tour, Bosch regarda autour de lui ; il aperçut la frontière de néons du Strip à plusieurs kilomètres de là, vers l'est. Au-dessus, le ciel était une boule de néon rouge. La chaleur était devenue étouffante et l'air aussi sec et râpeux que du papier de verre. Bosch repensa au stick pour les lèvres, parfumé à la cerise, qui était dans sa poche, et qu'il avait acheté à la boutique de l'hôtel. Mais il ne voulait pas l'utiliser devant les flics d'ici.

Après avoir franchi le mur, et tandis qu'il s'approchait de la maison en suivant les autres, il jeta un coup d'œil à sa montre. Il était presque neuf heures, pourtant la maison semblait inhabitée. Aucun mouvement, aucun bruit, aucune lumière, rien. Tous les rideaux étaient fermés.

– Hé, vous êtes sûrs qu'il est là, au moins ? demanda-t-il à Baxter à voix basse.

– Oui, vous inquiétez pas, lui répondit Baxter sans prendre la peine de murmurer. J'ai sauté par-dessus le mur à six heures du mat' pour toucher le capot de la Corvette. Il était chaud. Il venait de rentrer. A cette heure-ci, il dort, vous pouvez me croire. Neuf heures du mat' pour ce type, c'est comme quatre heures pour des gens normaux.

Bosch tourna la tête en direction de la Corvette. Il se souvint de l'avoir vue la veille au soir. En continuant son tour d'inspection, il constata que tout le terrain entouré par les murs était recouvert d'un épais gazon verdoyant. Cela devait coûter une fortune à planter, et encore plus à arroser. La propriété semblait posée en plein désert comme une serviette sur une plage. Bosch fut arraché à son émerveillement par un bruit violent au moment où Iverson décochait un grand coup de pied dans la porte d'entrée.

Arme au poing, Bosch et les autres suivirent Iverson dans l'obscurité de la maison. Ils entrèrent en poussant les cris habituels : « Police ! Pas un geste ! » Et s'engouffrèrent dans un couloir sur la gauche. Bosch suivit les faisceaux lumineux des torches électriques. Presque immédiatement, il entendit des hurlements de femmes, puis une lumière s'alluma dans une pièce au fond du couloir.

Le temps qu'il y arrive, il découvrit Iverson agenouillé sur un grand lit, braquant son Smith & Wesson à canon court à quelques centimètres du visage de Luke Goshen. Le colosse que Bosch avait rencontré la veille au soir était enveloppé dans ses draps en satin noir et semblait réagir avec le même calme que Magic Johnson lorsqu'il tire des lancers francs décisifs. Il prit même le temps de jeter un coup d'œil au plafond pour observer le reflet de la scène dans le miroir.

Les deux femmes, en revanche, étaient beaucoup moins calmes. Nues l'une et l'autre, elles étaient debout de chaque côté du lit, oubliant leur nudité, mais en proie à la plus grande frayeur. Finalement, Baxter les calma en hurlant à pleins poumons : « Vos gueules ! »

Il fallut encore attendre quelques instants pour que le silence s'installe. Personne n'osait bouger. Bosch n'avait pas quitté Goshen des yeux. Celui-ci représentait le seul danger dans cette pièce. Il sentit que les autres flics, qui s'étaient dispersés pour envahir et fouiller la maison, venaient d'entrer à leur tour dans la pièce derrière lui, accompagnés des deux agents en tenue.

– A plat ventre, Luke ! ordonna enfin Iverson. Vous, les filles, habillez-vous. Exécution !

Une des deux femmes protesta :

– Vous n'avez pas le…

– Ta gueule ! brailla Iverson. Ou tu retournes en ville à poil. A toi de choisir.

– Je ne…

– Randy ! rugit Goshen d'une voix caverneuse. Ferme ta gueule et habille-toi. Ils t'emmèneront nulle part. Toi aussi, Harm.

Instinctivement, tout le monde, à l'exception de Goshen, tourna la tête vers la fille qu'il avait appelée ainsi. Elle semblait peser dans les quarante-cinq kilos. Elle avait de fins cheveux blonds, des seins qui auraient tenu dans des tasse à café et un anneau doré planté dans les lèvres du vagin. La peur avait effacé toute trace de beauté de son visage.

– Harmony, murmura-t-elle, comprenant la cause de cette confusion.

– Habille-toi, Harmony, dit Felton. Toutes les deux. Tournez-vous contre le mur et habillez-vous.

– Ramassez leurs fringues et foutez-les dehors ! dit Iverson.

Harmony était en train d'enfiler son jean lorsqu'elle s'arrêta pour regarder les deux hommes qui lançaient des ordres contradictoires.

– Alors, on fait quoi ? demanda Randy d'un ton agacé. Faudrait voir à vous mettre d'accord !

– Foutez-les dehors ! hurla Iverson. Vite !

Les agents en tenue se précipitèrent pour faire sortir les deux filles nues.

– C'est bon, on sort ! dit Randy. Pas touche !

Iverson tira d'un coup sec sur les draps qui couvraient Goshen et entreprit de le menotter dans le dos. Les longs cheveux blonds du gangster étaient attachés en une fine queue de cheval tressée très serré dans son dos. Bosch ne l'avait pas remarquée la veille.

– C'est quoi votre problème, Iverson ? demanda Goshen, la tête contre le matelas. Ça vous gêne de voir des petites chattes autour de vous ? Vous êtes pédé ou quoi ?

– Rends-toi service, Goshen, ferme ta sale gueule.

Goshen répondit à cette menace par un éclat de rire. C'était un type extrêmement bronzé, et il paraissait encore plus costaud que dans le souvenir que Bosch avait gardé de lui. Ses bras ressemblaient à des jambons. L'espace d'un court instant, Bosch crut comprendre son désir de coucher avec deux femmes. Et pourquoi celles-ci acceptaient volontiers d'y aller à deux.

Goshen mima un bâillement pour qu'on comprenne bien que tout cela le laissait indifférent. Il ne portait qu'un petit slip noir, assorti aux draps. Il avait des tatouages dans le dos. Un signe 1 % sur l'omoplate gauche, le logo Harley-Davidson sur celle de droite. Son biceps gauche s'ornait d'un autre tatouage : le chiffre 88.

– C'est quoi, ton QI ? demanda Iverson en lui tordant le bras d'un geste brusque.

– Allez vous faire foutre, Iverson, vous et votre mandat à la con.

Bosch connaissait la signification de ce tatouage. Il l'avait suffisamment vu à L.A. La huitième lettre de l'alphabet était le H. 88 signifiait en réalité HH, l'abréviation de Heil Hitler. Cela voulait dire que Goshen fréquentait les Suprématistes blancs. Mais la plupart des connards que Bosch avait rencontrés et qui arboraient de semblables tatouages les avaient fait faire en prison et il avait du mal à imaginer que Goshen ait effectué un séjour derrière les barreaux sans avoir de casier. S'il en avait eu un, son nom serait apparu lorsqu'ils avaient rentré dans l'ordinateur de l'AFIS les empreintes prélevées sur la veste de Tony Aliso. Il mit de côté cette contradiction lorsque Goshen parvint à tourner la tête pour le regarder.

– Hé, vous ! lui lança Goshen. C'est vous qu'on devrait arrêter. Après ce que vous avez fait à Gussie.

Bosch se pencha sur le lit pour répondre.

– Il ne s'agit pas d'hier soir. Il s'agit de Tony Aliso.

Iverson retourna brutalement Goshen sur le dos.

– De quoi vous me parlez, bordel ? demanda Goshen d'un ton furieux. J'ai rien à voir là-dedans, moi. Qu'est-ce que...

Il voulut se redresser en position assise, mais Iverson l'obligea à se rallonger.

– Du calme, dit-il. On écoutera ta version des faits plus tard. Pour l'instant, on va jeter un petit coup d'œil dans la maison.

Il sortit le mandat de sa poche et le laissa tomber sur la poitrine de Goshen.

– Tiens, le voilà, ton mandat à la con.

– Je peux pas le lire.

– Ce n'est pas ma faute si tu ne voulais plus aller à l'école.

– Tenez-le-moi.

Iverson l'ignora et s'adressa aux autres.

– Séparons-nous, et voyons ce qu'on a d'intéressant ici. Harry, vous vous chargez de cette pièce, OK ? Vous tiendrez compagnie à notre ami.

– Entendu.

Iverson se tourna vers les deux policiers en uniforme.

– Je veux qu'un de vous reste ici. Vous restez dans un coin et vous ne quittez pas des yeux ce gros salopard.

Un des deux agents acquiesça, et tous les autres quittèrent la pièce. Bosch et Goshen se regardèrent.

– Je peux pas lire ce truc, dit Goshen.

– Je sais. Tu l'as déjà dit.

– C'est du bidon, tout ça. C'est pour m'emmerder. Vous n'avez rien contre moi parce que j'ai rien fait.

– Qui l'a fait à ta place, alors ? Gussie ?

– Non, personne, mec. Vous n'arriverez jamais à me coller ce truc sur le dos. Jamais de la vie. J'exige mon avocat.

– Dès que tu seras bouclé.
– Bouclé pour quoi ?
– Pour meurtre, Lucky.
Il continua à nier et à réclamer un avocat, tandis que Bosch, sans lui prêter attention, commençait à fouiller la pièce, en ouvrant les tiroirs de la commode. Régulièrement, il tournait la tête vers Goshen. Il avait l'impression de tourner autour d'un lion en cage. Il n'y avait pas de danger, mais il ne pouvait s'empêcher de rester vigilant. Il sentait que Goshen l'observait dans le miroir fixé au-dessus du lit. Quand le colosse se tut enfin, Bosch attendit un instant avant de lui poser des questions. Il le fit de manière nonchalante, en continuant à fouiller la pièce, comme s'il se fichait des réponses.
– Où étais-tu vendredi soir ?
– Je baisais votre mère.
– Elle est morte.
– Je sais. C'était pas le pied.
Bosch s'interrompit pour se retourner vers Goshen. Celui-ci attendait qu'il le frappe. Il réclamait cette violence. C'était un terrain qu'il connaissait.
– Alors, où étais-tu, Goshen ? Vendredi soir ?
– Faudra demander à mon avocat.
– On le fera. Mais tu peux répondre toi aussi.
– Je bossais au club. J'ai un boulot, je vous signale.
– Oui, je sais. Jusqu'à quelle heure tu as travaillé ?
– J'en sais rien. Quatre heures. Et ensuite, je suis rentré à la maison.
– Oui, d'accord.
– C'est la vérité.
– Où étais-tu ? Dans ton bureau ?
– Exact.
– Quelqu'un t'a vu ? Ça t'arrive de sortir avant quatre heures ?
– J'en sais rien. Faut demander à mon avocat.
– Ne t'en fais pas, on le fera.
Bosch reprit la fouille en ouvrant la porte de la penderie. On pouvait rentrer à l'intérieur, mais un tiers seulement de l'espace était occupé par des vêtements. Goshen n'aimait pas s'encombrer.
– C'est ça, allez-y ! lança Goshen du lit. Fouillez ! Regardez partout.
Bosch commença par retourner les deux paires de chaussures et les Nike alignées par terre. Il étudia le dessin des semelles, mais aucun ne ressemblait, même de loin, au motif dont on avait retrouvé

l'empreinte sur le pare-chocs de la Rolls et sur la hanche de Tony Aliso. Il jeta un coup d'œil par-dessus son épaule pour s'assurer que le colosse ne bougeait pas. Il était toujours allongé. Bosch s'intéressa alors à l'étagère fixée au-dessus de la tringle. Il descendit une boîte remplie de clichés 18X24. Des photos publicitaires de danseuses. Les filles n'étaient pas nues. Chacune d'elles prenait une pose provocante, vêtue de manière légère. Le nom des filles était imprimé sur la bordure blanche sous la photo, accompagné du nom « Top Mannequins » et d'un numéro de téléphone. Bosch devina qu'il s'agissait d'une agence locale qui fournissait des danseuses pour les clubs. Il fouilla dans la boîte jusqu'à ce qu'il y trouve une photo portant le nom de Layla.

Il observa la fille qu'il cherchait. Elle avait de longs cheveux châtains avec des reflets blonds, une silhouette épanouie, des yeux sombres et des lèvres épaisses. Sur la photo, celles-ci étaient juste assez entrouvertes pour laisser apparaître un soupçon de dents blanches. C'était une jolie fille, et elle avait quelque chose de familier, sans qu'il puisse dire quoi. D'ailleurs, songea-t-il, l'aspect familier était peut-être le secret de cette attirance perverse que semblaient exercer toutes ces filles sur les photos et celles qu'il avait vues hier soir.

Il ressortit de la penderie avec la boîte et la laissa tomber sur la commode. Il brandit la photo de Layla.

– C'est quoi toutes ces photos, Lucky ?

– C'est toutes les filles avec qui je suis sorti. Qu'est-ce que vous dites de ça, poulet ? Vous en avez eu autant ? Je parie que la plus moche du paquet est mille fois mieux que la plus belle de celles que vous vous êtes tapées.

– Tu veux qu'on fasse un concours de bites, aussi ? Je suis content de savoir que tu en as bien profité, Lucky, car c'est fini pour toi. Évidemment, tu pourras encore baiser ou te faire baiser. Mais ce ne sera plus avec des femmes, voilà ce que je dis.

Goshen garda le silence. Il réfléchissait à cette perspective. Bosch reposa la photo sur la commode, à côté de la boîte.

– Écoutez, Bosch, dites-moi ce que vous cherchez, je vous dirai ce que je sais, et on pourra régler cette affaire. Vous êtes à côté de la plaque, les gars. J'ai rien à me reprocher, alors finissons-en, arrêtons de perdre notre temps.

Bosch ne répondit pas. Il retourna dans la penderie et se hissa sur la pointe des pieds pour voir s'il y avait autre chose sur l'étagère. Oui. Un petit torchon plié comme un mouchoir. Il s'en empara et le déplia. Le torchon était maculé de graisse. Il le porta à son nez et reconnut immédiatement l'odeur.

Ressortant de la penderie, il lança le torchon qui atterrit sur le visage de Goshen, avant de glisser sur le lit.

– Et ça ?

– Je sais pas. C'est quoi ?

– Un torchon avec des taches de graisse d'arme à feu. Où est l'arme ?

– J'ai pas d'arme, et ce machin n'est pas à moi. Je l'ai jamais vu.

– D'accord.

– Ça veut dire quoi, ce d'accord ? J'ai jamais vu ce putain de torchon !

– Ça veut dire d'accord, Goshen. Rien de plus. Ne sois pas si nerveux.

– Facile à dire avec vous autres qui me fourrez votre nez dans le cul.

Bosch se pencha vers la table de chevet. Il ouvrit le tiroir du haut, y trouva un paquet de cigarettes vide, des boucles d'oreilles en perles et une boîte de préservatifs intacte.

– Tu sais, Goshen, il ne suffit pas de les acheter pour se protéger. Il faut les enfiler.

Il ouvrit le tiroir du bas. Vide.

– Depuis combien de temps vis-tu ici ?

– J'ai emménagé juste après avoir foutu ta frangine dehors. Je l'ai mise sur le trottoir. Aux dernières nouvelles, elle vendait son cul dans Fremont, devant le Cortez.

Bosch se redressa et le regarda. Goshen souriait. Il cherchait à provoquer une réaction. Il voulait contrôler la situation, même menotté sur un lit. Même si ça devait lui coûter un peu de sang.

– Ma mère pour commencer, maintenant ma sœur. A qui le tour ensuite ? Ma femme ?

– J'ai des projets pour elle aussi. Je vais...

– La ferme, d'accord ? Ça ne marche pas. Tu ne m'auras pas. Tu ne peux pas m'atteindre, alors garde tes forces.

– Personne n'est inaccessible, Bosch. N'oublie jamais ça.

Bosch l'observa encore un instant, avant de pénétrer dans la salle de bains attenante à la chambre. C'était une grande pièce avec baignoire et cabine de douche séparées, agencée de manière presque semblable à la salle de bains de la chambre de Tony Aliso au Mirage. Les toilettes se trouvaient dans une petite pièce à part, de la taille d'un placard, derrière une porte à lattes. C'est par là qu'il commença.

Rapidement, il souleva le couvercle du réservoir sans rien découvrir. Avant de remettre en place le dessus en porcelaine, il se pencha sur la cuvette pour regarder entre le mur et le réservoir. Ce qu'il aperçut alors l'incita à appeler immédiatement l'agent de police qui montait la garde dans la chambre.

– Oui, inspecteur ?

Il paraissait n'avoir même pas vingt-cinq ans. Sa peau noire avait des reflets presque bleutés. Ses mains étaient appuyées sur sa ceinture, dans une posture décontractée, la droite à quelques centimètres de son arme. La pose standard. La plaque fixée sur sa poche de poitrine indiquait : Fontenot.

– Jetez un coup d'œil derrière le réservoir, Fontenot.

Le jeune flic fit ce qu'on lui demandait, sans prendre la peine d'ôter ses mains de sa ceinture.

– C'est quoi ? demanda-t-il.

– Je pense que c'est une arme. Reculez-vous, je vais la récupérer.

Bosch glissa la main dans l'espace de quelques centimètres entre le mur et le réservoir des toilettes. Ses doigts se refermèrent sur un sac en plastique fixé au dos du réservoir avec un épais ruban adhésif gris. Il parvint à arracher le sac et à l'extraire. Il le tint à bout de bras pour que Fontenot le voie bien. Le sac contenait un pistolet en acier bleuté muni d'un silencieux de six centimètres.

– Un .22 ? demanda Fontenot.

– Exact. Allez chercher Felton et Iverson.

– J'y vais.

Bosch sortit de la salle de bains derrière Fontenot. Il tenait le sac contenant l'arme comme un pêcheur tient un poisson par la queue. En entrant dans la chambre, il ne put s'empêcher de sourire à Goshen, dont les yeux s'écarquillèrent de manière flagrante.

– C'est pas à moi ! s'exclama-t-il immédiatement. C'est un coup monté, salopard ! J'ai pas… J'exige mon avocat immédiatement, enfoiré !

Bosch ne prêta pas attention à ses paroles, mais observa son expression. Il vit quelque chose briller dans ses yeux. Ça ne dura qu'une seconde, puis Goshen se ressaisit. Ce n'était pas de la peur. La peur n'était pas une chose que Goshen aurait laissé transparaître dans son regard. Bosch était persuadé d'avoir discerné autre chose. Mais quoi ? Il regarda encore Goshen, en attendant de voir réapparaître cette expression. Était-ce de la confusion ? De la déception ? Les yeux de Goshen ne trahissaient plus rien. Mais Bosch croyait avoir identifié sa réaction. Ce qu'il avait vu, c'était de l'étonnement.

Iverson, Baxter et Felton envahirent la pièce. Ils virent le pistolet et Iverson poussa un cri de triomphe.

– Sayonara, baby !

Sa joie se lisait sur son visage. Bosch expliqua comment et où il avait découvert l'arme.

– Ah, ces connards de gangsters ! s'exclama Iverson en regardant Goshen. Ils croient que les flics n'ont jamais vu *Le Parrain* ? Pour qui tu l'as planqué, Goshen ? Michael Corleone ?

– Je veux mon avocat, nom de Dieu !

– Tu vas l'avoir, ton avocat ! Allez, debout, minable. Habille-toi, on va faire un tour.

Bosch le tint en respect avec son arme pendant qu'Iverson lui ôtait une de ses menottes. Puis tous les deux braquèrent leur arme sur Goshen, tandis qu'il enfilait un jean, des bottes et un T-shirt noirs – T-shirt taillé pour un homme beaucoup plus petit.

– Vous vous croyez forts quand vous êtes nombreux, dit-il en s'habillant. Si vous vous attaquiez à moi d'homme à homme, je peux vous assurer qu'il y aurait de la casse.

– Allez, Goshen, on n'a pas toute la journée, lui répondit Iverson.

Quand il fut habillé, ils lui remirent les menottes et le fourrèrent à l'arrière de la voiture d'Iverson. Ce dernier enferma l'arme dans le coffre et ils retournèrent tous dans la maison. Au cours d'une brève réunion organisée dans le vestibule, il fut décidé que Baxter et deux autres inspecteurs resteraient pour finir de fouiller la maison.

– Et les filles ? demanda Bosch.

– Les agents les surveilleront jusqu'à ce que les gars aient terminé, dit Iverson.

– Oui, mais dès qu'ils seront partis elles vont sauter sur le téléphone. Et on va avoir l'avocat de Goshen sur le dos avant même d'avoir commencé.

– Je m'en occupe. Goshen n'a qu'une seule voiture ici, hein ? Où sont les clés ?

– Sur le comptoir de la cuisine, lui répondit un des inspecteurs.

– OK. On se barre, déclara Iverson.

Bosch traversa la cuisine dans son sillage, le vit empocher au passage les clés qui se trouvaient sur le comptoir, et ils sortirent sous l'auvent qui abritait la Corvette. Il y avait là un petit atelier de bricolage avec des outils suspendus à un râtelier. Iverson choisit une pelle et fit le tour de la maison pour se rendre dans le jardin de derrière.

Bosch le suivit. Iverson dénicha l'endroit où la ligne du téléphone, provenant d'un poteau planté dans la rue, était reliée à la maison. Il leva la pelle et, d'un coup violent, il sectionna le câble.

– C'est fou comme le vent souffle fort en plein désert, dit-il en guise de commentaire.

Du regard, il balaya les alentours.

– Ces filles n'ont ni bagnole ni téléphone. La baraque la plus proche est à un kilomètre, la ville à huit. J'ai l'impression qu'elles vont rester sages un petit moment. Ça nous laisse du temps. Tout le temps qu'il nous faut.

A la manière d'un joueur de base-ball qui frappe dans la balle, Iverson expédia la pelle par-dessus le mur de la propriété, dans les fourrés. Sur ce, il retourna vers le devant de la maison et sa voiture.

– Votre avis ? demanda Bosch.

– Mon avis, c'est que plus ils sont gros, plus la chute est brutale. Goshen est à nous, Harry. Et à vous.

– Je parlais du flingue.

– Quoi, le flingue ?

– Je m'interroge... Ça me paraît trop simple.

– Personne n'a jamais dit que les criminels étaient forcément intelligents. Goshen ne l'est pas. Il a simplement eu de la chance. Mais c'est fini.

Bosch acquiesça, mais il n'était toujours pas convaincu. Ce n'était pas une question d'intelligence. Les criminels agissaient par habitudes, par instinct. Là, ça n'avait aucun sens.

– J'ai vu quelque chose dans ses yeux quand il a aperçu le pistolet. Comme s'il était aussi surpris que nous de le voir.

– Peut-être. Peut-être aussi que c'est un bon comédien. Et peut-être que c'est même pas le bon flingue. Vous allez l'emporter avec vous pour les analyses. Essayez d'abord de savoir si c'est le bon, ensuite on se préoccupera de savoir si c'est trop facile ou pas.

Bosch alluma une cigarette.

– J'ai l'impression de passer à côté de quelque chose.

– Écoutez, Harry, vous voulez boucler votre enquête, oui ou non ?

– Évidemment.

– Alors, emmenons-le et enfermons-le dans une pièce, on verra bien ce qu'il a à nous dire.

Ils étaient arrivés à la voiture. Bosch s'aperçut qu'il avait laissé la photo de Layla dans la maison. Il dit à Iverson de faire chauffer le moteur, il en avait pour une minute. En revenant avec la photo et en montant dans la voiture, il se retourna vers Goshen assis sur la banquette arrière. Un filet de sang coulait du coin de sa bouche. Bosch se tourna vers Iverson, qui souriait.

– Il a dû se cogner en montant. Ou bien il s'est fait mal volontairement pour faire croire que c'est moi qui l'ai frappé.

Goshen ne dit rien, et Bosch regarda devant lui. Iverson démarra. Ils reprirent la direction de la ville. La température grimpait rapidement, et Bosch sentait déjà la sueur lui coller la chemise dans le dos. La climatisation peinait pour combattre la chaleur qui s'était accumulée à l'intérieur de la voiture pendant qu'ils étaient dans la maison. L'air était aussi sec que de vieux os. Finalement, Bosch sortit son stick et le frotta sur ses lèvres tuméfiées. Peu importe ce que pensaient Iverson ou Goshen.

Ils conduisirent Goshen dans le bureau des inspecteurs, en empruntant un ascenseur de service dans lequel Goshen péta bruyamment. Bosch et Iverson l'entraînèrent ensuite dans un couloir, jusqu'à une salle d'interrogatoire à peine plus large que des toilettes publiques. Là, ils l'attachèrent avec des menottes à l'anneau en fer rivé au centre de la table, et ils l'abandonnèrent. Au moment où Iverson s'apprêtait à refermer la porte, Goshen lui cria qu'il exigeait de passer un coup de téléphone.

Bosch constata que les bureaux de la brigade étaient quasiment déserts, tandis qu'ils se dirigeaient vers le bureau de Felton.

– Il y a un enterrement ? demanda-t-il. Où sont-ils passés ?

– Ils sont partis embarquer les autres.

– Quels autres ?

– Le capitaine a voulu qu'on coffre aussi votre ami, Gussie, histoire de lui foutre la trouille. Et ils vont ramener la fille.

– Layla ? Ils l'ont trouvée ?

– Non, pas elle. Celle dont vous cherchiez l'adresse hier soir. Celle qui jouait au poker avec votre victime au Mirage. Figurez-vous qu'elle a un casier !

– Eleanor Wish ? Vous allez arrêter Eleanor Wish ?

Il n'attendit même pas la réponse d'Iverson. Il le planta là pour se précipiter dans le bureau de Felton. Le capitaine était au téléphone et Bosch fit nerveusement les cent pas devant lui en attendant qu'il raccroche. Felton lui montra la porte, mais Bosch secoua la tête. Il vit le feu couver dans le regard de Felton, tandis qu'il annonçait à son correspondant qu'il était obligé de raccrocher.

– Je ne peux pas vous parler maintenant, dit-il. Mais ne vous inquiétez pas, nous avons les choses en main. Je vous rappelle.

Il raccrocha et leva les yeux vers Bosch.

– Qu'y a-t-il ?

– Appelez vos hommes. Dites-leur de laisser Eleanor Wish tranquille.

– De quoi parlez-vous ?

– Elle n'a rien à voir dans cette histoire. Je me suis renseigné hier soir.

Felton se pencha en avant et croisa ses mains devant lui ; il réfléchissait.

– Quand vous dites « je me suis renseigné », qu'est-ce que ça signifie exactement ?

– Que je l'ai interrogée. Elle connaissait à peine la victime, rien d'autre. Elle est clean.

– Savez-vous qui est cette femme, Bosch ? Je veux dire, connaissez-vous ses antécédents ?

– C'est une ex-agent du FBI affectée à la brigade des cambriolages de banques, à L.A. Elle a été envoyée en prison il y a cinq ans, condamnée pour sa participation à une série de braquages de coffres-forts d'établissements bancaires. Ça n'a rien à voir avec notre histoire, capitaine, elle est clean, je vous le répète.

– Je pense qu'il serait intéressant de la laisser marner un peu, avant qu'un des mes gars l'interroge encore une fois. Juste pour être sûr.

– Je suis déjà sûr. Écoutez, je...

Se tournant vers la porte du bureau, Bosch vit Iverson qui rôdait dans les parages, pour entendre ce qui se disait. Il retourna fermer la porte, puis il prit une chaise contre le mur, s'assit juste devant le bureau de Felton et se pencha vers lui.

– Écoutez, capitaine. J'ai connu Eleanor Wish à L.A. J'ai enquêté sur cette affaire de coffres-forts. Je... nous n'étions pas simplement collègues. Puis les choses se sont dégradées et elle a foutu le camp. Je ne l'avais pas revue depuis cinq ans quand je l'ai reconnue sur la vidéo de surveillance du Mirage. C'est pour ça que je vous ai appelé hier soir. Je voulais lui parler, mais pas au sujet de l'enquête. Elle n'est pas dans le coup. Elle a purgé sa peine, elle n'a rien à se reprocher. Rappelez vos hommes.

Felton garda le silence. Bosch le voyait réfléchir.

– J'ai passé presque toute la nuit à bosser sur cette affaire. Je vous ai appelé à votre hôtel une demi-douzaine de fois pour vous tenir au courant, mais vous n'étiez pas dans votre chambre. Je suppose que vous ne voulez pas me dire où vous étiez.

– Non.

Felton réfléchit à nouveau, puis secoua la tête.

– Impossible. Je ne peux pas la laisser filer maintenant.

– Pourquoi donc ?

– Apparemment, il y a une chose que vous ignorez à son sujet.

Bosch ferma les yeux un instant, comme un enfant qui s'attend à recevoir une gifle de sa mère en colère, et qui se prépare.

– Qu'est-ce que j'ignore ?

– Si elle connaissait à peine votre victime, elle connaît beaucoup mieux Joey Marks et sa bande.

C'était encore pire que ce qu'il redoutait.

– Que voulez-vous dire ?

– J'ai prononcé son nom devant quelques-uns de mes hommes hier soir, après votre appel. Elle figure dans un de nos dossiers. A de nombreuses reprises, elle a été vue en compagnie d'un dénommé Terrence Quillen qui travaille pour Goshen, qui lui-même travaille pour Marks. A de nombreuses reprises, inspecteur Bosch. D'ailleurs, j'ai envoyé une équipe à la recherche de Quillen. Pour voir ce qu'il a à nous raconter.

– « En compagnie de », ça veut dire quoi ?

– Uniquement pour affaires, semble-t-il. D'après les rapports.

Bosch avait l'impression d'avoir reçu un coup de poing. C'était impossible. Il avait passé la nuit avec cette femme. Un sentiment de trahison grandissait en lui, mais un sixième sens, plus profond, lui disait qu'Eleanor ne mentait pas, qu'il s'agissait d'un énorme quiproquo.

On frappa à la porte, Iverson glissa la tête par l'entrebâillement.

– Juste pour vous signaler que les gars sont revenus, chef. Ils coffrent tout le monde dans les salles d'interrogatoire.

– OK.

– Vous avez besoin de quelque chose ?

– Non, tout va bien. Fermez la porte.

Après le départ d'Iverson, Bosch se retourna vers le capitaine.

– Elle est en état d'arrestation ?

– Non, nous lui avons demandé de se présenter de son plein gré.

– Laissez-moi lui parler en premier.

– Ça ne me semble pas être une bonne idée.

– Je me fous de savoir si c'est une bonne idée ou pas. Laissez-moi lui parler. Si elle veut se confier à quelqu'un, ce sera à moi.

Après un moment de réflexion, Felton finit par hocher la tête.

– OK, allez-y. Je vous donne un quart d'heure.

Bosch aurait dû le remercier, mais il ne le fit pas. Il se leva rapidement et se dirigea vers la porte.

– Inspecteur Bosch ?

Harry se retourna avant de sortir.

– Je ferai ce que je peux pour vous sur ce coup-là. Mais c'est un gros sacrifice, vous comprenez ?

Bosch sortit du bureau sans répondre. Felton manquait de tact. Il allait sans dire que Bosch lui était désormais redevable. Mais Felton n'avait pas pu s'empêcher de le lui dire.

Dans le couloir, Bosch passa devant la première salle d'interrogatoire où ils avaient enfermé Goshen, et ouvrit la porte de la deuxième salle. Gussie Flanagan était attaché à la table. Son nez déformé ressemblait à une pomme de terre nouvelle. Il avait des morceaux de coton hydrophile enfoncés dans les narines. Il regarda Bosch avec ses yeux injectés de sang et l'expression de son visage indiqua qu'il l'avait reconnu. Bosch ressortit et referma la porte sans dire un mot.

Eleanor Wish était derrière la troisième porte. Les cheveux en bataille. Visiblement, les hommes de la police urbaine l'avaient tirée du lit. Mais dans ses yeux brillait l'éclat sauvage et vigilant de l'animal pris au piège et Bosch sentit son sang se glacer.

– Harry ! Qu'est-ce qui se passe ?

Il referma rapidement la porte et entra dans la pièce exiguë, posa sa main sur son épaule d'un geste rassurant et s'installa sur la chaise en face d'elle.

– Je suis désolé, Eleanor.

– Hein ? C'est à cause de toi ?

– Hier, quand je t'ai vue sur les vidéos du Mirage, j'ai demandé à Felton, le capitaine de la police urbaine, de me donner ton numéro de téléphone et ton adresse, car tu es sur liste rouge. Il l'a fait. Mais, sans que je le sache, il a interrogé l'ordinateur et a ressorti ton dossier. Et ensuite, de son propre chef, il a ordonné à ses hommes de t'embarquer ce matin. C'est lié à l'affaire Tony Aliso.

– Je te l'ai déjà dit, je ne le connaissais pas. J'ai juste bu un verre avec lui une fois. Et parce que je me suis retrouvée assise à la même table de jeu que lui, ils m'arrêtent ?

Elle détourna la tête. Le désespoir se lisait sur son visage. Désormais, ce serait toujours ainsi, elle le savait. A cause du casier judiciaire qu'elle traînait derrière elle.

– Je suis obligé de te poser une question. Je veux régler cette histoire pour te faire sortir d'ici.

– Quoi ?

– Parle-moi de ce type, Terrence Quillen.

Il vit la stupeur dans son regard.

– Quillen ? Qu'est-ce qu'il… il est suspect ?

– Tu connais les règles, Eleanor. Je ne peux rien dire. C'est à toi de parler. Réponds simplement à ma question. Connais-tu Terrence Quillen, oui ou non ?

– Oui.

– Comment l'as-tu rencontré ?

– C'est lui qui m'a abordée, il y a environ six mois, au moment où je sortais du Flamingo. J'étais ici depuis quatre ou cinq mois. Je débutais, je jouais au poker six soirs par semaine à cette époque-là. Il m'a abordée, et il m'a expliqué la situation, à sa manière. Curieusement, il savait plein de choses sur moi. Qui j'étais, et aussi que je sortais de prison. Il m'a expliqué qu'il y avait une taxe. Je devais la payer, tous les gens d'ici la payaient, et si je refusais, j'aurais des ennuis. Mais il a dit que si je payais, il me protégerait. Il serait là si jamais j'avais des problèmes. Tu vois le topo : du racket pur et simple.

A ce moment-là, elle craqua et fondit en larmes. Bosch dut faire appel à toute sa volonté pour ne pas se lever et la serrer dans ses bras pour essayer de la réconforter.

– J'étais seule, reprit-elle. J'avais peur. Alors, j'ai payé. J'ai payé toutes les semaines. Je n'avais pas le choix. Je ne savais pas quoi faire d'autre, je n'avais nulle part où aller.

– Les salauds, grommela Bosch.

Il se leva, se glissa de l'autre côté de la table et prit Eleanor par les bras. Il la plaqua contre lui, puis déposa un baiser sur son front.

– Il ne t'arrivera rien, murmura-t-il. Je te le promets, Eleanor.

Il la tint contre lui pendant quelques instants, en l'écoutant sangloter, jusqu'à ce que la porte s'ouvre, laissant apparaître Iverson. Il mâchonnait un cure-dents.

– Foutez le camp, Iverson.

L'inspecteur referma lentement la porte.

– Je suis désolée, dit Eleanor. Je te mets dans la merde.

– Non, c'est ma faute. Entièrement ma faute.

Quelques minutes plus tard, il était de retour dans le bureau de Felton. Le capitaine leva la tête, sans rien dire.

– Elle filait du fric à Quillen pour avoir la paix. Deux cents dollars par semaine. Ça s'arrête là. Racket banal. Elle ne sait rien sur rien.

Elle s'est retrouvée à la table de poker d'Aliso par hasard, pendant une heure vendredi dernier. Elle est clean, je vous l'ai dit. Relâchez-la. Prévenez vos hommes.

Felton se renversa dans son fauteuil, en tapotant sa lèvre inférieure avec l'extrémité d'un crayon. Pour bien lui montrer qu'il réfléchissait intensément.

– J'hésite, dit-il.

– OK, je vous propose un marché. Vous la relâchez et j'appelle mes collègues.

– Pour leur dire quoi ?

– Je leur dirai que j'ai bénéficié de l'excellente collaboration de la police urbaine, et qu'il serait bon de mener conjointement cette enquête. Je leur dirai qu'on va mettre le paquet sur Goshen et faire d'une pierre deux coups. On s'intéresse à Goshen et Joey Marks, car en dernier ressort, c'est forcément Marks qui a décidé du sort de Tony Aliso. Je leur dirai qu'il est préférable de laisser la police urbaine de Las Vegas mener les opérations sur place, car ils connaissent le terrain et ils connaissent Joey Marks. Marché conclu ?

Felton tapota un autre message codé sur sa lèvre, puis il se pencha en avant et tourna le téléphone posé sur son bureau vers Bosch.

– Tenez, appelez-les tout de suite, dit-il. Quand vous aurez eu votre supérieur, vous me le passerez. Je veux lui parler.

– C'est une femme.

– Peu importe.

Une demi-heure plus tard, Bosch conduisait une voiture banalisée appartenant à la police urbaine, Eleanor Wish recroquevillée sur le siège du passager. Le coup de téléphone au lieutenant Billets s'était suffisamment bien passé pour que Felton remplisse sa part du marché. Eleanor était désormais libre, mais le mal était fait. Elle avait réussi, péniblement, à prendre un nouveau départ, à se bâtir une nouvelle existence, mais on venait de saboter la confiance, la fierté et la sécurité qui lui servaient de fondations. Tout cela à cause de Bosch, et il le savait. Il conduisait en silence, incapable de trouver les mots qu'il fallait, ne sachant pas comment arranger les choses. Et il en souffrait, car c'était son désir le plus cher. Avant la soirée d'hier, il n'avait pas revu Eleanor depuis cinq ans, mais elle n'avait jamais quitté ses pensées les plus intimes, même quand il était en compagnie d'autres femmes. Il y avait toujours une voix, quelque part au fond de lui, qui lui murmurait qu'Eleanor Wish était différente des autres. Son âme sœur.

– Ils s'en prendront toujours à moi, dit-elle d'une petite voix.

– Quoi ?

– Tu te souviens du film avec Bogart où le flic dit : « Et vous me ramassez les suspects habituels » ? Eh bien, j'en fait partie maintenant. En prononçant cette phrase, c'est à moi qu'on pense. Je crois que je viens d'en prendre conscience. Dorénavant, je compte parmi les « suspects habituels ». Je devrais te remercier de m'avoir filé cette grande claque de réalité dans la gueule.

Bosch ne dit rien. Il ne savait pas quoi répondre, car elle avait raison.

En quelques minutes, ils arrivèrent devant chez elle. Bosch l'accompagna jusqu'à son appartement et la fit asseoir sur le canapé.

– Ça va aller ?

– Oui, ça ira.

– Quand tu pourras, vérifie qu'ils n'ont rien emporté.

– Il n'y a rien à emporter.

Bosch contempla la reproduction des *Oiseaux de nuit* sur le mur au-dessus d'elle. Le tableau représentait un café dans une rue déserte, la nuit. Un homme et une femme étaient assis côte à côte, un autre homme étant assis, lui aussi seul, un peu plus loin. Bosch s'était toujours identifié à ce troisième personnage. Maintenant, il observait le couple et s'interrogeait.

– Il faut que j'y retourne, Eleanor. Je reviendrai dès que possible.

– OK. Merci de m'avoir fait sortir, Harry.

– Tu es sûre que ça va aller ?

– Sûre.

– Parole ?

– Parole.

Dans les locaux de la police urbaine, Iverson attendait Bosch pour qu'ils puissent interroger Goshen. Felton avait consenti à laisser la priorité à Bosch. C'était toujours son enquête.

Dans le couloir, devant la salle d'interrogatoire, Iverson tapota le bras de Bosch pour l'arrêter avant qu'il n'entre.

– Écoutez, Bosch. Je veux juste vous dire que j'ignore ce qu'il y a au juste entre cette femme et vous, et ça ne regarde plus personne, je suppose, vu que le capitaine l'a laissée filer, mais étant donné qu'on va s'occuper tous les deux de Lucky, je tiens à jouer cartes sur table. Sachez que je n'ai pas apprécié la façon dont vous m'avez parlé, en me disant d'aller me faire foutre et ainsi de suite.

Bosch l'observa. Iverson avait encore un cure-dents dans la bouche, et Bosch se demanda si c'était toujours le même.

– Je ne connais même pas votre prénom, Iverson.

– John, mais on m'appelle Ivy.

– Eh bien, Iverson, sachez que je n'ai pas apprécié de vous voir fureter autour du bureau du capitaine et de la salle d'interrogatoire. A L.A., on a un nom pour désigner les flics qui fourrent leur nez partout, qui écoutent aux portes, bref, les connards. On les appelle des fouille-merde. C'est ce que vous êtes, un sale fouille-merde. Si vous continuez à me chercher des crosses à partir de maintenant, je vais voir immédiatement Felton et je vous cherche des crosses moi aussi. Je lui raconterai que je vous ai trouvé dans ma chambre ce matin. Et si ça ne suffit pas, je lui raconterai que j'ai gagné six cents dollars à la roulette hier soir, mais que le fric qui était sur la commode a disparu après votre passage. Alors on le fait, cet interrogatoire, oui ou non ?

Saisissant Bosch par le col, Iverson le plaqua contre le mur.

– Ne jouez pas au con avec moi, Bosch.

– Ne jouez pas au con avec moi… Ivy.

Un petit sourire se dessina sur le visage d'Iverson. Il lâcha Bosch et recula. Bosch arrangea sa chemise et sa cravate.

– Allons-y, cow-boy, dit Iverson.

Lorsqu'ils se glissèrent dans la pièce exiguë, Goshen les attendait les yeux fermés, les pieds posés sur la table et les mains derrière la tête. Bosch vit le regard d'Iverson se poser sur la plaque de métal arrachée, là où l'anneau permettait d'attacher les menottes à la table. Une bouffée de rage embrasa ses joues.

– Debout, connard ! ordonna Iverson.

Goshen se leva en tendant ses mains menottées. Iverson sortit ses clés et ouvrit une des deux menottes.

– Essayons encore une fois. Assis.

Lorsque Goshen fut assis, Iverson lui attacha les poignets dans le dos, en passant la chaîne des menottes à travers un des barreaux en acier du dossier de la chaise. Avec son pied, il tira une autre chaise et s'assit à côté du gangster. Bosch prit place en face de lui.

– OK, Houdini. Tu viens d'ajouter la destruction de biens publics à ta liste, déclara Iverson.

– Oh oh, c'est fort ça, Iverson. Super fort. Comme le jour où vous

vous êtes pointé au club et avez emmené Cindi dans le salon privé. Vous avez appelé ça un interrogatoire, je crois. Cindi, elle a appelé ça autrement. Alors, on fait quoi maintenant ?

La fureur empourprait le visage d'Iverson. Goshen gonfla fièrement la poitrine et sourit en voyant l'embarras de l'inspecteur.

Bosch enfonça la table dans l'abdomen de Goshen, et le colosse se plia en deux, le souffle coupé. Se levant d'un bond, Bosch contourna la table et sortit son porte-clés de sa poche. Se servant de son coude pour plaquer la poitrine de Goshen contre la table, il fit jaillir la lame de son canif, avec laquelle il coupa la queue de cheval du gangster. Après quoi, il regagna son siège, et quand Goshen se releva, il balança les quinze centimètres de cheveux sur la table devant lui.

– Les catogans ne sont plus à la mode depuis au moins trois ans, Goshen. Je parie que tu n'étais pas au courant.

Iverson s'esclaffa. Goshen observa Bosch avec ses yeux d'un bleu délavé et aussi peu animés que les boutons d'une machine. Il ne dit rien. Il montrait à Bosch qu'il savait encaisser. C'était un coriace. Mais Bosch savait qu'il ne pourrait pas encaisser éternellement. Personne ne le pouvait.

– Tu as un problème, Lucky, déclara Iverson. De gros problèmes. Tu...

– Hé, minute, minute ! Je parle pas avec vous, Iverson. Et je veux pas que vous m'adressiez la parole. Vous n'êtes qu'un minable. J'ai aucun respect pour les minables. C'est pigé ? Si quelqu'un doit me parler, ce sera lui.

D'un mouvement de tête, il désigna Bosch. Il s'ensuivit un moment de silence, durant lequel Bosch regarda alternativement les deux hommes.

– Allez vous chercher un café, dit Bosch sans regarder Iverson. On va se débrouiller.

– Non, je...

– Allez chercher un café.

– Vous êtes sûr ?

Iverson donnait l'impression d'être chassé du club du collège sous prétexte que les autres trouvaient qu'il n'y avait pas sa place.

– Oui, j'en suis sûr. Vous avez un document avec les droits du suspect ?

Iverson se leva. Il sortit de sa poche de veste une feuille cornée qu'il lança sur la table.

– Je serai derrière la porte.

Une fois seuls, Goshen et Bosch s'étudièrent un long moment avant que Bosch ne prenne la parole :

– Tu veux une cigarette ?

– Ne jouez pas au bon flic avec moi. Dites-moi juste ce que vous voulez.

Bosch répondit à cette rebuffade par un haussement d'épaules et se leva. Il passa derrière Goshen et sortit de nouveau ses clés. Cette fois, il ouvrit une des menottes. Goshen leva les mains devant lui et se massa les poignets pour faire repartir la circulation. Apercevant sa queue de cheval sur le bureau, il l'envoya dinguer d'un grand geste.

– Je vais vous dire une bonne chose, monsieur L.A. Je suis allé dans un endroit où on peut tout vous faire, où rien ne vous atteint. J'y suis allé et j'en suis revenu.

– Et alors ? Tout le monde est allé à Disneyland.

– Je ne parle pas de Disneyland. J'ai passé trois ans en cabane à Chihuahua. Ils ont pas réussi à me briser là-bas, c'est pas vous qui allez y arriver.

– Je vais te dire une bonne chose, moi aussi. J'ai tué un grand nombre de personnes dans ma vie. Je voulais juste que tu le saches, d'emblée. Si jamais l'occasion se représente, je n'hésiterai pas une seconde. Pas une seule. On ne joue pas au bon et au méchant flic, Goshen. Ça, c'est dans les films. Les films où les gangsters ont des queues de cheval, j'imagine. Ici, c'est la vraie vie. Pour moi, tu n'es qu'une grosse larve. Et je vais t'écraser. C'est une certitude. A toi de décider de quelle manière.

Goshen sembla réfléchir.

– Bien, les présentations sont faites. Je vous écoute. Je veux bien une clope maintenant.

Bosch posa ses cigarettes et ses allumettes sur la table. Goshen en alluma une. Bosch attendit qu'il ait tiré la première bouffée.

– Je dois d'abord te lire tes droits. Tu connais la routine.

Bosch déplia la feuille que lui avait laissée Iverson et lut ses droits à Goshen. Il lui demanda ensuite d'apposer sa signature sur le papier.

– Vous enregistrez l'interrogatoire ?

– Non, pas pour l'instant.

– Alors, c'est à quel sujet ?

– On a retrouvé tes empreintes sur le corps de Tony Aliso. Le flingue qu'on a découvert derrière les chiottes va être expédié à L.A. aujourd'hui. Les empreintes, c'est déjà excellent, vraiment excellent. Mais si les balles qu'on extrait du crâne de Tony correspondent à ce flingue, alors là, les jeux sont faits. Je me fous de savoir quel alibi ou quelles explications tu vas nous sortir, je me fous que ton avocat soit cet enfoiré de Johnny Cochran [1], tu ne seras plus seulement une grosse larve, tu seras une grosse larve morte !

– Ce flingue n'est pas à moi. C'est un coup monté, bordel ! Vous le savez, et moi aussi. Ça ne marchera pas votre truc, Bosch.

Bosch l'observa, en sentant son visage s'empourprer.

– Tu veux dire que c'est moi qui l'ai planqué ?

– Je dis seulement que j'ai vu le O. J. Simpson show. Les flics d'ici ne sont pas différents. Je ne sais pas si c'est vous, Iverson ou Dieu sait qui, mais ce flingue, c'est un coup monté ! Voilà ce que je dis !

Bosch fit glisser son doigt sur la table, attendant que sa colère se dissipe assez pour lui permettre de contrôler sa voix.

– Si tu t'accroches à cette explication à la con, dit-il, tu es mal barré. Tu vas en prendre pour dix ans, et au bout du compte, ils t'attacheront sur une chaise et ils te feront une piqûre dans le bras. Remarque, c'est mieux que la chambre à gaz. Ils sont sympa maintenant.

Bosch se renversa dans sa chaise, mais il n'y avait guère de place. Le dossier heurta le mur. Il sortit son stick à la cerise et s'en remit une couche sur les lèvres.

– Tu es à nous maintenant, Goshen. Tu n'as plus qu'une toute petite issue de secours. Disons que tu tiens entre tes mains une infime parcelle de destin.

– C'est quoi, cette issue de secours ?

– Tu le sais bien, tu sais de quoi je parle. Les types dans ton genre ne lèvent pas le petit doigt sans en avoir l'autorisation. Donne-nous le nom du type avec qui tu as exécuté le contrat, et celui du mec qui t'a demandé de balancer Tony dans le coffre. Si tu refuses ce marché, il n'y a plus de lumière au bout du tunnel.

Goshen poussa un soupir, en secouant la tête.

– J'ai rien fait. C'est pas moi !

Bosch ne s'attendait pas à une autre réponse. Ce n'était pas si facile. Il faudrait le miner peu à peu. Il se pencha au-dessus de la table, avec un air de conspirateur.

– Je vais te dire un truc pour te prouver que je ne te raconte pas des conneries. Peut-être que ça nous fera gagner du temps, et tu décideras ensuite du chemin que tu veux prendre.

– Je vous écoute. Mais ça changera rien.

---

1. Avocat qui obtint l'acquittement d'O. J. Simpson *(NdT)*.

– Vendredi soir, Anthony Aliso portait une veste en cuir noir. Tu t'en souviens ? Une veste avec des grands revers. C'est…

– Vous perdez votre…

– Tu l'as attrapé par le col, Goshen. Comme ceci.

Penché par-dessus la table, Bosch fit la démonstration, en se servant de ses deux mains pour saisir les revers imaginaires d'une veste que Goshen ne portait pas.

– Alors, tu t'en souviens ? Dis-moi encore que je perds mon temps. Tu t'en souviens, Goshen ? Tu l'as agrippé de cette façon. Alors, qui c'est qui raconte des bobards ?

Goshen secoua la tête, mais Bosch savait qu'il venait d'atteindre sa cible. Les yeux bleus délavés revoyaient la scène.

– C'est assez dingue, ajouta Bosch. Figure-toi que ce genre de cuir traité retient les acides aminés des empreintes digitales. C'est ce que m'a expliqué le gars du labo. On en a des jolies. Suffisantes pour convaincre le procureur ou le grand jury. Suffisantes pour me faire venir jusqu'ici. Suffisantes pour qu'on débarque chez toi et qu'on t'embarque.

Il se tut jusqu'à ce que Goshen lève les yeux vers lui.

– Et voilà qu'on retrouve cette arme chez toi. Va falloir qu'on attende les résultats de la balistique, si tu ne veux plus rien dire. Mais j'ai comme un pressentiment. Je suis prêt à parier gros.

Goshen abattit ses deux paumes sur la table en acier. Le bruit ressembla à un coup de feu, suivi de l'écho.

– C'est un coup monté. Vous avez mis…

Iverson fit irruption dans la pièce, l'arme au poing, braquée sur Goshen. Il balaya la scène avec le canon, comme un flic de série télé.

– Tout va bien ?

– Oui, répondit Bosch. Notre ami Goshen s'est mis un peu en colère, c'est tout. Donnez-nous encore quelques instants.

Iverson ressortit sans dire un mot.

– Bien joué, mais ça n'a pas marché, dit Goshen. Alors, et mon coup de téléphone ?

Bosch se pencha de nouveau au-dessus de la table.

– Tu peux téléphoner maintenant. Mais si tu téléphones, c'est fini pour toi. Car ça ne sera pas ton avocat. Ce sera celui de Joey. Il viendra pour te représenter, mais on sait bien, toi et moi, qu'en réalité, il cherchera à protéger Joey Marks.

Bosch se leva.

– Je crois qu'on va devoir se contenter de toi, reprit-il. On va tout miser sur toi.

– Sauf que vous n'avez rien contre moi, pauvre mec. Des empreintes ? Ça ne suffit pas. Le coup du flingue, c'est du bidon, et tout le monde s'en apercevra.

– Oui, on sait, tu n'arrêtes pas de le dire. Je saurai ce que j'ai besoin de savoir demain matin avec le rapport de balistique.

Bosch ne pouvait dire si ses paroles avaient été enregistrées, car Goshen réagit immédiatement.

– J'ai un alibi ! Vous pourrez jamais me coller ce truc sur le dos !

– Ah non ? Et c'est quoi, ton alibi ? Et d'abord, comment sais-tu quand Aliso s'est fait descendre ?

– Vous avez parlé de vendredi soir, pas vrai ? C'est donc ce soir-là.

– Je n'ai jamais dit ça.

Goshen demeura silencieux et immobile pendant trente secondes. Mais Bosch voyait qu'il réfléchissait à toute allure. Goshen avait conscience d'avoir franchi une limite avec ce qu'il venait de dire. Sans doute se demandait-il maintenant jusqu'où il pouvait s'aventurer. Bosch tira la chaise et se rassit.

– J'ai un alibi, je suis hors de cause.

– Ça, c'est à nous d'en décider. Alors, c'est quoi ta petite histoire ?

– Je la raconterai à mon avocat.

– Tu te fais du tort, Goshen. Tu n'as rien à perdre en me disant tout.

– A part ma liberté, c'est ça ?

– Je peux aller vérifier ton alibi. Peut-être qu'ensuite je m'intéresserai à ton histoire de coup monté.

– Ouais, c'est ça. C'est comme de confier la direction de la prison aux prisonniers. Je ne parlerai qu'à mon avocat, Bosch. Filez-moi un putain de téléphone !

Bosch se leva et lui fit signe de mettre ses bras dans le dos. Goshen s'exécuta et Bosch lui remit les menottes, avant de quitter la pièce.

Après que Bosch leur eut expliqué de quelle manière Goshen avait remporté le premier round, Felton demanda à Iverson d'apporter un téléphone dans la salle d'interrogatoire pour permettre au suspect d'appeler son avocat.

– On va le laisser mijoter un peu, dit Felton lorsqu'il se retrouva seul avec Bosch. On verra comment il réagit à cet avant-goût d'incarcération.

– Il m'a dit qu'il avait tiré trois ans au Mexique.

– Il raconte ça à tous ceux qu'il veut impressionner. C'est comme les tatouages. A l'époque où on s'est renseigné sur lui, quand il a débarqué ici, il y a deux ou trois ans, on n'a rien découvert concernant un quelconque séjour en prison au Mexique, et à notre connaissance il n'a jamais piloté une Harley, encore moins avec un gang de bikers. Je pense qu'une nuit passée en tôle va nous le ramollir. Et peut-être que pour le deuxième round, on aura le rapport de balistique.

Bosch lui dit qu'il devait appeler son supérieur pour connaître la marche à suivre au sujet de l'arme.

– Installez-vous dans un bureau vide, dit Felton. Faites comme chez vous. Je vais vous expliquer ce qui risque de se passer, et vous pourrez mettre votre lieutenant Billets au parfum. L'avocat qu'il va appeler est certainement Mickey Torrino. C'est l'as du barreau de Joey Marks. Il va s'opposer à l'extradition et réclamer simultanément la mise en liberté sous caution. Peu importe le montant. Tout ce qu'ils veulent, c'est le sortir de nos griffes et le récupérer, pour pouvoir prendre une décision.

– Laquelle ?

– Celle de le buter ou pas. Si Joey pense que Lucky risque de craquer, il l'emmènera quelque part dans le désert, et on ne le reverra plus jamais. Ni nous ni personne.

Bosch acquiesça.

– Appelez votre supérieur, et moi, j'appelle le bureau du procureur, pour voir s'il est possible d'obtenir une audience. Le plus tôt sera le mieux, à mon avis. Si vous réussissez à emmener Lucky à L.A., il sera bien plus disposé à négocier. Si on ne le fait pas craquer avant, bien entendu.

– Ce serait bien d'obtenir le rapport de balistique avant l'audience d'extradition. Si on a la confirmation que c'est la bonne arme, c'est dans la poche. Malheureusement, les choses ne vont pas très vite à L.A., si vous voyez ce que je veux dire. Je doute même que l'autopsie ait déjà eu lieu.

– Passez votre coup de fil, on avisera ensuite.

Bosch emprunta un bureau inoccupé, à côté de celui d'Iverson, pour téléphoner. Billets était dans le sien, et il devina qu'elle était en train de manger. En quelques mots, il lui résuma sa tentative manquée pour faire parler Goshen et l'idée qui consistait à confier l'audience d'extradition au bureau du procureur de Las Vegas.

– Que comptez-vous faire pour l'arme ? lui demanda-t-il enfin.

– Je veux la rapatrier ici le plus vite possible. Edgar a convaincu un gars des services du coroner de pratiquer l'autopsie cet après-midi. On devrait avoir les balles ce soir. Si on a récupéré l'arme, on pourra envoyer le tout à la balistique demain matin. On est mercredi. Je doute que l'audition d'extradition ait lieu avant vendredi. D'ici là, on devrait avoir la réponse de la balistique.

– OK. Je saute dans un avion.

– Bien.

Bosch remarqua qu'elle avait un ton étrange. Elle était préoccupée par autre chose que le rapport de balistique ou ce qu'elle était en train de manger.

– Qu'y a-t-il, lieutenant ? Y a-t-il quelque chose que j'ignore ?

Elle hésita un instant ; Bosch ne la brusqua pas.

– En fait, il y a un élément nouveau.

Bosch sentit son visage s'enflammer. Felton lui avait fait un enfant dans le dos et avait raconté à Billets ce qui s'était passé avec Eleanor Wish.

– De quoi s'agit-il ?

– On a identifié le type qui s'est introduit dans le bureau de Tony Aliso.

– Formidable, dit Bosch, à la fois soulagé et troublé par le ton sinistre de Billets. Qui est-ce ?

– Non, ce n'est pas formidable. Il s'agit de Dominick Carbone, le gars de l'OCID.

La stupéfaction réduisit Bosch au silence pendant un long moment.

– Carbone ? Qu'est-ce qu'il…

– Je ne sais pas. J'ai lancé plusieurs sondes. J'aimerais que vous reveniez, en attendant qu'on prenne une décision. Goshen patientera jusqu'à l'audition d'extradition. Il ne parlera qu'à son avocat. Si vous pouvez rentrer, j'aimerais qu'on se réunisse tous pour essayer d'y voir clair. Je n'ai pas encore eu l'occasion de parler à Kiz et à Jerry aujourd'hui. Ils continuent d'enquêter sur la piste financière.

– Comment avez-vous identifié Carbone ?

– Pur hasard. L'enquête piétinait après notre conversation téléphonique de ce matin, avec le capitaine et vous. Alors, je suis descendue en ville et j'ai fait un saut au Central. J'ai une amie là-bas, lieutenant elle aussi, à l'OCID. Lucinda Barnes, vous la connaissez ?

– Non.

– Bref, je suis allée la voir. Histoire de sentir un peu le vent, avec l'espoir de comprendre pourquoi ils avaient fait l'impasse sur cette affaire. Et là, tenez-vous bien, on était en train de bavarder toutes les deux quand un type à traversé les bureaux. J'ai eu l'impression de le reconnaître, sans savoir où je l'avais vu. J'ai demandé à Lucinda qui c'était, elle m'a dit que c'était Carbone. Et alors, la mémoire m'est revenue. C'est le type qu'on voit sur la bande. Il avait enlevé sa veste et remonté ses manches de chemise. J'ai même vu son tatouage. C'est lui.

– Vous avez raconté tout ça à votre amie ?

– Mon Dieu, non. J'ai fait comme si de rien n'était et j'ai foutu le camp. Je vous le dis, Harry, cette histoire ne me dit rien qui vaille. Je ne sais pas quoi faire.

– On trouvera. Il faut que je raccroche. Je reviens le plus vite possible. Ce que vous pouvez faire en attendant, lieutenant, c'est essayer de mettre la pression sur la balistique. Dites-leur qu'on rapplique demain matin avec un code trois.

Billets promit de faire tout son possible.

Après avoir pris ses dispositions pour rentrer à L.A., Bosch eut à peine le temps de sauter dans un taxi pour retourner régler sa note au Mirage et passer chez Eleanor pour lui dire au revoir. Mais lorsqu'il frappa à la porte, personne ne vint lui ouvrir. Ne sachant pas quelle voiture elle possédait, il ne put vérifier sur le parking qu'elle était réellement absente. Ayant récupéré sa voiture de location, il s'installa au volant et attendit aussi longtemps qu'il le put, jusqu'à ce qu'il coure le risque de louper son avion. Alors, il griffonna un message sur une feuille de son carnet, disant qu'il l'appellerait, et remonta chez Eleanor. Il plia la feuille plusieurs fois et la glissa dans l'interstice entre l'encadrement et l'huis, de façon à ce que le petit papier tombe lorsqu'elle ouvrirait la porte.

Il aurait voulu attendre encore pour pouvoir lui parler, mais c'était impossible. Vingt minutes plus tard, il ressortait du bureau de la sécurité de l'aéroport de Las Vegas. L'arme retrouvée au domicile de Goshen était enveloppée dans un sachet en plastique, soigneusement rangé au fond de sa valise. Cinq minutes plus tard, il était à bord d'un avion qui volait en direction de la Cité des anges.

3

Billets affichait un air maussade et soucieux lorsque Bosch entra dans son bureau.

– Bonjour, Harry.

– Lieutenant… J'ai déposé l'arme à la balistique. Ils n'attendent plus que les balles. J'ignore à qui vous avez parlé là-bas, mais ils se démènent.

– Tant mieux.

– Où sont les autres ?

– Ils sont tous aux studios Archway. Kiz a passé la matinée aux impôts, puis elle est allée rejoindre Jerry pour l'aider à interroger les associés d'Aliso. J'ai également réquisitionné deux agents du service des fraudes pour l'aider à éplucher les livres de comptes. Ils remontent la piste des sociétés bidon. Après, ils s'occuperont des comptes en banque. Examen et confiscation. Quand on aura gelé les fonds, peut-être une personne vivante sortira-t-elle de l'ombre pour les réclamer. Ma théorie, c'est que ce Joey Marks n'était pas le seul pour qui Aliso blanchissait de l'argent. Il y a trop de fric en jeu, si les chiffres de Kiz sont exacts. Aliso travaillait certainement pour tous les mafiosi à l'ouest de Chicago.

Bosch acquiesça de la tête.

– Oh, au fait, reprit Billets, j'ai dit à Jerry que vous vous chargeriez de l'autopsie pour qu'il puisse rester à Archway. Je veux qu'on se retrouve tous ici à dix-huit heures pour faire le point.

– Entendu. Quand a lieu l'autopsie ?

– A quinze heures trente. Ça vous pose un problème ?

– Non. Puis-je vous poser une question ? Pourquoi avez-vous alerté le service des fraudes et non pas l'OCID ?

– Pour des raisons évidentes. Je ne sais pas quoi faire pour Carbone et l'OCID. J'ignore si je dois alerter les Affaires internes, ou tourner la tête de l'autre côté.

– On ne peut pas tourner la tête de l'autre côté. Ils ont quelque chose qui nous intéresse. Si jamais vous mettez les A.I. sur le coup, c'est terminé. La porte va se refermer, et voilà.

– Et ce serait quoi, cette chose ?

– En toute logique, si Carbone est allé récupérer un micro dans le bureau...

– Il y a des enregistrements. Bon Dieu, je n'y avais pas pensé.

Ils restèrent muets l'un et l'autre pendant quelques instants. Finalement, Bosch tira la chaise qui se trouvait devant le bureau de Billets et s'y assit.

– Laissez-moi rendre une petite visite à Carbone, pour essayer de savoir ce qu'ils manigançaient et récupérer les bandes, dit-il. Nous avons un moyen de pression.

– C'est peut-être une histoire entre le chef de la police... et Fitzgerald, en fait.

– Oui, c'est possible.

Billets faisait allusion aux querelles internes entre le chef adjoint Leon Fitzgerald, qui dirigeait l'OCID depuis plus de dix ans, et son supérieur supposé, le chef de la police. Depuis qu'il était à la tête de l'OCID, Fitzgerald avait acquis une aura semblable à celle de J. Edgar Hoover au FBI jadis, celle d'un détenteur de secrets prêt à les utiliser pour défendre sa position, sa brigade et ses crédits. Beaucoup de gens étaient convaincus que Fitzgerald chargeait ses sbires d'enquêter et de rédiger des dossiers sur un tas de gens honnêtes, policiers et fonctionnaires de la ville, plus nombreux que les gangsters que sa brigade avait pour but d'éradiquer. Et nul n'ignorait au sein de la police que Fitzgerald et le grand chef se livraient une lutte de pouvoir. Le chef souhaitait ramener au pas l'OCID et son directeur, mais Fitzgerald refusait de se laisser dompter. Au contraire, il souhaitait étendre son domaine. Il aurait voulu devenir chef de la police. La lutte se limitait essentiellement à des échanges d'insultes. Le chef ne pouvait pas renvoyer Fitzgerald sans enfreindre le règlement, et il ne pouvait pas non plus démanteler et réorganiser l'OCID avec le soutien de la commission de la police, du maire ou des membres du conseil municipal, car Fitzgerald possédait, disait-on, d'épais dossiers sur chacun d'eux, y compris sur le chef lui-même. Ces fonctionnaires, élus ou nommés, ignoraient ce qui figurait dans ces dossiers, mais ils étaient obligés de supposer que leurs pires actions y étaient soigneusement consignées. Voilà pourquoi ils ne soutiendraient aucune initiative du préfet visant à s'attaquer à Fitzgerald, à moins d'avoir la certitude qu'ils n'avaient rien à y perdre.

Certes, il s'agissait surtout de rumeurs et de légendes circulant au sein de la police, mais Bosch savait que les rumeurs et les légendes plongeaient souvent leurs racines dans la réalité. Il répugnait à passer derrière ce rideau, et à se jeter dans la bagarre, autant que Billets visiblement, mais il avait proposé de se dévouer malgré tout, car il ne voyait pas d'autre solution. Il devait absolument savoir ce que manigançait l'OCID et ce que Carbone avait essayé de protéger en s'introduisant comme un voleur dans le bureau d'Aliso.

– Entendu, dit Billets après une longue réflexion. Mais soyez prudent.

– Où est la bande de surveillance des studios Archway ?

Elle lui montra le coffre-fort posé sur le sol derrière son bureau. On y rangeait toutes les pièces à conviction.

– Elle est en sûreté.

– Espérons. Ce sera sans doute la seule chose qui me protégera d'eux.

Elle acquiesça. Elle connaissait les règles du jeu.

Les bureaux de l'OCID étaient situés au troisième étage de la Division centrale, au centre-ville. La brigade se trouvait à l'écart du quartier général de la police, à Parker Center, car le travail de l'OCID reposant sur un grand nombre d'opérations secrètes, il aurait été malvenu de voir des agents infiltrés entrer et sortir d'un lieu aussi fréquenté que la Maison de verre. Mais c'était cette séparation physique qui entretenait et creusait le gouffre entre Leon Fitzgerald et le chef de la police.

Durant le trajet entre Hollywood et le centre-ville, Bosch réfléchit à un plan et arrêta sa tactique au moment où il s'arrêtait devant la guérite et montrait son insigne à la jeune recrue chargée de surveiller l'entrée du parking. Il releva son nom sur le badge accroché au-dessus de la poche, pénétra dans le parking, roula vers les portes de derrière du poste de police, s'arrêta, prit son téléphone portable et composa le numéro du standard de l'OCID. Une secrétaire lui répondit.

– Allô, ici Trindle, le gardien du parking, dit-il. Carbone est là ?

– Oui. Ne quittez pas, je vous...

– Non, dites-lui simplement de descendre. Quelqu'un a enfoncé sa bagnole.

Bosch coupa la communication et attendit. Moins de trois minutes plus tard, une des portes de derrière s'ouvrait et un homme sortit précipitamment. Bosch reconnut l'individu qu'il avait entrevu sur la bande de surveillance des studios Archway. Billets ne s'était pas trompée. Bosch redémarra et roula à faible allure en suivant son bonhomme. Au bout d'un moment, il se porta à sa hauteur et baissa sa vitre.

– Hé ! Carbone !

– Quoi ?

Le flic de l'OCID continua d'avancer, jetant à peine un regard à Bosch.

– Ralentissez. Votre voiture n'a rien.

Carbone s'arrêta. Cette fois, il observa attentivement Bosch.

– Hein ? C'est quoi, cette histoire ?

– C'est moi qui ai appelé. Je voulais vous attirer dehors.

– Qui êtes-vous, nom de Dieu ?

– Harry Bosch. On s'est parlé au téléphone l'autre soir.

– Ah oui. Le meurtre d'Aliso.

Et soudain, Carbone comprit que Bosch aurait pu tout simplement prendre l'ascenseur jusqu'au troisième étage s'il avait voulu lui parler.

– Qu'y a-t-il, Bosch ? Que se passe-t-il ?

– Montez, on va faire un petit tour.

– Écoutez... Je n'aime pas trop votre façon de faire.

– Montez, Carbone. Je vous le conseille.

Bosch avait dit cela sur un ton et avec un regard insistants qui incitaient à l'obéissance. Carbone, la quarantaine et solidement bâti, hésita encore un court instant avant de contourner l'avant de la voiture. Il portait un beau costume bleu marine, comme ceux qu'affectionnent la plupart des flics combattant la pègre, et une odeur d'eau de toilette vivifiante envahit l'intérieur de la voiture lorsqu'il y pénétra. Bosch le trouva antipathique d'emblée.

Ils ressortirent du parking, Bosch prenant la direction du nord, vers Broadway. Il y avait énormément de circulation et de piétons et ils avançaient lentement. Bosch ne disait rien, attendant que Carbone parle le premier.

– Alors, qu'avez-vous de si important à me dire pour venir me kidnapper au poste ?

Bosch parcourut encore une rue sans répondre. Il voulait que Carbone transpire un peu.

– Vous avez des emmerdes, Carbone, déclara-t-il enfin. Je tenais à vous le dire. Car, voyez-vous, j'ai envie qu'on soit amis tous les deux.

Carbone regarda Bosch d'un air méfiant.

– Je sais que j'ai des emmerdes. Je dois verser des pensions alimentaires à deux bonnes femmes, les murs de ma baraque sont fissurés à cause de ce putain de tremblement de terre, et c'est pas encore cette année qu'ils vont nous augmenter. Alors quoi ?

– Ce ne sont pas des emmerdes, ça. Ce sont des petits tracas. Moi, je vous parle de vrais emmerdes. Je vous parle de votre effraction de l'autre soir aux studios Archway.

Carbone resta muet un long moment. Bosch n'en était pas certain, mais il eut l'impression qu'il retenait son souffle.

– J'ignore de quoi vous parlez. Ramenez-moi.

– Mauvaise réponse, Carbone. Je suis ici pour vous aider, pas pour vous faire du tort. Je suis votre ami. Et ça vaut également pour votre patron, Fitzgerald.

– Je ne comprends toujours pas.

– D'accord, je vais vous expliquer. Je vous ai appelé lundi au sujet de mon macchabée, un certain Aliso. Vous m'avez rappelé pour me dire que l'OCID ne s'intéressait pas à cette affaire, que vous n'aviez jamais entendu parler de ce type. Mais aussitôt après avoir raccroché, vous foncez aux studios Archway, vous pénétrez par effraction dans le bureau du type en question et vous récupérez le micro que vos collègues et vous aviez planqué dans son téléphone. Voilà de quoi il s'agit.

Bosch se tourna vers Carbone pour la première fois, et il découvrit le visage d'un homme qui fait désespérément fonctionner ses méninges pour trouver une issue. Il comprit qu'il le tenait.

– Des conneries, tout ça.

– Vraiment ? Écoutez, espèce d'abruti, la prochaine fois que vous voulez jouer les cambrioleurs, levez la tête. Vérifiez qu'il n'y a pas de caméra. Règle Rodney King numéro un : ne pas se laisser filmer.

Ayant attendu que ces paroles fassent leur chemin, il enfonça les derniers clous dans le cercueil.

– Vous avez renversé la tasse porte-crayons sur le bureau, et elle s'est brisée en tombant. Vous avez balancé les morceaux dans la poubelle dehors en espérant que personne ne le remarquerait. Règle numéro deux : si vous tenez à opérer en bras de chemise, mettez-vous un morceau de sparadrap sur le bras, ou je ne sais quoi, pour cacher votre tatouage. Vous pigez ? Sur un enregistrement vidéo, c'est un signe distinctif de première. Et figurez-vous qu'on vous a filmé, sous tous les angles.

Carbone se passa la main sur le visage. Bosch tourna dans la 3e Rue et ils s'engouffrèrent dans le tunnel qui passe sous Bunker Hill. Dans l'obscurité qui envahit l'intérieur de la voiture, Carbone parla enfin.

– Qui est au courant ?

– Seulement moi pour le moment. Mais que ça ne vous donne pas des idées. Si jamais il m'arrivait quelque chose, cet enregistrement se retrouverait entre les mains d'un tas de gens. Pour l'instant, je crois pouvoir garder le secret.

– Que voulez-vous ?

– Je veux savoir ce qui se passe, et je veux tous les enregistrements de toutes les conversations téléphoniques de ce bureau.

– Impossible. Je ne peux pas. Les bandes ne sont pas en ma possession. Ce n'était même pas mon dossier. J'ai simplement…

– …obéi aux ordres de Fitz, oui, je sais, mais je m'en fous. Vous irez voir Fitz, ou celui qui s'occupait du dossier, et vous me l'apporterez. Si vous voulez, je vous accompagnerai, ou je vous attendrai dans la voiture. Mais on retourne chercher les bandes.

– Je ne peux pas.

Ce qu'il voulait dire, pensa Bosch, c'était qu'il ne pouvait pas récupérer les bandes sans s'adresser à Fitzgerald et sans lui avouer qu'il avait merdé.

– Il faudra bien, Carbone. Je me fous pas mal de vous. Vous m'avez menti et vous avez saboté mon enquête. Si vous ne me donnez pas ces bandes, accompagnées d'une explication, voici ce que je vais faire : je copie la vidéo de surveillance en trois exemplaires. J'envoie la première au bureau du chef de la police à Parker Center, la deuxième à Jim Newtown du *Times* et la dernière à Stan Chambers de Channel Five. Stan est un pro, il saura en faire bon usage. Vous saviez qu'il était le premier à avoir eu le film sur Rodney King ?

– Putain, Bosch, vous voulez ma mort ?

– Vous avez le choix.

L'autopsie était effectuée par un des adjoints du coroner nommé Salazar. Il avait déjà commencé lorsque Bosch arriva sur place, au Centre hospitalier universitaire. Les deux hommes échangèrent quelques banalités et Bosch, ayant revêtu une combinaison protectrice jetable et mis un masque en plastique, s'appuya contre un des plans de travail en inox pour jouer les spectateurs. Il n'attendait pas grand-chose de cette autopsie. En vérité, il venait pour récupérer les balles, dans l'espoir que l'une d'elles pourrait permettre d'effectuer des comparaisons. Une des raisons pour lesquelles les tueurs professionnels préféraient utiliser des balles de calibre .22 était que les projectiles mous se déformaient très souvent en rebondissant à l'intérieur de la boîte crânienne et, de ce fait, ne pouvaient plus servir à effectuer des comparaisons balistiques.

Les longs cheveux bruns de Salazar étaient attachés en une queue de cheval qu'il s'enroulait sous un grand bonnet en papier. Condamné à la chaise roulante, il travaillait à une table d'autopsie surbaissée pour être à la bonne hauteur. Cela offrait à Bosch une vue plongeante sur le corps qu'il découpait.

Autrefois, Bosch bavardait à bâtons rompus avec Salazar pendant les autopsies. Mais depuis son accident de moto, son absence de neuf mois et son retour dans un fauteuil roulant, Salazar avait perdu son caractère enjoué et le goût du bavardage.

Bosch le regarda utiliser un scalpel émoussé pour gratter un échantillon de la matière blanchâtre accumulée aux coins des orbites d'Aliso. Il fit glisser la substance dans un petit cornet en papier et la déposa dans une boîte de Pétri. Puis il mit la boîte sur un chariot, à côté d'un râtelier où s'alignaient les éprouvettes contenant les échantillons de sang, d'urine et autres prélèvements organiques qui seraient analysés ultérieurement.

– Des larmes, à ton avis ? demanda Bosch.

– Non, je ne crois pas. Trop épais. Il avait quelque chose dans les yeux ou sur la peau. On trouvera ce que c'est.

Sur ce, Salazar entreprit de découper la boîte crânienne pour examiner le cerveau.

– Les balles lui ont réduit la cervelle en bouillie, dit-il.

Il se servit d'une longue paire de pinces pour récupérer deux fragments de balle qu'il déposa dans un plat. Bosch s'approcha pour les examiner et fit la grimace. Une des balles au moins avait été pulvérisée par l'impact. Les débris en étaient certainement inutilisables pour des comparaisons.

Mais finalement, Salazar extirpa une balle entière qu'il laissa tomber sur le plateau.

– Tu devrais pouvoir tirer quelque chose de celle-ci, dit-il.

Bosch observa la balle. Elle s'était écrasée sous la violence de l'impact, mais la moitié de l'enveloppe environ était intacte, et on distinguait les minuscules striures laissées par le canon. Il sentit naître un tout petit frisson d'espoir.

– Oui, ça pourrait marcher.

L'autopsie dura encore une dizaine de minutes. En tout, Aliso avait accaparé cinquante minutes de son temps à Salazar. Plus que la moyenne. Jetant un coup d'œil à une feuille de service posée sur la paillasse, Bosch constata que c'était sa onzième autopsie de la journée.

Salazar nettoya les balles avant de les glisser dans un sachet transparent. En le tendant à Bosch, il lui promit de le tenir informé des résultats des analyses des prélèvements effectués sur le cadavre dès que celles-ci seraient terminées. Hormis cela, la seule chose qui lui paraissait digne d'être mentionnée était que l'hématome sur la joue d'Aliso précédait son décès de quatre ou cinq heures. Ce que Bosch trouva fort étrange. Il ne savait pas comment faire coller cet élément avec les autres. Car cela voulait dire que quelqu'un avait frappé Aliso alors qu'il se trouvait encore à Las Vegas. Et pourtant, c'était ici, à L.A., qu'on l'avait tué. Il remercia Salazar, en l'appelant Sally, comme la plupart des gens, puis il s'en alla. Il était déjà dans le couloir lorsque, une question lui revenant à l'esprit, il rebroussa chemin jusqu'à la porte de la salle d'autopsie. Glissant la tête par l'entrebâillement, il vit Salazar en train d'envelopper le cadavre dans le drap, en veillant à laisser dépasser l'étiquette accrochée à l'orteil.

– Au fait, Sally, le type avait bien des hémorroïdes, hein ?

Salazar se retourna vers lui, visiblement perplexe.

– Des hémorroïdes ? Non. Pourquoi tu me demandes ça ?

– J'ai retrouvé un tube de Préparation H dans sa voiture. Dans la boîte à gants. A demi entamé.

– Hmm… Non, pas d'hémorroïdes.

Bosch voulait lui demander s'il en était certain, mais ç'aurait été injurieux. Il décida de laisser tomber pour le moment.

Chaque enquête se nourrit de détails. Ils sont importants et il ne faut ni les oublier ni les égarer. Tandis qu'il se dirigeait vers les portes vitrées des bureaux du coroner, Bosch se surprit à s'interroger au sujet du tube de Préparation H retrouvé dans la boîte à gants de la Rolls-Royce. Si Tony Aliso ne souffrait pas d'hémorroïdes, à qui appartenait ce tube, et pourquoi se trouvait-il dans la voiture ? Il aurait pu ignorer ce détail, sans doute insignifiant, mais ce n'était pas sa manière de procéder. Dans une enquête, chaque chose avait sa place, il en était convaincu. Chaque chose.

Tout à son problème, il franchit les portes vitrées et descendit l'escalier conduisant au parking avant d'apercevoir Carbone qui l'attendait au pied des marches en fumant une cigarette. Quand Bosch l'avait déposé, l'inspecteur de l'OCID avait supplié qu'on lui accorde deux petites heures pour rassembler les bandes. Bosch avait accepté cette requête, sans toutefois lui préciser qu'il se rendait à une autopsie. Il en conclut que Carbone avait appelé la brigade de Hollywood, et que là, Billets ou quelqu'un d'autre lui avait indiqué qu'il se trouvait chez le coroner. Mais Bosch se garderait bien de poser la question à Carbone, car il ne voulait pas paraître inquiet à l'idée que l'inspecteur de l'OCID l'ait retrouvé si facilement.

– Quelqu'un veut vous parler, Bosch.

– Qui ? Et où ? Je veux les bandes, Carbone.

– Soufflez deux minutes, mon vieux. Là-bas, dans la voiture.

Il entraîna Bosch vers la deuxième rangée du parking, où stationnait une automobile dont le moteur tournait au ralenti ; les vitres fumées étaient fermées.

– Montez à l'arrière, dit Carbone.

D'un pas nonchalant, Bosch gagna la portière, sans montrer le moindre signe d'inquiétude. Il l'ouvrit et se glissa à l'intérieur. Leon Fitzgerald se tenait assis à l'arrière. C'était un homme de grande taille – plus d'un mètre quatre-vingt-cinq – et ses genoux s'enfonçaient dans le dossier du siège du conducteur. Il portait un élégant costume en soie bleue et tenait entre ses doigts un mégot de cigare. Proche de la soixantaine, il avait des cheveux d'un noir de jais – et teints. Derrière ses lunettes cerclées de métal, ses yeux étaient d'un gris délavé. Sa peau était blanchâtre. Un homme de la nuit.

– Chef, dit Bosch avec un petit signe de tête.

Il n'avait jamais rencontré Fitzgerald, mais il l'avait souvent vu lors d'enterrements de policiers, ou aux informations à la télé. Il incarnait à lui seul l'OCID. Aucun autre membre de cette brigade secrète ne se montrait jamais devant les caméras.

– Inspecteur Bosch, dit Fitzgerald, je vous connais. Je connais vos exploits. Ces dernières années, on m'a souvent suggéré votre nom pour faire partie de notre brigade.

– Pourquoi ne m'avez-vous pas contacté ?

Après avoir fait le tour de la voiture, Carbone avait pris place au volant. Il démarra en douceur dans le parking.

– Je vous l'ai dit, je vous connais, lui répondit Fitzgerald. Et je sais que vous ne quitterez jamais la Criminelle. La Criminelle, c'est votre passion. N'ai-je pas raison ?

– Absolument.

– Ce qui nous amène à l'enquête que vous menez actuellement. Dom ?

D'une main, Carbone tendit une boîte à chaussures par-dessus le siège. Fitzgerald s'en empara et la déposa sur les genoux de Bosch. En l'ouvrant, celui-ci découvrit qu'elle était à moitié remplie de cassettes audio. Les dates figuraient sur des morceaux de ruban adhésif collés sur les boîtes.

– C'est le téléphone du bureau d'Aliso ?

– A votre avis ?

– Depuis quand l'espionniez-vous ?

– Il n'était sur écoute que depuis neuf jours. Ça n'a pas donné grand-chose, mais les bandes sont à vous.

– Que voulez-vous en échange ?

– Ce que je veux ?

Fitzgerald regarda à travers la vitre fumée la gare de triage située en contrebas dans la vallée.

– Ce que je veux ? répéta-t-il. Je veux le meurtrier, évidemment. Mais je veux surtout que vous fassiez attention. La police a traversé pas mal d'épreuves ces dernières années. Inutile de laver notre linge sale en public.

– Vous voulez que j'enterre les activités parallèles de Carbone.

Ni Fitzgerald ni Carbone ne répondirent ; ce n'était pas nécessaire. Tout le monde dans cette voiture savait que Carbone obéissait aux ordres. Des ordres émanant sans doute de Fitzgerald en personne.

– Dans ce cas, reprit Bosch, il faudra répondre à quelques questions.

– Bien sûr.

– Pour quelle raison y avait-il un mouchard dans le téléphone de Tony Aliso ?

– Pour la raison habituelle. Nous avions appris certaines choses sur cet individu, et nous voulions vérifier si c'était exact.

– Qu'aviez-vous entendu dire ?

– Qu'il trempait dans de sales combines, que c'était une ordure, qu'il blanchissait l'argent de la pègre dans trois États. Nous avons ouvert un dossier. L'enquête venait de débuter quand on l'a assassiné.

– Dans ce cas, pourquoi avoir feint l'ignorance quand je vous ai appelés ?

Fitzgerald aspira une grande bouffée de son cigare et l'odeur se répandit dans la voiture.

– La réponse à cette question est compliquée, inspecteur. Disons simplement que nous jugions préférable de rester en dehors de cette affaire.

– Cette écoute était illégale, n'est-ce pas ?

– Compte tenu des lois de l'État, il est extrêmement difficile de rassembler toutes les informations nécessaires pour installer des écoutes. Les fédéraux, eux, n'ont qu'à lever le petit doigt. Ce n'est pas notre cas, et on ne veut pas travailler en permanence avec les fédéraux.

– Ça ne me dit pas pourquoi vous avez passé la main. Vous auriez pu nous piquer l'affaire, prendre le contrôle, et l'enterrer, en faire ce que vous vouliez. Personne n'aurait jamais été au courant des écoutes illégales, ni rien.

– Oui, peut-être. Peut-être avons-nous fait un mauvais choix.

Bosch comprit que les types de l'OCID les avaient sous-estimés, lui et ses collègues. Fitzgerald était persuadé que l'effraction passerait inaperçue, et par conséquent que personne ne saurait que son équipe était impliquée. Bosch prit aussi conscience du formidable moyen de pression qu'il possédait sur Fitzgerald. Un seul mot sur ces écoutes illégales, c'est tout ce dont avait besoin le chef de la police pour se débarrasser enfin de Fitzgerald.

– Que savez-vous d'autre sur Aliso ? demanda-t-il. Je veux tout connaître. Si jamais, à un moment ou à un autre, j'apprends que vous m'avez caché quelque chose, tout le monde sera au courant de vos petites cachotteries. Vous saisissez ? Au courant.

Fitzgerald détacha son regard de la vitre pour regarder Bosch.

– J'ai très bien saisi. Mais vous faites erreur si vous croyez pouvoir rester assis le cul au chaud avec toutes les cartes maîtresses en main.

– Dans ce cas, mettez les vôtres sur la table.

– Inspecteur, je suis prêt à coopérer pleinement avec vous, mais sachez une chose : si vous cherchez à me faire du tort, à moi ou à quiconque de ma brigade, en divulguant les informations que vous possédez, vous serez le premier à en pâtir. Je pense, par exemple, au fait que vous avez passé la nuit dernière avec une criminelle.

Il laissa ces paroles flotter dans l'air, avec la fumée de son cigare. Bosch était hébété, furieux, mais il parvint à réprimer son envie d'étrangler Fitzgerald.

– Le règlement de la police interdit à tout officier de fréquenter des repris de justice en toute connaissance de cause. Je suis sûr que vous le savez, inspecteur, et que vous comprenez le bien-fondé d'une telle mesure. Si jamais cela venait à se savoir, vous risqueriez de perdre votre poste. Que deviendriez-vous ensuite, vous et votre mission ?

Bosch ne répondit pas. Il regardait droit devant lui, par-dessus le dossier du siège, à travers le pare-brise. Fitzgerald se pencha vers lui, allant presque jusqu'à murmurer dans son oreille.

– Voilà ce que nous avons appris sur vous en l'espace d'une heure. Imaginez un peu qu'on vous consacre une journée entière. Une semaine ? Et ça ne concerne pas que vous, mon cher ami. Vous pouvez dire à votre lieutenant qu'il y a aussi un règlement concernant les lesbiennes. Sa petite copine, elle, pourrait sans doute poursuivre son ascension, vu qu'elle est noire. Mais votre lieutenant, elle, devrait se résigner au commissariat de Hollywood, vous pouvez me croire.

Il se redressa et sa voix reprit ses intonations normales.

– On se comprend, inspecteur Bosch ?

Bosch finit par se tourner vers lui.

– Oui, on se comprend.

Après avoir déposé au laboratoire de balistique de Boyle Heights les balles récupérées dans le crâne de Tony Aliso, Bosch retourna au commissariat de Hollywood, juste au moment où ses collègues inspecteurs se retrouvaient dans le bureau de Billets pour la réunion de dix-huit heures. On présenta Bosch à Russell et Kuhlen, les deux enquêteurs du service des fraudes, et tout le monde s'installa. Participait également à la réunion un adjoint du district attorney, un certain Matthew Gregson qui appartenait à la section des Inculpations spéciales, unité chargée des affaires liées à la Mafia, des inculpations d'officiers de police et autres enquêtes délicates. Bosch ne l'avait jamais rencontré.

Bosch fut le premier à faire son rapport, résumant à l'intention des autres les résultats de son voyage à Las Vegas, ainsi que les conclusions de l'autopsie, sans oublier sa visite au labo. On lui avait promis, précisa-t-il, que l'examen balistique comparatif serait terminé avant le lendemain matin dix heures. Toutefois, il évita de mentionner sa rencontre avec Carbone et Fitzgerald. Non pas à cause des menaces formulées par Fitzgerald, c'est du moins ce qu'il se dit, mais parce que les informations acquises au cours de ces discussions ne pouvaient être évoquées devant autant de personnes, et encore moins devant un procureur. D'ailleurs, semblant partager ce point de vue, Billets ne lui posa aucune question à ce sujet.

Quand Bosch eut terminé, Rider enchaîna. Elle avait interrogé l'inspecteur des impôts chargé du dossier TNA Productions, expliqua-t-elle, mais n'avait guère obtenu de renseignements.

– En gros, ils ont mis sur pied un programme de dénonciations, dit-elle. Celui qui dénonce une fraude fiscale aux services du fisc touche une partie de la somme détournée. C'est comme ça que tout a commencé. Seul problème d'après Hirschfield, le gars des impôts, la dénonciation leur est parvenue de manière anonyme. Le mouchard n'a pas voulu se faire payer. Ils ont reçu, m'a-t-il dit, une lettre de trois pages qui expliquait la combine de blanchiment de Tony Aliso. Mais on a refusé de me montrer cette lettre, sous prétexte que le programme repose sur le secret absolu que et, anonymes ou pas, les formulations employées dans ce document risquaient d'identifier son auteur. Il...

– C'est des conneries, tout ça ! lança Gregson.

– Oui, sans doute, dit Rider. Mais je ne pouvais rien faire.

– Vous me donnerez les coordonnées de ce type, je m'en occuperai plus tard.

– Entendu. Enfin bref, après avoir reçu cette lettre, ils ont épluché le dossier TNA Productions et conclu que cette lettre n'était pas inintéressante. Ils ont envoyé la notification de contrôle fiscal à Tony Aliso le 1er août, et s'apprêtaient à s'occuper de lui à la fin du mois. Son compte était bon... Oh, la seule chose que Hirschfield a bien voulu me dire sur cette lettre, c'est qu'elle avait été expédiée de Las Vegas. C'était marqué sur le cachet de la poste.

Bosch faillit acquiescer, de manière involontaire, car cette dernière information concordait avec une chose que lui avait dite Fitzgerald.

– Venons-en maintenant aux associés de Tony Aliso, reprit Rider. Jerry et moi avons passé presque toute la journée à interroger le petit noyau de personnes qu'il utilisait pour réaliser ces merdes qu'il appelait des films. Généralement, il écumait les écoles de cinéma du coin, les cours d'art dramatique minables et les clubs de strip-tease afin de dénicher de soi-disant talents pour participer à ses productions, mais il travaillait toujours avec les cinq mêmes individus. On les a pris un par un, et apparemment, ils n'étaient pas au courant du mode de financement des films, ni des comptes de Tony Aliso. On pense qu'ils ne savaient rien. Jerry ?

– Exact, confirma Edgar. Personnellement, je pense que Tony a choisi ces types parce qu'ils étaient cons et ne posaient aucune question là-dessus. Il les envoyait à USC ou à UCLA pour débaucher un jeune étudiant en cinéma à qui il demandait de réaliser ou d'écrire un de ses navets. Ou bien alors, ils allaient au Star Strip dans La Cienega pour convaincre des filles de jouer le rôle de la vamp. Et ainsi de suite, vous avez pigé le système. Notre conclusion, c'est que Tony dirigeait tout seul cette petite entreprise de blanchisserie. Personne n'était au courant, à part lui et ses clients.

– Ce qui nous amène à vous, messieurs, dit Billets en se tournant vers Russell et Kuhlen. Avez-vous des choses à nous apprendre ?

Kuhlen lui répondit qu'ils pataugeaient encore jusqu'à la taille dans les dossiers financiers, mais qu'ils avaient déjà réussi à remonter des filières entre TNA Productions et des sociétés bidon installées en Californie, au Nevada et dans l'Arizona. L'argent était versé sur les comptes bancaires de la société, avant d'être investi dans d'autres sociétés apparemment légales. Lorsqu'ils auraient remonté la piste jusqu'au bout, expliqua-t-il encore, ils pourraient se servir des pouvoirs de l'administration fiscale et de la législation fédérale pour saisir tout l'argent, celui-ci étant considéré comme fonds illégaux provenant d'une entreprise de racket. Hélas, ajouta Russell, le travail de documentation était long et difficile. Ils ne pourraient pas agir avant une semaine.

– Continuez et prenez le temps dont vous avez besoin, dit Billets, après quoi, elle se tourna vers Gregson. Alors, ça donne quoi, tout ça ? Que doit-on faire maintenant ?

Gregson réfléchit.

– Je pense que nous sommes sur la bonne voie. A la première heure demain, j'appelle Las Vegas pour savoir qui s'occupe de l'audience d'extradition. Il n'est pas impossible que je fasse un saut là-bas pour prendre les choses en main. Ça ne me plaît pas de penser que nous sommes tous ici, alors que Goshen est encore là-bas avec les autres. Si, avec de la chance, le rapport de balistique confirme que c'est la bonne arme, je pense que nous devrions aller là-bas, vous et moi, Harry, et refuser de repartir sans Goshen.

Bosch acquiesça d'un hochement de tête.

– Après avoir entendu tous ces rapports, je n'aurai qu'une seule question, reprit Gregson. Pourquoi n'y a-t-il personne de l'OCID dans cette pièce ?

Billets se tourna vers Bosch et lui adressa un petit signe de tête, presque imperceptible. Elle lui laissait le soin de répondre.

– Initialement, dit Bosch, l'OCID a été informée du meurtre et de l'identité de la victime, et ils ont passé la main. Ils ont répondu qu'ils ne connaissaient pas Tony Aliso. Il y a à peine deux heures, j'ai eu une conversation avec Leon Fitzgerald pour lui faire part de l'évolution de l'enquête. Il nous a proposé toute son aide, en précisant cependant que nous étions trop avancés désormais pour accueillir de nouveaux enquêteurs. Il nous a souhaité bonne chance.

Gregson l'observa longuement, avant de hocher la tête. Agé d'environ quarante-cinq ans, l'homme du procureur avait des cheveux coupés en brosse et déjà totalement gris. S'il n'avait jamais travaillé avec lui, Bosch le connaissait de nom. Gregson avait du métier, suffisamment pour deviner que Bosch ne disait pas tout. Mais il avait également suffisamment de métier pour laisser filer, pour l'instant. D'ailleurs, Billets ne lui laissa guère le temps de réagir.

– Bien, dit-elle. Si on se creusait un peu les méninges avant de rentrer à la maison ? Qu'est-il arrivé à cet homme, selon vous ? Nous avons réuni un tas d'informations, un tas de preuves, mais sait-on ce qui lui est arrivé véritablement ?

Elle passa en revue tous les visages rassemblés dans la pièce. Finalement, ce fut Rider qui prit la parole.

– A mon avis, c'est le contrôle fiscal qui a tout déclenché. Tony Aliso a reçu l'avis par courrier, et il a commis une erreur fatale. Il a dit à son client de Vegas, Joey Marks, que l'administration allait fourrer son nez dans ses comptes et ses films minables, et que la combine risquait d'apparaître au grand jour. Joey Marks a réagi comme on pouvait s'y attendre, venant d'un type comme lui. Il a éliminé Aliso. Il a demandé à son acolyte, Goshen, de suivre Tony jusque chez lui, à son retour de Vegas, de façon à ce que ça se passe loin de son territoire, et Goshen l'a buté dans le coffre.

Les autres approuvèrent en hochant la tête. Y compris Bosch. L'information fournie par Fitzgerald collait également avec ce scénario.

– C'était un bon plan, ajouta Edgar. La seule erreur, c'est les empreintes qu'Artie Donovan a relevées sur la veste. Un vrai coup de bol, car sans elles on ne saurait pas tout ce qu'on sait. C'était la seule erreur.

– Peut-être pas, dit Bosch. Disons que les empreintes sur la veste ont simplement accéléré les choses, mais la police urbaine de Vegas enquêtait déjà sur le tuyau d'un informateur qui avait entendu Lucky Goshen évoquer un meurtre et un cadavre dans un coffre de voiture. Tôt ou tard, l'info serait parvenue jusqu'à nous.

– Je préfère que ce soit plus tôt que tard, lui rétorqua Billets.

Doit-on s'intéresser à d'autres scénarios possibles ? On est tranquilles du côté de l'épouse, du scénariste furieux et des autres associés ?

– Rien à se mettre sous la dent, lui répondit Rider. Assurément ce n'était pas le grand amour entre la victime et sa femme, mais elle a l'air clean, jusqu'à preuve du contraire. J'ai mis la main sur le registre du poste de garde de la résidence, grâce à un mandat ; sa voiture n'a pas quitté Hidden Hills le vendredi soir.

– Et cette fameuse lettre expédiée au fisc ? demanda Gregson. D'où vient-elle ? De quelqu'un qui connaissait bien les activités de la victime, apparemment. Mais qui ?

Bosch intervint :

– Il pourrait s'agir d'une lutte d'influence au sein de la bande de Joey Marks. Comme je vous l'ai dit, il y avait quelque chose dans l'expression de Goshen quand il a découvert l'arme cachée, et son affirmation qu'il s'agit d'un coup monté... Je ne sais pas... peut-être quelqu'un a-t-il filé le tuyau au fisc en sachant que cela conduirait à l'assassinat de Tony Aliso, et qu'il pourrait ensuite faire porter le chapeau à Goshen. Une fois Goshen mis sur la touche, cette personne avait les coudées franches.

– Vous voulez dire que Goshen ne serait pas le meurtrier ? demanda Gregson, l'air hébété.

– Non. Je pense que Goshen est certainement notre homme. Mais je pense aussi qu'il ne s'attendait pas à voir le flingue resurgir derrière ses toilettes. D'ailleurs, ça n'avait aucun sens de le conserver. Supposons qu'il bute Tony Aliso, sur ordre de Joey Marks. Il refile ensuite l'arme à un gars de la bande, pour que celui-ci s'en débarrasse. Mais ce type va planquer l'arme dans la maison ; le même type qui, au départ, a envoyé la lettre au fisc pour tout déclencher. Là-dessus, on débarque et on embarque Goshen, livré dans un paquet cadeau. Le type qui a caché le flingue et envoyé la lettre a la voie libre désormais.

Bosch observa les visages de ses auditeurs qui essayaient de suivre la logique de son raisonnement.

– Goshen n'est peut-être pas la cible visée, dit Rider.

Tous les regards se tournèrent vers elle.

– Peut-être que ça ne s'arrête pas là. Peut-être que quelqu'un cherche à mettre sur la touche Goshen et Joey Marks pour faire son trou.

– Comment espère-t-il atteindre Marks maintenant ? demanda Edgar.

– Par le biais de Goshen.

– Si le rapport de balistique est concluant, dit Bosch, vous pouvez tirer un trait sur Goshen, il est cuit. Pour lui, ce sera la piqûre dans le bras ou la prison à vie, sans autre possibilité. Ou bien une peine réduite, s'il nous donne quelque chose.

– Joey Marks, dirent en chœur Gregson et Edgar.

– Alors, qui a écrit cette lettre ? demanda Billets.

– Comment le savoir ? répondit Bosch. Je ne connais pas assez bien le fonctionnement de l'Organisation là-bas, à Vegas. Mais les flics du cru m'ont parlé d'un avocat. Un type qui s'occupe de tout à la place de Marks. Sans doute était-il au courant de la combine d'Aliso. C'est peut-être lui qui a tout manigancé. Il y a certainement autour de Marks une poignée de types capables de monter un coup pareil.

Tout le monde demeura silencieux un long moment, chacun déroulant le scénario dans sa tête et constatant que ça fonctionnait parfaitement. La réunion était parvenue tout naturellement à sa conclusion, et Billets se leva pour y mettre fin.

– Continuons à faire du bon boulot, dit-elle. Matthew, merci d'être venu jusqu'ici. Vous serez le premier averti quand je recevrai le rapport de balistique demain matin.

Tout le monde se leva.

– Kiz et Jerry, vous allez jouer à pile ou face, dit Billets. L'un de vous deux va se rendre à Vegas avec Harry pour escorter le suspect extradé. C'est le règlement. Euh... Harry, vous pouvez rester une minute ? J'aimerais discuter avec vous d'une autre affaire.

Une fois les autres partis, Billets demanda à Bosch de fermer la porte. Il s'exécuta et revint s'asseoir dans un des fauteuils disposés devant le bureau.

– Alors, que s'est-il passé ? lui demanda Billets. Vous avez vraiment discuté avec Fitzgerald ?

– Disons plutôt qu'il a parlé et que j'ai écouté, mais c'est exact, je l'ai rencontré, en présence de Carbone.

– Alors, quel est le topo ?

– Pour résumer, ils n'avaient jamais entendu parler de Tony Aliso jusqu'à ce que, eux aussi, ils reçoivent une lettre, sans doute la même que celle envoyée au fisc. J'en ai un double. Avec un tas de détails. Son auteur savait beaucoup de choses, comme l'a souligné Kiz. La lettre reçue par l'OCID a été postée à Las Vegas elle aussi, et adressée à Fitzgerald en personne.

– Et ils ont réagi en posant un micro dans son bureau.

– Oui, une écoute illégale. Ils venaient de commencer – j'ai neuf jours de cassettes à écouter – quand je les ai appelés pour leur annoncer que Tony Aliso s'était fait buter. Alors, ils ont paniqué. Vous êtes au courant du conflit avec le chef de la police ? Si jamais on apprenait que, premièrement, ils avaient placé Tony sur écoute, et que, deuxièmement, cela pouvait être à l'origine de sa mort si Joey Marks l'avait découvert, le chef de la police avait enfin le prétexte qu'il attendait pour virer Fitzgerald et reprendre le contrôle de l'OCID.

– Donc, Fitzgerald envoie Carbone récupérer le micro et ils jouent au con au sujet de Tony.

– Exact. Si Carbone avait repéré la caméra de surveillance, on n'aurait jamais rien su.

– Quel connard ! Quand cette affaire sera terminée, je m'empresserai de tout raconter au chef de la police.

– Euh…

Bosch ne savait pas comment s'exprimer.

– Qu'y a-t-il ?

– Fitzgerald a assuré ses arrières. J'ai conclu un marché avec lui.

– Hein ? Quoi ?

– J'ai conclu un marché. Il m'a tout refilé : les cassettes et la lettre. Mais cette histoire ne doit pas remonter plus haut que vous et moi. Le chef de la police ne doit rien savoir.

– Harry, comment avez-vous pu accepter ? Vous n'aviez pas…

– Il sait quelque chose sur moi, lieutenant. Il a quelque chose sur vous également… et sur Kiz.

Un long silence s'ensuivit. Bosch vit la fureur enflammer le visage de Billets.

– Le salopard ! cracha-t-elle.

Bosch lui rapporta les propos de Fitzgerald. Et puisqu'il connaissait désormais le secret de Billets, il trouva équitable de lui parler de ses rapports avec Eleanor. Le lieutenant se contenta de hocher la tête. Visiblement, elle était davantage préoccupée par son propre secret, et l'usage que pouvait en faire Fitzgerald.

– Vous croyez qu'il me fait surveiller ? Une filature ?

– Qui sait ? Ce genre d'individu agit en fonction des occasions qui se présentent. Il entasse des renseignements comme de l'argent sur un compte en banque. En cas de besoin. En voyant que le temps se couvrait, il a sorti son parapluie. J'ai accepté son marché. N'y pensons plus et concentrons-nous sur l'enquête.

Billets ne répondit pas immédiatement et Bosch en profita pour l'observer, en guettant une trace de gêne. Il n'y en avait pas. Elle le regarda droit dans les yeux, en guettant à son tour une trace de jugement. Il n'y en avait pas. Elle hocha la tête.

– Qu'ont-ils fait à part ça, après avoir reçu la lettre ?

– Pas grand-chose. Ils ont placé Aliso sous surveillance. J'ai les registres. Mais vendredi soir, ils n'étaient pas derrière lui. Ils savaient qu'il avait fichu le camp à Las Vegas et avaient prévu de reprendre la filature lundi, à son retour. Ils venaient juste de se mettre au boulot, quand tout est tombé à l'eau.

Billets acquiesça de nouveau. Elle avait la tête ailleurs. Bosch se leva.

– Je vais écouter les cassettes ce soir chez moi. Il y a environ sept heures d'enregistrement, mais d'après Fitzgerald, c'est surtout Aliso qui bavarde avec sa copine à Vegas. A part ça, pas grand-chose. Mais je veux quand même les écouter. Vous voulez autre chose, lieutenant ?

– Non. On se verra demain matin. Dès que vous avez le rapport de balistique, je veux être mise au courant.

– Comptez sur moi.

Bosch se dirigea vers la porte, mais elle l'arrêta.

– Ça fait bizarre, hein, quand, parfois, on ne peut pas faire la différence entres les bons et les méchants.

Il se retourna vers elle.

– Oui, ça fait bizarre.

La maison sentait encore la peinture fraîche lorsque Bosch rentra enfin chez lui. Il regarda le mur qu'il avait commencé à peindre quatre jours plus tôt et cela lui parut bien lointain. Il ne savait pas quand il aurait le temps de le finir. Après le tremblement de terre, il lui avait fallu reconstruire entièrement la maison. Il n'avait réemménagé que depuis quelques semaines, après plus d'une année passée dans une résidence-hôtel près du commissariat. Le tremblement de terre lui paraissait lointain lui aussi. Les choses se succédaient rapidement dans cette ville. Tout ce qui n'était pas l'instant présent semblait déjà appartenir au passé.

Il sortit le numéro de téléphone d'Eleanor Wish que lui avait donné Felton et appela, mais personne ne décrocha, pas même un répondeur. Il raccrocha, en se demandant si elle avait eu le mot qu'il lui avait laissé. Il espérait qu'ils pourraient se retrouver, d'une manière ou d'une autre, lorsque cette histoire serait terminée. Mais alors, il ne savait pas quelle serait son attitude face au règlement qui interdisait à un policier d'avoir des relations avec une personne condamnée.

Ces pensées l'amenèrent à se demander de quelle façon Fitzgerald avait appris l'existence d'Eleanor et découvert qu'ils avaient passé la nuit ensemble chez elle. Il était probable qu'il avait des contacts au sein de la police urbaine de Las Vegas et que Felton ou Iverson lui avaient parlé d'Eleanor Wish.

Armé de deux sandwiches préparés avec de la viande qui se trouvait dans son réfrigérateur, de deux bouteilles de bière et de la boîte de cassettes que lui avait remise Fitzgerald, il s'installa dans son fauteuil à côté de la chaîne stéréo. En mangeant, il classa les enregistrements par ordre chronologique avant de les écouter. La photocopie d'un registre détaillé indiquait à quelle heure Aliso avait reçu ou passé ces coups de téléphone, et le numéro qu'il avait appelé.

Plus de la moitié des appels avaient été passés entre Tony Aliso et Layla, soit au club – à en juger par le bruit et la musique en arrière-plan – soit à un numéro qui, supposa-t-il, était celui de son domicile. Layla ne donnait jamais son nom, mais, lorsqu'il l'appelait au club, Tony utilisait son nom de scène pour demander à lui parler : Layla. C'étaient les seules fois où il prononçait son nom. La plupart de leurs conversations concernaient des détails de la vie quotidienne. Il l'appelait le plus souvent chez elle au milieu de l'après-midi. Un jour qu'il l'avait appelée chez elle, Layla lui avait reproché de l'avoir réveillée. Il lui avait répondu qu'il était déjà midi, elle lui avait alors fait remarquer qu'elle travaillait jusqu'à quatre heures du matin au club. Comme un enfant qu'on gronde, Tony s'était excusé et lui avait proposé de la rappeler plus tard. Ce qu'il avait fait à quatorze heures.

Outre les conversations avec Layla, Aliso avait appelé d'autres femmes, au sujet du tournage d'une scène d'un de ses films, et diverses autres personnes liées au cinéma elles aussi. Il avait téléphoné deux fois chez lui, mais les deux conversations avec sa femme étaient aussi brèves que banales. La première fois, il lui annonçait qu'il rentrait à la maison, et la seconde fois qu'il était retenu et ne pouvait rentrer pour dîner.

Quand Bosch eut écouté toutes les cassettes, en accéléré, il était déjà plus de minuit, et il n'avait trouvé qu'une conversation susceptible de posséder un vague intérêt. Tony Aliso avait téléphoné à Layla dans les loges du club le mardi soir précédant sa mort. Au milieu de leur conversation plutôt ennuyeuse, la fille lui avait demandé quel jour il pensait venir la semaine suivante.

« J'arrive jeudi, baby. Pourquoi ? Je te manque déjà ?

– Non… enfin, si, évidemment. Tu me manques et tout ça, Tony. Mais Lucky m'a demandé si tu venais. C'est pour ça que je te pose la question. »

Layla avait une voix douce de petite fille, qui sonnait faux.

« Dis-lui que je serai là jeudi soir. Tu travailles ce jour-là ?

– Oui, je bosse. »

Bosch éteignit la chaîne et réfléchit à ce seul appel important. Il signifiait que, par Layla, Goshen savait qu'Aliso devait venir à Vegas. Ce n'était pas grand-chose, mais un procureur pourrait certainement se servir de cet élément pour renforcer la thèse de la préméditation. Cependant, il y avait un hic : c'était une preuve illégale. Sur le plan juridique, elle n'existait même pas.

Il consulta sa montre. Malgré l'heure tardive, il décida d'appeler. Il consulta le registre où le numéro de téléphone de Layla avait été relevé par un appareil capable de déchiffrer les numéros composés sur un clavier de téléphone. Au bout de quatre sonneries, une femme à la voix suave, volontairement suggestive, décrocha.

– Layla ?

– Non, c'est Pandora.

Bosch faillit éclater de rire, mais il était trop fatigué.

– Où est Layla ?

– Elle n'est pas là.

– C'est un ami à l'appareil. Harry. Elle a essayé de me joindre l'autre soir. Savez-vous où elle est, où je pourrais l'appeler ?

– Non. Ça fait plusieurs jours qu'on l'a pas vue. Je sais pas où elle est. C'est au sujet de Tony ?

– Oui.

– Elle est vachement bouleversée. Si elle a envie de vous parler, elle vous rappellera. Vous êtes en ville ?

– Non, pas en ce moment. Et vous, où habitez-vous ?

– J'ai pas envie de vous le dire.

– Layla a-t-elle peur de quelque chose ?

– Évidemment ! Son papa poule s'est fait buter. Elle se dit que les gens vont peut-être penser qu'elle sait des choses, alors qu'elle sait rien. Elle a juste la trouille. »

Bosch donna son numéro de téléphone privé à Pandora, en lui demandant de dire à Layla de l'appeler si jamais elle rentrait.

Après avoir raccroché, il regarda de nouveau sa montre et sortit le petit répertoire téléphonique qu'il gardait toujours dans sa veste. Il composa le numéro de Billets, ce fut un homme qui répondit. Son mari. S'étant excusé d'appeler si tard, Bosch le pria de lui passer le lieutenant et, pendant qu'il patientait, se demanda si le mari était au courant des rapports entre son épouse et Kizmin Rider. Billets une fois en ligne, Bosch lui expliqua qu'il avait auditionné les cassettes, sans grands résultats.

– Un seul appel prouve que Goshen était averti de la venue d'Aliso à Las Vegas, et qu'il semblait s'y intéresser. Mais c'est à peu près tout. C'est secondaire, et on peut s'en passer. Quand nous aurons retrouvé Layla, nous pourrons obtenir le même renseignement de sa bouche. Légalement.

– Bon, je me sens mieux.

Bosch l'entendit soupirer au bout du fil. La crainte de Billets, non formulée, mais évidente, était que les bandes contiennent une information capitale qu'ils auraient été obligés de transmettre au bureau du procureur, provoquant ainsi des mesures de rétorsion de la part de Fitzgerald, et la fin de sa propre carrière par la même occasion.

– Pardonnez-moi d'appeler si tard, dit Bosch, mais j'ai pensé que ça vous intéresserait de le savoir.

– Merci, Harry. On se voit demain matin.

Après avoir raccroché, Bosch essaya de joindre Eleanor encore une fois, et encore une fois, personne ne répondit. La légère inquiétude qu'il éprouvait se transforma en une véritable angoisse. Il regrettait de ne plus être à Vegas pour pouvoir foncer chez elle et savoir si elle refusait simplement de répondre, ou s'il s'était passé quelque chose de plus grave.

Il alla chercher une autre bière dans le frigo et sortit sur la véranda de derrière. Plus large que celle qu'il avait avant, elle offrait une vue plus étendue sur le canyon. Dehors, tout était sombre et silencieux. Il était facile d'oublier le bourdonnement habituel du Hollywood Freeway tout en bas. Il regarda les projecteurs des studios Universal qui trouaient le ciel sans étoiles et finit sa bière en se demandant où était Eleanor.

Le lendemain matin, il arriva au poste à huit heures et commença par taper ses rapports, dans lesquels il détailla toutes les étapes de son enquête à Las Vegas. Il en fit ensuite des photocopies qu'il déposa dans le casier du lieutenant, avant de classer les originaux dans le dossier inauguré par Edgar et déjà épais de deux centimètres. Il ne rédigea aucun rapport sur ses discussions avec Carbone et Fitzgerald, ni sur l'écoute des enregistrements effectués par l'OCID à partir du téléphone professionnel de Tony Aliso. Il ne s'interrompit dans son travail que pour aller chercher du café dans la salle de garde, à plusieurs reprises.

A dix heures, il avait terminé toutes ces tâches, mais il attendit encore cinq minutes avant d'appeler la balistique. Il savait par expérience qu'il ne fallait pas appeler avant que le rapport sur la comparaison entre les projectiles ne soit terminé. Il décida donc d'attendre cinq minutes de plus pour ne prendre aucun risque. Cinq longues minutes.

Pendant qu'il téléphonait, Edgar et Rider vinrent tous les deux vers lui, à la table des homicides, pour avoir immédiatement les résultats de l'analyse. Ils étaient à un tournant décisif de l'enquête, et ils le savaient. Bosch demanda à parler à Lester Poole, le technicien chargé de cette affaire. Ils avaient déjà travaillé ensemble. Poole était une sorte de gnome dont toute la vie tournait autour des armes à feu, bien que, en tant que membre du personnel civil de la police, il ne soit pas autorisé à en porter. Cela ne l'empêchait pas d'être le meilleur spécialiste du service de balistique. C'était un homme étrange qui refusait d'adresser la parole à quiconque l'appelait Les. Il insistait pour qu'on l'appelle Lester ou simplement Poole, mais jamais par le diminutif de son prénom. Un jour, il avait fait part de ses craintes à Bosch : si les gens l'appelaient Les Pool, expliqua-t-il, il ne faudrait pas attendre longtemps pour que des petits malins le surnomment Cess Pool[1]. Or, il était bien décidé à ce que ça n'arrive jamais.

– Lester ? C'est Harry. C'est toi l'homme du jour. Qu'est-ce que tu as pour moi ?

– J'ai une bonne nouvelle et une mauvaise, Harry.

– Commence par la mauvaise.

– Je viens juste de finir. J'ai pas encore eu le temps de rédiger le rapport, mais voici ce qu'on peut déjà dire. Toutes les empreintes ont été effacées sur le flingue, et il est impossible de remonter sa trace. Ton bonhomme a utilisé de l'acide pour supprimer le numéro de série, et pas moyen de le faire réapparaître, malgré tous mes tours de magie. Voilà le premier point.

– Et la bonne nouvelle ?

1. Cesspool : fosse d'aisance *(NdT)*.

– La bonne nouvelle, c'est que l'arme correspond bien aux balles qui ont été extraites de la tête de la victime. Tu as décroché la timbale.

Bosch regarda Edgar et Rider et leva le pouce. Tous les deux se tapèrent dans les mains à la manière des basketteurs, et Bosch regarda Rider faire le même signe de victoire au lieutenant Billets à travers la vitre de son bureau. Immédiatement, Billets décrocha son téléphone. Bosch devina qu'elle appelait Gregson au bureau du procureur.

Poole lui annonça que le rapport serait terminé vers midi et qu'il le lui ferait parvenir par coursier. Après l'avoir remercié, Bosch raccrocha. Il se leva, le sourire aux lèvres, et accompagna Edgar et Rider dans le bureau du lieutenant. Billets resta encore une minute au téléphone, avec Gregson sans aucun doute, puis elle raccrocha.

– Nous avons fait un heureux, dit-elle.

– Il y a de quoi, s'exclama Edgar.

– Alors, et maintenant ? demanda Billets.

– On file à Vegas et on ramène cette ordure par la peau du cul, lui répondit Edgar.

– Oui, c'est ce que m'a dit Gregson. Il se rend sur place pour assister à l'audience. Elle a lieu demain matin, n'est-ce pas ?

– Oui, normalement, lui répondit Bosch. J'envisage de partir dès aujourd'hui. Il y a encore quelques détails que j'aimerais régler là-bas, et essayer éventuellement de retrouver la petite amie d'Aliso. Il faut aussi prendre toutes les dispositions pour repartir avec notre homme dès que le juge aura donné le feu vert.

– Parfait, dit Billets. (Elle se tourna vers Edgar et Rider.) Avez-vous décidé lequel de vous deux accompagnera Harry ?

– C'est moi, déclara Edgar. Kiz est occupée par tout le côté financier. J'irai chercher cet enfoiré avec Harry.

– Entendu. Autre chose ?

Bosch leur annonça que l'arme ne pouvait pas être identifiée, mais cela ne sembla pas diminuer l'euphorie provoquée par les conclusions de l'examen balistique.

Après avoir échangé quelques paroles d'autocongratulation, ils ressortirent du bureau et Bosch regagna sa place et son téléphone. Il appela Felton au siège de la police urbaine de Las Vegas. Le capitaine décrocha immédiatement.

– Felton ? C'est Harry Bosch, à L.A.

– Quoi de neuf, Bosch ?

– Je me suis dit que ça pourrait vous intéresser. C'est bien le même flingue. Il a servi à tuer Tony Aliso.

Felton émit un sifflement à l'autre bout du fil.

– Du beau boulot. Lucky va maudire son surnom en apprenant la nouvelle.

– Je me ferai un plaisir de la lui annoncer moi-même.

– Entendu. Quand arrivez-vous ?

– Ce n'est pas encore décidé. Où en est-on pour l'audience d'extradition ? C'est toujours prévu pour demain matin ?

– Oui, autant que je sache. Je vais demander à quelqu'un de vérifier, pour être sûr. Son avocat va peut-être essayer de faire des vagues, mais ça ne marchera pas. Surtout avec cette nouvelle preuve.

Bosch précisa que Gregson devait arriver à Vegas le lendemain matin pour seconder le procureur local en cas de besoin.

– A mon avis, il fait le voyage pour rien, mais il est le bienvenu.

– Je le lui dirai. Dites, si vous avez quelqu'un de disponible, il y a un point qui me tracasse.

– Quoi ?

– La petite amie de Tony. C'était une danseuse du Dolly, jusqu'à ce que Lucky la foute à la porte samedi dernier. J'ai très envie de lui parler. Elle se fait appeler Layla. C'est tout ce que je sais. Et j'ai son numéro de téléphone.

Il le lui donna et le capitaine promit de mettre quelqu'un sur le coup.

– Rien d'autre ?

– Si, une dernière chose. Vous connaissez, je crois, Fitzgerald, le chef de l'OCID, ici à L.A. ?

– Oui, bien sûr. On a bossé ensemble sur des affaires.

– Vous lui avez parlé dernièrement ?

– Euh, non… non. Pas depuis un bon moment.

Bosch aurait parié que le capitaine mentait, mais décida de ne pas insister. Il avait besoin de la coopération de Felton, pendant encore au moins vingt-quatre heures.

– Pourquoi cette question, Bosch ?

– Comme ça. Il nous a refilé quelques tuyaux de son côté, voilà tout.

– Tant mieux. C'est un type très compétent.

– Compétent ? Oui, c'est juste.

Immédiatement après avoir raccroché, Bosch s'occupa de préparer son voyage avec Edgar. Il réserva deux chambres au Mirage. Le prix dépassait le montant maximum des frais autorisés, mais il savait que Billets donnerait son accord. En outre, Layla avait essayé de le contacter au Mirage, peut-être essaierait-elle encore une fois.

Enfin, il réserva deux billets d'avion aller et retour pour Edgar et lui, au départ de Burbank. Pour le retour, le vendredi après-midi, il réserva une place supplémentaire pour Goshen.

Leur avion décollait à quinze heures trente et les déposait à Las Vegas une heure plus tard. Cela leur donnait largement le temps de faire tout ce qu'ils avaient à faire.

Nash sortit du poste de garde pour accueillir Bosch avec un sourire. Harry lui présenta Edgar.

– Dites, les gars, on dirait que vous avez une sacrée énigme sur les bras, hein ?

– Oui, on dirait, lui répondit Bosch. Vous avez une théorie ?

– Aucune. J'ai refilé le registre à votre copine, elle vous l'a dit ?

– Ce n'est pas ma copine, Nash. C'est un inspecteur de police. Et elle connaît son boulot.

– Oui, je sais. Je disais ça comme ça.

– Mme Aliso est chez elle ?

– Attendez, je vérifie.

Nash rouvrit la porte coulissante du poste de garde et alla chercher un bloc-notes. Il parcourut rapidement les feuilles qui y étaient accrochées. Cela étant fait, il le reposa et ressortit.

– Elle devrait être là, dit-il. Ça fait deux jours qu'elle n'est pas sortie.

Bosch le remercia d'un hochement de tête.

– Je suis obligé de l'appeler, dit Nash. Le règlement.

– Pas de problème.

Nash souleva la barrière, et Bosch redémarra.

Veronica les attendait sur le seuil de la maison, devant la porte ouverte. Elle portait un caleçon gris, très moulant, sous un T-shirt ample, sur lequel était imprimée la reproduction d'un tableau de Matisse. Elle était extrêmement maquillée, une fois de plus. Bosch lui présenta Edgar, et elle les fit entrer dans le living-room. Elle leur proposa quelque chose à boire, mais ils refusèrent.

– Eh bien, que puis-je pour vous, messieurs ?

Bosch ouvrit son carnet et déchira une page sur laquelle il avait déjà écrit quelque chose. Il la lui tendit.

– Voici le téléphone des services du coroner, et le numéro de l'affaire, dit-il. L'autopsie a été pratiquée hier, vous pouvez désormais récupérer le corps de votre mari. Si vous êtes déjà en contact avec une maison de pompes funèbres, indiquez-leur simplement le numéro du dossier, ils se chargeront de tout.

Elle regarda longuement la feuille.

– Merci, dit-elle enfin. Vous êtes venus jusqu'ici uniquement pour me donner ça ?

– Non. Nous avons du nouveau. Nous avons arrêté un homme que nous soupçonnons d'avoir assassiné votre mari.

Elle écarquilla les yeux.

– Qui est-ce ? A-t-il dit pourquoi il avait fait ça ?

– Il se nomme Luke Goshen. Il vient de Las Vegas. Avez-vous déjà entendu parler de lui ?

La confusion se peignit sur son visage.

– Non, qui est-ce ?

– Un membre de la pègre, madame Aliso. Et votre mari le connaissait très bien, j'en ai peur. Nous partons immédiatement à Las Vegas pour aller le chercher. Si tout se passe bien, nous reviendrons avec lui demain. L'affaire suivra ensuite le cours de la justice. Il y aura d'abord une audience préliminaire devant le tribunal municipal, et si Goshen est inculpé, comme nous le pensons, il y aura un procès devant la cour supérieure de Los Angeles.

Elle acquiesça, le regard lointain.

– Pourquoi a-t-il fait ça ?

– Nous essayons de le découvrir. Mais nous savons d'ores et déjà que votre mari traitait des affaires avec… le patron de cet homme. Un certain Joseph Marconi. Vous souvenez-vous d'avoir entendu votre mari parler de ces deux hommes, Goshen et Joseph Marconi ?

– Non.

– Est-ce que ces noms, Lucky ou Joey Marks, vous disent quelque chose ?

Elle fit « non » de la tête.

– Quel genre d'affaires ? demanda-t-elle.

– Votre mari blanchissait de l'argent pour le compte de ces gens. Par l'intermédiaire de son studio de production. Vous n'étiez vraiment au courant de rien ?

– Non, évidemment. Dois-je me faire assister de mon avocat ? Il m'a déjà conseillé de ne pas répondre à vos questions.

Bosch lui sourit.

– Non, madame Aliso, vous n'avez pas besoin de votre avocat. Nous essayons simplement de cerner cette affaire. Et si vous saviez quelque chose sur les activités de votre mari, cela pourrait nous aider à bâtir des chefs d'inculpation contre ce Goshen et son patron.

Voyez-vous, on a déjà de quoi coincer Goshen. Du solide. On a le rapport de balistique, des empreintes, des pièces à conviction accablantes. Mais Goshen n'aurait pas assassiné votre mari si Joey Marks ne lui en avait pas donné l'ordre. C'est lui qu'on voudrait coincer. Et plus on aura d'informations sur les affaires que traitait votre mari, plus on aura de chances de mettre le grappin sur Joey Marks. Donc, si jamais vous savez quelque chose, c'est le moment de nous aider.

Il se tut et attendit. La veuve regarda la feuille de papier pliée dans sa main. Finalement, après un petit hochement de tête, elle leva les yeux vers Bosch.

– Je ne savais rien de ses affaires, dit-elle. Mais la semaine dernière, il a reçu un coup de téléphone. C'était mercredi soir. Il l'a pris dans son bureau, et il a fermé la porte, mais... je me suis approchée pour écouter. Et j'ai entendu ce qu'il disait.

– Et que disait-il ?

– Il appelait l'autre personne Lucky. J'en suis sûre. Il a écouté un long moment, sans parler, et ensuite, il a dit qu'il serait là-bas à la fin de la semaine. Et il a ajouté qu'il verrait cette personne au club. C'est tout.

Bosch hocha la tête.

– Pourquoi ne m'avez-vous rien dit avant ?

– Ça ne me paraissait pas important. Et je... en fait, je croyais qu'il parlait à une femme. A cause du nom, Lucky. J'ai cru que c'était un nom de femme.

– C'est pour cette raison que vous écoutiez aux portes ?

Elle détourna le regard et hocha la tête.

– Madame Aliso, avez-vous déjà engagé un détective privé pour faire suivre votre mari ?

– Non. J'y ai songé, mais je ne l'ai pas fait.

– Pourtant, vous le soupçonniez d'avoir une liaison ?

– Plusieurs, inspecteur. Et je ne soupçonnais rien, je savais. Une femme sait ce genre de choses.

– Bien, madame. Avez-vous d'autres souvenirs de cette conversation téléphonique ? des propos échangés ?

– Non. Uniquement ce que je vous ai dit.

– Concernant les chefs d'inculpation, et plus précisément la notion de préméditation, il nous serait très utile de déterminer le moment de cet appel. Êtes-vous sûre que c'était mercredi ?

– Oui, car Tony est parti le lendemain.

– Quelle heure était-il ?

– Tard. On regardait les infos sur Channel Four. Il était plus de vingt-trois heures, un peu avant vingt-trois heures trente. Je ne peux pas être plus précise.

– C'est parfait, madame.

Bosch se tourna vers Edgar en haussant les sourcils. Celui-ci se contenta de hocher la tête. Il était prêt à s'en aller. Ils se levèrent et Veronica Aliso les accompagna à la porte.

– Oh, j'oubliais, dit Bosch en arrivant à la porte. Une question m'est venue concernant votre mari. Savez-vous s'il avait un médecin attitré qu'il allait voir régulièrement ?

– Oui, à l'occasion. Pourquoi ?

– Je voudrais savoir s'il souffrait d'hémorroïdes.

On aurait dit qu'elle allait pouffer.

– Des hémorroïdes ? Non, je ne crois pas. Connaissant Tony, il n'aurait pas manqué de se plaindre, haut et fort.

– Ah bon ?

Bosch s'était arrêté dans l'encadrement de la porte ouverte.

– Mais vous venez de me dire que l'autopsie avait eu lieu. Votre médecin légiste n'a pas été capable de répondre à cette question ?

Bosch acquiesça. Elle l'avait bien eu.

– Oui, sans doute, dit-il. Mais si je vous pose cette question, c'est qu'on a découvert un tube de Préparation H dans sa voiture. Je me demandais ce que ce médicament faisait là et s'il n'en avait pas besoin.

Cette fois, elle sourit.

– C'est une vieille astuce des gens du spectacle.

– Des gens du spectacle ?

– Actrices, mannequins, danseuses. Elles utilisent ces machins-là.

Bosch la dévisagea, attendant la suite. Elle garda le silence.

– Je ne comprends pas, avoua-t-il. Pour quoi faire ?

– Elles s'en mettent sous les yeux, inspecteur Bosch. Pour atténuer les gonflements, vous saisissez ? Vous vous mettez ça sous les yeux, et toutes les traces laissées par la vie nocturne s'atténuent. La moitié des gens de cette ville qui achètent ces produits les emploient sans doute de cette façon, sous les yeux et non pas ailleurs. Mon mari… était un homme vaniteux. S'il se rendait à Las Vegas pour retrouver une jeune personne, il était du genre à utiliser cette astuce.

Bosch repensa à cette substance non identifiée retrouvée aux coins des yeux de Tony Aliso. On en apprend tous les jours, pensa-t-il. Il faudrait qu'il appelle Salazar.

– A votre avis, comment a-t-il découvert cette astuce ? insista-t-il.

Elle parut sur le point de répondre, puis hésita, et finalement, haussa les épaules.

– Ce n'est pas un grand secret. Il a pu l'apprendre n'importe où.

Y compris avec vous, songea Bosch, sans le dire. Il acquiesça simplement et franchit la porte.

– Une dernière chose, ajouta-t-il avant qu'elle ne la referme. Les médias vont certainement parler de cette arrestation aujourd'hui ou demain. Nous essaierons d'étouffer l'affaire au maximum. Mais dans cette ville, rien ne reste sacré ou secret très longtemps. Il faut vous y préparer.

– Merci du conseil, inspecteur.

– Vous devriez peut-être envisager des funérailles discrètes. A l'intérieur. Dites au directeur des pompes funèbres de ne donner aucune information par téléphone. Les enterrements font toujours de bons reportages à la télé.

Elle acquiesça et referma la porte.

Alors qu'ils quittaient Hidden Hills, Bosch alluma une cigarette, et Edgar ne protesta pas.

– Un vrai iceberg, cette femme, dit-il en guise de commentaire.

– Tu l'as dit. Que penses-tu du coup de téléphone de Lucky ?

– Une pièce de plus. On le tient par les couilles. Il est cuit.

Bosch emprunta Mulholland Drive et longea la crête des collines jusqu'à ce que la route redescende en serpentant vers le Hollywood Freeway. Ils passèrent devant la voie d'accès pompiers où ils avaient découvert le corps de Tony Aliso sans échanger de commentaire. Arrivé à l'entrée de l'autoroute, Bosch bifurqua vers le sud afin de prendre la 10 dans le centre, en direction de l'ouest.

– Qu'est-ce que tu fous, Harry ? s'exclama Edgar. Je croyais qu'on prenait l'avion à Burbank.

– On ne prend pas l'avion. On y va en voiture.

– C'est quoi, cette histoire ?

– J'ai réservé les billets au cas où quelqu'un vérifierait. Une fois arrivés à Vegas, on dira qu'on est venus en avion et qu'on repart de la même manière juste après l'audience, avec Goshen. Personne n'a besoin de savoir qu'on fait le trajet en voiture. Tu es d'accord ?

– Oui, pas de problème. J'ai pigé. On prend des précautions. On fait un écran de fumée, au cas où quelqu'un nous surveillerait. Je comprends. Avec la pègre, on ne sait jamais.

– Avec la pègre ou avec les flics.

4

En roulant à cent quarante de moyenne, et en s'arrêtant un quart d'heure dans un McDonald's, ils atteignirent Las Vegas en quatre heures. Ils se rendirent directement à l'aéroport international McCarran, se garèrent dans le parking et récupérèrent leurs mallettes et leurs sacs de voyage dans le coffre. Edgar attendit dehors, pendant que Bosch pénétrait dans le terminal pour louer une voiture chez Hertz.

Il était presque seize heures trente lorsqu'ils franchirent les portes du bâtiment de la police urbaine. En traversant la salle des inspecteurs, Bosch aperçut Iverson qui était assis à son bureau et discutait avec Baxter, debout à côté de lui. Un petit sourire apparut sur le visage d'Iverson, mais Bosch l'ignora et se rendit directement dans le bureau de Felton. Le capitaine était occupé à remplir des paperasses. Bosch frappa à la porte ouverte et entra.

– Hé, Bosch, où vous étiez passé ?

– Je réglais quelques détails.

– C'est votre procureur ? demanda-t-il en désignant Edgar.

– Non, lui c'est mon équipier, Jerry Edgar. Le procureur n'arrivera que demain matin.

– Vous pouvez l'appeler pour lui dire que ce n'est pas la peine.

Bosch observa Felton. Il comprit alors pourquoi Iverson souriait. Il y avait du nouveau.

– Capitaine, vous êtes un homme plein de surprises, dit-il. De quoi s'agit-il ?

Felton se renversa dans son fauteuil. Un cigare éteint, dont un bout était humide de salive, était posé au bord du bureau. Il le reprit et le coinça entre deux doigts. Il tergiversait, essayant visiblement de faire réagir Bosch. Mais ce dernier refusa de mordre à l'hameçon, et le capitaine s'expliqua enfin.

– Votre type, Goshen, est en train de faire sa valise.

– Il accepte l'extradition ?

– Oui, il est devenu intelligent.

Bosch prit la chaise qui faisait face au bureau. Edgar s'assit sur celle de droite. Felton poursuivit.

– Il a viré Mickey Torrino, l'avocat véreux, et en a engagé un autre. Le nouveau ne vaut guère mieux, mais au moins il est plus disposé à défendre son client.

– Pourquoi ce changement ? Vous lui avez parlé de l'examen balistique ?

– Évidemment que je lui en ai parlé. Je l'ai fait venir, je lui ai craché le morceau. Je lui ai également dit qu'on avait démonté son alibi.

Bosch dévisagea Felton, sans lui poser la question qui s'imposait.

– Oui, c'est juste, Bosch. On n'est pas restés assis à se tourner les pouces. On l'a travaillé au corps, et maintenant, on vous aide à l'enfoncer. Il disait qu'il n'avait pas quitté son bureau le vendredi soir jusqu'à la fermeture du club à quatre heures. Alors, on est allés vérifier sur place. Figurez-vous qu'il y a une porte à l'arrière. Il pouvait entrer et sortir en douce. Personne ne l'a vu entre le moment où Tony Aliso a quitté le club et celui où il est sorti de son bureau pour fermer l'établissement. Ce qui lui laissait largement le temps d'aller à L.A. pour buter Aliso et de sauter dans le dernier avion. Seulement, il y a un hic. Une des filles qui bossent au club, une nana qui se fait appeler Modesty, s'est engueulée avec une autre danseuse et elle est allée au bureau pour se plaindre à Lucky. Elle affirme que personne n'a répondu quand elle a frappé à la porte. Alors, elle a dit à Gussie qu'elle voulait voir le patron, et Gussie lui a répondu que le patron n'était pas là. Ça s'est passé vers minuit.

Felton hocha la tête, en faisant un clin d'œil à Bosch.

– Et que dit Gussie sur ce point ?

– Il ne dit rien. Comme de bien entendu. Mais s'il décide de confirmer l'alibi de Lucky devant le juge, vous pourrez facilement lui fermer le clapet. Il a un casier qui remonte à l'époque où il était encore à l'école primaire.

– Bon, on verra ça. Et Goshen ?

– Comme je vous le disais, on l'a fait venir ce matin pour lui dire ce qu'on savait et lui faire comprendre que le temps était compté. Il devait prendre une décision, et il l'a prise. Il a changé d'avocat. C'est suffisamment clair, non ? Si vous voulez mon avis, il est prêt à négocier. Ça signifie que vous allez vous le payer, avec Joey Marks en prime, plus quelques autres salopards de cette ville. Ce sera le plus gros coup porté à l'organisation depuis dix ans. Tout le monde est content.

Bosch se leva. Edgar l'imita.

– C'est la deuxième fois que vous me torpillez, dit Bosch d'un ton calme et mesuré. Soyez sûr qu'il n'y en aura pas de troisième. Où est-il ?

– Hé, relax, Bosch. On travaille tous dans la même équipe.

– Il est ici, oui ou non ?

– Salle d'interrogatoire numéro trois. La dernière fois que je suis allé jeter un œil, Weiss était avec lui. Alan Weiss, son nouvel avocat.

– Goshen a rempli une déposition ?

– Non, bien sûr que non. Weiss nous a mis le marché en main. Aucune négociation avant que vous ayez emmené son client à L.A. En d'autres termes, il accepte l'extradition et vous le ramenez à la maison. A vous de traiter avec lui une fois là-bas. Dès demain, on n'est plus dans le coup. Sauf quand vous reviendrez pour chercher Joey Marks. On vous filera un coup de main. Il y a longtemps que j'attends ce jour.

Bosch quitta la pièce sans rien ajouter. Il traversa le bureau des inspecteurs, sans même jeter un regard à Iverson, pour atteindre le couloir du fond qui conduisait aux salles d'interrogatoire. Soulevant le rabat de toile qui masquait le carreau de la porte, il découvrit Goshen, vêtu d'une combinaison bleue de prisonnier, assis à une table, face à un type en costume, beaucoup plus petit que lui. Bosch frappa au carreau, attendit une seconde et ouvrit la porte.

– Maître ? J'aimerais vous dire quelques mots, dehors.

– Vous venez de L.A. ? Ce n'est pas trop tôt !

– Allons parler dans le couloir.

Tandis que l'avocat se levait, Bosch observa Goshen derrière lui. Le colosse était attaché à la table avec une paire de menottes. Une trentaine d'heures seulement s'étaient écoulées depuis que Bosch l'avait vu pour la dernière fois, mais Luke Goshen était un homme métamorphosé. Il avait le dos voûté, comme s'il se repliait sur lui-même. Son regard était vide, comme s'il avait passé la nuit à envisager l'avenir. Il évitait de regarder Bosch. Dès que Weiss fut sorti dans le couloir, Bosch referma la porte.

L'avocat avait à peu près le même âge que lui. Tiré à quatre épingles, le teint bronzé. Bosch ne l'aurait pas juré, mais il lui sembla qu'il portait une perruque. Il avait des lunettes à fine monture dorée.

Durant les quelques secondes dont il disposa pour jauger l'avocat, Bosch se dit que Goshen avait fait le bon choix.

Une fois les présentations terminées, Weiss en vint directement au fait.

– Mon client est disposé à accepter une demande d'extradition. Mais vous devez faire vite, inspecteur. M. Goshen ne se sent ni à l'aise ni en sécurité, ici à Las Vegas, même dans une cellule de la police urbaine. J'espérais que nous pourrions obtenir une audience avec un juge dès aujourd'hui, mais il est trop tard. A neuf heures demain matin, je serai au tribunal. Tout est déjà arrangé avec M. Lipson, notre procureur. Dès dix heures, vous pourrez conduire mon client à l'aéroport.

– Hé, pas si vite, maître, dit Edgar. Pourquoi tant de précipitation, tout à coup ? C'est parce que notre ami Luke a entendu parler du rapport de balistique ? Ou alors il sait que Joey Marks est au courant lui aussi et se dit qu'il ferait bien de limiter les dégâts ?

Et il enchaîna :

– Et je parie qu'il est plus facile pour Joey de faire exécuter un contrat ici dans ces locaux, que là-bas à L.A., n'est-ce pas ?

Weiss les dévisagea comme s'il avait devant lui des formes de vie qu'il n'avait encore jamais rencontrées.

– M. Goshen n'est pas au courant de cette histoire de contrat, et j'ose espérer que vos affirmations font simplement partie de votre numéro habituel d'intimidation. Ce qu'il sait, en revanche, c'est qu'on tente de le piéger pour l'accuser d'un crime qu'il n'a pas commis. Et il estime que la meilleure façon de se défendre est de coopérer dans un environnement entièrement différent. Loin de Las Vegas. Il n'a pas d'autre solution que Los Angeles.

– Peut-on lui parler ?

Weiss secoua la tête.

– M. Goshen ne dira pas un mot avant d'être à L.A. Mon frère prendra l'affaire en main ensuite. Il a son cabinet là-bas. Saul Weiss, vous avez peut-être entendu parler de lui ?

Bosch en avait entendu parler, en effet, mais il secoua la tête.

– Je crois savoir qu'il a déjà contacté votre M. Gregson, reprit Weiss. Vous voyez, inspecteur, vous n'êtes qu'un simple accompagnateur dans cette affaire. Votre mission consiste à mettre M. Goshen dans l'avion demain matin et à veiller à ce qu'il arrive sain et sauf à Los Angeles. Ensuite, vous n'aurez plus à vous occuper de rien.

– Ça m'étonnerait.

Il contourna l'avocat et ouvrit la porte de la salle d'interrogatoire.

Goshen leva la tête. Bosch entra et s'approcha de la table. Penché en avant, il posa les deux mains à plat sur la table, mais avant qu'il ait le temps de dire un mot, Weiss l'avait suivi à l'intérieur et s'exclamait :

– Luke, ne dites rien à cet homme. Pas un mot !

Bosch ignora Weiss, il ne regardait que Goshen.

– Tout ce que je veux, Lucky, c'est un signe de bonne volonté. Tu veux que je te ramène sain et sauf à L.A., tu me files quelque chose en échange. Réponds seulement à une question. Où...

– Il est obligé de vous escorter, Luke. Ne tombez pas dans le panneau. Si vous ne m'écoutez pas, je ne peux pas vous défendre.

– Où est Layla ? demanda Bosch. Je ne quitterai pas Vegas avant de lui avoir parlé. Si tu tiens à foutre le camp d'ici avant demain matin, il faut que je lui parle ce soir. Elle n'est pas chez elle. J'ai parlé à sa colocataire, Pandora, hier soir, et elle m'a dit que Layla avait disparu depuis au moins deux jours. Où est-elle ?

Goshen regarda alternativement Bosch et Weiss.

– Ne dites pas un mot, lui ordonna ce dernier. Si vous voulez bien sortir, inspecteur, j'aimerais m'entretenir avec mon client. De fait, je pense que c'est une question à laquelle je pourrai sans doute l'autoriser à répondre.

– Espérons-le.

Bosch ressortit dans le couloir avec Edgar. Il coinça une cigarette entre ses lèvres, sans l'allumer.

– Pourquoi tu t'intéresses tant à Layla ? lui demanda Edgar.

– Je n'aime pas les pièces manquantes. Je veux savoir quel rôle elle joue dans tout ça.

Bosch omit de lui préciser que, grâce aux écoutes illégales, il n'ignorait pas que Layla avait appelé Aliso pour savoir, à la demande de Goshen, quand il devait venir à Vegas. S'ils la retrouvaient, ils pourraient lui arracher cette information au cours de l'interrogatoire, sans lui dévoiler qu'ils le savaient déjà.

– C'est aussi un test, dit-il à Edgar. Pour voir jusqu'où Goshen est prêt à aller.

L'avocat ressortit dans le couloir à son tour et ferma la porte derrière lui.

– Si vous essayez encore une fois de l'interroger, alors que j'ai bien spécifié qu'il ne répondrait à aucune question, cela portera un coup fatal à nos rapports.

Bosch eut envie de lui demander : « Quels rapports ? », mais n'insista pas.

– Alors, il accepte de répondre ?

– Non, c'est moi qui vais le faire. M. Goshen dit qu'au début il a effectivement raccompagné plusieurs fois cette Layla chez elle. Une nuit, elle lui a demandé de la déposer ailleurs que chez elle, car elle cherchait à éviter un individu qu'elle fréquentait à cette époque et craignait qu'il ne l'attende à son domicile. Bref, il l'a déposée devant une maison du nord de Las Vegas. C'est là qu'elle avait grandi, lui a-t-elle expliqué. M. Goshen ne connaît pas l'adresse exacte, mais il dit que c'est au croisement de Sycamore Street et d'Urbandale. Trottoir nord-est. Essayez donc là. Il n'en sait pas plus.

Bosch avait sorti son carnet pour noter les noms des rues.

– Merci, maître.

– Puisque vous avez votre carnet à la main, notez également : salle d'audience numéro dix. Nous y serons demain matin à neuf heures. Je vous fais confiance pour prendre les dispositions nécessaires afin d'assurer le transfert de mon client en toute sécurité.

– C'est le rôle d'un accompagnateur, non ?

– Pardonnez-moi, inspecteur. On se laisse parfois emporter, vous savez. Ne vous vexez pas.

– Il n'y a pas de mal.

De retour dans la salle des inspecteurs, Bosch se servit du téléphone posé sur un bureau inoccupé pour appeler la compagnie aérienne Southwest afin d'échanger les réservations sur le vol de retour de trois heures le lendemain après-midi contre des places à bord d'un avion décollant à dix heures trente du matin. Il n'avait pas besoin de se tourner vers Iverson pour savoir que celui-ci l'observait de derrière son bureau, situé à environ cinq mètres de là.

Le problème une fois réglé, Bosch passa la tête dans le bureau de Felton. Le capitaine était au téléphone. Bosch mima un salut militaire et s'en alla.

Ayant regagné leur voiture de location, Bosch et Edgar décidèrent de se rendre à la prison afin d'accomplir les formalités de transfert du prisonnier avant d'essayer de retrouver Layla.

La prison jouxtait le tribunal. Le sergent chargé des levées d'écrou, un certain Hackett, leur expliqua rapidement comment et où s'effectuerait la remise du détenu. Étant donné qu'il était dix-sept heures passées et que le changement d'équipe avait déjà eu lieu, Bosch et Edgar auraient affaire à un autre sergent le lendemain matin. Malgré tout, Bosch fut rassuré de savoir à l'avance comment les choses allaient se passer. Ils pourraient faire monter Goshen à bord de la voiture dans un endroit isolé et sûr. Il avait de bonnes raisons de croire qu'il n'y aurait aucun problème. A la prison du moins.

Suivant les indications fournies par Hackett, ils pénétrèrent dans un quartier habité par les classes moyennes dans le nord de Las Vegas, et là, repérèrent la maison devant laquelle Goshen disait avoir un jour déposé Layla. C'était une sorte de petit bungalow, avec un petit toit en aluminium au-dessus de chaque fenêtre. Une Mazda RX7 était garée sous l'auvent pour voiture.

Une femme âgée vint leur ouvrir. Elle avait dépassé la soixantaine, mais était encore bien conservée. Bosch crut distinguer sur son visage quelque chose de la photo de Layla. Il tendit son insigne.

– Madame, dit-il, je m'appelle Harry Bosch et voici mon collègue Jerry Edgar. Nous sommes de Los Angeles et nous cherchons une jeune femme pour lui poser quelques questions. Elle est danseuse et se fait appeler Layla. Est-elle ici ?

– Non, elle n'habite pas ici. Je ne sais pas de quoi vous parlez.

– Je crois que vous le savez très bien, madame, et je vous serais très reconnaissant si vous pouviez nous aider.

– Je vous le répète, elle n'est pas ici.

– Nous avons entendu dire qu'elle habitait ici, avec vous. Est-ce exact ? Vous êtes sa mère ? Layla a essayé de me contacter. Elle n'a aucune raison d'avoir peur et de refuser de nous parler.

– Je lui dirai si je la vois.

– Peut-on entrer ?

Bosch posa la main sur la porte et lentement, mais avec fermeté, commença à la pousser avant que la femme puisse répondre.

– Vous n'avez pas le...

Elle n'acheva pas sa phrase. Elle savait que ce qu'elle allait dire ne servirait à rien. Dans un monde idéal, les flics ne pouvaient pas entrer de force. Mais elle savait qu'on ne vivait pas dans un monde idéal.

Bosch balaya les lieux du regard en entrant. Les vieux meubles avaient dépassé de plusieurs années leur durée de vie normale, et sans doute savait-elle déjà en les achetant qu'ils devraient tenir longtemps. Il y avait un canapé standard avec le fauteuil assorti. L'un et l'autre étaient recouverts d'une couverture à carreaux, sans doute pour masquer l'usure. Il y avait également un vieux téléviseur, le modèle avec une molette pour changer de chaîne. Des magazines à sensation étaient étalés sur la table basse. Dans toute la maison flottait l'odeur nauséabonde de la vieillesse.

– Vous vivez seule ? demanda-t-il.

– Oui, répondit-elle d'un ton indigné, comme si cette question était une insulte.

– Quand avez-vous vu Layla pour la dernière fois ?

– Elle ne s'appelle pas Layla.

– C'était ma prochaine question. Quel est son vrai nom ?

– Elle s'appelle Gretchen Alexander.

– Et vous ?

– Dorothy Alexander.

– Alors, où est-elle, Dorothy ?

– Je ne sais pas, et je ne lui ai pas demandé.

– Quand est-elle partie ?

– Hier matin.

Bosch adressa un signe de tête à Edgar, qui recula d'un pas, pivota sur ses talons et s'engagea dans un couloir menant vers le fond de la maison.

– Où il va comme ça ? demanda la femme.

– Il va juste jeter un coup d'œil, c'est tout, dit Bosch. Asseyez-vous et parlons un peu, Dorothy. Plus vite nous en aurons terminé, plus vite nous partirons.

Il lui désigna le fauteuil et resta debout jusqu'à ce qu'elle soit assise. Il contourna alors la table basse pour s'asseoir sur le canapé, dont les ressorts étaient tous défoncés. Il s'enfonça si profondément qu'il dut se pencher en avant, et, malgré cela, eut l'impression d'avoir les genoux à la hauteur de la poitrine. Il sortit son carnet.

– Ça me plaît pas qu'il fouille dans mes affaires, déclara Dorothy en jetant un coup d'œil vers le couloir, par-dessus son épaule.

– Il est très soigneux. J'ai l'impression que vous vous attendiez à notre visite. Comment étiez-vous au courant ?

– Je sais ce qu'elle m'a dit, c'est tout. Elle a dit que la police risquait de venir. Mais par contre, elle m'a pas dit qu'ils viendraient carrément de Los Angeles.

Elle avait dit Los Angueles.

– Savez-vous pourquoi nous sommes ici ?

– A cause de Tony. Elle m'a dit qu'il était reparti et qu'on l'avait tué là-bas.

– Où est allée Gretchen, Dorothy ?

– Elle ne me l'a pas dit. Vous pouvez me poser cent fois la question, ma réponse sera toujours la même. J'en sais rien.

– C'est sa voiture de sport dehors, sous l'auvent ?

– Évidemment. Elle l'a achetée avec son argent.

– En faisant du strip-tease ?

– J'ai toujours dit que l'argent, c'était de l'argent, quelle que soit la façon dont on le gagne.

Edgar revint dans la pièce. Il regarda Bosch ; celui-ci lui fit signe de faire son rapport.

– Apparemment, elle est venue ici. Il y a deux chambres. Le cendrier sur la table de chevet est plein. Il y a un espace vide sur la tringle de la penderie, comme si quelqu'un avait accroché des vêtements. Ils ont disparu. Elle a laissé ça.

Il tendit la main. Au creux de sa paume, il y avait un petit cadre ovale renfermant une photo sur laquelle on voyait Tony Aliso et Gretchen Alexander. Ils se tenaient par la taille et souriaient à l'objectif. Bosch reporta son attention sur Dorothy Alexander.

– Si elle est partie, pourquoi a-t-elle laissé sa voiture ici ?

– J'en sais rien. Un taxi est venu la chercher.

– Elle a pris l'avion ?

– Comment je pourrais le savoir puisque j'ignore où elle est allée ?

Bosch pointa un doigt dans sa direction, mimant une arme à feu.

– Un point pour vous. A-t-elle dit quand elle rentrait ?

– Non.

– Quel âge a-t-elle ?

– Elle va avoir vingt-trois ans.

– Comment a-t-elle réagi pour Tony ?

– Mal. Elle était amoureuse de lui, et maintenant elle a le cœur brisé. Je suis inquiète.

– Vous croyez qu'elle pourrait faire une bêtise ?

– Je ne sais pas ce qu'elle est capable de faire.

– Elle vous a dit qu'elle était amoureuse, ou c'est simplement votre opinion ?

– Je n'ai rien inventé, elle me l'a dit. Elle s'est confiée à moi, et c'était la vérité. Elle m'a dit qu'ils allaient se marier.

– Elle savait que Tony Aliso était déjà marié ?

– Oui, elle le savait. Mais il lui avait dit que c'était terminé avec sa femme, c'était juste une question de temps.

Bosch se demanda si c'était la vérité. Non pas la vérité à laquelle croyait peut-être Gretchen, mais celle que croyait Tony Aliso. Il regarda la feuille blanche de son carnet.

– Je réfléchis pour savoir si je n'ai rien oublié, dit-il. Jerry ?

Edgar prit la parole.

– Moi, j'aimerais bien savoir comment une mère peut laisser sa fille gagner sa vie de cette façon. En se foutant à poil et ainsi de suite.

– Jerry, je…

– Elle a du talent, monsieur. Les hommes venaient de tout le pays pour la voir, et une fois qu'ils l'avaient vue, ils revenaient. Rien que pour elle. Et d'ailleurs, je ne suis pas sa mère. J'aurais pu l'être, car sa mère est partie en me la laissant il y a longtemps. Mais elle a du talent, et je n'ai plus rien à vous dire. Sortez de chez moi.

Elle se leva, comme pour faire exécuter son ordre par la force. Bosch décida de lui laisser le dernier mot, et se leva en rangeant son carnet.

– Pardonnez cette intrusion, dit-il en sortant de son portefeuille une carte de visite. Si jamais vous avez des nouvelles de Gretchen, voulez-vous lui donner ce numéro ? Et ce soir, elle peut me joindre de nouveau au Mirage.

– Je lui dirai, si elle m'appelle.

Elle prit la carte et les suivit jusqu'à la porte. Sur le perron, Bosch se retourna.

– Merci, madame Alexander.

– De quoi ?

En revenant au Strip en voiture, ils demeurèrent muets un long moment. Finalement, Bosch demanda à Edgar ce qu'il pensait de cet interrogatoire.

– Coriace, la vieille. Il fallait que je pose cette question. Uniquement pour voir sa réaction. A part ça, je pense que cette Layla ou Gretchen, comme tu veux, n'est qu'une impasse. C'est une pauvre idiote que Tony menait par le bout du nez. Généralement, c'est plutôt les strip-teaseuses qui mènent la danse. Cette fois, c'était le contraire.

– Oui, peut-être.

Bosch alluma une cigarette et replongea dans le silence. Il ne pensait déjà plus à cet interrogatoire. A ses yeux, le boulot de la journée était terminé, et toutes ses pensées se tournaient maintenant vers Eleanor Wish.

En arrivant au Mirage, il s'engagea dans l'allée circulaire qui conduisait au casino et s'arrêta devant l'entrée principale.

– Hé, qu'est-ce que tu fous ? demanda Edgar. Si Bullets est

d'accord pour nous offrir le Mirage, je doute qu'elle puise dans la bourse des contribuables pour payer le voiturier.

– Je te dépose simplement. Je vais aller faire l'échange de bagnoles ce soir. Je n'ai aucune envie de traîner autour de l'aéroport demain.

– Oui, je comprends, mais dans ce cas, je t'accompagne. J'ai rien à foutre ici, à part claquer du fric dans les machines à sous.

Bosch ouvrit la boîte à gants pour appuyer sur le bouton qui commandait l'ouverture du coffre.

– Non, Jed, j'y vais seul. J'ai besoin de réfléchir à certaines choses. Prends tes affaires dans le coffre.

Edgar l'observa longuement. Cela faisait une éternité que Bosch ne l'avait pas appelé Jed. Il s'apprêtait à dire quelque chose, mais se ravisa. Il ouvrit la portière.

– Entendu, Harry. Tu veux qu'on aille dîner ou boire un verre plus tard ?

– Oui, peut-être. Je t'appellerai dans ta chambre.

– C'est toi le patron.

Quand Edgar eut refermé violemment le coffre, Bosch redémarra et retourna dans Las Vegas Boulevard, avant de prendre la direction de Sands, au nord. La nuit commençait à tomber et la lumière déclinante était peu à peu remplacée par la lueur des néons de la ville. Dix minutes plus tard, il se garait sur une place de parking vide devant l'immeuble d'Eleanor Wish. Inspirant à fond, il descendit de voiture. Il avait besoin de savoir. Pourquoi n'avait-elle pas répondu à ses appels ? Pourquoi n'avait-elle pas répondu à son message ?

En arrivant devant la porte de l'appartement, il sentit son ventre se nouer, comme si une main énorme lui broyait les viscères. Le mot qu'il avait soigneusement plié et coincé dans l'encadrement de la porte deux jours plus tôt était toujours à la même place. Bosch contempla le paillasson usé, puis ferma les yeux de toutes ses forces. Il sentait remonter en lui la terrible vague de culpabilité qu'il avait eu tant de mal à enfouir. Un jour, il avait passé un coup de téléphone, et un innocent en était mort. Il s'agissait d'une erreur, une chose qu'il ne pouvait absolument pas prévoir, mais c'était arrivé malgré tout, et il avait mené un rude combat contre les remords, afin, non pas de les oublier, mais de les enterrer assez profondément pour pouvoir vivre avec. Et maintenant, Eleanor. Bosch savait ce qu'il allait découvrir derrière la porte. En demandant à Felton son adresse et son numéro de téléphone, il avait mis en marche le mécanisme, la machine impitoyable qui l'avait conduite dans les locaux de la police urbaine comme une criminelle, et qui avait broyé sa dignité fragile et sa conviction que le plus dur était passé.

Il donna un petit coup de pied dans le paillasson, au cas peu probable où elle aurait glissé une clé en dessous. Ses crochets pour forcer les serrures étaient restés dans la boîte à gants de la voiture garée sur le parking de l'aéroport. Il hésita un instant, le regard fixé sur un point de la porte, au-dessus de la poignée, puis il recula d'un pas, leva la jambe gauche et décocha un grand coup de talon dans l'huis. Le bois se fendit le long du montant et la porte s'ouvrit avec fracas. Bosch entra lentement dans l'appartement.

Il ne remarqua aucun désordre dans le salon. Rapidement, il se rendit dans le couloir, puis dans la chambre. Le lit était défait et vide. Bosch demeura immobile un instant, face à ce spectacle. Il s'aperçut qu'il avait cessé de respirer dès l'instant où il avait défoncé la porte. Il expira lentement et se remit à respirer normalement. Elle était vivante. Quelque part. Du moins le pensait-il. Il s'assit sur le lit et alluma une cigarette. Son soulagement fut rapidement submergé par un flot de doutes et de questions obsédantes. Pourquoi ne l'avait-elle pas appelé ? Y avait-il un peu de sincérité dans ce qu'ils avaient partagé ?

– Il y a quelqu'un ?

Une voix d'homme venait de résonner à l'entrée de l'appartement. Sans doute un voisin qui l'avait entendu faire sauter la porte d'un coup de pied. Il se leva et sortit de la chambre.

– Je suis là ! dit-il. Je suis de la police !

Il pénétra dans le salon et découvrit un homme impeccablement vêtu d'un costume noir et d'une chemise blanche, avec une cravate noire. Il ne s'y attendait pas.

– Inspecteur Bosch ?

Bosch se raidit, sans rien dire.

– Il y a quelqu'un dehors qui voudrait vous parler.

– Qui ?

– Il vous dira lui-même qui il est et ce qu'il veut.

Sur ce, l'homme ressortit de l'appartement, laissant Bosch libre de décider s'il voulait le suivre ou pas. Après un moment d'hésitation, Bosch accepta.

Une immense limousine attendait sur le parking ; le moteur tournait au ralenti. Le type au costume noir en fit le tour et monta à la place du conducteur. Bosch le regarda s'installer, puis se dirigea vers la limousine. Instinctivement, il frotta son avant-bras contre son manteau, jusqu'à ce qu'il sente à travers le tissu la forme rassurante de son arme. Au même moment, la portière arrière la plus proche de lui s'ouvrit et un homme au visage grêlé, sombre, lui fit signe de monter. Bosch ne montra pas la moindre hésitation. Il était trop tard maintenant.

Bosch se pencha pour pénétrer à l'intérieur de l'immense voiture et s'assit sur un siège orienté vers l'arrière du véhicule. Deux hommes étaient assis sur la confortable banquette en cuir. L'individu au visage grêlé, habillé de manière décontractée, était affalé dans un coin. A ses côtés se trouvait un homme plus âgé vêtu d'un coûteux costume trois pièces ; sa cravate lui serrait le cou. Entre eux était posé un petit boîtier noir sur lequel brillait une lumière verte. Bosch connaissait ce genre d'appareil. Il servait à détecter les ondes radio électroniques émises par les systèmes d'écoute. Tant que la lumière verte était allumée, ils pouvaient parler en ayant la quasi-certitude de ne pas être espionnés ni enregistrés.

– Inspecteur Bosch, dit l'homme au visage grêlé.

– Joey Marks, je suppose ?

– Mon nom est Joseph Marconi.

– Que puis-je pour vous, monsieur Marconi ?

– Je pensais que nous pourrions avoir une petite conversation. Vous, moi et mon avocat ici présent.

– Monsieur Torrino ?

L'autre homme acquiesça.

– Je crois savoir que vous avez perdu un client aujourd'hui.

– C'est justement de cela dont nous voudrions vous parler, dit Marconi. Il y a un problème. Nous…

– Comment avez-vous su que j'étais ici ?

– J'avais chargé quelques gars de surveiller l'immeuble. On pensait bien que vous reviendriez. Surtout après avoir laissé ce mot.

Apparemment, ils le suivaient, et Bosch se demanda depuis combien de temps la filature avait commencé. Presque au même moment, une autre conclusion jaillit dans son esprit, et tout à coup il comprit la raison de cette rencontre.

– Où est Eleanor Wish ?

– Eleanor Wish ? (Marconi se tourna vers Torrino, avant de revenir sur Bosch.) Je ne la connais pas. Mais je suppose qu'elle va réapparaître.

– Que voulez-vous, Marconi ?

– Je voulais juste bavarder avec vous, rien de plus. Une petite conversation tranquille. Nous sommes confrontés à un problème, et peut-être pouvons-nous le résoudre ensemble. Je veux travailler avec vous, inspecteur Bosch. Et vous, voulez-vous travailler avec moi ?

– Je répète ma question : que voulez-vous ?

– Je veux régler ce problème avant que la situation devienne incontrôlable. Vous vous trompez de route, inspecteur Bosch. Vous êtes un type bien. Je me suis renseigné. Vous avez une éthique et j'apprécie. Quoi qu'on fasse dans la vie, il faut un code d'éthique. Et vous en avez un. Mais vous faites fausse route. Je n'ai rien à voir avec Tony Aliso.

Bosch fit la grimace, en secouant la tête.

– Je ne veux pas écouter votre alibi, Marconi. Je suis sûr qu'il est en béton, mais je m'en contrefous. Vous êtes capable de presser sur une détente à cinq cents kilomètres de distance. On a déjà fait mieux, si vous voyez ce que je veux dire ?

– Il y a quelque chose qui cloche dans tout ça, inspecteur. J'ignore ce que vous a raconté cet enfoiré de mouchard, mais il ment. J'ai les mains propres en ce qui concerne Tony A. Mes hommes aussi. Et je vous offre la possibilité de rétablir la vérité.

– Ah oui ? Et comment ? Je libère Lucky pour que vous puissiez venir le cueillir à la porte de la prison avec votre limousine, et l'emmener ensuite faire une balade dans le désert ? Vous croyez qu'on reverra Lucky ensuite ?

– Vous croyez que vous reverrez cette femme, cet ancien agent du FBI ?

Bosch le dévisagea, laissant la colère monter en lui jusqu'à ce qu'il sente un picotement dans la nuque. Alors, d'un geste rapide, il dégaina son arme et se jeta en avant. Il saisit l'épaisse chaîne en or qui pendait autour du cou de Marconi et l'attira violemment vers lui. Il enfonça le canon de son arme dans la joue du gangster.

– Vous pouvez répéter ?

– Calmez-vous, inspecteur Bosch, dit Torrino. Ne commettez pas un acte irréfléchi.

Il posa la main sur le bras de Bosch.

– Enlevez votre main, connard.

Torrino ôta sa main et la leva en même temps que l'autre pour montrer qu'il se rendait.

– Je veux juste calmer un peu l'ambiance.

Bosch se renfonça dans son siège, en gardant son arme à la main. Le canon avait imprimé un petit rond gras sur la joue de Marconi. Celui-ci l'essuya avec sa main.

– Où est-elle, Marconi ?

– Je viens d'apprendre qu'elle était partie pour quelques jours, Bosch. Inutile de réagir de manière aussi brutale. Nous sommes entre amis. Elle reviendra. D'ailleurs, maintenant que je sais à quel point vous êtes... attaché à elle, je vous garantis personnellement qu'elle reviendra.

– En échange de quoi ?

Le sergent Hackett était encore de garde à la prison de la police urbaine. Bosch lui expliqua qu'il devait s'entretenir avec Goshen pendant quelques minutes au sujet d'un problème de sécurité. Hackett répondit, en bafouillant, que le règlement interdisait les visites en dehors des heures autorisées, mais Bosch savait que cela se faisait quand même parfois, pour les policiers locaux, règlement ou pas. Hackett finit par céder et conduisit Bosch dans une pièce qu'utilisaient les avocats pour interroger leurs clients, et lui demanda d'attendre. Dix minutes plus tard, Hackett poussa Goshen à l'intérieur de la pièce et lui menotta un des poignets à la chaise sur laquelle il l'avait fait asseoir. Sur ce, il croisa les bras sur la poitrine et vint se planter derrière le prisonnier.

– Sergent, j'ai besoin d'être seul pour parler à cet homme.

– Impossible. Raisons de sécurité.

– Sergent, dit Bosch. Ce que je vais dire à cet homme, qu'il accepte ou pas de me parler, risque de mettre votre vie en danger si jamais on sait que vous avez été témoin de cette conversation. Vous voyez ce que je veux dire ? Pourquoi ajouter un danger potentiel à votre liste ? Je vous demande juste cinq minutes.

Hackett réfléchit un instant, puis sans un mot, il les laissa en tête à tête.

– Très astucieux, Bosch, mais je ne vous dirai rien. Weiss m'a prévenu que vous tenteriez sans doute un coup en douce. Il savait que vous n'auriez pas la patience d'attendre. Je refuse de jouer avec vous. Conduisez-moi à L.A., présentez-moi les personnes qui ont le pouvoir de négocier, et on négociera. De cette façon, tout le monde aura ce qu'il cherche.

– Ferme-la et écoute-moi bien, espèce d'enfoiré. Je me contrefous de cette histoire d'arrangement. Mon seul souci désormais est de savoir si je dois te laisser en vie ou pas.

Bosch constata qu'il avait réussi à capter l'attention du prisonnier.

Il attendit quelques instants, histoire de faire monter la pression, puis il se lança.

– Je vais t'expliquer une chose, Goshen. Dans tout Las Vegas, il n'y a qu'une seule personne à laquelle je tiens. Une seule. Si jamais elle disparaît du tableau, tout le reste peut bien partir en fumée, je n'en aurai rien à foutre. Il se trouve que je tiens beaucoup à cette personne, et parmi tous les gens qui vivent ici, c'est elle que ton employeur décide de kidnapper pour me forcer la main.

L'inquiétude plissa les yeux de Goshen. Bosch lui parlait de ses relations. Il devinait sans peine la suite.

– Voici le marché dont je te parle. C'est toi contre elle. Joey Marks m'a dit que si tu n'arrivais pas à L.A., mon amie reviendrait. Et inversement. Tu comprends ce que je veux dire ?

Goshen baissa les yeux sur la table et acquiesça lentement.

– Oui ou non ?

Bosch sortit son arme et l'approcha à quelques centimètres seulement du visage du colosse. Goshen regarda le trou noir du canon en louchant.

– Je pourrais te faire sauter la cervelle sur-le-champ. Hackett rappliquerait, et je lui expliquerais que tu as essayé de t'emparer de mon arme. Il ne pourrait pas dire le contraire. C'est lui qui t'a amené ici. C'est interdit par le règlement. Il serait obligé de la fermer.

Bosch rengaina son arme.

– Ou bien j'attends demain, ajouta-t-il. Voici comment je vois les choses. A l'aéroport, on attend notre avion. Soudain, grosse agitation autour des machines à sous. Quelqu'un vient de décrocher un putain de jackpot, et, mon collègue et moi, on commet l'erreur de tourner la tête dans cette direction. Pendant ce temps-là, quelqu'un... peut-être ton pote Gussie... te plante un stylet de quinze centimètres dans la nuque. Fini pour toi, mon amie peut rentrer à la maison.

– Qu'est-ce que vous voulez, Bosch ?

Ce dernier se pencha vers lui.

– Je veux que tu me donnes des raisons de te protéger. Je n'ai rien à foutre de toi, Goshen, mort ou vivant. Mais je ne laisserai personne lui faire du mal. J'ai commis des erreurs dans ma vie, mec. Un jour, j'ai tué quelqu'un qui ne méritait pas d'être tué. Tu piges ? Ça ne se reproduira plus. C'est ma rédemption, Goshen. Et si je dois sacrifier une raclure dans ton genre pour l'obtenir, je n'hésiterai pas. Il n'y a qu'une alternative. Tu connais bien Joey Marks, où a-t-il pu la cacher ?

– Oh, putain, j'en sais rien.

Goshen se massa le dessus du crâne.

– Réfléchis, Goshen. Ce n'est pas la première fois qu'il fait ça. Pour les gars comme vous, c'est la routine. Où cacherait-il quelqu'un que personne ne doit retrouver ?

– Il y avait... Je sais qu'il utilise deux planques différentes. Pour un truc comme ça... je pense qu'il ferait appel aux Samoans.

– C'est qui ça ?

– Deux énormes salopards qu'il emploie. Les Samoans. Ils sont frères. Leurs noms sont trop durs à prononcer, alors on les appelle Tom et Jerry. Une des planques leur appartient. Joey l'utiliserait certainement pour ce genre d'opération. L'autre planque sert surtout à compter le fric, ou à accueillir des gars de Chicago.

– Où est la maison des Samoans ?

– Dans le nord de Vegas, pas très loin du Dolly en vérité.

Sur une feuille de carnet que Bosch lui tendit, Goshen dessina un plan rudimentaire, accompagné d'indications, pour atteindre la maison en question.

– Tu y es déjà allé, Goshen ?

– Oui, quelquefois.

Bosch retourna la feuille de papier sur la table.

– Alors, dessine-moi l'intérieur de la maison.

Bosch arrêta la voiture de fonction poussiéreuse qu'il était allé récupérer à l'aéroport devant l'entrée du Mirage, dans l'allée circulaire. Il descendit. Un voiturier s'avança aussitôt, mais Bosch passa devant lui sans s'arrêter.

– Monsieur, vos clés ?

– J'en ai juste pour une minute.

Le voiturier protesta, affirmant qu'il n'avait pas le droit d'abandonner sa voiture à cet endroit, tandis que Bosch disparaissait déjà à travers la porte à tambour. En traversant le casino pour se diriger vers le hall de l'hôtel, Bosch observa les joueurs, en s'arrêtant sur les grands Noirs, qui n'étaient pas légion. Aucune trace d'Edgar.

A la réception, il demanda qu'on lui passe la chambre de son collègue et laissa échapper un soupir de soulagement presque audible lorsque Edgar décrocha.

– Jerry, c'est Bosch. J'ai besoin de ton aide.

– Que se passe-t-il ?

– Rejoins-moi dehors, devant l'entrée.

– Maintenant ? Je viens juste de commander à manger. Comme tu n'appelais pas, je…

– Tout de suite, Jerry. Tu as emporté ton gilet ?

– Mon gilet ? Oui. Qu'est-ce que…

– Prends-le avec toi.

Bosch raccrocha avant qu'Edgar ne pose d'autres questions.

En faisant demi-tour pour regagner sa voiture, il tomba nez à nez avec quelqu'un qu'il connaissait. Tout d'abord, parce que l'homme était bien habillé, Bosch crut qu'il s'agissait d'un des sbires de Joey Marks, mais ensuite, il le reconnut. Hank Meyer, le type de la sécurité du Mirage.

– Inspecteur Bosch, je ne m'attendais pas à vous voir ici.

– Je viens d'arriver. Je suis venu chercher quelqu'un.

– Vous avez épinglé votre coupable ?

– Nous le pensons.

– Félicitations.

– Excusez-moi, Hank, il faut que je vous laisse. Ma voiture bloque le passage devant l'entrée.

– Oh, c'est la vôtre. Je viens justement de recevoir un appel radio à ce sujet. Soyez gentil de la déplacer.

– On se verra plus tard.

Bosch voulut repartir.

– Oh, inspecteur ? Je voulais juste vous signaler que le ticket de pari n'était toujours pas réapparu.

Bosch s'arrêta.

– Quoi ?

– Vous nous avez demandé de vérifier si quelqu'un avait encaissé les gains du pari que votre victime avait effectué vendredi soir. Vous vous souvenez, sur les Dodgers ?

– Ah oui.

– Nous avons examiné les bandes d'ordinateur et repéré le numéro du ticket. J'ai ensuite vérifié avec l'ordinateur. Personne n'est venu se faire payer.

– OK. Merci.

– J'ai appelé votre bureau aujourd'hui pour vous prévenir, mais vous n'étiez pas là. J'ignorais que vous deviez venir ici. On continue à ouvrir l'œil.

– Merci, Hank. Il faut que j'y aille.

Bosch tenta de s'éloigner encore une fois, mais Meyer ne voulait pas le lâcher.

– De rien. Merci à vous. C'est toujours un plaisir de pouvoir apporter notre collaboration et, nous l'espérons, notre aide à nos amis gardiens de la paix.

Meyer avait un sourire jusqu'aux oreilles. Bosch se retourna vers lui, en ayant l'impression d'avoir un boulet attaché au pied. Pas moyen de s'en défaire. Il hocha simplement la tête et continua d'avancer, en se demandant depuis quand il n'avait pas entendu l'expression « ami gardien de la paix ». Il avait presque traversé la moitié du hall lorsque, jetant un coup d'œil par-dessus son épaule, il découvrit que Meyer était toujours derrière lui.

– Une dernière chose, inspecteur Bosch.

Bosch s'arrêta, mais cette fois, il perdit patience.

– Quoi encore, Hank ? Je suis pressé !

– Il y en a pour une seconde. C'est un service que je vous demande. Je suppose que la police va faire une déclaration à la presse au sujet de cette arrestation. Je vous serais reconnaissant si vous pouviez éviter de citer le nom du Mirage. Et ne parlez pas de notre aide, si vous voulez bien.

– Pas de problème. Je ne dirai rien. A plus tard, Hank.

Bosch pivota sur ses talons et s'en alla. Il était peu probable que le nom du Mirage soit apparu dans un communiqué de presse, mais il comprenait les craintes de Meyer. Fréquentations coupables. Meyer conjuguait les relations publiques avec la sécurité du casino. Ou peut-être que c'était la même chose.

Bosch regagna la voiture juste au moment où Edgar franchissait la porte, son gilet pare-balles à la main. Le voiturier jeta un regard noir à Bosch. Ce dernier lui donna un billet de cinq dollars. Cela ne parvint pas à l'amadouer. Les deux inspecteurs sautèrent à bord de la voiture et repartirent.

La planque dont Goshen avait parlé à Bosch paraissait déserte quand ils passèrent devant en voiture. Bosch s'arrêta un demi-pâté de maisons plus loin.

– Franchement, j'ai des doutes, Harry, dit Edgar. On devrait plutôt prévenir la police urbaine.

– Je t'ai déjà expliqué. C'est impossible. Marks a forcément un homme à lui chez les flics du coin. Sinon, il n'aurait jamais eu l'idée de kidnapper Eleanor Wish. Si on les appelle, il sera au courant, et avant que la police n'intervienne, Eleanor sera morte ou bien ils l'auront emmenée ailleurs. Conclusion, on agit et on prévient les flics après.

– S'il y a un après. Comment est-ce qu'on va faire au juste ? Entrer et tirer dans le tas ? C'est des trucs de cow-boy à la con ça, Harry.

– Non, toi, tu restes derrière le volant, simplement. Tu fais demi-tour et tu te tiens prêt à redémarrer. Il se peut qu'on soit obligés de partir rapidement.

Bosch avait espéré se servir d'Edgar comme soutien, mais après lui avoir expliqué son projet en chemin, il avait compris qu'il ne pouvait compter sur lui. Bosch avait alors opté pour le plan B, dans lequel Edgar servait uniquement de chauffeur.

Bosch ouvrit la portière et se retourna vers son collègue avant de descendre.

– Tu seras là, hein ?

– Évidemment. Mais ne te fais pas buter. Je ne veux pas être obligé de fournir des explications.

– Je ferai de mon mieux, c'est promis. Prête-moi tes menottes et ouvre le coffre.

Bosch glissa les menottes d'Edgar dans sa poche de veste et se dirigea vers le coffre. Il en sortit son gilet pare-balles qu'il enfila par-dessus sa chemise, avant de remettre sa veste pour dissimuler le holster. Il souleva le tapis du coffre et ôta la roue de secours. Dessous se trouvait un pistolet Glock 17, enveloppé dans un torchon maculé de graisse. Il éjecta le chargeur, vérifia que la première balle n'était pas rouillée et remit le chargeur. Il glissa le pistolet dans sa ceinture. En cas de fusillade, il ne voulait pas utiliser son arme de service.

Il salua Edgar à travers la vitre arrière et s'éloigna dans la rue.

La planque était une petite construction en ciment et plâtre qui se fondait dans le décor. Après avoir escaladé une clôture d'un mètre de haut, Bosch sortit le pistolet glissé dans sa ceinture et le tint contre lui, tandis qu'il longeait le flanc la maison. Aucune lumière n'était visible aux fenêtres de devant et sur le côté. Mais il percevait le bruit étouffé d'un téléviseur. Elle était là. Il le sentait. Il savait que Goshen avait dit la vérité.

Arrivé au coin de derrière, il découvrit une piscine dans le jardin, ainsi qu'une véranda vitrée. Sur une dalle en béton était ancrée une parabole de satellite. Les planques modernes de la Mafia, pensa-t-il. Après tout, on ne savait jamais combien de temps il faudrait rester caché ; il était bon de capter cinq cents chaînes de télé.

Le jardin de derrière était désert, mais en franchissant le coin de la maison Bosch découvrit une fenêtre éclairée. Il s'en approcha en restant plaqué contre le mur. Les rideaux étaient tirés devant la fenêtre, mais en jetant un coup d'œil par l'interstice, il les vit : deux montagnes humaines qu'il identifia immédiatement comme étant les Samoans. Et Eleanor. Les Samoans étaient assis dans un canapé devant la télé. Eleanor, elle, avait pris place sur une chaise, à côté du canapé. On lui avait attaché une cheville et un poignet à la chaise, avec des menottes. A cause de l'abat-jour qui se trouvait dans son champ de vision, il ne distinguait pas son visage. Mais il reconnut les vêtements qu'elle portait le jour où on était venu la chercher pour la conduire dans les locaux de la police urbaine. Tous les trois regardaient une rediffusion du Mary Tyler Moore show. Bosch sentit la colère monter dans sa gorge.

Il s'accroupit près de la fenêtre et chercha le moyen de faire sortir Eleanor. Appuyé contre le mur, il observa le jardin et la surface scintillante de la piscine. Soudain, une idée lui vint.

Après avoir jeté un nouveau coup d'œil entre les rideaux et constaté que personne n'avait bougé, il revint sur ses pas, jusqu'à la dalle de béton où se dressait la parabole. Il remit son pistolet dans sa ceinture et examina l'installation quelques instants, et finalement, à deux mains, il fit pivoter l'antenne, de manière à ce qu'elle pointe vers le sol.

Il fallut environ cinq minutes. Temps pendant lequel, il le supposa, l'un des deux Samoans dut bricoler la télé pour essayer de faire réapparaître l'image. Finalement, une lumière extérieure s'alluma, la porte de derrière s'ouvrit, et un des deux frères apparut dans la véranda. Il portait une chemise hawaïenne aussi vaste qu'une tente de camping et avait de longs cheveux noirs qui lui tombaient sur les épaules.

En arrivant devant la parabole, le géant se demanda visiblement comment procéder. Il contempla longuement l'antenne, avant d'en faire le tour pour voir si la solution était plus évidente de ce côté-là. Dans cette position, il tournait le dos à Bosch.

Se détachant du coin de la maison, Bosch avança sans bruit derrière le Samoan. Il lui colla le canon de son Glock dans le creux des reins, si tant est qu'il y eût un creux.

– Pas un geste, mon grand, lui ordonna-t-il à voix basse, d'un ton calme. Ne dis pas un mot si tu ne veux pas finir ta vie dans une chaise roulante en trimbalant un sac de pisse.

Bosch attendit. L'homme ne bougea pas, ne dit mot.

– Tu es qui toi, Tom ou Jerry ?

– Jerry.

– OK, Jerry, on va retourner jusqu'à la véranda. En route.

Ils marchèrent vers un des deux piliers métalliques qui soutenaient le toit de la véranda. Pendant tout ce temps, Bosch garda le canon de son arme appuyé contre la chemise. Il sortit ensuite de sa poche les menottes d'Edgar. Il les fit passer devant le type, en contournant sa bedaine, et les agita sous son nez.

– Allez. Attache-toi au pilier.

Il attendit d'entendre les deux déclics, après quoi, il fit le tour de son prisonnier pour vérifier qu'il était bien attaché, en resserrant au maximum les menottes autour des poignets épais.

– C'est bien, Jerry. Et maintenant, tu veux que je bute ton frère ? Je peux entrer, le flinguer et récupérer la fille. C'est la méthode simple. Tu veux que j'utilise cette méthode ?

– Non.

– Dans ce cas, fais exactement ce que je te dis. Si tu joues au con, il est mort. Et ensuite, je te buterai toi aussi, car je ne peux pas me permettre de laisser un témoin. Tu piges ?

– Oui.

– Bon, sans prononcer son nom, car je ne te fais pas confiance, tu vas l'appeler pour lui demander si l'image est revenue à la télé. Quand il te répondra non, demande-lui de venir te filer un coup de main. Dis-lui qu'il ne s'inquiète pas pour la fille, elle est attachée. Si tu joues bien ton rôle, Jerry, il n'y aura pas de casse. Mais si jamais tu déconnes, on déplorera des victimes.

– Comment je l'appelle ?

– Si tu essayais « Hé, frangin ? » Ça devrait marcher.

Jerry fit ce qu'on lui demandait, et le fit bien. Après une courte discussion, le frangin sortit à son tour dans la véranda, où il découvrit Jerry qui lui tournait le dos. A l'instant où il comprenait que quelque chose clochait, Bosch bondit hors de sa cachette, sur la droite, et le braqua avec son arme. Se servant de ses menottes personnelles cette fois, il attacha le deuxième frère, qui semblait encore plus costaud que le premier et portait une chemise encore plus criarde, au second pilier de la véranda.

– Faites une petite pause, les gars. Je reviens dans cinq minutes. Oh, j'oubliais, qui a les clés des menottes de la femme ?

– Lui, répondirent-ils en chœur.

– Ce n'est pas malin ça, les gars. Je n'ai pas envie de vous faire du mal. Alors, qui a les clés ?

– C'est moi.

La voix venait de derrière, de la porte de la véranda. Bosch se figea.

– Doucement, Bosch. Balance ton flingue dans la piscine et retourne-toi très lentement.

Bosch jeta son arme, avant de se retourner comme on le lui demandait. C'était Gussie. Malgré l'obscurité, Bosch voyait la jubilation et la haine étinceler dans ses yeux. Lorsqu'il s'avança dans la véranda, Bosch distingua la forme d'une arme dans sa main droite. Il était furieux après lui-même de ne pas avoir inspecté entièrement les lieux, ni même d'avoir pensé à demander à Jerry s'il y avait quelqu'un d'autre dans la maison. Gussie s'approcha, leva son arme et appuya le canon contre la joue gauche de Bosch, juste sous l'œil.

– Alors, tu vois ce que ça fait, hein ?

– On a parlé à son patron, on dirait.

– Exact. Et les cons dans l'histoire, c'est pas nous, c'est toi. On se doutait bien que tu tenterais un truc comme ça. On va l'appeler pour savoir ce qu'on doit faire. Mais pour commencer, tu vas détacher Tom et Jerry. Tout de suite !

– Entendu, Gussie.

Bosch envisageait de glisser la main sous sa veste pour s'emparer de sa deuxième arme, mais il savait que ce serait suicidaire tant que Gussie le menaçait à bout portant. Lentement, il mit la main dans sa poche pour sortir les clés, lorsqu'il capta un mouvement sur sa gauche et entendit une voix s'écrier :

– Pas un geste, connard !

C'était Edgar. Gussie se figea. Après un court instant d'immobilité générale, Bosch sortit son arme et enfonça le canon dans le cou de Gussie. Les deux hommes s'affrontèrent du regard pendant un long moment.

– Alors, qu'est-ce que tu décides ? demanda finalement Bosch. Tu veux tenter le coup ? Pour voir si on y passe tous les deux ?

Gussie ne répondit pas, et Edgar intervint. Il appuya le canon de son arme sur la tempe de Gussie. Un sourire apparut sur le visage de Bosch ; il arracha l'arme des mains de Gussie et la jeta dans la piscine.

– J'en étais sûr.

Se tournant vers Edgar, il le remercia d'un hochement de tête.

– Tu le surveilles ? Je vais la chercher.

– Oui, je le surveille, Harry. Et j'espère que ce gros enfoiré va tenter un truc stupide.

Bosch vérifia que Gussie n'avait pas d'autre arme sur lui.

– Où est la clé des menottes ? demanda-t-il.

– Va te faire foutre.

– Tu te souviens de l'autre soir, Gussie ? Tu veux qu'on recommence le même numéro ? Allez, dis-moi où est cette putain de clé.

Sa propre clé de menottes fonctionnerait certainement, se dit-il, mais il tenait à récupérer celle de Gussie. Pour finir, le colosse poussa un long soupir et déclara que la clé se trouvait sur le comptoir de la cuisine.

Bosch entra dans la maison, arme au poing, scrutant les lieux pour éviter toute nouvelle surprise. Il n'y avait personne. Ayant récupéré la clé sur le comptoir de la cuisine, il se précipita dans le salon où se trouvait Eleanor. Quand il pénétra dans la pièce, elle leva les yeux vers lui, et il vit alors dans son regard une chose dont il chérirait éternellement le souvenir. Une chose qu'il pensait être incapable de transcrire avec des mots. L'adieu à la peur, la certitude d'être en sécurité. Des remerciements peut-être. Peut-être était-ce ainsi que les gens regardaient les héros, se dit-il. A grandes enjambées, il vint s'agenouiller devant sa chaise pour lui ôter ses menottes.

– Tout va bien, Eleanor.

– Oui, ça va. Je le savais, Harry. Je savais que tu viendrais.

Après l'avoir détachée, il leva les yeux vers elle. Il hocha la tête et la serra brièvement dans ses bras.

– Dépêchons-nous.

Ils ressortirent derrière la maison, où rien n'avait changé.

– Tu le surveilles, Jerry ? Je cherche un téléphone pour prévenir Felton.

– Je le…

– Non ! déclara Eleanor. Ne les appelle pas. Je ne veux pas.

Bosch se retourna vers elle.

– Qu'est-ce que tu racontes, Eleanor ? Ces types t'ont kidnappée ! Si nous n'étions pas intervenus, il est fort probable qu'ils t'auraient emmenée faire un petit tour dans le désert demain pour te liquider.

– Je ne veux pas avoir affaire aux flics. Je ne veux pas subir tout ça. Je veux juste que ça se termine.

Bosch la dévisagea.

– Jerry, tu le surveilles ? demanda-t-il.

– Oui, Harry.

S'approchant d'Eleanor, Bosch la prit par le bras pour l'entraîner à l'intérieur de la maison. Lorsqu'ils atteignirent l'alcôve située près de la cuisine, suffisamment loin des hommes qui se trouvaient dehors pour ne pas être entendus, il s'arrêta et la regarda droit dans les yeux.

– Que se passe-t-il, Eleanor ?

– Rien. Simplement, je ne veux...

– Ils t'ont fait du mal ?

– Non, je...

– Ils t'ont violée ? Dis-moi la vérité.

– Non, Harry. Il ne s'agit pas de ça. Je veux juste que tout ça se termine.

– Écoute-moi. On a l'occasion de faire plonger Marks, son avocat et ces trois connards qui sont dehors. C'est pour cette raison que je suis ici. C'est Marks qui m'a dit qu'il t'avait kidnappée.

– Ne te mens pas à toi-même, Harry. Marks est intouchable sur ce coup-là. Que t'a-t-il dit au juste ? Qui te servira de témoin ? Moi ? Regarde-moi ! Je suis une criminelle, Harry. Pire encore, j'étais du côté de la loi dans le temps. Imagine un peu tout ce qu'un avocat peut tirer de ça.

Bosch garda le silence. Il savait qu'elle avait raison.

– Je refuse de me fourrer dans cette situation, ajouta-t-elle. J'ai eu ma dose de réalité quand les flics sont venus me tirer du lit. Pas question que j'intervienne en leur faveur dans cette histoire. Peux-tu me sortir de là, oui ou non ?

– Du moment que tu es sûre de toi. Car une fois qu'on aura quitté cet endroit, tu ne pourras plus changer d'avis.

– Je n'ai pas le moindre doute.

Bosch acquiesça et l'entraîna de nouveau au-dehors, dans la véranda.

– Les gars, c'est votre jour de chance ! lança-t-il aux trois malfrats.

Il s'adressa ensuite à Edgar :

– On fout le camp. Je t'expliquerai plus tard.

Edgar se contenta de hocher la tête. Bosch s'approcha des deux Samoans, l'un après l'autre, pour les attacher avec leurs propres menottes, avant de récupérer les autres. Cela étant fait, il agita la clé devant le nez du plus petit des deux géants, et la jeta dans la piscine. Se dirigeant ensuite vers la clôture qui courait derrière la piscine, il s'empara d'une longue perche au bout de laquelle était fixé un filet. Il récupéra ainsi son pistolet au fond de la piscine et le tendit à Eleanor. Après quoi, il revint vers Gussie. Celui-ci était entièrement vêtu de noir. Edgar se tenait toujours à sa droite, l'arme appuyée sur sa tempe.

– J'ai failli ne pas te reconnaître sans ton smoking, Gussie. Tu veux bien transmettre un message à Joey Marks de ma part ?

– Ouais. Lequel ?

– Dis-lui d'aller se faire foutre. C'est tout.

– Ça ne va pas lui plaire.

– Franchement, ça m'est égal. Il a de la chance que je ne lui laisse pas trois cadavres en guise de message.

Bosch se tourna vers Eleanor.

– Tu as quelque chose à dire ou à faire ?

Elle secoua la tête.

– Dans ce cas, barrons-nous. Seul petit problème, Gussie, on est à court de menottes. C'est dommage pour toi.

– Il y a de la corde dans...

Bosch le frappa sur l'arrête du nez avec la crosse de son arme, broyant les os qui n'avaient pas été brisés lors de leur précédent affrontement. Gussie tomba lourdement à genoux, puis bascula vers l'avant ; son visage heurta le dallage de la véranda avec un bruit sourd.

– Bon sang, Harry !

C'était Edgar. Visiblement choqué par ce soudain accès de violence.

Bosch se contenta de le regarder.

– Allons-y, dit-il enfin.

Lorsqu'ils arrivèrent devant chez Eleanor, Bosch s'approcha le plus possible de la porte de l'immeuble, en marche arrière, et commanda l'ouverture du coffre.

– Nous n'avons pas beaucoup de temps, dit-il. Jerry, tu restes dans les parages, tu regardes si quelqu'un vient. Eleanor, tu peux remplir le coffre avec tout ce qui rentre dedans. Mais c'est à peu près tout ce que tu peux emporter.

Elle acquiesça. Elle avait compris. Pour elle, Las Vegas, c'était terminé. Elle ne pouvait plus vivre ici, après ce qui venait de se passer. Comprenait-elle également, se demanda Bosch, que c'était à cause de lui ? S'il n'avait pas cherché à la revoir, elle aurait continué à vivre comme avant.

Tous les trois descendirent de voiture, et Bosch accompagna Eleanor dans son appartement. Voyant qu'elle contemplait la porte brisée, il lui avoua que c'était lui le coupable.

– Pourquoi ?

– Comme je restais sans nouvelles de toi, j'ai cru... j'ai cru autre chose.

Elle acquiesça de nouveau. Cela aussi elle le comprenait.

– Je n'ai pas grand-chose à emporter, dit-elle. La plupart de ces machins, je m'en fous. Je ne remplirai sans doute même pas tout le coffre.

Elle se rendit dans sa chambre, prit une vieille valise dans la penderie et commença à la remplir de vêtements. Lorsqu'elle fut pleine, Bosch alla la mettre dans le coffre de la voiture. Quand il revint, Eleanor déposait dans un carton les vêtements restants et quelques objets personnels. Il la vit mettre un album de photos dans le carton, avant d'aller vider l'armoire à pharmacie dans la salle de bains.

Dans la cuisine, elle ne prit qu'un tire-bouchon et une tasse avec le dessin de l'hôtel Mirage.

– Je l'ai achetée le soir où j'ai gagné quatre cent soixante-trois dollars au casino, expliqua-t-elle. Je jouais à la grande table, et je ne savais plus où j'étais, mais j'ai gagné. Je veux m'en souvenir.

Elle déposa la tasse à l'intérieur du carton plein.

– Et voilà, dit-elle. Toute ma vie est là-dedans.

Bosch l'observa sans rien dire, puis il alla déposer le carton dans le coffre. Il eut un peu de mal à le faire entrer à côté de la valise. Cela fait, il se retourna pour prévenir Eleanor qu'ils s'en allaient, mais elle l'avait déjà rejoint, avec la reproduction encadrée des *Oiseaux de nuit*, le tableau de Hopper. Elle le tenait devant elle, à la manière d'un bouclier.

– Tu crois que ça va rentrer ? demanda-t-elle.

– On fera en sorte que ça rentre.

En arrivant au Mirage, Bosch s'engagea dans l'allée et s'arrêta de nouveau devant l'entrée principale. Il vit le chef voiturier froncer les sourcils en reconnaissant la voiture. Bosch descendit, lui montra son insigne, rapidement, pour éviter qu'il remarque que ce n'était pas un insigne de la police urbaine, et lui donna vingt dollars.

– Police. J'en ai pour une vingtaine de minutes, trente au maximum. Je veux que la voiture reste ici, car quand on va repartir il faudra bomber.

Le voiturier regarda le billet de vingt dollars dans sa main comme si c'étaient des excréments. Bosch sortit de sa poche un deuxième billet de vingt qu'il lui donna.

– OK ?

– OK. Laissez-moi les clés.

– Non, pas question. Pas de clés. Personne ne touche à cette voiture.

Bosch dut ressortir le tableau du coffre pour récupérer la valise d'Eleanor, ainsi qu'un kit de nettoyage d'armes à feu qu'il conservait dans sa voiture. Il réorganisa ensuite le coffre et entra dans l'hôtel en portant la valise, repoussant d'un geste l'aide que lui proposait un chasseur. Une fois dans le hall, il posa la valise et se tourna vers Edgar.

– Merci mille fois, Jerry. Tu étais là au bon moment. Eleanor va monter se changer, et ensuite, je la conduis à l'aéroport à toute vitesse. Je risque de rentrer assez tard. Retrouvons-nous ici, dans le hall, demain matin à huit heures, on ira ensemble au tribunal.

– Tu es sûr que tu n'as pas besoin de moi pour aller à l'aéroport ?

– Non, je crois qu'il n'y a plus rien à craindre. Marks ne va rien tenter maintenant. Et avec un peu de chance, Gussie ne va pas se réveiller avant au moins une heure. Je vais chercher ma clé.

Laissant Eleanor avec Edgar, il se rendit au bureau de la réception. Il n'y avait pas d'attente. Il était déjà tard. Après avoir donné sa carte de crédit à l'employé, il se retourna et vit Eleanor faire ses adieux à Edgar. Ce dernier lui tendit la main ; elle la serra, mais ensuite elle l'étreignit brièvement. Après quoi, Edgar disparut parmi la foule du casino.

Eleanor attendit qu'ils se retrouvent dans la chambre de Bosch pour parler.

– Pourquoi dois-je prendre l'avion dès ce soir ? Tu viens de dire qu'ils ne tenteraient certainement rien maintenant.

– Je veux m'assurer que tu es en sécurité. Et demain, je ne pourrai pas veiller sur toi. Je dois me rendre au tribunal le matin, et ensuite, je ramène Goshen à L.A. en voiture. J'ai besoin de savoir que tu es à l'abri.

– Où vais-je aller ?

– Tu pourrais prendre une chambre à l'hôtel, mais tu seras mieux chez moi, plus en sécurité. Tu te souviens où j'habite ?

– Oui. Sur les hauteurs de Mulholland.

– Exact. Woodrow Wilson Drive. Je vais te donner les clés. Prends un taxi à l'aéroport, et dès demain soir je te rejoins.

– Et ensuite ?

– Je ne sais pas. On improvisera.

Elle s'assit au bord du lit ; Bosch fit le tour et vint s'asseoir à côté d'elle. Il passa son bras autour de ses épaules.

– Je ne sais pas si je pourrai vivre de nouveau à L.A.

– On trouvera une solution.

Il se pencha pour l'embrasser sur la joue.

– Non, ne m'embrasse pas. J'ai besoin de prendre une douche.

Il l'embrassa malgré tout et l'attira avec lui sur le lit. Ils firent l'amour différemment cette fois. Plus tendrement, plus lentement. Chacun trouva le rythme de l'autre.

Ensuite, Bosch prit sa douche en premier, et pendant qu'Eleanor se lavait, il se servit de la graisse et du chiffon de son kit pour nettoyer le Glock jeté dans la piscine. Il actionna plusieurs fois la culasse et la détente pour s'assurer que l'arme fonctionnait parfaitement. Il introduisit ensuite des balles neuves dans le chargeur. Allant chercher dans la penderie un sac en plastique destiné à recueillir le linge sale, il déposa l'arme à l'intérieur et glissa le tout sous une pile de vêtements dans la valise d'Eleanor.

Après avoir pris sa douche, Eleanor enfila une robe d'été en coton jaune et fit une natte avec ses cheveux. Bosch aimait la voir accomplir ses gestes experts. Quand elle fut prête, il referma la valise et ils quittèrent la chambre. Le chef voiturier s'approcha de Bosch, tandis que celui-ci déposait la valise dans le coffre.

– La prochaine fois, une demi-heure, c'est une demi-heure. Pas une heure.

– Désolé.

– Trop tard pour être désolé. Je pourrais perdre mon boulot, mon vieux.

Bosch monta en voiture en l'ignorant. Sur le chemin de l'aéroport, il tenta d'ordonner ses pensées sous forme de phrases cohérentes qu'il pourrait réciter à Eleanor, mais n'y parvint pas. Ses émotions étaient beaucoup trop embrouillées.

– Eleanor, dit-il enfin. Tout ce qui est arrivé est de ma faute. Et je voudrais essayer de me faire pardonner.

Elle posa sa main sur sa cuisse. Il posa sa main sur celle d'Eleanor. Elle ne dit rien.

A l'aéroport, Bosch se gara devant l'entrée du terminal de la compagnie Southwest et sortit la valise du coffre. Il déposa son arme et son insigne dans le coffre, afin de pouvoir franchir le portique détecteur de métal sans histoires.

Le dernier vol à destination de Los Angeles décollait vingt minutes plus tard. Bosch acheta un billet pour Eleanor et enregistra sa valise. L'arme ne poserait aucun problème du moment que le bagage était enregistré. Il l'accompagna ensuite jusqu'à la salle d'embarquement, où une file de personnes empruntait déjà la passerelle.

Il ôta de son porte-clés la clé de chez lui et la donna à Eleanor, en lui indiquant l'adresse exacte.

– Tu verras, la maison n'est sans doute pas comme dans ton souvenir. Elle a beaucoup souffert lors du tremblement de terre. J'ai fait faire de gros travaux, et ce n'est pas entièrement terminé. Mais c'est vivable. Pour les draps… euh, j'aurais dû les changer il y a quelques jours, mais je n'ai pas eu le temps. Tu en trouveras des propres dans le placard de l'entrée.

Elle sourit.

– Ne t'inquiète pas, je me débrouillerai.

– Euh, écoute, comme je te le disais, je pense que tu n'as plus rien à craindre, mais au cas où, tu as le Glock dans ta valise. C'est pour ça que je l'ai enregistrée.

– Tu l'as nettoyé pendant que j'étais sous la douche, hein ? J'ai cru sentir l'odeur de la graisse en sortant de la salle de bains.

Il acquiesça.

– Merci, dit-elle, mais je crois, moi aussi, que je n'en aurai pas besoin.

– Sans doute pas.

Elle se tourna vers la file de passagers. Les derniers étaient en train d'embarquer. Il fallait qu'elle y aille.

– Tu es très bon avec moi, Harry. Merci.

Il grimaça.

– Non, pas assez. Pas assez en tout cas pour me faire pardonner.

Elle se dressa sur la pointe des pieds pour l'embrasser sur la joue.

– Au revoir, Harry.

– Au revoir, Eleanor.

Il la regarda donner son billet à l'hôtesse et franchir la porte donnant accès à la passerelle. Elle ne se retourna pas, et une voix tout au fond de son esprit lui dit que peut-être il ne la reverrait plus jamais. Il la fit taire et retraversa le hall de l'aéroport quasiment désert. La plupart des machines à sous étaient muettes, abandonnées. Il se sentit alors envahi par un profond sentiment de solitude.

La seule anicroche dans la procédure judiciaire du lendemain matin eut lieu avant le début de l'audience, lorsque Weiss sortit de la prison après s'être entretenu avec son client et pénétra d'un pas décidé dans le hall du tribunal attenant, où Bosch et Edgar discutaient avec Lipson, le procureur chargé de conduire l'audience. Finalement, Gregson n'avait pas quitté le bureau du procureur du comté de L.A., Weiss et Lipson l'ayant tous les deux assuré que Goshen renoncerait à s'opposer à son extradition en Californie.

– Inspecteur Bosch ? dit Weiss. Je viens de voir mon client, et il m'a demandé de lui fournir une information avant le début de l'audience. Il m'a dit qu'il souhaitait obtenir une réponse avant de prendre sa décision. J'ignore de quoi il s'agit, mais j'ose espérer que vous n'avez pas contacté mon client.

Bosch prit un air à la fois soucieux et étonné.

– Que veut-il savoir ?

– Il veut juste savoir comment ça s'est passé hier soir, et ne me demandez pas ce que ça signifie. J'aimerais bien comprendre !

– Dites-lui simplement que tout est arrangé.

– Qu'est-ce qui est arrangé, inspecteur ?

– Si votre client veut vous en parler, il vous en parlera. Pour l'instant, transmettez-lui le message.

Weiss repartit à grands pas vers la porte de la prison.

Bosch consulta sa montre. Il était neuf heures moins cinq, et il savait que le juge arriverait en retard. Comme toujours. Il prit son paquet de cigarettes.

– Je sors fumer une clope, dit-il à Edgar.

Il redescendit par l'ascenseur et sortit sur le perron du palais de justice pour fumer sa cigarette. Dehors, il faisait déjà chaud, et la journée promettait d'être étouffante une fois de plus, se dit-il. A Las Vegas au mois de septembre, c'était quasiment une certitude. Il se réjouissait de quitter bientôt cette ville. Mais il savait que la traversée du désert en pleine journée serait un calvaire.

Mickey Torrino, l'avocat, n'était qu'à un ou deux mètres de lui lorsque Bosch l'aperçut. Lui aussi fumait une cigarette avant d'entrer dans le tribunal pour régler les affaires du jour, liées à la pègre. Bosch le salua d'un signe de tête, imité en cela par Torrino.

– Je suppose que vous êtes déjà au courant. Aucun arrangement.

Torrino regarda autour de lui pour voir si on les observait.

– J'ignore de quoi vous voulez parler, inspecteur.

– Évidemment. Vous ignorez toujours tout, vous autres.

– Je sais une chose, c'est que vous commettez une erreur dans cette affaire. Mais peut-être que cela vous importe peu.

– Je ne pense pas me tromper. Du moins, pas dans les grandes lignes. Nous n'avons peut-être pas arrêté le véritable meurtrier, mais nous avons celui qui a tout organisé. Et nous aurons également celui qui a donné l'ordre. Et qui sait ? Peut-être qu'on va se payer toute la bande. Pour qui travaillerez-vous ensuite, maître ? A supposer qu'on ne vous arrête pas, vous aussi ?

Torrino esquissa un sourire condescendant, en secouant la tête comme s'il avait affaire à un enfant bête.

– Vous ne savez pas dans quoi vous mettez les pieds. Ça ne se passera pas comme vous l'espérez. Vous aurez déjà de la chance si vous réussissez à garder Goshen. Au mieux, vous devrez vous en contenter. C'est tout.

– Lucky parle sans cesse d'un coup monté. Évidemment, il est persuadé que c'est nous qui l'avons piégé, mais moi, je sais bien que c'est des conneries tout ça. Pourtant, je me pose la question : « Et si c'était vraiment un coup monté ? » Je suis obligé d'admettre que j'ai du mal à croire qu'il ait conservé l'arme du crime, même si j'ai déjà vu des choses plus stupides dans ma carrière. Mais s'il s'agit effectivement d'un coup monté, et que ça ne vient pas de nous ? Pourquoi Joey Marks voudrait-il piéger son homme de main, alors que ce type risque de changer de camp et de le montrer du doigt ? Ça n'a aucun sens. Du point de vue de Joey en tout cas. Mais j'ai réfléchi. Si vous étiez le bras droit de Joey, son avocat par exemple, et que vous vouliez devenir le big boss, celui qui mène la danse ? Vous voyez où je veux en venir ? Ce serait un bon moyen de vous débarrasser de votre plus proche rival et de Joey par la même occasion. Qu'en pensez-vous, maître ?

– Si jamais vous répétez cette histoire à la con à qui que ce soit, vous vous en mordrez les doigts.

Bosch avança d'un pas, si bien que les visages des deux hommes ne furent plus qu'à quelques centimètres l'un de l'autre.

– Si vous me menacez encore une fois, c'est vous qui le regretterez. Et si jamais il arrive quoi que ce soit à Eleanor Wish, je vous tiendrai pour personnellement responsable, pauvre con, et ce jour-là, le mot « regret » sera trop faible.

Torrino recula ; il sortait vaincu de cet affrontement de regards. Sans rien ajouter, il s'éloigna en direction de l'entrée du palais de justice. Alors qu'il en poussait la lourde porte vitrée, il se retourna vers Bosch, puis disparut à l'intérieur.

En remontant au deuxième étage, Bosch vit Edgar qui ressortait précipitamment de la salle d'audience, suivi de Weiss et Lipson. Bosch jeta un coup d'œil à la pendule du couloir. Il était neuf heures cinq.

– Hé, où t'étais passé ? lui lança Edgar. Tu as fumé tout le paquet ou quoi ?

– Qu'y a-t-il ?

– C'est terminé. Goshen a accepté l'extradition. Il faut qu'on aille chercher la voiture pour aller attendre derrière. Ils vont nous l'amener dans un quart d'heure.

– Inspecteurs ? dit Weiss. Je veux savoir dans quelles conditions va s'effectuer le transfert de mon client, et quelles mesures de sécurité ont été prises.

Bosch prit Weiss par les épaules et se colla contre lui, comme pour lui confier un secret. Ils s'étaient arrêtés devant la rangée d'ascenseurs.

– La première de nos mesures de sécurité consiste à ne pas dire comment, ni quand nous allons le ramener à L.A. A personne, pas même vous, monsieur Weiss. Sachez seulement que votre client sera derrière les barreaux lundi matin.

– Attendez un peu. Vous ne pouvez pas…

– Si, monsieur Weiss, nous pouvons, lui répondit Edgar au moment où s'ouvrait la porte d'un des ascenseurs. Votre client a choisi de ne pas s'opposer à la mesure d'extradition, et dans un quart d'heure, il sera sous notre responsabilité. Nous ne divulguerons aucune information concernant les mesures de sécurité, ici, là-bas ou durant le trajet. Si vous voulez bien nous excuser…

Ils le plantèrent dans le couloir pour s'engouffrer dans l'ascenseur. Alors que la porte se refermait, Weiss leur cria qu'ils n'avaient pas le droit d'adresser la parole à son client avant que celui-ci ait été pris en charge par son avocat à Los Angeles.

Une demi-heure plus tard, le Strip s'éloignait dans le rétroviseur et ils pénétraient dans le désert.

– Dis au revoir à Las Vegas, Lucky, lança Bosch. Tu n'y reviendras plus jamais.

Comme Goshen restait muet, Bosch l'observa dans le rétroviseur intérieur. Le colosse était assis à l'arrière, l'air morose, les mains attachées à une épaisse chaîne qui faisait le tour de sa taille. Il soutint le regard de Bosch, et pendant un court instant celui-ci crut voir briller la peur dans ses yeux. C'était cette même expression qu'il avait laissé échapper, très brièvement, dans sa chambre, avant de réussir à la rattraper, comme on rattrape un sale gosse.

– Occupez-vous de la route, lui répondit Goshen après avoir retrouvé une contenance. On n'est pas là pour bavarder.

Bosch reporta son attention sur la route en souriant.

– Peut-être pas maintenant, mais plus tard. Faudra bien causer.

5

Au moment où Bosch et Edgar ressortaient de la prison de Men's Central, dans le centre de Los Angeles, le biper de Bosch sonna et ce dernier regarda le numéro affiché sur le cadran digital. Il ne le reconnut pas, mais l'indicatif 485 lui fit comprendre que son correspondant l'appelait de Parker Center. Il sortit son téléphone portable de sa mallette pour rappeler. Le lieutenant Billets lui répondit.

– Où êtes-vous, inspecteur ?

Le fait qu'elle utilise son grade et non pas son nom pour s'adresser à lui signifiait qu'elle n'était sans doute pas seule. Par ailleurs, le fait qu'elle l'appelle de Parker Center, et non pas de son bureau à Hollywood, indiquait qu'il y avait un problème quelque part.

– Je suis à Men's Central. Que se passe-t-il ?

– Luke Goshen est avec vous ?

– Non, on vient juste de le déposer. Pourquoi, qu'y a-t-il ?

– Donnez-moi le numéro d'écrou.

Bosch hésita un instant, puis coinça le téléphone sous son menton afin de rouvrir sa mallette et consulter le numéro figurant sur le document de la prison. Il le transmit à Billets en lui demandant une fois de plus ce qui se passait. Et une fois de plus, elle ignora la question.

– Inspecteur Bosch, je vous ordonne de venir immédiatement à Parker Center. Dans la salle de réunion du cinquième étage.

Le cinquième étage était celui de l'administration. C'était également là que se trouvaient les locaux des Affaires internes. Bosch hésita de nouveau avant de répondre.

– Très bien, Grace. Jerry doit m'accompagner ?

– Dites à l'inspecteur Edgar de rentrer à Hollywood. Je le contacterai là-bas.

– Nous n'avons qu'une seule voiture.

– Dans ce cas, dites-lui de prendre un taxi et de faire une note de frais. Dépêchez-vous, inspecteur Bosch. Nous vous attendons.
– Nous ? Qui ça ?
Elle raccrocha brusquement, et Bosch contempla le téléphone muet dans sa main.
– Que se passe-t-il ? voulut savoir Edgar.
– Je n'en sais rien.

Bosch sortit de l'ascenseur et parcourut le couloir désert du cinquième étage en direction de la salle de réunion qu'il savait se trouver derrière la dernière porte, juste avant le bureau du chef de la police, au fond du couloir. Le linoléum jauni avait été ciré depuis peu. Tandis qu'il marchait vers son destin, la tête baissée, il regardait son reflet sombre avancer juste devant lui.
La porte de la salle de réunion était ouverte, et lorsque Bosch entra tous les regards se braquèrent sur lui. Il découvrit à son tour le lieutenant Billets et le capitaine LeValley de la brigade de Hollywood, et les visages connus du chef adjoint Irvin Irving et d'un fouille-merde des AI nommé Chastain. En revanche, les autres individus réunis autour de la longue table de conférence étaient tous des inconnus pour lui. Cependant, à en juger par leurs costumes gris et stricts, il devina qu'il s'agissait d'agents fédéraux.
– Asseyez-vous, inspecteur Bosch, dit Irving.
Irving se tenait droit comme un i, sanglé dans son uniforme. Le dôme de son crâne chauve brillait dans la lumière des rampes de néons au plafond. Il désigna le siège vacant en bout de table. Bosch tira la chaise et s'assit lentement, tandis que son cerveau fonctionnait à plein régime. Ce rassemblement inhabituel d'huiles de la police et d'agents fédéraux ne pouvait avoir été motivé par ses rapports avec Eleanor Wish. Non, il s'agissait d'autre chose, et il était le seul concerné. Sinon, Billets lui aurait demandé de venir accompagné d'Edgar.
– Quelqu'un est mort ? demanda-t-il.
Irving ignora la question. Lorsque le regard de Bosch balaya la table vers la gauche pour s'arrêter sur le visage de Billets, le lieutenant détourna la tête.
– Inspecteur, reprit Irving, nous souhaitons vous poser quelques questions relatives à votre enquête sur l'affaire Aliso.
– De quoi m'accuse-t-on ?

– Il ne s'agit pas de porter des accusations, répondit calmement Irving. Nous voulons juste éclaircir certains points.

– Qui sont ces gens ?

Irving présenta les quatre inconnus. Bosch ne s'était pas trompé. C'étaient des agents fédéraux : John Samuels, assistant du procureur rattaché à la section de lutte contre le crime organisé, et trois agents du FBI provenant de trois bureaux différents. John O'Grady de L.A., Dan Ekeblad de Las Vegas et Wendal Werris de Chicago.

Aucun d'eux ne proposa de lui serrer la main, aucun ne lui adressa même un signe de tête. Ils se contentaient de poser sur Bosch un regard qui traduisait tout le mépris qu'il leur inspirait. De la part d'agents fédéraux, ce mépris à l'égard de la police de L.A. était une chose habituelle. Mais Bosch ne comprenait toujours pas ce qui se passait.

– Bien, dit Irving. Nous allons commencer par éclaircir certains points. Pour ce faire, je vais laisser la parole à M. Samuels.

Samuels frotta sa paume sur son épaisse moustache noire et se pencha en avant. Il était assis à l'autre extrémité de la table, en face de Bosch. Devant lui était posé un bloc de feuilles jaunes, trop loin malheureusement pour que Bosch puisse lire ce qui était écrit dessus. Il tenait dans la main gauche un stylo dont il se servit pour suivre ses notes. Les yeux fixés sur son bloc, il se lança.

– Commençons par la perquisition au domicile de Luke Goshen à Las Vegas, dit Samuels. Qui a découvert, très précisément, l'arme à feu dont on a appris par la suite qu'elle avait servi à assassiner Anthony Aliso ?

Bosch plissa les paupières. Une fois de plus, il se tourna vers Billets, mais celle-ci regardait fixement la table devant elle. Balayant les autres visages, il remarqua le petit sourire satisfait de Chastain. Rien d'étonnant. Bosch avait déjà eu l'occasion d'affronter cet homme. Quand des accusations étaient formulées contre un officier de police, l'enquête des Affaires internes et l'audition de la Commission des droits débouchaient sur deux conclusions possibles : les accusations étaient confirmées ou bien jugées sans fondement. Le score de Chastain penchait très nettement du côté des confirmations, et il arborait ce record comme une médaille.

– Si nous sommes dans le cadre d'une enquête interne, je pense avoir le droit de me faire représenter, répondit Bosch. J'ignore de quoi il s'agit, mais je ne suis pas obligé de vous dire quoi que ce soit.

– Inspecteur Bosch, dit Irving en faisant glisser un papier sur la table dans sa direction. Voici un ordre signé du chef de la police vous demandant de coopérer avec ces messieurs. Si vous décidez de vous abstenir, vous serez suspendu sans solde, sur-le-champ. Et nous vous désignerons votre représentant syndical.

Bosch parcourut la lettre. C'était une lettre type, comme il en avait déjà reçu. Cela faisait partie de la technique utilisée par la hiérarchie pour vous acculer, si bien que vous étiez obligé de coopérer pour ne pas crever de faim.

– C'est moi qui ai découvert l'arme, déclara Bosch sans lever les yeux de la feuille. Elle était dans la salle de bains principale, enveloppée dans du plastique et cachée entre le réservoir des toilettes et le mur. Quelqu'un a dit que les mafiosi faisaient la même chose dans *Le Parrain*. Le film. Mais je ne m'en souviens pas.

– Étiez-vous seul lorsque vous avez soi-disant découvert l'arme à cet endroit ?

– Soi-disant ? Laissez-vous entendre qu'elle n'y était pas ?

– Répondez à la question, je vous prie.

Bosch secoua la tête d'un air écœuré. Il ne savait toujours pas ce qui se passait, mais ça paraissait bien pire qu'il ne l'avait imaginé.

– Non, je n'étais pas seul. La maison était pleine de flics.

– Ils étaient dans la salle de bains avec vous ? demanda O'Grady.

Bosch se tourna vers celui-ci. De dix ans son cadet apparemment, O'Grady avait l'air propret qu'affectionnait le Bureau.

– Je croyais que c'était M. Samuels qui menait l'interrogatoire, fit remarquer Irving.

– C'est juste, dit Samuels. Eh bien, Bosch, l'un ou plusieurs de ces policiers étaient-ils avec vous dans la salle de bains quand vous avez trouvé cette arme ?

– J'étais seul. Dès que je l'ai vue, j'ai appelé le policier en uniforme qui était dans la chambre voisine pour la lui montrer, avant même d'y toucher. Si c'est son avocat qui fait du raffut en m'accusant d'avoir planqué moi-même le flingue, ça ne tient pas debout. L'arme était bien là, et de toute façon on a largement de quoi faire plonger Goshen sans cette arme. On a le mobile, les empreintes... Pourquoi irais-je planquer un flingue ?

– Pour vous faire mousser, répondit O'Grady.

Bosch ricana avec mépris.

– Je reconnais bien là l'attitude du FBI qui se jette sur un pauvre flic de L.A. uniquement parce qu'une ordure de gangster rue dans les brancards. Dites-moi, ils vous filent des primes annuelles maintenant chaque fois que vous épinglez un flic ? Double quand c'est un flic de L.A. ? Allez vous faire foutre, O'Grady ! D'accord ?

– J'y penserai. Mais répondez aux questions.

– Alors, posez-les.

Samuels hocha la tête, comme si Bosch venait de marquer un point, et fit glisser son stylo d'un centimètre sur son bloc.

– A votre connaissance, reprit-il, un autre officier de police est-il entré dans cette salle de bains avant que vous y entriez vous-même pour la fouiller et découvrir de ce fait l'arme en question ?

Bosch essaya de se remémorer la scène, les mouvements des flics de la police urbaine dans la maison. Il était sûr que personne d'autre n'était entré dans la salle de bains, si ce n'est pour y jeter un rapide coup d'œil et vérifier que personne ne s'y cachait.

– Je ne peux l'affirmer avec certitude, dit-il. Mais j'en doute. Si quelqu'un est entré dans la salle de bains, il n'a pas eu le temps de planquer l'arme. Elle était déjà là.

Samuels acquiesça de nouveau, parcourut ses notes, puis se tourna vers Irving.

– Chef Irving, je pense que nous préférons en rester là pour le moment. Sachez que nous apprécions votre coopération dans cette affaire, et nous aurons bientôt l'occasion de nous revoir.

Sur ce, Samuels commença à se lever.

– Hé, une minute ! s'écria Bosch. C'est tout ? Vous vous levez et vous foutez le camp ? Qu'est-ce qui se passe ici, nom de Dieu ? J'ai droit à une explication ! Qui a porté plainte ? Son avocat ? Dans ce cas, je porte plainte contre lui moi aussi.

– Votre chef adjoint est libre de vous en dire plus, s'il le souhaite.

– Non, Samuels. C'est vous qui allez tout me dire. Vous posez les questions, vous pouvez aussi y répondre.

Samuels tambourina sur son bloc avec son stylo pendant quelques instants, avant de se tourner vers Irving. Ce dernier haussa les épaules pour signifier qu'il lui laissait le choix. Samuels se pencha alors en avant, en posant sur Bosch un regard noir.

– Puisque vous insistez pour avoir une explication, je vais vous la donner. Bien évidemment, je ne peux pas tout vous révéler.

– Bon sang, allez-vous enfin me dire ce qui se passe ?

Samuels se racla la gorge avant de reprendre.

– Il y a environ quatre ans, dans le cadre d'une opération conjointe menée par les agences locales du FBI de Chicago, Las Vegas et Los Angeles, fut lancée ce que nous avons appelé l'opération Télégraphe. Sur le plan du nombre d'hommes impliqués, il s'agissait d'une petite opération, mais l'objectif était énorme. La cible n'était autre que Joseph Marconi et toutes les ramifications tentaculaires de la Mafia à Las Vegas. Il nous a fallu plus de dix-huit mois, mais nous avons réussi à infiltrer un homme à l'intérieur du réseau. Un agent fédéral. Et, en l'espace de deux ans, cet agent est parvenu à atteindre un niveau très élevé au sein de l'organisation de Joseph Marconi, au point de posséder la confiance absolue de la cible visée. Au pire, c'était une question de quatre ou cinq mois avant qu'on boucle l'opération et qu'on réunisse un grand jury pour faire condamner une douzaine de membres haut placés de Cosa Nostra dans trois villes différentes, sans parler d'un large échantillon de cambrioleurs, d'escrocs, de tricheurs, d'arnaqueurs, de flics, de juges, d'avocats, et même quelques personnes évoluant en marge de Hollywood, comme cet Anthony N. Aliso. De plus, grâce en grande partie au travail de cet agent infiltré et aux écoutes autorisées, nous possédons désormais une meilleure connaissance de la complexité et de l'influence de ces entités du crime organisé, comme celle de Marconi.

Samuels parlait comme s'il participait à une conférence de presse. Il s'arrêta pour reprendre son souffle, sans quitter Bosch des yeux.

– Cet agent infiltré se nomme Roy Lindell. Retenez son nom, car vous allez en entendre parler. Jamais un agent n'avait infiltré la pègre aussi longtemps, avec autant de résultats. Vous remarquerez que je parle au passé. Car sa mission d'infiltration est terminée, inspecteur Bosch. Et c'est à vous qu'on le doit. Le pseudonyme qu'avait choisi Roy était Luke Goshen. Lucky Luke Goshen. Et je vous remercie d'avoir foutu en l'air la conclusion d'une formidable et capitale enquête. Oh, certes, on réussira quand même à épingler Marconi et les autres, grâce à l'excellent boulot de Roy, mais tout a été gâché par un… par vous.

Bosch sentait la colère remonter dans sa gorge, mais il s'efforça de rester calme et parvint à s'exprimer d'un ton neutre.

– Autrement dit, vous suggérez… non, vous m'accusez d'avoir caché moi-même cette arme. Eh bien, vous vous trompez. Sur toute la ligne. Je devrais être furieux et offensé, mais, compte tenu des circonstances, je comprends d'où vient votre erreur. Au lieu de me montrer du doigt, vous devriez peut-être tous vous retourner vers votre M. Goshen, ou je ne sais qui. Et vous devriez peut-être vous demander si vous ne l'avez pas laissé trop longtemps en eaux troubles. Car cette arme n'est pas arrivée là par hasard. Vous…

– Je vous interdis ! s'écria O'Grady. Je vous interdis de parler comme ça de lui ! Vous n'êtes qu'un petit flic minable et arrogant !

On vous connaît, Bosch. On connaît votre passé. Cette fois, vous avez franchi les bornes. Cette fois, vous avez piégé la mauvaise personne !

– Je retire ce que j'ai dit, répliqua Bosch, sans se départir de son calme. Je suis offensé. Et je suis furieux. Alors, allez vous faire foutre, O'Grady. Vous dites que j'ai planqué le flingue ? Prouvez-le. Mais avant, il faudra prouver que c'est moi qui ai foutu Tony Aliso dans son coffre. Car sinon, comment est-ce que j'aurais pu avoir l'arme du crime, nom de Dieu ?

– Facile. Vous avez pu la trouver dans les buissons, au bord du chemin. On sait que vous avez fouillé les lieux. On…

– Allons, messieurs ! s'exclama Irving.

–… vous fera payer ça, Bosch.

– Messieurs !

O'Grady se tut, et tout le monde se tourna vers Irving.

– La situation dégénère. Je mets fin à cette réunion. Sachez qu'une enquête interne va être menée et…

– Nous menons notre propre enquête, déclara Samuels. Entretemps, nous devons trouver le moyen de sauver notre opération.

Bosch lui jeta un regard interloqué.

– Vous ne comprenez donc pas ? dit-il. Il n'y a plus d'opération. Votre témoin vedette est un meurtrier. Vous l'avez abandonné trop longtemps, Samuels. Il s'est rangé de leur côté. Il a tué Tony Aliso pour le compte de Joey Marks. Ses empreintes sont sur le cadavre. On a retrouvé l'arme du crime à son domicile. Et en plus, il n'a pas d'alibi. Rien. Il m'a expliqué qu'il avait passé toute la nuit dans son bureau, mais je sais que c'est faux. Il s'est absenté, et il a eu le temps de venir jusqu'à Los Angeles, d'y accomplir son sale boulot et de repartir.

Bosch secoua la tête d'un air affligé, et conclut en baissant la voix.

– Je suis d'accord avec vous, Samuels. Votre opération est compromise. Mais pas à cause de moi. C'est vous qui avez laissé votre homme trop longtemps dans le four. Il a trop cuit. C'est vous qui étiez aux fourneaux. Et vous avez merdé.

Cette fois, ce fut au tour de Samuels de secouer la tête, avec un petit sourire triste. Bosch comprit alors que tout n'avait pas été dit. Il y avait autre chose. D'un geste rageur, Samuels tourna la première page de son bloc pour consulter ses notes.

– D'après le rapport d'autopsie, la mort a eu lieu entre vingt-trois heures le vendredi et deux heures le samedi. C'est bien cela, inspecteur Bosch ?

– Je ne sais pas comment vous avez eu ce rapport, étant donné que moi-même je ne l'ai pas.

– La mort s'est-elle produite entre vingt-trois heures et deux heures ?

– Oui.

– Dan, vous avez les documents ? demanda Samuels en s'adressant à Ekeblad.

Celui-ci sortit de la poche intérieure de sa veste plusieurs feuilles pliées dans le sens de la longueur et les tendit à Samuels. Ce dernier les déplia, y jeta un rapide coup d'œil et les lança sur la table en direction de Bosch. Bosch les prit, sans les regarder. Il garda les yeux fixés sur Samuels.

– Vous avez entre les mains les doubles d'une page de main courante et d'un rapport d'interrogatoire rédigé lundi matin par l'agent Ekeblad, ici présent. Il y a également deux déclarations sous serment signées par les agents Ekeblad et Phil Colbert, qui va bientôt nous rejoindre. En lisant ces documents, vous apprendrez que le vendredi soir en question, à minuit, l'agent Ekeblad était assis au volant de sa voiture de fonction sur le parking situé derrière le Caesar's Palace, tout près d'Industrial Road. Son collègue, l'agent Colbert, était assis à ses côtés ; à l'arrière se trouvait l'agent Roy Lindell.

Il marqua une pause et Bosch posa les yeux sur les feuilles qu'il tenait entre les mains.

– C'était le rendez-vous mensuel de Roy. Pour son debriefing. Il a annoncé aux agents Ekeblad et Colbert que, le soir même, il venait de déposer quatre cent quatre-vingt mille dollars en liquide, provenant des diverses activités de Marconi, dans la mallette d'Anthony Aliso et qu'il avait renvoyé celui-ci à L.A. pour un petit blanchissage. Soit dit en passant, il a précisé qu'Aliso avait un peu trop bu au club ce soir-là et avait dépassé les bornes avec une des filles. Conformément à son rôle d'homme de main de Joey Marks et de directeur d'établissement, il a dû se montrer un peu brutal avec Tony. Il lui a filé une gifle et l'a secoué par le col. Voilà qui peut expliquer, vous serez d'accord, la présence des empreintes retrouvées sur la veste du mort et les traces de coup *ante mortem* sur le visage, relevées au cours de l'autopsie.

Bosch refusait de détacher les yeux des documents.

– A part ça, Roy avait beaucoup de choses à raconter, inspecteur Bosch. Il est resté quatre-vingt-dix minutes. Il lui était donc totalement impossible de se rendre à Los Angeles pour tuer Aliso avant deux heures du matin, et encore moins à trois heures. Et pour que vous ne partiez pas d'ici en étant persuadé que ces trois agents sont impliqués dans le meurtre, sachez que ce rendez-vous était surveillé par quatre autres agents qui se trouvaient dans une autre voiture garée elle aussi sur le parking, pour des raisons de sécurité.

Samuels s'autorisa un court silence avant de conclure.

– Bref, votre accusation repose sur du vent. La présence des empreintes peut s'expliquer, et l'homme que vous accusez était assis dans une voiture avec deux agents du FBI, à cinq cents kilomètres de là quand le meurtre a été commis. Votre dossier est vide ! Non, c'est faux. Vous avez une chose. Une seule. Une preuve fabriquée, voilà ce que vous avez, Bosch !

Au même moment, la porte située derrière Bosch s'ouvrit et il entendit des pas. Gardant les yeux fixés sur les documents posés devant lui, il ne se retourna vers le nouveau venu qu'en sentant une main se refermer sur son épaule. Levant la tête, il se retrouva face au visage de l'agent spécial Roy Lindell. Celui-ci le toisait en souriant, à côté d'un autre agent qui était certainement le collègue d'Ekeblad, Colbert.

– Bosch, dit Lindell, je vous dois une coupe de cheveux.

Bosch était stupéfait de voir devant lui l'homme qu'il venait de jeter en prison, mais devina rapidement ce qui s'était passé. Irving et Billets avaient été mis au courant du rendez-vous nocturne sur le parking, derrière le Caesar's Palace, ils avaient lu les dépositions sous serment et accepté l'alibi. Alors, ils avaient autorisé la remise en liberté de Lindell. Voilà pourquoi Billets lui avait demandé le numéro d'écrou quand Bosch l'avait contactée.

Détachant son regard de Lindell, Bosch se retourna vers Irving et Billets.

– Vous croyez cette histoire, hein ? Vous pensez que j'ai découvert l'arme du crime dans les fourrés et que je m'en suis servi ensuite pour boucler mon affaire ?

Il y eut un moment d'hésitation lorsque chacun voulut laisser à l'autre le soin de répondre. Finalement, ce fut Irving qui s'y colla.

– La seule chose dont nous soyons sûrs, c'est que le coupable n'est pas l'agent Lindell. Son histoire est solide. En ce qui concerne tout le reste, je réserve mon jugement.

Bosch se retourna vers Lindell, toujours debout.

– Dans ce cas, pourquoi ne pas m'avoir dit que vous étiez agent fédéral quand on s'est retrouvés seuls dans cette pièce, au siège de la police urbaine ?

– A votre avis, Bosch ? Pour moi, vous aviez planqué un flingue dans ma salle de bains. Vous pensiez que j'allais vous dire qui j'étais et qu'ensuite tout rentrerait dans l'ordre ? Faut pas rêver.

– Nous étions obligés de jouer le jeu, Bosch, expliqua O'Grady, pour voir ce que vous alliez faire, et nous assurer que Roy quitterait sa cellule sain et sauf. A partir de là, nous étions à deux mille pieds au-dessus de vous et deux mètres derrière pendant tout le trajet dans le désert. On attendait. La moitié d'entre nous avait parié que vous aviez conclu un marché avec Joey Marks.

Ils se moquaient de lui maintenant. Bosch secoua la tête. Apparemment, il ne pouvait rien faire d'autre.

– Vous ne comprenez pas ce qui se passe ? dit-il. C'est vous qui avez conclu un marché avec Joey Marks. Mais vous ne le savez pas. Il vous manipule comme des pantins. Bon Dieu ! Je n'arrive pas à croire que je suis assis là à entendre des trucs pareils !

– Comment est-ce qu'il nous manipule, selon vous ? lui demanda Billets, premier signe indiquant qu'elle n'avait peut-être pas totalement rejoint le camp des adversaires.

Bosch se tourna vers Lindell pour répondre.

– Vous ne voyez pas ? Ils ont découvert qui vous étiez. Ils savent que vous êtes un agent fédéral. Alors, ils ont tout manigancé.

Ekeblad ricana avec mépris.

– Ce n'est pas leur genre, Bosch, répondit Samuels. S'ils pensaient que Roy est un informateur, ils le conduiraient dans le désert et l'enterreraient sous un mètre de sable. Fin de la menace.

– Non, parce qu'il ne s'agit pas d'un simple informateur. Je vous ai dit qu'ils savaient que Lindell était un agent fédéral, et sachant cela, ils ne pouvaient pas le buter dans le désert tout simplement. Pas un agent du FBI. S'ils avaient fait ça, la pression serait devenue insoutenable. A la place, ils ont élaboré un plan. Ils savent que Lindell a infiltré leurs rangs depuis deux ans et qu'il en sait plus qu'il n'en faut pour les faire tomber. Malgré cela, ils ne peuvent pas le liquider. C'est un agent. Alors, ils doivent le neutraliser, le couler. Donner l'impression qu'il a trahi, qu'il est aussi pourri qu'eux. Et ainsi, le jour où il viendra témoigner, ils pourront le démolir à cause du meurtre de Tony Aliso. Ils feront croire au jury qu'il a commis un meurtre pour protéger sa couverture. Une fois le jury convaincu, ils seront tirés d'affaire.

Bosch pensait avoir semé les graines d'une histoire plutôt convaincante, bien qu'improvisée au fur et à mesure. Toutes les personnes présentes dans la pièce le regardèrent en silence, jusqu'à ce que Lindell prenne la parole.

– Vous leur accordez trop de crédit, Bosch. Joey n'est pas aussi intelligent. Je le connais. Il n'est pas aussi intelligent.

– Et Torrino ? Vous allez me dire qu'il n'aurait pas pu inventer cette histoire ? Moi-même, je viens d'y penser, en vous écoutant. Qui sait combien de temps il a eu pour élaborer un plan ? Répondez à une question, Lindell. Joey Marks savait-il que Tony Aliso avait le fisc sur le dos, qu'un contrôle fiscal allait avoir lieu ?

Lindell hésita ; il se tourna vers Samuels pour savoir s'il pouvait répondre. Bosch sentit la sueur du désespoir couler dans sa nuque et dans son dos. Il savait qu'il devait impérativement les convaincre, sans quoi il sortirait de cette pièce privé de son insigne. Samuels hocha la tête.

– S'il le savait, il ne m'a rien dit, répondit Lindell.

– C'est peut-être ça, dit Bosch. Peut-être qu'il le savait, mais il ne vous a rien dit. Joey savait qu'il avait un problème avec Aliso, mais, d'une manière ou d'une autre, il savait qu'il en avait un plus gros avec vous. Torrino et lui se sont creusé la cervelle, et ils ont trouvé cette astuce qui leur permettait de faire d'une pierre deux coups.

A son tour, il marqua une pause. Samuels secoua la tête.

– Ça ne tient pas debout, Bosch. Vous extrapolez. De plus, nous avons sept cents heures d'enregistrement. Dessus, il y a largement de quoi envoyer Joey à l'ombre, même si Roy ne témoigne pas.

– Premièrement, ils ignoraient peut-être l'existence de ces bandes, déclara Billets. Et deuxièmement, même s'ils étaient au courant, ces enregistrements sont le fruit de l'arbre empoisonné. Sans l'agent Lindell, vous n'auriez pas eu ces bandes. Si vous voulez les produire devant un tribunal, vous êtes obligés de le faire témoigner lui aussi. En détruisant sa réputation, ils détruisaient également les bandes.

Billets avait clairement rejoint le camp de Bosch, et cela lui redonna espoir. Samuels, lui, comprit que la réunion était terminée. Il récupéra son bloc et se leva.

– Bien, dit-il, je vois que nous sommes dans une impasse. Lieutenant, vous écoutez les propos d'un homme aux abois. Rien ne vous y oblige. Chef Irving, je n'aimerais pas être à votre place. Vous avez un problème sur les bras, et vous devez prendre une décision. Nous vous donnons une semaine. Si lundi, j'apprends que Bosch a toujours son insigne, j'irai devant le grand jury et j'obtiendrai son inculpation pour falsification de preuves et violation des droits civiques de Roy Lindell. Je demanderai également à notre section des droits civiques d'enquêter sur toutes les arrestations menées par cet individu au cours des cinq dernières années. Un flic pourri ne se contente pas de truquer des preuves une seule fois, chef. Ça devient vite une habitude.

Samuels contourna la longue table pour se diriger vers la porte. Les autres se levèrent et lui emboîtèrent le pas. Bosch mourait d'envie de lui sauter dessus pour l'étrangler, mais il resta calme, en apparence du moins. Son regard noir suivit le procureur fédéral qui gagnait la sortie. Celui-ci ne se retourna pas vers Bosch. Mais juste avant de sortir, il jeta un dernier regard à Irving.

– Je n'ai absolument aucune envie de mettre les mains dans votre linge sale, chef. Mais si vous ne le faites pas vous-même, vous ne me laisserez pas le choix.

Sur ce, tous les agents fédéraux quittèrent la pièce en file indienne, et les personnes qui restèrent gardèrent le silence un long moment, écoutant s'éloigner les pas dans le couloir, sur le linoléum ciré. Bosch regarda Billets et hocha la tête.

– Merci, lieutenant.

– Merci de quoi ?

– De m'avoir soutenu à la fin de la discussion.

– Je ne vous crois pas capable de faire ça, c'est tout.

– Je ne piégerais pas mon pire ennemi de cette façon. Si je faisais ça, je serais foutu.

Chastain remua sur son siège, tandis qu'un petit sourire en coin apparaissait sur son visage, suffisamment marqué pour ne pas échapper à Bosch.

– Chastain, vous et moi, on s'est déjà affrontés deux fois, et les deux fois vous m'avez loupé, dit Bosch. Vous n'avez pas envie d'être éliminé après trois essais manqués, je parie, comme au base-ball ? Je vous conseille de rester sur le banc cette fois-ci.

– Écoutez, Bosch, le chef m'a demandé d'assister à cette réunion et je l'ai fait. C'est à lui de décider, mais je pense que cette histoire invraisemblable que vous venez d'inventer est complètement bidon, à votre image. Je partage l'avis des fédéraux sur ce coup-là. Si c'était à moi de décider, je ne vous laisserais pas sortir de cette pièce avec votre insigne.

– Mais ce n'est pas à vous de décider, n'est-ce pas ? dit Irving.

De retour chez lui, Bosch frappa à la porte, les bras chargés d'un gros sac de provisions. Personne ne vint ouvrir. Du bout du pied, il souleva le paillasson et découvrit la clé qu'il avait donnée à Eleanor.

Un sentiment de tristesse l'envahit tandis qu'il se penchait pour la ramasser. Elle n'était pas là.

En entrant, il fut accueilli par l'odeur puissante de la peinture fraîche, ce qui lui parut étonnant, car il n'avait pas peint depuis quatre jours. Il se rendit directement dans la cuisine pour y déposer ses courses. Après quoi, il prit une bière dans le réfrigérateur et, appuyé contre le plan de travail, il la but lentement, pour la faire durer. L'odeur de peinture lui rappelait qu'il aurait largement le temps désormais d'achever les travaux que réclamait sa maison. Pour l'instant, il était transformé en employé de bureau.

Il repensa à Eleanor et décida de voir si, par hasard, elle n'avait pas laissé un mot, ou peut-être que sa valise était dans la chambre. Mais il n'alla pas plus loin que le living-room, où il demeura en arrêt face au mur qu'il avait laissé à demi peint après avoir été appelé sur les lieux du crime lundi soir. Le mur était maintenant entièrement terminé. Bosch resta longtemps dans cette position, admirant le travail comme s'il s'agissait d'un chef-d'œuvre dans un musée. Finalement, il approcha du mur et l'effleura du bout des doigts. La peinture était encore fraîche, mais sèche. Le mur avait été peint quelques heures plus tôt à peine. Bien qu'il n'y ait personne pour le voir, un large sourire apparut sur son visage. Il sentit un éclair de joie transpercer l'atmosphère grise qui l'entourait. Il n'avait pas besoin d'aller voir si la valise était dans la chambre. Ce mur peint était à lui seul un signe, un message. Elle reviendrait.

Une heure plus tard, il avait défait son sac et apporté dans la maison le reste des affaires d'Eleanor qui se trouvait encore dans la voiture, il s'était douché et changé, et maintenant, il se tenait sur la terrasse derrière la maison, dans l'obscurité. Une autre bouteille de bière à la main, il regardait le ruban de lumière défiler sur le Hollywood Freeway au pied de la colline. Il ignorait depuis combien de temps elle était là, dans l'encadrement de la porte-fenêtre donnant sur la terrasse, à l'observer. Mais quand il se retourna, il la vit.

– Eleanor.

– Salut, Harry… Je pensais que tu rentrerais plus tard.

– Moi aussi. Mais je suis là.

Il sourit. Il avait envie d'approcher et de la prendre dans ses bras, mais une petite voix prudente lui conseillait d'agir en douceur.

– Merci d'avoir fini la peinture.

Avec sa bouteille, il désigna le mur du living-room.

– De rien. J'adore peindre. Ça me détend.

– Oui. Moi aussi.

Ils s'observèrent quelques instants.

– J'ai vu le tableau, dit-elle. Je trouve que ça fait bien.

Bosch avait sorti du coffre la reproduction des *Oiseaux de nuit* de Hopper et l'avait accrochée sur le mur fraîchement peint. Il savait que la réaction d'Eleanor en le voyant là l'éclairerait sur la nature de leurs relations et de leur possible évolution.

– Tant mieux, dit-il, en s'efforçant de ne pas sourire.

– Qu'est devenu celui que je t'avais envoyé ?

C'était il y a une éternité.

– Le tremblement de terre, dit-il.

Elle acquiesça.

– Tu reviens d'où ? demanda-t-il.

– Oh, je suis allée louer une voiture. En attendant de... savoir ce que je vais faire. J'ai laissé la mienne à Vegas.

– On pourrait aller la chercher et revenir avec. En faisant juste l'aller et retour, sans s'arrêter.

Elle acquiesça de nouveau.

– J'en ai profité pour acheter une bouteille de vin. Tu en veux ? Ou tu préfères une autre bière ?

– Je prendrai la même chose que toi.

– Je vais prendre un verre de vin. Tu es sûr que tu en veux ?

– Oui. Je vais ouvrir la bouteille.

Il la suivit dans la cuisine, déboucha la bouteille et sortit d'un placard deux verres à pied qu'il rinça. Cela faisait longtemps qu'il n'avait pas reçu quelqu'un qui buvait du vin. Eleanor servit et ils trinquèrent avant de boire.

– Alors, où en est ton enquête ? demanda-t-elle.

– Je n'ai plus d'enquête.

Elle plissa le front.

– Que s'est-il passé ? Je croyais que tu devais ramener le suspect à Los Angeles ?

– Exact. Mais ce n'est plus mon enquête. Depuis que mon suspect s'est transformé en agent fédéral avec un alibi en béton.

– Oh... (Elle baissa les yeux.) Tu as des ennuis, Harry ?

Bosch posa son verre sur le comptoir de la cuisine et croisa les bras.

– Pour l'instant, ils m'ont collé derrière un bureau. Les fouille-merde enquêtent sur moi. Ils pensent – comme le FBI – que j'ai planqué moi-même le flingue pour enfoncer l'agent. C'est faux. Mais je pense que quelqu'un d'autre l'a fait. Quand j'aurai découvert qui, je serai tiré d'affaire.

– Harry, comment est-ce…

Il secoua la tête, s'approcha d'elle et plaqua sa bouche sur la sienne. Délicatement, il lui prit son verre des mains et le déposa derrière elle sur le comptoir.

Après qu'ils eurent fait l'amour, Bosch se rendit dans la cuisine pour chercher une bière et préparer le dîner. Il pela un oignon, qu'il hacha ensuite, ainsi qu'un poivron vert. Il fit glisser tout le contenu de la planche à découper dans une poêle et fit rissoler le mélange avec du beurre, de l'ail en poudre et divers condiments. Il ajouta ensuite deux morceaux de poulet qu'il fit cuire jusqu'à ce que la viande se détache aisément de l'os avec une fourchette. Il ajouta une boîte de sauce tomate, une autre de tomates pelées, et quelques épices supplémentaires. Pour finir, il versa une petite dose du vin rouge d'Eleanor. Pendant que tout cela mijotait, il fit bouillir de l'eau pour le riz.

C'était le meilleur dîner qu'il savait préparer, dans une cuisine. Il aurait préféré faire griller quelque chose sur la terrasse, mais le barbecue avait été emporté lors de la démolition de la maison d'origine, après le tremblement de terre. S'il avait remplacé la maison, il n'avait pas encore trouvé le temps d'installer un nouveau barbecue. En jetant le riz dans l'eau bouillante, il se dit que si Eleanor décidait de rester quelque temps, il s'occuperait du barbecue.

– Ça sent bon.

Il se retourna ; elle se tenait sur le seuil de la cuisine. Vêtue d'un jean et d'une chemise en chambray. Ses cheveux étaient encore humides après la douche. En la regardant, Bosch eut de nouveau envie de faire l'amour avec elle.

– J'espère que le goût sera bon aussi, dit-il. Tout est nouveau dans cette cuisine, je ne suis pas encore habitué. En fait, je ne prépare pas souvent à manger.

Elle sourit.

– Je suis sûre que c'est délicieux.

– Tu veux bien remuer ça de temps en temps, pendant que je prends une douche ?

– Entendu. Et je mettrai la table.

– OK. Je pensais qu'on pourrait manger sur la terrasse. A cause de l'odeur de peinture.

– Désolée.

– Non, je ne voulais pas dire ça. On sera bien dehors. Et je ne me plains pas pour la peinture. En fait, tu sais, c'était une ruse de peindre seulement la moitié du mur. Je savais que tu serais incapable de résister.

Elle sourit.

– C'est digne d'un inspecteur de rang trois.

– Peut-être plus pour très longtemps.

Sa remarque gâcha le plaisir de cet instant, et le sourire d'Eleanor disparut. Bosch se fustigea intérieurement en se rendant dans la chambre.

Après avoir pris sa douche, il versa le dernier ingrédient de sa recette dans la poêle. Il prit une poignée de petits pois congelés, qu'il mélangea aux morceaux de poulet et à la sauce tomate. Il apporta ensuite le plat et le vin sur la table de jardin, sur la terrasse, et informa Eleanor, appuyée contre la balustrade, qu'elle pouvait s'asseoir.

– Désolé, dit-il alors qu'ils s'installaient, j'ai oublié de faire une salade.

– Ce n'est pas nécessaire.

Ils commencèrent à manger en silence. Il attendit.

– J'aime beaucoup, déclara-t-elle enfin. Comment s'appelle ce plat ?

– Je ne sais pas. Ma mère appelait ça le « Spécial poulet ». Je suppose que c'était le nom qu'il portait dans le restaurant où elle l'a mangé pour la première fois.

– C'est une recette de famille, donc.

– La seule et unique.

Ils mangèrent en silence pendant quelques minutes, et Bosch essaya d'observer Eleanor à la dérobée, pour voir si elle appréciait réellement le repas. Il en était quasiment convaincu.

– Harry, dit-elle enfin. Qui sont les agents fédéraux impliqués dans cette affaire ?

– Ils viennent d'un peu partout : Chicago, Vegas et L.A.

– Qui est le gars de L.A. ?

– Un certain John O'Grady. Tu le connais ?

Cela faisait plus de cinq ans qu'elle avait quitté le bureau local du FBI à Los Angeles et les agents fédéraux changeaient souvent d'affectation. Il doutait qu'elle connaisse O'Grady, et elle le confirma.

– Et John Samuels ? demanda-t-il. C'est l'assistant du procureur. Il appartient à la brigade spéciale de lutte contre le crime organisé.

– Samuels, je le connais. Du moins, je le connaissais. Il a été agent pendant quelque temps. Il possédait un diplôme de droit, et quand il a découvert qu'il n'avait pas l'étoffe d'un enquêteur, il a décidé de jouer les procureurs.

Soudain, elle se mit à rire toute seule.

– Qu'y a-t-il ?

– Rien. Je viens de me souvenir d'un truc qu'on racontait à son sujet. C'est un peu vulgaire.

– Vas-y.

– Il a toujours sa moustache ?

– Oui.

– Eh bien, on disait qu'il était doué pour bâtir un dossier d'accusation, mais que dès qu'il s'agissait d'aller enquêter dans la rue, il était incapable de flairer la moindre merde, sauf dans sa moustache.

Elle rit de nouveau, un peu trop fort, pensa Bosch. Il lui sourit.

– C'est peut-être pour cette raison qu'il est devenu procureur, ajouta-t-elle.

Soudain, une idée traversa l'esprit de Bosch, et il s'enferma aussitôt dans ses pensées. Jusqu'à ce qu'il entende la voix d'Eleanor.

– Hein ?

– Tu n'es plus là. Je t'ai demandé à quoi tu pensais. Cette plaisanterie n'est pas mauvaise à ce point-là.

– Non, je pensais simplement au puits sans fond dans lequel je me trouve. Et combien il importe peu, finalement, que Samuels me prenne pour un pourri ou pas dans cette affaire. Il a besoin que je sois coupable.

– Comment ça ?

– Ils veulent bâtir des dossiers d'accusation contre Joey Marks et sa bande avec l'aide de leur agent infiltré. Et ils doivent se préparer à expliquer comment l'arme d'un crime s'est retrouvée chez ce type. Car s'ils ne peuvent pas fournir d'explication, les avocats de Joey vont leur enfoncer leurs accusations au fond de la gorge, en montrant que leur agent est un vrai pourri, un assassin plus dangereux que les personnes qu'il poursuivait. C'est comme si le mot « soupçons » était gravé sur ce flingue. Conclusion, le meilleur moyen d'évacuer la question de l'arme, c'est de rejeter la faute sur le LAPD. Sur moi, en l'occurrence. Un flic pourri d'une police pourrie qui a découvert l'arme du crime dans les buissons et qui a voulu s'en servir pour piéger celui qu'il croyait être le coupable. Le jury gobera toute l'histoire. Et ils feront de moi le Mark Fuhrman de l'année.

Il constata que toute trace de joie avait disparu depuis longtemps du visage d'Eleanor. L'inquiétude se lisait clairement dans son regard, mais il croyait y discerner également de la tristesse. Peut-être comprenait-elle, elle aussi, à quel point il était coincé de toutes parts.

– L'autre possibilité pour eux, dit-il, c'est de prouver que c'est Joey Marks, ou un de ses hommes, qui a planqué le flingue, car ils avaient découvert, je ne sais comment, que Luke Goshen était un agent du FBI et voulaient le discréditer. Bien qu'il s'agisse certainement de la vérité, c'est une voie plus difficile à suivre. Pour Samuels, il est beaucoup plus simple de me couvrir de boue.

Il regarda son assiette encore à demi pleine, et posa ses couverts. Il ne pouvait plus rien avaler. Il but une longue gorgée de vin, et garda le verre à la main.

– Je crois que je suis dans la merde, Eleanor.

La gravité de la situation commençait à peser sur lui. Il avait agi avec la conviction que la vérité finirait par triompher et il découvrait que la vérité avait finalement peu de rapport avec l'enjeu. Il releva la tête vers Eleanor. Leurs regards se croisèrent et il constata qu'elle avait les larmes aux yeux. Il essaya de sourire.

– Je trouverai une solution, dit-il. Je suis peut-être consigné derrière un bureau pour l'instant, mais ça ne veut pas dire que je baisse les bras. J'éclaircirai cette histoire.

Elle hocha la tête, sans abandonner son air angoissé.

– Harry, dit-elle, tu te souviens du premier soir où tu m'as retrouvée au casino, quand on est allés boire un verre au Caesar's et que tu as essayé de me parler ? Tu te souviens d'avoir dit que tu agirais de manière différente si tu pouvais revenir en arrière ?

– Oui, je m'en souviens.

Elle sécha ses yeux avec ses paumes, avant de laisser couler la moindre larme.

– Il faut que je te dise une chose.

– Tu peux tout me dire, Eleanor.

– Quand je t'ai expliqué que je versais du fric à Quillen pour payer la fameuse taxe et ainsi de suite... en fait, c'est plus compliqué que ça.

Elle le regardait avec intensité, en essayant de sentir sa réaction, avant de continuer. Mais Bosch demeurait de marbre, il attendait la suite.

– Quand j'ai débarqué à Vegas, en sortant de Frontera, je n'avais ni logement ni voiture, et je ne connaissais personne. J'avais dans l'idée de tenter ma chance. En jouant aux cartes. Il y avait une fille que j'avais connue en prison, Patsy Quillen. Elle m'avait conseillé de contacter son oncle – Terry Quillen – en me disant qu'il m'aiderait financièrement après s'être renseigné sur moi et m'avoir vue jouer… Patsy lui a écrit pour me présenter.

Bosch l'écoutait sans rien dire. Il croyait savoir maintenant où elle voulait en venir, mais il ne comprenait pas pourquoi elle lui racontait ça.

– En effet, il m'a aidée. Il m'a trouvé l'appartement et m'a filé de l'argent pour jouer. Il ne m'a jamais parlé de Joey Marks, mais j'aurais bien dû me douter que l'argent venait de quelque part. Il vient toujours de quelque part. Bref, quand il m'a annoncé, plus tard, qui m'avait aidée en vérité, il m'a dit que je ne devais pas m'inquiéter, car l'organisation pour laquelle il travaillait n'exigeait pas que je rembourse l'investissement. Ils réclamaient juste les intérêts. Deux cents dollars par semaine. Alors, j'ai commencé à payer. Au début, c'était dur. Deux ou trois fois, je n'avais pas assez, et il fallait payer le double la semaine suivante, plus la taxe normale de la semaine. Dès que tu te laisses déborder, plus moyen de t'en sortir.

Elle regarda ses mains nouées devant elle sur la table.

– Que t'ont-ils obligée à faire ? demanda Bosch, en détournant lui aussi le regard.

– Ce n'est pas ce que tu penses. J'ai eu de la chance… Ils me connaissaient, je veux dire qu'ils savaient que j'avais appartenu au FBI. Ils se sont dit qu'ils pouvaient utiliser mes compétences, aussi anciennes soient-elles. Alors, ils m'ont demandé de surveiller certaines personnes. Principalement à l'intérieur des casinos. Mais parfois il m'est arrivé de les suivre à l'extérieur. La plupart du temps, je ne savais même pas qui étaient ces gens, ni pourquoi je les surveillais, mais je faisais ce qu'on me demandait. De temps à autre, je jouais à la même table qu'un type, et ensuite, je disais à Terry combien il avait gagné, à qui il parlait, sa manière de jouer… ce genre de choses, quoi.

Elle parlait pour ne rien dire maintenant, elle retardait le moment important, mais Bosch ne disait toujours rien. Il la laissa continuer.

– Plusieurs fois, ils m'ont demandé d'observer Tony Aliso. Ils voulaient savoir combien il claquait sur le tapis vert, et ce qu'il faisait ensuite, le truc habituel. En fait, il ne perdait pas, au contraire. C'était un très bon joueur de poker.

– Où l'as-tu suivi ?

– Il allait dîner, il allait dans la boîte de strip-tease. Il faisait des courses, des trucs comme ça.

– Tu l'as vu avec une fille ?

– Oui, une fois. Je l'ai suivi à pied, du Mirage au Caesar's, jusque dans la galerie marchande. Il était allé déjeuner chez Spago. Il était seul, puis la fille l'a rejoint. Elle était jeune. Au début, j'ai cru que c'était une call-girl, mais ensuite j'ai bien vu qu'il la connaissait. Après le déjeuner, ils sont allés dans sa chambre d'hôtel pendant un moment, et quand ils sont ressortis, il a pris sa voiture de location pour l'emmener chez la manucure, acheter des cigarettes et dans une banque où elle a ouvert un compte. De simples courses. Après, ils sont allés au club à Vegas nord. Quand il est reparti, il était seul. J'en ai déduit que c'était une danseuse.

Bosch acquiesça.

– Tu étais chargée de surveiller Tony vendredi dernier ?

– Non. C'est une pure coïncidence si on s'est retrouvés à la même table ; il attendait une place à la table des grosses mises. D'ailleurs, je n'avais rien fait pour eux depuis un environ un mois, à part payer la taxe, jusqu'à ce que… Terry…

Elle n'acheva pas sa phrase. Ils avaient enfin atteint le point de non-retour.

– Qu'a fait Terry, Eleanor ?

Elle regardait fixement l'horizon qui s'atténuait. Les lumières s'allumaient dans la Vallée, et le ciel était un néon rose barbouillé de peinture grise. Bosch, lui, ne la quittait pas des yeux. Elle continua à parler tout en contemplant la fin du jour.

– Quillen est venu chez moi, le soir où tu m'as ramenée du poste de police. Il m'a conduite dans la maison où tu m'as trouvée. Ils ne m'ont pas expliqué ce que je faisais là, et ils m'ont interdit de m'en aller. Si j'obéissais, m'ont-ils dit, il n'arriverait rien à personne. Je suis restée là-bas sans rien faire pendant deux jours. Ils m'ont attachée avec des menottes seulement le dernier soir. Comme s'ils savaient que tu allais débarquer.

Elle laissa passer un moment de silence. Bosch pouvait le rompre s'il le souhaitait, mais il décida de rester muet.

– Ce que j'essaye de te dire, c'est qu'on ne peut pas appeler ça un kidnapping.

Elle reporta son attention sur ses mains.

– Et c'est pour cette raison que tu ne voulais pas qu'on prévienne la police urbaine, dit Bosch d'un ton neutre.

Elle acquiesça.

– Je ne sais pas pourquoi je ne t'ai pas tout raconté plus tôt. Je suis sincèrement désolée, Harry. Je…

A son tour, Bosch sentit que ses mots restaient coincés dans sa gorge. L'histoire d'Eleanor était compréhensible et crédible. Il comprenait même ce qu'elle ressentait, elle aussi, au fond de son puits. Elle était persuadée de ne pas avoir eu le choix. Mais ce qu'il ne comprenait pas, et ce qui lui faisait mal, c'était pourquoi elle ne lui avait pas tout raconté dès le départ.

Il parvint à poser la question :

– Pourquoi ne m'as-tu rien dit, Eleanor ? Immédiatement. Pourquoi ne m'as-tu rien dit ce soir-là ?

– Je ne sais pas. Je voulais… J'espérais sans doute que tout rentrerait dans l'ordre et que tu n'en saurais jamais rien.

– Dans ce cas, pourquoi m'en parler maintenant ?

Elle le regarda droit dans les yeux.

– Parce que je m'en veux de ne pas t'avoir tout dit… Et aussi parce que pendant que j'étais là-bas, dans la maison, j'ai entendu une chose que tu dois savoir désormais.

Bosch ferma les yeux.

– Je suis navrée, Harry. Sincèrement.

Il acquiesça. Lui aussi était navré. Il se frotta le visage à deux mains. Il ne voulait pas entendre la suite, mais il n'avait pas le choix. Son esprit fonctionnait à toute vitesse, bondissant au milieu des sentiments de trahison, de confusion et de compassion. Ses pensées concernaient tour à tour Eleanor et l'enquête. Ils savaient. Quelqu'un avait informé Joey Marks des liens qui existaient entre Eleanor et lui. Il pensa à Felton et à Iverson, à Baxter ensuite, et à tous les flics qu'il avait vus à Vegas. Quelqu'un avait refilé l'information à Marks, et celui-ci s'était servi d'Eleanor comme appât. Mais pourquoi ? Pourquoi toute cette mise en scène ? Il braqua sur elle un regard vide.

– Quelle est donc cette chose que tu as entendue et que je dois absolument savoir ?

– C'était le premier soir. Ils m'avaient enfermée dans la pièce du fond, celle avec la télé, dans laquelle tu es venu me chercher. J'étais donc là, avec les Samoans qui entraient et sortaient. Mais parfois, il y avait d'autres personnes dans d'autres pièces de la maison. Je les entendais discuter.

– Gussie et Quillen ?

– Non, Quillen était reparti. Je connais bien sa voix, ce n'était pas lui. Et je ne pense pas que c'était Gussie. Je pense que c'était Joey

Marks, avec quelqu'un d'autre, probablement l'avocat, Torrino. En tout cas, j'ai entendu l'un des deux appeler l'autre Joe à un moment. C'est comme ça que j'ai supposé qu'il s'agissait de Marks.

– OK, continue. Qu'ont-ils dit ?

– Je n'ai pas tout entendu. Mais un type racontait à l'autre, celui qui s'appelait Joe, ce qu'il avait appris au sujet de l'enquête. Du côté de la police urbaine, je crois. Et j'ai entendu le dénommé Joe piquer une colère en apprenant qu'on avait retrouvé l'arme au domicile de Luke Goshen. Je me souviens de ses paroles. Très précisément. Il gueulait. Il a dit : « Comment ont-ils pu retrouver ce putain de flingue chez lui, alors qu'on n'y est pour rien, nom de Dieu ? » Ensuite, il a continué en disant que c'était un coup des flics, et il a ajouté : « Tu diras à notre homme que s'ils veulent faire le ménage, il peut aller se faire foutre ! » Après, je n'ai pas très bien entendu. Ils ont baissé la voix et le premier type a essayé de calmer l'autre.

Bosch dévisagea longuement Eleanor, tout en essayant d'analyser les propos qu'elle avait entendus.

– Tu crois que c'était une mise en scène ? demanda-t-il. Un spectacle spécialement à ton attention, car ils supposaient que tu changerais de camp et que tu me raconterais tout ?

– Je l'ai cru tout d'abord, et ça fait partie des raisons pour lesquelles je ne t'ai rien dit immédiatement. Mais maintenant, j'en suis moins sûre. Quand ils sont venus me chercher, pendant que Quillen me conduisait là-bas, je lui ai posé un tas de questions, mais il n'a pas voulu y répondre. Il m'a juste dit une chose. Il m'a expliqué qu'ils avaient besoin de moi un jour ou deux pour faire passer un test à quelqu'un. Il n'a rien dit de plus. Un test, c'est tout ce qu'il a dit.

– Un test ?

Bosch paraissait perplexe.

– Écoute, Harry. Je n'arrête pas de penser à ça depuis que tu m'as fait sortir de là. Commençons par ce que j'ai entendu. Disons qu'il s'agissait de Joey Marks et de son avocat, supposons que ce n'était pas de la comédie et qu'ils ont dit la vérité. Ce ne sont pas eux qui ont liquidé Tony Aliso, OK ?

– OK.

– Voyons les choses de leur point de vue. Ils n'avaient rien à voir dans cette histoire, mais un des leurs se fait épingler à cause de ça. Et à en croire leur informateur de la police urbaine, le gars est mal barré. Les flics ont les empreintes de Goshen et on a retrouvé l'arme du crime dans ses toilettes. Joey Marks se dit que c'est un coup des flics, ou alors peut-être que Goshen a agi de son propre chef, pour une raison inconnue. Dans un cas comme dans l'autre, quelle serait sa première préoccupation, à ton avis ?

– Limiter la casse.

– Exact. Il doit d'abord essayer de savoir de quoi il retourne avec Goshen et évaluer les dégâts. Mais il ne peut pas, car Goshen est au trou, et il a pris son propre avocat. Torrino ne peut pas avoir accès à lui. Alors, que font Marks et Torrino ? Ils mettent au point un test pour savoir si Goshen a changé d'avocat parce qu'il a décidé de se mettre à table.

– En concluant un arrangement.

– Exact. Admettons que par le biais de leur informateur de la police urbaine, ils sachent que l'inspecteur chargé de l'enquête est très lié à une personne qu'ils connaissent et sur laquelle ils peuvent faire pression. Moi.

– Donc, ils t'emmènent dans leur planque et ils attendent. En sachant que si je connais l'adresse de la planque et viens te chercher ou je préviens la police pour leur dire où tu es, Goshen est le seul qui a pu me renseigner. Et ça veut dire qu'il est prêt à tout dire. Voilà le test dont parlait Quillen. Si je ne débarque pas, ils sont peinards. Ça veut dire que Goshen la bouclera. Par contre, si j'interviens, ils sauront qu'ils doivent trouver le moyen d'atteindre Goshen, rapidement, pour l'éliminer.

– Oui, avant qu'il se mette à table. C'est exactement ce que j'ai pensé moi aussi.

– Cela voudrait dire que le meurtre d'Aliso n'était pas un contrat – du moins, pas commandité par Marks et ses hommes –, et qu'ils ignoraient que Goshen était un agent fédéral.

Eleanor hocha la tête. Bosch ressentit la poussée d'énergie qui se produit lorsqu'on fait un pas de géant dans les ténèbres boueuses d'une enquête.

– Ce n'était donc pas la musique du coffre, dit-il.

– Pardon ?

– La piste de Las Vegas, Joey Marks et ainsi de suite, ce n'était qu'une diversion. On s'est laissé embarquer sur un mauvais chemin. Tout cela ne pouvait être inventé que par un proche de Tony Aliso. Suffisamment proche pour connaître ses activités, savoir qu'il blanchissait de l'argent, et quelqu'un capable de faire croire à un meurtre lié à la mafia. Pour faire porter le chapeau à Goshen.

Eleanor acquiesça.

– Voilà pourquoi j'étais obligée de tout te raconter. Même si ça voulait dire que…

Bosch la regarda. Elle n'acheva pas sa phrase, et lui non plus.

Bosch sortit une cigarette, la coinça entre ses lèvres, mais ne l'alluma pas. Se penchant au-dessus de la table, il récupéra l'assiette d'Eleanor, puis la sienne.

– Désolé, dit-il en se levant, je n'ai pas de dessert.

– Peu importe.

Il emporta les assiettes et les couverts dans la cuisine, les rinça et les déposa dans le lave-vaisselle. C'était la première fois qu'il s'en servait, et il passa plusieurs minutes devant l'appareil, à essayer d'en deviner le fonctionnement. Ayant réussi à le mettre en marche, il entreprit de laver la poêle et la casserole dans l'évier. Cette simple tâche ménagère l'aida à se détendre. Eleanor le rejoignit dans la cuisine avec son verre de vin ; elle le regarda faire pendant quelques instants, avant de parler.

– Je suis désolée, Harry.

– Ce n'est rien. Tu étais dans une sale situation et tu as fait ce que tu devais faire. Personne ne peut te le reprocher. J'aurais certainement agi exactement comme toi, sur toute la ligne.

Il y eut un nouveau silence.

– Tu veux que je m'en aille ?

Bosch ferma le robinet et regarda le fond de l'évier. Il y vit son image, sombre et floue, se refléter sur la surface lisse en inox.

– Non, répondit-il. Je n'en ai pas envie.

Bosch arriva au poste à sept heures le lendemain matin, avec une boîte de donuts achetés au Fairfax Farmers Market. Il était le premier. Il ouvrit la boîte et la posa sur le comptoir, près de la machine à café. Il prit un des donuts et le mit sur une serviette en papier pour le poser à sa place habituelle, à la table des homicides, le temps de se rendre dans la salle de garde pour prendre un peu de café à la cafetière. Il était bien meilleur que celui de la machine du bureau des inspecteurs.

Muni de sa boisson, il récupéra son donut et se dirigea vers le bureau situé derrière le premier comptoir à l'entrée. Relégué aux tâches administratives, il devrait désormais s'occuper de l'accueil des visiteurs, ainsi que du classement et de la répartition des rapports de la nuit précédente. Heureusement, il n'était pas chargé du téléphone. Pour répondre aux appels, ils avaient un vieux du quartier qui offrait bénévolement son temps à la brigade.

Bosch resta seul dans la grande pièce pendant au moins un quart d'heure avant que les autres inspecteurs commencent à arriver, au compte-gouttes. A six reprises le nouvel arrivant lui demanda ce qu'il faisait à l'accueil, et chaque fois, il répondit que ce serait trop long à expliquer, mais que tout le monde serait bientôt au courant. Rien ne restait secret très longtemps dans un commissariat de police.

A huit heures trente, le lieutenant de l'équipe de nuit apporta les rapports du matin avant de finir son service, et sourit en apercevant Bosch. Il s'appelait Klein ; Bosch et lui se connaissaient depuis des années, de manière superficielle.

– Qui tu as tabassé cette fois-ci, Bosch ? demanda-t-il sur le ton de la plaisanterie.

Quand un inspecteur était assis à la place qu'occupait présentement Bosch, nul n'ignorait que cela était dû au hasard des rotations du tableau de service ou à une mesure disciplinaire, pendant que l'intéressé était l'objet d'une enquête interne. Très souvent, il s'agissait de la seconde explication. Mais les sarcasmes de Klein indiquaient qu'il n'avait pas encore eu vent de l'enquête concernant Bosch. Ce dernier esquiva la question avec un sourire. Il prit la liasse de rapports de quatre centimètres d'épaisseur que lui tendait Klein et lui répondit en mimant le salut militaire.

La pile de documents remise par Klein rassemblait presque tous les rapports rédigés par les officiers de patrouille de la brigade de Hollywood au cours des dernières vingt-quatre heures. Il y aurait un deuxième arrivage, moins important, de retardataires, au cours de la matinée, mais la liasse qu'il tenait entre les mains constituait le gros du travail de la journée.

Gardant la tête baissée, ignorant le bourdonnement des conversations autour de lui, il fallut à Bosch une demi-heure pour classer tous les rapports par piles en fonction de la nature des crimes. Ensuite, il devait tous les parcourir, en se servant de son œil exercé pour établir des liens éventuels entre des vols ou des cambriolages, des agressions, et ainsi de suite, avant de distribuer chaque pile aux différents groupes d'inspecteurs chargés de tel ou tel type de délits.

En levant la tête de son travail, il découvrit que le lieutenant Billets était dans son bureau, au téléphone. Il ne l'avait pas vue arriver. Une partie de ses nouvelles attributions consistait à lui faire chaque matin un résumé de tous les rapports, à lui signaler les crimes importants ou inhabituels, et, d'une manière générale, tout ce qu'elle avait besoin de savoir en tant que chef de la brigade.

Replongeant le nez dans son travail, il commença par faire le ménage parmi les affaires de vols de voitures, qui constituaient la pile de rapports la plus importante. Trente-trois véhicules avaient été déclarés volés à Hollywood au cours des dernières vingt-quatre heures. Bosch savait que ce chiffre était certainement inférieur à la moyenne. Ayant lu les résumés de chaque rapport à la recherche d'éventuelles similitudes, et n'ayant relevé aucun élément significatif, il emporta le tout à l'inspecteur responsable de la section des vols de voitures. Alors qu'il regagnait sa place derrière le guichet, il aperçut Edgar et Rider, à la table des homicides, en train d'entreposer des choses dans un carton. En s'approchant, il constata que, dossier central, documents annexes et sachets contenant les pièces à conviction, ils y rangeaient tout ce qui touchait à l'affaire Aliso. Tout était destiné aux fédéraux.

– Salut à vous, dit-il, ne sachant pas comment commencer.

– Salut, Harry, dit Edgar.

– Comment ça se passe, Harry ? demanda Rider d'un ton où perçait une sollicitude sincère.

– On fait aller… Euh, écoutez… je veux juste vous dire que je suis désolé de vous avoir entraînés dans cette histoire tous les deux, mais je voulais que vous sachiez que jamais je…

– Laisse tomber, Harry, dit Edgar. Tu n'as pas besoin de nous dire quoi que ce soit. On sait bien, Rider et moi, que c'est du bidon, tout ça. Depuis le temps que je fais ce boulot, je n'ai jamais connu de flic plus intègre que toi, vieux. Tout le reste, c'est des conneries.

Bosch acquiesça, ému par les paroles d'Edgar. Il ne s'attendait pas à la même déclaration de la part de Rider, car c'était la première enquête qu'ils menaient ensemble. Malgré tout, elle tint à dire quelque chose :

– On n'a pas travaillé longtemps ensemble, Harry. Mais d'après ce que j'ai pu voir, je suis d'accord avec Jerry. Tu verras, tout ça va leur péter à la gueule et ils nous refileront l'enquête.

– Merci.

Bosch s'apprêtait à rejoindre son nouveau bureau lorsqu'il regarda au fond du carton qu'ils remplissaient. Plongeant la main à l'intérieur, il en ressortit le dossier de cinq centimètres d'épaisseur qu'Edgar avait eu pour tâche de confectionner et de tenir à jour sur l'affaire Aliso.

– Les fédéraux viennent le chercher eux-mêmes ou vous le leur expédiez ?

– Quelqu'un est censé venir récupérer le tout à dix heures, répondit Edgar.

Bosch leva les yeux vers la pendule accrochée au mur. Il n'était que neuf heures.

– Dis, ça t'ennuie si je fais un double de ce truc ? Juste histoire de conserver quelque chose au cas où tout ça disparaîtrait dans le grand trou noir du FBI ?

– Fais comme chez toi, dit Edgar.

– Au fait, Salazar a-t-il envoyé un compte rendu ?

– De l'autopsie ? demanda Rider. Non, pas encore. A moins qu'il soit en route.

Bosch se garda de leur préciser que si le rapport était en transit, les fédéraux l'avaient déjà intercepté d'une manière ou d'une autre. Il se dirigea vers la photocopieuse avec le dossier et ôta les trois anneaux qui maintenaient tous les rapports. Il programma la machine pour qu'elle photocopie les deux côtés des documents originaux et déposa tout le dossier dans le bac de distribution automatique. Avant de lancer l'opération, il vérifia qu'il restait du papier à trois perforations dans le bac. Après quoi il appuya sur le bouton « Start » et recula pour admirer le travail de la machine. Celle-ci leur avait été offerte par une chaîne de boutiques franchisées qui, en plus, s'occupait régulièrement de l'entretien. C'était le seul objet moderne de tout le commissariat, et il fonctionnait quasiment du matin au soir. Le travail demandé par Bosch fut terminé en dix minutes. Ayant remis la reliure de l'original, il retourna déposer ce dernier dans le carton sur le bureau d'Edgar. Il alla chercher ensuite une autre reliure dans l'armoire aux fournitures, attacha toutes les photocopies des rapports avec les anneaux et déposa le tout dans le tiroir d'un classeur sur lequel était scotchée sa carte. Il indiqua à ses deux collègues où se trouvait le double du dossier si jamais ils en avaient besoin.

– Dis, Harry, lui demanda Rider à voix basse. Envisagerais-tu, par hasard, de poursuivre ta petite enquête tout seul dans ton coin ?

Il l'observa, ne sachant que répondre. Il pensait aux relations qu'elle entretenait avec Billets. Il devait rester prudent.

– Car dans ce cas, reprit Rider, devinant peut-être ses réticences, j'aimerais en être. Tout le monde sait que le Bureau ne va pas traiter cette affaire avec diligence. En fait, ils vont carrément laisser tomber.

– Tu peux compter avec moi aussi, déclara Edgar.

Bosch hésita encore une fois ; il les regarda l'un et l'autre, puis il hocha la tête.

– Si on se retrouvait chez Musso à douze heures trente ? leur proposa-t-il. C'est moi qui vous invite.

– On y sera, promit Edgar.

En retournant vers l'entrée du service, il constata, à travers les vitres de son bureau, que Billets avait raccroché le téléphone et consultait maintenant des paperasses. Comme sa porte était ouverte, Bosch fit un pas dans le bureau.

– Ah, bonjour, Harry.

Il y avait une sorte de mélancolie dans sa voix et dans son attitude, comme si, peut-être, elle était gênée de le voir occuper cette place derrière le comptoir.

– S'est-il passé des choses importantes dont je dois être avertie immédiatement ?

– Non, je ne pense pas. Rien de très excitant. A part peut-être un nouveau monte-en-l'air qui écume les hôtels chics. Du moins, on dirait que c'est le même type. Cette nuit, il a opéré deux fois, au Château et au Hyatt. Les clients ne se sont même pas réveillés. Apparemment, c'est la même méthode dans les deux cas.

– Les victimes sont des gens connus ou importants ?

– Non, je ne crois pas, mais je ne lis pas les magazines. Je serais capable de me faire mordre par une vedette sans m'en apercevoir.

Elle sourit.

– A combien s'élève le montant des vols ?

– Je ne sais pas. Je n'ai pas encore fini d'éplucher cette pile. En réalité, je ne venais pas pour ça. Je voulais juste vous remercier d'avoir pris ma défense hier.

– Je ne vous ai pas vraiment défendu.

– Si. Compte tenu des circonstances, vous vous êtes mouillée en disant ce que vous avez dit. Et j'apprécie.

– Je vous le répète, je ne crois pas à cette histoire. Et plus vite les Affaires internes et le Bureau mèneront leur enquête, plus vite ils seront de mon avis. Au fait, quand êtes-vous convoqué ?

– A quatorze heures.

– Qui sera votre représentant ?

– Un type de la RHD que je connais. Denis Zane. C'est un type bien, il saura me défendre. Vous le connaissez ?

– Non. Mais si jamais je peux faire autre chose pour vous, n'hésitez pas.

– Merci, lieutenant.

– Grace.

– Oui. Grace.

En regagnant sa place, Bosch songea à son rendez-vous avec Chastain. Conformément à la procédure en vigueur dans la police, Bosch serait représenté par un délégué syndical, qui était aussi un collègue inspecteur, en l'occurrence. Celui-ci jouerait quasiment le rôle d'avocat, conseillant à Bosch ce qu'il devait dire, et comment le dire. Il s'agissait là de la première étape officielle de l'enquête interne et du processus disciplinaire.

Levant la tête, il découvrit une femme debout devant le comptoir, accompagnée d'une jeune fille. Celle-ci avait les yeux rougis et la lèvre inférieure enflée, comme si on l'avait mordue. Les cheveux en bataille, elle fixait le mur derrière Bosch, avec dans le regard une expression absente qui pouvait laisser croire qu'il y avait là une fenêtre. Mais il n'y en avait pas.

Bosch aurait pu leur demander ce qu'elles souhaitaient sans prendre la peine de se déplacer, mais pas besoin d'être inspecteur pour comprendre ce qui les amenait ici. Il se leva, contourna le bureau et s'approcha du comptoir pour leur permettre de parler à voix basse. Les victimes de viol étaient celles qui provoquaient en lui la plus grande pitié. Il savait qu'il ne tiendrait pas un mois dans une équipe chargée des affaires de viol. Toutes les victimes qu'il avait rencontrées avaient ce même regard. C'était le signe que plus rien n'était comme avant dans leurs vies, et pour toujours. Jamais plus elles ne seraient celles qu'elles avaient été.

Après avoir interrogé brièvement la mère et la fille, Bosch demanda à cette dernière si elle avait besoin de voir un médecin, et la mère répondit par la négative. Il ouvrit la demi-porte du comptoir et les conduisit toutes les deux dans une des trois salles d'interrogatoire situées au fond des bureaux. Il alla ensuite trouver, à la table des crimes sexuels, Mary Cantu, une inspectrice qui faisait depuis dix ans ce que Bosch aurait été incapable de faire pendant un mois.

– Mary, j'ai deux personnes pour toi dans la trois. La fille a quinze ans. Ça s'est passé hier soir. Elle s'intéressait un peu trop au dealer qui opère au coin de sa rue. Il lui a sauté dessus et l'a vendue avec une dose de crack à son client suivant. Elle est avec sa mère.

– Merci, Bosch. Exactement ce qu'il me fallait pour finir la semaine. J'arrive tout de suite. Tu lui as demandé si elle voulait voir un médecin ?

– Elle a dit non, mais je pense que la réponse est oui.

– OK, je m'en charge. Merci.

De retour à sa place, il lui fallut quelques minutes pour ne plus penser à cette pauvre fille, et quarante-cinq de plus pour finir de lire les rapports et les distribuer aux inspecteurs concernés.

Cela fait, il observa Billets à travers les vitres et constata qu'elle était de nouveau au téléphone, avec un tas de paperasses étalées devant elle. Il se leva et se dirigea vers son casier pour récupérer le double du dossier qu'il y avait déposé. Il regagna ensuite sa place, avec l'épais document sous le bras. Il avait décidé de profiter de ses moments de répit à l'accueil pour commencer à parcourir l'ensemble du dossier. Cette affaire avait démarré si rapidement en début de semaine qu'il n'avait pas pris le temps, comme il aimait le faire habituellement, de lire attentivement tous les documents. Par expérience, il savait qu'une bonne connaissance des détails et des nuances d'une enquête constituait souvent la clé de l'énigme. Mais à peine avait-il commencé à feuilleter les premières pages qu'une voix vaguement familière s'adressa à lui de l'autre côté du comptoir.

– Est-ce bien ce que je crois ?

Bosch leva la tête. C'était O'Grady, l'agent du FBI. Il sentit son visage s'enflammer. Il avait honte d'être ainsi pris la main dans le sac et ne pouvait s'empêcher de mépriser de plus en plus l'homme qu'il avait devant lui.

– Oui, c'est bien ce que vous pensez, O'Grady. Vous étiez censé arriver il y a une demi-heure pour le récupérer.

– Je n'ai pas de comptes à vous rendre, Bosch. J'avais des choses à faire.

– Quoi par exemple ? Trouver une nouvelle queue de cheval pour votre ami Roy ?

– Filez-moi simplement le dossier. Et le reste.

Bosch ne s'était toujours pas levé, et ne semblait pas disposé à bouger.

– Qu'allez-vous en faire, O'Grady ? Tout le monde sait que vous allez enterrer l'affaire. Vos collègues et vous vous foutez pas mal de savoir qui a tué Tony Aliso.

– Ne dites donc pas de conneries. Et filez-moi le dossier.

Penché au-dessus du comptoir, O'Grady tâtonna à la recherche du bouton commandant l'ouverture de la demi-porte.

– Hé, refrénez vos ardeurs, mon vieux ! lui ordonna Bosch en se levant. Ne bougez pas. Je vais vous chercher le carton.

Emportant le dossier, Bosch se dirigea vers la table des homicides et là, en se servant de son dos pour masquer la vue à O'Grady, il déposa son exemplaire sur la table et prit le carton qui renfermait le dossier original, les rapports annexes et les pièces à conviction rassemblés par Edgar et Rider. Il fit demi-tour et déposa le tout sur le comptoir devant O'Grady.

– Il faut me signer un reçu, dit-il. Nous sommes très vigilants sur la circulation des dossiers et des pièces à conviction.

– Oui, c'est sûr. Tout le monde a pu s'en rendre compte avec l'affaire O. J., pas vrai ?

Bosch saisit l'agent fédéral par sa cravate et l'attira violemment par-dessus le comptoir. O'Grady ne trouva aucune prise lui permettant de résister. Bosch se pencha au-dessus de lui, de manière à lui parler directement dans l'oreille.

– Vous disiez ?

– Bosch, vous…

– Harry !

Bosch leva la tête. Billets se tenait sur le seuil de son bureau. Bosch lâcha la cravate, et tout le corps d'O'Grady se retrouva projeté en arrière, comme s'il était monté sur ressort. Son visage était écarlate, de honte et de fureur. Tirant sur sa cravate qui lui serrait le cou, il beugla :

– Vous êtes bon à enfermer ! Espèce de sale con !

– J'ignorais que les agents fédéraux employaient ce langage, rétorqua Bosch.

– Regagnez votre place, Harry, ordonna Billets. Je m'en occupe.

Elle s'était approchée du comptoir.

– Il doit signer le reçu.

– Je m'en fous ! Je m'en occupe, j'ai dit.

Bosch retourna s'asseoir à sa place. Il regarda O'Grady d'un œil noir, tandis que Billets fouillait dans le carton jusqu'à ce qu'elle trouve l'inventaire et le reçu préparés par Edgar. Elle indiqua à O'Grady l'endroit où il devait signer, et lui demanda ensuite de s'en aller.

– Vous devriez le surveiller, dit-il à Billets en prenant le carton sur le comptoir.

– C'est vous qui avez intérêt à vous surveiller, agent O'Grady. Si jamais j'entends parler de ce petit incident, je déposerai une plainte contre vous pour l'avoir provoqué.

– C'est ce dingue qui…

– Je m'en fous. C'est bien compris ? Je m'en fous. Maintenant, foutez le camp.

– Je m'en vais. Mais tenez-le à l'œil. Qu'il n'aille pas fourrer son nez là-dedans !

O'Grady désigna le contenu du carton. Billets ne dit rien. Il commença à s'éloigner en emportant son butin, mais il s'arrêta et se retourna encore une fois vers Bosch.

– Au fait, j'ai un message de la part de Roy.

– Agent O'Grady, voulez-vous foutre le camp ! s'écria Billets.

– Je vous écoute, dit Bosch.

– Il voulait juste savoir qui est la larve, maintenant ?

Sur ce, O'Grady pivota sur ses talons et s'éloigna dans le couloir, vers la sortie. Billets le suivit du regard jusqu'à ce qu'il disparaisse, puis se retourna vers Bosch, les yeux remplis de fureur.

– Vous avez le chic pour vous foutre dans la merde, hein ? dit-elle. Vous ne pouvez pas vous comporter en adulte pour une fois et laisser tomber ces querelles minables ?

Elle n'attendit pas la réponse, car il n'y en avait pas. D'un pas vif, elle regagna son bureau et ferma la porte. Et ferma les stores à l'intérieur. Les mains nouées derrière la nuque, Bosch leva les yeux au plafond en soupirant bruyamment.

Après l'épisode O'Grady, Bosch fut presque aussitôt accaparé par un visiteur venu porter plainte pour un braquage. A ce moment-là, toute l'équipe chargée des vols à main armée était partie s'occuper d'un vol de voiture, suivi d'une poursuite à travers la ville, et, en tant qu'officier de garde, Bosch devait interroger lui-même la victime et rédiger un rapport. La victime en question était un jeune Mexicain dont le job consistait à s'installer au coin de Hollywood Boulevard à Sierra Bonita pour vendre des plans où figuraient les maisons des stars, dans les collines. Ce matin-là, vers dix heures, alors qu'il venait d'installer sa pancarte en contreplaqué et avait commencé à faire des grands signes aux véhicules qui passaient, une vieille voiture américaine, avec un homme au volant et une femme assise à ses côtés, s'était arrêtée à sa hauteur. Après lui avoir demandé combien il vendait ses cartes et s'il en avait vendu beaucoup, la femme l'avait braqué avec son arme pour lui voler trente-huit dollars. Le garçon était venu porter plainte avec sa mère. En réalité, il n'avait vendu qu'une seule carte ce matin-là avant d'être attaqué, et presque tout l'argent qu'on lui avait volé était celui qu'il avait apporté pour rendre la monnaie. La somme perdue correspondait environ à ce qu'il gagnait dans une journée, en restant debout au coin de la rue et en agitant le bras comme un moulin à vent.

Compte tenu de la faible somme dérobée et de la méthode minable utilisée, Bosch songea immédiatement que les coupables étaient un couple de junkies à la recherche d'un coup rapide pour pouvoir s'acheter leur dose d'héroïne. Ils n'avaient même pas pris la peine de masquer la plaque d'immatriculation du véhicule, dont le garçon avait relevé et mémorisé le numéro avant qu'ils s'enfuient.

Quand il eut terminé avec le garçon et sa mère, Bosch utilisa le Télétype pour envoyer un avis de recherche concernant la voiture, accompagné du signalement des deux suspects. Il découvrit alors que le véhicule en question était déjà recherché pour avoir été utilisé au cours de deux braquages antérieurs durant cette même semaine. Ce qui faisait une belle jambe au jeune Mexicain qui avait perdu sa recette du jour, songea Bosch. Les deux voleurs auraient dû être arrêtés avant de pouvoir s'en prendre à ce gamin. Mais Los Angeles était une grande ville, pas un monde idéal. Ce genre de regrets n'affectait jamais longtemps Bosch.

La salle des inspecteurs s'était quasiment vidée à l'approche du déjeuner. Bosch n'apercevait plus que Mary Cantu, assise à la table des crimes sexuels, en train de rédiger, certainement, son rapport sur l'affaire de ce matin.

Edgar et Rider n'étaient plus là ; sans doute avaient-ils décidé qu'il serait préférable qu'ils se rendent séparément chez Musso. Au moment où il se levait pour s'en aller, Bosch remarqua que les stores étaient toujours baissés à l'intérieur du bureau de Billets. Pourtant, elle était encore là. Il retourna déposer le double du dossier Aliso dans son attaché-case à la table des homicides, puis alla frapper à la vitre du lieutenant. Sans attendre de réponse, il ouvrit la porte et glissa la tête à l'intérieur.

– Je vais déjeuner rapidement, et ensuite je fonce dans le centre pour l'entretien avec les AI. Il n'y aura plus personne à l'accueil.

– On se débrouillera. Je mettrai Edgar ou Rider après déjeuner. Ils n'ont pas d'enquête en cours pour l'instant.

– OK. A plus tard.

– Euh… Harry ?

– Oui ?

– Je suis désolée pour ce qui s'est passé tout à l'heure. Je ne regrette pas ce que j'ai dit. Je le pensais sincèrement, mais j'aurais dû vous faire venir ici pour vous parler. C'était une erreur de m'en prendre à vous devant tout le monde. Je vous prie de m'excuser.

– Ne vous en faites pas pour ça. Bon week-end.

– Vous aussi.

– J'essaierai, lieutenant.

– Grace.

– Grace.

Bosch arriva chez Musso and Frank, dans Hollywood Boulevard, à onze heures trente précises, et se gara derrière le restaurant. Installé à cet endroit depuis 1924, cet établissement était un des principaux monuments de Hollywood. A sa grande époque, il était fréquenté par l'élite. Fitzgerald et Faulkner y venaient. Chaplin et Fairbanks organisèrent un jour une course de chevaux dans Hollywood Boulevard pour se rendre chez Musso, le perdant devant payer l'addition. Aujourd'hui, le restaurant vivait principalement sur sa gloire passée et son charme désuet. Les banquettes rembourrées en cuir rouge faisaient encore le plein à midi, et certains serveurs paraissaient si âgés qu'ils auraient pu travailler ici depuis assez longtemps pour avoir servi Chaplin. Le menu n'avait pas changé depuis que Bosch fréquentait cet endroit, cela dans une ville où la durée d'activité des putes du Boulevard dépassait celle de la plupart des restaurants.

Edgar et Rider l'attendaient dans un des box ronds très prisés, et Bosch s'y glissa après que le maître d'hôtel lui eut indiqué où ils se trouvaient ; trop vieux et trop fatigué apparemment pour l'accompagner jusqu'à leur table. L'un et l'autre buvaient du thé glacé et Bosch décida de les imiter, en se lamentant intérieurement, car cet endroit proposait un des meilleurs martinis de la ville. Seule Rider consultait le menu. Nouvelle à la brigade, elle n'était pas encore venue assez souvent chez Musso pour savoir ce qu'il fallait commander.

– Alors, on en est où ? demanda Edgar.

– Il faut repartir à zéro, dit Bosch. La piste de Vegas était une fausse piste.

Rider le regarda par-dessus son menu.

– Kiz, pose-moi ça, dit-il. Si tu ne commandes pas la tourte au poulet en cassolette, tu fais une grave erreur.

Elle hésita, puis hocha la tête et posa le menu.

– Comment ça, une fausse piste ?

– Celui ou ceux qui ont tué Tony voulaient nous entraîner dans cette direction. Et ils ont planqué l'arme chez Goshen pour être sûrs qu'on poursuive dans cette voie. Mais ils ont merdé. Ils ne savaient pas que le type qu'ils voulaient piéger était en fait un agent fédéral, avec un alibi en béton confirmé par d'autres fédéraux. C'est ça, la connerie. Quand j'ai appris que notre suspect était un agent, j'ai aussitôt pensé que Joey Marks et ses hommes avaient découvert la vérité et qu'ils avaient tout organisé pour le salir.

– Oui, ça me semble une bonne explication, dit Edgar.

– Je le croyais aussi, jusqu'à hier soir, dit Bosch, tandis qu'un serveur d'âge vénérable en veste rouge approchait de leur table.

– Trois poulets en cassolette, dit Bosch.

– Vous voulez boire quelque chose ?

Et puis merde, se dit Bosch.

– Je vais prendre un martini, avec trois olives. Pour eux, vous pouvez rapporter du thé glacé. Ce sera tout.

Le serveur hocha la tête et repartit en traînant les pieds, sans rien noter.

– Hier soir, reprit Bosch, j'ai appris par un informateur que Joey Marks ignorait que le type qui se faisait appeler Luke Goshen était un agent infiltré. Il ne se doutait pas que c'était un indic, et encore moins un agent fédéral. En fait, après qu'on a arrêté Goshen, Joey a monté tout un plan pour essayer de savoir si Goshen allait se mettre à table ou pas. Afin de décider s'il devait lancer un contrat sur sa tête, à l'intérieur de sa cellule.

Il s'interrompit pour leur laisser le temps d'assimiler tout ça.

– Vous voyez bien que, compte tenu de cette information, la deuxième hypothèse ne tient plus debout.

– D'où tiens-tu cette information ? demanda Edgar.

– Je ne peux vous le dire. Mais c'est du solide. C'est la vérité.

Il les vit baisser les yeux l'un et l'autre. Il savait qu'ils lui faisaient confiance, mais tous les trois savaient que les indics étaient souvent les menteurs les plus habiles. Se lancer dans une nouvelle direction sur les dires d'un indic, c'était prendre de gros risques.

– OK, dit Bosch. Mon informateur est Eleanor Wish. Jerry, tu as parlé d'elle à Kiz ?

Edgar hésita, avant de hocher la tête.

– Donc, tu sais qui c'est. Tout ce que je viens de vous dire, elle l'a entendu pendant qu'ils la retenaient dans cette maison là-bas. Avant qu'on débarque, Joey s'y trouvait, avec son avocat Torrino. Elle les a entendus parler et en a déduit qu'ils ignoraient la vérité sur Goshen. En fait, ce faux kidnapping faisait partie du test. Ils savaient que je pouvais apprendre l'existence de cette planque uniquement grâce à Goshen. C'était leur test, pour savoir s'il avait décidé de tout raconter.

Tous les trois gardèrent le silence quelques instants, le temps pour Edgar et Rider de digérer tout ça.

– OK, lança finalement Edgar. Je vois ce que tu veux dire. Mais si Vegas n'était qu'un putain de leurre, comment le flingue a-t-il atterri dans la maison de l'agent ?

– C'est ce qu'on doit découvrir. Supposons qu'il y ait quelqu'un, extérieur au cercle des truands que fréquentait Tony, mais suffisamment proche de lui pour savoir qu'il blanchissait de l'argent, et pour connaître la raison de ses fréquents voyages à Vegas ? Quelqu'un qui l'avait appris par Tony lui-même, ou qui l'avait peut-être suivi à Vegas, qui avait vu sa façon d'opérer, la manière dont Goshen lui remettait le fric, et ainsi de suite ? Quelqu'un qui connaissait exactement sa combine, qui savait qu'on pouvait faire porter le chapeau à Goshen, et qui savait, enfin, que Tony rentrerait à L.A. vendredi soir avec une grosse somme dans sa mallette ?

– Oui, cette personne pouvait tout manigancer, à condition de pouvoir pénétrer au domicile de Goshen pour planquer le flingue, souligna Edgar.

– Exact. Mais s'introduire dans cette maison était un jeu d'enfant. Elle se trouve au milieu de nulle part. Goshen restait longtemps au club. N'importe qui pouvait entrer, cacher l'arme et repartir. La question c'est : qui ?

– Tu parles de sa femme ou de sa petite amie ? répondit Edgar. L'une et l'autre pouvaient posséder ce genre de renseignements.

Bosch acquiesça.

– Alors, on opte pour laquelle ? A nous trois, on ne peut s'occuper des deux. Surtout en agissant en free-lance comme ça.

– Ce n'est pas la peine, dit Bosch. Le choix me paraît évident.

– Qui ? demanda Edgar. La petite amie ?

Bosch se tourna vers Rider pour lui offrir l'occasion de répondre. Elle vit son regard, plissa le front et se mit à cogiter.

– Non... ça ne peut pas être la petite amie... car elle a appelé Tony le dimanche matin. Sur sa messagerie. Pourquoi l'appellerait-elle en sachant qu'il est mort ?

Bosch acquiesça. Décidément, elle était douée.

– Ça faisait peut-être partie du plan, dit Edgar. Encore un leurre.

– Possible, mais j'en doute, dit Bosch. De plus, on sait qu'elle travaillait le vendredi soir. Elle aurait eu du mal à venir jusqu'ici pour buter Tony.

– Donc, c'est la femme, conclut Edgar. Veronica.

– Exact, dit Bosch. Je pense qu'elle nous a menti en faisant comme si elle ignorait tout des activités de son mari, alors qu'en vérité elle savait. Je pense que c'est elle qui a tout manigancé. Elle a envoyé les lettres au Trésor et à l'OCID. Elle voulait attirer l'attention sur Tony ; de cette façon, quand on le retrouverait mort, on penserait immédiatement à un règlement de comptes de la pègre. Le flingue planqué chez Goshen, c'était juste la cerise sur le gâteau. Si on le découvrait, tant mieux. Dans le cas contraire, on continuerait à fureter à Vegas jusqu'à ce qu'on classe l'affaire.

– Tu es en train de dire qu'elle a organisé tout ça toute seule ? demanda Edgar.

– Non. Je dis simplement que l'idée vient d'elle. Mais elle avait besoin d'aide. Un complice. Il fallait être deux pour assassiner Tony, et, assurément, ce n'est pas elle qui a emporté le flingue à Vegas. Une fois le meurtre accompli, elle est restée chez elle en attendant que son complice retourne à Vegas et planque le flingue le samedi ou le dimanche soir, pendant que Luke Goshen était au club.

– Attends un peu, déclara Rider. On oublie quelque chose. Veronica Aliso menait une vie plutôt confortable, il me semble. Tony gagnait beaucoup de fric avec sa laverie. Ils avaient une énorme baraque sur les hauteurs de L.A., plusieurs voitures... Pourquoi tuer la poule aux œufs d'or ? Combien y avait-il dans la mallette ?

– D'après les fédéraux, quatre cent quatre-vingt mille dollars.

Edgar émit un petit sifflement.

– Je ne comprends toujours pas, dit Rider. Certes, c'est une sacrée somme, mais Tony en gagnait au moins autant en une année. En termes économiques, sa mort représentait pour elle un gain à court terme et une perte à long terme. Ça n'a aucun sens.

– Dans ce cas, il y a dans cette affaire un autre élément que nous ignorons, dit Bosch. Peut-être était-il sur le point de la larguer. Peut-être que cette vieille bonne femme de Vegas disait la vérité en affirmant que Tony avait l'intention de foutre le camp avec Layla. Ou peut-être y a-t-il du fric ailleurs, et on n'en sait rien. Mais pour l'instant, c'est elle qui correspond le plus au portrait du coupable.

– Et le poste de garde ? demanda Rider. Le registre indique qu'elle n'est pas sortie le vendredi soir ; de toute la nuit. Et elle n'a reçu aucune visite.

– Il faut se renseigner là-dessus, dit Bosch. Elle connaît certainement un moyen d'entrer et de sortir sans que ça se sache.

– Quoi d'autre ? demanda Edgar.

– On recommence dès le début, dit Bosch. Je veux tout savoir sur elle. D'où elle vient, qui sont ses amis, ce qu'elle fait toute la journée dans sa maison, et ce qu'elle faisait, et avec qui, toutes les fois où Tony était absent.

Rider et Edgar acquiescèrent.

– Elle a forcément un complice. Et je parie pour un homme. Et je suis sûr qu'on peut le retrouver par son intermédiaire.

Le serveur revint avec un plateau qu'il déposa sur un chariot pliable. Ils se turent pour le regarder préparer le plat. Il y avait sur le plateau trois cassolettes de poulet. A l'aide d'une fourchette et d'une cuillère, le serveur ôta le chapeau en croûte de chacune d'elles et le déposa sur une assiette. Avec la cuillère, il versa ensuite le contenu de chaque tourte sur le chapeau. Il distribua leurs assiettes aux trois flics et posa les deux verres de thé glacé devant Edgar et Rider. Après quoi, il versa à Bosch son martini contenu dans une petite carafe en verre, et repartit lentement, sans dire un mot.

– Une chose est sûre, reprit Bosch. Nous devons agir discrètement.

– Oui, dit Edgar. D'autant que Bullets nous a placés en tête du tableau de service. La prochaine affaire qui se présente, elle est pour Kiz et moi. Et on devra se passer de toi. Ça va nous faire perdre du temps.

– Vous ferez ce que vous pourrez. Si vous héritez d'un macchabée, tant pis, on n'y peut rien. En attendant, voici ce que je propose. Vous deux, vous vous intéressez au passé de Veronica, vous voyez ce que vous pouvez trouver. Vous avez des contacts au *Times* ou dans la profession ?

– Je connais deux ou trois personnes au *Times*, dit Rider. Et dans le temps, j'ai connu une femme qui est réceptionniste, ou un truc comme ça, à *Variety*.

– Dignes de confiance ?

– Je crois.

– Vois s'ils peuvent te trouver des infos sur Veronica. Elle a connu un bref moment de gloire dans le temps. Son quart d'heure de célébrité. Il y a peut-être eu des articles sur elle, dans lesquels on cite des gens qu'on pourrait interroger.

– Et si on retournait lui poser quelques questions directement ? suggéra Edgar.

– Non, c'est trop tôt, je crois. Je veux d'abord avoir de quoi l'interroger.

– Et les voisins ?

– Oui, vous pouvez y aller. Peut-être qu'elle vous verra en regardant par la fenêtre, et commencera à s'inquiéter. Si vous retournez là-haut, profitez-en pour aller traîner encore une fois du côté du poste de garde. Bavardez avec Nash. Je suis sûr qu'on peut lui soutirer des renseignements sans avoir besoin d'un autre mandat. J'aimerais bien jeter un œil sur les registres de toute l'année, savoir qui est venu voir Veronica, particulièrement quand son mari était en voyage. On possède les relevés de comptes de Tony, on peut reconstituer son calendrier de déplacements. Vous saurez à quels moments elle était seule à la maison.

Bosch leva sa fourchette. Il n'avait pas encore avalé un seul morceau, mais il avait l'esprit trop occupé par cette affaire.

– Autre point : nous devons rassembler le maximum d'éléments sur l'affaire. Pour l'instant, nous n'avons que la main courante. Je vais me rendre à Parker Center pour mon petit rendez-vous avec les AI. Ensuite, je ferai un saut au Centre hospitalier universitaire pour obtenir un double du rapport d'autopsie. Les fédéraux l'ont déjà. J'irai également bavarder avec Donovan au labo pour savoir s'il a pu tirer quelque chose de ce qu'on a relevé dans la voiture. Il a les empreintes de chaussures, en tout cas. Je vais en faire des copies, en espérant que les fédéraux n'auront pas déjà tout embarqué. Ai-je oublié quelque chose ?

Les deux autres secouèrent la tête.

– Que diriez-vous de commencer à prospecter et de nous retrouver ce soir après le boulot ?

Ils acquiescèrent.

– Au Cat & Fiddle vers dix-huit heures ?

Ils acquiescèrent de nouveau. Ils étaient trop occupés à manger pour parler. Bosch avala sa première bouchée de poulet, qui déjà refroidissait. Il se joignit à leur silence, en pensant à l'affaire.

– C'est dans les détails, déclara-t-il au bout d'un moment.

– Quoi ? dit Rider.

– L'affaire. Dans une affaire comme celle-ci, la réponse est toujours dans les détails. Tu verras, quand nous aurons résolu le mystère, la réponse se trouve déjà dans les dossiers, dans les rapports. C'est toujours comme ça.

L'interrogatoire avec Chastain aux Affaires internes débuta exactement comme Bosch l'avait prévu. Il était assis à côté de Zane, son défenseur, derrière une table d'administration en métal gris, dans une des salles d'interrogatoire de la division des AI. Un vieux magnétophone à cassettes Sony était branché, et tout ce qui se disait dans cette pièce était enregistré. En langage de policier, Chastain consignait le récit de Bosch. Il enregistrait sa « version des faits », selon ses propres termes, avec le maximum de détails. Chastain ne commencerait véritablement son enquête qu'après avoir consigné le récit de Bosch. Il y traquerait alors la moindre incohérence. Il lui suffirait de mettre en évidence un seul mensonge pour pouvoir traduire Bosch devant la Commission. En fonction de la grosseur et de l'importance du mensonge, il pourrait réclamer une sanction allant de la suspension au renvoi.

D'une voix morne et monotone, Chastain lut les questions qu'il avait notées sur un bloc, et Bosch y répondit lentement et soigneusement, avec le moins de mots possible. C'était un jeu. Bosch y avait déjà joué. Durant le quart d'heure dont ils avaient disposé avant de se présenter devant les AI, Zane avait expliqué à Bosch la procédure et la conduite à adopter. En bon avocat de la défense, pas une fois il ne demanda directement à Harry s'il avait planqué l'arme. Zane s'en foutait. Il considérait les inspecteurs des AI comme des adversaires, une bande de mauvais flics dont le seul objectif était de s'en prendre aux bons. Zane appartenait à la vieille école qui pensait que tous les flics étaient foncièrement bons, et que même si parfois leur métier les faisait pencher du mauvais côté, ils ne devraient jamais être poursuivis par leurs pairs.

Pendant une demi-heure, ce fut une affaire de routine. Jusqu'à ce que Chastain leur décoche une flèche inattendue.

– Inspecteur Bosch, connaissez-vous une dénommée Eleanor Wish ?

Zane leva la main devant Bosch pour l'empêcher de répondre.

– C'est quoi cette connerie, Chastain ?

– A qui avez-vous parlé, Chastain ? demanda Bosch.

– Attendez un peu, Harry, dit Zane. Ne dites rien. Où voulez-vous en venir, Chastain ?

– Les ordres du chef me semblent très clairs. J'enquête sur le comportement de Bosch dans cette affaire. Quant à savoir qui j'ai interrogé et d'où je tire mes informations, cela ne vous concerne pas à ce stade de la procédure.

– Il s'agit soi-disant d'une affaire de fausse preuve, dont nous savons tous qu'elle est bidon. C'est pour répondre à cela que nous sommes ici.

– Souhaitez-vous relire les ordres du chef de la police ? C'est parfaitement clair.

Zane le dévisagea.

– Donnez-nous cinq minutes pour nous concerter. Si vous en profitiez pour aller vous faire limer les dents ?

Chastain se leva et éteignit le magnétophone. Arrivé à la porte, il se retourna vers eux, avec un large sourire.

– Cette fois, je vous aurai tous les deux. Vous ne vous en sortirez pas, Bosch. Quant à vous, Zane, sachez qu'on ne peut pas gagner à tous les coups.

– Vous êtes mieux placé que moi pour le savoir, sale con prétentieux. Sortez d'ici et foutez-nous la paix.

Après le départ de Chastain, Zane se pencha vers le magnétophone pour vérifier qu'il était bien éteint. Après quoi, il se leva à son tour pour aller examiner le thermostat fixé au mur et s'assurer qu'il ne s'agissait pas d'une sorte de mouchard. Certain que leur conversation demeurerait privée, il se rassit et interrogea Bosch au sujet d'Eleanor Wish. Bosch lui parla de leurs rencontres des derniers jours, en laissant toutefois de côté son faux enlèvement et la confession qui avait suivi.

– Un des flics de la police urbaine a certainement dit à Chastain que vous aviez couché avec elle, dit Zane. Il n'en sait pas plus. Il cherche à prouver la complicité. Si vous avouez, il vous tient. Mais s'il n'a rien d'autre dans sa manche, vous êtes bon pour une tape sur les doigts, au pire. Tant qu'il n'a rien de plus. Par contre, si vous mentez, et si vous affirmez que vous n'étiez pas avec elle, alors que vous l'étiez, et s'il peut le prouver, là vous aurez un gros problème. Voilà pourquoi je vous conseille de lui dire la vérité : oui, vous la connaissez, et oui, vous avez passé la nuit avec elle. C'est pas un drame, merde ! Dites-lui que c'est terminé avec cette fille, et s'il n'a rien d'autre, il l'a dans le cul.

– Je n'en sais rien.

– Quoi ?

– Si c'est terminé ou pas.

– Bon, ne parlez pas de ça s'il ne vous le demande pas. Et ensuite, fiez-vous à votre instinct. Prêt ?

Bosch hocha la tête, et Zane ouvrit la porte. Chastain était assis derrière un bureau dans la pièce voisine.

– Alors, qu'est-ce que vous foutez, Chastain ? grogna Zane. On vous attend !

Chastain ne répondit pas. Il entra, remit le magnétophone en marche et reprit son petit jeu de questions-réponses.

– Oui, je connais Eleanor Wish, dit Bosch. Oui, j'ai passé du temps avec elle au cours de ces derniers jours.

– Combien de temps ?

– Je ne sais pas exactement. Deux ou trois nuits.

– Pendant que vous meniez l'enquête ?

– Non, pas pendant. La nuit, quand j'avais fini ma journée. Tout le monde ne travaille pas vingt-quatre heures sur vingt-quatre comme vous, Chastain.

Bosch lui adressa un sourire sans joie.

– Était-elle témoin dans cette affaire ? demanda Chastain d'un ton indiquant qu'il était choqué que Bosch puisse ainsi franchir la frontière.

– Au départ, j'ai cru qu'elle pouvait l'être. Après l'avoir retrouvée et interrogée, j'ai rapidement conclu qu'elle ne pouvait être considérée en aucune manière comme un témoin.

– Malgré tout, vous l'avez rencontrée tandis que vous exerciez votre fonction d'inspecteur dans cette affaire.

– En effet.

Chastain consulta longuement son bloc-notes avant de poser la question suivante.

– Cette femme... je parle toujours de cette Eleanor Wish, ancienne détenue... Cette femme vit-elle chez vous en ce moment ?

Bosch sentit la bile monter dans sa gorge. Cette violation de sa vie privée et le ton employé par Chastain lui tapaient sur les nerfs. Il s'efforça malgré tout de conserver son calme.

– Je ne sais pas, répondit-il.

– Vous ne savez pas si quelqu'un habite chez vous ou pas ?

– Écoutez, Chastain, elle a passé la nuit chez moi, OK ? C'est ça que vous voulez savoir ? Eh bien, oui. Mais quant à vous dire si elle sera là ce soir, je ne peux pas. Elle a un appartement à Las Vegas. Peut-être y est-elle retournée aujourd'hui, je n'en sais rien. Je n'ai pas vérifié. Vous voulez que je l'appelle pour lui demander si elle habite officiellement chez moi en ce moment ?

– Je pense que ce ne sera pas nécessaire. Je pense avoir tout ce dont j'ai besoin pour l'instant.

Sur ce, il enchaîna directement sur le laïus standard qui concluait les interrogatoires des AI.

– Inspecteur Bosch, vous serez informé des résultats de l'enquête en cours concernant votre comportement. Si des accusations sont retenues contre vous, nous vous communiquerons la date de l'audition de la Commission, au cours de laquelle trois capitaines de police écouteront l'énoncé des preuves. Vous serez autorisé à choisir un de ces capitaines, je sélectionnerai le deuxième, et le troisième sera choisi au hasard. Des questions ?

– Une seule. Comment osez-vous vous prétendre flic, alors que vous passez vos journées assis dans ce bureau à mener des enquêtes à la con sur des accusations à la con ?

Zane posa la main sur le bras de Bosch pour lui faire signe de se calmer.

– Non, laissez, dit Chastain, repoussant d'un geste méprisant la tentative d'apaisement de Zane. Ça ne me gêne pas de répondre. A vrai dire, on me pose souvent cette question. C'est drôle, Bosch, on dirait qu'elle émane toujours de flics sur lesquels j'enquête. Bref, la réponse, c'est que je suis fier de ce que je fais, car je représente le public, et s'il n'y avait personne pour faire la police dans la police, il n'y aurait personne pour contrôler les abus de ses pouvoirs étendus. Je remplis une mission importante dans la société, inspecteur Bosch. Je suis fier de ce que je fais. Pouvez-vous en dire autant ?

– Ouais, ouais, fit Bosch. Je suis sûr que ce petit discours fait beaucoup d'effet sur une cassette quand on l'écoute. D'ailleurs, j'ai le sentiment que vous vous écoutez la nuit, tout seul chez vous. En boucle. Au bout d'un moment, vous finissez par y croire. Mais laissez-moi vous poser une autre question, Chastain. Qui fait la police dans la police ?

Sur ce, Bosch se leva et Zane l'imita. L'interrogatoire était terminé.

Après avoir quitté les locaux des AI et remercié Zane pour son aide, Bosch descendit au laboratoire des services scientifiques de la police, situé au deuxième étage, pour voir Art Donovan. Celui-ci revenait tout juste du lieu d'un crime et triait des sachets contenant des indices en tout genre. Il dressa la tête lorsque Bosch approcha.

– Comment es-tu entré, Harry ?

– Je connais la combinaison.

La plupart des inspecteurs de la RHD connaissaient la combinaison de la serrure. Bosch ne travaillait plus à la RHD depuis cinq ans, mais la combinaison était toujours la même.

– Tu vois, dit Donovan. C'est comme ça que les ennuis commencent.

– Quels ennuis ?

– Tu débarques ici pendant que je manipule des indices. Résultat, tu as un petit malin d'avocat de la défense qui affirme qu'ils ne sont plus valables, et moi, je passe pour un con à la télé.

– Tu deviens paranoïaque, Artie. De plus, le prochain procès du siècle n'aura pas lieu avant plusieurs années.

– Très drôle. Qu'est-ce que tu veux, Harry ?

– Tu es le deuxième aujourd'hui à me dire que je suis drôle. Que sont devenus mon empreinte de chaussure et tout le reste ?

– Dans l'affaire Aliso ?

– Non, l'affaire Lindbergh ! A ton avis ?

– J'ai entendu dire qu'Aliso ne t'appartenait plus. On m'a demandé de tout préparer pour le FBI, ils vont venir se servir.

– Quand ça ?

Donovan consentit enfin à lâcher ce qu'il faisait pour lever les yeux.

– Ils ont dit qu'ils enverraient quelqu'un vers dix-sept heures.

– En attendant qu'ils arrivent, c'est toujours mon enquête. Parle-moi un peu des empreintes de chaussure que tu as relevées.

– Il n'y rien à dire. J'ai envoyé des copies au labo du FBI à Washington, au cas où ils pourraient identifier la marque et le modèle.

– Et... ?

– Et rien. Je n'ai pas reçu de réponse. Toutes les polices du pays leur envoient leurs merdes. Tu le sais bien. Et à ma connaissance, ils ne laissent pas tout en plan dès qu'ils reçoivent un paquet en provenance du LAPD. Je n'aurai sans doute pas de nouvelle avant la semaine prochaine. Avec de la chance.

– Merde.

– De toute façon, il est trop tard pour appeler la côte est. Lundi peut-être. J'ignorais que c'était devenu tout à coup si important pour toi. La communication, Harry, voilà le secret. Tu devrais essayer parfois.

– T'occupes pas de ça. Il te reste des copies des empreintes ?

– Ouais.

– Je peux en avoir un jeu ?

– Oui, mais tu devras attendre une vingtaine de minutes environ que j'aie terminé ça.

– Allons, Artie, je parie qu'elles sont rangées dans un classeur ou un truc comme ça. Tu en as pour trente secondes.

– Tu ne veux pas me foutre la paix ? s'écria Donovan d'un ton exaspéré. Je ne plaisante pas, Harry. En effet, elles sont dans un classeur et ça me prendrait trente secondes pour te les donner. Mais si j'abandonne ce que je suis en train de faire, je risque de me faire crucifier quand j'irai témoigner au tribunal. J'imagine très bien un enfoiré d'avocat, furieux et indigné, me lançant : « Vous dites à ce jury que pendant que vous manipuliez les indices relatifs à cette affaire, vous vous êtes déplacé pour aller chercher les indices d'une autre affaire ? » Et plus besoin de s'appeler F. Lee Bailey pour convaincre les jurés. Alors, fous-moi la paix. Reviens dans une demi-heure.

– Très bien, Artie. Je te fous la paix.

– Et sonne à la porte la prochaine fois. N'entre pas comme ça. Il faut qu'on fasse changer la combinaison.

La dernière phrase, il se l'adressa à lui-même, car Bosch était déjà parti.

Ce dernier refit le même chemin en sens inverse et prit l'ascenseur pour sortir fumer une cigarette. Il dut marcher jusqu'au trottoir avant de l'allumer, car le règlement de la police interdisait maintenant de rester devant les portes de Parker Center pour fumer. Tellement de flics étaient accros à la cigarette qu'il y avait souvent une foule massée près du bâtiment, et un nuage de fumée bleue commençait à flotter en permanence au-dessus de l'entrée principale. Le chef de la police, qui trouvait cela disgracieux, avait institué qu'il serait désormais obligatoire, lorsqu'on sortait pour fumer, de quitter totalement l'enceinte du centre. Depuis, le trottoir de Los Angeles Street semblait servir de théâtre à une manifestation permanente de flics, dont certains en uniforme, qui faisaient les cent pas devant le bâtiment. Il ne manquait que les pancartes. On disait que le chef de la police avait consulté l'avocat de la municipalité pour savoir s'il pouvait interdire de fumer sur le trottoir également, mais on lui avait répondu que le trottoir échappait malheureusement à son contrôle.

Alors que Bosch allumait une deuxième cigarette avec le mégot de la première, il vit l'agent fédéral Roy Lindell franchir d'un pas léger et nonchalant les portes vitrées du quartier général de la police. Arrivé sur le trottoir, il tourna à gauche et prit la direction du tribunal. Il marchait droit vers Bosch. Il n'aperçut ce dernier qu'en arrivant à un mètre de lui. Il sursauta.

– Hé ! Vous m'attendiez ou quoi ?

– Non, je fume une cigarette, Lindell. Et vous, qu'est-ce que vous faites ?

– Ça ne vous regarde pas.

Il voulut s'éloigner, mais Bosch le retint avec une autre question.

– Vous avez eu une chouette conversation avec Chastain ?

– Écoutez, Bosch, on m'a convoqué pour faire une déposition, et j'ai obéi. J'ai dit la vérité. On verra bien ce qui se passe.

– Le problème, c'est que vous ne connaissez pas la vérité.

– Je sais que vous avez découvert ce flingue et c'est pas moi qui l'ai planqué là. Voilà la vérité.

– Une partie, du moins.

– C'est la seule que je connaisse, et c'est ce que je lui ai dit. Bonne journée.

Il passa devant Bosch et Harry pivota sur lui-même pour le regarder partir. Une fois de plus, il le fit s'arrêter.

– Vos collègues et vous vous contentez peut-être d'une parcelle de vérité. Pas moi.

Lindell fit demi-tour et revint vers Bosch.

– Qu'est-ce que ça signifie ?

– Devinez.

– Non, dites-le-moi.

– On est tous manipulés, Lindell. Et je veux découvrir par qui. A ce moment-là, je vous tiendrai au courant.

– Cette affaire ne vous appartient plus, Bosch. On a pris les choses en main, et je vous conseille de vous tenir à l'écart.

– Oui, vous menez l'enquête, c'est sûr, dit Bosch d'un ton sarcastique. Je parie que vous battez des records. Faites-moi signe quand vous aurez découvert la solution.

– Vous vous trompez, Bosch. On s'intéresse à cette affaire.

– Répondez à une question, Lindell.

– Laquelle ?

– Pendant tout le temps où vous étiez infiltré, Tony Aliso a-t-il amené une fois sa femme à Vegas pour prendre livraison du fric ?

Lindell resta muet un moment, le temps de décider s'il devait répondre.

– Non, jamais, dit-il. Tony disait toujours que sa femme détestait cet endroit. Trop de mauvais souvenirs, j'imagine.

Bosch essaya de conserver une apparence calme.

– Des souvenirs de Vegas ?

Lindell sourit.

– Pour quelqu'un qui connaît soi-disant toutes les réponses, vous ne savez pas grand-chose, Bosch. Tony a connu sa femme au club il y a une vingtaine d'années. Bien avant que j'arrive. Elle était danseuse et Tony voulait en faire une vedette de cinéma. Il leur servait toujours la même rengaine. Mais je suppose qu'ensuite il a compris et a appris à ne pas toutes les épouser.

– Connaissait-elle Joey Marks ?

– Ça fait trois questions au lieu d'une, Bosch.

– Elle le connaissait ?

– Je l'ignore.

– Comment s'appelait-elle à cette époque ?

– Là encore, je l'ignore. A un de ces jours, Bosch.

Il pivota sur ses talons et repartit. Bosch jeta sa cigarette par terre et retourna vers le bâtiment de verre. Quelques minutes plus tard, après avoir pris la peine de sonner à la porte pour pouvoir entrer dans les locaux du laboratoire, Bosch retrouva Donovan, toujours assis à son bureau. Le criminaliste s'empara d'une mince chemise qu'il tendit à Harry.

– Tiens, voici les doubles, dit-il. Il y a tout ce que j'ai envoyé au Bureau. J'ai tiré un double du négatif, ensuite j'ai photographié le nouveau négatif et je l'ai imprimé en contraste inversé pour effectuer des comparaisons. Je l'ai également agrandi en taille réelle.

Bosch n'avait pas tout compris dans cette explication, sauf à la fin. Il ouvrit la chemise. Il y avait là deux photocopies sur papier, avec les empreintes de la chaussure en noir. Les deux étaient des empreintes partielles de la même chaussure droite. Mais en assemblant les deux empreintes partielles, on avait presque toute la chaussure. Donovan se leva pour regarder le contenu de la chemise. Il désigna un sillon sur une des photocopies. Une ligne incurvée au niveau du talon. La ligne était brisée.

– Si tu retrouves le meurtrier, et s'il a conservé ses chaussures, tu pourras le coincer grâce à ça. Tu vois comme la ligne est interrompue à ce niveau-là ? Apparemment, ce n'est pas fait exprès. Le type a marché sur du verre ou un truc comme ça, et il a coupé le sillon. Ou bien il s'agit d'un défaut de fabrication. Mais si tu retrouves la pompe en question, on pourra établir une comparaison qui devrait faire plonger ton type.

– OK, dit Bosch, les yeux fixés sur les photocopies. Tu n'as rien reçu du Bureau à ce sujet, même pas un rapport préliminaire ?

– Non. Il y a un type à qui j'envoie assez régulièrement ce genre de trucs. Je le connais, on s'est vus deux ou trois fois dans des conventions de criminalistes. Bref, il m'a appelé pour me dire qu'il avait bien reçu mon envoi, et qu'il s'en occuperait dès que possible. Mais à première vue, m'a-t-il dit, il pensait qu'il s'agissait de ces bottes légères qui font fureur en ce moment. Tu sais, ça ressemble à des chaussures de chantier, mais c'est très confortable et ça se porte comme une paire de Nike.

– OK, Artie. Merci.

Bosch se rendit ensuite au Centre hospitalier universitaire et, une fois arrivé, se rangea dans le parking situé près de la gare de triage. Le bureau du coroner était situé tout au bout du complexe médical.

Bosch y pénétra par la porte de derrière après avoir montré son insigne à un employé de la sécurité.

Il passa d'abord au bureau du Dr Salazar, mais celui-ci était vide. Il descendit alors au niveau des salles d'autopsie et jeta un œil dans la première salle, là où était installée la table surbaissée qu'utilisait Salazar. Ce dernier s'y trouvait, en train de travailler sur un cadavre. Lorsque Bosch entra, Salazar détourna la tête de la cavité béante d'un torse appartenant, lui sembla-t-il, à une jeune Noire.

– Que viens-tu faire ici, Harry ? Ce n'est pas ton macchabée.

– Je voulais te demander quelque chose au sujet de l'affaire Aliso.

– Comme tu le vois, j'ai les mains occupées. D'ailleurs, tu ne devrais pas être ici sans masque ni blouse.

– Oui, je sais. Crois-tu que tu pourrais demander à ton assistant de me faire une photocopie du rapport ?

– Pas de problème. J'ai entendu dire que le FBI s'intéressait à l'affaire, Harry. C'est vrai ?

– Il paraît.

– C'est bizarre, les agents n'ont même pas pris la peine de m'interroger. Ils sont juste venus chercher un double du rapport. Mais sur un rapport il n'y a que les conclusions, on ne trouve pas toutes les cogitations de nous autres médecins.

– Et que leur aurais-tu dit, s'ils t'avaient interrogé ?

– Je leur aurais parlé de mon intuition, Harry.

– C'est-à-dire ?

Salazar leva la tête, en prenant soin toutefois de garder ses mains gantées et ensanglantées au-dessus de la poitrine ouverte pour éviter qu'elles gouttent partout.

– Mon intuition, c'est qu'il faut chercher la femme.

Bosch sentit un picotement lui parcourir la nuque.

– Et pourquoi donc ?

– La substance autour des yeux et à l'intérieur.

– Préparation H ?

– Quoi ?

– Non, rien. Oublie. Alors, qu'as-tu trouvé ?

– J'ai fait analyser cette substance. La réponse est *olio capsicum*. J'en ai retrouvé dans les prélèvements nasaux également. Sais-tu sous quel nom est plus connu l'*olio capsicum*, Harry ?

– Pepper spray. Un produit aveuglant, contre les agressions.

– Merde, Harry, tu me gâches tout mon plaisir.

– Désolé. Donc, quelqu'un l'a aspergé de pepper spray.

– Exact. Et je penche pour une femme. Quelqu'un qui avait du mal à le contrôler ou qui redoutait des problèmes. Voilà pourquoi je pense à une femme. Par ici, presque toutes se trimbalent avec ces trucs-là dans leur sac.

Bosch se demanda si Veronica Aliso faisait partie de ces femmes.

– Excellent, Sally. Autre chose ?

– Non, aucune surprise. Les tests n'ont rien révélé.

– Pas de nitrite d'amyle ?

– Non, pas une trace. Mais ça s'assimile très rapidement. On n'en trouve pas si souvent. Au fait, l'examen des balles a donné quelque chose ?

– Oui, on a décroché le jackpot. Peux-tu appeler ton gars ?

– Conduis-moi jusqu'à l'interphone.

Pendant que Salazar gardait les mains levées devant lui pour ne rien toucher, Bosch fit rouler son fauteuil jusqu'à la table la plus proche, sur laquelle était posé un téléphone doté d'un interphone. Le légiste indiqua à Bosch sur quel bouton appuyer, et lorsqu'une voix répondit, Salazar ordonna de faire immédiatement une copie du rapport d'autopsie pour l'inspecteur Bosch.

– Merci, dit celui-ci.

– De rien. J'espère que ça t'aidera. Souviens-toi : cherche une femme qui a un pepper spray dans son sac. Pas du gaz lacrymogène. Du pepper spray.

– C'est noté.

La circulation de fin de semaine était dense, et il fallut presque une heure à Bosch pour quitter le centre de Los Angeles et regagner Hollywood. Quand il arriva enfin au Cat & Fiddle, il était dix-huit heures passées, et en franchissant la porte, il aperçut Edgar et Rider qui étaient déjà assis à une table, dehors dans la cour intérieure. Mais ils n'étaient pas seuls. Avec eux se trouvait Grace Billets.

Le Cat & Fiddle était un lieu très fréquenté par tous les flics de la brigade de Hollywood, car il était situé à quelques rues seulement de Wilcox où se trouvait le poste. Si bien qu'en avançant vers la table, Bosch ignorait si Billets se trouvait ici par hasard, ou parce qu'elle avait eu connaissance de leur enquête parallèle.

– Salut à tous, dit Bosch en s'asseyant.

Un verre vide était posé sur la table ; il le remplit avec le pichet de bière. Il le leva ensuite pour porter un toast à la fin d'une nouvelle semaine.

– Harry, dit Rider, le lieutenant est au courant de ce qu'on fait. Elle est ici pour nous aider.

Bosch acquiesça et tourna lentement la tête vers Billets.

– Je suis déçue que vous ne soyez pas venu me trouver, dit-elle. Mais je comprends ce que vous faites. Je pense, moi aussi, que le FBI a sans doute tout intérêt à laisser tomber cette affaire pour ne pas mettre en danger son opération. Mais un homme a été assassiné. Et s'ils ne veulent pas rechercher le meurtrier, je ne vois pas ce qui nous en empêche.

Bosch acquiesça de nouveau. Il n'en revenait pas. Jamais encore il n'avait eu un supérieur qui ne soit à cheval sur les principes et inflexible. Grace Billets représentait un sacré changement.

– Bien sûr, ajouta-t-elle, nous devons être extrêmement prudents. Si jamais nous nous plantons, nous ne subirons pas uniquement les foudres du FBI.

Sous-entendu, on jouait sa carrière.

– Ma situation est déjà sérieusement compromise, dit Bosch. Si jamais ça tourne mal, je veux que vous rejetiez toute la faute sur moi.

– Ne dis pas de conneries, répondit Rider.

– Ce ne sont pas des conneries. Vous avez tous un avenir ailleurs. Pour moi, ce sera toujours Hollywood, et nous le savons tous autour de cette table. Par conséquent, si jamais ça sent le roussi, vous laissez tomber. Je prendrai tout sur moi. Si vous n'êtes pas d'accord, je vous demande de renoncer dès maintenant.

Il y eut quelques instants de silence, puis l'un après l'autre, ils hochèrent la tête.

– Parfait, reprit Bosch. Vous avez sans doute raconté au lieutenant tout ce que vous avez fait aujourd'hui, mais j'aimerais être au courant moi aussi.

– On a appris deux ou trois choses, mais rien de sensationnel, dit Rider. Jerry est retourné dans les collines pour voir Nash, pendant que j'interrogeais l'ordinateur et bavardais avec un ami du *Times*. Tout d'abord, en consultant le dossier d'assurance-maladie de Tony Aliso, j'ai obtenu le numéro de sécurité sociale de Veronica. Avec ça, j'ai interrogé l'ordinateur des services de la sécurité sociale pour en savoir un peu plus sur le passé de la dame, et j'ai appris ainsi que ce n'était pas son vrai nom. Elle figure dans leurs fichiers sous le nom de Jennifer Gilroy, née il y a quarante-sept ans à Las Vegas, Nevada. Pas étonnant qu'elle ait déclaré détester cette ville. Elle y a grandi.

– Elle a travaillé ?

– Aucune trace jusqu'à ce qu'elle débarque ici et se fasse engager par TNA Productions.

– Quoi d'autre ?

Avant que Rider puisse répondre, une vive agitation se produisit soudain près de la porte vitrée du bar à l'intérieur. Celle-ci s'étant ouverte, un costaud vêtu d'une veste de barman poussa dehors un homme bien plus petit. Ébouriffé et ivre, l'exclu hurla des paroles où il était question de manque de respect à son égard. Le barman le conduisit sans ménagement jusqu'à la porte du patio et le jeta dehors. A peine avait-il tourné les talons pour regagner le bar que l'ivrogne pivota sur lui-même pour retourner à l'intérieur. Le barman se retourna et poussa le type si violemment que celui-ci tomba à la renverse sur les fesses. Honteux, il jura de revenir se payer le barman. Quelques personnes assises aux tables de dehors ricanèrent. L'ivrogne se releva et sortit sur le trottoir en titubant.

– Ils commencent tôt par ici, dit Billets. Continuez, Kiz.

– Ensuite, j'ai interrogé le fichier du NCIC. Jennifer Gilroy a été arrêtée à deux reprises pour racolage à Vegas. Ça remonte à plus de vingt ans. J'ai appelé les flics de là-bas pour qu'ils nous envoient les photos et les rapports. Ils sont obligés d'aller chercher dans les microfiches ; on ne les aura pas avant la semaine prochaine. De toute façon, je doute qu'on apprenne grand-chose. A en croire l'ordinateur, aucune des deux affaires n'est passée en jugement. Elle a plaidé coupable et payé l'amende les deux fois.

Bosch acquiesça. Cela ressemblait à tous les règlements banals des affaires banales.

– C'est tout ce qu'on a là-dessus. Du côté du *Times*, les recherches n'ont rien donné. Quant à mon amie de *Variety*, elle ne m'a pas été plus utile. Le nom de Veronica Aliso est à peine mentionné dans la critique de *Victime du désir*. Le film et elle se sont fait descendre en flammes, mais j'aimerais quand même le voir. Tu as toujours la cassette, Harry ?

– Oui, sur mon bureau.

– On la voit à poil ? demanda Edgar. Dans ce cas, j'aimerais bien regarder le film, moi aussi.

Personne ne releva.

– A part ça, quoi d'autre ? se demanda Rider à voix haute. Ah oui, le nom de Veronica apparaît également deux ou trois fois dans des articles consacrés à des projections de films en avant-première. Rien de sensationnel. Quand tu as parlé de quinze minutes de gloire, tu as dû confondre avec quinze secondes. Voilà, c'est tout pour moi. Jerry ?

Edgar se racla la gorge avant d'expliquer qu'il était retourné au poste de garde de la résidence de Hidden Hills et y était tombé sur un os quand Nash avait exigé un nouveau mandat pour lui permettre de consulter la totalité des registres. Edgar avait alors passé l'après-midi à taper à la machine le mandat de perquisition, puis à dénicher un juge qui ne soit pas déjà parti en week-end. Il avait fini par en trouver un et lui faire signer son mandat, qu'il avait l'intention de présenter dès le lendemain.

– Avec Kiz, on va retourner là-haut demain matin. On commencera par consulter les registres d'entrées et de sorties, et ensuite sans doute qu'on ira interroger quelques voisins. En espérant que la veuve nous apercevra de sa fenêtre, comme tu disais, et qu'en voyant notre petit numéro, elle prendra peur. Peut-être qu'elle paniquera et commettra une erreur.

Ce fut ensuite au tour de Bosch de dresser le bilan de ses activités de l'après-midi, y compris sa rencontre fortuite avec Roy Lindell, qui se souvenait que Veronica Aliso avait débuté sa carrière dans le show business comme strip-teaseuse à Las Vegas. Il évoqua également la découverte effectuée par Salazar, indiquant que Tony Aliso avait reçu au visage un jet de pepper spray, peu de temps avant d'être tué ; il partageait, ajouta-t-il, l'intuition du légiste selon laquelle c'était une femme qui l'avait aspergé.

– Il pense que cette femme aurait pu commettre le meurtre toute seule après l'avoir agressé avec sa bombe ? demanda Billets.

– Peu importe, car elle n'était pas seule, répondit Bosch.

Il déposa sa mallette sur ses genoux pour sortir les photocopies des empreintes de semelle relevées par Donovan sur la victime et le pare-chocs de la Rolls. Il fit glisser les feuilles vers le centre de la table pour que les autres puissent les voir.

– Pointure quarante-quatre, chaussure d'homme, affirma Artie. Un costaud. Donc, si la femme était présente, elle a pu asperger Aliso de pepper spray, et le type a fini le travail.

Bosch désigna les empreintes de semelle.

– Il pose son pied droit sur la victime pour pouvoir se pencher au-dessus d'elle et l'assassiner à bout portant. Simple et efficace. Sans doute un pro. Peut-être un type qu'elle a connu du temps de Vegas.

– Le même qui est retourné planquer le flingue ? demanda Billets.

– C'est ce que je pense.

Bosch n'avait cessé de garder un œil sur la porte du patio, au cas où l'ivrogne qui s'était fait jeter dehors déciderait de revenir se faire justice. Mais lorsqu'il tourna la tête une fois de plus vers l'entrée, ce ne fut pas lui qu'il vit, mais l'agent Ray Powers, avec ses lunettes à verres miroir, malgré le jour déclinant. Il entra dans le patio, où il fut rejoint par le barman. Avec force gestes, celui-ci lui rapporta l'incident avec l'ivrogne et les menaces. Jetant un regard circulaire, Powers aperçut Bosch et ses collègues. Après s'être débarrassé du barman, il marcha vers leur table d'un pas décidé.

– Alors, le brain-trust du bureau des inspecteurs fait une pause ?

– Exact, Powers, répondit Edgar. Je pense que le gars que vous cherchez est en train de pisser quelque part dans les buissons.

– Bien, b'wana, j'vais aller le che'cher et l'emba'quer.

Powers regarda les autres avec un petit rictus satisfait. Apercevant les photocopies des empreintes de semelle sur la table, il les désigna du menton.

– C'est ce que les inspecteurs appellent une séance de stratégie d'investigation ? Dans ce cas, je vais vous filer un tuyau. Ces machins-là, c'est des empreintes de semelle de chaussure !

Il sourit, fier de sa remarque.

– Nous ne sommes pas en service, Powers, lui répondit Billets. Allez donc faire votre travail, on se charge du nôtre.

Powers la salua.

– Faut bien que quelqu'un fasse le sale boulot, pas vrai ? dit-il.

Sur quoi, il repartit sans attendre la réponse.

– Quel sale con ! commenta Rider.

– Il est furieux parce que j'ai parlé à son lieutenant des empreintes qu'il avait laissées sur notre voiture, expliqua Billets. Je crois qu'il s'est fait remonter les bretelles. Bref, revenons à nos moutons. Qu'en pensez-vous, Harry ? A-t-on assez d'éléments pour mettre la pression sur Veronica ?

– Presque. J'irai faire un tour là-haut avec Rider et Edgar demain, pour jeter un coup d'œil au registre. Il se peut qu'on lui rende une petite visite. Mais j'aimerais qu'on ait un truc concret pour entamer la discussion.

Billets acquiesça.

– Je veux être tenue informée. Appelez-moi vers midi.

– Entendu.

– Plus le temps passe, plus ce sera difficile de garder le secret sur notre enquête. Je pense que lundi il faudra faire le point pour décider si on refile tout ce qu'on sait au Bureau.

– Je ne vois pas l'intérêt, dit Bosch. Quoi qu'on leur file, ils vont s'asseoir dessus. Si vous voulez élucider cette affaire, vous devez nous laisser agir seuls, sans mettre le FBI dans le coup.

– J'essaierai, Harry, mais viendra un moment où ce sera impossible. Nous menons une enquête de grande envergure de manière tout à fait officieuse. Cela finira par se savoir. Forcément. Je dis simplement qu'il vaut mieux que l'information vienne de moi, pour pouvoir être contrôlée.

Bosch acquiesça, à contrecœur. Il savait que Billets avait raison, mais était obligé de combattre sa suggestion. L'enquête leur appartenait. C'était la sienne. Et tout ce qui s'était passé au cours de ces quatre derniers jours en faisait encore plus une affaire personnelle. Pas question pour lui de renoncer.

Il récupéra les photocopies d'empreintes de chaussure et les rangea dans sa mallette. Il finit son verre de bière et demanda combien il devait, et à qui.

– C'est ma tournée, dit Billets. La prochaine, quand nous aurons élucidé cette affaire, sera pour vous.

– Marché conclu.

En rentrant chez lui, Bosch trouva porte close, mais la clé qu'il avait donnée à Eleanor était sous le paillasson. Son premier réflexe fut d'aller voir la reproduction de Hopper. Le tableau était toujours sur le mur, mais Eleanor était partie. Il fit rapidement le tour des pièces, sans trouver de message. Il ouvrit la penderie : ses affaires avaient disparu. Sa valise aussi.

Assis au bord du lit, il réfléchit à la signification de ce départ. Ce matin-là, ils n'avaient pris aucune décision. Il s'était levé de bonne heure, et alors qu'elle était encore couchée et le regardait se préparer, il lui avait demandé ce qu'elle comptait faire dans la journée. Elle lui avait répondu qu'elle ne savait pas encore.

Et maintenant, elle était partie. Il passa la main sur son visage. Il commençait déjà à ressentir le poids de son absence, et se répéta mentalement leurs conversations de la nuit précédente. Il avait mal joué, se dit-il. Elle avait dû consentir un très gros effort pour lui avouer sa complicité. Et lui n'avait évalué cet aveu qu'en fonction de ce que cela signifiait pour lui, et pour son enquête. Pas pour elle. Pas pour eux.

Bosch se laissa aller en arrière jusqu'à se retrouver allongé en travers du lit. Les bras en croix, il contempla le plafond. Il sentait la bière agir sur son organisme, il était fatigué.

– OK, dit-il à voix haute.

Il se demanda si elle l'appellerait, ou si cinq autres années s'écouleraient avant qu'il la revoie, par hasard. Il songea à tout ce qui lui était arrivé au cours de ces années, et combien l'attente avait été dure. Tout son corps le faisait souffrir. Il ferma les yeux.

– OK.

Il s'endormit et rêva qu'il était seul dans le désert, sans aucune route, face à des kilomètres de paysage désolé, dans quelque direction qu'il regarde.

6

A sept heures le lendemain matin, armé de deux gobelets de café et de deux donuts glacés de *Chez Bob* au Farmer's Market, Bosch se rendit dans la petite clairière où on avait retrouvé le cadavre de Tony Aliso dans le coffre de sa voiture. En mangeant et buvant, il contempla l'étendue marine qui enveloppait la cité paisible tout en bas. Le soleil qui se levait derrière les tours du centre-ville les transformait en monolithes opaques dans la brume. C'était un beau spectacle, mais Bosch avait le sentiment d'être le seul au monde à le voir.

Ayant fini de manger, il se servit de la serviette en papier qu'il avait humectée à la fontaine du Farmer's Market pour débarrasser ses doigts des résidus de sucre collant. Il fourra ensuite tous les papiers et le premier gobelet vide dans le sac des donuts et redémarra.

Il s'était endormi tôt le vendredi soir et réveillé avant l'aube, dans ses vêtements de la veille. Il éprouvait le besoin de sortir de chez lui et de faire quelque chose. Il était depuis toujours convaincu qu'on pouvait provoquer du nouveau dans une enquête en s'activant et en travaillant d'arrache-pied. C'est pourquoi il avait décidé de mettre à profit cette matinée pour essayer de découvrir l'endroit où la Rolls Royce de Tony Aliso avait été interceptée par ses meurtriers.

L'enlèvement, pensa-t-il, avait certainement eu lieu dans Mulholland Drive, à proximité de l'entrée de Hidden Hills. Divers éléments l'avaient conduit à cette conclusion. Premièrement, la clairière où on avait retrouvé la voiture était située en bordure de Mulholland. Si l'enlèvement avait eu lieu près de l'aéroport, il était fort probable que la voiture aurait été abandonnée dans les environs, et pas à vingt kilomètres de là. Deuxièmement, l'enlèvement pouvait se dérouler plus tranquillement sur les hauteurs de Mulholland, dans l'obscurité. L'aéroport et ses abords étaient toujours envahis de voitures et de gens. C'était trop risqué.

La deuxième question était de savoir si Aliso avait été suivi de l'aéroport par ses meurtriers, ou si ceux-ci l'avaient attendu sur les lieux de l'enlèvement dans Mulholland Drive. Bosch optait pour la seconde hypothèse : il s'agissait d'une opération modeste – deux personnes au maximum – et une filature à deux voitures, une devant et une derrière, présentait un caractère trop aléatoire, surtout dans une ville comme Los Angeles où un propriétaire de Rolls devait être particulièrement conscient des risques de vol. Selon lui, ils avaient attendu dans Mulholland, et avaient tendu un piège ou organisé une mise en scène quelconque pour obliger Aliso à s'arrêter, malgré les quatre cent quatre-vingt mille dollars en liquide qu'il transportait dans sa mallette. Et la seule manière de le contraindre à s'arrêter, pensait Bosch, était d'utiliser sa femme dans le scénario. Il se représenta les phares de la Rolls Royce éclairant à la sortie d'un virage une Veronica Aliso faisant de grands gestes frénétiques. En voyant cela, Tony se serait arrêté.

En outre, les agresseurs devaient être certains que Tony passerait par l'endroit choisi dans Mulholland. Il n'y avait que deux façons de se rendre logiquement de l'aéroport à Mulholland Drive, et ensuite de gagner l'entrée de Hidden Hills. La première consistait à prendre l'autoroute 405 au nord et à emprunter simplement la sortie de Mulholland Drive. L'autre trajet passait par La Cienega Boulevard et Laurel Canyon au nord, avant de remonter vers Mulholland.

Les deux itinéraires n'avaient qu'un kilomètre et demi de route commune dans Mulholland Drive. Et puisqu'il était impossible de savoir avec certitude quel itinéraire choisirait Aliso pour rentrer chez lui ce soir-là, il était logique, se disait Bosch, que la mise en scène et l'enlèvement aient lieu quelque part sur cette portion de route. C'est donc là qu'il se rendit, et pendant presque une heure fit l'aller et retour sur cette partie de route, avant de s'arrêter finalement à l'endroit qu'il aurait choisi pour l'enlèvement. L'endroit en question était situé dans un virage en épingle à cheveux, à moins d'un kilomètre du poste de garde de Hidden Hills. Les rares maisons construites dans ce coin se dressaient sur le flanc ouest d'un promontoire éloigné de la route. Au nord, le terrain inutilisé plongeait en pente raide dans un arroyo touffu où les eucalyptus et les acacias se bousculaient. L'endroit idéal. Isolé et à l'abri des regards.

Une fois de plus, Bosch imagina Tony Aliso débouchant dans le virage et les phares de sa Rolls éclairant tout à coup sa femme sur le bord de la route ! Aliso s'arrête, stupéfait. Que fait-elle ici ? Il descend de voiture, et le complice caché sur le versant nord surgit à ce moment-là. L'épouse asperge son mari de pepper spray, le complice ouvre le coffre de la Rolls. Aliso se frotte sauvagement les yeux, pendant qu'on le balance à l'intérieur du coffre avant de lui attacher les mains dans le dos. Leur seul souci est qu'une voiture arrive à ce moment-là et les éclaire avec ses phares. Mais à cette heure tardive, dans Mulholland Drive, c'est peu probable. Le tout a peut-être duré quinze secondes. Voilà pourquoi ils ont choisi la bombe de pepper spray. Pas parce que c'est une femme, mais parce que c'est rapide.

Bosch se gara sur le bas-côté, descendit de voiture et regarda autour de lui. L'endroit lui semblait idéal. Calme comme la mort. Il décida d'y revenir le soir même pour le voir dans l'obscurité, et obtenir la confirmation de son intuition.

Traversant la chaussée, il alla regarder l'arroyo, où le complice devait se cacher et attendre. Il essaya de repérer un endroit, proche de la route, où un homme aurait pu se dissimuler. Avisant un petit chemin de terre qui s'enfonçait au milieu des arbres, il le suivit, à la recherche d'empreintes de chaussures. Sur ce sol poussiéreux, certaines empreintes étaient parfaitement identifiables. Il en remarqua deux séries totalement différentes : une vieille paire de chaussures dont les talons étaient usés et une paire beaucoup plus récente dont les talons laissaient des traces bien nettes dans la terre. Aucune des deux ne correspondait à ce qu'il cherchait, à savoir la chaussure de chantier avec la coupure dans la semelle qu'avait repérée Donovan.

Levant les yeux du sol, Bosch suivit le chemin jusqu'au milieu des buissons et des arbres. Il décida de faire encore quelques pas, souleva une branche d'acacia et passa en dessous. Lorsque ses yeux se furent habitués à l'obscurité qui régnait sous la voûte du feuillage, ils furent attirés par un objet bleu qu'il ne pouvait identifier, à une vingtaine de mètres de là, au cœur de la végétation dense. Pour l'atteindre, il devait quitter le chemin, mais il décida d'aller y voir de plus près.

Ayant parcouru péniblement trois ou quatre mètres parmi les buissons, il constata que l'objet bleu était en réalité un morceau d'épaisse toile plastifiée, comme celles qu'on voit sur les toits de la ville après qu'un tremblement de terre a arraché les cheminées et éventré les joints des bâtiments. Bosch s'approcha encore et découvrit que deux des coins de la toile étaient attachés à des troncs d'arbres et reposaient sur la branche d'un troisième, créant ainsi un petit abri sur une parcelle de terrain plane. Il scruta les lieux quelques instants, sans apercevoir le moindre mouvement.

Impossible d'atteindre cet abri en silence. Le sol était jonché d'une épaisse couche de feuilles mortes et de brindilles qui craquaient sous ses pieds. Il n'était plus qu'à trois mètres environ de la toile lorsqu'une voix râpeuse le fit s'immobiliser.

– Je suis armé, bande d'enfoirés !

Bosch demeura figé, les yeux fixés sur la toile bleue. Suspendue à la longue branche d'un acacia, elle lui masquait la vue. Il ne pouvait voir à qui appartenait cette voix. Et le type qui avait beuglé ainsi ne le voyait certainement pas lui non plus. Bosch décida de tenter sa chance.

– Moi aussi j'ai un flingue, répondit-il. Et un insigne de flic.

– La police ? J'ai pas appelé la police !

Il y avait maintenant des intonations hystériques dans sa voix et Bosch supposa qu'il avait affaire à un de ces nombreux sans-abri qui avaient été foutus à la porte des asiles d'aliénés à l'époque des sévères restrictions budgétaires des services sociaux dans les années quatre-vingt. La ville en était pleine. Ils se plantaient à presque tous les grands carrefours, agitant leurs pancartes et leurs sébiles, ils dormaient sous les échangeurs d'autoroute ou bien se terraient comme des termites dans les bois sur les collines, vivant sous des tentes de fortune, à quelques mètres seulement de villas valant des millions de dollars.

– Je ne fais que passer, dit Bosch. Vous posez votre arme, et je pose la mienne.

L'homme qui se cachait derrière cette voix effrayée n'était sans doute même pas armé, se dit-il.

– OK. Marché conclu.

Bosch détacha le holster fixé sous son bras, sans toutefois ôter son arme. Il franchit les derniers mètres et contourna lentement le tronc de l'acacia. Un homme avec de longs cheveux blancs et une barbe qui pendaient sur une chemise hawaïenne bleue était assis en tailleur sur une couverture, sous la toile plastifiée. Il y avait une étincelle de folie dans son regard. Bosch examina rapidement les mains de l'homme sans apercevoir d'arme. Il se détendit légèrement et le salua d'un hochement de tête.

– Salut.

– J'ai rien fait.

– Je sais.

Bosch regarda autour de lui. Il y avait des habits et des serviettes pliés sous l'abri de la toile. Sur une petite table de jeu pliante étaient posés une poêle, ainsi que des bougies et des bidons de Sterno[1],

1. Substance inflammable que l'on transporte pour cuisiner *(NdT)*.

deux fourchettes, une cuillère, mais pas de couteau. Sans doute était-il caché sous sa chemise, se dit Bosch, ou peut-être sous la couverture. Il y avait une bouteille d'eau de Cologne sur la petite table, dont le contenu avait été généreusement répandu sous cet abri. La toile protégeait également un vieux seau à goudron rempli de boîtes en aluminium écrasées, une pile de journaux et une édition de poche, tout écornée, de *En Terre étrangère.*

Bosch avança jusqu'à la limite du territoire de cet homme et s'accroupit, à la manière d'un receveur au base-ball, pour qu'ils puissent se regarder en étant au même niveau. Jetant un coup d'œil circulaire, il remarqua que l'homme balançait au-delà de cette clairière tout ce dont il n'avait pas besoin. Il y avait là des sacs d'ordures et des vieux vêtements. Au pied d'un autre acacia gisait une housse de voyage pour costume, marron et verte. La fermeture Éclair en étant ouverte, on aurait dit un énorme poisson éventré. Bosch reporta son attention sur l'homme. Celui-ci, constata-t-il, portait deux autres chemises hawaïennes sous la chemise bleue du dessus, sur laquelle des Polynésiennes faisaient du surf. Son pantalon était crasseux, mais les plis trop impeccables pour un sans-abri. De même, ses chaussures étaient trop bien cirées pour un homme des bois. Bosch devina que c'étaient ces chaussures-là qui avaient laissé certaines des empreintes sur le chemin, celles où la marque du talon était bien nette.

– Jolie chemise, dit-il.

– Elle est à moi.

– Je sais. Je disais simplement qu'elle était belle. Comment vous appelez-vous ?

– George.

– George quoi ?

– George ce que vous voulez.

– OK, George-ce-que-vous-voulez, si vous me parliez un peu de cette housse de costume là-bas et de ces vêtements que vous portez ? Les chaussures neuves. Ça vient d'où, tout ça ?

– On me les a apportés. C'est à moi maintenant.

– Ça veut dire quoi « apportés » ?

– Apportés, quoi ! Voilà ce que ça veut dire ! Apportés. Ils me les ont filés.

Bosch sortit une cigarette de son paquet et tendit ce dernier au sans-abri. Celui-ci le repoussa d'un geste.

– J'ai pas les moyens de fumer. Il me faut une demi-journée pour ramasser assez de boîtes en fer pour me payer un paquet de clopes. J'ai arrêté.

Bosch acquiesça.

– Vous vivez ici depuis combien de temps, George ?

– Depuis toujours.

– Quand vous ont-ils viré de Camarillo ?

– Qui vous a dit ça ?

Il s'agissait d'une simple déduction, Camarillo étant l'établissement psychiatrique le plus proche.

– C'est eux qui me l'ont dit. Alors, ça fait combien de temps ?

– S'ils vous ont parlé de moi, vous le savez forcément. Je suis pas un imbécile !

– Vous m'avez eu, George. Cette housse et ces vêtements, on vous les a apportés quand ?

– J'en sais rien.

Bosch se leva et marcha vers la housse de voyage pour costume. Une étiquette était accrochée à la poignée. Il la retourna et lut le nom et l'adresse d'Anthony Aliso. Laissant la housse où elle était, il retourna s'accroupir devant l'homme des bois.

– Vendredi soir, par exemple ?

– Si vous voulez.

– Ce n'est pas si je veux, George. Mais si vous voulez que je vous foute la paix et si vous voulez rester ici, il faut m'aider. Si vous me faites votre numéro de dingue, ça ne m'aide pas. Alors, quand est-ce qu'on vous les a apportés ?

George appuya son menton sur sa poitrine, comme un enfant qui se fait sermonner par un professeur. Avec son pouce et son index, il appuya fortement sur ses yeux. Sa voix sortit de sa bouche comme si on l'étranglait avec une corde de piano.

– Je sais pas. Ils sont venus et ils m'ont déposé tout ça. C'est tout ce que je sais.

– Qui ?

George leva la tête et pointa un de ses doigts crasseux vers la voûte des arbres. Levant la tête à son tour, Bosch découvrit une parcelle de ciel bleu à travers les branches hautes. Il poussa un soupir d'exaspération. Cette discussion ne menait nulle part.

– Des petits hommes verts ont tout balancé de leur vaisseau spatial, c'est ça, George ? C'est ça votre explication ?

– J'ai jamais dit ça. Je sais pas s'ils étaient verts. Je les ai pas vus.

– Mais vous avez vu le vaisseau spatial ?

– Non. J'ai pas dit ça non plus. J'ai pas vu leur engin. Juste les phares d'atterrissage.

Bosch l'observa sans rien dire.

– C'est la taille exacte, dit George. Ils ont un rayon invisible qui prend vos mesures, de tout là-haut, sans que vous le sachiez, et ensuite, ils vous envoient des fringues.

– C'est super.

Bosch commençait à avoir mal aux genoux ; il se releva et ses articulations craquèrent douloureusement.

– Je deviens trop vieux pour ces conneries, George.

– C'est une réplique de flic. Je regardais *Kojak* à la télé quand j'avais une maison.

– Je sais. Je crois que je vais emporter cette housse, si ça ne vous ennuie pas.

– Servez-vous. J'ai pas l'intention de voyager.

Bosch retourna vers la housse, en se demandant pourquoi on l'avait jetée au lieu de la laisser dans la Rolls. Après avoir réfléchi un instant, il se dit qu'elle était sans doute dans le coffre. Pour faire de la place afin d'y mettre Aliso, les meurtriers avaient sorti la housse et l'avaient balancée dans les fourrés. Ils étaient pressés. C'était le genre de décision prise dans la précipitation. Une erreur.

Il souleva la housse de costume par un des coins, en prenant soin de ne pas toucher la poignée, même s'il doutait d'y trouver des empreintes autres que celles de George. Il se retourna vers le sans-abri. Et décida de ne pas lui gâcher sa journée.

– George, vous pouvez garder les vêtements pour l'instant.

– Oh, merci bien.

– De rien.

En gravissant la colline pour rejoindre la route, Bosch songea qu'il lui faudrait envoyer sur place une équipe du laboratoire pour passer les lieux au peigne fin. Mais c'était impossible, car pour ce faire il devrait avouer qu'il avait poursuivi une enquête après avoir reçu ordre de ne plus s'en occuper.

Mais cela lui importait peu : le temps de rejoindre la route, il sut qu'il avait une nouvelle piste. Un plan prenait forme dans son esprit. Rapidement. Il était excité. Quand il déboucha sur la chaussée, il donna un grand coup de poing dans le vide et s'empressa de regagner sa voiture.

Bosch mit au point les détails dans sa tête, tandis qu'il roulait vers Hidden Hills. Le Plan. Jusqu'à présent, il était comme un bouchon flottant sur l'immense océan de cette affaire. Ballotté par les courants, sans rien pouvoir contrôler. Mais maintenant, il avait une idée, un plan qui, espérait-il, attirerait Veronica Aliso dans le piège.

Nash était à l'intérieur du poste de garde quand Bosch se présenta à l'entrée de la résidence. Il sortit et se pencha en prenant appui sur la portière de Bosch.

– Bonjour, inspecteur Bosch.

– Comment ça va, capitaine Nash ?

– Ça va. Mais je dois dire que vos collègues créent un sacré raffut de bon matin.

– Ah, ça arrive parfois. Que comptez-vous faire ?

– Je laisse couler. Vous les rejoignez ou bien vous allez directement chez Mme Aliso ?

– Je vais la voir.

– Tant mieux. Peut-être qu'elle me foutra la paix, comme ça. Mais faut que je l'appelle, vous savez bien.

– Elle vous fait des problèmes ?

– Elle vient juste de m'appeler pour savoir pourquoi vos collègues avaient passé la matinée à interroger les voisins.

– Que lui avez-vous répondu ?

– Je lui ai dit qu'ils avaient un boulot à faire et que dans une enquête criminelle il fallait interroger un tas de gens.

– Bravo. A plus tard.

Nash le salua d'un geste et ouvrit la grille. Bosch prit la direction de la maison des Aliso, mais en chemin, il aperçut Edgar qui sortait d'une maison, devant laquelle se trouvait une voiture. Bosch s'arrêta et lui fit signe.

– Salut, Harry.

– Alors, Jerry. Du nouveau ?

– Bof, pas vraiment. Dans ces quartiers de rupins, c'est comme si on enquêtait sur une fusillade à South Central. Personne ne veut parler, personne n'a rien vu. Je commence à en avoir marre de ces gens.

– Où est Kiz ?

– Elle s'occupe de l'autre côté de la rue. On s'est retrouvés au poste et on a pris une seule voiture. Elle se balade à pied quelque part. Dis, Harry, qu'est-ce que tu penses d'elle ?

– Kiz ? Je la trouve très douée.

– Non, je ne parle pas en tant que flic. Tu vois… qu'est-ce que t'en penses ?

Bosch l'observa.

– Tu veux dire… toi et elle ? Ce que j'en pense ?

– Oui. Moi et elle.

Bosch n'ignorait pas qu'Edgar, divorcé depuis six mois, commençait à ressortir la tête de l'eau. Mais il savait également une chose au sujet de Kiz qu'il n'avait pas le droit de lui révéler.

– Je ne sais pas, Jerry. Les relations intimes sont déconseillées entre collègues.

– Oui, sans doute. Alors, tu vas voir la veuve ?

– Oui.

– Je ferais peut-être mieux de venir avec toi. On ne sait jamais ; si elle devine qu'on la soupçonne, elle est capable de disjoncter et d'essayer de te liquider.

– J'en doute. Elle est trop froide pour ça. Mais allons chercher Kiz. Je pense que vous devriez m'accompagner tous les deux. J'ai un plan désormais.

Veronica Aliso les attendait à la porte.

– J'attendais que vous veniez enfin m'expliquer ce qui se passe.

– Désolé, madame Aliso, répondit Bosch. Nous sommes comme qui dirait occupés.

Elle les fit entrer.

– Je peux vous offrir quelque chose ? demanda-t-elle par-dessus son épaule, tandis qu'elle les précédait dans la maison.

– Non, je crois que ça ira.

Une partie du plan de Bosch consistait à monopoliser la parole, si possible. Rider et Edgar, eux, devaient intimider la veuve par leur silence et leurs regards implacables.

Bosch et Rider s'assirent à l'endroit où ils s'étaient assis la première fois, et Veronica Aliso fit de même. Edgar demeura debout, à la périphérie du salon. Il posa la main sur le manteau de la cheminée, et son expression disait qu'il aurait préféré être n'importe où ailleurs sur cette planète en ce samedi matin.

Veronica Aliso portait un blue-jean, une chemise bleu ciel en oxford et des bottes crottées. Ses cheveux tirés en arrière étaient relevés en chignon. Malgré cette apparence décontractée, elle demeurait très séduisante. Par son col ouvert, Bosch apercevait une constellation de taches de rousseur qui, il le savait grâce à la vidéo, descendaient jusqu'à sa poitrine.

– On vous dérange ? demanda-t-il. Vous vous apprêtiez à sortir ?

– J'avais l'intention de me rendre aux haras de Burbank dans la journée, si je le pouvais. J'y ai un cheval, et j'ai l'impression de l'avoir négligé ces derniers temps. En outre, j'ai besoin de prendre l'air. Il faut bien que je continue à vivre.

– Ça ne sera pas long. Premièrement, vous nous avez vus rôder dans les environs ce matin. Sachez qu'il s'agit d'un interrogatoire de voisinage, pure routine. On ne sait jamais, quelqu'un a peut-être remarqué quelque chose, un individu observant votre maison ou une voiture qui n'aurait pas dû se trouver là. On ne sait jamais.

– Si quelqu'un avait pu remarquer la présence d'une voiture, ce serait moi.

– En votre absence, je voulais dire. Si vous étiez sortie, quelqu'un a pu venir sans que vous le sachiez.

– Comment cette personne aurait-elle franchi la grille ?

– C'est peu probable, nous le savons, madame Aliso. Mais c'est tout ce que nous avons pour l'instant.

Ellc fronça lcs sourcils.

– Vous n'avez pas d'autre piste ? Et ce que vous m'avez raconté l'autre soir ? Au sujet de ce type de Las Vegas ?

– Je suis navré de devoir vous dire cela, madame Aliso, mais il s'agissait d'une fausse piste. Nous avons rassemblé un tas d'informations sur votre mari, et au départ, cela nous semblait être la direction à suivre. Hélas, ça n'a rien donné. Mais nous pensons être sur la bonne voie désormais, et nous avons l'intention de rattraper notre retard.

Elle semblait véritablement hébétée.

– Je ne comprends pas, dit-elle. Une fausse piste ?

– Je peux vous expliquer, si vous le souhaitez vraiment. Mais cela concerne votre mari, et certaines choses sont fort déplaisantes.

– Inspecteur, je me suis préparée à tout entendre depuis quelques jours. Dites-moi.

– Comme je crois vous l'avoir signalé au cours de notre précédente visite, madame Aliso, votre mari fréquentait quelques personnages très dangereux à Las Vegas. Il me semble vous avoir parlé d'eux : Joey Marks et Luke Goshen.

– Je ne m'en souviens pas.

Elle conservait son air de stupéfaction. Elle était douée, Bosch devait le reconnaître. Peut-être n'avait-elle pas fait carrière dans le cinéma, mais elle savait jouer la comédie quand les circonstances l'exigeaient.

– Pour parler franchement, ce sont des truands, ajouta Bosch. Des gens de la pègre. Et, apparemment, votre mari travaillait avec eux depuis longtemps. Il prenait livraison de l'argent de la mafia à Vegas, pour l'investir ensuite dans ses films. Pour le blanchir. Une fois propre, il le leur rendait après avoir prélevé sa commission. Il s'agissait de très grosses sommes, et c'est là que nous avons suivi un mauvais chemin. Votre mari était sur le point de subir un contrôle fiscal. Le saviez-vous ?

– Un contrôle fiscal ? Non. Il ne m'a jamais parlé de ça.

– Quand nous avons découvert l'imminence de ce contrôle, qui aurait certainement mis à jour ses activités illégales, nous avons pensé que ces gens avec qui votre mari était en affaires l'avaient peut-être appris eux aussi, et décidé de l'éliminer pour l'empêcher de tout raconter. Mais nous ne le pensons plus.

– Je ne comprends pas. Vous êtes sûrs de ça ? Pour moi, il me paraît évident que ces gens sont impliqués dans cette affaire.

Là, elle eut un moment de faiblesse. Il y avait un peu trop d'empressement dans sa voix.

– Comme je vous le disais, nous l'avons cru nous aussi. Nous n'avons pas entièrement abandonné cette piste, mais, pour l'instant, ça n'a rien donné. Cet homme que nous avons arrêté là-bas à Vegas, ce Goshen, était le suspect idéal, je le reconnais. Hélas, il a fourni un alibi en béton dans lequel nous n'avons pas pu ouvrir la moindre brèche. Il ne peut pas s'agir du coupable, madame Aliso. On dirait que quelqu'un s'est donné beaucoup de mal pour lui faire porter le chapeau, allant jusqu'à dissimuler une arme à son domicile, mais nous savons qu'il n'est pas le meurtrier.

Elle posa sur lui un regard morne, avant de secouer la tête. Puis elle commit sa première véritable erreur. Si ce n'était pas Goshen, aurait-elle dû répondre, alors c'était certainement l'autre type dont avait parlé Bosch, ou bien un quelconque associé de la mafia. Mais elle ne dit rien, et instinctivement, Bosch comprit qu'elle était au courant du coup monté visant Goshen. Elle découvrait que le plan n'avait pas fonctionné, et c'était certainement la panique dans son esprit.

– Alors, que comptez-vous faire maintenant ? demanda-t-elle.

– Nous avons été obligés de le relâcher.

– Non, je parle de l'enquête. Que va-t-il se passer ?

– D'une certaine façon, on recommence tout à zéro. Avec dans l'idée qu'il pourrait s'agir d'un vol prémédité.

– Vous disiez qu'on ne lui avait pas pris sa montre.

– C'est exact. Mais la piste de Las Vegas n'a pas été une perte de temps totale. Nous avons appris que votre mari transportait une grosse somme d'argent quand il a atterri ici l'autre soir. Il rapportait cet argent à Los Angeles pour le recycler par le biais de sa société. Le blanchir. Une grosse somme, je vous le répète. Presque un million de dollars. Il devait…

– Un million de dollars ?

Ce fut sa seconde erreur. Pour Bosch, la façon dont elle avait répété cette somme, et sa stupéfaction évidente, indiquaient qu'elle savait qu'il y avait beaucoup moins dans la mallette de Tony Aliso. Il l'observa : son regard était vide, tous ses mouvements étaient intérieurs. Il devina – et espéra – qu'elle se demandait maintenant où se trouvait le reste de cet argent.

– Oui, reprit-il. Voyez-vous, l'homme qui a confié cette somme à votre mari, celui que nous avions pris pour notre principal suspect, est en réalité un agent du FBI qui a infiltré l'organisation pour laquelle travaillait votre mari. Voilà pourquoi son alibi est si solide. Bref, il nous a indiqué que votre mari transportait un million de dollars. Tout en liquide. Et il y avait tellement de billets qu'ils ne rentraient pas tous dans sa mallette. Il a dû en mettre la moitié dans sa housse de costume.

Il marqua une pause. Il sentait que le scénario se déroulait dans le petit théâtre intérieur de Veronica Aliso. Son regard avait une expression lointaine. Il se souvenait d'avoir vu cette expression dans son film. Mais aujourd'hui, c'était pour de vrai. Il n'avait pas encore fini l'interrogatoire, et déjà elle élaborait des plans.

– Les billets étaient marqués par le FBI ? demanda-t-elle. Est-ce qu'ils peuvent retrouver l'argent de cette façon ?

– Non, leur agent n'a pas eu le temps de le faire, malheureusement. C'était une telle somme. Mais la transaction a eu lieu dans un bureau muni d'une caméra vidéo cachée. Il n'y a aucun doute, Tony est reparti de là-bas avec un million de dollars. Euh…

Bosch s'interrompit pour ouvrir son attaché-case et consulter rapidement une feuille dans un dossier.

_ … Un million et soixante-six mille dollars, très exactement. Tout en liquide.

Veronica baissa les yeux vers le plancher, en opinant. Bosch l'observa, mais sa concentration fut brisée lorsqu'il lui sembla entendre un bruit quelque part dans la maison. Et soudain, il songea qu'il y avait peut-être quelqu'un d'autre. Ils n'avaient même pas posé la question.

– Vous avez entendu ? dit-il.

– Quoi ?

– J'ai cru entendre un bruit. Vous êtes seule dans la maison ?

– Oui.

– Il m'a semblé entendre un bruit sourd, un truc comme ça.

– Je vais jeter un œil ? proposa Edgar.

– Non, non, répondit-elle précipitamment. Euh... c'est certainement le chat.

Bosch ne se souvenait pas d'avoir aperçu la moindre trace de chat la première fois qu'il était venu. Se tournant brièvement vers Kiz, il remarqua son mouvement de tête quasiment imperceptible pour indiquer qu'elle non plus ne se souvenait pas d'avoir vu un chat. Mais il décida de ne pas insister pour l'instant.

– Bref, reprit-il, c'est pour cette raison que nous quadrillons les environs, et c'est pour cette raison que nous sommes ici. Nous devons vous poser quelques questions. Il se peut qu'elles recouvrent certaines choses dont nous avons déjà parlé, mais comme je vous l'ai dit, nous recommençons quasiment à zéro. Ce ne sera plus très long. Ensuite, vous pourrez aller aux haras.

– Très bien, je vous écoute.

– Pourrais-je vous demander un verre, tout d'abord ?

– Oui, certainement. Pardonnez-moi, j'aurais dû vous le proposer. Quelqu'un veut quelque chose ?

– Non, pas moi, répondit Edgar.

– Non merci, dit Rider.

Veronica Aliso se leva et se dirigea vers le couloir. Bosch lui laissa un peu d'avance, puis se leva à son tour pour lui emboîter le pas.

– Vous l'aviez proposé, dit-il dans son dos. Mais j'ai dit non. Je ne pensais pas que j'aurais soif.

Il la suivit dans la cuisine, où elle ouvrit un placard pour prendre un verre. Bosch regarda autour de lui. C'était une grande cuisine avec des appareils en inox et des plans de travail en granit bleu. Au centre se dressait un îlot avec un évier.

– L'eau du robinet, c'est parfait, dit-il en lui prenant le verre des mains pour le remplir à l'évier.

Il se retourna, s'adossa contre le plan de travail et but. Il versa le restant de l'eau dans l'évier et déposa le verre sur le plan de travail.

– Vous ne voulez rien d'autre ? demanda-t-elle.

– Non. C'était juste pour faire passer la poussière, dit-il.
Il sourit, pas elle.
– Dans ce cas, dit-elle, si on retournait dans le salon ?
– Bonne idée.
Il la suivit hors de la cuisine, et juste avant de pénétrer dans le couloir, il se retourna et son regard balaya le sol recouvert de dallage gris. Il ne vit pas ce qui aurait dû s'y trouver.
Bosch passa le quart d'heure suivant à poser principalement des questions qu'il avait déjà posées cinq jours plus tôt, et qui maintenant présentaient peu d'intérêt pour l'enquête. C'était la routine, il apportait la touche finale. Le piège était posé, et c'était sa façon à lui de se retirer sur la pointe des pieds. Finalement, lorsqu'il estima en avoir assez dit et demandé, il referma le carnet dans lequel il avait griffonné des notes qu'il ne relirait jamais et se leva. Il la remercia pour le temps qu'elle leur avait accordé, et Veronica Aliso accompagna les trois inspecteurs jusqu'à la porte. Bosch fut le dernier à sortir, et alors qu'il franchissait le seuil de la maison, elle s'adressa à lui. D'une certaine façon, il s'y attendait. Elle aussi devait jouer son rôle.
– Tenez-moi au courant, inspecteur Bosch. Je vous en prie, tenez-moi au courant.
Bosch se retourna vers elle.
– Comptez sur moi. Si jamais il y a du nouveau, vous serez la première informée.

Bosch ramena Edgar et Rider à leur voiture. Il n'évoqua pas la discussion qui venait d'avoir lieu avant de s'être arrêté derrière le véhicule.
– Alors, qu'est-ce que vous en pensez ? demanda-t-il en sortant son paquet de cigarettes.
– Je pense qu'on l'a ferrée pour de bon, dit Edgar.
– Ouais, confirma Rider. Ça risque d'être intéressant.
Bosch alluma une cigarette.
– Et le chat ?
– Quoi ? demanda Edgar.
– Le bruit dans la maison. Elle a dit que c'était le chat. Mais dans la cuisine, je n'ai vu aucune gamelle par terre.
– Peut-être qu'elle est dehors.
Bosch secoua la tête.
– Les gens qui ont des chats chez eux les nourrissent à l'intérieur,

il me semble. Et par ici, il vaut mieux ne pas les laisser sortir. A cause des coyotes. De toute façon, j'ai un problème avec les chats. Je suis allergique. Habituellement, je sens tout de suite quand quelqu'un a un chat. Je ne crois pas qu'elle en ait un. Kiz, tu n'as jamais vu de chat ici, hein ?

– J'ai passé toute la matinée de mardi dans cette maison, sans voir le moindre chat.

– Tu penses que c'était le type ? demanda Edgar. Celui avec qui elle a fait le coup ?

– Possible. Je pense qu'il y avait quelqu'un en tout cas. Peut-être son avocat.

– Non, les avocats ne se cachent pas. Ils se montrent et cherchent l'affrontement.

– Exact.

– Alors, on surveille la maison pour voir qui en sort ? demanda Edgar.

Bosch réfléchit.

– Non. S'ils nous repèrent, ils comprendront que cette histoire de fric n'est qu'un appât. Mieux vaut laisser courir. Mieux vaut foutre le camp d'ici pour tout organiser. Il faut se tenir prêts.

7

Lorsqu'il était au Vietnam, la mission de Bosch consistait à faire la guerre dans le réseau de tunnels qui s'étendait sous les villages de la province de CuChi, de plonger dans cette obscurité qu'ils appelaient l'« écho noir [1] » et d'en ressortir vivant. Mais le boulot dans les tunnels ne durait jamais longtemps, et entre deux opérations il passait plusieurs jours dans la jungle, à combattre et à attendre sous la voûte des arbres. Un jour, avec une poignée d'autres soldats, il avait été séparé de son unité et avait passé toute la nuit assis dans les hautes herbes, dos à dos avec un gars de l'Alabama qui s'appelait Donnel Fredrick, tandis qu'une compagnie de soldats vietcongs patrouillait tout près d'eux. Ils étaient demeurés assis là, à attendre que les Jaunes leur tombent dessus. Il n'y avait rien d'autre à faire, et les ennemis étaient trop nombreux pour engager un combat. Alors, ils avaient attendu, et les minutes leur avaient paru des heures. Mais tous en avaient réchappé, même si Donnel s'était fait tuer quelque temps après dans un gourbi par un tir de mortier, un tir ami. Bosch avait toujours pensé que cette nuit-là, dans les hautes herbes, il n'avait jamais assisté d'aussi près à un miracle.

Il repensait parfois à cette nuit quand il effectuait une planque seul ou se retrouvait dans une situation difficile. Et il y repensait présentement, assis en tailleur au pied d'un eucalyptus, à trois mètres de l'abri de fortune érigé par George l'homme des bois. Par-dessus ses vêtements, Bosch avait enfilé le poncho en plastique vert qu'il conservait dans le coffre de sa voiture de fonction. Il avait emporté des barres Hershey au chocolat avec des amandes, celles-là mêmes qu'il mangeait dans la jungle il y a si longtemps. Et comme cette nuit-là dans les hautes herbes, il n'avait pas bougé depuis plusieurs

1. Voir *Les Égouts de Los Angeles,* publié dans cette même collection.

heures, lui semblait-il. C'était la nuit, seul un scintillement de lune parvenait à percer la voûte des arbres, et il attendait. Il avait envie de fumer une cigarette, mais ne pouvait se permettre de faire jaillir une flamme dans l'obscurité. De temps à autre, il croyait entendre Edgar qui se déplaçait ou changeait de position, à moins de dix mètres sur sa droite, mais il n'était pas certain que ce soit lui, et non pas un cerf, ou peut-être même un coyote qui passait par là.

George lui avait dit qu'il y avait des coyotes dans le coin. Quand Bosch l'avait installé à l'arrière de la voiture de Kiz pour aller jusqu'à l'hôtel où ils avaient décidé de le loger, le vieil homme l'avait mis en garde. Mais Bosch n'avait pas peur des coyotes.

George ne s'était pas laissé convaincre aisément. Il était persuadé qu'ils venaient pour le ramener à Camarillo. De fait, c'est là-bas qu'il aurait dû retourner, mais le centre ne l'aurait jamais accepté, pas sans un ordre tamponné par le gouvernement. Au lieu de cela, il aurait droit à deux ou trois nuits au Mark Twain Hotel de Hollywood. Ce n'était pas mal comme endroit. Leur plus mauvaise chambre valait bien mieux qu'un abri de toile dans les bois. Mais Bosch savait que George ne verrait peut-être pas les choses sous cet angle.

Vers vingt-trois heures trente, la circulation dans le haut de Mulholland s'était réduite à un véhicule toutes les cinq minutes environ. Bosch ne les voyait pas passer à cause de l'inclinaison de la pente et de la végétation dense, mais il les entendait et voyait les lumières des phares à travers les buissons, au-dessus de lui, au moment où les voitures négociaient le virage. Il était aux aguets, car à deux reprises une voiture était passée au ralenti, en l'espace d'un quart d'heure, dans un sens tout d'abord, puis dans l'autre. Et Bosch avait repéré qu'il s'agissait de la même voiture, à cause d'un surrégime du moteur qui compensait un défaut dans la course d'un des pistons.

Et voilà qu'elle passait une troisième fois. L'oreille tendue, Bosch perçut le bruit désormais familier du moteur, auquel s'ajouta cette fois le crissement des pneus sur le gravier. La voiture s'était arrêtée sur le bas-côté. Au bout de quelques secondes, le moteur s'éteignit et le silence qui s'ensuivit ne fut brisé que par le bruit d'une portière qui s'ouvre et se referme. Lentement, Bosch se redressa en position accroupie, en dépit de la douleur dans ses genoux, pour se préparer. Il scruta l'obscurité à sa droite, vers la position d'Edgar, sans rien apercevoir. Il leva alors les yeux vers le sommet de la pente, et attendit.

Bientôt, le faisceau d'une torche électrique transperça les fourrés. Pointée vers le bas, la lumière se balançait de droite et de gauche, tandis que le propriétaire de la lampe descendait lentement la pente, en direction de l'abri. Sous son poncho, Bosch tenait son arme dans une main et une torche dans l'autre, le pouce posé sur le bouton, prêt à l'allumer.

Le faisceau lumineux s'immobilisa soudain. Bosch en conclut que le visiteur, ou la visiteuse, avait découvert l'endroit où aurait dû se trouver la housse pour costume. Après une brève hésitation, le faisceau se releva et balaya les bois tout autour, frôlant Bosch pendant une fraction de seconde. Mais il ne revint pas se poser sur lui. Au lieu de cela, il demeura braqué sur la toile bleue, comme l'avait supposé Bosch. Puis la lumière avança, et la personne qui tenait la lampe trébucha en marchant vers la maison de George. Quelques secondes plus tard, Bosch vit le faisceau se déplacer derrière le plastique bleu. Il sentit une nouvelle décharge d'adrénaline se répandre dans son corps. Une fois de plus, il fut traversé par la vision du Vietnam. Cette fois, c'est aux tunnels qu'il repensa. Attaquer un ennemi dans l'obscurité. La peur et l'excitation. C'est seulement après être rentré de là-bas sain et sauf qu'il s'était avoué avoir éprouvé de l'excitation. Et c'était pour retrouver cette excitation qu'il s'était engagé dans la police.

Il se leva lentement, en espérant ne pas faire craquer ses genoux, les yeux fixés sur la lumière. Ils avaient déposé la housse pour costume sous l'abri, après l'avoir bourrée de boules de papier journal. Aussi discrètement que possible, Bosch commença à contourner la toile. Il arrivait du côté gauche. D'après le plan, Edgar devait arriver de la droite, mais à cause de l'obscurité Bosch ne pouvait l'apercevoir.

Bosch n'était plus qu'à trois mètres et percevait la respiration haletante de la personne qui se trouvait sous la bâche. Il entendit le bruit d'une fermeture à glissière qu'on ouvre, suivi d'une brutale exclamation.

– Merde !

Bosch intervint dès qu'il entendit le juron. Il s'aperçut qu'il reconnaissait la voix de cet homme au moment même où il surgissait sur le côté ouvert de l'abri, faisant jaillir de sous son poncho son arme et sa torche électrique.

– Police ! Pas un geste ! hurla-t-il en même temps qu'il allumait sa lampe. Avancez par ici, Powers !

Presque aussitôt, la lampe d'Edgar s'alluma sur la droite de Bosch.

– Qu'est-ce que… ?

Edgar n'acheva pas sa phrase.

L'agent de police Ray Powers était accroupi devant eux, pris dans le feu croisé des torches. Vêtu de son uniforme, le colosse tenait sa lampe dans une main et son arme dans l'autre. Une expression de totale surprise apparut sur son visage. Il resta bouche bée un instant.

– Bosch… Qu'est-ce que vous foutez ici ?

– Ça, c'est notre réplique, Powers, répondit Edgar avec fureur. Vous savez ce que vous venez de faire ? Vous avez foutu en l'air le… Qu'est-ce que vous foutez ici, bordel ?

Powers abaissa son arme et la remit dans son étui.

– J'étais… j'ai été prévenu. Quelqu'un a dû vous voir fureter par ici. Ils ont dit qu'ils avaient vu deux hommes rôder dans les parages.

Bosch s'éloigna de l'abri à reculons, en gardant son arme pointée.

– Sortez de là, Powers.

Powers s'exécuta. Bosch lui braqua le faisceau de sa torche en plein visage.

– Qui vous a donné l'alerte ?

– Un type qui passait par là en bagnole. Il a dû vous voir entrer dans les bois. Dites, vous pouvez pas baisser votre putain de lumière ?

Bosch ne déplaça pas la torche d'un centimètre.

– Et ensuite ? demanda-t-il. Qui a-t-il appelé ?

Après les avoir déposés, lui et Edgar, Rider avait reçu ordre de se garer dans une rue avoisinante et de laisser son scanner branché. Si cet appel radio avait réellement été lancé, elle l'aurait capté et interrompu les opérations d'intervention en expliquant au dispatcher qu'il s'agissait d'une mission de surveillance.

– Il n'a appelé personne. Je passais en voiture, et il m'a fait signe à ce moment-là.

– Ce type a affirmé qu'il venait de voir deux types pénétrer dans les bois, c'est ça ?

– Euh, non. Non. Il m'a fait signe bien avant. Seulement, j'ai pas eu le temps de venir jeter un coup d'œil plus tôt.

Bosch et Edgar avaient pris position dans les bois à quatorze heures trente. Il faisait jour, et l'agent Powers n'était même pas encore de service. Et la seule voiture qui se trouvait dans les environs à cette heure-là était celle de Rider. Bosch savait que Powers mentait, et tout commençait à se mettre en place. Sa découverte du cadavre, ses empreintes sur le coffre, les traces de pepper spray sur le visage de la victime, la raison pour laquelle on lui avait détaché les mains. La solution était là depuis le début, dans les détails.

– Il était quelle heure ? demanda Bosch.

– Oh, c'était juste après que je prenne mon service. Je me souviens plus de l'heure.

– Il faisait jour ?

– Oui, oui, il faisait jour. Vous voulez pas baisser cette lumière ?

Bosch ignora de nouveau sa requête.

– Comment s'appelle cet homme ?

– Je lui ai pas demandé son nom. Un type qui conduisait une Jag ; il m'a fait signe à la hauteur de Laurel Canyon et de Mulholland. Il m'a raconté ce qu'il avait vu, et je lui ai dit que j'irais jeter un œil dès que je pourrais. C'est ce que je venais faire, et j'ai aperçu ce gros sac. J'ai pensé que ça appartenait certainement au type qu'on a retrouvé dans son coffre. J'ai lu l'avis que vous avez fait circuler, au sujet de la bagnole et des bagages, et je savais ce que vous cherchiez. Désolé d'avoir foutu les pieds dans le plat, mais franchement, les gars, vous auriez dû prévenir l'officier de garde. Putain, Bosch, je vais finir aveugle avec cette lumière !

– Oui, vous avez foutu les pieds dans le plat, on peut le dire.

Bosch abaissa enfin sa lampe. Il baissa également son arme, mais sans la ranger. Il la garda à la main, sous son poncho.

– Autant tout remballer maintenant. Powers, regagnez votre voiture, là-haut. Jerry, récupère le sac.

Bosch gravit la pente derrière Powers, en prenant soin de garder la lampe braquée sur lui. S'ils avaient passé les menottes à Powers en bas, devant l'abri, il savait qu'ils n'auraient jamais réussi à le faire remonter jusque là-haut, à cause du terrain pentu et parce que Powers risquait de résister. Il fallait donc l'avoir par la ruse. Lui laisser croire qu'il les avait convaincus.

Arrivé au sommet de la pente, Bosch attendit qu'Edgar les rejoigne avant d'agir.

– Vous savez ce qui me tracasse, Powers ? dit-il.

– Non, quoi, Bosch ?

– Je ne comprends pas pourquoi vous avez attendu qu'il fasse nuit pour vous occuper d'une plainte reçue dans la journée. On vous dit que deux individus suspects rôdent dans les bois, et vous décidez d'attendre qu'il fasse nuit pour aller voir de quoi il retourne ? Et tout seul ?

– Je vous l'ai dit. J'ai pas eu le temps.

– Vous vous foutez de notre gueule, Powers, dit Edgar.

Il venait de comprendre, ou bien il était entré à la perfection dans le jeu de Bosch.

Celui-ci vit s'éteindre le regard de Powers, alors que le policier plongeait en lui-même pour essayer de trouver une tactique. A cet instant, Bosch leva de nouveau son arme et la braqua sur un point situé entre les deux yeux du flic.

– Ne vous fatiguez pas à réfléchir, Powers. C'est terminé. Ne bougez pas. Jerry ?

Edgar vint se placer derrière le colosse en uniforme et d'un geste rapide, le délesta de son arme rangée dans son étui. Il la laissa tomber par terre et retourna un des bras de Powers dans son dos. Il lui passa les menottes aux poignets. Cela étant fait, il ramassa l'arme du policier. Bosch avait l'impression que Powers était toujours plongé dans ses pensées, le regard vague. Finalement, il revint sur terre.

– Vous venez de faire une grosse connerie, les gars, dit-il d'une voix pleine de rage contrôlée.

– On verra bien. Tu t'occupes de lui, Jerry ? Il faut que j'appelle Kiz.

– Vas-y. Je l'ai à l'œil, cet enfoiré. J'espère qu'il va essayer de bouger. Allez, Powers, fais une connerie, sois sympa.

– Va te faire foutre, Edgar ! Tu ne sais pas ce que tu viens de faire. T'es foutu, brother. Foutu !

Edgar ne répondit pas. Bosch sortit de sa poche son émetteur-récepteur Motorola, le brancha et régla la fréquence.

– Kiz, tu m'entends ?

– Je suis là.

– Rejoins-nous. Vite.

– J'arrive.

Bosch rangea l'émetteur-récepteur et tous les trois demeurèrent silencieux, pendant environ une minute, jusqu'à ce qu'ils voient la lumière bleue tournoyante précéder la voiture de Rider dans le virage. Lorsqu'elle déboucha sur la route tout là-haut, les lumières continuèrent de balayer les cimes des arbres dans la pente. Vues d'en bas, de l'abri de George, songea Bosch, ces lumières au milieu des arbres pouvaient donner l'impression de venir du ciel. Et soudain, il comprit tout. Le vaisseau spatial dont parlait George était en fait la voiture de patrouille de Powers. Le kidnapping avait eu lieu grâce à un faux contrôle de police. Quel meilleur moyen d'obliger un type transportant un demi-million en liquide à s'arrêter ? Powers avait tout simplement attendu de voir arriver la Rolls blanche d'Aliso, sans doute à la hauteur de Mulholland et Laurel Canyon, il l'avait suivie et avait allumé son gyrophare au moment où ils approchaient du virage isolé. Tony avait sans doute cru qu'il avait commis un excès de vitesse. Il s'était arrêté.

Rider s'arrêta sur le bas-côté, derrière la voiture de patrouille.

Bosch s'avança, ouvrit la portière arrière et se pencha vers sa collègue à l'intérieur.

– Alors, Harry ? C'est qui ? interrogea-t-elle.

– Powers.

– Oh, putain !

– Ouais. Je veux que vous l'embarquiez, Jerry et toi. Je vous suis dans sa voiture.

Il rejoignit Edgar et Powers.

– OK, allons-y, dit-il.

– Vous venez de perdre votre boulot ! déclara Powers. Vous vous êtes foutus dans une sacrée merde !

– Vous nous raconterez tout ça au poste.

Bosch le tira brutalement par le bras, dont il sentit l'épaisseur et la force. Avec l'aide d'Edgar, il le poussa ensuite à l'arrière de la voiture de Rider. Edgar fit le tour pour venir s'asseoir à ses côtés.

Penché vers la portière ouverte, Bosch énonça la procédure à suivre.

– Vous lui piquez tout son attirail et vous me le bouclez dans une des salles d'interrogatoire. N'oubliez pas de récupérer ses clés de menottes. Je vous rejoins tout de suite.

Sur ce, il claqua la portière et frappa deux fois sur le toit. Il regagna ensuite la voiture de patrouille, jeta la housse de costume sur le siège arrière et s'installa au volant. Rider démarra ; Bosch la suivit. Ils foncèrent vers l'ouest, en direction de Laurel Canyon.

Il fallut moins d'une heure à Billets pour arriver. Lorsqu'elle pénétra dans le poste, les trois inspecteurs étaient assis à la table des homicides. Bosch consultait le dossier de l'affaire Aliso avec Rider, qui prenait des notes sur un bloc. Edgar tapait à la machine. Billets entra avec une violence et une expression qui indiquaient clairement la situation. Bosch n'avait pas encore eu l'occasion de lui parler. C'était Rider qui l'avait appelée à son domicile.

– Qu'est-ce que vous me faites ? demanda Billets, en fixant sur Bosch ses yeux perçants.

En réalité, elle lui faisait comprendre que c'était lui le chef d'équipe et que la responsabilité de cette connerie potentielle lui incombait entièrement. Mais Bosch n'y trouvait rien à redire ; car c'était non seulement exact et juste, mais pendant cette demi-heure dont il avait disposé pour feuilleter le dossier et examiner les autres indices, sa confiance en lui n'avait cessé de croître.

– Qu'est-ce que je vous fais ? répéta-t-il. Je vous livre le meurtrier.

– Je vous ai demandé de mener une enquête discrète, avec prudence, répliqua Billets. Je ne vous ai jamais demandé de tendre un piège à la con et de coffrer un flic ! Je n'arrive pas à y croire !

Billets faisait maintenant les cent pas dans le dos de Rider, sans les regarder, ni les uns ni les autres. Il n'y avait personne dans la pièce, uniquement les trois inspecteurs et le lieutenant furibond.

– Il s'agit de l'agent Powers, lieutenant, dit Bosch. Si vous voulez bien vous calmer, on…

– Oh, c'est lui l'assassin, dites-vous ? Vous avez la preuve ? Formidable ! Je vais appeler immédiatement un adjoint du procureur et nous rédigerons l'acte d'accusation. J'ai vraiment eu peur l'espace d'un instant ; je croyais que vous aviez embarqué ce type avec juste assez d'éléments pour l'accuser d'avoir traversé en dehors des clous.

De nouveau, elle avait braqué son regard incendiaire sur Bosch. Elle avait même cessé de marcher de long en large pour l'observer fixement. Il répondit le plus calmement possible.

– Premièrement, c'est moi qui ai décidé de l'embarquer. Et vous avez raison, nous n'avons pas encore assez de preuves pour alerter le bureau du procureur. Mais nous les aurons. C'est notre homme. Pour moi, cela ne fait aucun doute. Lui et la veuve.

– Je suis ravie de savoir que vous n'avez pas le moindre doute, mais vous n'êtes pas le procureur… ni les jurés !

Il ne répondit pas. C'était inutile. Il devait attendre que sa colère retombe. Ensuite seulement, ils pourraient discuter raisonnablement.

– Où est-il ? demanda Billets.

– Salle trois.

– Qu'avez-vous dit à l'officier de garde ?

– Rien. Ça s'est passé à la fin du service. Powers avait l'intention de récupérer la housse et de rentrer chez lui ensuite. Nous avons pu l'amener ici pendant que presque tous les autres étaient encore là-haut à l'appel. J'ai garé sa voiture et déposé les clés à l'accueil. J'ai expliqué au sergent qu'on avait besoin de Powers un petit moment pour une perquisition, il fallait qu'un agent en uniforme soit présent au moment où on frappait à la porte. « Très bien », a-t-il dit, et je suppose qu'ensuite il est rentré chez lui. A ma connaissance, personne ne sait qu'on a enfermé Powers.

Billets réfléchit. Quand elle s'exprima de nouveau, elle était plus calme ; elle ressemblait davantage à la personne qui, en temps normal, était assise à son bureau, derrière les parois de verre.

– Je vais retourner dans la salle pour chercher du café, et je verrai bien si on m'interroge à son sujet. A mon retour, on examinera toute cette histoire en détail, et on verra ce que ça donne.

Lentement, elle se dirigea vers le couloir situé au fond du bureau des détectives et qui conduisait à la salle de garde. Bosch la suivit du regard, puis il décrocha le téléphone et composa le numéro du bureau de la sécurité de l'hôtel et du casino Mirage. Il déclina son identité à l'agent qui répondit et lui dit qu'il souhaitait parler immédiatement à Hank Meyer. Comme l'agent lui faisait remarquer qu'il était plus de minuit, Bosch répondit que c'était un cas d'urgence. En outre, il pouvait l'assurer que Meyer rappellerait immédiatement dès qu'il saurait qui cherchait à le joindre. Bosch donna tous les numéros auxquels on pouvait l'appeler, en commençant par celui de la table des homicides, puis il raccrocha. Cela fait, il se replongea dans la lecture du dossier.

– Il est dans la trois, avez-vous dit ?

Bosch leva la tête. Billets était revenue ; elle tenait à la main un gobelet de café fumant. Il acquiesça.

– J'aimerais le voir, dit-elle.

Bosch se leva et l'accompagna dans le couloir, jusqu'aux quatre portes donnant sur les salles d'interrogatoire. Les portes marquées 1 et 2 se trouvaient du côté gauche, les salles 3 et 4 à droite. En fait, il n'y avait pas de salle numéro quatre. Cette porte cachait en réalité un sorte de cagibi muni d'une glace sans tain qui permettait d'observer l'intérieur de la salle trois. Dans cette salle, de l'autre côté de la vitre, il y avait un miroir. Billets pénétra dans la salle quatre et contempla Powers à travers la glace sans tain. Il avait les mains attachées dans le dos. Il portait toujours son uniforme, mais on lui avait ôté sa ceinture avec tout son attirail de policier. Il regardait fixement son reflet dans le miroir, droit devant lui. Vu de la salle quatre, cela créait une étrange impression, car c'était comme s'il les observait sans ciller, comme s'il n'y avait ni miroir ni vitre entre eux.

Billets ne dit rien. Elle se contenta de regarder l'homme qui la regardait.

– On joue très gros ce soir, Harry, dit-elle sans élever le ton.

– Je sais.

Ils demeurèrent ainsi quelques instants sans rien dire, jusqu'à ce qu'Edgar ouvre la porte pour annoncer à Bosch que Hank Meyer le demandait au téléphone. Bosch regagna sa place, prit le téléphone et expliqua à Meyer ce dont il avait besoin. Meyer répondit qu'il l'appelait de chez lui et devait retourner à l'hôtel, mais qu'il le rappellerait dès que possible. Bosch le remercia et raccrocha. Billets s'était assise à une des places disponibles autour de la table des homicides.

– Bien, dit-elle. L'un de vous veut-il me raconter exactement ce qui s'est passé ce soir ?

Assumant son rôle de chef, Bosch employa le quart d'heure suivant à raconter de quelle manière il avait découvert la housse de costume de Tony Aliso, tendu son piège par l'intermédiaire de Veronica Aliso, et attendu ensuite dans les bois qui bordaient Mulholland, jusqu'à ce qu'il voie arriver Powers. Il ajouta que l'explication fournie par Powers pour justifier sa présence à cet endroit ne tenait pas debout.

– Qu'a-t-il dit à part ça ? lui demanda Billets quand il eut terminé.

– Rien. Jerry et Kiz l'ont bouclé dans la salle trois, et il n'a pas bougé depuis.

– Quels sont les autres éléments dont vous disposez ?

– Pour commencer, on a ses empreintes à l'intérieur du coffre. Et on sait qu'il connaissait la veuve.

Billets haussa les sourcils.

– C'est justement ce qu'on vérifiait quand vous êtes arrivée, dit Bosch. Le lundi soir, quand Jerry a entré le nom de la victime dans l'ordinateur, celui-ci lui a sorti un rapport concernant un cambriolage survenu au mois de mars. Quelqu'un s'était attaqué à la maison des Aliso. Jerry a consulté le rapport en question, mais apparemment il n'y avait aucun lien avec le meurtre. Un simple cambriolage banal. Sauf que l'agent de police qui a recueilli la déposition de Mme Aliso n'était autre que Powers. Nous pensons que leur relation a débuté à ce moment-là. Ils se sont rencontrés à la suite du cambriolage. A partir de ce jour, les registres du poste de garde de la résidence indiquent que Powers se rendait à Hidden Hills deux ou trois soirs par semaine pour patrouiller, toujours les soirs où Tony était absent, comme le prouvent les relevés de cartes de crédit. Je pense qu'il allait là-bas pour voir Veronica.

– Quoi d'autre ? demanda le lieutenant. Jusqu'à présent, vous n'avez qu'un gros paquet de coïncidences reliées entre elles.

– Ce ne sont pas des coïncidences, dit Bosch. Pas à ce point-là.

– Qu'avez-vous à part ça ?

– Comme je vous le disais, l'explication de Powers pour justifier sa présence dans les bois ne tient pas la route. Il venait chercher la housse de costume, et s'il pensait que ça valait le coup de revenir la récupérer, c'est que Veronica l'avait mis au courant. C'est lui, lieutenant. C'est notre homme !

Billets réfléchit. Bosch se dit que tous les éléments qu'il lui fournissait commençaient à devenir convaincants, par effet d'accumulation. Il lui en restait encore un pour emporter la décision.

– Ce n'est pas tout, reprit-il. Vous vous souvenez du problème qui se posait au sujet de Veronica ? Si elle était mêlée à ce meurtre, comment avait-elle pu quitter Hidden Hills sans que cela figure sur le registre du poste de garde ?

– Exact.

– Eh bien, le soir où le meurtre a été commis, le registre indique que Powers est venu faire sa ronde. Il est juste entré et sorti. Arrivé à vingt-deux heures, reparti à vingt-deux heures dix. Le lendemain soir, il est revenu patrouiller. Visite éclair encore une fois. Simple patrouille de routine, est-il noté sur le registre.

– Bon. Et alors ?

– Alors, le vendredi soir, il vient chercher Veronica à la résidence. Elle se cache à l'arrière de la voiture, sur le plancher. Il fait nuit, le gardien à la grille voit uniquement Powers repartir. Ils vont guetter l'arrivée de Tony, ils font leur coup et Veronica passe la nuit chez Powers. Le lendemain, le samedi donc, Powers est encore de service. A la tombée de la nuit, il passe chez lui pour reprendre Veronica. Après quoi, il retourne à Hidden Hills. Et il la dépose chez elle.

– Oui, ça se tient, confirma Billets avec un hochement de tête. Mais le kidnapping lui-même, comment ça s'est passé, à votre avis ?

– On a toujours pensé que ce coup nécessitait deux personnes. Avant toute chose, Veronica devait savoir quel avion prenait son mari. C'est ce qui détermine l'heure de l'opération. Ce soir-là, Powers passe la chercher et, ensemble, ils se rendent à la hauteur de Laurel Canyon et Mulholland, et là, ils attendent l'arrivée de la Rolls blanche. D'après nos estimations, il était aux environs de vingt-trois heures. Powers suit la Rolls jusqu'à ce que Tony approche du virage au milieu des arbres. Il allume son gyrophare et l'oblige à s'arrêter sur le bas-côté, comme s'il s'agissait d'un contrôle. Mais il ordonne à Tony de descendre et de se placer derrière la voiture. Peut-être l'oblige-t-il à ouvrir le coffre, ou peut-être le fait-il lui-même après avoir menotté Aliso. Quoi qu'il en soit, maintenant que le coffre est ouvert, Powers se retrouve face à un problème. La housse de costume de Tony prend de la place dans le coffre. Powers n'a pas beaucoup de temps devant lui. Une voiture peut surgir dans le virage à tout moment et éclairer la scène. Il s'empare de la housse et la balance dans les fourrés. Il ordonne ensuite à Tony de se glisser dans le coffre. Tony refuse, ou peut-être qu'il se débat. Toujours est-il que Powers sort son pepper spray pour lui en balancer une giclée en plein visage. Dès lors, Tony est beaucoup moins récalcitrant et Powers peut facilement le fourrer dans le coffre. Peut-être prend-il la peine de lui enlever ses chaussures pour l'empêcher de donner des coups de pied à l'intérieur du coffre, et de faire du bruit.

– C'est à ce moment-là qu'intervient Veronica, enchaîna Rider. Elle conduit la Rolls, tandis que Powers la suit à bord de la voiture de patrouille. Ils savent où ils vont. Il leur faut un endroit où on ne retrouvera pas la voiture avant au moins deux jours, pour que Powers ait le temps d'aller à Las Vegas, de planquer l'arme du crime et de semer d'autres indices, comme ce coup de téléphone anonyme adressé à la police urbaine. Cet appel est censé coincer Luke Goshen. Les empreintes ne sont qu'une coïncidence. Un coup de chance pour eux. Mais revenons-en au crime. Veronica conduit la Rolls et Powers la suit jusqu'à la clairière au-dessus du Hollywood Bowl. Là, elle ouvre le coffre, Powers se penche à l'intérieur et exécute Aliso. Ou peut-être qu'il tire une seule balle et oblige Veronica à tirer la seconde. Ainsi, ils sont associés pour de bon, complices de sang.

Billets acquiesça, l'air grave. Puis ses yeux s'écarquillèrent.

– Et les empreintes de chaussure ?

– Là encore, Powers a de la chance, dit Edgar. Ce soir, il porte des bottes toutes neuves. A croire qu'il les a achetées aujourd'hui même.

– Bon Dieu !

– Eh oui, dit Bosch. On pense qu'il a vu les clichés des empreintes sur notre table hier soir au Cat & Fiddle. Et aujourd'hui, il est allé s'acheter de nouvelles chaussures.

– Merde alors…

– Il est possible qu'il n'ait pas balancé l'ancienne paire. Nous allons réclamer un mandat pour fouiller son domicile. Mais nous avons eu de la chance nous aussi. Jerry, parle-lui du vaporisateur.

Edgar se pencha en avant, en prenant appui sur la table.

– Je suis allé faire un tour au bureau des fournitures, histoire de consulter les fichiers. Le lundi, Powers a réclamé une recharge de pepper spray. Mais je suis allé consulter la liste des rapports d'enquête dans le bureau de son sergent. Powers n'a signalé aucun usage de la force durant cette période.

– Conclusion, dit Billets, il s'est servi de son pepper spray d'une manière ou d'une autre, car il a été obligé de réclamer une cartouche de rechange, mais il n'a pas déclaré s'en être servi.

– Exact.

Billets prit le temps de réfléchir à nouveau avant de dire ceci :

– OK. Tous les éléments que vous avez réunis, en si peu de temps, sont valables. Hélas, ça ne suffit pas. Ce sont des preuves indirectes et tout cela peut s'expliquer d'une manière ou d'une autre. Même si vous parveniez à prouver que Powers et la veuve avaient une liaison, ça ne prouverait pas qu'ils ont commis un meurtre. Les empreintes sur le coffre indiquent une négligence sur les lieux du crime. Et, qui sait, c'est peut-être simplement ça.

– J'en doute, dit Bosch.

– Vos doutes ne suffisent pas. Que fait-on maintenant ?

– On a encore quelques fers au feu. Jerry va réclamer un mandat, en s'appuyant sur ce qu'on sait déjà. Si on peut entrer chez Powers, on y trouvera peut-être les chaussures, ou autre chose. On verra bien. J'ai également une piste à Las Vegas. On pense en effet que pour monter ce coup, Powers a dû suivre Aliso là-bas une ou deux fois, pour découvrir l'existence de Goshen et décider de lui faire porter le chapeau. Avec un peu de chance, Powers aura voulu rester près de Tony, ce qui signifie loger au Mirage. Or, il est impossible de loger là-bas sans laisser une trace. On peut payer en liquide, mais on est obligé de fournir une empreinte de carte de crédit pour régler les frais annexes, les coups de téléphone et ainsi de suite. En d'autres termes, on ne peut pas s'inscrire sous n'importe quel nom si on n'a pas une carte de crédit correspondante. J'ai demandé à quelqu'un de vérifier.

– OK. C'est un point de départ, dit Billets.

La main plaquée sur sa bouche, elle plongea dans un silence contemplatif pendant un long moment.

– En définitive, dit-elle finalement, ça signifie que nous sommes obligés de lui arracher des aveux, c'est ça ?

Bosch acquiesça.

– Oui, sans doute. A moins qu'on décroche le jackpot avec le mandat.

– Vous n'arriverez pas à le faire parler. C'est un flic, il connaît les astuces et les lois sur la production des preuves.

– On verra.

Elle regarda sa montre. Bosch regarda la sienne et constata qu'il était une heure.

– On est dans la merde, déclara Billets d'un ton solennel. Dès le lever du jour, on aura du mal à étouffer l'affaire. Demain matin, je serai obligée de notifier officiellement ce qui s'est passé. Et si on n'a pas avancé, vous pouvez être sûrs qu'on va se retrouver sur la touche, et pire encore.

Bosch se pencha en avant.

– Rentrez chez vous, lieutenant. Vous n'êtes jamais venue ici ce soir. Laissez-nous toute la nuit. Revenez demain matin à neuf heures. Avec un adjoint du procureur si vous le souhaitez. Mais choisissez quelqu'un qui soit prêt à vous suivre. Si vous ne connaissez personne, je peux appeler un gars. Mais accordez-nous jusqu'à neuf heures. Ça fait huit heures. Quand vous arriverez, soit on vous file le paquet tout ficelé, soit vous faites ce que vous avez à faire.

Billets les observa attentivement l'un après l'autre, puis elle inspira à fond et souffla lentement.

– Bonne chance, dit-elle.

Puis elle se leva et s'en alla.

Bosch s'arrêta devant la porte de la salle trois, le temps de rassembler ses pensées. Il savait que tout dépendait de ce qui allait se passer dans cette pièce. Il devait faire craquer Powers, et ce ne serait pas facile. Powers était un flic. Il connaissait toutes les ruses du métier. Bosch devait trouver un point faible et l'exploiter jusqu'à ce que le colosse s'effondre. Il savait que l'affrontement serait brutal. Il souffla un bon coup et ouvrit la porte.

Il entra dans la salle d'interrogatoire, prit la chaise qui se trouvait en face de Powers et posa devant celui-ci les deux feuilles de papier qu'il avait apportées.

– OK. Powers, je viens vous expliquer la situation.

– Vous fatiguez pas, pauvre mec. Je ne parlerai à personne d'autre qu'à mon avocat.

– Justement, je viens pour ça. Essayez de vous calmer un peu, pour qu'on puisse discuter.

– Me calmer ? Vous m'arrêtez, vous me menottez comme un putain de criminel, vous me laissez poireauter ici une heure et demie, pendant que vous discutez là-bas entre vous, en vous disant que vous avez fait une connerie, et vous voulez que je me calme ? Vous vivez sur quelle planète, Bosch ? Je me calmerai pas avant d'avoir vos trois putains d'insignes au fond de ma poche. Et maintenant, relâchez-moi ou filez-moi ce putain de téléphone !

– C'est là tout le problème, n'est-ce pas ? On doit choisir entre vous boucler et vous relâcher. C'est pour ça que je viens vous voir, Powers. Je me disais que vous pourriez peut-être nous aider à choisir.

Powers ne réagit pas. Ses yeux restaient fixés sur le centre de la table, en courant parfois d'un coin à l'autre.

– Que je vous explique, reprit Bosch. Si je vous boucle maintenant, on appelle l'avocat et on sait bien comment ça va se passer ensuite. Aucun avocat ne laissera son client parler aux flics. On sera obligés d'aller devant le tribunal, et vous savez ce que ça veut dire. Vous serez suspendu, sans solde. On s'opposera à la mise en liberté sous caution, et vous resterez en tôle pendant neuf ou dix mois, et peut-être qu'ensuite le jugement vous sera favorable. Mais peut-être pas. Entre-temps, vous ferez la une des journaux. Votre mère, votre père, les voisins… vous savez comment c'est.

Bosch prit une cigarette et la coinça entre ses lèvres. Mais il ne l'alluma pas, et n'en offrit pas à Powers. Il se souvenait de lui en avoir proposé une sur les lieux du crime, et le colosse en uniforme l'avait refusée.

– L'autre solution, reprit-il, c'est de discuter pour essayer de régler le problème dès maintenant. Vous avez deux feuilles devant vous. Ce qu'il y a de bien quand on a affaire à un flic, c'est que je ne suis pas obligé de tout vous expliquer. Le premier document concerne vos droits. Vous connaissez. Vous signez pour dire que vous êtes averti de vos droits et ensuite vous choisissez. On discute, ou bien vous appelez votre avocat après qu'on vous a bouclé. Le deuxième document, c'est le renoncement à un avocat.

Powers contempla les deux feuilles sans rien dire. Bosch déposa un stylo sur la table.

– Quand vous serez prêt à signer, je vous enlèverai les menottes, poursuivit Bosch. Ce qu'il y a d'embêtant quand on a affaire à un flic, c'est que je ne peux pas vous bluffer. Vous connaissez les règles du jeu. Vous savez qu'en renonçant à un avocat et en acceptant de me parler, vous pouvez vous sortir de ce pétrin ou vous enfoncer davantage… je peux vous laisser un peu plus de temps pour réfléchir si vous le souhaitez.

– J'ai pas besoin de réfléchir. Enlevez-moi ces putains de bracelets.

Bosch se leva et passa derrière Powers.

– La droite ou la gauche ?

– La droite.

Il y avait juste assez de place entre le dos du colosse et le mur pour ôter les menottes. C'était une position dangereuse avec la plupart des suspects. Mais Powers était flic et savait certainement qu'en recourant à la violence il perdrait toute chance de sortir de cette pièce pour reprendre sa petite vie. En outre, il devait se douter que quelqu'un les observait derrière la vitre sans tain de la salle quatre, prêt à intervenir. Bosch défit le bracelet de droite et le referma aussitôt autour d'un des barreaux en fer de la chaise.

Powers griffonna une signature en bas de chaque feuille. Bosch s'efforça de ne pas laisser paraître son excitation. Powers commettait une erreur. Bosch lui reprit le stylo et le glissa dans sa poche.

– Remettez votre bras dans le dos.

– Allons, Bosch. Traitez-moi comme un être humain. Si vous voulez qu'on parle, parlons.

– Remettez votre bras dans le dos.

Powers s'exécuta, en poussant un soupir de frustration. Bosch lui rattacha les poignets à travers les barreaux de la chaise et revint s'asseoir. Il se racla la gorge, le temps de passer en revue les derniers détails dans sa tête. Il savait quelle était sa mission. Il devait faire croire à Powers qu'il était en position de force, qu'il avait une chance de sortir d'ici. S'il en était persuadé, il pouvait peut-être se mettre à parler. Et s'il se mettait à parler, Bosch se disait qu'il pouvait remporter le combat.

– OK, dit Bosch. Je vous explique le truc. Si vous réussissez à me convaincre qu'on s'est gourés, vous serez sorti d'ici avant le lever du jour.

– Je demande que ça.

– Nous savons que vous entretenez une relation avec Veronica Aliso, antérieure à la mort de son mari. Nous savons aussi que vous avez suivi Tony Aliso à Las Vegas au moins deux fois avant qu'il soit assassiné.

Powers gardait les yeux fixés sur la table devant lui. Mais Bosch était capable de les déchiffrer comme les aiguilles d'un détecteur de mensonges. Un léger tremblement avait parcouru ses pupilles quand Bosch avait prononcé les mots « Las Vegas ».

– Nous avons les registres de l'hôtel Mirage, précisa Bosch. Vous avez été négligent, Powers, en laissant des traces pareilles derrière vous. On peut prouver que vous étiez à Vegas en même temps que Tony Aliso.

– J'aime aller à Vegas, et alors ? La belle affaire ! Tony Aliso y était aussi ? Tu parles d'une coïncidence. D'après ce que je sais, il y allait souvent. C'est tout ce que vous avez ?

– Non, on a aussi vos empreintes, Powers. Vos empreintes digitales. A l'intérieur de la voiture. Par ailleurs, vous avez réclamé une recharge de pepper spray lundi, mais vous n'avez rédigé aucun rapport pour expliquer dans quelles conditions vous en aviez fait usage.

– Je l'ai vidée accidentellement. Pas besoin de pondre un rapport pour ça. En fait, vous avez que dalle. Mes empreintes ? C'est juste, vous avez certainement des empreintes. Mais je suis monté dans cette voiture, connard ! C'est moi qui ai découvert le corps, vous vous souvenez ? C'est une plaisanterie, Bosch. Je crois que je ferais mieux de faire venir mon avocat et de courir le risque. Aucun procureur ne voudra toucher à cette affaire, même avec des pincettes !

Bosch poursuivit, en ignorant la provocation.

– Pour finir en beauté, il y a votre petite promenade dans les collines ce soir. Votre histoire est merdique, Powers. Vous êtes descendu chercher la housse de costume d'Aliso, car vous saviez qu'elle était à cet endroit, et vous pensiez qu'elle contenait une chose que la veuve et vous aviez oubliée. Environ un demi-million de dollars. La seule question que je me pose est la suivante : est-ce qu'elle vous a appelé pour vous prévenir ou est-ce vous qui étiez chez elle ce matin quand nous sommes passés la voir ?

Bosch vit ses pupilles tressauter de nouveau, légèrement, puis son regard redevint morne.

– Décidément, je crois que je vais opter pour l'avocat.

– Vous n'êtes que le garçon de courses, pas vrai ? Elle vous a demandé d'aller récupérer le fric pendant qu'elle vous attendait chez elle.

Powers émit un rire forcé.

– Ah, pas mal, Bosch. Le garçon de courses. Dommage que je connaisse à peine cette femme. Mais c'était bien essayé. Bien joué. Je vous aime bien, Bosch, mais il faut que je vous dise un truc.

Il se pencha au-dessus de la table et baissa la voix.

– Si jamais je vous croise dans la rue un jour, juste vous et moi, face à face, je vous démolis pour de bon.

Il se redressa en hochant la tête. Bosch sourit.

– En fait, je crois que je n'étais pas encore sûr, dit-il. Mais maintenant, je le suis. C'est vous, Powers. C'est vous le meurtrier. Et on ne se reverra jamais dehors. Jamais. Alors, dites-moi, qui a eu l'idée ? C'est elle qui en a parlé en premier ou c'est vous ?

Powers regardait la table d'un air morose ; il secoua la tête.

– Voyons si j'ai bien compris, reprit Bosch. Vous êtes monté dans cette grande maison, et vous avez découvert tout ce que possédaient ces gens, tout ce fric, peut-être que vous avez entendu parler de Tony et de sa Rolls, et c'est parti de là. Je parie que l'idée venait de vous, Powers. Mais je pense qu'elle savait que ça vous viendrait à l'esprit. C'est une femme intelligente. Oui, elle savait que vous y penseriez. Elle n'avait qu'à attendre…

« Vous voulez que je vous dise ? On n'a rien contre elle. Rien ! Elle vous a eu en beauté, mon vieux. Du début à la fin. Elle va s'en tirer et vous… (Il pointa le doigt sur la poitrine de Powers) vous allez payer pour deux. C'est ça que vous voulez ?

Powers se renversa sur sa chaise, avec un petit sourire perplexe.

– Vous n'avez rien pigé ! dit-il. C'est vous le garçon de courses dans cette histoire. Mais regardez-vous ! Vous n'avez rien. Regardez ce que vous avez dans les mains. Vous ne pouvez pas me coller le meurtre d'Aliso sur le dos. C'est moi qui ai découvert le corps, mec ! J'ai ouvert la bagnole. Si vous trouvez des empreintes, c'est à ce moment-là que je les ai laissées. Tout le reste, ce n'est qu'un paquet de conneries sans queue ni tête. Allez donc voir un procureur avec ça, il va se foutre de votre gueule ! Allez, filez-moi le téléphone, larbin, et finissons-en. Filez-moi le téléphone.

– Pas maintenant, Powers. Pas tout de suite.

Bosch était assis à sa place à la table des homicides, la tête appuyée sur ses bras croisés. Un gobelet de café vide était posé à côté de son coude. La cigarette qu'il avait abandonnée sur le bord de la table s'était consumée jusqu'au filtre, laissant une brûlure de plus sur le vieux plateau en bois.

Bosch était seul. Bientôt six heures du matin et les toutes premières lueurs de l'aube apparaissaient derrière les grandes fenêtres qui occupaient presque tout un mur de la pièce. Il avait lutté pendant plus de quatre heures d'affilée avec Powers, sans gagner le moindre pouce de terrain. Il n'avait même pas fait une seule entaille dans son comportement nonchalant. Assurément, les premiers rounds étaient à l'avantage du colosse en uniforme.

Mais Bosch ne dormait pas. Il se reposait simplement, il attendait ; ses pensées restaient concentrées sur Powers. Il n'avait pas le moindre doute. Il était sûr que le type attaché sur sa chaise dans la salle d'interrogatoire était le bon. Tous les indices qu'ils possédaient, aussi infimes soient-ils, l'accusaient. Mais ce n'étaient pas seulement les indices qui forgeaient sa conviction. C'était son expérience et son instinct. Un innocent aurait pris peur, se disait-il, il n'aurait pas affiché un air suffisant comme Powers. Un innocent n'aurait pas provoqué Bosch. Ce qu'il fallait désormais, c'était effacer cette suffisance et le faire craquer. Malgré la fatigue, Bosch se sentait toujours d'attaque pour accomplir cette tâche. La seule chose qui l'inquiétait, c'était le temps. Le temps jouait contre lui.

Il releva la tête et consulta sa montre. Billets serait de retour dans trois heures. Il prit le gobelet vide, fit glisser dedans le mégot et les cendres de sa cigarette avec sa paume, et le jeta dans la corbeille qui se trouvait sous la table. Il se leva, alluma une autre cigarette et marcha dans l'allée, entre les tables. Il essayait de mettre de l'ordre dans ses pensées, de se préparer pour le prochain round.

Un instant, il envisagea de biper Edgar pour savoir si Rider et lui avaient découvert quelque chose, n'importe quoi qui puisse l'aider, mais il y renonça. Eux aussi savaient que le temps était un élément crucial. S'ils avaient découvert quelque chose, ils l'auraient appelé ou seraient revenus.

Il avait atteint l'extrémité du bureau des inspecteurs et roulait des pensées dans sa tête lorsque son regard se posa sur la table des crimes sexuels. Il s'aperçut alors, au bout d'un moment, qu'il regardait un Polaroïd de la jeune fille qui était venue au poste accompagnée de sa mère pour dire qu'on l'avait violée. La photo était la première d'une série d'autres Polaroïd attachés à la couverture du dossier avec un trombone. L'inspecteur Mary Cantu avait posé la chemise sur le dessus de la pile pour lundi. Sans réfléchir, Bosch s'empara du petit paquet de photos coincées sous le trombone et les passa en revue. La fille avait subi des violences et les traces de coups enregistrées par l'appareil photo de Cantu constituaient un témoignage déprimant de tout ce qui n'allait pas dans cette ville. Bosch trouvait qu'il était toujours plus facile d'avoir affaire à des victimes qui avaient cessé de vivre. Les victimes encore vivantes le hantaient, car rien ne pourrait jamais les consoler. Pas totalement. La même question les obsédait sans cesse : pourquoi ?

Parfois, il voyait dans cette ville une sorte de gigantesque bouche d'égout qui attirait toutes les saloperies du monde vers un endroit où elles formaient un tourbillon concentré. Un endroit où, très souvent, les bons semblaient submergés par les méchants. Les cinglés et les crapules, les violeurs et les meurtriers. Un endroit qui pouvait facilement engendrer un individu comme Powers. Trop facilement.

Bosch remit les photos sous le trombone, gêné par son voyeurisme irréfléchi face à la souffrance de cette jeune fille. Regagnant la table des homicides, il décrocha le téléphone et composa le numéro de son domicile. Cela faisait presque vingt-quatre heures qu'il n'était pas rentré chez lui et il espérait qu'Eleanor Wish allait décrocher – il avait remis la clé sous le paillasson – ou qu'elle aurait laissé un message. Après la troisième sonnerie, le répondeur se mit en marche, et il entendit sa propre voix enregistrée qui demandait de laisser un message. Il pianota son code sur le clavier pour interroger le répondeur, qui lui annonça qu'il n'avait pas de message.

Il demeura ainsi un long moment, à penser à Eleanor, le téléphone appuyé contre l'oreille, lorsque soudain, il entendit sa voix.

– Harry ? C'est toi ?

– Eleanor ?

– Je suis là, Harry.

– Pourquoi tu n'as pas décroché ?

– Je ne pensais pas que c'était pour moi.

– Quand es-tu revenue ?

– Hier soir. Je t'attendais. Merci d'avoir laissé la clé.

– De rien... Où étais-tu passée ?

Il y eut un court silence avant qu'elle réponde.

– Je suis retournée à Las Vegas. Il fallait que je récupère ma voiture... que je vide mon compte en banque, ce genre de choses. Et toi, où étais-tu toute la nuit ?

– Au boulot. Nous avons un nouveau suspect. On l'a bouclé. Tu es retournée dans ton appartement ?

– Non. Je n'avais pas de raison. J'ai fait ce que j'avais à faire, et je suis revenue.

– Désolé de t'avoir réveillée.

– Ce n'est pas grave. Je m'inquiétais de savoir où tu étais, mais je n'osais pas t'appeler, au cas où tu aurais été occupé.

Bosch aurait voulu lui demander ce qui allait se passer désormais, mais il éprouvait une telle joie de penser qu'elle était chez lui qu'il ne voulait pas gâcher cet instant.

– Je ne sais pas combien de temps je vais rester bloqué ici, dit-il.

Il entendit les lourdes portes à l'arrière du commissariat s'ouvrir et se refermer violemment. Des pas se dirigeaient vers le bureau des inspecteurs.

– On t'appelle ? demanda Eleanor.

– Euh...

Edgar et Rider pénétrèrent dans la grande salle. Rider portait un sachet marron qui renfermait un objet pesant. Edgar, lui, portait un carton fermé sur lequel quelqu'un avait écrit « Noël » au marqueur. Il arborait un large sourire.

– Oui, dit Bosch. Il faut que je te laisse.

– OK, Harry. A plus tard.

– Tu seras là ?

– Oui, je serai là.

– Je reviens le plus vite possible.

Il raccrocha et leva la tête vers ses deux collègues. Edgar affichait toujours le même sourire.

– On t'apporte ton cadeau de Noël, Harry, dit-il. Powers dans un carton !

– Vous avez retrouvé les bottes ?

– Non, pas les bottes. Mieux que ça.

– Faites voir.

Edgar souleva le couvercle de la boîte. Il ôta une enveloppe en papier kraft qui se trouvait sur le dessus. Puis il pencha le carton pour que Bosch puisse regarder à l'intérieur. Celui-ci laissa échapper un sifflement.

– Joyeux Noël ! dit Edgar.

– Tu as compté ? demanda Bosch, les yeux fixés sur les liasses de billets de banque entourées d'un élastique.

– Il y a un chiffre sur chaque liasse, dit Rider. Quand on les additionne, ça donne exactement quatre cent quatre-vingt mille dollars. Tout est là, on dirait.

– Joli cadeau, hein, Harry ? dit Edgar tout excité.

– Oui. Où l'avez-vous trouvé ?

– Dans le faux plafond servant de grenier. Un des derniers endroits qu'on a fouillés. J'ai passé la tête par l'ouverture et le carton me tendait les bras !

Bosch acquiesça.

– OK. Quoi d'autre ?

– On a trouvé ça sous le matelas.

Edgar sortit de l'enveloppe un petit paquet de photos 13X18. Sur chacune d'elles, la date digitale était imprimée dans le coin inférieur gauche. Bosch les posa devant lui sur la table et les passa en revue, en les soulevant délicatement par les coins. Il espérait qu'Edgar avait pris les mêmes précautions.

La première photo montrait Tony Aliso montant en voiture devant l'entrée du Mirage. Sur la deuxième, il marchait vers le Dolly. Venait ensuite une série de clichés sur lesquels on voyait Aliso discuter devant le club avec l'homme qu'il connaissait sous le nom de Luke Goshen. C'était la nuit et ces photos avaient été prises de loin, mais les nombreux néons de l'entrée du club éclairaient la scène comme en plein jour, et on reconnaissait aisément Aliso et Goshen.

Le même endroit apparaissait sur d'autres photos, mais la date figurant dans le coin était différente. Elles montraient une jeune femme sortant du Dolly et se dirigeant vers la voiture d'Aliso. Bosch la reconnut. C'était Layla. D'autres clichés montraient Tony et Layla au bord de la piscine du Mirage. Sur la dernière, Tony penchait son corps bronzé au-dessus de la chaise longue de Layla pour l'embrasser sur la bouche.

Bosch leva les yeux vers Edgar et Rider. Edgar continuait de sourire. Contrairement à Rider.

– C'est bien ce qu'on pensait, dit Edgar. Powers a suivi la victime à Las Vegas. Ça prouve qu'il avait tous les éléments pour manigancer le coup avec la veuve. On les tient, Harry ! Préméditation et tout le tintouin ! Ils sont cuits tous les deux !

– Oui, peut-être. (Il se tourna vers Rider.) Qu'est-ce qui ne va pas, Kiz ?

Elle secoua la tête.

– Je ne sais pas… Ça me paraît trop facile. La maison était nickel. Pas de vieille paire de chaussures, rien qui indique que Veronica ait seulement mis les pieds dans la baraque. Et voilà qu'on découvre ces trucs-là, sans le moindre effort. Comme s'ils nous attendaient. Enfin quoi, pourquoi Powers prendrait-il la peine de se débarrasser des bottes, en laissant les photos sous son matelas ? L'argent, je comprends qu'il ait voulu le conserver, mais ce n'était pas très malin de le planquer dans le grenier.

D'un geste méprisant, elle désigna les photos et les billets de banque. Bosch se renversa dans son fauteuil, en opinant du bonnet.

– Je crois que tu as raison, dit-il. Powers n'est pas stupide à ce point.

Il pensait aux similitudes avec l'arme retrouvée chez Goshen. Là aussi, cela avait été trop facile.

– Je pense que c'est un coup monté, dit-il. Par Veronica. Powers a pris les photos pour elle. Sans doute lui a-t-il demandé de les détruire ensuite, mais elle ne l'a pas fait. Elle les a conservées, au cas où. Je parie qu'elle les a planquées sous le matelas de Powers, et qu'elle a foutu le fric dans le grenier. C'est un endroit facile d'accès ?

– Oui, relativement, dit Rider. Il y a une échelle télescopique.

– Hé, attendez, pourquoi est-ce qu'elle chercherait à le piéger ? demanda Edgar.

– Ce n'était pas l'idée de départ, expliqua Bosch. Plutôt une sorte de position de repli. Si les choses commençaient à mal tourner, si on se rapprochait un peu trop, elle avait Powers sous la main pour lui servir de bouc émissaire. Peut-être qu'après l'avoir envoyé récupérer la housse de costume, elle est allée chez lui avec les photos et l'argent. Comment savoir à quel moment lui est venue cette idée ? Mais quand je dirai à Powers qu'on a trouvé tout ça chez lui, je parie qu'il va ouvrir des yeux comme des soucoupes. Qu'y a-t-il dans ce sac, Kiz ? L'appareil photo ?

Elle acquiesça et déposa le sac sur la table, sans l'ouvrir.

– Un Nikon avec un téléobjectif, et un reçu de carte de crédit en guise de facture.

Bosch avait déjà la tête ailleurs ; il se demandait de quelle façon il pourrait utiliser les photos et l'argent face à Powers. Ils ne devaient pas laisser échapper cette occasion de le faire craquer.

– Attendez, dit Edgar, l'air perplexe. Je ne comprends toujours pas. Qu'est-ce qui te fait dire qu'il s'agit d'un coup monté, Harry ? Peut-être qu'il conservait le fric et les photos et qu'ils avaient l'intention de tout partager une fois que la pression serait retombée. Pourquoi veux-tu forcément qu'elle l'ait piégé ?

Bosch regarda Rider, avant de revenir sur Edgar.

– Parce que Kiz a raison. C'est trop facile.

– Non, pas si on pense qu'on n'avait aucun indice et que Powers n'était même pas suspect avant qu'on le surprenne dans les bois ce soir.

Bosch secoua la tête.

– Franchement, je ne sais pas. Il n'aurait pas eu le même comportement quand je l'ai interrogé. S'il savait que tout ça était planqué chez lui. Je continue à penser que c'est un coup monté. Elle lui fait porter le chapeau. Si on l'embarque, elle va nous raconter que ce type était obsédé par elle. Si elle est un peu actrice, elle nous dira peut-être : oui, c'est vrai, elle a eu une liaison avec Powers, à laquelle elle a mis fin. Mais lui refusait d'arrêter. Et il a tué son mari pour l'avoir à lui seul.

Bosch s'appuya contre le dossier de son fauteuil et les regarda l'un après l'autre, attendant leur réaction.

– Oui, je pense que ça pourrait marcher, dit Rider.

– Sauf qu'on n'y croit pas, dit Bosch.

– Qu'est-ce qu'elle y gagne ? demanda Edgar qui refusait d'abandonner son rôle de contradicteur. Elle perd le fric en allant le planquer chez lui. Qu'est-ce qu'il lui reste ?

– La maison, les voitures, l'assurance vie, répondit Bosch. Les miettes de la société de production... et la possibilité de s'en tirer.

Ce n'était pas très convaincant, et il le savait. Un demi-million de dollars, c'était une grosse somme pour piéger quelqu'un. C'était le seul hic dans la théorie qu'il venait d'exposer.

– Elle s'est débarrassée de son mari, dit Rider. C'était peut-être la seule chose qui comptait pour elle.

– Allons, il la trompait depuis des années ! répondit Edgar. Pourquoi maintenant ? Qu'y avait-il de différent cette fois ?

– Je ne sais pas. Mais il y avait forcément un élément nouveau, ou quelque chose que nous ignorons. C'est ce que nous devons essayer de découvrir.

– Eh bien, bonne chance, dit Edgar.

– J'ai une idée, dit Bosch. Si quelqu'un connaît la raison de tout ça, c'est Powers. Je vais essayer de le piéger moi aussi, et je crois savoir comment. Kiz, tu as toujours la cassette... celle avec Veronica ?

– *Victime du désir* ? Oui, elle est dans mon tiroir.

– Va la chercher et emporte-la dans le bureau du lieutenant. Je vais me reprendre un café et je te rejoins.

Bosch pénétra dans la salle d'interrogatoire numéro trois avec la boîte en carton contenant l'argent, en prenant soin de cacher le mot « Noël » contre sa poitrine. Il espérait que cette boîte ressemblait à toutes les autres. Il observa Powers : aucune réaction sur son visage. Il était assis dans la position où Bosch l'avait laissé. Droit comme un i, les bras dans le dos, comme s'il s'agissait d'une position délibérée. Il regarda Bosch avec des yeux inexpressifs, prêt à attaquer le prochain round. Bosch déposa le carton par terre, hors de vue, tira la chaise et reprit place en face de lui. Il se pencha, ouvrit le carton et en sortit un magnétophone à cassettes, ainsi qu'une chemise. Il les déposa l'un et l'autre sur la table, bien en évidence.

– Je vous l'ai déjà dit, Bosch. Pas d'enregistrement. Et si vous avez planqué une caméra derrière la vitre, vous violez mes droits.

– Ni caméra ni magnétophone, Powers. Je veux juste vous faire écouter quelque chose. Alors, où en étions-nous ?

– On en était à « Assez de baratin ». Vous me relâchez ou vous faites venir mon avocat.

– En fait, il y a du nouveau. J'ai pensé que vous voudriez peut-être le savoir d'abord. Avant de prendre une décision.

– J'en ai marre de ces conneries ! Filez-moi le téléphone.

– Vous possédez un appareil photo ?

– Je... un appareil photo ? C'est quoi cette histoire ?

– Avez-vous un appareil photo, oui ou non ? C'est une question simple.

– Tout le monde a un appareil photo. Et alors ?

Bosch l'observa un instant. Il sentait un léger essoufflement chez Powers, une perte de contrôle. Perceptibles d'un bout à l'autre de la table. Il le sentait. Bosch esquissa un sourire. Il voulait faire comprendre à Powers qu'à partir de maintenant la situation lui échappait.

– Avez-vous emporté votre appareil photo quand vous êtes allé à Las Vegas en mars dernier ?

– Je ne sais plus. Peut-être. Je l'emporte toujours quand je pars en vacances. J'ignorais que c'était un crime. Ah, ces saloperies de lois ! Qu'est-ce qu'ils vont inventer ensuite ?

Bosch le laissa sourire, sans l'imiter.

– Vous appelez ça comme ça ? Des vacances ?

– Oui, c'est exactement ça.

– Bizarre. Veronica n'emploie pas le même mot.

– Je ne sais pas de quoi vous parlez et je ne la connais pas.

Il détourna brièvement le regard. C'était la première fois, et de nouveau, Bosch sentit basculer l'équilibre des forces. Il avait trouvé la bonne tactique. La situation évoluait.

– Bien sûr que vous le savez, Powers. Et vous la connaissez très bien. Elle nous a tout raconté, à l'instant. Elle est dans la pièce d'à côté. En fait, elle est moins coriace que je le croyais. Personnellement, j'avais misé sur vous. Vous savez ce qu'on dit chez nous : plus ils sont solides, plus la chute est brutale. Je pensais que vous seriez le premier à craquer, mais finalement, c'est elle. Edgar et Rider lui ont fait cracher le morceau. C'est fascinant comme des photos prises sur les lieux du crime peuvent peser sur la conscience d'une personne coupable. Elle nous a tout raconté, Powers. Tout.

– Votre baratin est un peu usé, Bosch. Où est le téléphone ?

– Voici ce qu'elle nous a raconté. Vous...

– Je ne veux même pas vous écouter.

– Vous avez fait sa connaissance le soir où vous êtes allé chez elle prendre sa déposition après le cambriolage. De fil en aiguille, vous avez fini par avoir une liaison. Une passade. Hélas, Veronica est revenue sur terre et elle a rompu. Elle était toujours amoureuse de ce vieux Tony. Elle savait qu'il voyageait beaucoup, qu'il était volage, mais elle avait fini par s'y habituer. Elle avait besoin de lui. Alors, elle vous a congédié. Seulement, vous n'étiez pas du tout d'accord, c'est ce qu'elle nous a dit. Vous avez continué à la harceler, à lui téléphoner, à la suivre quand elle quittait la résidence. Elle a commencé à prendre peur. Que pouvait-elle faire, hein ? En parler à Tony, en lui expliquant que ce type avec qui elle avait eu une liaison la suivait partout ? Elle...

– Arrêtez vos conneries, Bosch ! C'est une blague !

– Alors, vous avez commencé à suivre Tony. C'était lui la cause de votre problème. L'obstacle numéro un. Vous avez tout préparé. Vous l'avez suivi à Vegas et vous l'avez pris la main dans le sac. Vous saviez ce qu'il trafiquait, et vous saviez comment le liquider de façon à nous entraîner sur une fausse piste. La « musique du coffre », qu'ils appellent ça. Malheureusement, vous chantez faux. On vous a eu. Et grâce à elle, on va vous faire plonger.

Powers regardait la table. La peau de son visage, autour des yeux et de la bouche, était tendue.

– J'en ai marre d'écouter ce délire, dit-il sans lever la tête. J'en ai marre de vous écouter. Cette bonne femme n'est pas dans la pièce d'à côté. Elle est tranquille chez elle dans sa grande maison, là-haut sur la colline. C'est la plus vieille de toutes les ruses.

Il leva enfin la tête et un sourire crispé déforma son visage.

– Vous espérez faire gober ça à un flic ? J'arrive pas à y croire ! C'est vraiment nul, mon vieux. Vous êtes nul. J'ai honte pour vous.

Bosch appuya sur la touche « Play » du magnétophone. La voix de Veronica Aliso remplit la pièce.

« Oui, c'était lui. Il est fou. Quand j'ai voulu l'empêcher d'agir, il était trop tard. Ensuite, je ne pouvais en parler à personne, car... on pouvait croire que... »

Bosch arrêta la bande.

– Ça suffit, dit-il. Je n'ai même pas le droit de vous faire écouter ça. Mais j'ai pensé que... entre flics, vous aviez le droit de savoir à quoi vous en tenir.

Bosch observa Powers, chez qui il sentait couver la colère. Il voyait la fureur bouillonner derrière ses yeux. Aucun de ses muscles ne bougea, et pourtant, il sembla devenir tout à coup aussi dur qu'un bloc de bois. Finalement, il parvint malgré tout à se maîtriser et à retrouver une contenance.

– C'est ce qu'elle raconte, répondit-il d'une voix calme. Il n'y a aucune preuve de quoi que ce soit. C'est du fantasme, Bosch. Sa parole contre la mienne.

– Oui, évidemment. A part qu'on a ça, aussi.

Bosch ouvrit la chemise et jeta le paquet de photos devant Powers. Puis il prit soin de les étaler sur la table pour que Powers les voie bien et les reconnaisse.

– Voilà qui confirme une bonne partie de son histoire, vous ne trouvez pas ?

Bosch observa Powers pendant qu'il regardait les photos. Une fois de plus, le colosse sembla sur le point de laisser éclater sa rage intérieure, mais une fois de plus, il se contrôla.

– Ça confirme que dalle ! Elle a très bien pu prendre ces photos elle-même. Ou n'importe qui. Ce n'est pas parce qu'elle vous refile un paquet de... Elle a réussi à vous embobiner, hein ? Vous gobez tout ce qu'elle vous raconte.

– On pourrait le penser, en effet... si ce n'est qu'elle ne nous a pas donné ces photos.

Bosch rouvrit la chemise pour sortir un double du mandat de perquisition. Il le déposa sur les photos.

– Il y a cinq heures, on a faxé ce document au juge Warren Lambert, chez lui, à Palissades. Il nous l'a renvoyé signé. Edgar et Rider ont passé une bonne partie de la nuit dans votre petit bungalow de Hollywood. Parmi les objets saisis figurait un appareil photo Nikon muni d'un téléobjectif. Et aussi ces photos. Elles étaient cachées sous votre matelas, Powers.

Là, il s'interrompit, le temps de laisser tout ça s'imprimer dans le cerveau de Powers, derrière ses yeux de plus en plus noirs.

– Oh... et on a trouvé aussi autre chose, ajouta Bosch en se penchant pour récupérer le carton. C'était dans le grenier, avec les décorations de Noël.

Il versa le contenu du carton sur la table et les liasses de billets s'éparpillèrent, certaines tombant par terre. Bosch secoua le carton pour s'assurer qu'il était vide et le jeta à ses pieds. Il regarda Powers. Les yeux fous de l'agent couraient d'une liasse à l'autre. Bosch comprit alors qu'il le tenait. Et il comprit encore, instinctivement, qu'il devait remercier Veronica Aliso.

– Personnellement, dit-il, je ne pense pas que vous soyez stupide à ce point. Pour garder les photos et tout cet argent chez vous. Certes, j'ai vu des choses plus dingues dans ma carrière. Mais si je devais parier, je dirais que vous ignoriez que tout ça était chez vous, car ce n'est pas vous qui les avez cachés. Mais au bout du compte, ça m'arrange. On vous tient et on va boucler notre enquête, c'est le plus important. Évidemment, ce serait chouette de l'épingler elle aussi, mais tant pis. On a besoin d'elle pour vous faire plonger. Avec les photos, son témoignage et toutes les choses dont on a parlé ici, je crois qu'on n'aura aucun mal à vous inculper de meurtre. Sans oublier le coup de l'embuscade, par-dessus le marché. Meurtre avec préméditation, Powers. A partir de là, deux possibilités : la piqûre ou le LWP.

Il avait prononcé cet acronyme *« el-wop »*, n'importe quel policier, comme n'importe quel criminel, sachant que ces trois lettres signifiaient *« life without parole »*.

– Bref, reprit Bosch, je crois que je vais vous apporter le téléphone maintenant pour que vous puissiez appeler votre avocat. Choisissez-en un bon. Pas un brillant orateur comme ceux du procès Simpson. Non, il vous faut un avocat qui fasse du bon boulot en dehors du prétoire. Un bon négociateur.

Sur ce, il se leva et se dirigea vers la porte. La main posée sur la poignée, il se retourna vers Powers.

– Vous savez, ça me fait de la peine. Vous êtes un flic malgré tout, et j'espérais que vous sauriez saisir la perche avant elle. J'ai l'impression que le marteau va s'abattre sur la mauvaise personne. Mais ainsi va la vie dans cette grande ville. Il faut toujours que quelqu'un paie pour les autres.

Il se retourna vers la porte et l'ouvrit.

– La salope ! cracha Powers avec une violence contenue.

Puis il marmonna autre chose que Bosch ne put saisir. Celui-ci se retourna de nouveau. Il savait qu'il ne fallait rien dire.

– C'était son idée à elle, dit Powers. De A à Z. Elle m'a berné, et maintenant, c'est vous qu'elle berne.

Bosch attendit la suite. En vain.

– Dois-je comprendre que vous avez des choses à me dire ?

– Oui, Bosch, asseyez-vous. On va peut-être pouvoir trouver un arrangement.

A neuf heures, Bosch était assis dans le bureau du lieutenant Billets, en face d'elle, et la mettait au courant des derniers développements. Le gobelet en polystyrène qu'il tenait dans la main était vide, mais il ne le jetait pas dans la corbeille car il lui fallait quelque chose qui lui rappelle qu'il avait encore besoin de café. Il était mort de fatigue, et les cernes sous ses yeux étaient si marqués qu'ils en devenaient presque douloureux. Il avait un goût amer dans la bouche, à cause de tout ce café, de toutes ces cigarettes. Depuis une vingtaine d'heures, il n'avait mangé que des barres chocolatées et son estomac commençait à protester. Malgré tout, il était heureux. Il avait remporté le dernier round face à Powers, et dans ce genre de combat le dernier round était le seul qui comptait réellement.

– Alors, dit Billets, il vous a tout raconté ?

– Il nous a donné sa version des faits. Il rejette toute la responsabilité sur Veronica Aliso, comme il fallait s'y attendre. N'oubliez pas qu'il croit qu'elle est dans la pièce voisine, en train de le dénoncer. Alors, il a voulu en faire la méchante veuve noire, comme si lui-même n'avait jamais eu aucune pensée impure avant de la rencontrer.

Il porta son gobelet à ses lèvres, et se souvint qu'il était vide.

– Mais une fois qu'on aura fait venir Veronica, quand elle apprendra qu'il s'est mis à table, nous aurons sans doute droit à une autre version, dit-il.

– Jerry et Kiz sont partis il y a longtemps ?

Bosch consulta sa montre.

– Quarante minutes environ. Ils ne vont pas tarder à revenir avec elle.

– Pourquoi n'êtes-vous pas allé la chercher vous-même ?

– Je ne sais pas. J'ai eu Powers, il est normal que je leur laisse Veronica, me suis-je dit. Je partage.

– Faites attention. Si vous continuez comme ça, vous allez perdre votre réputation de flic impitoyable.

Bosch sourit et plongea les yeux au fond de son gobelet.

– Racontez-moi toute l'histoire, dans les grandes lignes, demanda Billets.

– C'est très proche de ce qu'on avait imaginé. Un jour, Powers s'est rendu chez les Aliso pour prendre une déposition après un cambriolage, et tout est parti de là. Il dit que Veronica lui a fait du rentre-dedans, et peu de temps après ils étaient amants. Il effectuait de plus en plus de rondes dans le quartier, et elle passait le voir chez lui le matin, quand Tony était parti travailler, ou pendant qu'il était à Vegas. D'après ce qu'il dit, elle l'avait ensorcelé. Sur le plan sexuel, c'était génial et exotique. Bref, il était totalement accro.

– Alors, elle lui a demandé de filer Tony.

– Exact. La première fois que Powers s'est rendu à Las Vegas, c'était un vrai travail. Veronica l'avait chargé de suivre son mari. Il l'a fait et il est revenu avec un paquet de photos montrant Tony et la fille, mais aussi avec un tas de questions concernant les personnes que Tony fréquentait là-bas, et pour quelle raison. Il n'était pas idiot. Il avait deviné que Tony trempait dans une combine louche. Il prétend que Veronica lui a tout expliqué, elle connaissait tous les détails, et les noms des types de la pègre. Elle lui a même indiqué la somme d'argent en jeu. C'est à ce moment-là que le plan a germé. Elle lui a expliqué que Tony devait disparaître, et qu'ensuite ils seraient enfin seuls tous les deux, avec beaucoup d'argent. Car Tony avait prélevé sa petite commission au passage, lui expliqua-t-elle. Une commission sur la commission. Pendant des années. Il y avait au moins deux millions dans la cagnotte, plus le fric que Tony transporterait avec lui le jour où ils le liquideraient.

Bosch se leva et poursuivit son récit en faisant les cent pas devant le bureau. Il était trop épuisé pour rester assis longtemps sans risquer de succomber au sommeil.

– C'était le but du deuxième voyage. Powers est reparti pour surveiller Tony. Mission de documentation. Il a également filé le type qui fournissait l'argent à Tony. Luke Goshen. Sans savoir, apparemment, qu'il s'agissait d'un agent fédéral. Ils ont décidé que Goshen serait le pigeon et ont élaboré un plan destiné à faire croire à un règlement de comptes de la mafia. D'où le coup du coffre.

– C'est compliqué.

– En effet. Powers affirme que ce plan était une idée de Veronica, et j'ai tendance à penser qu'il dit la vérité de ce côté-là. Si vous voulez mon avis, Powers est un type intelligent, mais pas à ce point. Le plan était l'œuvre de Veronica, et lui n'est qu'un participant consentant. Seulement, elle s'était ménagé une porte de sortie dont Powers ignorait l'existence.

– La porte de sortie, c'était lui.

– Exact. Elle avait prévu de lui faire porter le chapeau, au cas où on deviendrait trop menaçants. Il lui avait donné une clé de chez lui. Il habite dans un petit bungalow à Sierra Bonita. Je pense que Veronica y est allée cette semaine, qu'elle y a planqué les photos sous le matelas et déposé le carton contenant l'argent dans le grenier. C'est une femme intelligente. Joli coup monté. Quand Jerry et Kiz nous l'amèneront, je sais ce qu'elle va dire. Elle affirmera que Powers a tout manigancé, qu'il est tombé amoureux d'elle, qu'ils ont eu une liaison à laquelle elle a voulu mettre fin. Mais lui, il voulait continuer, alors il a tué son mari. Quand elle a compris ce qui s'était passé, elle ne pouvait rien dire. Il l'a obligée à se taire. Elle n'avait pas le choix. C'était un policier, n'est-ce pas, et il pouvait lui coller le meurtre sur le dos si elle refusait de coopérer.

– C'est une histoire solide. D'ailleurs, ça pourrait peut-être convaincre un jury. Elle a une chance de s'en tirer.

– Peut-être. On a encore des choses à faire.

– Que savez-vous de l'argent détourné par Tony ?

– Bonne question. Le fric dont a parlé Powers n'apparaît sur aucun des comptes d'Aliso. Veronica lui aurait dit qu'il se trouvait dans un coffre, mais elle n'a jamais précisé où. Il est forcément quelque part. On le trouvera.

– S'il existe.

– Je pense que oui. Elle a planqué un demi-million chez Powers dans le but de le piéger. C'est une grosse somme pour faire accuser quelqu'un, sauf si vous avez deux autres millions qui vous attendent ailleurs. C'est ce que...

Bosch regarda à travers la vitre. Edgar et Rider venaient de pénétrer dans la salle des inspecteurs et se dirigeaient vers le bureau du lieutenant. Veronica Aliso n'était pas avec eux. A voir leur expression lorsqu'ils entrèrent, Bosch devina ce qu'ils allaient dire.

– Elle a disparu, déclara Edgar.

Bosch et Billets les regardèrent d'un air hébété.

– Apparemment, ajouta Edgar, elle a foutu le camp hier soir. Les voitures sont toujours là, mais il n'y a plus personne dans la maison. On est entrés par la porte de derrière ; la baraque est vide.

– Elle a emporté ses vêtements ? Ses bijoux ? demanda Bosch.

– Il semblerait que non. Elle a simplement disparu.

– Vous vous êtes renseignés au poste de garde ?

– Évidemment. Elle a reçu deux visiteurs hier. Le premier à seize heures quinze, un coursier de Legal Eagle Messenger Service, envoyé par son avocat. Le gars est à peine resté cinq minutes. Et un deuxième visiteur hier soir. Tard. Le type a donné le nom de John Galvin. Elle avait appelé le poste un peu plus tôt pour leur dire de laisser entrer ce monsieur quand il se présenterait. Ils ont relevé son numéro d'immatriculation et on a vérifié. C'est une voiture Hertz louée à Vegas. On va lancer un appel. Bref, le dénommé Galvin est resté jusqu'à une heure du matin. Pendant qu'on était dans les bois pour épingler Powers, il s'est barré. La veuve Aliso était certainement avec lui.

– On appelé le gardien qui était de service à ce moment-là, précisa Rider. Il ne peut pas dire si Galvin est reparti seul ou pas. Il ne se souvient pas d'avoir aperçu Mme Aliso dans la voiture, mais elle était peut-être planquée sur le siège arrière.

– On connaît le nom de son avocat ? demanda Billets.

– Oui, dit Rider. Neil Denton, à Century City.

– Jerry, vous vous occupez de la voiture Hertz ; vous, Kiz, vous essayez de contacter ce Denton pour savoir ce qu'il y avait de si important pour qu'il lui envoie un coursier un samedi.

– Entendu, dit Edgar. Mais j'ai un mauvais pressentiment. Je crois qu'elle a disparu dans la nature.

– Dans ce cas, c'est là que nous irons la chercher, répondit Billets. Au boulot.

Edgar et Rider regagnèrent la table des homicides, et après leur départ Bosch demeura silencieux ; il réfléchissait à ce nouveau développement.

– Est-ce qu'on aurait dû la faire surveiller ? demanda Billets.

– Rétrospectivement, il semble que oui. Mais on agissait en douce. Nous n'avions pas les effectifs nécessaires. De plus, il y a encore deux heures, nous n'avions rien contre elle.

Billets acquiesça avec un rictus douloureux.

– S'ils n'ont pas retrouvé sa trace dans un quart d'heure, je lance un appel radio.

– Entendu.

– Pour en revenir à Powers… vous pensez qu'il nous cache encore des choses ?

– Difficile à dire. Sans doute. Il reste une question essentielle : pourquoi maintenant ?

– Que voulez-vous dire ?

– Tony se rendait à Vegas depuis des années, et en rapportait des valises pleines de fric. Il mettait de l'argent de côté depuis des années, d'après Powers, et sur le plan des maîtresses, il ne se privait pas quand il était là-bas. Veronica était au courant de tout. Forcément. Alors, qu'est-ce qui l'a poussée à agir maintenant, plutôt que l'année dernière ou l'année prochaine ?

– Peut-être qu'elle a fini par en avoir marre. Peut-être que c'était le moment idéal. Powers est apparu, il a été le déclencheur.

– Oui, possible. J'ai posé la question à Powers, et il m'a répondu qu'il ne savait pas. Mais je me dis qu'il a peut-être menti. Je vais faire une autre tentative.

Billets ne réagit pas.

– Il y a un secret que nous ignorons, reprit Bosch. Il y a autre chose dans cette histoire. J'espère que Veronica nous dira de quoi il s'agit. Si on la retrouve.

Billets chassa cette préoccupation d'un petit geste.

– Vous avez enregistré les aveux de Powers ?

– Oui, sur cassette et en vidéo. Kiz l'observait dans la salle quatre. Dès qu'il a décidé de se mettre à table, elle a tout enregistré.

– Vous lui avez lu ses droits encore une fois ? Pour l'enregistrement ?

– Oui, tout y est. C'est du béton. Si vous voulez visionner la bande, je peux aller la chercher.

– Non. Je ne veux même pas voir ce type, si je peux l'éviter. Vous ne lui avez rien promis, au moins ?

Bosch s'apprêtait à répondre, mais s'interrompit en entendant des cris étouffés. Apparemment, ces beuglements émanaient de Powers, toujours enfermé dans la salle trois. A travers la vitre du bureau de Billets, Bosch vit Edgar se lever de la table des homicides et se diriger vers les salles d'interrogatoire.

– Je parie qu'il réclame son avocat maintenant, dit-il. C'est un peu tard pour… Enfin, pour répondre à votre question : non, je ne lui ai rien promis. Je lui ai simplement dit que je suggérerais au procureur de laisser tomber la préméditation, mais ce n'est pas gagné. Avec tout ce qu'il m'a raconté, on n'a que l'embarras du choix. Complicité de meurtre, embuscade et ainsi de suite…

– Je ferais peut-être bien de convoquer un procureur.

– Oui. Si vous ne savez pas qui choisir, et si vous n'avez pas promis une grosse affaire à quelqu'un, demandez qu'on vous envoie Roger Goff. C'est une affaire pour lui, et je lui en dois une depuis un certain temps. Lui au moins, il ne foutra pas tout en l'air.

– Je connais Roger. Je vais demander que ce soit lui qui s'en occupe… Je dois également prévenir les gros pontes. Ce n'est pas tous les jours qu'on doit appeler son supérieur pour lui annoncer que non seulement vous avez continué à mener une enquête dont on vous avait officiellement déchargé, mais qu'en plus vous avez arrêté un flic. Pour meurtre, par-dessus le marché.

Bosch sourit. Il n'aurait pas aimé être obligé de passer ce coup de téléphone.

– Cette fois, on est bons pour un gros scandale, dit-il. Encore un sale coup pour la police. Au fait, Jerry et Kiz n'ont rien saisi chez Powers parce que ce n'était pas directement lié à l'affaire, mais ils ont découvert à son domicile des trucs qui font froid dans le dos. Tout un fourbi nazi, des machins sur la supériorité de la race blanche. Vous pouvez en toucher un mot au big boss ; il en fera ce qu'il voudra.

– Merci du tuyau. J'en parlerai à Irving. Je parie qu'il voudra laisser tout ça bien à l'abri de la lumière.

Edgar passa la tête par la porte ouverte.

– Powers dit qu'il a envie de pisser, il peut plus se retenir.

Il s'était adressé à Billets.

– Eh bien, accompagnez-le.

– Laisse-lui les menottes, ajouta Bosch.

– Et comment il va pisser, avec les mains dans le dos ? Comptez pas sur moi pour lui tenir le machin. Pas question !

Billets éclata de rire.

– Attache les menottes devant, dit Bosch. Accorde-moi juste une seconde ; je termine avec le lieutenant et j'arrive.

– OK, je t'attends à la trois.

Edgar ressortit et Bosch le regarda à travers la vitre se diriger vers le couloir menant aux salles d'interrogatoire. Il se retourna ensuite vers Billets qui souriait encore de la réaction comique d'Edgar. Bosch redevint sérieux.

– Au sujet de ce coup de téléphone, dit-il, vous pouvez vous servir de moi.

– Je ne comprends pas.

– Si vous voulez dire que vous n'étiez au courant de rien jusqu'à ce que je vous appelle ce matin pour vous annoncer la mauvaise nouvelle, je suis d'accord.

– Ne soyez pas ridicule. Nous avons élucidé un meurtre et envoyé derrière les barreaux un flic meurtrier. S'ils ne sont pas capables de voir que les bons côtés l'emportent sur les mauvais... qu'ils aillent se faire foutre s'ils ne comprennent pas la plaisanterie.

Bosch sourit.

– Vous êtes super, lieutenant.

– Merci.

– De rien.

– Et je m'appelle Grace.

– OK, Grace.

Bosch songeait à quel point il appréciait le lieutenant Billets alors qu'il suivait le petit couloir conduisant aux salles d'interrogatoire et franchissait la porte ouverte de la salle trois. Edgar finissait d'attacher les menottes aux poignets de Powers. Celui-ci avait maintenant les mains devant.

– Faites-moi une fleur, Bosch, dit Powers. Laissez-moi aller dans les chiottes du hall d'entrée.

– Pourquoi ?

– Pour que personne me voie derrière. J'ai pas envie qu'on me voie comme ça. D'ailleurs, vous pourriez avoir un problème si certaines personnes n'apprécient pas ce spectacle.

Bosch acquiesça. Powers avait raison. S'ils le conduisaient dans les vestiaires, les flics de la salle de garde risquaient de les voir ; il y aurait forcément des questions, peut-être même des réactions de colère de la part de certains flics qui ignoraient la situation. Les toilettes du hall d'entrée étaient des toilettes publiques, mais on était dimanche matin et il était encore tôt, il n'y aurait sans doute personne. Ils pourraient y emmener Powers et le faire sortir sans être vus.

– OK, allons-y, dit Bosch.

Ils le firent passer devant le guichet, puis dans le couloir, devant les bureaux administratifs, vides et fermés pour le week-end. Pendant que Bosch restait avec Powers dans le hall d'entrée, Edgar alla jeter un coup d'œil dans les toilettes.

– C'est bon, il n'y a personne, dit-il en tenant la porte ouverte de l'intérieur.

Bosch suivit Powers, qui se dirigea aussitôt vers le plus éloigné des trois urinoirs. Tandis que Bosch demeurait près de la porte, Edgar alla prendre position de l'autre côté de Powers, devant la rangée de lavabos. Quand il eut fini, Powers se dirigea vers un des lavabos. Bosch remarqua alors que son lacet droit était défait ; Edgar le remarqua également.

– Attache ton lacet, Powers, dit Edgar. Si tu tombes, tu vas abîmer ton joli minois, et j'ai pas envie de t'entendre te lamenter sur des « brutalités policières ».

Powers s'arrêta, regarda le lacet qui traînait sur le sol, puis se tourna vers Edgar.

– D'accord.

Il se lava d'abord les mains, prit une serviette en papier pour les essuyer, puis il coinça le pied droit sur le bord du lavabo pour refaire son lacet.

– Ah, les chaussures neuves, dit Edgar. Les lacets se défont sans cesse, pas vrai ?

Bosch ne voyait pas le visage de Powers, car celui-ci lui tournait le dos. Mais il leva la tête vers Edgar.

– Va te faire foutre, négro.

C'était presque comme s'il avait giflé Edgar, dont le visage fut aussitôt envahi par une expression de répulsion et de colère. Il se retourna vers Bosch, un simple regard pour voir si Bosch avait l'intention de l'empêcher de frapper Powers. Mais c'était juste ce dont avait besoin Powers. Il percuta Edgar de toutes ses forces, le plaquant contre le carrelage blanc du mur. Il leva ses mains attachées ; la gauche se referma sur la chemise d'Edgar, tandis que la droite enfonçait le canon d'une petite arme dans la gorge de l'inspecteur stupéfait.

Bosch avait déjà parcouru la moitié de la distance qui les séparait lorsqu'il aperçut l'arme.

– Recule, Bosch. Arrière, ou tu te retrouves avec un équipier mort. C'est ce que tu veux ?

Powers avait tourné la tête pour regarder Bosch. Ce dernier s'immobilisa et écarta les bras du corps.

– Oui, parfait, dit Powers. Voilà ce que tu vas faire. Tu sors ton arme très lentement et tu la déposes dans le premier lavabo, là-bas.

Bosch ne bougea pas.

– Fais-le ! Tout de suite !

Powers parlait d'un ton autoritaire, mais mesuré, en prenant soin de ne pas élever la voix.

Bosch observa l'arme minuscule que le flic tenait dans sa main. Il reconnut un Raven.25, une arme déjà très appréciée par les flics de la rue du temps où lui-même patrouillait en uniforme. Très petit – on aurait dit un jouet dans la pogne de Powers – mais mortel, il se glissait aisément dans une chaussette ou une botte, et passait quasiment inaperçu sous la jambe du pantalon. Constatant avec effroi que Rider et Edgar n'avaient pas pris la peine de fouiller entièrement Powers, Bosch songeait également qu'une balle tirée par le Raven à bout pourtant ne laisserait aucune chance à Edgar. Son instinct lui déconseillait de se débarrasser de son arme, mais il ne voyait pas d'alternative. Powers était un désespéré, et Bosch savait que les désespérés ne réfléchissent pas. Ils prennent tous les risques. Avec deux doigts, il sortit lentement son arme et la laissa tomber dans le lavabo.

– Très bien, Bosch. Maintenant, couche-toi par terre, sous les lavabos.

Bosch obéit, sans jamais quitter Powers des yeux pendant qu'il s'allongeait sur le sol.

– A ton tour, Edgar, dit Powers. Lâche ton arme.

L'arme d'Edgar heurta le carrelage.

– Maintenant, couche-toi là-dessous avec ton collègue... Très bien.

– C'est de la folie, Powers, dit Bosch. Où voulez-vous aller ? Comment espérez-vous fuir ?

– Qui parle de fuir, Bosch ? Sors tes menottes et attache un bracelet à ton poignet droit.

Quand Bosch se fut exécuté, Powers lui ordonna de passer la chaîne des menottes par-dessus le siphon d'un des lavabos, après quoi, il ordonna à Edgar de refermer l'autre bracelet autour de son poignet droit. Edgar obéit, et Powers sourit.

– C'est parfait. Voilà qui devrait vous retenir quelques minutes. Filez-moi vos clés. Tous les deux. Lancez-les par ici.

Il ramassa le trousseau d'Edgar et s'empressa de défaire ses propres menottes. Il se massa rapidement les poignets pour activer la circulation du sang. Il souriait toujours, mais Bosch se demanda s'il en avait seulement conscience.

– Bon, voyons, dit-il.

Il récupéra l'arme de Bosch dans le lavabo.

– Joli flingue, Bosch. Pas trop lourd, bien équilibré. Mieux que le mien. Tu permets que je te l'emprunte une minute ?

Bosch comprit alors ce qu'il avait l'intention de faire. Il voulait tuer Veronica. Bosch pensa à Kiz assise à la table des homicides, tournant le dos au guichet. Et à Billets dans son bureau. Quand elles l'apercevraient, il serait trop tard.

– Elle n'est pas là, Powers.

– Hein ? Qui ?

– Veronica. C'était une ruse. On ne l'a même pas arrêtée.

Powers resta muet, tandis que son sourire s'évanouissait, remplacé par un air de profonde concentration. Bosch savait ce qu'il pensait.

– Sa voix sur la bande provenait d'un de ses films. Je l'ai recopiée sur la cassette vidéo. Si vous retournez vers les salles d'interrogatoire, c'est un cul-de-sac. Il n'y a personne là-bas, et pas de sortie.

Comme précédemment, Bosch vit la peau se tendre sur le visage de Powers, assombri par l'afflux de sang et la colère, et soudain, de manière inexplicable, son sourire réapparut.

– Tu es un petit malin, Bosch, hein ? Tu voudrais me faire croire qu'elle n'est pas là ? C'est peut-être ça la ruse, justement. Tu vois ce que je veux dire ?

– Non, ce n'est pas une ruse. Elle n'est pas là. On voulait aller l'arrêter après tout ce que vous nous avez raconté. On est montés chez elle, il y a une heure environ, mais elle n'y était pas non plus. Elle a foutu le camp cette nuit.

– Si vous ne l'avez pas amenée ici, comment vous…

– Ça, ce n'était pas une ruse. Le fric et les photos étaient réellement chez vous. Si ce n'est pas vous qui les avez planqués là-bas, c'est elle qui est allée les mettre. Elle vous a piégé. Si vous posiez cette arme pour qu'on puisse tout reprendre à zéro ? Vous faites des excuses à Edgar, et on oublie ce petit incident.

– Oh, je vois. On tire un trait sur la tentative d'évasion, mais je paye pour le meurtre.

– Je vous l'ai dit, on en parlera au procureur. Il y en a un qui doit arriver. C'est un ami. Il sera réglo avec vous. C'est surtout elle qu'on veut.

– Pauvre connard ! hurla Powers, avant de contrôler de nouveau sa voix. Tu ne comprends pas que je veux me la faire ? Tu crois m'avoir eu, hein ? Tu crois que tu m'as fait craquer dans cette pièce ? Tu n'as pas gagné, Bosch. J'ai parlé parce que je voulais parler. En vérité, c'est moi qui t'ai eu, mec, mais tu t'en es pas rendu compte. Tu m'as fait confiance parce que tu avais besoin de moi. Brother, tu n'aurais jamais dû m'enlever ces menottes.

Il marqua une pause, le temps de savourer son triomphe.

– Maintenant, j'ai rendez-vous avec cette salope, et j'y serai, quoi qu'il arrive. Si elle n'est pas là, je la trouverai.

– Elle peut être n'importe où.

– Moi aussi, Bosch, et elle ne me verra pas venir. Désolé, les gars, il faut que je vous laisse.

Il sortit le sac en plastique de la poubelle et le vida sur le sol. Il déposa l'arme de Bosch dans le sac, après quoi, il ouvrit les robinets des trois lavabos, à fond. Le bruit de l'eau créait une cacophonie qui résonnait entre les murs carrelés des toilettes. Il ramassa ensuite l'arme d'Edgar et la déposa, elle aussi, dans le sac-poubelle. Il enroula ce dernier plusieurs fois sur lui-même pour qu'on ne voie pas ce qu'il contenait. Après avoir glissé le Raven dans sa poche de poitrine, pour pouvoir s'en saisir rapidement, il jeta les clés des menottes dans un des urinoirs et actionna toutes les chasses d'eau. Puis, sans même se retourner vers les deux hommes menottés sous le lavabo, il fonça vers la porte.

– Adios, bande d'enfoirés ! lança-t-il par-dessus son épaule, et il disparut.

Bosch se tourna vers Edgar. Même s'ils criaient, il savait qu'il y avait peu de chance qu'on les entende. C'était dimanche, l'aile administrative était déserte. Et dans le bureau des inspecteurs, il n'y avait que Billets et Rider. En outre, le bruit de l'eau couvrirait leurs cris.

Tournant sur lui-même, Bosch appuya ses pieds contre le mur, sous les lavabos. Il agrippa le siphon, afin de se servir de ses jambes comme d'un levier pour tenter d'arracher le tuyau. Mais le siphon était brûlant.

– Le salopard ! hurla Bosch en lâchant prise. Il a fait couler l'eau chaude !

– Qu'est-ce qu'on fait ! Il va foutre le camp !

– Tu as les bras plus longs que moi. Essaye d'atteindre le robinet pour couper l'eau. Elle est trop chaude ; je ne peux pas saisir le tuyau.

Tandis que Bosch enfonçait le bras au maximum dans le coude du siphon, Edgar parvint tout juste à atteindre le robinet. Il lui fallut plusieurs secondes d'efforts pour réduire l'écoulement d'eau à un mince filet.

– Maintenant, ouvre l'eau froide, dit Bosch. Pour refroidir cette saloperie.

Cela prit encore plusieurs secondes, mais Bosch était enfin prêt à faire une nouvelle tentative. Saisissant le tuyau à deux mains, il poussa sur le mur avec ses jambes. Pendant ce temps-là, Edgar referma ses mains sur le tuyau et fit de même. Cet apport musculaire supplémentaire leur permit d'arracher le tuyau à la hauteur du raccordement situé sous le lavabo. L'eau qui continuait de couler dans le lavabo les aspergea tandis qu'ils tiraient sur la chaîne des menottes pour la faire passer par l'interstice. S'étant redressés, ils glissèrent sur le carrelage jusqu'à l'urinoir où Bosch apercevait ses clés, coincées par la grille du conduit d'évacuation. Il s'en empara et parvint, malgré sa fébrilité, à ôter le bracelet de son poignet. Il tendit ensuite les clés à Edgar et se précipita aussitôt vers la porte des toilettes, en pataugeant dans l'eau qui s'était répandue par terre.

– Arrête la flotte ! cria-t-il en ouvrant la porte.

Bosch s'élança dans le couloir et bondit par-dessus le guichet du bureau des inspecteurs. La salle était déserte, et à travers la vitre, il constata que le bureau du lieutenant était vide. Soudain, il entendit de violents martèlements et les cris étouffés de Rider et Billets. Fonçant dans le couloir menant aux salles d'interrogatoire, il découvrit que toutes les portes étaient ouvertes, sauf une. Il comprit que Powers avait vérifié que Veronica Aliso n'était pas là, avant d'enfermer Billets et Rider dans la salle trois. Après avoir ouvert la porte, il retraversa en courant le bureau des inspecteurs pour atteindre l'entrée de derrière du poste de police. Il franchit bruyamment la lourde porte en fer et déboucha dans le parking. Portant instinctivement sa main à son holster vide, il balaya du regard le parking et les rampes du garage. Aucun signe de Powers, mais deux policiers en tenue se tenaient près des pompes à essence. Bosch marcha vers eux.

– Vous avez vu Powers ?

– Ouais, répondit le plus âgé des deux. Il vient juste de partir. Avec notre bagnole ! C'est quoi ce bordel ?

Bosch ne répondit pas. Il ferma les yeux, baissa la tête et s'injuria en silence.

Six heures plus tard, Bosch, Edgar et Rider, tous les trois assis à la table des homicides, suivaient en silence la réunion qui se déroulait dans le bureau du lieutenant. Dans cet espace réduit s'entassaient, comme dans un autobus, Billets, le capitaine LeValley, le chef adjoint Irving, trois enquêteurs des Affaires internes, parmi lesquels se trouvait Chastain, le chef de la police et son conseiller administratif. L'adjoint du procureur, Roger Goff, avait été consulté par téléphone ; Bosch avait entendu sa voix dans le haut-parleur, à travers la porte ouverte. Mais maintenant, la porte du bureau était fermée, et Bosch savait que le groupe était en train de décider du sort des trois inspecteurs qui attendaient à l'extérieur.

Le chef de la police se tenait au centre de la pièce surpeuplée, les bras croisés et la tête baissée. Il était arrivé le dernier, et apparemment, les autres lui exposaient la situation. De temps à autre, il hochait la tête, mais il semblait ne pas dire grand-chose. Bosch savait que leur préoccupation majeure était de régler le problème nommé Powers. Un flic assassin était en liberté. Une déclaration à la presse constituerait un bel exemple d'autoflagellation, mais Bosch ne voyait pas d'autre solution. Ils avaient cherché Powers partout où il pouvait se trouver, sans résultat. La voiture de patrouille qu'il avait réquisitionnée avait été retrouvée abandonnée dans les collines de Fareholm Drive. Tout le monde se demandait où il était allé ensuite. Les équipes de surveillance postées devant chez lui et devant la maison des Aliso, autour du domicile et du bureau de l'avocat Neil Denton, n'avaient pas réussi à le repérer. Le moment était venu de s'adresser aux médias, de faire apparaître le visage du flic félon aux infos de dix-huit heures. Si le chef de la police s'était déplacé, pensa Bosch, c'était parce qu'il avait l'intention de convoquer une conférence de presse. Autrement, il aurait laissé Irving se débrouiller avec cette sale histoire.

Bosch s'aperçut que Rider venait de dire quelque chose.

– Pardon ?

– Je te demandais ce que tu allais faire de ton temps libre.

– Je ne sais pas. Ça dépend de ce qu'ils nous infligent. Si c'est juste quinze jours de suspension, j'en profiterai pour finir les travaux chez moi. Si ça dépasse un mois, il faudra que je trouve un moyen de gagner du fric.

Une période de suspension durait généralement quinze jours. Mais elles pouvaient se cumuler en cas de délit grave. Or, Bosch était convaincu que le chef de la police ne se contenterait pas de quelques courtes suspensions.

– Dis, Harry, tu crois qu'il va nous virer ? demanda Edgar.

– Ça m'étonnerait. Mais tout dépend de la façon dont ils lui présentent les choses.

Bosch se retourna vers la vitre du bureau juste au moment où le chef de la police le regardait. Celui-ci détourna vivement la tête ; mauvais signe. Bosch ne l'avait encore jamais rencontré, et ne pensait pas en avoir l'occasion un jour. C'était un type de l'extérieur, auquel on avait fait appel pour calmer le jeu. Non pas parce qu'il possédait des talents particuliers d'administrateur, mais parce qu'ils avaient besoin de quelqu'un de l'extérieur. C'était un gros Noir qui portait la majeure partie de son poids autour de la taille. Les flics qui ne l'aimaient pas, et ils étaient nombreux, le surnommaient Chef Mud Slide[1]. Bosch ignorait comment l'appelaient les flics qui l'aimaient bien.

– Je voulais juste que tu saches que j'étais désolée, Harry, dit Rider.

– Désolée pour quoi ?

– D'être passée à côté du flingue. Pourtant, j'ai fouillé ce salaud de Powers ; je l'ai palpé de haut en bas, mais je n'ai rien remarqué. Je ne comprends pas.

– Ce flingue est si petit qu'il a pu le glisser dans sa botte, dit Bosch. Tu n'es pas la seule responsable, Kiz. Jerry et moi, on a merdé dans les chiottes ; on aurait dû le surveiller de plus près.

Rider acquiesça, mais Bosch voyait bien qu'elle était triste. En levant la tête, il constata que la réunion était sur le point de s'achever dans le bureau du lieutenant. Le chef de la police et son assistant sortirent les premiers, suivis de LeValley et des types des AI, en file indienne, et tous quittèrent le poste par l'entrée principale. Si leurs voitures étaient garées dans le parking derrière le commissariat, cela les obligeait à faire un détour, et ça signifiait qu'ils ne voulaient pas

1. *Mud slide* : coulée de boue *(NdT)*.

passer devant la table des homicides où se trouvaient Bosch et ses deux collègues. Encore un mauvais signe, se dit-il.

Seuls Irving et Billets demeurèrent dans le bureau. Billets se tourna vers Bosch et leur fit signe à tous les trois de venir. Ils se levèrent et avancèrent sans précipitation. Edgar et Rider prirent un siège, Bosch demeura debout.

– A vous, chef, dit Billets en donnant la parole à Irving.

– Bien. Je vous l'annonce comme on vient de me l'annoncer.

Il consulta la feuille sur laquelle il avait pris quelques notes.

– Pour avoir mené une enquête sans y être autorisé, et pour ne pas avoir suivi la procédure concernant la fouille et le transport d'un prisonnier, chacun de vous est suspendu sans solde pendant un mois et suspendu avec solde pendant un autre mois. Consécutifs. Et bien entendu, un blâme figurera dans votre dossier. Conformément à la procédure, vous pouvez faire appel de cette décision devant une commission.

Il marqua une pause. La sanction était plus lourde que ne l'avait imaginé Bosch, mais celui-ci ne laissa rien paraître sur son visage. Il entendit Edgar soupirer bruyamment. En ce qui concernait la possibilité de faire appel, une sanction disciplinaire prise par le chef de la police était rarement cassée. Pour ce faire, deux des trois capitaines de la commission devaient voter contre l'avis de leur supérieur. Désavouer un enquêteur des Affaires internes, c'était une chose, désavouer le chef de la police, c'était un suicide politique.

– Toutefois, reprit Irving, ces mesures disciplinaires sont provisoirement suspendues par décision du chef de la police, dans l'attente de nouveaux développements et d'une nouvelle évaluation du contexte.

Il y eut un moment de silence, le temps que sa dernière phrase soit enregistrée.

– Qu'est-ce que ça signifie ? demanda Edgar.

– Ça signifie que le chef vous offre un répit, dit Irving. Il veut voir comment les choses évoluent dans les tout prochains jours. Chacun de vous devra venir travailler demain et continuer l'enquête. Nous avons contacté le bureau du procureur. Ils sont d'accord pour poursuivre Powers. Pour commencer, vous leur apporterez le dossier dès demain. On a passé le mot, et le chef de la police va faire une déclaration à la presse dans quelques heures. Avec de la chance, on mettra la main sur ce type avant qu'il retrouve la veuve, ou qu'il fasse d'autres dégâts. Et avec de la chance vous aurez peut-être de la chance vous aussi, tous les trois.

– Puisqu'on parle de Veronica Aliso, ils n'ont pas l'intention de la poursuivre ?

– Pas pour l'instant. Pas avant d'avoir récupéré Powers. Goff affirme que sans Powers les aveux enregistrés ne valent rien. Il ne pourra pas les utiliser contre Veronica Aliso si Powers n'est pas à la barre pour confirmer, et si elle ne peut pas être confrontée à un témoin à charge.

Bosch regarda le sol à ses pieds.

– Autrement dit, sans Powers, elle est tirée d'affaire.

– On dirait.

Bosch hocha la tête.

– Qu'est-ce qu'il va dire ? Je parle du chef de la police.

– Il va dire les choses telles qu'elles sont. Par certains côtés, vous aurez le beau rôle, beaucoup moins à d'autres moments. Dans l'ensemble, ça ne sera pas une bonne journée pour la police.

– C'est pour cette raison qu'on écope de deux mois de suspension ? Parce qu'on est les messagers de la mauvaise nouvelle ?

Irving l'observa longuement, la mâchoire crispée, avant de parler :

– Répondre à cette question serait lui faire trop d'honneur.

Il se tourna alors vers Rider et Edgar.

– Vous pouvez disposer tous les deux. Nous n'avons plus besoir de vous. Par contre, j'ai une affaire à régler avec l'inspecteur Bosch

Bosch regarda partir ses collègues, en se préparant à subir la fureur d'Irving, provoquée par sa dernière remarque. Il ne savait même pas pourquoi il avait dit ça. Il savait qu'il provoquerait le chef adjoint

Mais dès que Rider eut refermé la porte du bureau, Irving aborda un autre sujet.

– Inspecteur, sachez que j'ai déjà contacté les fédéraux ; tout est arrangé de ce côté-là.

– C'est-à-dire ?

– Je leur ai expliqué qu'avec les événements survenus aujourd'hui, il devenait évident – parfaitement évident – qu'on ne pouvait plus vous accuser d'avoir dissimulé vous-même cette preuve au domicile de leur agent. Je leur ai dit que le coupable était Powers, et que nous pouvions mettre fin à cet aspect particulier de l'enquête interne concernant votre conduite.

– Parfait, chef. Merci.

Pensant que tout était dit, Bosch fit un pas vers la porte.

– Encore une chose, inspecteur.

Bosch se retourna.

– Ayant évoqué cette affaire avec le chef de la police, il m'a fait part d'une autre préoccupation.

– De quoi s'agit-il ?

– L'enquête entreprise par l'inspecteur Chastain a fait apparaître des informations annexes concernant vos relations avec une criminelle. J'avoue être troublé moi aussi. J'aimerais obtenir de vous l'assurance que tout cela va prendre fin. Et j'aimerais transmettre cette assurance au chef de la police.

Bosch ne répondit pas immédiatement.

– Désolé, dit-il enfin, mais je ne peux pas vous la donner.

Irving regarda ses pieds. Les muscles puissants de sa mâchoire se contractaient.

– Vous me décevez, inspecteur Bosch. Cette administration a fait énormément pour vous. Moi aussi. Je vous ai soutenu dans des situations délicates. Vous n'avez jamais eu un caractère facile, mais vous possédez un certain talent dont, selon moi, cette police et cette ville ont grand besoin. Et je pense que vous êtes digne d'être défendu. Voulez-vous courir le risque de vous mettre tout le monde à dos, moi et d'autres personnes de cette administration ?

– Non, pas particulièrement.

– Alors, suivez mon conseil et prenez la bonne décision, mon gars. Vous savez de quoi je parle. Je n'en dirai pas plus.

– Bien, monsieur.

– Ce sera tout.

En arrivant chez lui, Bosch découvrit une Ford Escort poussiéreuse garée le long du trottoir, juste devant. Immatriculée dans le Nevada. Il entra, Eleanor était installée à la table de la salle à manger, en train de consulter les petites annonces du *Sunday Times*. Une cigarette se consumait dans le cendrier posé près du journal, et elle se servait d'un feutre noir pour entourer les annonces. En découvrant cette scène, Bosch sentit son cœur s'emballer. Si Eleanor cherchait un travail, se disait-il, ça signifiait qu'elle avait sans doute l'intention de rester, de s'installer à L.A., avec lui. Pour couronner le tout, il flottait dans la maison une délicieuse odeur de restaurant italien, chargée en ail.

Contournant la table, il posa la main sur son épaule et déposa un baiser timide sur sa joue. Elle lui tapota la main. Mais, en se redressant, Bosch remarqua qu'elle consultait en réalité les annonces immobilières pour des studios meublés à Santa Monica, et non pas les offres d'emploi.

– Qu'est-ce qui mijote ? demanda-t-il.

– Ma sauce de spaghettis. Tu t'en souviens ?

Il hocha la tête, mais en vérité, il ne s'en souvenait pas. Ses souvenirs des jours qu'ils avaient passés ensemble, cinq ans plus tôt, étaient tous centrés sur elle, leurs moments d'intimité, et ce qui s'était passé ensuite.

– Alors, comment c'était à Las Vegas ? demanda-t-il, juste pour dire quelque chose.

– Comme à Las Vegas. C'est le genre d'endroit qu'on ne regrette pas. Si je n'y retourne jamais, ça ne me manquera pas.

– Tu cherches un appart' ici ?

– Je pensais que je pouvais déjà commencer à prospecter.

Elle avait vécu à Santa Monica. Bosch se souvenait de son appartement, avec le balcon dans la chambre. On y sentait l'odeur de la mer, et, en se penchant par-dessus la balustrade, on pouvait même l'apercevoir, tout au bout d'Ocean Boulevard. Il savait qu'Eleanor n'avait plus les moyens de s'offrir ce genre de luxe. Sans doute cherchait-elle une location à l'est de Lincoln.

– Rien ne presse, tu sais, dit-il. Tu peux rester ici. La vue est belle, c'est tranquille. Pourquoi tu ne… je ne sais pas… Prends ton temps.

Elle leva les yeux vers lui, et décida finalement de ne pas dire ce qu'elle s'apprêtait à dire.

– Tu veux une bière ? demanda-t-elle à la place. J'en ai racheté. Elles sont dans le frigo.

Il répondit par l'affirmative, lui offrant ainsi la possibilité de s'esquiver, pour le moment, et se rendit dans la cuisine. En voyant le pot en terre posé sur le plan de travail, il se demanda si elle l'avait acheté ou si elle l'avait rapporté de Las Vegas. Il sourit en ouvrant le réfrigérateur. Décidément, elle le connaissait bien. Elle avait acheté des bouteilles de Henry Weinhard. Il en prit deux qu'il emporta dans la salle à manger. Il en déboucha une et la lui tendit, avant de décapsuler la sienne. Tous les deux voulurent parler en même temps.

– Pardon, dit-elle, vas-y.

– Non, toi d'abord.

– Tu es sûr ?

– Oui. Qu'y a-t-il ?

– Je voulais juste te demander comment ça s'était passé aujourd'hui.

– Bien et mal. On a réussi à faire parler le type et il a tout raconté. Il a dénoncé la veuve.

– La femme de Tony Aliso ?

– Oui. Au départ, l'idée venait d'elle. D'après lui, du moins. Las Vegas n'était qu'une fausse piste.

– Excellent. Et la mauvaise nouvelle ?

– Pour commencer, le type en question est flic et...

– Oh, merde !

– Comme tu dis, mais ce n'est pas tout. Il nous a filé entre les doigts ce matin.

– Filé entre les doigts ? Qu'entends-tu par là ?

– Je veux dire qu'il s'est enfui. Il s'est barré du poste. Il avait planqué un petit pistolet, un Raven, dans sa chaussure. On ne s'en est pas aperçu quand on l'a embarqué. Edgar et moi, on l'a conduit aux chiottes ; il a dû réussir à marcher sur son lacet en chemin. Volontairement. Quand Edgar s'en est aperçu et lui a conseillé de refaire son lacet, il a sorti son flingue. Il s'est barré, il est sorti par le parking et a piqué une voiture de patrouille. Il avait encore son uniforme.

– Nom de Dieu ! Et ils ne l'ont pas encore retrouvé ?

– Ça s'est passé il y a huit heures. Il est dans la nature.

– Où peut-il aller à bord d'une voiture de flic et en uniforme ?

– Il a abandonné la bagnole – ils l'ont déjà localisée – et où qu'il se trouve je doute qu'il ait conservé son uniforme. Apparemment, c'était un militant d'extrême-droite, un partisan de la suprématie de la race blanche, ce genre de conneries. Il connaît certainement des gens qui peuvent lui filer des vêtements, sans poser de questions.

– Sacré flic, dis donc.

– En effet. C'est drôle. C'est lui qui a découvert le corps la semaine dernière. C'était dans son secteur. Et parce que c'était un flic, je n'ai pas réfléchi. Dès les premières minutes, j'ai senti que c'était un sale con, mais pour moi ce n'était rien d'autre que le flic qui avait découvert le macchabée. Il avait dû prévoir le coup. Il avait tout calculé pour qu'on soit pressés par le temps, ce soir-là. Il a été malin.

– Ou bien c'est elle.

– Oui. C'est certainement elle, en effet. En tout cas, je suis plus... agacé ou déçu de ne pas avoir fait suffisamment attention à lui, ce premier jour, que de l'avoir laissé filer aujourd'hui. J'aurais dû me méfier de lui. Très souvent, la personne qui découvre le corps est également le meurtrier. Mais j'ai été aveuglé par son uniforme.

Elle se leva et avança vers lui. Elle noua ses bras autour de son cou, en lui souriant.

– Tu l'auras. Ne t'en fais pas.

Ils s'embrassèrent.

– Au fait, que voulais-tu dire ? demanda-t-elle. Quand on a parlé tous les deux en même temps.

– Oh… j'ai oublié.

– Ça ne devait pas être très important.

– Je voulais te demander de rester ici avec moi.

Eleanor appuya sa tête contre son torse pour qu'il ne voie pas ses yeux.

– Harry…

– Juste à titre d'essai. J'ai l'impression que… c'est un peu comme si cette séparation n'avait pas eu lieu. J'ai envie… d'être avec toi. Je peux veiller sur toi. Tu te sentiras en sécurité, et tu auras tout le temps que tu veux pour prendre un nouveau départ ici. Trouver un boulot, ou faire ce que tu as envie de faire.

Elle se recula et le regarda au fond des yeux. A cet instant, l'avertissement formulé par Irving était bien loin dans l'esprit de Bosch. La seule chose qu'il désirait, c'était la garder près de lui, et il ferait tout ce qu'il fallait pour ça.

– Beaucoup d'eau est passée sous les ponts, Harry. On ne peut pas brusquer les choses.

Il acquiesça et baissa les yeux. Il savait qu'elle avait raison, mais il s'en moquait.

– C'est toi que je veux, Harry. Personne d'autre. Mais je veux prendre mon temps. Je veux qu'on soit sûrs. L'un et l'autre.

– J'en suis sûr, je le sais.

– C'est ce que tu crois.

– Santa Monica, c'est loin d'ici.

Elle sourit, puis elle se mit à rire.

– Dans ce cas, tu seras obligé de passer la nuit là-bas quand tu viendras me voir.

Ils s'étreignirent longuement.

– Tu sais me faire oublier un tas de choses, lui murmura Bosch dans l'oreille.

– Toi aussi, Harry.

Pendant qu'ils faisaient l'amour, le téléphone sonna, mais la personne qui était au bout du fil ne laissa pas de message quand le répondeur se mit en marche. Un peu plus tard, lorsque Bosch ressortit de la douche, Eleanor l'informa que le téléphone avait sonné de nouveau, mais qu'il n'y avait toujours pas de message.

Finalement, alors qu'elle faisait bouillir de l'eau pour les pâtes, le téléphone sonna une troisième fois, et Bosch décrocha avant que le répondeur ne se déclenche.

– Bosch ?

– Oui. Qui est-ce ?

– Roy Lindell. Vous vous souvenez de moi, Luke Goshen ?

– Oui, je me souviens de vous. C'est vous qui avez déjà appelé deux fois ?

– Ouais. Pourquoi vous n'avez pas décroché ?

– J'étais occupé. Que puis-je pour vous ?

– Alors comme ça, c'était la gonzesse.

– Quoi ?

– La femme de Tony.

– Eh oui.

– Vous le connaissiez, ce Powers ?

– Non, pas vraiment. Je l'avais croisé.

Bosch ne voulait rien lui dire qu'il ne sache déjà.

A l'autre bout du fil, Lindell poussa un profond soupir de lassitude.

– Un jour, Tony m'a avoué qu'il avait plus peur de sa femme que de Joey Marks.

– Ah bon ? s'exclama Bosch, soudain intéressé. Il a dit ça ? Quand ?

– Je ne sais pas. Un soir où on bavardait tous les deux au club. Je me souviens que la boîte était fermée. Il attendait Layla et on discutait.

– Merci mille fois de m'en avoir parlé, ironisa Bosch. Qu'a-t-il dit à part ça ?

– Hé, mieux vaut tard que jamais, non ? Avant, je ne pouvais pas vous le dire de toute façon. Je jouais mon personnage, et dans ces circonstances, on ne parle pas aux flics. Et ensuite… eh bien, j'ai cru que vous essayiez de m'entuber. Donc, pas question de vous dire quoi que ce soit.

– Et maintenant, vous avez changé d'avis.

– Exact. Écoutez, Bosch, la plupart des types dans mon cas ne s'occuperaient pas de vous. Moi, je vous appelle. Vous croyez qu'un autre agent du FBI viendrait vous dire qu'on s'est peut-être trompés à votre sujet ? Jamais de la vie ! Mais j'aime votre style. On vous débarque de l'enquête, et qu'est-ce que vous faites ? Vous revenez à la charge de plus belle ! Et en plus, vous trouvez le coupable ! Pour faire ça, il faut des couilles et de la classe, Bosch. J'admire.

– Vraiment ? C'est formidable, Roy. Que vous a dit Tony au sujet de sa femme à part ça ?

– Pas grand-chose. Juste que c'était une femme froide. Et qu'elle le tenait par les couilles. Pris au piège, qu'il était. Il ne pouvait pas divorcer sans perdre la moitié de ses billes, et sans qu'elle se dépêche d'aller raconter tout ce qu'elle savait sur ses affaires et ses associés... si vous voyez ce que je veux dire.

– Pourquoi n'a-t-il pas demandé à Joey Marks de la liquider, tout simplement ?

– Parce qu'elle connaissait Joey depuis longtemps, je suppose, et que Joey l'aimait beaucoup. En fait, c'était même Joey qui la lui avait présentée dans le temps. Tony savait que s'il allait trouver Joey, ça risquait de revenir aux oreilles de sa femme. Par ailleurs, s'il s'adressait à quelqu'un d'autre, il devrait rendre des comptes à Joey. Joey avait toujours le dernier mot pour ce genre de choses, et il n'aurait jamais toléré que Tony soit mêlé à une affaire qui risquait de mettre en danger toute l'opération de blanchiment.

– A votre avis, elle connaissait bien Joey Marks ? Vous pensez qu'elle pourrait être retournée auprès de lui ?

– Impossible. Elle a tué la poule aux œufs d'or. Tony offrait de l'argent propre à Joey. Or, celui-ci est fidèle au fric avant tout.

Bosch resta muet un instant, tout comme Lindell.

– Qu'est-ce que vous allez devenir maintenant ? demanda Bosch.

– Vous parlez de mon enquête ? Je retourne à Las Vegas dès ce soir. Je comparais devant le grand jury demain matin. A mon avis, ça va durer au moins deux semaines. Mais j'ai plein de bonnes histoires à leur raconter. D'ici Noël, on devrait avoir épinglé et coffré Joey et sa bande.

– J'espère que vous emmenez vos gardes du corps.

– Rassurez-vous, je ne suis pas seul.

– Bonne chance, Lindell. Conneries mises à part, j'aime bien votre style, moi aussi. Mais laissez-moi vous poser une question : pourquoi est-ce que vous m'avez parlé de la planque de Joey et des Samoans ? Ça ne collait pas avec votre personnage.

– Je n'avais pas le choix, Bosch. Vous me foutiez la trouille.

– Vous pensiez vraiment que j'allais vous buter ?

– Je n'en savais trop rien, mais je n'étais pas très inquiet à ce sujet. Des gens veillaient sur moi sans que vous le sachiez. Par contre, j'étais certain qu'ils risquaient de buter la fille. Et, en tant qu'agent fédéral, il était de mon devoir d'essayer d'empêcher ça. Alors, je vous en ai parlé. D'ailleurs, j'ai été surpris que vous n'ayez pas deviné que j'étais un agent infiltré à ce moment-là.

– L'idée ne m'a jamais effleuré. Vous étiez parfait.

– Disons que j'ai réussi à berner les gens que je devais berner. Bon, à un de ces jours, Bosch.

– Entendu. Oh, Lindell ?

– Quoi ?

– Joey Marks soupçonnait-il Tony Aliso de lui piquer du fric ?

Lindell répondit en riant.

– Vous ne renoncez jamais, hein, Bosch ?

– Non, faut croire.

– Ce renseignement fait partie de l'enquête, et je ne peux pas en parler. Officiellement.

– Et entre nous ?

– Entre nous, ce n'est pas moi qui vous l'ai dit et on ne s'est jamais parlé. Mais pour répondre à votre question, Joey Marks était convaincu que tout le monde se sucrait sur son dos. Il ne faisait confiance à personne. Chaque fois que je devais porter un micro sur moi quand j'étais avec lui, je crevais de trouille. A tout moment, il était capable de vous palper la poitrine. J'ai passé plus d'un an à ses côtés, et il continuait à me faire le coup de temps en temps. J'étais obligé de planquer le micro sous mon aisselle. Essayez donc d'arracher le sparadrap après ! L'horreur.

– Et Tony ?

– J'y arrive. Bien évidemment, Joey le soupçonnait de détourner du fric. Et il me soupçonnait, moi aussi. Mais comprenez bien : c'était autorisé, dans une certaine limite. Joey savait bien que tout le monde doit gagner un peu de fric pour être heureux. Mais peut-être estimait-il que Tony prélevait plus que sa part. Il ne m'en a jamais rien dit, mais je sais qu'il l'a fait suivre au moins deux fois jusqu'ici à L.A. Et il avait quelqu'un qui le renseignait à la banque de Tony à Beverly Hills. Il recevait les doubles des relevés mensuels.

– Ah bon ?

– Comme ça, il était informé en cas de dépôt suspect.

Bosch avait beau réfléchir, il ne voyait pas d'autre question.

– Pourquoi vous me demandez ça, Bosch ?

– Oh, une idée comme ça. D'après Powers, la veuve lui a dit que Tony avait réussi à détourner deux millions. Planqués quelque part.

Lindell émit un sifflement au bout du fil.

– Ça me paraît énorme, Bosch. J'ai l'impression que Joey s'en serait aperçu et qu'il aurait rapidement réglé son compte à Tony C'était très au-dessus de la limite autorisée.

– C'est une somme accumulée au fil des ans. Tony a pu amasser son magot petit à petit. De plus, il blanchissait également de l'argent pour certains amis de Joey, à Chicago et en Arizona, souvenez-vous Peut-être qu'il les arnaquait eux aussi.

– Tout est possible. Tenez-moi au courant si jamais il y a du nouveau de ce côté-là. Mon avion m'attend.

– Encore une chose.

– Il faut que je file à Burbank, Bosch.

– Avez-vous déjà entendu parler d'un type de Vegas qui s'appelle John Galvin ?

Galvin était le nom de la dernière personne à avoir rendu visite à Veronica Aliso la nuit où elle avait disparu. Il y eut un moment de silence au bout du fil, avant que Lindell réponde finalement que ce nom lui était inconnu. Mais Bosch entendit surtout ce silence.

– Vous êtes sûr ?

– Écoutez, je vous dis que je n'ai jamais entendu parler de ce type, OK ? Il faut que j'y aille.

Après avoir raccroché, Bosch ouvrit son attaché-case sur la table de la salle à manger et sortit un carnet pour y jeter quelques notes sur ce que lui avait dit Lindell. Eleanor émergea de la cuisine avec des couverts et des serviettes.

– Qui était-ce ?

– Lindell.

– Qui ?

– L'agent qui se faisait appeler Luke Goshen.

– Que voulait-il ?

– S'excuser, je suppose.

– C'est rare. Les gens du Bureau n'ont pas l'habitude de s'excuser, pour quoi que ce soit.

– Ce n'était pas un coup de téléphone officiel.

– Ah, je vois. La célébration des liens virils.

Bosch ne put s'empêcher de sourire tant c'était juste.

– C'est quoi, ça ? demanda-t-elle en posant les couverts pour prendre la cassette de *Victimes du désir* qui était dans l'attaché-case de Bosch. Oh, c'est un des films de Tony Aliso ?

– Exact. Une partie de son héritage hollywoodien. C'est un de ceux dans lesquels joue Veronica. J'ai oublié de rendre la cassette à Kiz.

– Tu l'as déjà regardée ?

Bosch acquiesça.

– J'aurais bien aimé la voir. Ça t'a plu ?

– C'est très mauvais, mais on peut la regarder ce soir, si ça t'amuse.

– Tu es sûr que ça ne t'ennuie pas ?

– Certain.

Au cours du dîner, Bosch lui relata les derniers détails de l'affaire. Eleanor posa quelques questions et, finalement, ils plongèrent dans un silence confortable. La sauce bolonaise d'Eleanor était fantastique et Bosch brisa le silence pour complimenter la cuisinière. Elle avait débouché une bouteille de vin rouge qui était excellent, et il lui en fit aussi la remarque.

Après le repas, ils laissèrent la vaisselle dans l'évier et s'installèrent dans le salon pour regarder la cassette. Bosch avait posé le bras sur le dossier du canapé ; sa main frôlait le cou d'Eleanor. Finalement, il se lassa rapidement de revoir ce film et son esprit se mit à dériver, tandis qu'il repensait aux événements de la journée. Ce fut la question de l'argent qui retint le plus longtemps son attention. Était-il déjà entre les mains de Veronica, ou bien devait-elle aller le récupérer quelque part ? Pas dans une banque de Los Angeles, en tout cas. Ils avaient déjà vérifié tous les comptes des agences locales.

Restait Las Vegas. La liste des déplacements de Tony Aliso indiquait qu'au cours des dix derniers mois il avait navigué uniquement entre Las Vegas et Los Angeles. S'il possédait une caisse noire, il fallait qu'il puisse y avoir accès. Donc, si l'argent n'était pas ici, il était forcément là-bas. Étant donné que Veronica n'avait pas quitté son domicile avant cette nuit, Bosch en déduisit qu'elle n'avait pas encore récupéré l'argent.

La sonnerie du téléphone interrompit ses cogitations. S'arrachant au canapé, il alla répondre dans la cuisine pour ne pas déranger Eleanor qui regardait le film. C'était Hank Meyer qui l'appelait du Mirage, mais ce n'était pas la voix de Hank Meyer. C'était celle d'un petit garçon terrorisé.

– Puis-je avoir confiance en vous, inspecteur Bosch ?

– Évidemment, Hank. Qu'y a-t-il ?

– Il s'est passé quelque chose. Et euh... à cause de vous, je sais un truc que je devrais pas savoir, je crois. J'aimerais que toute cette histoire... Je ne sais pas ce que...

– Attendez, attendez. Calmez-vous, Hank, et expliquez-moi ce qui ne va pas. Mais surtout, restez calme. Racontez-moi tout et on va arranger ça. Quel que soit le problème, on va le régler.

– Je suis au bureau. Ils m'ont appelé chez moi parce que j'avais signalé à l'ordinateur le ticket de pari de votre victime.

– Oui.

– Eh bien, quelqu'un est venu l'encaisser ce soir.

– Bon. Qui donc ?

– Vous voyez, j'avais placé un fanion « Fisc ». Ça signifie que le caissier devait demander un permis de conduire et un numéro de sécurité sociale, pour des histoires d'impôts, vous comprenez. Même si le ticket ne valait que trois mille cinq cents dollars, j'avais placé un fanion.

– D'accord, d'accord. Et qui est venu encaisser le ticket ?

– Un dénommé John Galvin. Il a donné une adresse à Las Vegas.

Appuyé sur le plan de travail de la cuisine, Bosch pressa le combiné contre son oreille.

– Quand était-ce ? demanda-t-il.

– Ce soir, à vingt heures trente. Il y a moins de deux heures.

– Mais qu'est-ce qui vous met dans cet état, Hank ?

– J'avais laissé des instructions sur l'ordinateur pour qu'on me prévienne chez moi dès que ce ticket serait présenté à l'encaissement. Ils m'ont donc contacté. J'arrive au casino et là on me donne le nom du gars pour que je puisse vous prévenir en quatrième vitesse, puis je monte dans la salle de surveillance. Je voulais d'abord voir à quoi ressemblait ce John Galvin, au cas où on aurait une image nette de lui.

Il s'arrêta. Lui faire dire ce qu'il savait allait être aussi facile que de lui arracher une dent.

– Et alors ? insista Bosch. Qui était-ce, Hank ?

– On a une image bien nette sur la bande. Il se trouve que je connais ce John Galvin, mais pas sous ce nom-là. Comme vous le savez, une de mes fonctions consiste à servir d'intermédiaire avec les forces de l'ordre, à maintenir de bonnes relations et apporter mon aide chaque fois que…

– Oui, Hank, je sais. Alors, qui est-ce ?

– J'ai visionné la bande. L'image est parfaite. John Galvin est un type que je connais. Il appartient à la police urbaine, il est même capitaine. Il s'appelle…

– John Felton.

– Comment le…

– Je le connais moi aussi. Écoutez-moi bien, Hank. Vous ne m'avez rien dit, d'accord ? On ne s'est pas parlé. C'est préférable ainsi. Pour votre sécurité. Vous avez compris ?

– Oui, mais… qu'est-ce qui va se passer ?

– Ne vous inquiétez pas. Je m'occupe de tout, aucun membre de la police ne sera au courant. OK ?

– Oui… OK. Mais je…

– Il faut que je raccroche, Hank. Merci mille fois, je vous dois un service.

Dès qu'il eut raccroché, Bosch appela les renseignements pour avoir le numéro du comptoir de la compagnie Southwest Airlines à l'aéroport de Burbank. Il savait que Southwest et America West assuraient la majorité des vols à destination de Las Vegas, et que ces deux compagnies partageaient le même terminal. Il appela la Southwest et demanda qu'on aille chercher Roy Lindell. Pendant qu'il attendait, il consulta sa montre. Plus d'une heure s'était écoulée depuis qu'il avait parlé avec Lindell au téléphone, mais il pensait que celui-ci n'était pas aussi pressé qu'il avait voulu le lui faire croire. Il avait trouvé ce prétexte pour mettre fin à la conversation.

Une voix au bout du fil lui demanda à qui il voulait parler. Bosch répéta le nom de Lindell et on le pria de ne pas quitter. Après deux déclics, il entendit la voix de l'agent fédéral.

– Roy, j'écoute. C'est pour quoi ?

– Espèce de salopard !

– Qui est à l'appareil ?

– John Galvin n'est autre que John Felton, et vous le saviez !

– Bosch ? Qu'est-ce que ça signifie ?

– Felton est l'informateur de Joey à l'intérieur de la police urbaine de Las Vegas. Vous le saviez, car vous faisiez partie de la bande. Quand Felton agit pour le compte de Marks, il se fait appeler John Galvin. Et ça aussi, vous le saviez.

– Je ne peux pas parler de ça, Bosch. Tout cela fait partie de notre…

– Je me contrefous de votre enquête. Il faut savoir dans quel camp vous êtes, mon vieux. Felton a embarqué Veronica Aliso hier soir. Ça veut dire qu'elle est entre les mains de Joey Marks.

– De quoi parlez-vous ? Vous débloquez.

– Ils sont au courant des détournements d'argent, vous n'avez donc pas pigé ? Joey veut récupérer son fric, et ils vont faire cracher le morceau à la veuve.

– Comment savez-vous tout ça ?

– Je le sais, c'est tout.

Une idée lui traversa l'esprit tout à coup, et il jeta un œil dans le salon. Eleanor continuait de regarder le film ; elle se retourna vers lui et haussa les sourcils d'un air interrogateur. Bosch secoua la tête pour montrer qu'il était en colère après son correspondant.

– Je pars pour Vegas, Lindell, dit-il. Et je crois savoir où les trouver. Vous voulez faire participer vos collègues du FBI ? Je ne peux évidemment pas prévenir la police urbaine.

– Qu'est-ce qui vous prouve que la veuve est là-bas ?

– Elle a envoyé un message de détresse. Alors, vous êtes de la partie, oui ou non ?

– D'accord, Bosch. Je vais vous filer un numéro. Dès que vous arrivez à Vegas, appelez-nous.

Après avoir raccroché, Bosch retourna dans le living. Eleanor avait arrêté la cassette.

– Je ne peux pas continuer à regarder ça ; c'est trop nul. Que se passe-t-il ?

– Le jour où tu as suivi Tony Aliso dans Vegas, tu m'as dit qu'il était allé dans une banque avec sa petite amie, n'est-ce pas ?

– Exact.

– C'était quelle banque ? Et où ?

– Je, euh… c'était dans Flamingo, à l'est du Strip, à l'est de Paradise Road. Mais je ne me souviens pas du nom de… Silver State National peut-être. Oui, c'est ça. Silver State.

– La Silver State dans Flamingo, tu en es sûre ?

– Oui, c'est ça.

– Et il t'a semblé que la fille ouvrait un compte ?

– Oui, mais ce n'est pas une certitude. C'est ça le problème des filatures à une seule personne. C'était une petite succursale et je ne pouvais pas traîner trop longtemps à l'intérieur. On aurait dit que la fille signait des documents et Tony, lui, se contentait de regarder. Mais j'ai été obligée de ressortir au bout d'un moment et d'attendre dehors jusqu'à ce qu'ils aient terminé. N'oublie pas que Tony me connaissait. Si jamais il me voyait, la filature était foutue.

– OK. J'y vais.

– Ce soir ?

– Oui, ce soir. Mais je dois d'abord passer quelques coups de téléphone.

Il retourna dans la cuisine pour appeler Grace Billets. Pendant qu'il lui répétait ce qu'il venait d'apprendre et lui confiait son intuition, il se fit du café. Ayant reçu l'autorisation d'effectuer ce déplacement, il appela Edgar, puis Rider, et leur donna à tous les deux rendez-vous au commissariat de Hollywood une heure plus tard.

Il se versa une tasse de café et s'adossa contre le comptoir de la cuisine, absorbé dans ses pensées. Felton... Il lui semblait qu'il y avait une contradiction quelque part. Si le capitaine Felton était l'homme de la mafia au sein de la police urbaine, pourquoi paraissait-il si impatient d'arrêter Goshen après avoir eu la confirmation que les empreintes apportées par Bosch étaient bien les siennes ? Après réflexion, Bosch parvint à la conclusion suivante : Felton avait vu là l'occasion idéale pour mettre Goshen sur la touche. Sans doute pensait-il, ou savait-il, qu'il augmenterait son pouvoir et son crédit auprès de Marks si Goshen se retrouvait en prison. Ou peut-être visait-il encore plus haut ? Peut-être espérait-il orchestrer la chute de Joey Marks en faisant arrêter Goshen, et se retrouver ensuite en position de jouer un rôle plus important au sein de la pègre de Las Vegas.

Bosch avala une gorgée de café brûlant et mit cette question de côté. Il espérait avoir l'occasion de la poser à Felton en personne. Il retourna dans le living. Eleanor était toujours assise dans le canapé.

– Tu t'en vas ?

– Oui. Il faut que je passe chercher Jerry et Kiz.

– Pourquoi ce soir ?

– Je dois absolument être sur place avant l'ouverture de la banque demain.

– Tu penses que Veronica est là-bas ?

– C'est une intuition. Je pense que Joey Marks a fini par faire le même raisonnement que nous : puisqu'il n'a pas liquidé Tony, c'est quelqu'un d'autre qui s'en est chargé, et cette personne était forcément proche de lui. Et cette même personne détient maintenant son argent. Il a connu Veronica dans le temps ; il s'est dit qu'elle était capable de monter un coup pareil. Je pense qu'il a envoyé Felton se renseigner, récupérer son fric et s'occuper de Veronica au cas où elle serait effectivement mêlée à cette affaire. Mais elle a réussi à gagner du temps, d'une manière ou d'une autre. Sans doute en révélant qu'elle possédait deux millions de dollars dans un coffre quelque part à Las Vegas. C'est peut-être ce qui a dissuadé Felton de la tuer, et au lieu de cela il l'a ramenée avec lui. A mon avis, elle restera en vie jusqu'à ce qu'ils mettent la main sur le fric. Et je pense qu'elle a donné le dernier ticket de pari de son mari à Felton en sachant qu'il irait certainement l'encaisser, et qu'ainsi il se ferait repérer.

– Qu'est-ce qui te faire croire que l'argent est dans cette banque ?

– On connaît presque tous les comptes que Tony Aliso possédait ici, à L.A. L'argent n'est pas ici. A en croire Powers, Veronica lui a dit que Tony avait déposé l'argent détourné dans un coffre-fort, auquel elle ne pouvait avoir accès tant qu'il n'était pas mort. Car elle ne possédait pas la signature. C'est pourquoi je suppose que le fric est à Vegas. C'est le seul endroit où Tony s'est rendu l'année dernière. Et je me dis que s'il décidait d'emmener sa petite amie ouvrir un compte dans une banque, il choisirait celle qu'il connaissait déjà.

Eleanor acquiesça.

– C'est marrant, dit Bosch.

– Quoi ?

– Finalement, tout cela n'est qu'une histoire de coffre-fort. Il ne s'agit plus du meurtre de Tony Aliso, il s'agit de l'argent qu'il a détourné et planqué. Une vulgaire histoire de coffre-fort avec son petit meurtre pour effet secondaire. C'est comme ça qu'on s'est rencontrés, toi et moi. A cause d'une histoire de coffre-fort.

Elle acquiesça et son regard se perdit dans le lointain. Bosch regretta immédiatement d'avoir ravivé ce souvenir.

– Désolé, dit-il. Ce n'est pas si drôle que ça, finalement.

Assise dans le canapé, Eleanor leva les yeux vers lui.

– Harry, dit-elle, je t'accompagne à Las Vegas.

8

La succursale de la State National Bank où Tony Aliso avait conduit sa petite amie pendant qu'Eleanor Wish le surveillait était située au coin d'un petit centre commercial en plein air, entre un magasin Radio Shack et un restaurant mexicain baptisé La Fuentes. Le parking était quasiment désert en ce lundi matin, à l'aube, lorsque les agents du FBI et les inspecteurs du LAPD prirent position. La banque n'ouvrait ses portes qu'à neuf heures, et les autres commerces ne commenceraient à ouvrir qu'une heure plus tard.

Les magasins étant fermés, les agents fédéraux se trouvèrent confrontés à un problème pour disposer leurs points de surveillance. Impossible de placer quatre voitures dans le parking, ç'aurait été trop voyant. Il n'y avait que cinq autres véhicules garés dans le parking qui occupait toute la longueur d'un pâté de maisons – quatre près des sorties, le cinquième, une vieille Cadillac, dans la première allée, la plus proche de la banque. La Cadillac n'avait plus de plaque d'immatriculation. Son pare-brise était étoilé, sa vitre gauche baissée et le coffre entrouvert maintenu fermé par une chaîne et un cadenas passés dans un des nombreux trous de rouille. Elle offrait le triste aspect d'une voiture abandonnée par son propriétaire, sans doute encore une victime de Las Vegas. Comme une personne perdue dans le désert qui meurt de soif tout près d'une oasis, la Cadillac s'était arrêtée définitivement à quelques mètres seulement de la banque et de tout l'argent qui se trouvait à l'intérieur.

Après avoir croisé dans les parages afin de repérer les lieux, les agents fédéraux décidèrent d'utiliser la Cadillac comme affût. Ils en soulevèrent le capot et placèrent devant un agent vêtu d'un T-shirt maculé de cambouis qui ferait mine, ostensiblement, de travailler sur le moteur. Le dispositif fut complété par une camionnette garée à côté de la Cadillac, à l'intérieur de laquelle se trouvaient quatre autres agents. A sept heures ce matin-là, ils avaient conduit le véhicule à l'atelier du FBI et là, un peintre avait inscrit au pochoir « La Fuentes, Restaurant mexicain, Depuis 1983 » en lettres rouges sur les flancs de la camionnette. La peinture n'était même pas encore sèche lorsqu'ils avaient pris position dans le parking, à huit heures.

Il était maintenant neuf heures et le parking commençait à se remplir lentement ; principalement avec des employés des différents commerces et quelques clients de la Silver State qui avaient des affaires à régler dès l'ouverture de la banque. Bosch observait tout cela, assis sur le siège arrière d'une voiture fédérale. Lindell et un agent nommé Baker étaient assis à l'avant. Ils s'étaient garés sur l'aire d'une station-service située de l'autre côté de Flamingo Road, en face du centre commercial où se trouvait la banque. Edgar et Rider avaient pris place dans une autre voiture, un peu plus haut dans Flamingo. Conformément au plan, Lindell viendrait se garer dans le parking, près de la banque, dès que le nombre de voitures serait suffisant pour lui permettre de passer inaperçu. A ce dispositif terrestre s'ajoutait un hélicoptère qui décrivait de larges cercles au-dessus du centre commercial.

– Ça y est, ils ouvrent, annonça une voix dans le haut-parleur de la radio.

– Pigé, La Fuentes, répondit Lindell.

Chaque voiture du Bureau était équipée d'une radio fonctionnant à l'aide d'une pédale et d'un micro fixé sur le pare-soleil, ce qui permettait au conducteur de parler en appuyant simplement sur la pédale au lieu d'être obligé de porter un micro à sa bouche et risquer de se faire repérer. Bosch avait entendu dire que le LAPD allait être enfin équipé de ce matériel, mais les unités de la brigade des stupéfiants et les équipes de surveillance spécialisées seraient les premières servies.

– Dites, Lindell, demanda-t-il. Ça vous est déjà arrivé de communiquer par radio et d'enfoncer la pédale de frein par erreur ?

– Non, Bosch. Pas encore. Pourquoi ?

– Je suis curieux de savoir comment ça fonctionne, voilà tout.

– Il faut savoir s'en servir.

Bosch bâilla. Il n'aurait su dire depuis combien de temps il n'avait pas dormi. Ils avaient roulé presque toute la nuit pour arriver à Las Vegas, et avaient passé les heures suivantes à organiser la planque autour de la banque.

– Alors, votre avis, Bosch ? demanda Lindell. C'est pour maintenant ou pour plus tard ?

– Je parie pour ce matin. Ils sont impatients de récupérer leur fric. Ils ne veulent pas attendre.

– Oui, possible.

– Pourquoi, vous pensez que ce sera plus tard ?

– Si c'était moi, j'attendrais au maximum. Comme ça, si quelqu'un surveille les parages – que ce soit le FBI, le LAPD, Powers ou n'importe qui d'autre –, ils auraient le temps de rôtir au soleil... si vous voyez ce que je veux dire.

– Oui, je vois. Après avoir passé la journée à attendre dans la bagnole, on sera moins clair au moment d'agir.

Après ce bref échange, Bosch resta muet quelques instants. Assis sur la banquette arrière, il observait Lindell. Celui-ci était allé chez le coiffeur. On ne voyait plus de trou à l'endroit où Bosch lui avait tranché sa queue de cheval.

– Ça va vous manquer, vous croyez ? lui demanda-t-il enfin.

– Qu'est-ce qui va me manquer ?

– De ne plus jouer les mafiosi. Cette vie, je veux dire.

– Non, ça commençait à devenir lassant. Je suis content de retrouver le droit chemin.

– Pas même les filles ?

Bosch vit Lindell se tourner brièvement vers son collègue Baker, puis lever les yeux dans le rétroviseur. Son regard ordonna à Bosch de changer de sujet.

– Tu crois qu'on peut aller s'installer dans le parking maintenant, Don ? demanda Lindell.

Baker observa le parking. Celui-ci continuait de se remplir petit à petit. Une boutique de *bagels*, située à l'opposé de la banque, était à l'origine de cette arrivée régulière de voitures.

– Je crois qu'on peut s'approcher et s'arrêter près de la boutique, répondit Baker. On est assez couverts maintenant.

– OK, allons-y, dit Lindell. (Il renversa légèrement la tête, de manière à projeter sa voix vers le pare-soleil.) La Fuentes, ici Roy Rogers. On va prendre place. On vous rappellera de notre nouvelle position. On sera en postérieur.

– Roger. Tu as toujours rêvé de coller à l'arrière-train, pas vrai, Roy ?

– Amusant, dit Lindell.

Une heure s'écoula, durant laquelle ils observèrent les lieux de leur nouvelle position sans que rien ne se passe. Lindell put se rapprocher encore de la banque en venant se garer devant une école de formation de croupiers située presque au milieu du parking. Les cours avaient lieu dans la journée et plusieurs apprentis croupiers s'étaient garés juste devant l'école. C'était une bonne couverture.

– J'ai des doutes, Bosch, déclara Lindell en brisant un long silence. Vous croyez vraiment qu'ils vont venir ?

– J'ai toujours dit que c'était seulement une intuition. Mais je continue à penser que tout concorde. Encore plus depuis que nous sommes là. La semaine dernière, j'ai trouvé une pochette d'allumettes dans la chambre d'Aliso au Mirage. Elle provenait du La Fuentes, le restaurant mexicain. Qu'ils viennent ou pas, je suis sûr que Tony possède un coffre dans cette banque.

– J'ai bien envie d'envoyer Bob se renseigner. Si on apprend que ce coffre n'existe pas, on pourra plier bagage et cesser de perdre notre temps.

– C'est vous qui décidez.

– Heureux de vous l'entendre dire.

Deux ou trois minutes s'écoulèrent dans un silence tendu.

– Et Powers ? demanda Lindell.

– Quoi, Powers ?

– Je ne le vois pas dans les parages, lui non plus. Quand vous avez débarqué ici ce matin, vous étiez tout excité, car vous étiez certain qu'il allait se pointer pour retrouver la veuve et la transformer en passoire. Alors, où est-il ?

– Je n'en sais rien, Lindell. Mais si j'ai réussi à faire ce raisonnement, il peut le faire aussi. Je ne serais pas étonné qu'il ait découvert l'existence de ce coffre en suivant Tony, et qu'il ait omis de m'en parler au cours de notre petite conversation.

– Ça ne m'étonnerait pas, moi non pus. Mais je continue à penser qu'il serait stupide de se pointer ici. Il doit bien se douter qu'on est au courant.

– Stupide n'est pas le mot qui convient. Ce serait plutôt suicidaire. Mais je pense qu'il s'en fout, Lindell. Il ne veut qu'une chose : descendre Veronica. Et s'il reçoit une balle lui aussi, tant pis. Comme je vous le disais, il était déjà prêt à jouer les kamikazes au poste, en étant persuadé qu'elle était cachée quelque part.

– Espérons seulement qu'il a eu le temps de se calmer depuis...

– Là ! s'écria Baker.

Bosch suivit le doigt pointé en direction du coin opposé du parking dans lequel venait de pénétrer une limousine blanche qui roulait lentement vers la banque.

– Nom de Dieu, murmura Lindell. Non, ne me dites pas qu'il est con à ce point-là !

Pour Bosch, toutes les limousines se ressemblaient, mais, curieusement, Lindell et Baker semblaient la reconnaître.

– C'est Joey Marks ?

– En tout cas, c'est sa voiture. Il adore les pneus à flancs blancs. C'est son côté rital. Je n'arrive pas à... Non, il ne peut pas être à bord. Il ne va pas foutre en l'air deux ans de ma putain de vie pour cette histoire de fric ?

La limousine s'arrêta dans l'allée qui se trouvait devant la banque. Et plus rien ne bougea.

– Vous l'avez repérée, La Fuentes ? demanda Lindell.

– Oui, on l'a repérée, répondit une voix étouffée bien qu'il fût impossible pour le ou les occupants de la limousine d'entendre ce qui se disait à l'arrière de la camionnette.

– Unités un, deux et trois en stand-by, reprit Lindell. On dirait que le renard vient d'entrer dans le poulailler. Air Jordan, temps mort jusqu'à nouvel ordre. Vous risquez d'effrayer le gibier en volant au-dessus de sa tête.

Les trois autres unités au sol et l'hélicoptère répondirent par un chœur de « Roger ».

– Réflexion faite, unité trois, approchez-vous par l'entrée sud-ouest et couvrez-moi, dit Lindell.

– Roger.

Finalement, une des portières de la limousine s'ouvrit, mais du côté opposé. Bosch attendit en retenant son souffle, et, au bout d'une ou deux secondes, le capitaine John Felton descendit de la voiture.

– Bingo, chuchota une voix dans le haut-parleur de la radio.

Felton se retourna et se pencha par la portière ouverte. Veronica Aliso émergea à son tour de la limousine ; Felton lui tenait fermement le bras. Elle fut suivie d'un deuxième homme, qui sortit juste au moment où le coffre s'ouvrait automatiquement. Pendant que ce deuxième homme, vêtu d'un pantalon gris et d'une chemise avec un écusson ovale cousu sur la poche se dirigeait vers le coffre, Felton se pencha de nouveau pour s'adresser à une personne restée à l'intérieur de la limousine. Sans lâcher le bras de Veronica.

Bosch put à peine entrevoir son visage. Et bien qu'il se trouvât à plus de dix mètres d'elle, il y discerna un mélange de peur et de fatigue. Sans doute avait-elle vécu la plus longue nuit de son existence.

Le deuxième homme sortit du coffre une lourde boîte à outils rouge et emboîta le pas à Felton qui entraînait Veronica vers la banque, en lui agrippant le bras et en tournant la tête dans tous les sens. Bosch vit le regard de Felton s'attarder sur la camionnette, avant de s'en désintéresser. La fausse enseigne peinte sur la carrosserie avait certainement constitué le facteur déterminant. Un petit trait de génie.

Alors qu'ils passaient devant la vieille Cadillac, Felton se baissa pour regarder l'homme qui travaillait sous le capot. Ayant constaté qu'il ne représentait aucune menace, Felton se redressa et se dirigea vers les portes vitrées de la banque. Avant qu'ils disparaissent à l'intérieur, Bosch constata que Veronica serrait contre elle une sorte de sac en toile. Difficile d'en déterminer les dimensions, car il paraissait vide et replié sur lui-même.

Bosch ne recommença à respirer que lorsqu'ils eurent disparu à l'intérieur.

– OK, dit Lindell en s'adressant au pare-soleil. Ils sont trois. Felton, la femme et le bricoleur. Quelqu'un l'a identifié ?

Il y eut plusieurs secondes de silence, puis une voix répondit :

– Je suis trop loin, mais j'ai cru reconnaître Maury Pollack. Un perceur de coffres qui a déjà travaillé pour la bande de Joey.

– OK. On vérifiera plus tard. J'envoie Baker à l'intérieur pour ouvrir un compte. On attend cinq minutes et, Conlon, tu entres à ton tour. Vérification du matériel.

Ils vérifièrent rapidement le bon fonctionnement des émetteurs que Baker et Conlon portaient sous leurs vêtements et des écouteurs sans fils et des micros fixés à leurs poignets. Cela fait, Baker descendit de voiture et s'éloigna à grands pas sur le trottoir, en passant devant les boutiques.

– A toi, Morris, dit Lindell. Fais un petit tour. Arrête-toi devant la vitrine du Radio Shack.

– Roger.

Un agent que Bosch se souvenait d'avoir vu à la réunion du matin traversa le parking à pied, après être descendu d'une voiture garée non loin de l'entrée sud-ouest. Morris et Baker se croisèrent à quelques mètres l'un de l'autre, sans échanger le moindre signe, ni jeter le moindre coup d'œil à la limo toujours stationnée devant la banque, moteur tournant au ralenti.

Les cinq minutes suivantes mirent une bonne heure à s'écouler. Dehors, il faisait chaud, mais si Bosch transpirait, c'était surtout à cause de l'angoisse de l'attente et de l'incertitude. Il n'y avait eu qu'un seul appel de Baker depuis qu'il était entré dans la banque. A voix basse, il les avait informés que les sujets étaient descendus dans la salle des coffres.

– OK, Conlon, à toi, ordonna Lindell au bout de cinq minutes, très précisément.

Bosch vit Conlon longer les devantures des boutiques, en venant de la boutique de *bagels*. Il entra dans la banque.

Et puis il ne se passa plus rien pendant un quart d'heure abominable. Finalement, Lindell parla uniquement pour briser le silence.

– Comment ça va, les gars ? Tout le monde a la pêche ?

Un concert de cliquetis de micros lui tint lieu de réponse affirmative. Et au moment où la radio redevenait muette, la voix de Baker se fit entendre, dans un murmure angoissé.

– Ils ressortent, ils ressortent ! Il y a un hic.

Bosch braqua son regard sur les portes de la banque, et au bout de quelques secondes, en effet, Felton et Veronica ressortirent. Le capitaine la tenait toujours fermement par le bras. Le perceur de coffres marchait derrière, en traînant sa boîte à outils.

Cette fois, Felton ne regarda pas autour de lui. Il se dirigea vers la limousine d'un pas déterminé. C'était lui qui portait le sac, mais celui-ci ne semblait pas avoir grossi. Si le visage de Veronica semblait marqué par la peur et la fatigue en arrivant, il était désormais carrément ravagé par la frayeur. Bosch était trop loin pour en jurer, mais il lui sembla qu'elle pleurait.

La portière de la limousine fut ouverte de l'intérieur, au moment où le trio repassait devant la vieille Cadillac.

– Appel général, dit Lindell. A mon signal, on y va tous. Je prends l'avant de la limo. Unité trois, vous me suivez. Un et deux, vous prenez l'arrière. Immobilisation de véhicule classique. La Fuentes, vous foncez vous occuper des passagers de la limo. Rapidement. En cas de fusillade, faites gaffe aux feux croisés. Je répète, attention aux feux croisés.

Tandis que les « Roger » se succédaient sur les ondes, Bosch observa Veronica. Elle savait qu'elle allait à la mort, cela se voyait. Son expression lui rappela vaguement celle qu'il avait vue sur le visage de son mari. Elle savait que la partie était terminée.

Et soudain il vit le coffre de la Cadillac s'ouvrir violemment derrière elle. Comme propulsé par le même ressort, Powers en jaillit. D'une voix puissante, sauvage, que Bosch entendit distinctement et qu'il n'oublierait jamais, Powers ne hurla qu'un seul mot en retombant sur le sol.

– Veronica !

Tandis que la femme, Felton et le perceur de coffres se retournaient vers l'origine de ce cri, Powers leva les deux mains en l'air et chacune tenait une arme. Durant ce bref instant, Bosch reconnut l'éclat de son propre revolver, le métal satiné de son Smith & Wesson, dans la main gauche du flic assassin.

– Arme en vue ! brailla Lindell. On fonce !

Il enclencha la marche avant et écrasa l'accélérateur. La voiture fit un bond et fonça sur la limousine dans un hurlement de pneus Mais Bosch savait qu'ils ne pouvaient rien faire. Ils étaient trop loin. Il regarda se dérouler la scène avec une sorte de fascination morbide, comme s'il regardait au ralenti une séquence d'un film de Peckinpah.

Powers avait ouvert le feu des deux mains ; les douilles éjectées décrivaient des arcs de cercle par-dessus ses épaules tandis qu'il avançait vers la limousine. Felton essaya de glisser sa main sous sa veste pour dégainer son arme, mais fut fauché par une rafale et tomba le premier. Veronica, figée face à son bourreau, n'essaya même pas de fuir ou de se protéger et fut la deuxième victime. Elle s'effondra sur le trottoir, où Bosch ne pouvait plus l'apercevoir à cause de la limousine.

Powers continuait d'avancer en tirant. Le perceur de coffres lâcha sa boîte à outils, leva les mains en l'air et recula précipitamment, hors de la ligne de tir. Mais Powers semblait s'en désintéresser. Bosch ne pouvait dire s'il tirait sur le corps allongé de Veronica ou dans la limousine dont la portière était ouverte. La Cadillac démarra. Les roues tournèrent dans le vide avant que la voiture ne s'élance, portière toujours ouverte. Mais le chauffeur, dans la panique, ne parvint pas à négocier le virage à gauche dans le parking et la grosse voiture alla percuter une rangée de véhicules en stationnement. Le chauffeur jaillit de la limousine et s'enfuit en courant, vers la boutique de *bagels*.

Apparemment, Powers l'ignora lui aussi. Il avait atteint l'endroit où s'était effondré Felton. Laissant tomber le revolver de Bosch sur la poitrine du capitaine de la police urbaine, il se pencha pour ramasser le sac qui était tombé par terre, à côté de la main de Felton

Powers ne sembla pas s'apercevoir qu'il était vide, jusqu'à ce qu'il le soulève. Et au moment où il faisait cette découverte, les portes de la camionnette s'ouvrirent derrière lui, quatre agents armés de fusils à pompe se ruant dehors. L'agent déguisé en mécanicien avait fait le tour de la Cadillac ; l'arme qu'il avait cachée à l'intérieur du moteur était braquée sur Powers.

Le crissement des pneus de la voiture du Bureau qui fonçait vers lui détourna l'attention de Powers du sac en toile vide. Il le laissa tomber et se retourna vers les cinq agents derrière lui. Il leva les deux mains de nouveau, bien qu'il n'ait plus qu'une arme cette fois.

Les agents ouvrirent le feu, et, sous les yeux de Bosch, Powers fut littéralement arraché du sol par la violence des impacts de balles et projeté sur le capot d'un gros pick-up qui appartenait certainement à un client de la banque. Powers y atterrit sur le dos. Sa main lâcha la deuxième arme qui glissa bruyamment sur le capot, jusque sur le sol. Si les huit secondes de fusillade avaient été assourdissantes, le silence qui suivit la chute de l'arme sur le bitume sembla l'être davantage.

Powers était mort. Felton était mort. Giuseppe Marconi, alias Joseph Marconi, alias Joey Marks, était mort : son corps reposait dans une mare de sang sur le cuir souple du siège arrière de sa limousine.

Quand ils la rejoignirent, Veronica Aliso, elle, était encore en vie, mais sur le point de s'éteindre. Elle avait reçu deux balles en pleine poitrine, et les bulles de sang qui s'échappaient de ses lèvres indiquaient que ses poumons étaient réduits en bouillie. Pendant que les agents du FBI couraient en tous sens pour baliser et interdire l'accès aux lieux du drame, Bosch et Rider demeurèrent auprès d'elle.

Ses yeux étaient encore ouverts, mais de plus en plus ternes. Ils allaient de droite à gauche, comme si elle cherchait quelqu'un, ou quelque chose, qui n'était pas là. Sa mâchoire remua et elle prononça plusieurs mots, que Bosch n'entendit pas. Il se pencha vers elle et approcha son oreille de sa bouche.

– Donnez-moi… de la… glace, murmura-t-elle.

Bosch tourna la tête pour la regarder. Il ne comprenait pas. Voyant qu'elle voulait ajouter quelque chose, il approcha de nouveau son oreille.

–… trottoir… brûlant. Je… veux… de la glace.

– Ça vient. Ça vient. Où est l'argent, Veronica ?

En se penchant davantage, il constata qu'elle avait raison ; le bitume lui brûlait la paume des mains. Il avait du mal à comprendre ce qu'elle disait.

– Au moins… ils… ils ne… l'auront pas.

Elle fut soudain prise d'une quinte de toux rauque et liquide. Bosch comprit que sa poitrine était remplie de sang, et que, bientôt, elle allait se noyer. Il ne savait que faire, ni que dire à cette femme. Sans doute étaient-ce ses propres balles, tirées par son arme, qui se trouvaient dans sa poitrine, songea-t-il, et elle agonisait parce qu'ils avaient merdé et laissé Powers s'enfuir. Il faillit lui demander pardon, il aurait aimé l'entendre dire qu'elle comprenait comment on pouvait en arriver là.

Détournant le regard, il observa le parking. Des sirènes se faisaient entendre, mais il avait vu suffisamment de blessures par balle pour savoir que Veronica n'aurait pas besoin d'une ambulance. Il reporta son attention sur elle. Son visage blême se relâchait. Ses lèvres remuèrent une fois encore, et il se pencha pour l'écouter. Cette fois, la voix n'était qu'un croassement désespéré dans son oreille. Il ne comprenait pas ce qu'elle disait, il lui demanda de répéter.

– …ssez ma… ille…

Il se redressa pour la regarder, perplexe. Il secoua la tête. Une grimace d'exaspération parcourut le visage de Veronica.

– Laissez… dit-elle distinctement cette fois, en utilisant ses dernières forces. Laissez… ma fille... en paix.

Bosch garda les yeux fixés sur elle, tandis que cette dernière phrase traversait son esprit à toute vitesse. Puis, sans réfléchir, il répondit par un hochement de tête. Et alors qu'il la regardait, elle mourut. Ses yeux devinrent vagues, il comprit qu'elle s'était éteinte.

Il se releva, Rider le dévisagea.

– Qu'a-t-elle dit, Harry ?

– Elle a dit… Je ne sais pas ce qu'elle a dit.

Adossés contre le coffre de la voiture de Lindell, Bosch, Edgar et Rider regardaient les troupes du FBI et de la police urbaine qui continuaient à débarquer sur les lieux de la fusillade. Lindell avait ordonné que tout le centre commercial soit fermé et délimité par des bandes de plastique jaune, une décision qui provoqua ce commentaire de la part d'Edgar :

– Quand ces types balisent les lieux du crime, ils ne font pas les choses à moitié.

Tous les trois avaient livré leur témoignage. Ils ne faisaient plus partie de l'enquête. Ils n'étaient que des témoins du drame, et simples spectateurs maintenant.

L'agent fédéral responsable de la section locale du FBI dirigeait l'enquête sur les lieux du drame. Le Bureau avait fait venir un camping-car divisé en quatre petites pièces, à l'intérieur desquelles des agents recueillaient les déclarations des témoins de la fusillade. Les corps étaient encore là, recouverts de bâches en plastique jaune, sur la chaussée et à l'intérieur de la limousine. Ces taches de couleur vive étaient du plus bel effet sur les bandes vidéo enregistrées par les journalistes à bord des hélicoptères qui survolaient les lieux.

Bosch avait réussi à soutirer des bribes de renseignements à Lindell. Le numéro de série de la Cadillac à l'intérieur de laquelle Powers était resté caché pendant les quatre heures de planque, sinon plus, avait permis de retrouver son propriétaire à Palmdale, une bourgade située dans le désert de Californie, au nord-est de Los Angeles. Cet homme figurait déjà dans les fichiers du FBI. C'était un militant de la suprématie de la race blanche qui avait organisé des rassemblements antigouvernementaux sur sa propriété lors des deux derniers Independance Days. Il était également fiché pour avoir voulu contribuer au fonds de soutien aux individus accusés d'avoir fait sauter le tribunal fédéral d'Oklahoma City quelques années auparavant. Lindell informa Bosch que le directeur local du FBI avait réclamé un mandat d'arrêt visant le propriétaire de la voiture, accusé désormais de complicité de meurtre pour avoir aidé Powers. C'était un joli plan. Un tapis épais et plusieurs couvertures recouvraient le plancher du coffre. La chaîne et le cadenas qui servaient à le maintenir fermé pouvaient être défaits de l'intérieur. Grâce aux trous de rouille dans le capot et sur les ailes, Powers pouvait voir ce qui se passait dehors et attendre le moment propice pour jaillir, arme au poing.

Le perceur de coffres, qui était effectivement Maury Pollack, fut trop heureux de pouvoir coopérer avec les hommes du FBI. Il était content de ne pas porter lui aussi une couverture en plastique jaune. Il expliqua à Lindell et aux autres que Joey Marks était venu le chercher au petit matin, en lui disant d'enfiler une tenue de travail et d'emporter sa perceuse. Il ignorait ce qui se passait exactement, car il y avait eu peu de paroles échangées dans la limousine. Il savait seulement que la femme tremblait de peur.

A l'intérieur de la banque, Veronica Aliso avait présenté à un membre de la direction un double du certificat de décès de son mari, ainsi que son testament et un jugement du tribunal municipal de Las Vegas rédigé le vendredi précédent et lui autorisant l'accès, en tant qu'unique héritière d'Anthony Aliso, au coffre-fort de feu son mari. La banque confirma ce droit et il fallut ouvrir le coffre-fort à la perceuse, car Mme Aliso n'avait pas retrouvé la clé de son mari.

Le problème, expliqua Pollack, c'est qu'après avoir forcé le coffre, ils découvrirent qu'il était vide.

– Vous imaginez un peu ? s'exclama Lindell en rapportant cette information à Bosch. Tout ça pour rien ! J'espérais bien foutre la main sur ces deux millions. Évidemment, on les aurait partagés avec le LAPD. A parts égales.

– Évidemment, dit Bosch. Vous avez consulté les registres de la banque ? Quand Tony s'est-il rendu à son coffre pour la dernière fois ?

– Justement ! Il est venu le vendredi. Douze heures environ avant d'être assassiné, et ce salopard a vidé son coffre ! Comme s'il avait une prémonition ou un truc dans ce genre. Il savait ! Je suis sûr qu'il savait.

– Possible.

Bosch repensa à la pochette d'allumettes du restaurant La Fuentes qu'il avait découverte dans la chambre de Tony au Mirage. Tony ne fumait pas, mais Bosch se souvenait des cendriers pleins dans la maison où avait grandi Layla. Si Tony avait vidé son coffre le vendredi et s'il avait mangé au La Fuentes, il n'y avait qu'une seule raison pour que les allumettes du restaurant se retrouvent ensuite dans sa chambre d'hôtel : il avait mangé dans ce restaurant avec quelqu'un qui fumait.

– La question qui se pose maintenant est la suivante : où se trouve l'argent ? demanda Lindell. Si on le trouve, il est à nous. Le vieux Joey n'en aura plus besoin.

En disant cela, Lindell se tourna vers la limousine. La portière était toujours ouverte, et une des jambes de Marconi dépassait de sous le plastique jaune. Une jambe de pantalon bleu ciel, un mocassin noir et une chaussette blanche. Voilà tout ce que Bosch voyait de Joey Marks.

– La direction de la banque se montre coopérative, ou bien il vous faut un mandat pour consulter le moindre dossier ? demanda Bosch.

– Non, ils coopèrent. La directrice de l'agence est dans son bureau et tremble comme une feuille. Évidemment, c'est pas tous les jours qu'on assiste à un massacre devant sa porte.

– Dans ce cas, demandez-leur de consulter leurs fichiers pour savoir s'ils ont un coffre au nom de Gretchen Alexander.

– Gretchen Alexander ? C'est qui ça ?

– Vous la connaissez, Roy. C'est Layla.

– Layla ? Vous vous foutez de ma gueule ou quoi ? Vous pensez qu'Aliso irait filer deux millions de dollars à cette nana, avant de rentrer à L.A. pour se faire descendre ?

– Je vous demande juste de vérifier, Roy. Ça vaut le coup.

Lindell repartit vers l'entrée de la banque. Bosch se tourna vers ses collègues.

– Tu veux récupérer ton flingue, Jerry ? Dans ce cas, il faut le leur dire maintenant, avant qu'ils les détruisent ou qu'ils les archivent à tout jamais.

– Mon flingue ?

Edgar regarda d'un air affligé les bâches jaunes sur le bitume.

– Non, Harry. Je n'y tiens pas. Ce flingue est maudit maintenant. Je n'en veux plus.

– Ouais, je pensais exactement la même chose.

Bosch s'absorba dans ses pensées, jusqu'à ce qu'il entende quelqu'un crier son nom. Tournant la tête, il aperçut Lindell qui lui faisait signe à l'entrée de la banque. Il le rejoignit.

– Bingo ! s'exclama Lindell. La fille possède un coffre, en effet.

Ils entrèrent dans la succursale. Plusieurs agents fédéraux étaient en train d'interroger les employés abasourdis. Lindell conduisit Bosch jusqu'à un bureau derrière lequel était assise la directrice de l'agence. C'était une femme d'une trentaine d'années avec des cheveux châtains bouclés. La plaque posée devant elle indiquait qu'elle s'appelait Jeanne Connors. Lindell prit un dossier qui se trouvait sur le bureau et le tendit à Bosch.

– Elle possède un coffre, avec une procuration au nom de Tony Aliso. Elle l'a ouvert le jour où Tony a vidé le sien, le vendredi avant de se faire descendre. Vous savez ce que je crois ? Je crois qu'il a vidé son coffre pour tout foutre dans celui de la fille.

– Sans doute.

Bosch consultait le registre des visites au coffre figurant dans le dossier. Les dates étaient notées à la main sur une fiche cartonnée.

– Ce qu'il faut maintenant, déclara Lindell, c'est obtenir un mandat et percer le coffre. On pourrait même demander à Maury de s'en charger, puisqu'il est tellement coopératif. On récupère le fric et c'est tout bénef pour le gouvernement fédéral. Rassurez-vous, vous aurez votre part.

Bosch le dévisagea.

– Vous pouvez le faire ouvrir, si vous obtenez le mandat, mais il n'y aura rien dedans.

Bosch désigna la dernière date figurant sur la fiche. Gretchen Alexander avait vidé son coffre cinq jours plus tôt, le mercredi qui avait suivi le meurtre d'Aliso. Lindell regarda longuement la fiche avant de réagir.

– Nom de Dieu, vous pensez qu'elle a tout raflé ?

– Oui, Roy, c'est ce que je pense.

– Elle a foutu le camp, hein ? Vous l'avez cherchée, n'est-ce pas ?

– Elle a pris la clé des champs. Et je vais faire pareil.

– Vous partez ?

– J'ai fait ma déposition, je suis en règle. A un de ces jours, Roy.

– Ouais, c'est ça, salut, Bosch.

Ce dernier se dirigea vers la sortie. Au moment où il ouvrait la porte de la banque, Lindell le rejoignit.

– Pourquoi est-ce qu'il aurait tout mis dans le coffre de la fille ?

Il tenait à la main la fiche cartonnée et la regardait fixement, comme si elle pouvait répondre subitement à toutes ses questions.

– Je ne sais pas, mais j'ai une petite idée.

– Laquelle ?

– Il était amoureux d'elle.

– Aliso ? De cette fille ?

– Qui sait ? Si les gens peuvent s'entre-tuer pour n'importe quelle raison, je suppose qu'ils peuvent également tomber amoureux pour n'importe quelle raison. On prend l'amour quand il se présente, et peu importe qu'il s'agisse d'une fille comme ça ou... de quelqu'un d'autre.

Pendant que Lindell hochait la tête d'un air songeur, Bosch ressortit de la banque.

Bosch, Edgar et Rider prirent un taxi pour regagner le bâtiment fédéral et récupérer leur voiture Bosch émit le désir de faire une halte à la maison de Las Vegas nord où Gretchen Alexander avait grandi.

– Elle n'y sera pas, Harry, dit Edgar. Tu te fais des idées.

– Je sais bien qu'elle n'y sera pas. Je veux juste bavarder un peu avec la vieille.

Cette fois, il trouva la maison sans se perdre et s'engagea dans l'allée. La RX7 était toujours sous l'auvent, et apparemment, elle n'avait pas bougé.

– J'en ai pour une minute, si vous préférez rester dans la voiture.

– Non, je viens, dit Rider.

– Moi, je reste, je laisse la clim' branchée, répondit Edgar. D'ailleurs, je préfère conduire le premier pour rentrer.

Il descendit de voiture en même temps que Bosch et Rider, fit le tour et prit la place de Bosch au volant.

Ce dernier eut à peine le temps de frapper à la porte. La vieille femme les avait entendus arriver, ou bien elle avait vu la voiture.

– C'est encore vous ? dit-elle par l'entrebâillement de la porte. Gretchen n'est toujours pas revenue.

– Je sais, madame Alexander. C'est à vous que je veux parler.

– A moi ? Pourquoi donc ?

– Peut-on entrer ? On crève de chaud dehors.

Elle ouvrit sa porte d'un air résigné.

– A l'intérieur aussi il fait chaud. J'ai pas les moyens de mettre le thermostat plus bas que vingt-sept degrés.

Bosch et Rider pénétrèrent dans le living. Bosch présenta sa collègue, et tous les trois prirent place. Cette fois, Bosch s'assit au bord du canapé : il n'avait pas envie de s'y enfoncer comme lors de sa précédente visite.

– Qu'est-ce que vous voulez ? Pourquoi vous vouliez me voir ?

– Je veux que vous me parliez de la mère de votre petite fille, dit Bosch.

La vieille femme demeura bouche bée, et Bosch put constater que Rider n'était pas moins surprise qu'elle par sa question.

– Sa mère ? répéta Dorothy. Sa mère a disparu depuis longtemps. Elle a jamais eu la décence de s'occuper de sa fille. On s'en fout, de sa mère !

– Quand est-elle partie ?

– Ça fait longtemps. Gretchen avait encore des couches. Elle m'a juste laissé un mot : « Au revoir et bonne chance. » Et elle est partie.

– Où est-elle allée ?

– J'en ai aucune idée, et je veux même pas le savoir. Bon débarras ! Voilà ce que je dis. Elle a abandonné cette adorable petite fille. Elle a jamais eu la décence de téléphoner, ni même de réclamer une photo.

– Comment saviez-vous qu'elle était toujours en vie ?

– J'en savais rien. Si ça se trouve, elle est morte depuis longtemps, j'en sais rien, et je m'en fous pas mal !

C'était une piètre menteuse, du genre qui hausse le ton et prend un air indigné quand elle ment.

– Vous le savez, dit Bosch. Elle vous envoyait de l'argent, n'est-ce pas ?

La vieille femme regarda ses mains d'un air maussade, pendant un long moment. C'était sa manière de confirmer les propos de Bosch.

– Régulièrement ?

– Une ou deux fois par an, dit-elle. Mais c'était loin d'être suffisant pour se racheter !

Bosch aurait pu lui demander quelle somme d'argent aurait été suffisante, mais il se retint.

– Comment vous parvenait l'argent ?

– Par courrier. En liquide. Je sais qu'il venait de Sherman Oaks, en Californie. C'était toujours le même tampon de la poste. Mais pourquoi vous me demandez tout ça ?

– Comment s'appelle votre fille, Dorothy ?

– Je l'ai eue avec mon premier mari. Je m'appelais Gilroy en ce temps-là, et c'est son nom.

– Jennifer Gilroy, dit Rider.

Le véritable nom de Veronica Aliso.

La vieille femme la regarda d'un air hébété, sans toutefois lui demander comment elle le savait.

– On l'appelait Jenny, dit-elle. Mais voyez-vous, quand j'ai récupéré Gretchen, j'étais remariée et je portais un nouveau nom. Je l'ai donné à Gretchen pour pas que les autres enfants à l'école l'embêtent avec ça. Tout le monde a toujours cru que j'étais sa mère, et c'était très bien comme ça. Ils n'avaient pas besoin de savoir la vérité.

Bosch se contenta d'acquiescer. Toutes les pièces s'assemblaient. Veronica Aliso était la mère de Layla. Tony Aliso était passé de la mère à la fille. Il n'y avait aucune question à poser, aucune remarque à faire. Il remercia la vieille femme, ils se levèrent et Bosch poussa légèrement Rider dans le dos pour la faire sortir la première. Sur le perron, il s'arrêta et se retourna vers Dorothy Alexander. Il attendit que Rider se fût éloignée de quelques pas vers la voiture.

– Quand Layla vous contactera – je veux dire, Gretchen – dites-lui de ne pas revenir à la maison. Dites-lui de rester le plus loin possible d'ici.

Il secoua la tête.

– Elle ne doit jamais revenir à la maison.

La vieille femme garda le silence. Bosch attendit quelques secondes, les yeux fixés sur le paillasson usé Finalement, il regagna la voiture.

Il prit place à l'arrière, derrière Edgar qui conduisait ; Rider s'assit à l'avant. Dès qu'ils furent installés dans la voiture, alors qu'Edgar ressortait de l'allée en marche arrière, Rider se retourna vers Bosch.

– Comment as-tu compris ça, Harry ?

– Grâce aux dernières paroles de Veronica. Elle m'a dit : « Laissez ma fille en paix. » A ce moment-là, j'ai compris, je crois. Il y a une sorte de ressemblance entre elles, d'ailleurs. Mais je n'y avais pas fait attention jusqu'alors.

– Tu n'as jamais vu sa fille !

– J'ai vu sa photo.

– De quoi parlez-vous ? demanda Edgar.

– Crois-tu que Tony Aliso savait qui elle était ? demanda Rider, ignorant l'intervention d'Edgar.

– Difficile à dire. S'il savait, ça permet de mieux comprendre ce qui s'est passé, de mieux l'accepter. Peut-être qu'il se vantait devant Veronica. C'est peut-être ce qui lui a fait perdre la raison.

– Et Layla-Gretchen, dans tout ça ?

Perplexe, Edgar regardait tantôt la route, tantôt ses deux collègues.

– Quelque chose me dit qu'elle ne savait pas, répondit Bosch. Je pense que si elle l'avait su, elle l'aurait dit à cette vieille femme qu'on vient de voir. Or, la vieille femme l'ignorait.

– Si Tony se servait d'elle uniquement pour atteindre Veronica, pourquoi a-t-il transféré tout l'argent dans son coffre ?

– Peut-être qu'il se servait d'elle, mais qu'il était également amoureux d'elle. On ne le saura jamais. C'est peut-être une coïncidence si le transfert a eu lieu le jour où Tony a été tué. Peut-être a-t-il agi ainsi à cause du contrôle fiscal. Peut-être craignait-il que le fisc ne découvre l'existence de ce coffre et le saisisse. Il peut y avoir un tas de raisons. Mais on ne saura jamais la vérité. Tout le monde est mort.

– Sauf la fille.

Edgar s'arrêta brusquement sur le bas-côté. Le hasard voulut que ce soit juste en face du Dolly dans Madison.

– Quelqu'un veut-il bien me dire ce qui se passe, bordel ? s'exclama-t-il. Je vous rends service en gardant la bagnole au frais pendant que vous allez bavarder, et ensuite, on ne me dit rien ! De quoi parlez-vous, nom de Dieu ?

Il regardait Bosch dans le rétroviseur.

– Roule, Jed. Kiz te racontera tout quand on arrivera au Flamingo.

Ils s'arrêtèrent devant l'entrée du Hilton Flamingo et Bosch les abandonna. Rapidement, il traversa la salle du casino aussi grande qu'un terrain de football, en slalomant parmi les machines à sous, jusqu'à la salle de poker où Eleanor avait promis de l'attendre. Ils l'avaient déposée au Flamingo dans la matinée, après qu'elle leur avait montré la banque où Tony Aliso s'était rendu avec Gretchen Alexander.

Cinq tables de jeu étaient occupées dans la salle de poker. Bosch balaya du regard les visages des joueurs, sans apercevoir Eleanor. Puis, au moment où il se retournait pour revenir sur ses pas, elle fut devant lui, comme elle lui était apparue le premier soir à Las Vegas lorsqu'il s'était mis à sa recherche.

– Harry, dit-elle.

– Hé, je croyais te trouver en train de jouer.

– Je n'arrivais pas à me concentrer en t'imaginant là-bas. Tout va bien ?

– Oui, tout va bien. On s'en va.

– Tant mieux. Je n'aime plus Las Vegas.

Il hésita un instant avant d'ouvrir la bouche. Il faillit renoncer, mais retrouva sa détermination.

– J'aimerais encore m'arrêter quelque part avant de partir, dit-il. L'endroit dont on a parlé. Si tu es d'accord, évidemment.

Elle le regarda longuement, puis un sourire éclaira son visage.

9

Bosch marchait sur le linoléum ciré, au cinquième étage de Parker Center, en frappant du talon à chaque pas. Il voulait imprimer sa trace sur cette surface si soigneusement entretenue. Il franchit l'entrée voûtée du service des Affaires internes et informa la secrétaire assise derrière le guichet qu'il souhaitait voir Chastain. Celle-ci lui demanda s'il avait rendez-vous, et Bosch lui répondit qu'il ne prenait pas rendez-vous avec des individus comme Chastain. Elle le dévisagea et Bosch soutint son regard jusqu'à ce qu'elle décroche son téléphone et appuie sur une touche pour obtenir le poste souhaité. Après avoir murmuré quelques mots, elle plaqua le combiné contre sa poitrine et leva les yeux vers Bosch, puis son regard se posa sur la boîte à chaussures et le dossier qu'il tenait dans les mains.

– Il veut connaître le but de votre visite.

– Dites-lui que c'est au sujet de son enquête qui se casse la gueule.

Elle murmura de nouveau dans l'appareil, après quoi Bosch put enfin franchir la demi-porte du guichet qui s'ouvrit dans un bourdonnement électrique. Il pénétra dans la salle des inspecteurs des AI où plusieurs bureaux étaient occupés. Chastain se leva derrière le sien.

– Que venez-vous faire ici, Bosch ? Vous êtes suspendu pour avoir laissé échapper votre prisonnier.

Il avait dit ça d'une voix forte pour que tous ses collègues présents sachent que Bosch était un individu coupable.

– Le chef a ramené la sanction à une semaine, lui répondit Bosch. Moi, j'appelle ça des vacances.

– Ce n'est que le premier round. Votre dossier n'est pas encore refermé.

– C'est pour ça que je suis ici.

Chastain désigna la salle d'interrogatoire dans laquelle Bosch s'était retrouvé une semaine plus tôt avec Zane.

– Allons discuter là-bas.

– Non. Je ne viens pas pour discuter, Chastain. Je viens juste vous montrer quelque chose.

Il laissa tomber sur le bureau le dossier qu'il tenait à la main. Chastain resta debout, les yeux fixés sur le dossier sans l'ouvrir.

– C'est quoi, ça ?

– La fin de l'enquête. Ouvrez.

Chastain s'assit et ouvrit le dossier en poussant un grand soupir comme s'il devait accomplir une tâche répugnante et inutile. Sur le dessus figurait une photocopie du Manuel de procédure et de comportement de l'officier de police. Ce manuel était pour les inspecteurs des Affaires internes ce que le Code pénal de l'État était pour tous les autres agents et inspecteurs de police.

La page en question concernait les rapports entre policiers et criminels, repris de justice et membres du crime organisé. De telles relations étaient strictement interdites et sanctionnées par un renvoi immédiat, d'après le règlement.

– Ce n'est pas la peine de m'apporter ça, Bosch, j'ai tout le manuel sous la main, dit Chastain.

Il essayait d'ironiser, car il ignorait ce que voulait Bosch et avait conscience d'être observé par tous ses pairs derrière leurs bureaux, même s'ils faisaient semblant de ne pas écouter.

– Ah bon ? répondit Bosch. Dans ce cas, je vous conseille de le sortir et de lire attentivement la dernière ligne, là. L'exception.

Chastain reporta son regard sur le bas de la page. Il lut à voix haute :

– Il est dit : « Une dérogation peut toutefois être consentie si l'officier en question est en mesure d'apporter à ses supérieurs la preuve d'un lien familial, par le sang ou le mariage. Si cela est établi, l'officier doit alors… »

– C'est assez, dit Bosch.

Il s'empara de la feuille pour que Chastain puisse voir le reste du dossier.

– Ce que vous avez sous les yeux, Chastain, est un certificat de mariage émis par le comté de Clark dans le Nevada et attestant de mon mariage avec Eleanor Wish. Si cela ne vous suffit pas, vous trouverez en dessous deux attestations sur l'honneur signées par mes collègues. Ils ont été les témoins de mon mariage. Mon garçon et ma demoiselle d'honneur.

Chastain gardait les yeux fixés sur le document.

– C'est fini, mon vieux, dit Bosch. Vous avez perdu. Alors, foutez-moi la paix à partir de maintenant.

Chastain se renversa dans son fauteuil. Un petit sourire crispé apparut sur son visage empourpré. Il était sûr que tous ses collègues le regardaient.

– Dois-je comprendre que vous vous êtes marié uniquement pour échapper à une enquête des Affaires internes ?

– Non, connard. Je me suis marié parce que j'aime quelqu'un. C'est pour cette raison qu'on se marie, généralement.

Chastain ne savait que répondre. Il secoua la tête, regarda sa montre, déplaça quelques papiers sur son bureau, en essayant de donner l'impression que tout cela n'était qu'un léger contretemps dans sa journée. C'est tout juste s'il ne regarda pas ses ongles.

– Je savais que ça vous couperait le sifflet, dit Bosch. A un de ces jours, mon vieux.

Il pivota sur ses talons pour s'en aller, mais se retourna encore une fois vers Chastain.

– Oh, j'ai failli oublier. Vous pouvez dire à votre informateur que notre marché est caduc lui aussi.

– Quel informateur, Bosch ? Quel marché ? De quoi parlez-vous, nom de Dieu ?

– Je parle de Fitzgerald ou de celui qui vous fournit des informations à l'OCID.

– Je ne...

– Mais si, voyons. Je vous connais, Chastain. Vous ne pouviez pas découvrir seul mes rapports avec Eleanor Wish. Vous avez une ligne directe avec Fitzgerald. C'est lui qui vous a parlé d'elle. Lui ou un de ses hommes. Peu m'importe de savoir qui c'est. Quoi qu'il en soit, je suis libéré du marché que j'ai conclu avec lui. Vous pourrez le lui dire.

Bosch brandit la boîte à chaussures et la secoua. Les cassettes vidéo et audio s'entrechoquèrent à l'intérieur, mais il constata que Chastain ignorait visiblement le contenu de cette boîte, et donc ce qu'il signifiait.

– N'oubliez pas de lui faire la commission, Chastain. A la prochaine.

Il repartit enfin, ne s'arrêtant qu'au guichet pour adresser un signe à la secrétaire, pouce levé. Dans le couloir, au lieu de tourner à gauche pour rejoindre les ascenseurs, il tourna à droite et franchit la double porte des bureaux du chef de la police. Son auxiliaire, un lieutenant en uniforme, était assis dans l'antichambre. Bosch ne le connaissait pas, ce qui était très bien. Il s'avança et déposa la boîte à chaussures sur le bureau.

– Vous désirez ? Qu'est-ce que c'est que cet objet ?

– C'est une boîte, lieutenant. A l'intérieur, il y a des enregistrements que le chef sera certainement désireux d'écouter et de visionner. Immédiatement.

Sur ce, Bosch commença à s'éloigner.

– Hé, attendez une minute, dit l'auxiliaire. Saura-t-il de quoi il s'agit ?

– Dites-lui d'appeler Fitzgerald à l'OCID. Il pourra tout lui expliquer.

Cette fois, Bosch s'en alla pour de bon, sans se retourner lorsque l'auxiliaire le rappela pour lui demander son nom. Il franchit la double porte et se dirigea vers les ascenseurs. Il se sentait bien. Il ignorait s'il sortirait quelque chose de ces écoutes illégales qu'il avait remises au chef de la police, mais au moins il avait l'impression d'avoir fait table rase. Son petit numéro avec la boîte à chaussures devant Chastain et ses collègues était le moyen de s'assurer que la nouvelle remonterait jusqu'à Fitzgerald : Bosch était le seul responsable. Ainsi, Billets et Rider n'auraient pas à redouter des mesures de représailles de la part du chef de l'OCID. Il pouvait essayer de s'en prendre à Bosch s'il le souhaitait, celui-ci se sentait à l'abri désormais. Fitzgerald n'avait plus aucun moyen de pression sur lui. Les autres non plus.

10

C'était leur premier jour sur la plage, après les deux qu'ils avaient passés presque exclusivement dans leur chambre. Bosch ne tenait pas en place sur son transat. Il ne comprenait pas comment on pouvait rester allongé comme ça, à se faire dorer au soleil. Il était couvert d'huile solaire et le sable formait une croûte entre ses orteils. Eleanor lui avait acheté un maillot de bain rouge dans lequel il se sentait un peu ridicule, avec l'impression d'être transformé en cible. Au moins, se dit-il, ce n'était pas une sorte de suspensoir comme en portaient certains hommes sur la plage.

Il se redressa sur le coude et regarda autour de lui. Hawaï était un endroit d'une beauté incroyable, comme un rêve. Les femmes aussi étaient belles. Surtout Eleanor. Allongée à côté de lui sur un transat, elle avait les yeux fermés, mais un petit sourire retroussait légèrement ses lèvres. Elle portait un maillot de bain une pièce noir et échancré à la taille, qui mettait en valeur ses cuisses joliment bronzées et musclées.

– Qu'est-ce que tu regardes ? demanda-t-elle sans ouvrir les yeux.

– Rien. Je… je n'arrive pas à rester couché. Je crois que je vais aller faire un tour ou un truc comme ça.

– Pourquoi tu ne prends pas un livre ? Détends-toi ! Les lunes de miel, c'est fait pour ça. Sexe, détente, bonne cuisine et compagnie agréable.

– Deux sur quatre, ce n'est pas si mal.

– Qu'est-ce que tu reproches à la cuisine ?

– Rien, elle est parfaite.

– Ah, ah, très drôle.

Elle lui donna un petit coup dans le bras. Puis elle se redressa, en prenant appui sur son coude elle aussi, et contempla la surface miroitante de l'eau bleue. Au loin, on voyait se dresser la crête du Molokai.

– Cet endroit est magnifique, Harry.

– Oui.

Ils observèrent les gens qui marchaient au bord de l'eau, sans rien dire. Finalement, Bosch balança ses jambes par terre et se pencha en avant, les coudes appuyés sur les genoux. Le soleil martelait ses épaules. Il commençait à se sentir bien.

Il remarqua une femme qui avançait sur la plage, d'un pas langoureux. Tous les hommes la regardaient passer. Grande et svelte, avec de longs cheveux châtain-blond encore mouillés par l'eau de mer. Elle avait la peau cuivrée et portait un maillot de bain réduit au strict minimum, juste quelques ficelles et des triangles de tissu noir.

Lorsqu'elle passa devant Bosch, elle masqua le reflet aveuglant du soleil dans ses lunettes et il put apercevoir son visage. Il reconnut les traits familiers et l'angle de la mâchoire. Il la connaissait.

– Harry, murmura Eleanor. C'est pas… on dirait la danseuse. Tu sais, la fille sur la photo que tu avais, celle que j'ai vue avec Tony.

– Layla, dit Bosch, non pas en réponse à la question, mais simplement pour prononcer ce nom.

– C'est elle, hein ?

– Je n'ai jamais cru aux coïncidences.

– Tu vas prévenir le FBI ? Je parie que le fric est ici sur l'île, avec elle.

Bosch regarda s'éloigner la jeune femme. Elle lui tournait le dos maintenant, et sous cet angle c'était presque comme si elle était nue. On ne voyait que les rubans de son maillot. Les rayons du soleil revinrent frapper ses lunettes, et sa vision se trouva déformée. Elle s'éloigna dans la lumière éclatante et la brume venue du Pacifique.

– Non, je ne préviendrai personne, répondit-il finalement.

– Pourquoi ?

– Elle n'a rien fait. Elle a juste laissé un type lui filer du fric. Il n'y a rien de mal à ça. Peut-être même était-elle réellement amoureuse de lui.

Il continuait à la regarder, en repensant aux dernières paroles que lui avait adressées Veronica.

– Et d'ailleurs, à qui va manquer cet argent ? Au FBI ? Au LAPD ? A un gros type entouré de gardes du corps dans une banlieue de Chicago ? Laisse tomber. Je ne préviendrai personne.

Il regarda une dernière fois la jeune femme. Elle était loin maintenant, et marchait en regardant la mer ; le soleil lui dérobait son visage. Bosch lui adressa un signe de tête, mais, bien évidemment, elle ne le vit pas. Il se rallongea sur son transat et ferma les yeux. Presque aussitôt, il sentit le soleil pénétrer sous sa peau pour dispenser son pouvoir apaisant. Et la main d'Eleanor se posa sur la sienne. Il sourit. Il se sentait en sécurité. Il avait le sentiment que plus personne ne pourrait lui faire de mal.

COMPOSITION : I.G.S. CHARENTE-PHOTOGRAVURE À L'ISLE-D'ESPAGNAC
IMPRESSION : BUSSIÈRE CAMEDAN IMPRIMERIES À SAINT-AMAND (11-2000)
DÉPÔT LÉGAL : AVRIL 1998. N° 31180-4 (005091/1)

Dans la même collection

Brigitte Aubert
Les Quatre Fils du docteur March
La Rose de fer
Ténèbres sur Jacksonville
La Mort des bois
Requiem Caraïbe
Transfixions

Lawrence Block
La Balade entre les tombes
Le diable t'attend
Tous les hommes morts
Tuons et créons, c'est l'heure
Le Blues du libraire
Même les scélérats...
La Spinoza Connection
Au cœur de la mort

Michael Connelly
Les Égouts de Los Angeles
La Glace noire
La Blonde en béton
Le Poète
Le Cadavre dans la Rolls

Robert Crais
L'Ange traqué
Casting pour l'enfer
Meurtre à la sauce cajun

Eno Daven
L'Énigme du pavillon aux grues

David Laing Dawson
La Villa des ombres
Minuit passé, une enquête du Dr Snow

Bradley Denton
Blackburn

Stephen W. Frey
Offre publique d'assassinat

George Dawes Green
La Saint-Valentin de l'homme des cavernes

Dan Greenburg
Le Prochain sur la liste

Sue Grafton
K comme killer
L comme lequel ?
M comme machination

Jack Hitt
Meurtre à cinq mains

Anthony Hyde
China Lake

David Ignatius
Nom de code : SIRO

Jonathan Kellerman
La Clinique

Philip Kerr
Une enquête philosophique

Paul Levine
L'Héritage empoisonné
Cadavres incompatibles
Trésors sanglants

Elsa Lewin
Le Parapluie jaune

Herbert Lieberman
Nécropolis
Le Tueur et son ombre
La Fille aux yeux de Botticelli

Michael Malone
Enquête sous la neige
Juges et Assassins

Dominique Manotti
Sombre Sentier

Alexandra Marinina
Le Cauchemar

Andreu Martín
Un homme peut en cacher un autre

Dallas Murphy
Loverman

Kyotaro Nishimura
Les Dunes de Tottori

Michael Pearce
Enlèvements au Caire

Sam Reaves
Le taxi mène l'enquête

April Smith
Montana Avenue

Edward Sklepowich
Mort dans une cité sereine
L'Adieu à la chair

Austin Wright
Tony et Susan

L. R. Wright
Le Suspect
Mort en hiver
Pas de sang dans la clairière